八閩文庫

八閩文庫

要籍選刊

61

王氏彙刻唐人集

[清] 王遐春 輯

魏定榔 劉曉平 許瑩瑩 點校

海峽出版發行集團
THE STRAITS PUBLISHING & DISTRIBUTING GROUP
福建人民出版社

二〇一九年八閩文庫出版工程領導小組

組　長　梁建勇

副組長　楊賢金

成　員　施宇輝　馮潮華　賴碧濤　陳熙滿
王建南　黃　誌　卓兆水　葉飛文
陳　强　林守欽　王秀麗　蔣達德

二〇二〇年八閩文庫出版工程領導小組

組　長　邢善萍

副組長　郭寧寧

成　員　施宇輝　馮潮華　賴碧濤　陳熙滿
肖貴新　王建南　黃　誌　卓兆水
葉飛文　陳　强　林守欽　王秀麗
林義良

二〇二二年八閩文庫出版工程領導小組

組　長　張　彦

副組長　鄭建閩

成　員　林端宇　鄭家紅　顔志煌　黃國劍
許守堯　肖貴新　林　生　黃　誌
卓兆水　吴宏武　陳　强　張立峰
鄭東育　林義良　林　彬

八閩文庫總序

葛兆光　張　帆

一

在傳統中國的文化史上，福建算是後來居上的區域。經歷了東晉、中唐、南宋幾次大移民潮，浙、閩之間的仙霞嶺，早已不是分隔内外的屏障，而成了溝通南北的通道。歷史使得福建越來越融入華夏文明之中，唐宋兩代，特别是在「背海立國」的宋代，東南的經濟發達，海洋的地位凸顯，福建逐漸從被文明中心影響的邊緣地帶，成爲反向影響全國文明的重要區域。在七世紀的初唐，詩人駱賓王曾説「龍章徒表越，閩俗本殊華」（駱臨海集箋注卷二晚憩田家，陳熙晉箋注，上海古籍出版社一九八五年，第三六頁），前一句説的是華夏的衣冠對斷髮文身的越人没有用，後一句説的是閩地的風俗本來就與華夏不同，意思都是瞧不起東南。但是，到了十五世紀的明代中期，黃仲昭在弘治八閩通志序裏卻説，八閩雖爲東南僻壤，但自唐以來文化漸盛，「至宋，大儒君子接踵而出」，實際上它的文明程度，已經「可以不愧於鄒魯」（四庫全書存目叢書史部一七七册，齊魯書社一九九六年，第三六四頁）。

的確，自從福建在唐代出了第一個進士薛令之，而且晉江有歐陽詹，福清有王棨，莆田有徐寅、黃滔這些傑出人物之後，到了更加倚重南方的宋代，福建出現了蔡襄（一〇一二—一〇六七）、陳襄（一〇一七—一〇八〇）、游酢（一〇五三—一一二三）、楊時（一〇五三—一一三五）、鄭樵（一一〇四—一一六二）、林光朝（一一一四—一一七八）、朱熹（一一三〇—一二〇〇）、蔡元定（一一三五—一一九八）、陳淳（一一五九—一二二三）、真德秀（一一七八—一二三五）等一大批著名文人士大夫。這些出身福建或流寓福建的士人學者，大大繁榮和提升了這裏的文化，甚至使得整個中國的文化重心逐漸南移，也許，就像程頤説的那樣「吾道南矣」（宋史卷四二八道學楊時傳，中華書局一九七七年，第一二七三八頁）。也就是説宋代之後，原本偏在東南的福建，逐漸成了中國重要的文化區域。

不過，習慣於中原中心的學者，當時也許還有偏見。以來自中心的偏見視東南一隅的福建，那時福建似乎還是「邊緣」。雖然人們早已承認福建「歷宋逮今，風氣日開」

（黄虞稷閩小紀序，撰於康熙五年，續修四庫全書史部七三四册，上海古籍出版社二〇〇二年，第一二七頁），但有的中原士人還覺得福建「僻在邊地」。像北宋樂史的太平寰宇記，一面承認「此州（福州）之才子登科者甚衆」，一面仍沿襲秦漢舊説，稱閩地之人「皆蛇種」，並引十道志説福建「嗜欲、衣服，别是一方」（樂史太平寰宇記卷一〇〇江南東道一二，中華書局二〇〇七年，第一九九一頁）。所以，歷史上某些關於福建歷史、文化和風俗的著作，似乎還在以中原或者江南的眼光，特别留心福建地區與核心區域不同的特異之處，筆下一面凸顯異域風情，一面鄙夷南蠻鴃舌。但是從大的方面説，我們看到宋代以降，實際上福建與中原的精英文化越來越趨向同一，正如宋人祝穆方輿勝覽所説，「海濱幾及洙泗，百里三狀元」，前一句裏所謂「洙泗」即孔子故鄉，這是説福建沿海文風鼎盛，幾乎趕得上孔子故里；後一句裏「三狀元」是指南宋乾道年間福建登第的三個狀元，即乾道二年（一一六六）的蕭國梁、乾道五年的鄭僑和乾道八年的黄定，他們都是福建永福（今永泰）這個地方的人（祝穆新編方輿勝覽卷一〇，施和金點校，中華書局二〇〇三年，第一六三頁）。

文化漸漸發達，書籍或者文獻也就越來越多，福建文獻的撰寫者中不僅有本地人，也有流寓或任職於閩中的外地人。日積月累，這些文獻記録了這個多山臨海區域千年的文化變遷史，而八閩文庫的編纂，正是把這些文獻精選並彙集起來，爲現代人留下唐宋以來有關福建的歷史記憶。

二

福建鄉邦文獻數量龐大，用一個常見的成語説，就是「汗牛充棟」。那麼多的文獻，任何歸類或叙述都不免挂一漏萬。不過，我們這裏試圖從區域文化史的角度，談一談福建文獻或書籍史的某些特徵。

毫無疑問，中國各個區域都有文獻與書籍，秦漢之後也都大體上呈現出華夏同一思想文化的底色，但各區域畢竟有其地方特色。如果我們回溯思想文化的歷史，那麼，唐末之後福建似乎也有一些特點。恰恰因爲是後來居上的文化區域，所以福建積累的傳統包袱不重，常常會出現一些越出常軌的新思想、新精神和新知識。這使得不少代表新思想、新精神和新知識的人物與文獻，往往先誕生在福建。衆所周知的方面之一，就是宋代儒家思想的變遷。應當説，宋代的理學或者道學，最初乃是一種批判性的新思潮，一些儒家士大夫試圖以屬於文化的「道理」鉗制屬於政治的「權力」，所以，極力强調

「天理」的絶對崇高，人們往往稱之爲道學或理學，也根據學者的出身地叫作「濂洛關閩之學」。其中，「閩」雖然排在最後，卻應當説是宋代新儒學的高峰所在，以至於後人乾脆省去濂溪和關中，直接以「洛閩」稱之（如清代張夏雒閩源流録），以凸顯道學正宗，恰在洛陽的二程與福建的朱熹，而道學最終水到渠成，也正是在福建。因爲宋代道學集大成的代表人物朱熹，雖然祖籍婺源，卻出生在福建，而且相當長時間在福建生活。他的學術前輩或精神源頭，號稱「南劍三先生」的楊時、羅從彦（一〇七二—一一三五）、李侗（一〇九三—一一六三），也都是南劍州即今福建南平一帶人，他的提攜者之一陳俊卿（一一一三—一一八六），則是興化軍即今莆田人，而他的最重要的弟子黄榦（一一五二—一二二一）是閩縣（今福州）人、陳淳是龍溪（今龍海）人。

正是在這批大學者推動下，福建逐漸成爲圖書文獻之邦。慶元元年（一一九五），朱熹在福州州學經史閣記中曾經説，一個叫常濬孫的儒家學者，在福州地方軍政長官詹體仁、趙像之、許知新等資助下，修建了福州府學用來藏書的經史閣，即「開之以古人斆學之意，而後爲之儲書，以博其問辨之趣」（朱文公文集卷八〇，朱子全書第二四册，上海古籍出版社、安徽教育出版社二〇一〇年，第三八一四頁）。宋代之後，經由近千年的日積月累，我們看到福建歷史上出現了相當多的儒家論著，也陸續出現了有關儒家思想的普及讀物。大家可以從八閩文庫中看到，這裏收録的不僅有朱熹、真德秀、陳淳的著述，也有明清學者詮釋理學思想之作，像明人李廷機性理要選、清人雷鋐雷翠庭先生自恥録等等，應當説，這些論著構成了一個歷經宋元明清近千年的福建儒家文化史。

三

説到福建地區率先出現的新思想、新精神和新知識，當然不應僅限於儒家或理學一系。更應當記住的是，從宋代以來，中國政治、經濟和文化的重心，逐漸從西北轉向東南，一方面由於中原文化南下，被本地文化激蕩出此地異端的思想，另一方面海洋文明東來，同樣刺激出東南濱海的一些更新的知識。

我們注意到，在福建文獻或書籍史上，呈現了不少過去未曾有的新思想、新精神和新知識。比如唐宋之間，福建不僅出現過譚峭（生卒年不詳）化書這樣的道教著作，也出現過像百丈懷海（約七二〇—八一四）、潙山靈佑（七七一—八五三）、雪峰義存（八二二—九〇八）那樣充滿批判性的禪僧，還出現過禪宗史上撰於泉州的最重要禪史著作祖堂集。又如明代中後期，那個驚世駭俗而特立獨行的李贄（一五二七—一六〇二），有人説他的獨特思想，就是因爲他生在各種宗教交匯融合的泉州，傳説他曾受到伊斯蘭教之影響，當然更因爲有佛教與心學的刺激，使他成了晚明傳統思想世界的反叛者。而另一個莆田人林兆恩（一五一七—一五九八），則是乾脆開創了三一教，提倡「三教合一」，也同樣成爲正統的政治意識形態的挑戰者。再如明清時期，歐洲天主教傳教士「梯航九萬里」，也把天主教傳入福建，特别是明末著名傳教士艾儒略（一五八二—一六四九）應葉向高（一五五九—一六二七）之邀來閩傳教二十五年，從而福建才會有「三山論學」這樣的思想史事件，也産生了三山論學記這樣的文獻，無論是葉向高，還是謝肇淛，這些思想開明的福建士大夫，多多少少都受到外來思想的刺激。最後需要特别提及的是，由於宋元以來，福建成爲向東海與南海交通的起點，所以，各種有關海外的新知識，似乎都與福建相關，宋代趙汝适撰寫諸蕃志的機緣，是他在泉州市舶司任職；元代汪大淵撰寫島夷志略的原因，也是他從泉州兩度出海。由於此後福州成爲面向琉球的接待之地，泉州成爲南下西洋的航線起點，因而福建更出現了像張燮東西洋考、吴朴渡海方程、葉向高四夷考、王大海海島逸志等有關海外新知的文獻，這一有關海外新知的知識史，一直延續到著名的林則徐四洲志。老話説「草蛇灰線，伏脈千里」，歷史總有其連續處，由於近世福建成爲中國的海外貿易和海上交通的中心，所以，這裏會成爲有關海外新知識最重要的生産地，這才能讓我們深切理解，何以到了晚清，福建會率先出現沈葆楨開辦面向現代的船政學堂，出現嚴復通過翻譯引入的西方新思潮。

甚至還可以一提的是，近年來福建霞浦發現了轟動一時的摩尼教文書，這些深藏在道教科儀抄本中的摩尼教資料，説明唐宋元明清以來，福建思想、文化和宗教在構成與傳播方面的複雜性和多元性。所以，在八閩文庫中，不僅收録了譚峭化書，李贄焚書續焚書、藏書續藏書，林兆恩林子會編等富有挑戰性的文獻，也收録了張燮東西洋考、趙新續琉球國志略等關係海外知識的著作，讓我們看到唐宋以來，福建歷史上新思想、新精神和新知識的潮起潮落。

四

在八閩文庫收録的大量文獻中，除了福建的思想文化與宗教之外，也留存了有關福建政治、文學和藝術的歷史。如果我們看明人鄧原岳編閩中正聲、清人鄭杰編全閩詩録收録的福建歷代詩歌，看清人馮登府編閩中金石志、葉大莊編閩中石刻記、陳棨仁編閩中金石略中收録的福建各地石刻，看清人黄錫蕃編閩中書畫録中收録的唐宋以來福建書畫，那麼，我們完全可以同意歷史上福建的後來居上。這正如陳衍（一八五六—一九三七）在閩詩録的序文中所説「余維文教之開，吾閩最晚，至唐始有詩人，至唐末五代中土詩人時有流寓入閩者，詩教乃漸昌，至宋而日益盛」（續修四庫全書集部一六八七册，第四一一頁）。可見，宋史地理志五所説福建人「多向學，喜講誦，好爲文辭，登科第者尤多」，「今雖閭閻賤品處力役之際，吟詠不輟」（杜佑通典州郡十二），真是一點兒不假。

清代學者朱彝尊（一六二九—一七〇九）曾説「閩中多藏書家」（曝書亭集卷四四淳熙三山志跋，四部叢刊初編集部二七九册，上海書店一九八九年，第六〇一頁）。千年以來的人文日盛，使得現存的福建傳統鄉邦文獻，經史子集四部之書都很豐富，翻檢八閩文庫，就可以感覺到這一點，這裏不必一一叙説。需要特别指出的是，福建歷史上不僅有衆多的文獻留存，也是各種書籍刊刻與發售的中心之一。福建多山，林木蔥蘢，具備造紙與刻書的有利條件，從宋元時代起，福建就成爲中國書籍出版的中心之一。宋元時代福建的所謂「建本」或「麻沙本」曾經「幾遍天下」（葉夢得石林燕語卷八，侯忠義點校，中華書局一九八四年，第一一六頁），更有所謂「麻沙、崇安兩坊産書，號稱『圖書之府』」的説法（新編方輿勝覽卷一一，第一八一頁）。版本學家也許將它與蜀本、浙本對比，覺得它並不精緻，但是，從書籍流通與文化貿易的角度看，正是這些廉價圖書，使得很多文化知識迅速傳向中國四方，也深入了社會下層。淳熙六年（一一七九），朱熹在建寧府建陽縣學藏書記中曾說到，「建陽版本書籍行四方，無遠不至」，可當時嘉禾縣學居然藏書很少，「學於縣之學者，乃以無書可讀爲恨」，於是一個叫姚耆寅的知縣，就「鬻書於市，上自六經，下及訓傳、史記、子、集，凡若干卷以充入之」。當地刊刻的書籍，豐富了當地學者的知識，也增加了當地文獻的積累，甚至扭轉了當地僅僅重視「世儒所誦科舉之業」的風氣（朱文公文集卷七八，朱子全書第二四册，第三七四五頁），這就是一例。到了清代，汀州府成爲又一個書籍刊刻基地，近年特別受到中外學者注意的四堡，就是一個圖書出版和發行中心，文獻記載這裏「以書版爲産業，刷就發販，幾半天下」（咸豐長汀縣志卷三一物産）。所以，美國學者包筠雅（Cynthia J. Brokaw）文化貿易：清代至民國時期四堡的書籍交易（劉永華、饒佳榮等譯，北京大學出版社二〇一五年）就深入研究了這個位於汀州府長汀、清流、寧化、連城四縣交界地區的客家聚集區的書籍事業，繼承宋元時代建陽地區（如麻沙）刻書業，這裏再一次出現中國書籍出版史上佔據重要位置的福建書商群體。

可以順便提及的是，福建刻書業也傳至海外。福建莆田人俞良甫，元末到日本，由九州的博多上岸，寓居在京都附近的嵯峨，由他刻印的書籍被稱爲「博多版」。據説，俞氏一面協助京都五山之天龍寺雕印典籍，一面自己刻印各種圖書，由於所刊雕書籍在日本多爲精品，所以被日本學者稱爲「俞良甫版」。

從建陽到汀州，福建不僅刊刻了精英文化中的儒家九經三傳、諸子百家以及文選、文獻通考、賈誼新書、唐律疏議之類的典籍，也刊刻了很多大衆文化讀本，諸如西廂記、花鳥争奇和話本小説。特別在明清兩代書籍流行的趨勢和作爲商品的書籍市場的影響下，蒙學、文範、詩選等教育讀物，風水、星相、類書等實用讀物，小説、戲曲等文藝讀物，在福建大量刊刻。如果我們不是從版本學家的角度，而是從區域文化史的角度去看，這種「易成而速售」（石林燕語卷八，第一一六頁）的書籍生産方式，使得各種文獻從福建走向全國甚至海外，特別是這些既有精英的、經典的，也有普及的、實用的各種知識的傳播，是否正是使得華夏文明逐漸趨向各地同一，同時也日益滲透到上下日常生活世界的一個重要因素呢？

五

八閩文庫的編纂，當然是爲福建保存鄉邦文獻，前面我們説到，保存鄉邦文獻，就是爲了留住歷史記憶。

這次編纂的八閩文庫，擬分爲三個部分。第一部分是「文獻集成」，計劃選擇與收録唐宋以來直到晚清民初的閩人各種著述，以及有關福建的文獻，共一千餘種，這部分採取影印方式，以保存文獻原貌。這是八閩文庫的基礎部分，按傳統的經史子集四部分類，這是爲了便於呈現傳統時代福建書籍面貌，因而數量最多；第二部分是「要籍選刊」，精選一百三十餘種最具代表性的閩人著述及相關文獻，以深度整理的方式點校出版，不僅爲了呈現歷代福建文獻中的精華，也爲了便於一般讀者閲讀；第三部分則爲「專題彙編」，初步擬定若干類，除了文獻總目之外，還將包括書目提要、碑傳集、宗教碑銘、官員奏折、契約文書、科舉文獻、名人尺牘、古地圖等，我們認爲，這是以現代觀念重新彙集與整理歷史資料的一個新方式，它將無法納入傳統的四部分類，卻是對理解福建文化與歷史至關重要的文獻，進行整理彙集，必將爲研究與理解福建，提供更多更系統的資料。

經歷幾年討論與幾年籌備，八閩文庫即將從二〇二〇年起陸續出版，力爭用十年時間，經過一番努力，打下一個比較完備的福建文獻的基礎。

當然，不能説八閩文庫編纂過後，對於福建文獻的發掘與整理就已完成。八閩文庫僅僅是我們這一兩代人的工作，還有更多或更深入的工作，在等待著未來的幾代人去努力。無論從舊材料中發現新問題，還是以新眼光發現新材料，都是建立在前人的基礎上，而又對前人的工作不斷修正完善的過程。還是朱熹寫給陸九齡的那句廣爲流傳的老話：「舊學商量加邃密，新知培養轉深沉。」用舊的傳統融會新的觀念，整理這些縱貫千年的歷史文獻，也就無論「人間有古今」了。

八閩文庫要籍選刊出版説明

福建自唐代以降，名家輩出，著述繁興，流傳千載，聲光燦然。遺存之文獻，多可彰顯福建歷史發展脈絡，展示前賢思想學術及文學藝術成就，爲研究福建區域文化之基本典籍。八閩文庫「要籍選刊」擇取重要之閩人著作及相關福建文獻百數十種，予以點校。其中具備條件者，將採用編年、箋注、校證等方式整理。諸書略依經史子集分部編次，陸續出版。

二〇二一年八月

清嘉慶十五年

歐陽四門集

福鼎王氏開彫

舊序

福建等州都團練觀察處置等使正議大夫使持節都督福州諸軍事福州刺史兼御史中丞上柱國賜紫金魚袋李貽孫纂

歐陽君生于閩之里幼爲兒孩時卽不與衆童親狎行止多自處年十許歲里中無愛者每見河濱山畔有片景可採心獨娛之常執卷一編忘歸于其間逮風月清暉或暮而尚留宿不能釋不自知所由蓋其性所多也未甚識文字隨人而問章句忽有一言契於心移日自得長吟高嘯不知其所止也父母不識

重刊宋本香奩集三卷

嘉慶十五年王氏校刊

自序

余溺於章句信有年矣誠知非士大夫所爲不能忘情天所賦也自庚辰辛巳之際迄巳亥庚子之間所著歌詩不啻千首其間以綺麗得意者亦數百篇往往在士大夫口或樂官（一作工）配入聲律粉牆椒壁斜行小字竊詠者不可勝紀大盜入關緗帙都墜遷徙流轉不常厥始求生草莽之中豈復以吟詠（一作諷）爲意或天涯逢舊識或避地遇故人醉詠之暇時及拙唱自爾鳩集復得百篇不忍棄捐隨即編錄遐思宮體未降（一作解）稱庾信攻文却誚玉臺何必使徐陵序

嘉慶庚午仲秋

唐韓翰林集

共四卷

長澤王氏重刊

翰林集目錄

卷之一

翰林集

唐王郎中麟角集

嘉慶庚午

趙在翰書

序

唐水部郎中福唐王棨字輔文一作輔之咸通三年及第復中宏詞科事蹟詳黄璞閩川名士傳及何喬遠閩書郎中初擢上第其夏告歸省泉州陳黯作序送之見唐文粹璞言郎中十九年三捷其盛美蓋七閩未之有黯言輔文早歲業儒而深於詞賦其體物諷調與相如揚雄之流異代而同丁聲光振起譬諸人之龍鳳皆傾倒甚至黄巢之亂歸終鄉里又無媿明哲已近嘉善浦銑編歷代賦話於唐盛推郎中其復小齋賦話數舉郎中賦十餘處爲世軌則以四十

唐黃御史全集八卷

序

友人王學貞求翁承贊晝錦集付刻次四門未得索黃御史遺文以繼善余才可雄辯持簡命之書且言曰士君子當有道時慮才之不卓也思業之不昌也及居失道則不慮其才而莊其德不思其業而寶其名學貞昔求其似今于黃御史見之御史先治人從莆邑唐昭宗乾寧進士光化中守四門助教黃巢亂盜劇越南乃身隱依檢校太保威武軍節度使王審知王英睿初平逆暴連郡跨州羅城外構巨港中深羸糧而響應衣甲而雲從復有陳師先章仔鈞鄒磬

黃御史集　序　一　麟後山房

黃御史集

徐正字集

四卷

嘉慶上章敦牂相月哉生魄東冶

趙在翰題於亮節門小積石山房

唐徐正字集目錄

卷之一

賦

卷之二

五言律詩

徐正字集

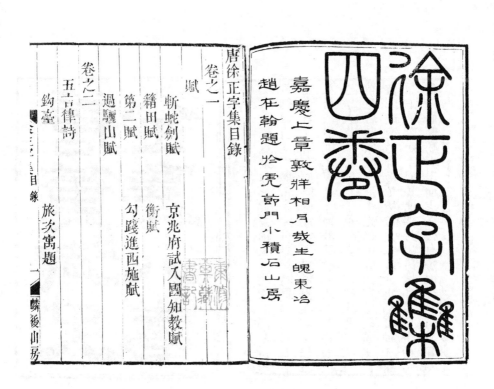

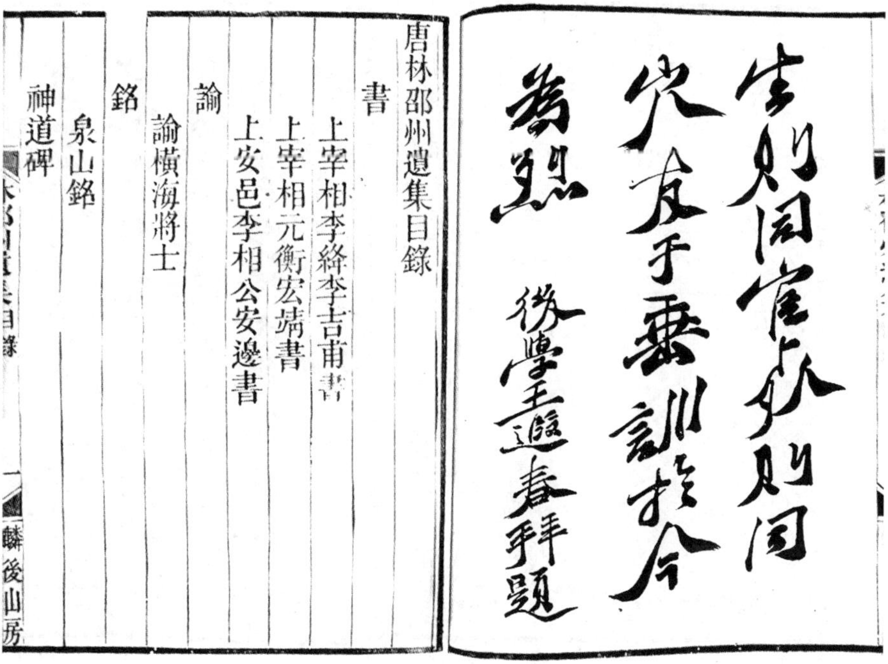
生則同官歿則同
穴友于垂訓於今
為烈
後學王遐春拜題
唐林邵州遺集目錄
書
上宰相李絳李吉甫書
上宰相元衡宏靖書
上安邑李相公安邊書
諭
諭橫海將士
銘
泉山銘
神道碑
唐林邵州遺集目錄
一
麟後山房

唐林邵州遺集

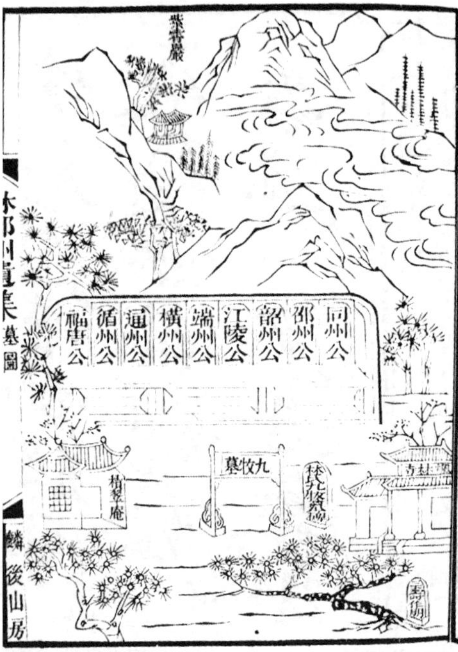

宋紹興十六年賜進士殿中侍
御史右諫議大夫兼侍讀學
士權吏部尚書林大鼐能作金
廣續慶圖成表求御寶
高宗書此賜 大鼐十世祖邵州
加冕服祀春秋

唐林邵州遺集內頁

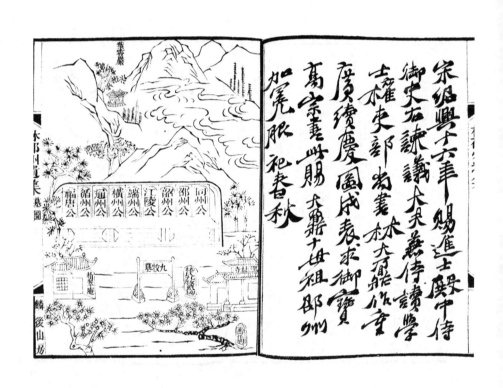

出版説明

一、文集及刊者簡介

王氏彙刻唐人集，是清代福建刻書家王遐春、王學貞父子刊刻的唐五代時期文學家歐陽詹、林藴、王棨、徐寅（一作「夤」）、黄滔、韓偓等六人的作品集。此六人爲當時在福建乃至全國有一定影響的文學家，除韓偓外均爲閩籍，皆有文集傳世。

王遐春，字文周，號東嵐，福鼎秦嶼人，清乾嘉間貢生，室名麟後山房。王學貞，名吉泉，遐春長子，嘉慶貢生，曾任寧洋縣訓導，後無意仕途，辭官歸里。王氏父子尚學好古，致力於刊刻鄉邦文獻。嘉慶間，二人在學友幫助下，收集歐陽詹、黄滔、王棨、徐寅、韓偓等先賢遺書六種；學貞之師陳壽祺（字恭甫，號左海，侯官人，嘉慶進士，知名儒學家）又增補唐林邵州遺集、元韓信同三禮圖説和明林鴻鳴盛集等。王氏父子對上述諸書加以認真校勘，并捐獻巨貲，選聘名匠，次第付梓刊行。

王氏彙刻唐人集是一套小型叢書，包括歐陽詹歐陽四門集八卷、林藴唐林邵州遺集一卷、王棨麟角集一卷、徐寅徐正字集四卷、黄滔黄御史集八卷，韓偓翰林集四卷、香奩集三卷，諸書均有附録一卷，共七種、三十六卷，凡十三冊。各書卷端均有「福鼎王遐春刊」或「大清貢生王遐春刊」字樣，書口下題「麟後山房」，卷末附王學貞「書後」。王氏彙刻唐人集刊於清嘉慶十五年（一八一〇），其中唐林邵州遺集補刊於嘉慶十八年。

據周瑞光摩霄浪語一書考證，王氏彙刻諸書，不是簡單的彙編，而是做了認真的收集、整理、校勘、研究，在學術上有重要的價值和貢獻。

一是所刻之書，均保留原序、舊序、重刊序等第一手資料，還在原序、舊序的基礎上，延聘陳壽祺、趙在翰等名儒撰寫新序，對各書的版本源流做了權威鑒定，并介紹作者生平事略、師承關係，以利辨章學術、考鏡源流。

二是各書均編輯「附録」「補遺」，爲學術研究提供重要參考資料。「附録」採編散見於正史、野史、筆記、文集諸書中與作者有關的各種記載，如翰林集附録引書十五種，唐林邵州遺集附録採用史籍二十四種。「補遺」搜羅前人刻本遺漏的詩文，使新刻本的內容更爲充實。

三是各書均附王學貞「書後」一篇，説明新刻本所作之校正、補充，爲讀者通讀和深入研究提供線索。

四是各書校勘十分認真，從不妄改字句；編者的案語，也十分審慎、穩妥，體現了王氏父子及其學友同仁嚴謹虔敬的治學態度，可謂深得乾嘉學派之真傳。

總體而言，王氏刻本收羅完備、校對精審、刻工精良、品質上乘、保存完好，具有重要的學術價值、版本價值和收藏價值。此書的刊刻問世，使湮没已久的八閩鄉邦文獻重放異彩，人們得以窺見唐五代時期福建文學發展概況，對研究福建文學史、文化史極具參考價值。

二、所收書著者及版本情況

（一）歐陽詹，字行周，晉江人，唐貞元八年（七九二）進士，官至國子四門助教。所著文集有兩個系統。一爲八卷本，主要版本有：清乾隆吴翌鳳古歡堂鈔本歐陽先生文集，國家圖書館藏；乾隆十八年（一七五三）閩黄氏刻本歐陽先生文集，福建師範大學圖書館藏；嘉慶十五年（一八一〇）王氏麟後山房刊本歐陽四門集，福建省圖書館、福建師範大學圖書館藏；道光十年（一八三〇）刊本歐陽文集，福建省圖書館藏；道光十六年刊本歐陽先生文集，福建省圖書館藏。一爲十卷本，主要版本有：明弘治十七年（一五〇四）莊槩、吴晟刻本歐陽行周文集，國家圖書館藏；萬曆福建刻本歐陽行周文集，福建省圖書館、泉州市圖書館藏；清乾隆傳硯齋鈔本歐陽四門文集，國家圖書館藏；乾隆五十年（一七八五）秦恩復鈔本歐陽行周文集，國家圖書館藏。

（二）林藴，字復夢（又作夢復），莆田人，貞元四年（七八八）進士，官至邵州刺史。所著唐林邵州遺集一卷，版本有：明成化、清康熙五十二年（一七一三）刊本，今皆不存；嘉慶十八年（一八一三），王遐春取明成化本請陳壽祺考訂補輯後刊刻，即王氏麟後山房補刊本，福建省圖書館、福建師範大學圖書館藏。

（三）王棨，字輔之，福清人，咸通三年（八六二）進士，官至水部郎中。所著麟角集一卷、附省題詩一卷，主要版本有：清乾隆四十四年（一七七九）鮑氏知不足齋刊本，國家圖書館藏；嘉慶十五年（一八一〇）王氏麟後山房刊本，福建省圖書館藏；光緒七年（一八八一）成都瀹雅齋刻本，北京圖書館藏；光緒十年（一八八四）王祖源天壤閣刊本，福建省圖書館、福建師範大學圖書館藏。

（四）徐寅，字昭夢，莆田人，乾寧元年（八九四）進士，官至秘書省正字。所著徐正字集四卷、附録一卷，主要版本有：清康熙四十一年（一七〇二）東山席氏琴川書屋刊本，國家圖書館、福建省圖書館藏；嘉慶十五年（一八一〇）王氏麟後山房刊本，福建省圖書館、福建師範大學圖書館藏。

（五）黄滔，字文江，莆田人，乾寧二年（八九五）進士，官至監察御史。所著黄御史集八卷、附録一卷，主要版本有：明萬曆三十四年（一六〇六）刊本，北京圖書館藏；崇禎十一年（一六三八）黄鳴喬等校刊本，福建省圖書館、福建師範大學圖書館藏；清乾嘉间刊本，福建省圖書館藏；嘉慶十五年（一八一〇）王氏麟後山房刊本，福建省圖書館藏。

（六）韓偓，字致光，陝西萬年（今樊川）人，龍紀元年（八八九）進士，官至翰林學士。晚年入閩定居，受王審知父子禮遇。所著翰林集四卷、香奩集三卷，有諸多版本，清嘉慶十五年（一八一〇）王氏麟後山房刊本亦收録，福建省圖書館、福建師範大學圖書館藏。相對其他版本，福鼎王氏刻本内容最全、考訂最精審、搜集參考資料最多、保存最爲完整，故具有較高的整理價值。

三、唐五代時期福建文學發展情況

福建僻處東南，開發較晚，文化發展相對滯後。晉唐以降，隨着北方移民陸續入閩，福建與其他地區的經濟文化差距逐漸縮小。特别是晚唐五代時期，中原板蕩，福建相對安定，文教漸興，逐漸出現以歐陽詹、王棨、黄滔、徐寅等爲代表的本土作家和詩人群體。這個時期，一些北方文士避亂入閩，其中不乏如韓偓這樣有一定影響的作家，對福建地方文學的興起起到積極的推動作用。

唐興八十餘年，閩中無人中進士。神龍二年（七〇六），長溪（今福安）薛令之進士及第，成爲「開閩第一進士」，其開創之功甚鉅。大曆、建中年間，唐宗室李椅、前狀元宰相常袞先後主政福建，重教興文，造就人才。隨着朝廷教化的推行，閩人在科舉上的表現日益出色。據八閩通志卷六十二記載，開成三年（八三八），侯官蕭膺、晉江陳嘏等四人同時登第，傳爲美談，時人詩云：「幾人天上争仙桂，一歲江南折四枝。」閩中從此號爲「文儒之鄉」。當時建安諺語甚至稱「龍門一半在閩川」。歐陽詹就是在這樣的環境中成爲進士并走向全國的。貞元八年（七九二），歐陽詹舉進士，同榜者還有韓愈、崔群等人，其中歐陽詹第二名，韓愈第三名，號稱「龍虎榜」，一時文名遠播，爲世所重。

作爲著名文學家韓愈的同榜進士和摯友，歐陽詹深受韓愈古文運動的影響，所作文章觀點新穎、説理精闢、論證周詳、感情真切，爲其贏得「司當代文柄」的美譽。如其在取材於韓非子「卞和獻璞」故事的刖卞和述一文中指出，二君并非真不識寶，而是看到事情的另一面，如果將此玉視爲珍寶，則可能引起舉國上下「不耕而搜山，不藝而攻石，背義而忘仁，輕轂而賤帛」的局面，最終導致國家淪亡的悲劇。因此他們刖卞和，目的在於「剪奢靡之萌，啓淳龐之跡」，實乃有意爲之。這樣的議論，不因襲前人，頗有新解，而又說理透闢，很有說服力和感染力。文章之外，歐陽詹的詩歌，特别是描寫閩中山水風物及記敘閩人活動的詩篇也值得重視，如描寫漳州山水的曉泊漳州營頭亭、記敘八月十五閩人於京城賞月的玩月詩等。在福建文學史上，歐陽詹是第一個有文集傳世，也是第一個走向全國的作家。他的出閩及文學成就，説明閩人從此走出桑梓羈絆，開始了全國性的文學活動。

晚唐福建文學最值得一提的是律賦創作，號稱律賦「兩雄」的王棨和黄滔，均爲閩人。律賦，是有一定格律的賦體，以其音韻諧和、對偶工整，多爲唐宋以來科舉考試所採用。王棨以律賦見重於當時，所著麟角集，收律賦四十五篇。唐人以賦自爲一集且流傳至今者，唯有此集。論者一般以律賦爲科舉應試之文，素來評價不高，而在王棨筆下，律賦不僅僅是博取功名的工具，還是揮灑自如的文章。其代表作江南春賦，構思新奇，寫景出色，明頌江南春美，暗諷歷史上的亡國之君因迷戀春色、不恤民間疾苦而招致喪身亡國之禍，蘊含著深沉的憂思。全賦行文流麗，句法富於變化，用典巧妙自然，堪稱佳構。王棨的律賦創作，是貞元、元和間科舉考試「冠冕正大」的風格，向晚唐「好尚新奇」風格轉變的關鍵。可見，王棨是在繼承辭賦傳統風格的基礎上，另闢蹊徑，意匠獨造，對晚唐賦風的轉變起到重大影響。

與王棨一樣，黄滔也以律賦著稱。王棨的賦，既有明媚的風月，也有「天下春」的期盼，而到黄滔筆下，却只有衰草斜陽、蕪城冷苔，晚唐窮途末路、淒涼衰敗的景象躍然紙上。黄滔的律賦，頗多警言麗句，如館娃宫賦有感吴王惑於西施而亡國：「舞榭歌臺，朝爲宫而暮爲沼；英風霸業，古人失而今人驚。」清李調元賦話卷四稱讚黄滔漢宫人誦洞簫賦賦「最多麗句，傳在人口」，又稱「文江律賦，美不勝收，此篇尤勝，句調之新異，字法之尖穎，開後人多少法門」。黄滔還擅長詩歌、文章，閩中碑銘多出其手。黄滔不僅律賦、詩文創作成就突出，而且還是一位具有一定文學見解和詩歌理論素養的詩人。他繼承韓、柳古文運動「文以載道」的傳統，極力推崇李、杜、元、白等人。其課虚責有賦，就是一篇賦體的文論，繼承了陸機文賦、劉勰文心雕龍的觀點，提出「沖和」的主張，下啓宋人，具有承先啓後的作用。黄滔可以説是晚唐五代福建文壇的重要人物，故被其鄉人尊爲莆田「文章初祖」。

唐末以賦聞名的閩人還有徐寅。徐寅的賦一度聞名天下，如其早年所作人生幾何、斬蛇劍、御溝水諸賦，甚至遠傳渤海國，其人皆以金書列爲屏障。人生幾何賦是徐寅的代表作。作者以藐視古聖先賢的態度，恣意評點歷史人物，甚至發出「嘗聞蕭史王喬，長生孰見；任是秦皇漢武，不死何歸」這樣的驚人之語。唐末長安城風雨飄揺，大厦將傾，士民中及時行樂的思想頗爲濃厚，人生幾何賦很能引起人們的共鳴，故該賦一出，「四方傳寫，長安紙價爲高三日」。

平心而論，律賦作爲科舉應試之文，在唐代文學史上的地位自然不能與詩歌相提并論，但王棨等人在律賦上的突出表現，不僅印證了這一時期福建人在科舉上取得突破的事實，而且説明區域性的福建文學完全有可能趕上全國文學的發展步伐，甚至可能在某一領域處於相對領先的地位，這應是福建地域文化逐漸發展的標誌。不過這一時期福建本土作家及作品數量不是很多，其影響也不如一些流寓入閩的文人，如著名詩人韓偓。

韓偓是唐末一大詩家，晚年避亂入閩，寓居南安。其入閩詩約百首，占翰林集一半篇幅，内容或反映時事，或追懷故國，或感慨身世，或描繪閩中風物。如登南神光寺塔院云：「無奈離腸日九迴，强攄離抱立高臺。中華地向城邊盡，外國雲從島上來。四序有花長見雨，一冬無雪却聞雷。日宫紫氣生冠冕，試望扶桑病眼開。」此詩讀來膾炙人口，不失爲唐人描寫福建氣候的佳作。韓偓因編有香奩集，詩名頗遭非議。其實，韓偓早年雖多寫綺豔的閨情詩，但中年飽經亂離之苦，詩風已變得遒勁激昂。四庫全書總目卷一五一云：「其詩雖局于風氣，深厚不及前人，而忠憤之氣時時溢於言外，性情既摯，風骨自遒，慷慨激昂，迥異當時靡靡之響。其在晚唐，亦可謂文筆之鳴鳳矣。」

以韓偓爲代表的入閩客籍文人，對晚唐福建文學的發展有着重要的促進作用。唐五代福建文學的發展過程，正是福建文人學習中原文化的過程。本土與客籍文人相互交流、相互影響，直接推動了福建文學的興起，并爲兩宋福建文學的大發展、大繁榮奠定堅實基礎。

四、整理原則

（一）以福建省圖書館藏清嘉慶十五年（一八一〇）福鼎王氏麟後山房刊本、福建師範大學圖書館藏嘉慶十八年王氏補刊本爲底本標點整理。

（二）正文一般從底本，不常見的異體字、俗體字，改爲通用字；缺筆字、容易引起歧義的避諱字，徑改；字形接近的明顯訛誤，如己已巳、歧岐、辨辯、鍾鐘之類，徑改。

（三）書中闕文，以□代之；部分篇幅較大的闕文，以全唐文、四部叢刊本、叢書集成本等補齊，并做相應説明。

（四）尊重原書，原有注釋與説明文字概予保留，只作標點、分段，一般不出校勘記，以保存原書風貌。

（五）標點符號按現行國家標準標點符號用法執行，一般不使用破折號和省略號。

目録

唐歐陽四門集

唐歐陽四門集卷第三……三六

五言律詩……三六

五言排律……三九

七言律詩……四〇

唐歐陽四門集卷第四……五〇

唐歐陽四門集卷第五……六六

唐歐陽四門集卷第八

書

啓

唐歐陽四門集附録

香奩集

翰林集

翰林集卷第三

翰林集卷第四

翰林集附録

書後

麟角集

唐黄御史集

唐黃御史集卷第二……三五一

五言律詩

唐黄御史集卷第三……三七二

七言律詩……三七二

七言絶句

唐黄御史集卷第七……………四五五

唐徐正字集

徐正字集卷第四……五六〇

唐林邵州遺集

唐林邵州遺集附録

〔唐〕歐陽詹　撰

唐歐陽四門集

舊序

福建等州都團練觀察處置等使正議大夫使持節都督福州諸軍事福州刺史兼御史中丞上柱國賜紫金魚袋李貽孫纂

歐陽君生于閩之里，幼爲兒孩時，即不與衆童親狎，行止多自處，年十許歲，里中無愛者。每見河濱山畔有片景可採，心獨娛之，常執卷一編，忘歸于其間。逮風月清暉，或暮而尚留，窅不能釋，不自知所由，蓋其性所多也。未甚識文字，隨人而問章句，忽有一言契於心，移日自得，長吟高嘯，不知其所止也。父母不識其志，每嘗謂里人曰：「此男子未知其指何如，要恐不爲汨没之饑氓也，未知爲吉凶邪？」鄉人有覽事多而熟于聞見者，皆賀之曰：「此若家之寶也，奈何慮之過歟！」自此遂日日知書，伏聖人之教，慕愷悌之化，達君臣父子之節、忠孝之際，唯恐不及。操筆屬詞，其言秀而多思，率人所未言者。君道之容易，由是振發於鄉里之間。建中、貞元時，文詞崛興，遂大振耀，甌閩之鄉，不知有他人也。會故相常衮來爲福之觀察使，有文章高名，又性頗嗜誘進後生，推拔於寒素中唯恐不及。至之日，比君爲芝英，每有一作，屢加賞進；遊娛燕饗，必召同席。君加以謙德，動不踰節，常公之知，日又加深矣。君之聲漸騰於江淮，且達於京師矣。時人謂常公能識真。尋而陸相贄知貢舉，搜羅天下文章，得士之盛，前無倫比，故君名在榜中。常與君同道而相上下者，有韓侍郎愈、李校書觀，洎君并數百歲傑出，人到于今伏之。君之文新，無所襲，才未嘗困。精于理，故言多周詳；切於情，故敘事重複，宜其司當代文柄，以變風雅。一命而卒，天其絕邪！君於貽孫，言舊故之分，於外氏爲一家，故其屬文之內，名爲予伯舅。所著者，有南陽孝子傳，有韓城縣尉廳壁記，有與鄭居方書，皆可徵於集，故予沖幼之歲，即拜君於外家之門。大和中，予爲福建團練副使日，其子價自南安抵福州，進君之舊文，共十編，首尾凡若干首，泣拜請序。予諾其命矣，而詞竟未就。價微有文，又早死。大中六年，予又爲觀察使，令訪其裔，因獲其孫曰灦，不可使歐陽氏之文遂絕其所傳也，爲題其序，亦以卒後嗣之願云。

原序

癸卯冬，予再遊溫陵之石室，友人徐興公偕焉。石室，爲歐陽行周先生讀書處也。越三年，興公携先生集于金陵，謀更梓之。不肖論次其事曰：「士之立言，非自成一家，而本于身心性命之原，則不能傳于世。有唐貞元去此數百載矣，其文之足以傳，不至泯泯，非無以也。」先生之文辭，簡質奇崛，匪所因依，且令人詳玩之，詎不斌斌乎出入經史間哉？爲之師者，有常觀察衮、陸宣公贄焉；爲之友者，有韓文公愈、李文公翺，若崔群、李絳之倫焉；爲之門生故舊，有徐狀元晦、李中丞貽孫焉；爲之子、從子及孫，有曰價、曰秬、曰澥焉。所謂美弗彰而盛弗傳者，無此患也。然撮其至要，尤在於韓哀辭題語，大非常情。想以韓之交游，如崔群、李觀、陽城、劉伉諸君子心誠好之矣，而著作不少槩見；又如張籍、孟郊、賈島、李賀諸君子有著作矣，而調未必合。故當其時與韓之分曹而立者，其柳柳州乎；而步趨不失尺寸者，其惟先生乎？觀二公之鶩驥吟，相須固甚殷也。先生至性孝友，人無間言，而篤于意氣，好持議論，推引同類，以欲有所竪立于世，不特文辭而已。惟太原函髻一節，議者紛紛，未有定論。不肖竊謂關試而後，薄遊太原，先生未入仕也；即仕矣，而唐時未嘗置禁也。他如樂津北樓絶句及聞唱涼州詩，皆因偶有所見而心悅之，形諸諷詠，亦風人之致，大都如是耳。其以爲鍾情溺惑，一慟而亡者，則好事之譚也。又以爲高城不見，漫無所指者，亦拘方之論也。韓之哀辭曰：「貞元八年春，與詹同考試登第。自後詹數歸閩中，及十五年爲國子監四門助教，率其徒伏闕下，舉余爲博士。」如是則先生仕之日少而歸之日多，非戀戀于膝下而二尊人者逼之使出耶？又安見其爲溺于婦人女子之壹鬱踰年以死也？故予友興公編次先生文，自貞元五年曲江池記，至十五年韓城縣西尉廳記止，歷歷有徵，并宋祁文藝傳已下附録于左，使觀者審焉。

萬曆丙午仲夏望日，賜進士出身、奉政大夫、南京户部四川清吏司郎中、侯官後學曹學佺譔。

舊序

閩人登進士第自歐陽詹始，此昌黎韓公之言也。夫以一第倡一方，此其人物似未足多者，何至動韓公之紀録也？蓋閩自漢武帝徙其民於江淮間而墟其地，至唐中世，民之生聚猶且無幾，而況於人物乎？獨歐陽先生秀出凡民，早知從事於周公、孔子之道，文行蔚然，觀察使常公深獎異之。至京師，受薦陸宣公，與韓公及李觀、李絳、崔群諸公聯第，皆天下之選，時稱「龍虎榜」焉，則其視尋常一第者固有間矣，謂非一時之豪傑，不可也。自是，閩士始知所向慕，儒風日以振起，相師不絕。迤邐至於楊龜山、李延平輩，分河洛之派，授之朱子，而正學大明，道統有歸，吾閩遂稱「海濱鄒魯」矣。是殆有類于瓜厖之勢，其蔓不絶，至末而益大者，謂非先生實爲之根柢，不可也。先生手著文集，前輩稱其精於理而切於情，可知其非止工於辭者。今家宰福郡林先生自內閣録出以傳，吾師信豐尹莊世平先生因刻之於梓，力未克成，郡守弋陽吴公克明聞之，曰：「是閩中文獻也，吾當有以表章之。」遂捐俸以畢其工，而屬清一言。顧先生家世、履歷、行業詳載唐書本傳及李公貽孫之序者，已刻其卷端，無庸清小子之贅矣。兹特揭其所係於斯文一脉者如此，使後之人知先生之功在吾閩者，不止爲進士第破天荒而已也。

閩中後學蔡清虚齋氏敬譔。

序

或曰：「唐歐陽公其可謂不朽之士矣。居蠻服而拖紳，處遐荒而奮鬣。鳳諾龍章，階除撅豎，歐陽公其可謂不朽之士矣。」或曰：「否。歐陽公説禮敦詩，以文詞傾動天下，天下賢豪長者間與之遊，以故身没而名彰。」趙子不答。既而思曰：異哉。或言蜀犬吠日，徒知日之異而不知日之所以異。孔子曰：「必也正名乎。」又曰：「名不正則言不順，言不順則事不成。」言乎名者，實所歸也；正者，名所主也。」或言：「不辨，烏乎可因？」從而進之曰：「子來前。子昔所語，子重名乎？重不朽乎？子重名，則子曷不出五都之市，即五都之人駟其馬，高其車者，盡皆名之乎？子重不朽，則子曷不出五都之市，即五都之人懷其篋，揚其簡，傾動賢豪長者，賢豪長者間與之遊者，盡皆不朽之乎？」則皆對曰：「不能。」曰：「然則吾子實未喻乎名與不朽，又安得而喻歐陽公？」公名詹，世治人，唐貞元八年及第。性倜儻，於學無所不稽。嘗與太原韓愈善，愈之言曰：「歐陽詹文章切深，喜往復，善自道，讀其書。」又與河東柳宗元善，宗元之言曰：「歐陽詹處四門，與予同志於文。」又與李觀、李絳、崔群、李翺俱善，觀、絳、群稱公文，文不録。翺實爲公作傳，傳亦失傳。惟大中中，公門生福建等州都團練觀察處置等使李貽孫者，以公子價於太和間，自南安來，進公文，乞序，序之曰：「公之文章無所襲，才未嘗困。精于理，故言多周詳；切于情，故敘事重複，宜其司當代文柄，以變風雅。一命而卒，豈非天哉！貽孫幼時，憶即拜公于外家之門，今豈可使公之文竟絕其所傳也。」其言精，其旨當，與前六君子皆能善道公名。趙子曰：「孔子序列古之賢人君子詳矣。伯夷、叔齊誼至高，孔子曰：民到於今稱之。管仲夷吾功至顯，孔子曰：民到今受其賜。孔子何言哉？伯夷、叔齊隱也，隱而德高者不朽；管仲夷吾仕也，仕而功懋者亦不朽。以吾所論歐陽公，仕亦不高，身亦不隱，然天下已治，百姓又安使出其業？事堯事舜，未始不可觀，即不幸沈淪草澤，讀書談道，研慮深思，不博取人間功名富貴，豈即泯滅而名不彰哉？」歐陽公既仕不高、身不隱，出門賦志，其詞曰：「人有志而斯邁，予紛然而遠別。舍天性之至慈，去人情之好仇。」又曰：「循否泰以終命，黜風塵以愴懷。」厄助教以終。其友太原韓愈聞而哀之曰：「歐陽詹死矣。歐陽詹爲國子四門助教，將率其徒舉予爲博士，令監有獄，不果上。觀其心有益於余，將忘其身之賤而爲之也。歐陽詹死矣。」趙子曰：「嗚乎！歐陽公天性深醇，素懷雅潔，其奉親孝也，事君忠也，取友信也。詩曰：『王事靡盬，憂我父母。』書曰：『夙夜惟寅，直哉惟清。』易曰：『拔茅茹，以其彙，征吉。』歐陽公有焉，歐陽公不朽矣。」或唯而退。趙子持其說以示王子學貞曰：「吾今日于歐陽公，表其微，明其志，且于文無害也。」王子曰：「善。吾適梓公集，請即此篇爲集序。」

嘉慶庚午秋七月，東冶趙在翰撰於終不可諼齋。

唐歐陽四門集卷第一

唐國子監四門助教晉江歐陽詹著
大清貢生福鼎王遐春刊

賦

出門賦

出門辭家兮，人有志而斯逞，予紛然以遠遊。別天性之至慈，去人情之好仇。嚴訓誡予以勿久，指蒲柳以傷秋。弱室咨予以遄歸，目女蘿而起愁。心眷眷以纏綿，淚浪浪而共流。惕懷安以敗名，曾何可以少留？於是驅忠信以爲車，執藝業以爲贄。越三江，踰五嶺，望堯旌而求試，庶亦呈功取爵，建德揚名。獲甘旨以報勤，光晝錦以迴衡。如弧斯張，如鳥斯征。射百步而期中，飛三年而必鳴。颸飈天寒，崢嶸歲晚。鵲聯翩以不定，蓬悠揚而自轉。逮前程之尚遥，顧所離而日遠。事紛拏以争拔，情交戾而不和。退藩離，則弱羽戀於雲路；激龍門，則纖鱗限乎尺波。身違日日之晨昏，戀悽悽而莫遣；親益年年之羸老，思搖搖而若何。慭靈輒於困窮，舉冀缺於壟畝。一仁聲之永大，一孝德之茲久。伊錫類以拯窮，豈今無而昔有？爾乃循否泰而俟命，默風塵以愴艱。苟疏溟而納流，願覆簣以成山。路實多歧，絲無定色。任玄黃之濡染，信疆理之南北。管因媒而解縛，越自遇而升車。虞先榮而後悴，姜始卷而終舒。傷哉！數子之稅駕，吾未知其所如。

石韞玉賦以「清潤積中，光華外發」爲韻。

荆山之石兮，玉在其中。和氏未遇兮，追師不攻。内抱貞明，蓄珪璋而自異；外封磽确，與砮礪而攸同。紛爾千峯，塊然一石。石居山而有類，玉處胎而無跡。昭彰奇彩，象鸞鏡之猶埋；特達英姿，狀蠙珠之未折。齊草木之偕賤，疊泥沙而共積。瓌材則韞，精氣時揚。結白虹於林薄，浮清氣於巖岡。多見已形，空知六瑞之貴；罕窮未朕，誰分十仞之光。混瘞嵌巖，沈蒙翳薈。同夫有智，懷其有以若無；侔彼不争，守厥屯而俟泰。明其内，晦其外。將藏器以待知，不干物以招害。原夫石則稱堅而可轉，玉則受琢而凝清。日遇良工，一則有順而無固；時惟哲后，一則無脛而前呈。

我唐文武建元，成康紹胤。獲王母之玉琯，致淮夷之琛賮。向華池而効色，從溫樹以流潤。伊抱璞之未聞，亦梯山之自進。佳粱糅粃，黃金在沙。必簸糠而颺礫，冀取實以除華。雕琢儻行，輝章希發。願同三獻之納，庶免再來之刖。

迴鸞賦

夫何降一人兮，將凝帖乎萬方。神其精而傑其質兮，赫赫巍巍以昂昂。應千年之寶歷，承八聖之重光。道爲紀，德爲綱，仁爲宅，義爲防。化悠悠而蕩蕩，風習習以洋洋。沐雨露以蕃昌，燭日月以皆康。

癸亥之歲，大皥司政，乃作幸于西，順上帝之令。將行，曰：「相彼元元，以哲后爲父母，視淫君猶芻狗。予其在德，則夷狄皆予之子也，伊重關擊柝，虞誰爲守乎？予其不淑，則骨肉實予讐敵也，雖金城湯池，於予何有乎？」四門大開，七寢停警。欻凜溧以風清，寂澄凝而月靜。

于時厥有頑民，從愚至逆。假鴻恩以出入，弄神器於間隙。於是天忿地怒，人慘神惻。積沴氣以交衝，疊寃心以潛逼。灾變流演，妖氛充塞。山河列以長晦，日月存而無色。明則士庶，幽則神祇。豚魚有識，草木無知。企喁喁以嗷嗷，望我后之來儀。如孺子之憶慈親焉，如涸鱗之念長津焉，如枯苗之待膏雨焉，如籠鳥之仰林莽焉。

既而文物無荒，聲明有素。木葉猶飛，金風未暮。聖澤西浹，天顏東顧。迴旌旗，整鑾輅。雨師啓途，風伯前驅。豐隆布令，列缺行誅。神功莫仇，天力誰虞。櫛繽紛於冥宰，駢駱驛乎虛無。洗地軸，拂天衢。殲有罪，福無辜。雰霾掃蕩於寰區，塵埃滌濯乎皇都。元兇不戮而淪痛，品物未覩而遥蘇。爾其靈物，既先乘輿，乃從雲車烟馭，春心日容。鬱霏霏以葳蕤，輝熠熠以嚴顒。祥風飀飀以淫淫，瑞色靉靉以溶溶。朦朧焉虹霓之縈儀鳳，髣髴焉江霧之送遊龍。若夷若夏，乃愚乃賢。振振駢駢，殷殷闐闐。巷如流以湯湯，野若草以芊芊。雲浮巨嶽，水集洪川。至喜翻悲，含淚而前。曰：「自沐玄化，冥冥綿綿。如載于天，如飲于泉。卒歲永年，皆謂自然。異日殷憂，方昭厥由。歸歟歸歟，人其侍居。」

是日也，皇帝乃闢金門，升紫宮，宣睿旨，獎天衷。熙乎若微雷淑氣暢昆蟲，芬乎若韶光麗景發青蔥。下蟠厚地，上洽玄穹。扶桑而西，虞泉而東，百福交通，萬彙大同。白日三舍以逡巡，瞪不征以融融；南山萬歲以争呼，頌聲若動而崇崇。至矣哉，之德也。深乎大乎，滂乎沛乎。爾其汪濊乎，可謂上合天經，下叶坤靈，旁統神明，中獲人情。故能不守有與之守，不爭有與之爭。此一舉也，足見天地之心，足辨人神之意。諒無黨以無偏，唯夫道德之比者也。

將歸賦

憶求名於薄藝，曾十稔以別離。纔還鄉之半齡，又三年于路歧。紅顏匪長，白日如馳。苒苒皆盡，悠悠爲誰。親有父母，情有闈闥。居唯苦飢，行加相思，加相思兮寧苦飢。辭家千里，心與偕歸。南省之蘭，東山之薇。一芳一菲，何是何非。歸去來兮，秋露霑衣。

王者宜日中賦以題爲韻。

杲杲者日，中則重光。燭生生於有晦，暖物物以無疆。人在下，君體陽，故法之象之，宜諸帝王。亭然止六合居中，赫矣洞九霄臨下。取其正，諒無邪僻之徒；倣其明，詎有幽陰之者。瞻端嚴則體率，慕光昭以心寫。想照彌乎八紘，庶化覃於九野。觀夫高春始上，虞泉未移。面方輿而再朗，點圓象以重規。有隼之墉，匿寸陰而影盡；無禽之井，透百尺以光披。含靈亹亹，處植離離。穴有向陽之户，柯無不煦之枝。伊體元在己，有國於斯。形厥功以居大，固其義之攸宜。況日則類王，王實況日。道符罔二，理契惟一。當其食昃，用貶膳以去縣。仰以高明，直棄儔而背匹。是以如之致唐堯之盛，假之在周易之豐。暮非乏照，朝亦有融。或背籬東之蟄，或遺山右之蒙。

掩彼不言，黜履邪而有蔽；放茲取則，貴無偏以處中。正不正，通難通，可以勵垂衣之聖政，可以激御遠之神聰者也。我皇祇若高穹，保茲洪祚。順三辰之耿耀，稽八卦之明諭。覿兢莊，霑煦嫗。美盛德之形容，遂屏營而作賦。

瑾瑜匿瑕賦以「物無終美，捨短從長」爲韻。

玉之美者，其曰瑾瑜。雖特達之自有，豈玼瑕之則無。菲食其端，葑采其下。苟當無而可用，諒在人而罔捨。況服飾所珍，禮容攸假。五德人尚，居然總之。百寶物雄，又其尤者。只如夷吾委質，曲逆從王。一則措其所短，一則舉其所長。伊十仞之可貴，詎一眚而爲傷。是故異比荆山，奇同鄭市。縱青蠅之下點，有白虹以旁起。琢中良工，佩宜君子。爾若惡其細而棄其大，我則揚其表而掩其裏。矧乃珪或致磨，璧當可指。終訓九年之積，不損連城之美。

勗矣乎！韞獨明之見，宰萬物之工。覩其材而辨其器，履其始而知其終。建莫大之勳，與悠悠既異；收稀代之寶，將瑣瑣寧同。砮璞自克，散材徒鬱。苟無分寸之痕翳，罔有尋尺之盤屈。瑩乏光華，紱乖音律。攻之有曠乎目力，斲之不益於人物。空知有玷與無疵，豈不道疏而理拂？至剛也，必時時而外缺；至清也，乍渾渾而罔容。考瑾瑜之含匿，亦厥義之云從。不然者，玄黃已疲，奚復騁乎千里；輪困則病，焉得用於九重。瑜之體全者則希，瑾之無瑕者亦罕。惟追師之鑒選，納尺長而寸短。

徵君洪厓子圖賦以「雲際長松，以表貞節」爲韻。

矯矯徵君，居幽行聞。朗詠堯年之日，棲遲姑射之雲。英英時傑，好奇藝絕。窺窮圖畫之能，寫得隱淪之哲。豈不以懷材習技，我韞跨俗之工；履道全真，彼有過人之節者也？

觀夫杖藜載酒，面石依松，盡是山中之意，全移物外之蹤。入室終窺，知裂繒而畫出；升堂始睇，疑在野而相逢。如言實默，如行實止。蘿纖纖以垂帽，草青青而藉履。洋乎令聞昭晰，得其所由；儼夫儀形髣髴，知其所以。

原夫賢達作範，丹青立程。將模前而示後，必體物而歸誠。服惟身表，容實心旌。對冰雪之顏，覩蘭蕙之纓。暗識伯夷之潔，遥憐虞仲之貞。知身已謝，看畫如生。矜且復莊，若此晨之有識；貪之與欲，同在日之無情。形似植以亭亭，衣如風而曳曳。臨諸瑶席之上，想彼雲林之際。萬物方秀，千峯初霽。神飄飄以自遠，身悠悠而不繫。我之心矣，惟賢允臧。披圖畫於是日，得夫君乎此堂。乃知君之於德也大，畫之於工也長。

畫非君無以展其妙，君非畫莫得揚其光。物有相假，不其昭彰。揆人事之美惡，論功庸之夥少。伊畫也，可以稱智者之先；惟君也，可以作真人之表者也。

明水賦以「玄化無宰，至精感通」爲韻。貞元八年及第。

智之不測，有明水焉。方諸在手，圓月居天。象質遐分，則迢遥而迴遠；英華潛合，遂滴瀝以流漣。可謂妙自斯妙，玄之又玄。此道也，自何而來；彼靈也，從何而借？越杳杳之蒼旻，阻冥冥之永夜。望蟾魄而光彩殊流，端蛤形而清冷忽下。等陽燧之通感，實柔祇之秘化。豈不以我惟陽德，伊乃陰徒，精靈合契，氣類相符，共禀坤而配坎，諒交津以有濡？

此理焉，自取之乎必有；斯水也，遂生之於本無。精潔可嘉，清明斯在。湛玉壺以無垢，入犧罇而有待。處彝實爵，今則由於鬯人；置下升堂，已不關乎真宰。稽夫所自，原夫所致。臨庭目擊，雖從陰鑒而來；向月心祈，又似上天而至。來莫我挈，至莫我精。弃本不仁，故存名而曰水；從宜酌號，遂表性而稱明。信可薦宗祏，郊上清。故得師先享歲，告帝功成。冠三酒而首進，掩五齊以先行。招百神之景福，致萬姓之元禎。無益於人，鄙玉漿於夜漏；自求其溢，哂珠露於金莖。遊原習坎，固有冥感；處陸浮空，不無玄通。龍吟雲而致雨，虎嘯谷而來風。動無千里之效，潤纔百里之功。詎若以握中之瑣細，向天上之膧朧，精液下融，神人以崇，而福禄攸同者？

春盤賦 以「裁紅暈碧，巧助春晴」爲韻。

多事佳人，假盤盂而作地，疏綺繡以爲春。叢林具秀，百卉爭新。一本一枝，叶陶甄之妙致；片花片蘂，得造化之窮神。日惟上春，時物將革。柳依門而半緑，草連河而欲碧。室有慈孝，堂居斑白。命聞可續，年知暗惜。研秘思於金閨，同獻壽乎瑶席。昭然斯義，咢矣而明。春是敷榮之節，盤同饋薦之名。始曰春兮，受春有未衰之意；終爲盤也，進盤則奉養之誠。儻觀表以視中，庶無言而見情。懿夫繁而不撓，類天地之無巧；雜且莫同，何才智之多工。庭前梅白，蹊畔桃紅。指掌而幽深數處，分寸則芳菲幾叢。呼噏旁臨，作一園之朝霧；衣巾暫拂，成萬樹之春風。原其心匠始規，神謀創運。從衆象以遐覽，總羣形而內藴。彼有材實，我則以短長小大而模；彼有文華，我則以玄黃赤白而暈。故得事隨意，製物逐情。裁凝神而珍奇競集，下手乃芬馨亂開。不然者，欲玩扶疏，須買青山以樹；要窺菡萏，待疏緑沼而栽。將以緩悲予之思，將以逞吾人之才。此一作也，察其所由，稽其所據，匪徒爲以徒設，誠有裨而有助者也。

藏冰賦 以「西陸朝覲，方出之也」爲韻。

晚日離斗兮，昏星見奎；鴻虬向北兮，龍角徂西。天子慮曾冰以爲灾，闢淩陰而大納；山人於其時而共職，庶壽域以同躋。黑牡既謦，玄冥已祝。人惟在土，佯有賦以歸王；物或稱琛，類無脛而奔陸。鑿固沍於窮壑，閉重泉乎夏屋。烱乎干將之出地，粲乎連城之韞匵。

爾乃東風月仲之節，西陸晨覿之朝，薦明靈於寢廟，頒有位乎中朝。光可鑒形，鄙照車之寶楚；清能禦暑，輕翣莆之珍堯。向玉堂以孤瑩，鎮瓊筵而自昭。助微涼於長簞，迴煩燠於炎飈。鬼神以之而饗集，君臣以之而利饒。豈止疾雷不震，凄風不飄，致兩儀之交泰，作六氣之和調而已哉？

冰之藏也，旨意可稽；冰之賦焉，英華可覿。休宗社之成禮，暢乾坤而樹績。順時元吉，爲我政之恒乎；悖道致尤，寧魯臣之屢折。六合蒼蒼，萬物攘攘，詎無時啓，亦有時藏。繹其功而此譬，於厥德而何方？勁挺金相，貞清玉質。展其用，無愧於明時；韞其光，不欺於暗室。平凜冽以冬入，滌赫曦而夏出。穿楊發彼，觀國于茲。幾黌三冬之學，又當二日之時。業屬辭以比事，遂含毫而賦之。

懷忠賦

丙寅歲，因受遣，季冬之月，次於殷墟，歷關龍逢墓焉。昔聆其風，未嘗不迴腸霣涕。覩夫塋壟，心又增傷。遂寫憤于言，爲賦以弔。先生以忠諫致命，故以「懷忠」命篇。其辭曰：

天生彼辛兮，用殲覆於夏家。欲悠悠而罔極，毒浩浩其無涯。無辜殞身，肆市朝之若莽；有道并命，委炮烙之如麻。伊先生之諤諤，爲酷烈之所加。嘗披圖於往載，每廢卷以興嗟。蕭條舊邑，漭滄空陂；陷陵成坎，古木無枝。或人曰此其墓也，又一倍以增悲。

嗚呼！麟非騰噬之儔，詎豺狼之共穴；鳳實仁靈之類，豈鷹鸇之同列。惟玉石之明分，亦薰狼之自別。是以謇謇心競，昂昂面折。彼炎炎之原燎，信撲之而不滅。寧歸死以中懷，不貪生而結舌。痛矣哉！

古人有言，輔仁者天，福善者神。胡爲是日，力不如人。使典章之不信，俾忠義之空勤。律中大呂，日臨蒙谷。風颼颼於衰草，烟茫茫乎平陸。思悽悽而填臆，淚淫淫以盈目。義則非其知友，親故遠乎骨肉。節臨危而不撓，行於艱而彌篤。惟其有之，是以傷之而慟哭。

律和聲賦以「見象聲律，以和萬方」爲韻。

詠聲周兮律聲遍，人心厚兮國風變。伊在堯之既聞，我得夔而又見。哀思慮始，安和道性。宗伯，官也，擇人乎有才，正始化焉。選音於無象，綴咸池之雅韻，去桑間之末賞。圖風普以雨周，算天長而地廣。律則以宮激徵，詠則從濁揚清。且懲流而反正，常誡險以歸平。若近若遠，非幽非明。類無臭，等無聲。信矣惟時，與四時之德洽；純如合莫，彌六合以文成。善詠者身，應聲者律。會高低以齊奏，偕疾徐而并出。跡不得尋，功如何述？爲災爲眚，曾莫奉於淫君；調陽序陰，屢見資乎聖日。故得之者體圓御方，失之者亡禮絕祀。比屋可戮，桀紂罔測其所由；率土可封，堯舜固知其所以。不然者，移風之言易謂，易俗之訓則那。我所以清六管，順賡歌。載唱載吹，匪塤篪之獨叶；一張一弛，豈琴瑟之空和。八紘有截，四海無波。物阜人蕃，雖歸之乎至德；鳳來獸舞，蓋於斯而靡他。其理微，其用遠。論有助也，侔大君之得一；考無情焉，同八風之吹萬。可謂我詠斯暢，我律斯臧。發揚六氣，孕育羣方。處植者以之而茂實，含識者於焉而壽昌。彼離連與栗陸，復何道而稱皇？

秋月賦以「至明周照」爲韻。

粤惟日行于翼，風發於庚。白露下降，鴻鴈来征。野颯颯而未落，天寥寥而氣清。獨孤亭之不寐，见涼月兮東生。上迢迢之霄漢，掩冽冽之恒星。出江山之磅礴，豁閶闔之崢嶸。皎皎瑶瑶，晶晶盈盈。映階墀以歷歷，对窗户以亭亭。雖他时之并照，何斯夕之爲明。異夫，白鶴翩翻，不分其色；寒泉灑落，空聞其聲。乃遥夜以虚燭，實純風之至精。於是照曜必周，通明洞幽。其色也，潤林巒之卉物；其影也，瑩江湖之亂流。益池亭之寂寂，增氣候之颼颼。起離家之遠恨，生去國之繁憂。何處而不見，何人而不愁。豈謂征客懷歸，徘徊於黄榆之塞；佳人怨別，蕭條於紅粉之樓。已矣哉，信知宇宙之中，光明爲至。非淒涼之獨感，亦清貞之可類。臨照者，足以倣有德之君；潔白焉，宜將匹無瑕之士。傷哉不肖，傍徨嶺徼。时雨露兮未霑，自形影兮相弔。願窮經兮取老，恐用人兮尚少。幸君子兮如月，冀餘光兮一照。

唐歐陽四門集卷第一

唐歐陽四門集卷第二

唐國子監四門助教晉江歐陽詹著
大清貢生福鼎王遐春刊

四言古詩

東風二章有序。

東風，美隴西公也。貞元十二年，相國東都守隴西董公牧于浚。浚軍自剿淮夷二孽，靈曜、希烈。矜功多悖，師用匪律，人亦由殘。隴西公和爲謀輿，仁爲化車，既去兇渠，黎甿以蘇。東風，解凝發蟄之不若。作東風詩二章，首美去凶渠也；其卒章，美蘇甿也。

東風叶時，匪沃匪飄。莫雪凝川，莫陰沍郊。朝不傒，夕乃銷，東風之行地上兮。上德臨慝，匪戮匪梟。莫暴在野，莫醜在階。以踣以殲，夕不傒朝。隴西公來浚都兮。

東風叶時，匪鑿匪穮。莫蟄在泉，莫枯在條。宵不傒，晨乃繇，東風之行地上兮。上德爲政，匪食音寺。匪招。莫顧於家，莫流於遼。以飽以迴，晨不傒宵。隴西公來浚都兮。

有所恨二章有序。

有所恨，由故人馬紳死而興也。予待試京師六年，與馬生相知者四秋。性與情相合也，衣與食相同也。予及第，歸覲故林。自別來，無憶不至於襟懷，無想不至於姿容，願一促膝，愁如也。昨既至止，馬生且疾，而巫者忌以見人，曰：「不見有愈，見則害。」遂忍即見，庶以求見。忍者五日，馬生云亡。

噫！故人也。昔越萬里，猶求見焉。惑乎一言，蔽乎一垣，而死生以之。死生之道，千秋之離也。五日之面，半旬之歡也。尚可半旬之歡，不就而卒，有千秋之離，一恨也。又與生別，摻執都門，生脱紫羅半臂，曰：「即日相去秦吴，聊以爲憶。」予貧也，素乏衣服，無暇藏篋笥，聯綿在身。二年間，同弊帛以棄，所以新而輕著，故而不留者。予實未衰，馬其方少，爾斯謂日相與也，所留何止在兹乎？今人既往，所贈又造次而亡之，二恨也。申二恨，爲有所恨二章云：

相思君子，吁嗟萬里。亦既至止，曷不覯止？本不信巫，謂巫言是履。在門五日，如待之死。有所恨兮！

相思遺衣，爲憶以貽。亦既受持，曷不保持？本不欺友，謂友情是違。隔生之贈，造次亡之。有所恨兮！

五言古詩

李評事公進示文集以詩贈之

風雅不墜地，五言始君先。希微嘉會章，杳冥河梁篇。理蔓語無枝，言一意則千。往來更後人，澆蕩醨前源。傾筐實不收，樸樕華争繁。大教獲微旨，哲人生令孫。高飈激頹波，坐使横流翻。昔日越重阻，側聆滄海傳。逮兹覿清揚，幸覩青琅編。泠泠中山醇，片片崑山璠。一杯有餘味，再覽增光鮮。對寶豈皆鑒，握礱良自研。吾其告先師，六義今還全。

蜀中將迴留辭韋相公貫之。

寧體則雲構，方前恒玉食。貧居豈及此，要自懷歸憶。在夢闕山遠，如流歲華逼。

明晨首鄉路，迢遞孤飛翼。

太原旅懷呈薛十八侍御齊十二奉禮

前來稱英俊，有食主人魚。後來曰賢才，又受主人車。伊予亦投刺，恩煦胡彫疏。既覩主人面，又獻主人書。餬口百家周，賃廡三月餘。眼見寒序臻，坐送秋光除。西日愁飢腸，北風集絺裾。升堂有知音，此意當何如。

初發太原途中寄太原所思

驅馬覺漸遠，迴頭長路塵。高城已不見，況復城中人。去意自未甘，居情諒猶辛。五原東北晉，千里西南秦。一屨不出門，一車無停輪。流萍與繫匏，早晚期相親。

詠德上韋檢察即韋相之弟也，名纁。

少華類太華，太室似少室。亞相與丞相，亦復無異質。渟如月臨水，灕若松照日。輝影互光澄，陰森兩葱鬱。連枝鸞鳳下，同氣龜龍出。并力革夷心，通籌整師律。英豪顧迴席，蠻貊皆屈膝。中外行分途，寰瀛溥清謐。

寓　興

桃李有奇質，樗櫟無妙姿。皆承慶雲沃，一種春風吹。美惡苟同歸，喧嚣徒爾爲。相將任玄造，聊醉手中巵。

自懷州却赴洛途中作

惆悵策疲馬，孤蓮被風吹。昨東今又西，冉冉長路歧。歲晚樹無葉，夜寒霜滿枝。依人恒辛苦，冥寞天何知。

晨裝行

村店月西入，山枝鵯鵊聲。求燈徹夜席，束囊事晨征。寂寂人尚眠，悠悠天未明。豈無偃息心，所務前有程。

江夏留别辛三十時自襄陽同舟而下予歸閩辛從此赴舉

弭棹已傷别，不堪離緒催。十年一心人，千里同舟來。鄉路予尚遠，客程君未迴。

將何慰兩端，互勉臨歧材。

徐十八晦落第

嘉穀不夏熟，大器當晚成。徐生異凡鳥，安得非時鳴。汲汲有攸爲，驅驅無本情。歗哉蒼梧鳳，終見排雲征。

送袁秀才下第歸毗陵

嬴馬出都門，修途指江東。關河昨夜雨，草木非春風。矢捨雖未中，璞全終待攻。層霄秋可翔，豈不隨高鴻。

聞鄰舍唱涼州有所思

有善伊涼曲，離别在天涯。虚堂正相思，所妙發鄰家。聲音雖類聞，形影終以遐。因之贈遠懷，惆悵菖蒲花。

春日途中寄故園所親

客路度年華，故園未云返。悠悠去源水，日日祇有遠。始嘆秋葉零，又看青春晚。寄書南飛鴻，相憶劇鄉縣。

銅雀妓

蕭條登古臺，迴首黄金屋。落葉不歸林，高陵永爲谷。粧容徒自麗，舞態閲誰目。嗚咽繐帷前，歌聲苦於哭。

題嚴光釣臺

弭棹歷陳跡，悄然關我情。伊無昔時節，豈有今時名。辭貴不辭賤，是心誰復行。欽哉此溪曲，永獨英風聲。

福州送鄭楚材赴京師時監察劉公亮有感激鄭意。

美人河岳靈，家本滎水濆。門承若蘭族，身韞如瓊文。早折青桂枝，俯窺鴻鵠羣。

爾來丹霄姿，遠逐蒼梧雲。有伊光鑒人，惜玆瑶蕙薰。中酣前激昂，四座同氛氲。海郡梅霪晴，山郵炎景曛。迴翔罷南遊，嗚唳期西聞。秦塞鸞鳳征，越江雲雨分。從玆一別離，佇致如堯君。

送潭州陸户曹之任户曹自處州司倉除

三語又爲椽，大家聞屈聲。多年名下人，四姓江南英。衡嶺半天秀，湘潭無底清。何言驅遠車，去有蒙莊情。

同諸公過福先寺律院宣上人房

律座下朝講，晝門猶掩關。叨同靜者來，正值高雲間。寂爾方丈內，瑩然虛白間。千燈智慧心，片玉清羸顔。松色落深井，竹陰寒小山。晤言流曦晚，惆悵歸人寰。

益昌行有序。

貞元年中，天子以工部郎中興元少尹吴興沈公長源牧利州。其爲政五年，予旅遊，由于利，覩人安俗阜，欽所以美，作詩一章。利州，故益昌郡也，目曰益昌行。詩曰：

驅馬至益昌，倍驚風俗和。耕夫壟上謠，負者途中歌。處處川復原，重重山與河。人烟遍餘田，時稼無閒坡。問業一何修，太守德化加。問身一何安，太守恩懷多。賢哉我太守，在古無以過。愛人甚愛子，理邦如理家。雲雷既奮騰，草木遂萌芽。乃知良二千，德足爲國華。今時固精求，漢帝非徒嗟。四氣有青春，衆植佇揚葩。期當作説霖，天下同滂沲。

玩月詩并序。

月可玩。玩月，古也。謝賦、鮑詩，朓之庭前，亮之樓中，皆玩也。貞元十二年，甌閩君子陳可封在秦，寓于永崇里華陽觀，予與鄉故人安陽邵楚萇、濟南林蘊、潁川陳詡，亦旅長安。秋八月十五日夜，詣陳之居，修厥玩事。月之爲玩，冬則繁霜，太寒；夏則蒸雲，太熱。雲蔽月，霜侵人，蔽與侵，俱害乎玩。秋之於時，後夏先冬。八月之於秋，季始孟終。十五於夜，又月之中。稽於天道，則寒暑均；取於月數，則蟾兔圓。況埃壒不流，太空悠悠，嬋娟徘徊，桂華上浮，升東林，入西樓，肌骨與之疏涼，神魂與之清泠。四君子悦而相謂曰：「斯古人所以爲玩也。既得古人所玩之意，宜襲古人所玩之事。」乃作玩月詩。

八月三五夕，舊嘉蟾兔光。斯從古人好，共下今宵堂。素魄皎孤凝，芳輝紛四揚。徘徊林上頭，泛灎天中央。皓露助流華，輕飆佐浮涼。清泠到肌骨，潔白盈衣裳。惜此苦宜玩，攬之非可將。含情顧廣庭，願勿沉西方。

答韓十八駑驥吟

故人舒其憤，作爾駑驥篇。駑取易售陳，驥以難知言。委曲感既深，咨嗟詞亦殷。伊情有遠瀾，余志遊其源。室在周孔堂，道適堯舜門。調雅聲寡同，途遐勢難翻。顧茲萬恨來，假彼二物云。賤貴而貴賤，世人良共然。芭蕉一葉妖，茂葵一花妍。異無材實資，手植階墀前。梗楠十圍瑰，松栢百尺堅。罔念棟梁功，野長丘墟邊。傷哉昌黎韓，焉得不迍邅。上帝本厚生，大君方建元。實將庇羣甿，庶此規崇軒。班爾圖永安，掄擇其精專。君看廣厦中，豈有庭前萱。

附録

韓愈

駑駘誠齷齪，市者何其稠。力小苦難制，價微良易酬。渴飲一斗水，饑食一束芻。

嘶鳴當大路，志氣若有餘。騏驥生絶域，自矜無匹儔。驅牽入市門，行者不爲留。借問價幾何，黄金比嵩丘。借問行幾何，咫尺視九州。飢食玉山禾，渴飲醴泉流。問誰能爲御，曠世不可求。惟昔穆天子，乘之極遐遊。王良執其轡，造父挾其輈。因言天外事，恍惚使人愁。駑駘謂騏驥，餓死余爾羞。有能必見用，有德必見收。孰云時與命，通塞皆自由。騏驥不敢言，低迴但垂頭。人皆劣騏驥，共以駑駘優。喟余獨興歎，才命不同謀。寄詩同心子，爲我高聲謳。

七言古詩

賦得秋河曙耿耿送郭秀才赴舉

月没天欲明，秋河尚凝白。皚皚積光素，耿耿横虚碧。南斗接北辰，連空濛鴻同。浮高天蕩蕩，漫漫皆晶然。賨類平蕪流大川，星爲潭底珠，雲是波中烟。雞鳴漏盡東方作，空曲蒼蒼曉烟落。鴈叶疑從清淺驚，鴈聲似在沿洄泊。并州細侯直下孫，才鷹秋賦懷金門。念排雲漢將飛翻，仰之踊躍當華軒。夜來陪餞歐陽子，偶坐通宵見深旨。心知悽愷日昭回，前程志在青冥裏。

汝川行

汝墳春女蠶忙月，朝起採桑日西没。輕綃裙露紅羅襪，半蹋金梯倚枝歇。垂空玉腕若無骨，映葉朱唇似花發。相歡誰是遊冶郎，蠶休不得歧路旁。

許州途中

秦川行盡潁川長，吴江越嶺已同方。征途渺渺烟茫茫，未得還鄉傷近鄉。隨萍逐梗見春光，行樂登臺鬬在旁。林間啼鳥野中芳，有似故園皆斷腸。

智達上人水精念珠歌

水已清，清中不易當其精。精華極何宜，更復加磨拭。良工磨拭成貫珠，泓澄洞澈看如無。星輝月耀莫之逾，駭雞照乘徒稱殊。上人念佛泛真諦，一佛一珠以爲計。既指其珠當佛身，亦欲珠明佛像智。洛董母，訪朱公，得之玓瓅羣奇中，龍龕鷲嶺長隨躬。朝白守持纖掌透，夜來月照紅絛空。窮川極陸難爲寶，孰説車渠將瑪瑙。連連寒溜下陰軒，熒熒泫露垂秋草。皎晶晶，彰煌煌，陸離電涎紛不常，淩眸暈目生光芒。我來借問修行術，數日殷勤羨茲物。上人視日授微言，心淨如斯即諸佛。

新都行

徐興公筆精云：余在白門時，編刻歐陽詹集，自謂無遺矣。偶閲全蜀藝文志，詹有新都行云云。原本所遺，尚俟續補。學貞今既重刊公集，遂附此，以竟興公之志云。

縹緲空中絲，蒙籠道傍樹。翻茲葉間吹，惹破花上露。悠揚絲意去，苒蒻花枝住。何計脱纏綿，天長春日暮。

唐歐陽四門集卷第二

唐歐陽四門集卷第三

唐國子監四門助教晉江歐陽詹著
大清貢生福鼎王遐春刊

五言律詩

陪太原鄭行軍中丞登汾上閣

中丞詩曰：「汾樓秋水闊，宛似到閶門。惆悵江湖思，惟將南客論。」南客，即詹也，輒書即事上答。

并州汾上閣，登望似吴閶。貫郭河通路，縈村水逼鄉。城槐臨枉渚，巷市接飛梁。莫論江湖思，南人正斷腸。

送少微上人歸德峰

不負人間累，棲身任所從。灰心聞密行，菜色見羸容。幻世方同悮，深居願繼蹤。孤雲與禪誦，别後在何峯。

荆南夏夜水樓懷昭丘直上人雲夢李莘

無機成旅逸，中夜上江樓。雲盡月如練，水凉風似秋。鳧聲聞夢澤，黛色上昭丘。不遠人情在，良宵恨獨遊。

送高士安下第迴岷南寧親

偕隱有賢親，岷南四一春。樓雲自匪石，觀國暫同塵。就養思兒戲，延年愛烏伸。還看謝時輩，又作潁陽人。

酬裴十二秀才孩子詠裴拜曰：「待看成器後，折取桂林餘。」

笄日未成年，英姿已哀然。王家千里後，荀氏八龍先。葱蒨松猶嫩，清明月漸圓。將何一枝桂，容易賞名賢。

旅次舟中對月寄姜公此公，丁泉州門客。

中宵天色净，片月出滄洲。皎潔臨孤島，嬋娟入亂流。應同故園夜，獨起異鄉愁。

那得休蓬轉，從君上庾樓。

除夜長安客舍

十上書仍寢，如流歲又遷。望家思獻壽，算甲恨長年。虛牖傳寒柝，孤燈照絕編。誰應問窮轍，泣盡更潸然。

早秋登慈恩寺塔

寶塔過千仞，登臨盡四維。毫端分馬頰，墨點辨蛾眉。地迥風彌緊，天長日久遲。因高欲有賦，遠意慘生悲。

太原和嚴長官八月十五日夜西山童子上方玩月寄嚴中丞少尹

西寺碧雲端，東溟白雪團。年來一夜玩，君在半天看。素魄當懷上，清光在下寒。宜裁濟江什，有阻惠連歡。

九日廣陵同陳十五先輩登高懷林十二先輩

客路重陽日，登高寄上樓。風烟今令節，臺閣古雄州。泛菊聊斟酒，持萸懶插頭。人情共惆悵，良久不同遊。

五言排律

御溝新柳貞元八年，及第省試。

東風韶景至，垂柳御溝新。媚作千門秀，連爲一道春。柔荑生女指，嫩葉長龍鱗。舞絮迴青岸，翻烟拂緑蘋。王孫初命賞，楚客欲傷神。芳意堪相贈，一枝光遠人。

和嚴長官秋日登太原龍興寺閣野望

百丈化城樓，君登最上頭。九霄迴棧路，八到視并州。烟火遺堯庶，山河啓聖猷。短垣齊介嶺，片帛指汾流。清鐸中天籟，哀鴻下界秋。境閒知道勝，心遠見名浮。豈念乘肥馬，方應駕大牛。自憐蓬逐吹，不得與良遊。

七言律詩

元日陪早朝

斗柄東迴歲又新，邃旒南面挹來賓。和光髣髴樓臺曉，休氣氛氳天地春。儀籥不唯丹穴鳥，稱觴半是越裳人。江皋腐草今何幸，亦與恒星拱北辰。

述德上興元嚴僕射

山横壁立并雄岷，大阜洪川共降神。心合雲雷清禍亂，力迴天地作陽春。非熊德愧富周輔，稱傑叨慚首漢臣。何幸腐儒無一藝，得爲門下食魚人。

詠德上太原李尚書

那以公方郭細侯，并州非復舊并州。九重帝宅司丹地，十萬兵樞擁碧油。鏘玉半爲趨閣吏，腰金皆是走庭流。王褒見德空知頌，身在三千最上頭。

及第後酬故園親友

才非天授學非師，以此成名曩豈期。楊葉射頻因偶中，桂枝材美敢當之。稱文作藝方慚德，相賀投篇料愧詞。猶著褐衣何足羨，如君即是載鳴時。

題華十二判官汝州宅内亭有序。

覩居處玩好，則才不才了然可知。如華期亭，華豈常人歟？規畫既高，圬墁有潔。媚以花草，清以竹木。綺罽菴澹，琅玕森然。墻外人寰，入門雲林。使人心以之閒，神以之遠。華朝於斯，夕於斯，心不朗，神不王，其可得乎？則虛廓其靈，恬淡其性，由才不才矣，非逃名遠世，方曰冥搜。賢哉！華未展襟懷，視於斯則昭然在前矣。予既遊且尚，詩以美之，衆君子其以爲然，小宜相廣。

高居勝景誰能有，佳意幽情共可歡。新柳搖門青翡翠，脩篁浮徑碧琅玕。步兵阮籍空除屏，彭澤陶潛謾掛冠。只在城隍也趨府，豈知吾子道斯安。

奉和太原鄭中丞登龍興寺閣

青窗朱户半天開，極目凝神望幾迴。晉國頹墉生草樹，皇家瑞氣在樓臺。千條水入黄河去，萬點山從紫塞來。獨恨侍遊違長者，不知高意是誰陪。

薛舍人使君觀察韓判官侍御許雨晴到所居既霽先呈即事

江皋昨夜雨收梅，江南夏雨曰梅。寂寂衡門與釣臺。西島落花隨水至，前山飛鳥出雲來。觀風駟馬能言駐，行縣雙旌許暫迴。豈不偶然聊爲竹，空令石逕掃莓苔。

五言絕句

讀周太公傳

論兵去商虐，講德興周道。屠沽未遇時，豈異茲川老。

蜀門與林蘊分路後屢有山川似閩中因寄林蘊蘊亦閩人也

村步如延壽，川源似福平。延壽、福平，皆閩中川源之名。延壽，即蘊之別墅在焉；福平，即予之別墅在焉。無人相與識，獨自故鄉情。

七言絶句

述德上興元嚴僕射

推車閫外主恩新，今日梁川草遍春。玉色據鞍雙節下，揚兵百里路無塵。

許州送張中丞出臨潁鎮

心誦陰符口不言，風驅千騎出轅門。孫吴去後無長策，誰敵留侯直下孫。

樂津店北陂

嬋娟有麗玉如也，美笑當予繫予馬。羅帷碧簟豈相容，行到山頭憶山下。

覩亡友李三十觀秭歸鎮壁題詩處

舊友親題壁上詩，傷看緣跡不緣詞。門前猶是長安道，無復回車下筆時。

題秦嶺

南下斯須隔帝鄉，北行一步掩南方。悠悠烟景兩邊意，蜀客秦人各斷腸。

自南山却赴京師石臼嶺頭即事寄嚴僕射

鳥企蛇盤地半天，下窺千仞到浮烟。因高迴望沾恩處，認得梁州落日邊。

與洪孺卿自梁州迴途中經駱谷見野果有閩中懸壺子既因採摘用呈之洪亦閩人

青苞朱實忽離離，摘得盈筐淚更垂。上德同之豈無意，故園山路一枝枝。

出蜀門

北客今朝出蜀門，翛然領得入時魂。遊人莫道歸來易，三不曾聞古老言。

韋晤宅聽歌

服製虹霓鬟似雲，蕭郎屋裏上清人。等閒逐酒傾杯樂，飛盡虹梁一夜塵。

與林藴同之蜀途次嘉陵江認得越鳥聲呈林林亦閩中人也

正是閩中越鳥聲，幾迴留聽暗沾纓。傷心激念君深淺，共有離鄉萬里情。

送聞上人遊嵩山

二室峯峯昔願遊，從雲從鶴思悠悠。丹梯石磴君先去，爲上青冥最上頭。

永安寺照上人房

草席蒲團不掃塵，松間石上似無人。群陰欲午鐘聲動，自煮溪蔬養幻身。

山中老僧

笑向來人話古時，繩床竹杖自扶持。秋深頭冷慵將剃，白黑蒼然髮到眉。

贈魯山李明府

外户通宵不閉關，抱孫弄子萬家閒。若將邑號稱賢宰，又是皇唐李魯山。

泉州赴上都洛陽亭留别舍弟及故人

天長地闊多歧路，身即飛蓬共水萍。疋馬將驅豈容易，弟兄親故滿離亭。

送張驃騎邠寧行營

寶馬雕弓金僕姑，龍驤虎視出皇都。揚鞭莫怪輕胡虜，曾在漁陽敵萬夫。

題梨嶺

南北風烟即異方，連峰危棧倚蒼蒼。哀猿咽水偏高處，誰不沾衣望故鄉。

題第五司户侍御

曾稱野鶴比群公，忽作長松向府中。驄馬不騎人不識，冷然三尺别生風。

秋夜寄弘濟上人

尚被浮名誘此身，今時誰與德爲隣。遥知是夜檀溪上，月照千峰爲一人。

觀送葬

何事悲酸淚滿巾，浮生共是北邙塵。他時不見北山路，死者還曾哭送人。

宿建溪中宵即事

蘧蒢一席眠還坐，蛙噪螢飛夜未央。僮僕舟人空寂寂，隔簾微月入中倉。

建溪行待陳詡

予先發福州，陳詡發中路，待之不得。

偕行那得會心期，先者貪前後者遲。空憶麗詞能狀物，每看奇異但相思。

題王明府郊亭

日日郊亭啓竹扉，論桑勸稼是常機。山城要得牛羊下，方與農人分背歸。

塞上行

聞説胡兵欲利秋，昨來投筆到營州。驍雄已許將軍用，邊塞無勞天子憂。

回別業留別郭中諸公

千山江上背斜暉，一徑中峰見所歸。不信扁舟迴在晚，宿雲先已到柴扉。

九日廣陵登高懷邵二先輩

簪萸泛菊俯平阡，飲過三杯却惘然。十歲此辰同醉友，登高各處已三年。

除夜待酒呈諸兄示舍弟

莫嘆明朝又一春，相看堪共貴茲身。悠悠寰宇同今夜，膝下傳杯有幾人。

題延平劍潭

想象精靈欲見難，通津一去水漫漫。空除昔日凌霜色，長與澄潭白晝寒。

曉泊漳州營頭亭

迴峰疊嶂遶亭隅，数點烟霜勝畫圖。日暮華軒卷長箔，太清雲上送蓬壺。

贈山南嚴兵馬使即僕射堂弟也。

爲鴈爲鴻弟與兄，如鵰如鶚傑連英。天旋地轉烟雲黑，共鼓長風六合清。

唐歐陽四門集卷第三

唐歐陽四門集卷第四

唐國子監四門助教晉江歐陽詹著
大清貢生福鼎王遐春刊

記

曲江池記

水不注川者，在藪澤則曰陂、曰湖，在苑囿則爲池、爲沼。苑之沼、囿之池，方塈而成，則多，天然而有，則寡。兹池者，其天然歟？脩原北峙，迴岡旁轉。圓環四匝，中成窞坎。窐窌港洞，生泉噏源。東西三里而遥，南北三里而近。當天邑别卜，繚垣未繞，乃空山之濼，曠野之湫。然黄河作其左壍，清渭爲其後洫。褒斜右走，太一前横。崇山濬川，鈎結盤護。不南不北，湛然中渟。西北有地，平坦彌望，五六十里而無窪坳，紫盖凝而不散，黄旗鬱以常在，實陶鈞之至、造化之功。沙汰一氣之辰，財成六合之日。既以磽確，外爲寰宇，敞無垠堮，以居億兆；又選英精，内爲區域，東以襟帶，用宅君長。若人斯生，支體具矣，有心以繫其神焉；若堂斯考，廊廡設矣，有室以處其尊焉。彼如紫盖、黄旗之氣，豈陶鈞、造化者用宅君長、英精之所耶？

夫物苟相表裏，製必同象。泄夫外，則廓以靈海，導夫内，則融乎此湫。歷代帝王，未得而有，豈降巢宅土之後、聯綿千百之代，建卜都邑，不欲合夫天意而居乎？將天意尚伺，其根深蒂固，可與終畢者而命處乎？故涸於有隋，兆我皇唐之在孕，逮其季主，營之以須焉。揆北辰以正方，度南端而製極。墉隍劃趾，勾陳定位。地迴帝室，湫成厥池。既由我身，纔成伊去。真主巍巍，龍盤虎踞。爰自中而軌物，取諸象以正名，字曰曲江，儀形也。

觀夫妙用在人，豐功及物，則總天府之津液，疏皇居之墊隘。潢污入其洞徹，銷涎漦以下澄；污盧隨其佳氣，蕩鬱攸而上滅。萬户無重膇之患，千門就爽塏之致。其流惡含和，厚生蠲疾，有如此者。

皎晶如練，清明在空。俯睇冲融，得渭北之飛鴈；斜窺澹濘，見終南之片石。珍木周庇，奇華中縟。重樓夭嬌以縈映，危榭巉巖以輝燭。芬芳蔭滲，滉瀁電烻。凝烟吐靄，泛羽遊鱗。斐郁郁以閑麗，謐徽徽而清肅。其涵虚抱景，氣象澄鮮，有如此者。

皇皇后辟，振振都人。遇佳辰於令月，就妙賞乎勝趣。九重繡轂，翼六龍而畢降；

千門錦帳，同五侯而偕至。泛菊則因高乎斷岸，祓禊則就潔乎芳沚。戲舟載酒，或在中流。清芬入襟，沉昏以滌；寒光炫目，貞白以生。絲竹駢羅，緹綺交錯。五色結章於地下，八音成文于上空。砰輷沸渭，神仙奏鈞天於赤水；黿鼉敷俞，天人曳雲霓於玄都。其洗慮延歡，俾人怡懌，有如此者。

至若嬉遊以節，宴賞有經，則纖埃不動，微波以寧，熒熒渟渟，瑞現祥形。其或淫湎以情，泛覽無斁，則飄風暴振，洪濤噴射，崩騰駱驛，妖生禍覿。其棲神育靈，與善懲惡，有如此者。

小子幸因受遣，觀光上國。身不佞而自棄，日無名以多暇。詢奇覽物，得之於斯。矚太始之玄造，訪前蹤於碩老。天生地成之理，識之於性情；物義人事之端，徵之於耳目。夫流惡含和、厚生蠲疾，則去陰之慝、輔陽之德也；涵虛抱景、氣象澄鮮，則藻飾神州、芳榮帝宇也。洗慮延歡、俾人怡悅，則致民樂土而安其志也；棲神育靈、與善懲惡，則俗知所勸而重其教也。號惟天邑，非可謬創，一山一水，拳石草樹，皆有所謂。茲池者，其有謂之雄焉。意有我皇唐，須有此地以居之。有此地，須有此池以毘之。

石不仁之亭毒，贊無言之化育。至矣哉！以廣其狹而方於大則小矣，以其淵洞而諭夫深則淺矣。而有功如彼，有德若此，代之君子，蓋有知之而不述，今民無德而稱焉，輒粗陳其旨，刊諸岸石，庶元元荷日用之力也。貞元五年，歲在己巳，夏五月十有五日記。

福州南澗寺上方石像記

萬物闐闐，各由襲沿。無襲無沿，而忽以然，苟非妖怪，實爲珍慶。斯石像者，其珍慶歟？始孕靈韞質，兆朕未見，則峨峨巨石，巖峭山立。鎮郡城之前阜，壓蓮宫之上界。海若鞭而莫動，天時沕而終固。

皇唐天寶八年五月六日清晝，忽騰雲旁涌，驟雨來集，驚飆環駭，軯訇杳冥。雄雄者雷，騞然中震，迸火噴野，大聲殷空，岑嶺躨跜，潭洞簸蕩。須臾風雨散，雲雷收，激劈輪困，斬然中闢。南委地以梯落，北干霄而碣樹。不上不下，不西不東。亭亭厥心，隱出真像。三十二相具，八十種好備。列侍環衛，品覺有序。莊嚴供養，文物咸秩。端然慈面，儼矣儀形。似倚雪山而授法，如開月殿以趺坐。異矣哉！不曰博聞乎，未聆於既往；不曰多智乎，罔測其所來。且物之堅，莫堅於石，況高厚廣袤，又羣石之傑，一朝瓜剖，中有雕琢。其爲造石之初，致有形於外封乎？其爲有石之後，入無間以内攻乎？噫！不可以人事徵，試請以神化察。

巍巍釋氏，發揮道精。其身既傾，其神不生。等二儀以通變，齊四大而有力。教於時有所頹靡，人於教有所忸怩，則爲不可思議，以煦以吹。故示此無跡之跡，難然之然，俾知我存存我之門。經曰：「千百億化身，蓋隨感而應。」茲身者，則千百億之一焉。昔諸佛報現，皆托於有命。有命則有生，有生則有滅，曷若因其不朽之物，凴乎不動之基？形既長存，法亦隨是。與夫爲童男而出世，假長者以來化，玄玄之徼則雖一，永永之利則不侔，可以禮足而悔罪，寄影以安樂。予則求福不回者，焚香跪仰，或從釋子之後，故於巉巉之餘仞，聊書其所由來。貞元六年七月十五日記。

泉州六曹新都堂記

貞元八年，刺史安定席公爲邦之二祀。冬，造六曹之都堂，公表微而慮遠也。天子建六官以紀綱天下，分刺史、六司，用經緯封中，猶天之有四時而人之有四肢，一時不若則歲罔成功，一肢不和則體莫全用。公以六司之掾如股肱，思安之與身之安也，火流定中，將坏城郭，親覽廨宇，首視斯署，既隤而隘，非凝神揆務之所，日撫人民不則有國，營宫室是亦爲政。乃量羨府以度用，指斯宇而命易。又曰：「處湫居卑，非智也；煩人蠹財，非仁也。吾欲全仁而就智，蕆事者志之。」有司於是審基趾，程廣袤。山節藻棁，僭也，削而不取；土階茅櫩，逼也，革而是捐。非約非豐，允執厥中。然後計具材，量日力，山木則詘之如市，人功則税之若時。物樂民願，未旬而畢。飛梁三道而通負，連楣六接以都豁。陽軒遐引，陰室旁啓。揖以重屏，翼以迴廊。晻黲黲以秘邃，屹崇崇而宏敞。夏處其達，則炎天以凉；冬居其隩，則淒風以溫。足以寧肌靜心，釐厥職者也。

夫哲人有作，不唯利身，在利人；不唯利今，在利後。相斯堂者，公侯卿士，禮隔殊品，公不之降也，斯不亦利人，不唯利於身歟？堅壯固護，存延千祀，人不之逮也，斯不亦利後，不唯利於今歟？覩斯堂，見公之意。時某處某乙爲司功，某處某乙司户、司倉、司法、司兵、司田皆外莊内融，懷材抱忠，無回邪以莅下，有謇諤以承上，當時之彦也。請列于記左，庶後之君子覩名訪德，知夫是日堂有人焉。建堂之明年記。

泉州二公亭記

勝屋曰亭，優爲之名也。古者創棟宇，纔禦風雨，從時適體，未盡其要，則夏寢冬室、春田秋户，寒暑酷受，不能白減。降及中古，乃有樓觀臺榭，異於平居，所以便春夏而陶堙鬱也。樓則重構，功用倍也。觀亦再成，勤勞厚也。臺煩版築，榭加欄檻。暢耳目，達神氣。就則就矣，量其材力，實猶有蠹。近代襲古增妙者更作爲亭。亭也者，藉之於人則與樓觀臺榭同，製之於人則與樓觀臺榭殊。無重構再成之縻費，如版築欄檻之可處。

事約而用博，賢人君子多建之。其建之，皆選之於勝境。

今年暮春月，邦牧安定席公、別駕置同正前相國天水姜公，念兹邦川逼溟渤，山連蒼梧，炎氛時迴，濕雲多來，又日臨胃次，斗建辰位，和氣將徂，畏景方至。月令云：「可以升山陵，可以居高明。」蓋謂是月。況地理卑痺，而不擇爽塏，以蕩夫污慮乎？因問風俗，相原隰，郭東里所，共得奇阜，高不至崇，卑不至夷，形勢廣袤，四隅若一。含之以澄湖萬頃，揖之以危峰千嶺。點圓水之心，當奔崖之前。如鏡之鈕，狀鰲之首。二公止旌輿以回睇，假漁舟而上陟，幕烟茵草，玩懌移日，心謀意籌，有建亭之算而未之言也。

二公既回，邑人踵公遊於斯者如市。登中隆，觀媚麗，前來後至，異口同詞，曰：「漢帝不曰『百姓安其田里而無愁怨之聲者，其由良二千石乎？』是謂政平教成，使俗泰而民以寧者也。虞書不曰『股肱良哉，庶事康哉？』是謂翼帝藩皇，調陰序陽，使物阜而民以昌者也。席公今日之化育，吾徒是以寧；姜公昔歲之弼諧，吾徒是以昌。且以之寧，又以之昌，愷悌君子也。詩曰：『愷悌君子，民之父母。』二公者，真吾父母矣！兹阜二公攸選，尚而加愛，務休訟簡，必復斯至，上露下蕪，忍令父母憩之乎？」遂偕發爲公就亭之，如墻而前，陳誠于縣尹。縣尹允其請而爲之辨方經，蹠等周。環當上頂，誠者訓簡，以授子來。於是家有餘糧，圃有餘木，或掬一抔土焉，或剪一枝材焉，一心百身，蜂還蟻往。榛莽可去以自雉，瓦甓無脛而奔萃。一之日，斤斧之功畢。二之日，圬墁之墉息。再晨而成，二君莫知。

層梁亘以中豁，飛甍翼而四翥。東南西北，方不殊致。糊白壙以呈素，艧赬壤而垂繪。通以虹橋，綴以綺樹。華而非侈，儉而不陋。烟水交浮，巖巒疊迴。精舍奉其旁達，都城企其遐際。容影光彩，摇漪入澗。指朱軒於潭底，閱雲岑于波裏。爌爌油油，如飛若動。又釣人飄飄於左右，游禽出没乎前後。一眄一睞，千趣萬態。稅息之者，若在蓬壺、方丈之上。二公重清曠於舊賞，納衷懇乎羣庶。尋幽探異常於斯，勞賓祖客常於斯。加以平疇間闢，通途在下。可以親耕耨，可以採謳謡，作一亭而衆美具。

噫！天造滋阜，其固與人爲亭歟？不然，何不遠郛郭，而博敞詭秀之若此？非常之地，意待非常之人，故越千萬祀而至二公方覿也。邑人想之，復言曰：「事無隱義，物有正名。地爲二公而見，亭從二公而建。斯亭也，可署曰二公亭。」雖芻蕘之云，中實有謂。二公不忽，遂以爲號。小子藝忝于文，曾觀光上國。去之日，歷越遊吴；歸之辰，踰荆泛漢。會稽之蘭亭，姑蘇之華亭，襄陽峴首，豫章湖中，皆古今稱爲佳境。或棟宇猶在，或基趾未没。山川物象，遍得而覽。方之於此，遠有慚德。懿哉！二公智周德厚，卜地如此，感民若彼。詹非飾説，入吾邑者、升吾亭者知之。

古之製器物，造宮室，或有銘頌，以昭其義。斯亭也，豈無敦古而爲之章句者？小子苒劣，不敢議其事，粗述其旨，姑爲之記，兼借二公之名于記左，以爲邦榮。在位元寮，亦以次序從公而列。貞元九年三月二十五日記。

泉州北樓記

釋名曰：「樓，謱也。」謂其高明覿遠，謱謱然也。建於第宅，則以閱園林有媚；樹於雉堞，則以警寇盜不虞。故墨子曰：「城三十步一坐候樓，百步一立候樓。」茲樓者，蓋此郡北墉之立候樓也。卜築之始，微而具之。袤不倍常，廣唯再尋。製造日遠，土木力殆。左騫右陊，上露下圮，有年數矣。

邦牧安定席公，貞元七年下車，至九年，月之三祀，重民力而未形言。是年暮秋，歲豐農隙，有司率常典告有事於土功。公曰：「斯郡國之南極也，元后帝鄉，實在於北。詩不云乎：『心乎愛矣，遐不謂矣？』欲因戀主，向方瞻矚。惟北有樓，半傾半摧。日夜闞登陴擊柝之所，風雨憂折榱復隍之患。政因時令，爾其營之，俾有布席跪立之地。間更人防，卒之涖事，予將時躋，展北面拱辰之心焉。」

而受命者感公之意，如公之意；野人群庶感公之誠，如公之誠。川朝子來，坏崩易矗。趾有餘而不剗，基墌自延；材有長而不剪，棟宇自崇。既望庀徒，未晦成功。倚層霄於軒檻，納千里乎牕墉。如鱗之廨署，若岸之軍壁。得之之狀，若連山之有重巒，長江之蹙洪濤，氣勢繇是以雄焉。公每子牟情來，莊舄思生，俯仰於斯，徘徊於斯。

夫完城壯邑，有邦之本也；戀闕愛君，爲臣之節也。善矣哉，公廣茲樓也。遠得有邦之本，近貞爲臣之節。執邦之本曰公，謹臣之節曰忠，惟公與忠，公斯昭矣。小子家在委巷，多聞輿頌。藝忝儒術，每侍公居。上志下衷，兩獲而達。敬書其事，爲之記以獻。至若眺四維之雲物，臨萬井之烟景，遐象佳致，眸莫勝觀，非公有樓之素，故不之載。貞元九年秋九月三十日獻。

右街副使廳壁記

使有副，副之言繼也。其一繼之，輔也，所以繼其或缺而又輔其違焉，其亦總使之務歟？皇朝街使之副，其職大矣。天子外有六合，故內闢六街以達之。彼爲庭除，此爲堂室。靜諸外必先諸內，乃置使以清之，我唐新典也。蓋以警正天衢，糾逖王慝，傾環游式遏之卒，專扞掫徼循之令。夫京師，豪傑英俊之都會，蠻夷戎狄之來萃。排輪重足，馮衆多撓。我防則户，伊動必由。我察則目，伊瑕必見。繇是九城之中，乘避貴，負敬長。金玉可拾，遺則猶土；幼弱可欺，遇則如傷。出門若有賓，讓路若有神。雲興烏合而無暴，白東自西以咸萃。憧憧焉，斯焉而能在其中；悖悖焉，斯焉而謹在其中。六合澄宴，六街源之，則街使之功，副使攸同也。

貞元八年，上以元舅兵部尚書大金吾濮陽公兼右街使，俾訪忠良以自佐。濮陽公先以節行選，次以材能擇，加之以吏歷，因之以故舊，得建州别駕前尚衣奉御高陽許公以聞。上素知公名，即日召見，敷對器實，有符曩聲，當錫紫綬金章於殿庭而允其請。濮陽公本官用視，兹佐得人，街之政悉以相付。公静而敏，清而貞。堅鑰禁樞，深鋤事根。不誡而部伍增肅，不按而逵陌倍理。日出作，日入息。三條四出，風恬月静。職斯有述，公此無怍。遷蘄州别駕，副使如故，旌其勞且籍能也。

夫跡以行生，言由事覯。公釐斯署之績，得國家建斯署之義。遂書其義，昭其績，爲公廳之壁記云。其或接公之武踐兹位者，任是既重，德亦無輕，列公之左，雖百氏可也。

貞元十一年五月記。

太學張博士講禮記記

説釋典籍，謂之講。講之爲言，耩也，如農之耕田疇焉。田疇將植而求實，雖耕矣，必耩分其畦壟，嘉穀由是乎生；典籍將肄以求明，雖習矣，必講窮其旨趣，儒術由是乎成。

我國庠春享先師，後更月，命太學博士清河張公講禮記，成儒術也。聖祖三刊經九，公通其六，精於五，而禮記在乎其中。禮也者，御人之大，故首於群籍而講之。束脩既行，筵肆乃設，公就几北坐南面，直講抗牘，南坐北面。大司成端委居於東，小司成率屬列於西。國子師長序公侯子孫自其館，太學師長序卿大夫子孫自其館，四門師長序八方俊造自其館，廣文師長序天下秀彥自其館，其餘法家、墨家、算家輟業以從，亦自其館。没階雲來，即席鱗居，攢弁如星，連襟成帷。

公先申有禮之本，次陳用禮之要。正三代損益得失，定百家疏義長短。鎔乎作者之意，注乎學者之耳。河傾於懸，風落於天，清泠洒蕩，幽遠無泥。所昧鏡徹於靈臺，所疑冰釋於心泉。後一日，聞於朝，百司達官造者半；後一日，聞於都，九域知名造者半。皆尋聲得器，虛來實歸。予職在下庠，亦掌有教，道不足訓，領徒從公。惟始洎終，覩公之美，敬書盛事，記諸屋壁，并列當時執簡摳衣者于左偏。貞元十四年五月二十七日記。

同州韓城縣西尉廳壁記

説文曰：「尉，畏也，亦慰也，主也。故字從尸、示、寸。」寸者，寸量禮度以敬上。

示者，示陳教令以諭下。尸者，典職司以居位。敬上所謂畏，諭下所謂慰，居位所謂主。全茲三者，以蒞王爵，則仕義周。是以古之人嘉用尉字爲官號。陶唐有太尉，周有軍尉，秦亦有太尉、輿尉、東南尉。洎漢，則復命縣掾曰尉，自是以名，至於我唐無或易，所命善也。

我唐極天啓宇，窮地闢土，列縣出于五千，分爲七等：第一曰赤，次赤曰畿，次畿曰望，次望曰緊，次緊曰上，次上曰中，次中曰下。赤縣僅二十，萬年爲之最。畿縣僅於百，渭南爲之最。望縣出於伯，鄭縣爲之最。緊縣出於百，夏陽爲之最。上縣僅三伯，韓城爲之最。上之最次於緊之最，非最之緊無與焉。緊之最次於望之最，非最之望無與焉。望之最次於畿之最，非最之畿無與焉。最之縣長於餘縣，如麟鳳五靈之長於羣靈也。數長不數類，則韓城之稱，與萬年、渭南、鄭縣、夏陽竝。自緊而上，簿、尉皆再命三命已往而授，資歷至之而至也。上縣而下，則自解褐授。

韓城既上縣之最，簿、尉，解褐之貴者，惟三員，伺其闕，非年年之有。或一員之闕，天下皆知之。授之日，亦皆知之，曰：某人授韓城尉。是其人則頌，非其人則誹。雖一命之官，其爲人尚也如此，則主司慎擇才地精美。縣亦有六曹，尉二人：一判功、户、倉，其署曰東廳；一判兵、法、事，其署曰西廳。茲廳，兵法事之廳也。武之國，則司兵、司法、司事盡在；刑之國，則兵部、刑部、工部盡在。兵主武，法主刑，工主土。今武未大威，務尚繁；刑未大措，訟尚生；工與人興，無時休。州縣司或雙曹，六人分其職，國則部屬寮，八九十人分其職。一人理六人、八九十人之理，雖大小有異，而揆緒不殊。官其官，其官不易，能至於易者，則人無敢易之。人無敢易之，則國必重之。國重之，則踐洪鈞大柄，所由乎此也。

貞元十五年春，余友人滎陽鄭伯義授焉。鄭自上葉，聲名爲天下聞。鄭以經明登科，又三舉進士，屈於命，詞學亦流輩推內行第一。其受命之年五月，余詣焉。十月，又詣焉。見東廳有記，西廳無，請因記書其姓氏，序於左。其或先於鄭，芳馨猶在者，亦得之。至於鄭，繫於鄭，若土壤廣狹、物産有無，尉非得主，不敢僭序。十月十五日記。

傳

南陽孝子傳

貞元九年，詹旅行虢州，稅於村店，有一黨先止焉：老翁一人，丈夫一人，婦人一人，孩幼兩三人。丈夫出絹兩疋賣，其囊裹衣服，非稱有其絹者。視絹有字，乃故人鄭師儉手題其名焉。問所得，曰：「來自襄陽。至臨漢之北郊，有閔吾父年老而所乘驢弱者，遺此絹，使與驢博驢。」問：「得姓名乎？」曰：「其人扶護親喪迴上京，不知姓名也。」詹既占鄭書，又知鄭侍君靈櫬自南，當由彼而還也，意其必鄭焉，不復問焉，各遵所往。

貞元十一年，獲與鄭遇，因道所見，鄭歔欷爲言之曰：「豫章之回，次南陽大澤，見貧翁乘驢，驢甚瘠。一丈夫肩負雜物，可三十觔，妻抱半歲嬰孩，童稚驅行兩人。山路初盡，如行陂澤，天久霖雨，泥水深，老翁瘠驢往往顛踣。丈夫則常隨之也，每見驢倒，擲其負，若泥若水無顧惜，扶抱老翁，淚輒盈目。倒既數，悲不自勝，遂以所負寘諸驢而負其父。平田積雨，潦淖到脛，不至店舍，竟無憩歇。父在子上，殊自安暢；子在父下，亦盡歡心。父與子笑，子與父笑，如同乘高車，連轡逸騎，怡怡焉，欣欣焉。與之行止者三日，日無易日時，愛其事父母能竭其力也。又痛，自欲竭所有，無其所，贈絹一疋，令與驢博驢，代以載父。其人將求驢者三店，知欲分路，却其絹，曰：『無驢可博，願復本絹。』每愛其孝，又貴以忠，爲度一絹博驢，未就，更與一絹，自號而西。足下之見，豈斯人歟？」

詹以如其人所行是難也，是亦皇唐純孝一人焉。行既可述，遂依鄭説爲之傳。其間問其姓氏，亦不知何許人，實於南陽澤中見之，還以爲「南陽孝子」。論曰：孝子偕孝矣，而贈絹非孝歟？惟其有之，是以似之。鄭公師儉，孝子偕孝矣。

唐歐陽四門集卷第四

唐歐陽四門集卷第五

唐國子監四門助教晉江歐陽詹著
大清貢生福鼎王遐春刊

銘

棧道銘

秦之坤，蜀之艮，連高夾深，九州之險也。陰谿窮谷，萬仞直下。奔崖峭壁，千里無土。亘隔岈絕，巉巉冥冥。麋鹿無蹊，猿猱相望。自三代而往，蹄足莫之能越。秦雖有心，蜀雖有情，五萬年間，敻不相接。且秦之與蜀也，人一其性，物同所宜，嗜慾無餘源，教化無餘門，可貿遷，可親昵，擘坼地脈，睽離物理，豈造化之意乎？天實凝清而成，地實凝濁而形。當其凝也，如鎔金下鑄，騰雲上浮，空隙有所不周，迴翔有所不合。澄結既定，窾缺生乎其中。西南有漏天，天之窾缺也；於斯有茲地，地之窾缺也。天地也者，將以上覆下燾，含蓄萬靈，可通必使而通者也。苟有可通而未通，則聖賢代其工而通之。

故有爲舟以濟川，爲梯以踰山。唯茲地有川不可以舟涉，有山不可以梯級，粵有智慮，念全玄造。立巨衡而舉追氏，縋懸纑以下梓人。猿坐絕冥，鳥旁危岑。鑿積石以金力，梁半空于木用。斜根玉壘，旁綴青泥。截斷岸以虹矯，繞翠屏而龍跪。堅勁交固，雲横砥平。總庸蜀之通塗，統岐雍之康莊。都邑之能步，山川之無脛。若水決防，如鴻向陽。南之北之，踵武湯湯。蹐峨峨以自若，臨蒼蒼而不懼。繇是贄幣以達，人神會同。稽禮樂之短長，量威力之汙隆。可王者王，可公者公，而吹以風。或曰：「受琢之石長存，可構之材無窮。」易刓代蠹，斯道也，未始有終。嗚呼！爲上懷來在乎德，爲下招德在乎義。德義之如今日，則或人之言有乎。其反之，則石雖存，恐不爲琢；材雖多，恐不爲構。想夫往昔，有時而有，有時而無，是用惕惕。天下蚩蚩，知聖賢創物之意之人寡，明德義固物之道之人稀。敢陳兩端之要，銘諸斯道之左，庶主德義者，存今日之所履；踵武湯湯者，荷古人之攸作。銘曰：

天覆地燾，本亦同設。大象難全，或漏或缺。損多益寡，聖賢代工。彼雖有缺，與無缺同。惟北曰秦，惟南則蜀。地缺其間，坤維不續。斗超岸斷，屹爲兩區。秦人路絕，蜀火烟孤。天實不通，賢斯有造。鑽堅剡勁，無蹊以道。若川匪舟，若陸匪車。緣危轉虛，步驟交如。構雖在功，存亦由德。項佛劉怒，從完以踣。隋落我營，自顛而植。地非革勢，才不易林。踣植之致，惠怨之心。勿爲斯道不恒，勿爲斯道可久。禮不以禮，可有而無。恭不以恭，可無而有。創之之意如彼，固之之物若茲。彼知不易，茲而易知。勒銘丁左，其同我思。

陶器銘并序。

嘗侍論於長者，儳有之曰：「近代之作玉杯，麗則麗矣，愚以不如古人之爲陶。」長者韙之，以爲知言。退而思其所自，多亦不忝伊人之譽。器以利用，道從易簡。利用者貴無往而不適，易簡者取立功而匪勤。今天下之至富者，土也，不勞而成者，火也。夫陶，摶壤以製，焚蒸以凝。就其不勞，因其致富。不瑩而冰清珠皖，不鍛而金固石堅。一工致功，千室以給。觳鬲罍甂，缾缶杯盂，大窮儋石，小極圭撮。經鼎鑊而自若，在熚爇而莫渝。滿堂絕侈靡之譏，提挈無剽殺之患。其功則易簡也，其實則利用也，其藏又保安也。易簡，二儀之理；利用，五行之本；保安，立身之方。執人之方，履物之本，從天地之理，此三皇五帝所以内户不扃、外户不閉，無爲之德所由生也。豈夫玉杯之獨劣，其餘孰得而儔焉？則刓材搜璞，窮山越壑。礱磨雕琢，鑄煉丹雘。力盡終年之功，財殫不訾之産。量纔升合，質忌湯火。寠家得奢盈之議，中懷生賊害之累。其功則非易簡也，其實則非利用也，其藏又非保安也。悖二儀之理，違五行之本，乖立身之方，此夏桀、商紂所以人人頗邪，比屋可戮，亡身之禍所由生也。省費鮮勞，皆備於物，德且如彼，而人賤之。凡人蠹財，不周於用，禍又如此，而人貴之。久矣哉！世之迷也。物有賤而可貴，亦有貴而可賤，惟賢者能審之。小子不幸，億而有中。誠背常人之見，故爲銘以廣之。銘曰：

黜汙易抔，聖人製器。易簡作程，利用爲貴。稽諸往載，函實攸興。裁因掬壤，成假焚蒸。不腰不丹，不雕不刻。自結金堅，天然冰色。財無害産，功匪殫力。量盡紅纖，用窮幽仄。物有千金相異，我取不費爲利；物有積功相崇，我取不勞爲工；物有患湯忌火，我取往無不可；物有剽殺焚軀，我取懷藏不虞。心存目視，奢尋彼至；室滿堂盈，侈莫我生。省庸周用，所賤謂何！賈害勤人，所貴者那。可貴不貴，物失其類。失類曰昏，雖隆必墜。可賤不賤，物得其選。得選曰明，雖幽必見。上惟五帝，下洎三王。實有以興，亦有以亡。蚩蚩百工，孰若我陶。敬銘有器，永告滔滔。

有唐故銀青光禄大夫行平州别駕馬公墓誌銘

嗚呼！死也者，君子曰終。有唐興元二年六月二十四日，銀青光禄大夫行平州别駕馬公終于京師。國喪英才，家亡令孫。家國不幸，痛毒可知！

公諱某，字某，其先京兆扶風人。始賓趙氏，累葉繼將，多總戎塞下，有以因居，今爲燕之名流。曾祖某，某官。祖某，某官。父某，某官。公則某官第某子也。積奕世忠貞之慶，得陰方嚴勁之氣。天骨山峻，神葱玉輝。有孝有悌，閨門以和；有信有義，州閭以附。矛戟韞器，風雲馳聲。燕趙多奇士，公其人也。用正直奉籌畧，擁旄仗節者尊；以果斷行政令，擐甲執兵者伏。前後佐全師大幕，不有暫寧。方將張翼翔雲，揚鬐遊溟，大命不永，大病遄及，享年三十三。秦氏毉遲，顔生禍促，哀哉！

夫人某處某氏。子二人：長曰縱，次曰緒。永思之感，至性過人。以貞元十二年歲在某月某日大通，卜宅於京兆某鄉某里某原，禮也。天長地久，堙川塹阜，於何不有？乃爲銘德而誌墓云：

士比常才，如瑜在岷。燕趙多奇，公則其人。業繼忠貞，識資籌略。器流瑚璉，羽族雕鶚。題輿大郡，佐律雄師。雖猶在德，亦匪孤時。南仰摶鵬，更期遐颺。東觀逝水，忽茲永往。卜遠斯及，窆于此岡。惟宅惟安，天長地長。

有唐故朝議郎行鄂州司倉參軍楊公墓誌銘

公諱某，字某，其先關右弘農人。永嘉過江，公自始遷之祖若干代處於閩越。曾祖某，皇唐循州司馬。祖某，漳州長史。父某，泉州南安縣丞。公則南安第若干子。長七尺，骨目瓌異。溫良節行，所至自昭；風神識度，羣居不掩。六籍外，偏好穰苴、管子之術。永泰中，以耕戰之法致梁宋軍，晝用有成。

大曆元年，節度使右僕射田公薦授左武衛率府倉曹參軍事，在位以貞慎聞。公以不仕則墜葉，躁求則背道，或出或處，聖人爲中，依吏部節文，敬遵常調。大曆八年，集授吉州永新縣丞。興元元年，集授廬州司田參軍。貞元二年，授鄂州司倉參軍。累職貞慎，如率府倉曹時。每罷官待集，卜勝屏居，晏如也。鄂州秩滿，愛其風土，亦止焉。貞元十二年冬，又合集。春，赴京師，遇疾於途，以二月四日終於汝州龍興縣之逆旅，時年六十七。凡入仕三十一年，歷官四政。禄非豐，儉以足；務雖劇，通以簡。上以忠正重，下以公平矚，皆白珪無玷，朱絃有聲。

嗚呼！公之材之量，如鍾含音，如水待盛，大小當應，方圓必合。我則不衒，人胡不求？莫能全展光耀，以至殞没，悲夫！夫保性居業，時行則行，時止則止，道也，公昔於名宜之理是焉；士禄農耕，猶生則營，若死則已，亦道也，公昨於歧路之役是焉。公存以道始，亡以道終，至人不違道，公與之周旋，正矣乎善終終者也。

夫人隴西彭氏，戴天之感，痛以禮成。長子晁，次子暈，季子杲，伏凶之號，以至見血。以年某月日，卜葬某鄉某原，禮也。佳城一閉，他時古丘，後之人孰知丘中之德？墓許有誌，故爲墓誌銘，庶覩今爲古者明斯地泉下有君子焉。銘曰：

一種鱗物，神則曰龍；一種植物，貞則曰松。楊公於人，彼貞彼神。藝術潛弘，溫良内克。名不稱實，禄有負德。夭桃信美，不能秋敷。冬日可愛，亦用西徂。大期斯來，無賢無愚。英英楊公，與逝川俱。下此脩源，有形永宅。東海西山，其廬罔易。

大唐故輔國大將軍兼左驍衛將軍御史中丞馬公墓誌銘

墓有誌，誌有銘。誌，記也。銘，名也。名人記墓，庶高岸爲谷，幽壤或呈，情當掩者，有所歸認，斯馬公之墓也。

公諱實，字某，其先扶風人，生於幽州。高祖某官。祖某官。父某官，若干子皆以雄謀果斷稱。公則第三人。長八尺有羡，鵰姿鶚靈，霜嚴壁峻。樂而後笑，時而後言。孝弟忠信，分義節槩，覩容可見。好史學，歷代英豪，得失皆覈。其有不正不直，辯論慷慨，若加諸己。明陰符，善司馬法，起家爲范陽軍要籍。本軍疑政，畫多自出。遷千夫長、萬夫長、三軍兵馬使。莫州近邊，戎數爲害，本軍元帥請統鎮之，戎遠逃遁，莫人大乂，拜御史中丞、莫州刺史。俄薊州之患如莫州，移薊州，薊人繼康，攝州刺史。貞元初，本軍之事有大者，合議於天子，自管內二千石已下擇賢能，以公當其選，天子異其議，奇其詞，决所議，答於本軍而留近侍，拜左驍衛將軍，宿衛十一年。長松在林，利錐處囊，森竦穎脱，鋒幹獨見。天子儲而將用，未有所當。貞元十四年寢疾，其年七月十一日，終於京師常樂里之私第。出身從事若干年，署職莅官若干政，春秋五十一。當時俊傑懷材抱器者，無不驚呼嘆息。嗚呼！騏驥有騰千騁萬之足，伏乎櫪；干將有剸犀截象之鋩，閉乎匣。將用未用，一朝變化，爲骨燕市，入泉延平，爲知人之痛惜，公其比歟？

夫人鴈門田氏，鴈門郡王氏之女，哭泣之慕，痛而中禮。子六人，男五人，一先公，四人在：曰綬，曰縝，曰某，曰某。綬三十八，縝年十五，其餘幼稚不言可知。女二人：一先公；一人在，四歲，至性攀號，感動飛走。以其年十一月二日，卜葬於京兆府萬年縣洪固鄉延信里司馬村之少陵原，禮也。其承眷長沙歐陽詹執紼。及墓就，誌而銘曰：

骨肉歸土，賢愚共門。英英馬公，亦封此原。大節大成，平生所志。貞心壯氣，松孤壁峙。掄擇雖致，材成則未。岑崟蒼翠，俄摧忽墜。脩短無涯，傷如之何！

有唐君子鄭公墓誌銘

貞元十一年，歲次乙亥，某月某日，清源郡晉江縣君子鄭公，年若干，終于其居。州閭親識，遠近漣洏，重吉人也。嗚呼！杞梓植於深林，人雖不知，不妨其爲天下之材也；珠玉碎於重泉，人雖未玩，不妨其喪天下之寶也。公之生，則深林之材；公之歿，則重泉之寶。不知而有，未玩而亡。哀哉！

公諱晚，字季實，其先宅滎陽，永嘉之遷，遠祖自江上更徙於閩，今爲清源晉江人。曾祖某官。祖某官。父某官。太夫人同郡潁川陳氏，育者三男三女，公則長男也。自七八歲，則明敏嚴潔，無復童心。洎十二三，則溫良貞亮，有成人之德。既冠，儀表可觀，孝悌惠和，侔於前哲。人望無間，時譽皆歸。鳳不近腥，龍多自盤，優游仁里，四十不試。詹有若人之妹，獲配於公。公太夫人早逝，妹不逮事，則見公霜露之感，蒸嘗之敬。公尊府君近捐甘旨，妹及同養，則見公晨昏之愛，縗斬之至，奉公居閨門鄉黨者十有五年。顧瞻於公善良，內外兼得，受命不永，其如命何！蘭芬蕙馨，或亦中敗。惜哉！

子二人，皆幼，公在日，名之曰彥方、彥章。詹既在京師，不遂撫慰，來人有述，實孺能號，妻亦聞哀有過人，禮不踰制。窆取遠日，堂殯三年，以貞元十二年某月日，永厝于郡城東偏聞儒里常熟湖之北原，禮也。妹有遠告，咨予題誌。既忝親懿，實舊知人。江嶺則遐，想象不昧。取思芳茂，爲銘以寄。銘曰：

有斐季實，君子之禎。忠信溫良，自幼而行。少不改任，長更推誠。材植遠林，寶産遐壤。無知無玩，自生自喪。骨肉歸土，用瘞斯原。嗚呼斯！永棲君子之魂。

頌

德勝頌二章并序。

唐貞元八年，歲庚午，陰陽家流曰：「歲在午，人馬食土。」人之所食也穀，馬之所食也草。今言食土，明歲無嘉穀而野無青草，則運數於茲，合凶災之大者。於是天尋舊步，地轉恒軸，交糾迴薄，將有結常沴。自春三月，至于夏五月，或赫日杲杲，或密雲溶溶，爲燋灼，爲霡霂，似不日而至。皇帝宿布太和，人神鳥獸魚鼈，咸若騰歡。心揚臺靈，欣欣熙熙。休氣中積，浹磅礴，浮蒼蒼。潛相戞磨，力强者勝。九陽構旱而莫展，六陰作潦而不就。氛祲靄爲慶雲，烈景曒爲祥光。油油熏熏，宛復如春。塊不破而雨足，條無聾而風暢。

日者旹氣欲凝，淑氣猶競。彼雖罔得爲禍，此亦未能爲福。徘徊相持，時澤不降。五稼含萌而待萩，百芳蓄潁以思圻。至是土膏融，甘液宣，若決渟泉，如開涌烟。豐本增歧，芃芃綿綿。無磽瘠與良沃，獲一十于百千。牘蔬雲矗以萎圃，餘糧嶽峙而棲畝。

夫體病不能害心，心平必能制體。古人曰：「人者，天地之心也。」既和且平，則天地之病，又焉得成歟？況奔走游泳之物曰靈曰衹之類，皆吁歙怡逸於其中乎？宜其療乾元之宿疹，愈坤元之常疾，以至於交泰如斯之盛邪。古先帝王，至聖則堯，至仁則湯，有黎甿以稱理，歷水旱而莫禦，豈不以道未全洽而德尚涼哉？皇帝非徒能禦之，又易之爲人慶殊祥。其於道德，可謂充塞洋溢，光今而邁古矣。元元蚩蚩，嗚嗚啞啞，歌聖代者，動天殷地，以夜繼晝，而其詞未弘，輙爲頌二章，用貽於康衢。庶事明而聲暢，流乎無窮，而以「德勝」目篇。頌曰：

歲在午，天灾于常。昔人食土，今我飫粱。匪徒我飫粱，鰥寡千箱。盛矣乎！吾皇之德，變旹爲祥。休哉德兮！

歲在午，天灾斯屬。昔馬食土，今厭菽，犬豕粱肉。盛矣乎！吾皇之德，轉禍爲福，休哉德兮！

箴

暗室箴

行之檢身，非以爲人。無淫無佚，出處宜一。孜孜碩人，冥冥暗室。罔縱爾神，罔輕爾質。遠茲小惡，念彼元吉。勿謂旁帷上蓋，天監無外；勿謂後掩前扃，神在無形。天不長慝，神實正直。神怒天誅，未始有極。昔者趙盾，假寐兢莊，天迴厥害，鉏麑以亡。又有苻堅，竊爲制度，神敗其類，蒼蠅以呼。天窺神窺，人無不知。神忿天忿，身無所隱。澗松抱節，幽蘭有薰。歲寒不變，無人亦芬。草木猶爾，人其曷云？戒慎乎其所不見，恐懼乎其所不聞。先師有言，敢告夫君。

論

懷州應宏詞試片言折獄論

夫子説季路於人曰：「片言折獄者，其由也與？」夫子之言，蓋非於季路之云也，後之人不窮聖旨，以爲夫子美於季路，任一時之見，輕而折獄者，十有八九焉。迂哉！斯人也。

夫兩訟之爲獄，獄折而有刑。刑者，侀也，一成而不可變，不其重歟？古之帝王將刑人，循三槐，歷九棘，訊羣臣，訊羣吏，訊萬人，億兆絶議，然後致法，猶於朝，於市，於野，昭然與衆，方棄之，所以不易也。君莫聖於堯，加有舜、禹、稷、契佐之；莫明於舜，而有夔龍、縉雲、高陽佐之；莫哲於禹，莫賢於湯，莫察於文、武，莫敏於成、康。于時皆濟濟盈朝，明明在位，豈無獨見而可臆斷？慎刑之道，如斯不敢失，明刑獄不可輕也。

凡至獄訟，多在小人。至於訟也，皆欲己勝，何則？不勝，罪戾隨之。若是則君子時或妄訟於人，未有小人而能自訟者。片之爲言，偏也，偏言一家之詞。偏詞，雖君子不足以信者，矧非君子乎？且先師曰：「人而無恒，不可以作巫醫。」巫以鬼神占，醫以筋脉體。無恒之人，筋脉且不足以自體，而况有言乎？鬼神不足以爲占，而况視聽乎？以斯折獄也，小則肌膚必有抶撲之濫焉，大則性命必有鈇鑕之冤焉。夫子祖述堯舜，憲章文武，師老聃而崇周公。此六人，無欲輕傷於人者，夫子豈好輕傷哉？脱夫子，實爲片言可以折獄也，不幾乎一言可以喪邦歟？夫子之言，非於季路，賢者審之。片言不可以折獄，必然之理也。

自明誠論

自性達物曰誠，自學達誠曰明。上聖述誠以啓明，其次考明以得誠。苟非將聖，未有不由明而致誠者。文、武、周、孔，自性而誠者也，無其性，不可而及矣。顔子、游、夏，得誠自明者也，有其明，可得而至焉。從古而還，自明而誠者衆矣。尹喜自明誠而長生，孫弘自明誠而爲卿，張子房自明誠而輔劉，管夷吾自明誠而佐齊。明之於誠，猶玉待琢，器用於是乎成。故曰：「玉不琢，不成器。人不學，不知道。」器者，隱於不琢而見於琢者也。誠者，隱於不明而見乎明者也。無有琢玉而不成器、用明而不至誠焉。

嗚呼！既明且誠，施之身，可以正百行而通神明；處之家，可以事父母而親弟兄；

遊於鄉，可以睦閭里而寧訟爭；行於國，可以輯羣臣而子黎甿；立於朝，可以上下序；據於天下，可以教化平。明之於誠，所恨不誠也。苟誠也，蹈水火其罔害，彌天地而必答，豈止君臣鄉黨之間乎，父子兄弟之際乎？大哉！明誠也。

凡百君子，有明也，何不急夫誠？先師有言曰：「生而知之者上。」所謂自性而誠者也。又曰：「學而知之者次。」所謂自明而誠者也。且「仁遠乎哉？我欲仁，斯仁至矣」。夫然則自明而誠可致也。苟致之也，與自性而誠，異派而同流矣。知之者知之。

珍祥論

漢武帝覽交門之歌，顧謂東方大夫曰：「古人列后巍巍蕩蕩者，則予今日其庶幾乎？」東方大夫曰：「何謂也？」曰：「遠人率俾，天降珍祥。殷湯上感，實獲白狼。周成旁浹，然致越裳。放勛曰聖，幸祀四方。武乙不淑，出有震亡。予享虞舜于九疑，弔罷用乎盛唐；登名山於華陰，俯大川乎潯陽。天清地謐，符應昭彰。是曠跡交神，致放勛之慶；脩身遠害，免武乙之殃。紫芝產於甘泉，白麟呈於雍祠。天馬生於渥洼之域，寶鼎出於汾水之湄。風雲草木，相繼於時。頭飛鼻飲之長，涅齒穿胷之鯢，絕域款塞，無月無之。是多白狼之祉，不少越裳之珍也。比夫巍巍蕩蕩，爾有何見而感焉？」

東方大夫曰：「噫！陛下誤意巍巍蕩蕩歟？夫古所謂巍巍蕩蕩者，夫巍巍者德之容，蕩蕩者化之稱，非謂廣遊從於險阻，幸髣髴於神祇，録莫測於妖祥，免偶然之壓溺，致儻來之貢賦，獲無用之戎狄耳。且此之數者，理不可馮，亦明也。秦皇帝周施天下不爲德，我太宗不下階闥不爲微。周懿死於牖下不爲是，虞舜崩於蒼梧不爲非。虢叔得神喪其國，西伯無神人以歸。龍降於庭夏道昧，雉雊於鼎商祚輝。苗民逆命堯以盛，有緡來賓桀以衰。以此觀之，即虐如秦皇，雖車轍遍于宇內，不如太宗端拱於堂上也；弱如周懿，雖終於帷席，不如虞舜之没於草莽也；淫如虢叔，雖獲靈祐，不如西伯無所禱祈也；邪如孔甲，雖有嘉祥，不如武丁之妖怪也；酷如夏桀，雖異人屈膝，不如唐堯域中之解體也。天道沖融，變化無窮，發祥布象，時異始而同終；神理閟密，吉凶罔測，示形告兆，亦同紀而異極。有多端以表善，有積慶以稔慝，有無災以厚毒，有見眚以警德。今多瑞多慶，不知天之表善歟？其稔慝歟？無災無眚，不知神之厚毒歟？其亦警德歟？以是先王或不致珍祥而有天下，或屢服蠻夷而覆宗社，或有鴻災巨眚國以寧，或有靈蹤異跡而身以傾。珍祥之實，乍凶乍吉；妖怪之蹤，乍吉乍凶。譬諸藥工也，其有活人之者，亦有殺人之者焉；譬諸酒醴也，雖有敗人之道，固有成人之道焉。」

武帝曰：「若之何而信之？」曰：「惟德可以信之。欽若上帝，輯寧下民。其表善也，雖休勿休，則百福是遒。其稔慝也，將覆不覆，則轉禍爲福。且人神之主，天地之心也，孰爲妖怪神祇也？孰爲珍祥天地也者？苟脩德以待人，未有主人怡悦而客忿怒，心善而形爲惡也。若有其德，日覩妖怪，其巍巍也；若無其德，日對珍祥，其未蕩蕩也。」武帝矍然斂膝而言曰：「善矣哉！微而體大。珍祥不必利，妖怪不必害。」而今而後，以二者棄乎道德之外，敕内府詔宗伯加東方大夫命一等，而贈之束帛。

唐歐陽四門集卷第五

唐歐陽四門集卷第六

唐國子監四門助教晉江歐陽詹著
大清貢生福鼎王遐春刊

述

唐天文述

天雖覆育生生，如其情，則或予或否。其與也非徒與，其否也非徒否。受命有生生者，率其道，反其道之致焉。率則與，反則否。斯理也，固必信至，皇帝以乎。皇唐百七十五載，皇帝御宇之十四祀也，歲在辛未，實貞元七年，其受命率道，天與生生，如情之秋歟。神哉靈哉，明允惠和哉。是歲之天也，亭乎其正，洞九霄以清徹之中，若有伺夫有求者；鬱乎其變，浮五色以薰薰郁郁之中，若有察夫所厭者。稱物之性，應時之欲。手足之赴人心，羽翼之循鳥情。農夫在畦，蠶婦在林。商或舟車，工或埏䉶。願燥願濕，罔不從志。其餘則三光序流，六氣時行。上至事事，下洎營營。羽毛鱗介，勾甲芽萌。求諸濡渥則常雨，求諸煦旭則常晴；求諸吹蕩則常風，求諸恬謐則常寧；求諸烟雲則常陰，求諸日月則常明。非不雨也，非不不雨也；非不風也，非不不風也；非不陰也，非不不陰也。合雨而後雨，物不乏其雨；合晴而後晴，物不乏其晴；合風而後風，物不乏其風；合寧而後寧，物不乏其寧；合陰而後陰，物不乏其陰；合明而後明，物不乏其明。實皇帝知上帝以生生爲己物，與其禍福配己得失而寘之。欽若兢若，溫如穆如。心性二術，支體四時，似續上玄之劾，與夫人子能領父之憂、承父之命，繼堂紹構得其心，贈遺獻酧愜其衷，則財賄器物，唯意是役，牧圉臺隸，惟意是用，以其役無不當也，以其用無不宜也。

上德勝隋，天實維唐。皇帝則唐天第九子也，既克負荷上天，所以惟意焉。且烟雲風雨亦天之財賄也，日月星辰亦天之器物也，神祇精靈，亦天之牧圉臺隸也，是以皇帝動息，神祇莫不隨，旨趣精靈莫不申。肅穆寂寥，駱驛虛無，囊篋日月，管鑰風雨，敬恭誅賁，而啓閉多少之。故將蔭休施烟雲，若自諸帷幙而使舒張矣；將洒潤散風雨，若自諸盆罌而使澆扇矣；將烜清晝布陽德，若自諸爐竈而使燀灼矣；將光幽夜啓陰靈，若自諸燈燭而使照明矣。處置惟滋，含靈不折，莓莓熙熙，蓋子祇父慈，相爲福釐也。

凡書惡記善，雖史官之職；箴淫述德，或人所通規。鰥生則人之一夫耳，謳吟日用而爲之志，若簡冊已載，復何言哉？儻猶未也，庶補其闕。是歲也，扶風竇公參、河中董公晉輔政之三年，趙郡李公紓爲天官之四年，范陽盧公徵爲地官之元年，范陽張公濛爲春官之三年，昌黎韓公洄爲夏官之三年，吴郡陸公贄同爲夏官之二年，京兆杜公黄裳爲秋官之一年，清河張公式爲冬官五年。夫太宰六年，於天子之爲理棼澄派而清洪流者，故列於斯志之末。

甘露述

述甘露，昭孝德也。貞元壬申歲，福州福唐縣尉清源莆田邑人濟南林公攢太夫人終。公每一痛，至水漿不入口，或三日，或五日，内外羸憊，殆至殞滅。癸酉，將與先府君脩合葬之禮。公之於事親，存既竭其力，送終思盡其勤。曰：「含襚品章，則有王度，不敢之越也。塋域固護，實在我功，當懇而行之。」於是躬開坎室，自埏塼甓，與兄弟手攻肩負，以鑿以築，雖率情性而無僭法度，不違典禮而有異常儀。載考載理，而未之窆。

春三月五日，忽異氣自天，氛氳下蒙，非雲非烟，羃羃綿綿，彩耀光鮮，馨香馥然，起朝及暝，徘徊不散。先是，繞壟已栽松栢，洎晨，枝葉間遍懸露滴，其滴齊大，如梧子。公奇之，與兄弟及鄉人時相慰者而嘗之，其味甘，異於人間所甘之味。日漸高，不銷不晞，轉堅轉明，瑩然珠相，鏗然玉聲。如是者二日，覩者争取，或食或玩。噫！天冥冥，其間蓄靈；地陳陳，其間蓄神。靈無形，神無身。無形無言，無身無聲。苟有可褒，以物而旌；苟無可褒，物不虚行。其德常，其物常；其德稀，其物稀。予聞甘露之説，莫覯甘露之實，其爲稀也，不亦甚乎？今爲公而降，公之德豈常德歟？况殊香啓途，異彩相宣，凝結豐圓，向日翻堅者哉！則其至誠所招又多矣。予執弔禮，幸獲而見珍，聳不足，遂爲之述。

刖卞和述

昔卞和以荆山之璞獻楚懷王。曰：「非寶也。」刖之。次獻於平王，平王亦曰：「非寶也。」又刖之。世皆有二君不識寶之議。小子鄙慮，嘗致於斯，瞜瞜然若見二君之意，後世之議者，脱未之思焉。

夫國之安危、人之邪正，如影與響，繫乎后躬，于則從而于，易則從而易。珠玉者，勞之母，財之蠹，侈之本，害之圃。國君好之，下必從之，則將有不耕而搜山，不藝而攻石，背義而忘仁，輕穀而賤帛，耕之隳，藝之墮，穀之散，帛之耗，義之虧，仁之挫，則國從而喪矣。古人有言曰：「不貴難得之貨，使民不爲盜。」又曰：「大寶曰位。」二君所言卞氏之璞非寶者，蓋寶此者也。不然，玉之與石，猶菽比麥，雖至愚昧，亦或辨之，況二君乎？縱時狐疑，忍愛玉人須臾之功，不試琢磨於一石，而忽先王之法，輕絶人之四體歟？甚不然矣。實將抑奇玩，却無益，剪奢靡之萌，啓淳龐之跡。欲其塊桴土鼓，上復於犧軒；象箸玉杯，下銷於辛受；四方風行而自化，百姓日用而不知也。大功無形，至德無名。人以瑣瑣之智，莫覩冥冥之情。昔宋玉以蕃禽井鮒，不測靈鳳長鯨。信哉！嗚呼！使仲尼居今，則與秦伯同稱矣。小子不敏，竊述其旨，以佐知言云。

文

弔九江驛碑材文

弔，傷而有辭者也。噫！九江驛之碑，其可興辭而弔歟？斯碑之材，昔太師魯國顔忠肅公所建祖亭之碑也。公負辭華，代之銘誌，多公之辭，亦好採異留名之致。頃爲湖州牧，州産碑材石，每使工琢之，與詞兼行，磨礱而成，常心所用者不可勝數。斯碑也，終山之窮僻，得之於自然。趺本有龜，護頂有螭。雖不甚成，而拏攫憤興，如神如靈。公神而珍之，精選所處，湖州無稱立，罷守迴朝，載而途卜。出蘇臺，入毗陵，亦無稱立。轉丹陽，由建業，亦無稱立。次江州，州南有湖，湖東有嶠，蛟奔螭引，直至湖心。頓趾之處，則茂林峭石，勢瓌氣勝，非往時所睇，而神祠曰祖將軍廟在焉。公覿其詭秀與碑材叶，即日以酒醑奠白移祖神，出錢五萬，造亭曰祖亭。南香爐峯，北潯陽城，九江爲庭，千艘歷階。亭既就，公製創亭之文，手勒斯碑而立之。公文爲天下最，書爲天下最，斯亭之地，亦天下最庶，資三善，加以斯碑之奇，相持萬古，而採異留名之致一得也。後典州吏，於州之九江驛，有脩坯之勞，狀其末績，乃取斯碑，剗公之述，寘己之述，今爲九江驛之碑焉。

予旅遊江州，税于茲驛，祠部員外郎鄭恕同之。鄭與州將嚴士良共爲予説，而俱以視。嗚呼！先賤後貴，世之常也；先貴後賤，人之傷也。以祖亭方九江驛，則蘭室鮑肆矣；以魯公之文方人之文，則牢醴糟糠矣；以魯公之札翰方人之札翰，則錦繡枲麻矣；以魯公之用方人之用，則華夏夷狄矣。痛哉！斯碑出祖亭，入九江驛，失魯公文，得人之文；削魯公之札翰，題人之札翰；亡魯公之用，就人之用。是去蘭室而居鮑肆，捨牢醴而食糟糠，脱錦繡而服枲麻，黷諸夏而即夷狄，可悲之甚者。况我質天成，必將可名，魯公所以卜擇敬慎如彼，而常人無良黜辱如此，與有道而黥，無罪而刖，投四裔魑魅，何以別邪？石不能言，其豈無冤？故弔之。文曰：

情違以傷，理拂乃冤。人實有之，物亦應焉。嗚呼子碑，冤可子知。陰隲子材，豈曰無意。必有以殊，方頒以異。與顔表勝，以殊則名。從吏君卑，以異奚旌。子産既授，子不終致。悠悠彼蒼，何嗟及矣。美玉抵禽，高冠藉足。有類子碑，先榮後辱。繼世生哲，詎無賢兮。將覿于斯，將悼于斯。庶滌所黷，而復攸宜。屹屹子碑，如神如祇。人得以專，天造何爲。其不然矣，其不然矣。

弔漢武帝文

閱太史氏書，見漢武之御極，雖非求仁蹈道之主，亦英雄之君也。然覩其內傳，有學神仙、築三山，爲飲露飧霞，希升汗漫，激流企石，用擬林泉。嗚呼！履其位而不知所以守，好其事而不知所以從。

夫一物各異道，萬彙不同致。帝王之與神仙，林泉之與朝市，猶鱗羣毛族，川陸分之；日居月諸，晝夜常之。麒麟不可有處淵，蛟龍不可更居藪。玉兔莫延於旦，金烏罔瞻於宵。附其翼者兩其足，與其角者去其齒。不兼之義，天理昭彰。帝者，宜本於親人；仙者，宜先於遠世。以林泉爲意者，可居於草澤；以天下爲念者，可謹於朝廷。是以唐堯、虞舜無野心，子晉、許由辭寳祚，誠以帝王與神仙有隔，林泉將市朝難并也。今據唐堯、虞舜之地，而求子晉、許由之志，不亦迂而可痛哉？況君子所以推心屈體爲僕御，元元所以封膏割血爲飽煖，非圖好林泉而學神仙也。故予覽其傳，傷心久之。

戊辰歲秋八月，周覽秦原，次茂陵之下，既覩永歸之地，彌懷所行之事。且夫承天統物，豈無足稱之德歟？蓋歎日月高明，有時虧異，珠玉貞潔，不免疵瑕，徘徊路隅，興言而弔云。

赫赫兮炎靈降神，造漢焚秦。四葉重茂，翹英洊新。首出羣龍，卓爲世祖。秋風揚乂，夏日昭武。柔不化之人，闢未名之土。雖殊仁聖之后，是異凡庸之主。伊可膚寸，明有不周。事非所事，求非所求。惟此帝謨，想夫仙道。魚處重淵，獸居茂草。辨乎朝市，別以林泉。日由旦陸，月麗宵天。跡既兩分，理誰齊克。若死將生，猶南與北。貪臣王公鞅掌者，可以勤萬機；欲升汗漫逍遥者，可以爲匹夫。愛深宫秘殿者，可以垂旒纊；好青山緑水者，可以棲江湖。飲露參腥，激流貫都。苟能同致，實曰殊途。堯舜曰聖，由曾匪愚。確乎守一，亦以難俱。況乎小人唯唯，罔圖山水；君子乾乾，孰爲神仙。嗚呼哀哉，前鑒孔彰。高臺深池，夫差以戕。尋山越海，嬴政其亡。有一於此，未或無殃。胡爲不辰，互窮厥方。舟全虎臂，車出羊腸。已臨隧炭，幾絶苞桑。反覆前聞，痛心疾首。藥石無人，瑾瑜有垢。暑來寒往，時移代久。古壟將穨，惡聲不朽。日臨宇宙，有時而虧。目覩毫釐，或不見背。將爲而不知，復知而故爲。嗚呼噫嘻！

補漢書封雍齒冊文

曰：「臣節貴忠，后德貴公。」忠則爲其主所自盡，公則於其人罔以私。咨爾雍齒，爾有臣節孔明。予以公心奬爾，其敬聽予言罔惑。嗚呼！昔嬴氏不臧，流毒四海，天將勦絶厥類，假手于予一人。爾主項氏昧厥命，木𧑙猪突，附振旁撓。予在泉未涌，用困於彭地。爾爲厥主來戕予，實有必戮之志。罔若天之歷數，徂于予躬，俾泰山萬乘，蔽于一葉。予於所自，隠有見爾心。于時爾爲楚臣，予爲漢人，予則爾仇敵，爾宜討之，予罔攸憾。今大寶歸予，夷嬴殲項，予欽若上帝，惟天下君，爾則率土之濱，罔非予民，予宜子之，爾罔攸惕。夫爵以尊德，禄以養賢，爾能致身于厥主，孰若爾賢德。予分爾茅土，以勸所事君。爾奉上之誠，罔易乎舊。予體元之政，咸用維新。砥礪爾能，轉作予人。兢兢慄慄，共闡大猷。無使齊桓、管仲，專於棄瑕之美。念之哉！

唐歐陽四門集卷第六

唐歐陽四門集卷第七

唐國子監四門助教晉江歐陽詹著
大清貢生福鼎王遐春刊

序

泉州刺史席公宴邑中赴舉秀才於東湖亭序

貢士有宴，我牧席公新禮也。貞元癸酉歲，邑有秀士八人，公將首薦于闕下。古者相覿相祖，有享有宴。享以昭恭儉，宴以示慈惠。二典爲用，鮮或克兼。諸侯升俊造於天子，遣之日，唯行鄉飲酒之禮。則享禮也，胾肉玄酒，莫飲莫食。公念肉不使食，則仁不下浹；酒不使飲，則歡不上交。方欲激邦俗於流醨，致王人乎德行，而賢者仁未伊浹，才者歡未我交，其若蚩蚩何？

秋七月，與八人者鄉飲之禮既修，乃加之以宴。餚移己膳，醴出家醞，求絲桐匏竹以將之，選華軒勝境以光之。後一日，遂有東湖亭之會。公削桑梓之禮，執賓主之儀，揖讓升堂，雍容就筵。樂遍作而情性不流，爵無筭而儀形有肅。鏘鏘焉，濟濟焉。於是老幼來窺，盡室盈岐，非其親懿，則其閭里，皆內訟而誓遷善焉。於戲！行其教，不必耳提而口授；移其風，不必門扇而户吹。公斯宴，則風移教行其間矣，真盡心竭誠、奉主化民之宰也。

烟景未暮，酒德俱飽，有逡巡避位而言曰：「夫詩者，有以美盛德之形容。君侯因片善，附小能，回一邑之心，成一邑之行，而昭吾人恭儉於嘉享，示吾人慈惠於清宴。回人心，成人行，周孔之才也；昭恭儉，示慈惠，管晏之賢也。不有歌詠，其如六義何？」是日，人有甘棠頖宮之什，客有天水姜閱、河東裴參和、潁川陳詡、邑人濟陽蔡沼，佐贊盛事，亦獻雅章。小子公之甿，幸鼓微聲，先八人者鳴。捧豆伺徹，時在公之側，覩衆君子之作，遂從卜商之後，書其旨爲首序。

别柳由庚序

孔子見老聃，曰：「魚，吾知其能游；鳥，吾知其能翔。游可網，翔可弋，至於龍，則吾不知。聃其龍乎？」今予遇河東柳由庚，亦孔子之聃矣。眉長五寸，耳近上頂，寡言少笑，皎若冰雪，意或時發，皆元漠杳冥之事。從君子累忝之遊，松櫟殊姿，鵶鸞異情。

翌日，予去之京師。柳曰：「月陰日陽，鱗潛羽翔。海鵬君於焉期化，冥鴻君從此而游。南充近有上升者留言於長老，謝自然於果州南充縣白日上升之時，言當復有從此而上升者。豈爲吾設邪？吾焉往？」夫其德行文學，可以敦教化，正雅頌。予勸禆堯而補舜，柳頷而不對。貞元十三年七月十六日，綿州紫極宮黄籙齋場別。

送族叔楊行元落第迴廣陵序

族叔行元既射策，與主司不合，春二月，將歸淮南所寓。羣公設祖，方獻未酬，叔悄然有不愓之色，羣公亦愕爾而歎。小子侍觴，奉而前曰：「歸，好事；春，美時；酒，樂物。叔於三者，加同人將之而未悦，豈禮闈失意之爲乎？崑吾産金，荆山産玉，自民役巧，鎔琢蓋多，惟干將、和璞有大聞。非百鍊則其良可用，三獻而其寶乃真歟？苟良苟真，不即成，不即售，適以精其研，稔其實如叔也，亦何稽於一邂逅哉？昔之人，作必行，動必中，則蘇秦無履穿之嘆，甯戚無石爛之歌，孫弘無十上之勤，商鞅無再干之勞也。知泰而不知否，知易而不知難，是夫人也，非所以待乎叔也，叔如之何？」叔欣然見卞氏再來之路，平歸心，納春景，安酒意。四坐以叶，千鍾有娛。既醉升車，秋爲到期。

送巴東林明府之任序

國以民爲本。縣令，親人之親者，苟有命授，無非慎擇。今年執政又加精選，自吏曹銓擬，枉而退下者十之五六。濟南林公，以始仕之調，發硎之刃，請宰一邑。天官劇巴東也，而使爲之。平衡無疑，鈞軸不轉，非輕重質器，目以昭如，則安可於其難而易若此？解褐結綬，當時之盛。既受牒恭命，而濟南公與予鄉而且故，幼而知公。行先鄉曲譽，是通閭井之意；術以明經升，實探教化之本。今有社稷，有民人，則弓矢入養叔之手，徽絃在師曠之膝。何微之不中，何妙之不盡？去矣，無使朱邑魯恭專美乎是官。其餘則巫峽峨峨，岷江湯湯，水天下清，山天下秀，游盤貴境，爲池爲墉，退公多暇，爲我迴睇。

送建上人尋陽司業後留詣涇原劉行軍序

建上人自茲而一西，更爲故人也。巫咸山有道釋子建上人，元和之淳，氣以類合，休神遂性。曩與小司成陽公得于林棲，公從下風之請，斯縻大君之爵，同方相致，殊途且來，雖羇鸞冥鴻，一飛一籠，遐心遠意，終其超曠。遊佛廟，賞靈臺，壺冰片玉，光潔再裕，來爲去始，散實聚終。上人故人有在西土，曰：「大夢未覺，還宜一歡。」陶瓶芒履，此焉而往，永路著首，悠然高雲，西之人幾日而覿。松栢之下無凡草，鸑鷟之侶無凡禽，西之人豈陽公之儔歟？覯遇之辰，瓊玖之列，詩可頌德，覿于斯，其撰之竹帛，儻傳，俾後之人知貞元是歲賢人之會二也。

送李孝廉及第東歸序

明經，自漢而還，取士之嘉也。經也者，聖人講善之録，志立身正，家齊國理，在乎其中。爲人父者，莫不欲其子之明；爲人君者，莫不欲其臣之明。明斯行斯，近則平乎性命，遠則成乎政令。邇來加取比興屬詞之流，更曰進士，謂近於古之立言也，爲時稍稱。其僥倖浮薄之輩，希以無爲有，雖中乾外槁，多捨明趨進，俾去華取實。君子惡以真混假，縱含章抱器，半捨進爲明。

新第李孝廉，則含章抱器，捨進爲明者。晢晢肌骨，松寒玉清，以志學升太學，以學就升宗伯。背文手占，滯義口占，三載不售，皇鄭復來。投短書，出長卷，精專炳煥，儔倫裒然。聖朝貞元癸丑歲，明經登者不上百人，孝廉冠其首，非獨學勝，亦以文聞。則有我芳華，加之典實，不惡夫僥倖浮薄，角力於比興屬詞，并矢分弓，未知鹿死誰手，不爲也。拾青紫之有路，獻榮名以趨庭。長途春光，我美多彼。噫！盡藝而適，猶有前聞；家食非明，時相待之。噫！孝廉其志之。

送常熟許少府之任序

始入仕，一有縣尉，或中或上或緊，銓衡評才，若地稱而命之。至於緊，無得幸而處，而緊中之美者，尤難以人。今年孝廉郎高陽許君授常熟尉者，實緊中之美。君十三舉明經，十六登第，後三舉進士，皆屈於命。去冬以前明經從常調，蔭資貴中之乙，判居等外之甲。既才且地，擢以是官。夏四月，隨之官之牒，玉貌青春，芬芳有舊。望棠陰而委質，鬱蘭陔以辭親。征車轔轔，所往在目。異時九仞，由茲一簣。在邦由家也，不出於忠信，許君常以爲己任。夫何恤哉！士之生，制四方之志，軫念於離別，非所以爲士也。行乎！

送張陲山南謁嚴相公序

相國馮翊王作鎮南梁，爲名賢藪澤。四方浮川走陸，結轍連艫，岷山之坡碨成谷，音欲。漢水之磧汩成淵。耀華呈實，涌溢門館，量器而待，未始失賢。故天下真賢，雖遠皆往。以賢躡跡者，清河張子乎？張百行爲實，五言爲華；有實可呈，有華可耀。度虛襟之必答，抗高步以斯謁。玉露初降，金風景清，褒斜峯峯，千萬相見。奮客情如歸意，指危棧猶平道。馮翊之門，唯才與德，人之所與，馮翊無不與。是行也，非張獨知其可，衆君子共知之。既知之，若詠若歌，各言其知。

送王式東遊序

瑯琊王式，字公範，予邑之英而忘形之友生也。少同所好，服膺周孔之教；長齊所得，願裨堯舜之化。時命不與，人無己知。雨散雲乖，四方五祀。既乏孔融、鄭莊之公薦，乃效張儀、蘇季之自鬻。百川會海，相得上國。丹誠未昭於鏡鑑，黄金已銷於桂玉。予懷待兔之固，猶伺北闕寢書之報。公範見變豹之理，將遊東諸侯之國。魚川鳥陸，俾爲異路。曩日之别，復起於今。

嗟乎！夫人不得自然之至道，冥冥飄於物外，則天之至愚，惛惛貿貿乎泥滓，各得其方，無枉性矯神之艱也。企矚仁義，盤旋禮樂。下不植地，上不麗天。孤雲隨風，斷蓬逐箨。是不能岧峣昭灼，揚光其間。坼華資而公範猶蒙，賈薄藝而予莫售。禽棲朽木，蠖屈窮轍，可悲也夫！况赫赫皇都，實吾人逞志之所。大丈夫斂塵襟而瞻紱冕，策蹇驢以窺軒蓋，食米菽而覘粱肉，吟苦寒以聆鐘鼓，傷哉！公範得無愧邪？加之離情悵悵，何述萬乘之都，千箱之年。有故人而適遠，無巵酒以敘別。男兒巵酒之不致，亦何論他日之浮沉哉！平生之懷未易言也。離者會之資，會實離之本。今離既由昨會，後會得不由今離乎？離會相生，蓋不足歎，公範勉之！東諸侯聞有梁孝、燕昭矣。

送蔡沼孝廉及第後歸閩覲省序

昔人論別有賦，論恨有賦，狀仳離，陳感憤，其未見予於蔡侯是日之情，蓋古人之遺情也。人之慚，莫先乎同有求而一不得；人之慕，莫甚乎偕遠遊而一先歸。蔡侯沼，字虛中，予之邑人，又懿親也。虛中以學，予謬以文，共受遣乎長吏，皆求試於宗伯。虛中登太常第，歸寧故園，予有曝鰓之困，猶留京師。同求在予，則不得偕遊，虛中則先歸。堂俱有親，身亦祈達。自負違顏落羽之恥，對人飛鳴就養之慶。懷寸方爲丈夫，禀太和曰人子。不包羞，不痛心，行道之人也。

虛中胸中有心者，以予此辰之意如何哉？恨恨悽悽，渾渾迷迷。飲觴以若荼，視春光其如秋。周秦九軌之道，吴楚千里之水。騁逸騎，揚輕舟。激爾清風，歡拜非遠。人則姻昵，家惟里閭。到日榮賀，盡室當在。念沽名之不異，想出門之是同。父也母也，兄也弟也，雖喜人之善則有，而傷予之不肖豈無？重增予鬱結之端矣。明鏡前，平衡下，姿媚無取，銖兩不登。才歟？命歟？不自知也。烹乳爲醍醐，鍛金爲干將。予期烹鍛以變化，虛中其行乎！勿謂業就不增修，勿謂名成有所忽。及此方遠大，虛中志之。

送裴八侃茂才却東遊序

幼秀裴侃，昨自江湖西入關，遊京師，今自京師東出關，遊江湖，十二斯冠，才氣卓異。身猶三尺，交友四海。著文數篇，其措意規格，儲乎遠大。旬時闕下，鬱發聲聞。公卿名德，待以優禮。告離之日，祖軷相屬。由晨及暝，方容升車，車蓋相追，百有餘兩。長沙歐陽詹，企以芳馥，亦驅弊轏，將欲分手，詔之自愛。曰：「梗柟出地，知爲梁爲棟；鸞鳳在鷇，知磨霄薄雲。子之他日，豈在乎此？」不獨斯謂，羣公斯謂。子姑行無忽，所謂非徒謂也。

送無知上人往五臺山序

無生永存，旨不易源。綿兮在熉，滴兮處渾。釋氏子味其實，歸其根。其教雖傳，非言可言。唯相似者，復到其門。無知上人，其到門者歟？上人從儒至道，從道至釋，如歷星月以得白日，若棄扇翣而灑長風。真空洞照，熱惱頓盡。水其性，雲其身。周四海以終静，出六合而非寄。維揚秋杪，方至自閩。日未成旬，作臺山之適。目關河於不計，擬衣食乎隨施。恰如也，澹如也。此行逢流得抵，虚舟無程。峨峨五峯，幾日而上。登異清凉，侶善知識。所至也之至，玄又玄乎。予弱冠之年，同時謡之學，神不遠逮，溺在名利，禮足而别，悽然自傷。岐路既殊，聊各以行。勉哉！無知公。勉哉！歐陽生。

送鹽山林少府之任序

新授鹽山尉孝廉郎濟南林君，脂轄東轅，莅官也。鹽山，滄州之屬邑。滄州，戎狄接際之地，國家虞守之會，東南居恃力之卒，西北有矜功之衆，從事之劇，惟天下先，若非機足應權、達能通變，則不之與也。公以二善而時與之。夫騏驥未馳，知有致遠之力；干將未割，知有剸堅之功。堂堂林君，假道試吏。嶧桐嶰竹，必中音律。勉以能事，爲邦之光。禄者，所以食人爲國；俸者，所以衣人贊時。予尚知之，而君豈不知之？苟知之，何往而不利！

送周孝廉擢第歸覲序

始末與周相接，二年間，於貢府稠人中見之，年甚華，神甚清，英如潁如，若金在沙，若松在林。常奇之曰：「誰家千里駒，可羡也。豈權衡藻鏡，而遺於是邪！」今春獻藝，果登孝廉上第。予以片言隻字進，亦同年成名。既昔情所佳，又今跡斯叶，或因有覯，獨與之語。宮商起於朱絃，薑桂在乎太牢。泠然可聽，芬乎可嘗。已比郄詵之玉，思懷陸績之橘。夏五月，自京而東，賃廡陋居，迴軒見別，予則不敏，輒奉以言。會稽之竹既鏃矣，宜羽之；荆山之璞既琢矣，宜礱之。雖休勿休，古有光大。晨昏之暇勿忘，則疊札之望可酬，連城之價可取。勉哉！有如君材，蓋不易得。

送楊據見漳州李使君序

儒有馭百行、駕六藝、曳長裾於王侯之門，以禮待。楊夫子是日之告謁漳浦李太守之行，行儒之事也，子幾於儒久矣。李太守天枝之英、金鏡之明、盛物之量、秤物之衡。大子姿容不孤其鑒，多少有登其槩，何往而不利？高梧始華，瑤草欲碧。去矣夫子，時景宜往。

送陳八秀才赴舉序

諸侯歲貢俊才於天子，故陳侯今年有觀光之舉。白露肅物，青天始高。雲迴鴻盤，言遵永途。吾觀夫雄心鋭志，將領能事，則夷山堙谷，不盡其力。何東堂一枝、南荆一片，足塵其慮邪？勉哉陳侯！有其才，奏其試，知有成矣。

魯山令李胄三月三日宴僚吏序

三月三日，以酒食出野，曰禊飲，古俗也。有唐今上御宇之九年，年定三節：一以二月一日之中和，終取九月九日之重陽，次取此日之禊飲。賜羣臣大宴，登高臨流，與時所宜。洎四方有土之君，亦得自宴僚屬。

貞元十二年暮春月，哉生明一日，則其日也。臨汝魯山令趙郡李胄恭國合宴于縣南滍濱。先宴曰：「夫宴者，古所以示慈惠而期合歡者也。國家錫以斯宴者，情亦古情焉。況食在充腸，不在充目；酒在行禮，不在溺神。歌發其所自和，舞發其所自樂。窮八珍，竭萬鍾，强發揚，課絲竹，則有勞有逸，豈合歡之意歟？」以是首設一席，肉一肩，酒一壺，命自天子命爲佐貳者；次一席，酒、肉亦如之，命自己命以爲吏者；次一席，酒、肉亦如之，命鄉閭許以耆年有德者。肉既飽，酒既酣，因化育之洽。有歌謠者進，有舞蹈者作，皆誠激乎中，章乎形容，婆娑慷慨，與習而爲者不類。然後漁者請以其舟，農者請以其甌，圃者請以其蓄，弋者請以其鮮，啐濁嘗漉，浮泛漪瀾，風恬日和，川晴野媚，以熙以怡，萬心一之。至義之門，大順之家，父兄子弟，一族一堂之中，不是過也。非仁德淳化，其孰能至於是邪！

旅遊之子，實窺盛事。茲宴也，雖溥於天下，百里不同風雨，恐他邑之景物，此辰不得似公之邑也；一方不同教化，恐他邑之歡樂，此辰不得似公之邑也。故序之。

泉州泛東湖餞裴參知南遊序

泛舟餞行，別禮之重也，昔李郭有之。降自近代，名望之士，亦往往而用。其皆殷勤夐出於人意，文雅足賦乎時物，俾摻執之容可觀，風景之媚不孤。理未符此，事罔得舉。清源郡，春正月，客有河東裴參和將南遊，郡司户置同正前大理評事扶風竇公，因攜俎豆，展故實，蓋厚裴而昭己德也。

奇哉英秀哉，其裴歟？明嶷乎風姿，瓌麗乎詞華。朗如嵩如，輝如煥如。予翰苑十年之遊，飽覩四方之彥，九霄寸步，一日千里者，予得識之，如其人，如其人！是餞也，主賢賓賢，譬古無怍。指方舟以直上，繞長河而屢迴。絃管鐃拍，出没花柳。勝趣則深，離觴且酣。斜日應程，賓辭及固。噫！停橈一挹，裴其昇車。美哉裴！何往而不利？況此選列郡，莫非哲人。有知之鑑，其豈相失？遊意儻盡，姑爲時起。予從此更詣承明，竇公不日應召宣室。秋風似緊，當共天衢，佇羊角而來，一舉磨蒼蒼矣。詩人同志之。

送洪孺卿赴舉序

三折股，爲良毉。予五升詞場，四遭掎摭，是以竊知乎文，則洪氏子舉秀才，前期勝負，予得而度。子天與黼黻之性，加好勤苦之節，紡績墳典，組織篇什，觀經緯機杼，則重綿繡段，日日當成。今年秋貢士，果居首薦。歌鹿鳴以爲餞，想鵬摶而飭駕。金欲求鍛，玉將就磨。光鋩顯耀，朝夕以冀。迴鴈賓海，秋風落山。雖難别離，向慶無恨。中鵠餘矢，猶思再發。升冬元月，期會于闕下。

唐歐陽四門集卷第七

唐歐陽四門集卷第八

唐國子監四門助教晉江歐陽詹著
大清貢生福鼎王遐春刊

書

與鄭伯義書

居方足下：

胡孀物故，仁孝多感，悲慟如何，遠助悽惻。秋涼，體與神康。僕素寡悰，暢遐亦可。悉華下來人，居方居華山之陰。承今冬以前，明經赴調，罷舉進士，何顛且不沛、逝而能復與？居方哉！夫非有必行，則諫必有拒，忤情懷歡，古人所難。雖僕於居方，亦不易之。今流既從川，華既歸根，輒分間布白，致以牋素，居方忖覽。

知及蘧瑗四十九年之已往，陶潛今是昨非之悟焉。漁者所務唯魚，不必在梁在笱；弋者所務唯禽，不必在矰在繳。國家設尊官厚禄，爲人民也，爲社稷也。在求其人，非與人求；在得其人，非與人得。唯道德膺厥求，唯賢能膺厥得。賢能事事而後見，道德誠誠而後信。苟須事事，苟須誠誠，則必委以務，命以職，從而覈之。四海之大，億兆之衆，不可逢而委命之。是用啓稍異之間，姑致其我樂而自耀者。

讀往載，究前言，則曰明經；屬以詞，賦以事，則曰進士。中夫程度者取政事，最輕小者命以始。又令公侯子孫、卿大夫子弟能力役供給者，曰千牛，進馬三衛齊郎，限以年月，終亦試之。其有成則陟，陟不已，乃尊乃厚；其有敗則黜，黜不已，乃戮乃亡。取之於諸科暫殊，用之於諸科則一，良未即以進士賢而明經不賢也。但以選才如選材焉，以規則失之於方，以矩則失之於圓，欲方圓畢至，然後擇其利用者寶之。中方則善於圓，中圓而善於方。木材也者，在堅貞可久；人才也者，在德行有恒。不可久，不有恒，雖售之於今，必不售之於後。蚩蚩之人貴此賤彼，是不深達國家選士之意，見近而迷遠者。居方寧斯人之徒歟？況目覩進士出身，十年二十年而終於一命者有之，明經諸色入仕，須臾而踐卿相者有之。忠與孝相生，君與父相隨，於家美即於國良，爲閨門重則爲朝廷尚，此古今聖賢絕慮，萬不失一之得也。

僕忝居方遊，自貞元之初，于今十有三祀，熟得居方之爲人。甘旨可求，則已在尊長之前矣；衣食可讓，則已在兄弟之邊矣。急難當行，則必在交遊之先；禮義當往，則無在時賢之後。晨昏無方之性，愛悌友于之情，長長之敬，下下之眷，與朋之信，接物之道，居方無不盡，則於家於閨門至矣，於國於朝廷詎少哉！

嘗清宵月下，寒序火邊，或醉或醒，接以餘論，君子欲其暗然而彰，惡自衒自媒沽名者。二年間，見居方求試於詞場，僕恨恨如失。才如居方，地如居方，方如所得，詎止乎得？然諸科中升乎一科矣，宜存一粱一笥一矰一繳之義，事事誠誠之旨，中規中矩之求，委恒久，循黜陟，俟乎暗然之來也。况近聞宗懿之中，景行居方彌篤焉。上以居方達慈於下，下侍居方申愛乎上。居貧孀孤，逹宦棺櫬，悉居方竭力，已可行，咨乎可及。飢飽不罣，魂體皆歸，年纔弱冠，行跡如此，豈徒生哉？借如居方束帛到門，而有未起，居方以藝自謁，雖從家命，亦以非矣。悲哉！更逐齊人之後邪？

僕竊以爲知人，曩得居方，以爲居方也。洎昨視所行，則非居方。今聆嘉聞，又居方矣。如其知，如其知，竟履元和，以叶愚念。得之以道，爲姜爲傅；不得以道，爲回爲憲。時之令人，豈是善歟！面敘不周，此亦何云。

上鄭相公書

將仕郎守國子監四門助教歐陽詹，謹齋沐緘書再拜，遣隸子弟，獻於相公中衢之車下，庶及乎閤下：

當今主上聖明，宰輔賢明，可行已行，可止已止，其或未行未止，非不知也，非不念也，未可行而未可止也。詹愚蒙，欲陳所見，則在知之之後，念之之內矣，不敢復言，今斯有言，自言而已。

人有百行脩，萬事精，內扣潛鳴，外聽無聲，非不願用而人不用，非其願旌而人不旌，雖和平之代，至老至死者，相公以爲有之乎？詹將十有十，百有百，千有千也，何以苦知之？近之耳。詹嘗讀論語，得孔子曰「古之學者爲己，今之學者爲人」，傷時之學者，不由所學，務所學也。詹不敏，傷竊如之，况禀羔羊鴻鴈之性，未資訓導而敬順和合乎教者，十或四五。潔身畏人，直拙自守，始亦以孝弟忠信，約禮從儀，人生合爾，博聞游藝，行義脩詞，人生固然，殊不以有爲而爲也。幸屬昭代以此官人，敬趨條目，遂希銓擇。五試於禮部，方售鄉貢進士；四試於吏部，始授四門助教。詹兩應博學宏詞，不受；一平選，被駁；又一平選，授助教。

夫人百行庶幾，萬事留心，不仕則已，仕則冀就高衢遠途，展其素蓄，垂名于後代，播美於當時，匪徒利斗粟、希片帛、救寒暑、給朝夕也。所以利斗粟、希片帛者，不以之兼，與其百行庶幾，萬事留心之流別行也。詹非斯人之徒歟？其慕彼人之徒歟？企夫高衢遠途也。

噫！四門助教，限以四考，格以五選，十年方易一官也。自茲循資歷級，然得太學助教，其考選年數，又如四門，若如之，則二十年矣。自茲循資歷級，然得國子助教，其考選年數，又如太學，若如之，則三十年矣。三十年間，未離助教之官，人壽百歲，七十者稀，詹今四十年有加矣，更三十年於此，是一生不覩高衢遠途矣。況先三十年，孰存亡哉？其或素蓄，當在重泉之下矣。忖己方人，所以知百行脩，萬事精，内扣潛鳴，外聽無聲，非不願用而人不用，非不願旌而人不旌，雖和平之代，至老至死者，十有十，百有百，千有千也。

嗚呼！今之高懸爵禄，廣設名位，實待乎德行與乎能事也。德行也者，孝悌也，忠信也，不可於公堂斯須而得試也，須漸乎父母昆弟之言，沿乎州閭鄉曲之譽。詹遠人也，父母昆弟，居萬里之外；州閭鄉曲，在三江之南。孝悌之言，無由漸朝廷之耳；忠信之譽，莫得沿闕下之聞也。能事也者，秉持也，應奉也，不可虛處無任而得呈也，須形乎政令裁製之庸，著乎役藝使才之致。詹冗官也，政令裁製，一月兩衙之謂；役藝使才，二奠陪行音航。而已。秉持之庸，才可形考課之目；應奉之致，是亦絶選能之見也。縱有顔閔之德、游夏之學、宰我之政事、夫子之文章，其於是也，但父母昆弟自相知，州閭鄉曲自相許於海隅嶺徼，其奈拳拳之身何？

夫大田斯穫，而有遺秉滯穗也，萬秉稀一，萬穗稀一，詹豈遂當其一乎？且天地也，命之翅，必與之羽翮，副其巨細，使得飛也；命之足，必與之蹄蹠，稱其長短，使得行也。若命翅而不與之羽翮，與之而巨細不相副，飛則墜；命足而不與之蹄蹠，與之而長短不相稱，行則顛。命適遺之墜，與適遺之顛，則如無命無與也。其庸愚不知造物之旨者，視之則不之怪；其明賢深探理源者，其謂天地何？邦國也，勸人以德行，用錫之爵禄，必契其分量，使得行道也；聳人以能事，用錫之名位，必權其輕重，使得榮身也。若勸以德行而不錫之爵禄，錫之而分量不相契，道則屈；聳以能事而不錫之名位，錫之而輕重不相權，身則辱。勸適遺之屈，聳適遺之辱，則如無勸無聳也。其庸愚不知造化之旨者，視之則不之怪；其明賢深探理體者，其謂邦國何？

詹代居閩越，自閩越至於吴，則絶同鄉之人矣。自吴至于楚，則絶同方之人矣。過宋由鄭，踰周到秦，朝無一命之親，路無迴眸之舊。猶孤根寄不食之田也，人人耘耨所不及，家家溉灌所不沾，其濯乃條枚，成乃華實者，上天至仁之膏澤，厚地無私之陽春乎？相公爲上天霖雨，佐厚地發生也，何以處詹焉？夫舉善不遺於微陋，使能必盡其材器，真宰相之任也。自唐及虞有其人，自夏及商有其人，自周及秦有其人，自漢而還，無代無之。洎國朝，歷歷可數也。相公能以詹爲手下濫觴乎？似善斯升，真善以至；似能斯拔，真能以來。古人行此，天下歸仁也。相公行之哉，行之哉！今則猶古，算度途遠，蒼皇造次。

與王式書

公範足下：

長史及大人以薄官，詹大人任溫州長史，大人任博羅縣丞。予自能記憶。只見馳載長幼，勤勤南北，予雖童稚，意甚不居。洎有安固丞、朝陽掾，詹兄蓍任安固縣丞，兄晉任潮州司倉。予時已冠，似或議事，以爲地分遐陋，進取必無遠大，若肄業承家，則安固、潮陽亦幾於不墜矣，便懷耕食鑿飲之心焉。事親敬長之道，睦友與人之義，恂恂自勉。不意竊鄉曲之譽，所疑不忘質，所見不忘述，時時有得。多幸忝儕類之歸，加以薄窺墳籍，適有章句。濮陽仲宣、河東千齡、滎陽從易、濟北有融、瑯琊次臣，吴播字仲宣，薛壽字千齡，鄭簡字從易，康暐字有融，王雲卿字次臣，則詹鄉曲之人，皆有識度，爲州里所重者。皆博雅明達君子，公範亦其人焉。每論性行，量識度，評學業，酌文詞，不以虛薄，往往掛於牙齒。予年二十有一，公範與羣公則可予以進士之目，而有令予觀國之心。予以羣公所貺之名，繹先賢正名之旨。

進士者，豈不言其可以仕進，而能裨助政化，始自下而升上，終自上而利下者也？近代亦曰舉人，實古今舉賢進能之科也。則有若風后力牧，膺黄帝之舉；舜禹稷契，膺唐虞之舉；伊尹姜牙，膺湯武之舉；管仲甯缺，膺桓文之舉；五羖三傑，膺嬴劉之舉。皆齊聖廣淵，明允篤誠，立功立事，出於人表之流也。降自晉宋齊梁，則有若陸機、鮑照、謝朓、江淹，亦以登庸，雖道德器用不及曩辰，而詞學詩流爲一時之秀。

想當羣公之論，豈容易之？度力不任，又先與靈源道士、虹巖逸人詹鄉人也。道士蔡明濬，逸人羅山甫，靈源、虹巖，其所居山名也。有潘湖合鍊奉養之契，潘湖，其上下所居地名。乞從宿志，勤勤懇懇，獲與靈源、虹巖同居者三年。公範與羣公雖不苦以前事相迫，而流言時至。建中初，因當道廉察，故相國常公、本州將故中書舍人薛公，南澗之談，西湖之體，常相公爲福州觀察使，薛舍人典泉州日，予以薄劣，見失二公於南澗寺，有所翦飾。及予辭歸故林，於西湖泛舟致餞也。丹青目下，程準前期。公範與羣公激厲轉加，予亦稍信云云之勸。時兄弟親屬方以衆情聞於大人，大人與羣公遂有龍首之會，龍首，土名也，予之别墅在焉。特詢可否，至於再三。羣公不悔前言，以爲可固可必。人之於子，皆欲其升高致遠。至其秋，大人則有遺從計吏之命。當發之日，大人及慈親親祭行於東郊，公範與羣公亦共餕神餘於野席。離觴既輟，大人誠勗數言，言可切骨銘心；征車云動，慈親嗚咽數聲，聲堪斷腸褫魄。公範與羣公備見備聞也。慰上下之望，在乎早成名，早歸寧，予必不惜伎能而有所絕墮，以深上下之念，汲汲摇摇，如旌如翹。

受遺之明年，達於長安。賃廡六秋，禮闈四上，頻竭激昂之力，累爲簸揚之弃，反躬忖己，徘徊又疑，豈常、薛公輕於布素而有佞歟？爲羣公溫良，與朋友有不忠歟？楊朱對歧，墨翟觀素，勁挺之志，半作歸心。況以近夢慈親以亂絲繞予之身萬重，大人囓予臂見血。蓋神祇以大人誠切，遠警於予焉。絲繞者，豈非思念纏綿之象也？囓臂者，豈非囓指令歸之義也？萬重見血者，豈非示其甚也？

公範與予，遊處最深者，且莆陽讀書，接席五年，其於爲人，公範知之。莆陽去家四百餘里，晨昏之思忽至，珍異之味忽得，亦不以始昨違離，便奔馳而去。性自天至，實非勉爲。今一辭庭闈，而踰半紀，以本心每每馳戀若此，魂夢昭昭感發如彼，日夜之心，公範可量。竊欲審覈良駑，摭分進退，阻故人，無新知，悵不可問，因考使迴，更有決斯科也。先以才藝取，次以德行伸。大之事君，細以臨人。如予所習，可以當之於取乎？如予事親，可以移之於君乎？如予理身，可以施之於人乎？其可也，則待命待知，庶榮親之道，抑溫清之心。如其不可，則任材任器，息干時之機，謝風塵之苦。書至與裁，裁己遄復，家在國在，佇爲去就。

予於爲子之道，所恨不知也，知必無不竭；若於爲臣之道，所恨不知也，知必無不爲。人生於世區區者，所務豈不立名乎？有名於國，亦名也；有名於家，亦名也。予何攘臂於其間，醜於家而美於國哉？予無此心，亦公範知之。東風扇和，山青水清；野芳且榮，林鳥時鳴。樽有酒，匣有琴，公範休暢。詹再拜。

上張尚書書

前鄉貢進士歐陽詹，於洛陽旅舍再拜，授僕人書，獻尚書閣下：

詹同衆君子伏在尚書卜風久矣。孟冬已寒，伏惟尚書尊體動止萬福。人生於世，今天下之人識與未識，有一善則願知之，有一困則願知之，尚書以爲其人何如哉？愚以百年二百年無一而已矣。尚書既知身，則其人乎？既知其人，詹斯所以願也。

凡今之人進露於長者，或以殫詞褒頌爲先者，亦或求人書狀爲先者。伏計尚書飽見之英明特達，必不之愛，小子固直，亦竊醜之。況以尚書茂德雄才，則騰於寰宇矣，豈假區區片言隻字，彰明於身乎？以尚書山容海納，則自斷於胷襟矣，豈在攸攸八行尺牘，進退於人乎？知不然矣。詹方拙魯訥，不敢遊詞。

詹閩越人，向京師七千里矣。去秋遠應直言極諫詔，不逮試，便住西秦。今冬，將從博學宏詞科赴集期。昨至東洛，舊負人錢五萬，卒然以逢，詹則合還，人又艱迫，唯一驢一馬，悉以償之。賃廡之下，如喪手足，兀然不能出門者，再旬于兹矣。亦以窘懇，遍祈於人，人無非常，所與唯疋帛斗粟，供朝夕則纔可過，其外則莫就。無車無儲，寄人之廬，士之窮，莫窮乎此！今日有來相看者曰：「子之困至於是，何不以情聞於徐方南陽公乎？」明日有來相看者曰：「子之困至於是，何不以情聞於徐方南陽公乎？」詹晝忖夜量，既在尚書矣，又人人異口同詞，同驅之心與議并，俾忘干犯，以困投於尚書。尚書之力，上將驅雲雷，清宇宙，副萬乘之賴，答億兆之望，豈獨遺詹所願知之困乎？尚書下將變陰陽，調風雨，合百神之意，允飛走之望，豈獨遺詹所願知之困乎？救火之家，水雖在遠，不以遠而往者，知其必能濟患也。詹之困，曾未拜伏尚書，所居洛陽，西鄰陝虢，北俯河陽，南接陳許，東有汴滑，捨東西南北之近，越千里控於尚書者，亦得尚書必救所困焉。神遊五侯之門遍，心擇王公之量匝，方決意投於尚書，尚書留意焉。布露微碎，亦非容易，考試事畢，特冀拜伏。雖有蓄積，庶及面陳。

啓

上董相公東風啓

詹啓：詹業文者，相公昔領大司成，則飲相公訓人成俗之教；中爲大司樂，則煦相公合莫移風之德；及籌廟畧，則浹相公調元厚生之化。竟未能歌謠芬馥，紀敘茂實，下居暗室，有愧明神。昨以赴調東周，又聆相公此方鎮安之美，陪輿人誦，作東風詩二首。既詠諸途，輙塵左右。干犯明白，不任戰懼。

唐歐陽四門集卷第八

唐歐陽四門集附録

唐書文藝傳

宋　宋祁

歐陽詹，字行周，泉州晉江人。其先皆爲本州州佐、縣令。閩越地肥衍，有山泉禽魚，雖能通文書吏事，不肯北宦。及常衮罷宰相爲觀察使，始擇縣鄉秀民能文辭者，與爲賓主鈞禮，觀遊饗集必與，里人矜耀，故其俗稍相勸仕。初，詹與羅山甫同隱潘湖，往見衮，衮奇之。辭歸，泛舟飲餞。舉進士，與韓愈、李觀、李絳、崔群、王涯、馮宿、庾承宣聯第，皆天下選，時稱「龍虎榜」。閩人第進士，自詹始。

詹事父母孝，與朋友信義。其文章，深切、回復、明辨。與愈友善。詹先爲國子監四門助教，率其徒伏闕下，舉愈博士。卒，年四十餘。崔群哭之甚，愈爲詹哀辭，自書以遺群。初，徐晦舉進士不中，詹數稱之。明年高第，仕爲福建觀察使，語及詹，必流涕。

從子秬，字降之，亦工爲文。陸洿自右拾遺除司勳郎中，棄官隱吴中，詔召之，既在道，秬遺書讓出處之遽，洿不至，還。秬名益聞。開成中，擢進士第，而里人蕭本安言與貞獻太后近屬，恩寵赫然，秬恥之。會澤潞劉從諫表秬在幕府，秬爲辯，質本之僞，本終得罪。其子稹拒命，秬方休假還家，稹表斥損時政，或言秬爲之，詔流崖州，賜死。臨刑，色不撓，爲書徧謝故人，自誌墓，人皆憐之。

歐陽生哀辭

唐　韓愈

歐陽詹世居閩越。自詹已上，皆爲閩越官，至州佐、縣令者，累累有焉。閩越地肥衍，有山泉禽魚之樂，雖有長材秀民通文書吏事與上國齒者，未嘗肯出仕。今上初，故宰相常袞爲福建諸州觀察使，治其地。袞以文辭進，有名於時，又作大官，臨莅其民，鄉縣小民有能誦書作文辭者，袞親與之爲客主之禮，觀游宴饗，必召與之。時未幾，皆化翕然。詹于時獨秀出，袞加敬愛，諸生皆推服。閩越之人舉進士，繇詹始。

建中、貞元間，余就食江南，未接人事，往往聞詹名閭巷間，詹之稱於江南也久。貞元三年，余始至京師，舉進士，聞詹名尤甚。八年春，遂與詹文辭同考試登第，始相識。自後詹歸閩中，余或在京師他處，不見詹久者，惟詹歸閩中時爲然，其他時與詹離率不歷歲，移時則必合，合必兩忘其所趨，久然後去。故余與詹相知爲深。

詹事父母盡孝道，仁於妻子，於朋友義以誠。氣醇以芳，容貌嶷嶷音逆。然。其宴私善謔以和，其文章切深，喜往復，善自道。讀其書，知其於慈孝最隆也。十五年冬，余以徐州從事朝正於京師，詹爲國子監四門助教，將率其徒伏闕下，舉余爲博士，會監有獄，不果上。觀其心，有益於余，將忘其身之賤而爲之也。嗚呼，詹今其死矣！

詹，閩越人也。父母老矣，捨朝夕之養以來京師，其心將以有得於是，而歸爲父母榮也，雖其父母之心亦皆然。詹在側，雖無離憂，其志不樂也。詹在京師，雖有離憂，其志樂也。若詹者，所謂以志養志者歟！詹雖未得位，其名聲流於人人，其德行信於朋友，雖詹與其父母皆可無憾也。詹之事業文章，李翺既爲之傳，故作哀辭，以舒余哀，以傳于後，以遺其父母而解其悲哀，以卒詹志云。

求仕與友兮，遠違其鄉；父母之命兮，子奉以行。友則既獲兮，禄實不豐；以志爲養兮，何有牛羊。事實既修兮，名譽又光；父母忻忻兮，常若在旁。命雖云短兮，其存者長；終要必死兮，願不永傷。友朋親視兮，藥物甚良；飲食孔時兮，所欲無妨。壽命不齊兮，人道之常；在側與遠兮，非有不同。山川阻深兮，魂魄流行；祭祀則及兮，勿謂不通。哭泣無益兮，抑哀自彊；推生知死兮，以慰孝誠。嗚呼哀哉兮，是亦難忘！

題哀辭後

唐　韓愈

愈性不喜書，自爲此文，惟自書兩通，其一通遺清河崔群。群與余，皆歐陽生友也，哀生之不得位而死，哭之過時而悲。其一通今書以遺彭城劉君伉。君喜古文，以吾所謂合於古，詣吾廬而來請者八九至，而其色不怨，志益堅。

凡愈之爲此文，蓋哀歐陽生之不顯榮於前，又懼其泯滅於後也。今劉君之請，未必知歐陽生，其志在古文耳。雖然，愈之爲古文，豈獨取其句讀不類於今者耶？思古人而不得見，學古道則欲兼通其辭，通其辭者，本志乎古道者也。古之道，不苟譽毁於人。劉君好其辭，則其知歐陽生也無惑焉。

太學生何蕃傳

唐　韓愈

太學生何蕃，入太學者廿餘年矣。歲舉進士，學成行尊，自太學諸生推頌不敢與蕃齒，相與言於助教、博士，助教、博士以狀申於司業、祭酒，司業、祭酒譔次蕃之羣行焯焯者數十餘事，以之升於禮部，而以聞於天子。京師諸生以薦蕃名文説者，不可選紀。公卿大夫知蕃者比肩立，莫爲禮部；爲禮部者，率蕃所不合者，以是無成功。

蕃，淮南人，父母具全。初入太學，歲率一歸，父母止之。其後間一二歲乃一歸，又止之，不歸者五歲矣。蕃，純孝人也，閔親之老不自克。一日，揖諸生歸養於和州，諸生不能止，乃閉蕃空舍中。於是太學六館之士百餘人，又以蕃之義行言於司業陽先生城，請諭留蕃。於是太學闕祭酒，會陽先生出道州，不果留。歐陽詹生言曰：「蕃，仁勇人也。」或者曰：「蕃居太學，諸生不爲非義，葬死者之無歸，哀其孤而字焉，惠之大小，必以力復，斯其所謂仁歟！蕃之力不任其體，其貌不任其心，吾不知其勇也。」歐陽詹生曰：「朱泚之亂，太學諸生舉將從之，來請起蕃，蕃正色叱之。六館之士不從亂，茲非其勇歟！」惜乎！蕃之居下，其可以施於人者不流也。譬之水，其爲澤，不爲川乎？川者高，澤者卑，高者流，卑者止。是故蕃之仁義充諸心，行諸太學，積者多，施者不遐也。天將雨，水氣上，無擇於川澤澗谿之高下，然則澤之道，其亦有施乎？抑有待於彼者歟？故凡貧賤之士，必有待然後能有所立，獨何蕃歟！吾是以言之，無亦使其無傳焉。

閩川名士傳

唐　黄璞

歐陽詹，字行周，泉州晉江人。弱冠能屬文，天縱浩汗。貞元年，登進士第。畢關試，薄游太原，於樂籍中因有所悅，情甚相得。及歸，乃與之盟曰：「至都當相迎耳。」

即灑泣而別。仍贈之詩曰：「驅馬漸覺遠，迴頭長路塵。高城已不見，況復城中人。去意既已甘，居情諒多辛。五原東北晉，千里西南秦。一屨不出門，一車無停輪。流萍與繫匏，早晚期相親。」尋除國子四門助教。住樂籍中者思之不已，經年得疾且甚，乃危妝引髻，刃而匣之。顧謂女弟曰：「吾其死矣。苟歐陽生使至，可以是爲信。」又遺之詩曰：「自從別後減容光，半是思郎半恨郎。欲識舊時雲髻樣，爲奴開取縷金箱。」絕筆而逝。及詹使至，女弟如言。徑持歸京，具白其事。詹啓函閱之，又見其詩，一慟而卒。

故孟簡賦詩哭之。序曰：

閩越之英，惟歐陽生以能文擢第。爰始一命，食太學之祿，助成均之教，有庸績矣。我唐貞元己卯歲，曾獻書相府論大事，風韻清雅，詞旨切直。會東方軍興，府縣未暇慰薦。久之，倦遊太原，還來帝京，卒官靈臺。悲夫！生於單貧，以狥名故，心專勤儉，不識聲色。及茲筮仕，未知洞房纖腰之爲蠱惑。初抵太原，居大將軍宴席上，妓有北方之尤者，屢目于生。生感悅之，留賞累月，以爲燕婉之樂，盡在是矣。既而南轅，妓請同行。生曰：「十目所視，不可不畏。」辭焉，請待至都而來迎。許之，乃訣去。生竟以連蹇，不克如約。過期，命甲遺乘，密往迎妓。妓因積望成疾，不可爲也。先大故之夕，翦其雲髻，謂侍兒曰：「所歡應訪我，當以髻爲貺。」甲至得之，以乘空歸，授髻于生。生爲慟怨。涉旬而生亦歿。則韓退之作何蕃傳，所謂「歐陽詹者」，生也。河南穆玄道訪余，嘗歎息其事。嗚呼！鍾愛於男女，索其效死，夫亦不蔽也。大凡以時斷割，不爲麗色所汩，豈若是乎？古樂府詩有華山畿，玉台新詠有廬江小吏，更相死，類於此。暇日，偶作詩以斷之云：

有客初北逐，驅馬次太原。太原有佳人，神艷照行雲。座上轉橫波，流光注夫君。夫君意蕩漾，即日相交歡。定情非一詞，結念誓青山。生死不變易，中誠無間言。此爲太學徒，彼屬北府官。中夜欲相從，嚴城限軍門。白日欲同居，君畏他人聞。忽如隴頭水，坐作東西分。驚離腸千結，滴淚眼雙昏。本期達京師，迴駕相追攀。宿約始乖阻，彼憂已纏綿。高髻若黃鸝，危鬟如玉蟬。纖手自整理，剪刀斷其根。柔情托侍兒，爲我遺所歡。所歡使者來，侍兒因復前。抆淚取遺寄，深誠祈爲傳。封來贈君子，願言慰窮泉。使者迴復命，遲遲蓄悲酸。詹生喜顏施，倒屣走迎門。長跪聽未畢，驚傷涕漣漣。不飲亦不食，哀心百千端。襟情一夕空，精爽旦日殘。哀哉浩然氣，潰散歸化元。短生雖別離，長夜無阻難。雙魂終會合，兩劍遂蜿蜒。大夫早通脱，巧笑安能干。防身本苦節，一去何由還。後生莫沈迷，沈迷喪其真。

文獻通考

宋　馬端臨

晁氏公武曰：唐歐陽行周，泉州人，終國子四門助教。閩人不肯北宦，及常衮爲觀察使，興學勸士，舉進士自詹始，與韓愈、李觀、李絳貞元八年聯第，皆天下選，時稱「龍虎榜」云。此集李貽孫纂，韓退之作詹哀詞，稱詹甚美，大意謂詹覓舉京師，將以爲父母榮也。又云其德行信于朋友。而唐小説載詹惑太原一妓，爲賦「高城已不見，況復城中人」之詩，卒爲之死。今集中亦載焉。若然則詹之志豈在其父母哉？有德行者乃爾耶？陳氏振孫曰：詹亦韓愈同年進士，考其集中，各有明水賦，詹亦早死，愈爲之哀詞，尤拳拳焉。李翺作傳，而李集不載。其序，福唐廉使李貽孫所爲也。詹之爲人，有哀詞可信已，黄璞何人斯，乃有太原函髻之謗。好事者喜傳之，不信愈而信璞，異哉！「高城不可見」之句，樂序此類多矣，不得以爲實也。

韻語陽秋

宋　葛立方

韓退之作歐陽詹哀詞，言其事父母至孝。又曰：「讀其書，知其爲慈孝最隆。」又曰：「詹捨朝夕父母之養而來京師，其心將以有得而爲父母榮也。」及觀閩川名士傳，載詹溺太原之妓，未及迎南歸，而有京師之行。既愆期而妓疾革將死，割髻付女奴以授詹，詹一見大慟，亦卒。集中載初發太原寄所思詩，所謂「高城已不見，況復城中人」者，乃其人也。豈退之以同榜之故，而固護其短，飾詞以解人之疑歟？嗚呼！詹能義何蕃之不從亂，而不能割愛於一婦人；能薦韓愈之賢，而不能以貽親憂爲念，殆有所蔽而然也。如樂津北樓絶句與聞唱涼州詩，皆賦情不薄，有以知其享年之不長也。

跋歐陽四門集

宋　真德秀

歐陽四門集録版郡齋有年矣。嘉定己卯，郡士林彬之爲余言：四門之文之行，昌黎韓文公蓋亟稱之。至黄璞爲閩中名士傳，乃記太原妓一節，觀者疑焉。近歲黄君介、喻君良能皆嘗爲文以辨，謂宜登載篇末，以澡千載之誣。余曰：四門之行，獲稱于昌黎，而見毁于黄璞。後之君子，將惟昌黎是信乎，抑亦璞之惑乎？二君雖無言可也，不載之篇末亦可也。雖然，有一焉。自世之學者離道而爲文，於是以文自命者，知黼黻其言而不知金玉其行，工騷者有登墻之醜，能賦者有滌器之污，而世之寡識者反矜詫而慕望焉，曰：夫所謂學者，文而已矣。華藻患不縟，何以修敕爲。筆力患不雄，何以細謹爲。嗚呼，倘誠若是，則所謂文者，特飾姦之具爾，豈曰貫道之器哉！彼宋玉寓言以諷，未必真有是；若相如之事，則君子蓋羞道之。服儒衣冠，誦先王言，不惟顔冉是學，而曰：吾以學相如也。抑何其陋耶？四門之謗不白，於四門乎何傷？余懼夫士之苟焉自恣者將曰：四門，唐名士也，而有此，吾爲之奚尤？則璞之一言，不獨以厚誣四門，且將以禍學者無窮也。乃刊二君之文，如彬之請，又附其説如此，庶有補于萬一云。

安溪縣安奉歐陽祠文

宋　陳宓

先王之道，由孝悌以至仁妻子，信朋友。先生之譽，由閩越以播江南，籍甚于京師。發身僻遠之鄉，尚友命世之傑，故能行爲世法，文爲世師。後世謂閩人之舉進士，必以先生爲稱首。前豈無人，獨推先生者，蓋所重在此而不在彼也。宓揭來此邑，先生之族實居焉。遐想清風，慨然慕嘆，像而祀之，俾學者知所先後以自强焉。

仙遊縣進士題名記

宋　蔡襄

閩粤自歐陽詹始舉進士，以文章與時，閩人充聲名，爲世所貴重。後有慕詹者繼以仕進，及五代，亦世有人焉，然文章愈衰薄，無能與詹比者。

八閩通志

明　黃仲昭

歐陽詹，字行周，晉江人。先是，閩人不肯北宦，及常衮觀察閩部，始聚秀民教之，詹獨爲衮所敬愛。舉進士，與韓愈、李觀輩聯第，時稱「龍虎榜」。後爲國子四門助教，率其徒舉愈爲博士，又昌言明何蕃爲仁勇。評者謂唐自助教置官以來，善舉職者無踰于詹云。詹孝友謙儒，動不踰節。其文章深切、回復（原稿作「複」）、明辨。有集十卷。詹早卒，愈爲作哀辭，李翺爲傳，而廉使李貽孫又序其文傳之。子價，居南安，萌居莆田，微有文。

晉江縣泉山，在棠陰里，周環四十里，郡之主山。唐歐陽詹嘗讀書于此，有石硯見存。

晉江縣龍首山，在常泰里，蜿蜒盤礴，有龍翔之勢。歐陽詹别墅在焉。

南安縣北有歐陽亭，唐歐陽詹嘗遊憩于此，故名中。

晉江縣東湖亭，在東湖中，唐刺史席相、别駕姜公輔得奇阜，因構亭其上，郡人呼爲「二公亭」。相嘗宴赴舉秀才于此，歐陽詹爲序。

歐陽書室，在泉州府城北龜岩。唐歐陽詹讀書於此。歲久傾圮。成化十八年，郡人致仕運判張庸偕儒士王宗、賀士高倡率重建書室，立祠堂以祀詹。傍爲房舍，以棲學者。萬曆中，裔孫廣西按察副使歐陽模重修之。

興化府歐陽書室，在府城東北興教里福平山下。初，詹以林藻、林蘊兄弟肄業于靈巖精廬，自泉山而詣焉，已而改築于此。其後詹在蜀門寄林蘊詩云：「村步如延壽，川原似福平。無人相共識，獨自故鄉情。」延壽，蘊之别墅；福平，詹之别墅也。

福平山，在興化府興教里，亦名北平山。唐歐陽詹讀書于此，侍御史陳嶠之墓在焉。山之陽爲北螺村，有林氏伯仲九侯墓，今謂之林墓峬。

歐陽詹自泉山來莆田，與林藻兄弟業文于靈岩精廬，已而改卜于福平山下，卒葬靈岩浮屠之陰。其裔錯居莆田，曰伸、曰畛、曰翼、曰□、曰方、曰清卿、曰渭卿、曰寅卿、曰迪，俱登科。

吟嘯橋，在泉州府城東南。唐僧日映架木爲梁。僞閩刺史王延彬繼修之。宋咸平間，邑人王養及僧行珍始建石橋，長十有五丈，以唐歐陽詹嘗遊憩于此，故名。

歐陽氏宅，在泉州府城南三十五都潘湖，環湖百餘里四十餘家。唐宋時，絃誦相聞，賓薦歲不乏，擢第者幾三十人。後廢爲資福院。

莆田縣萬安永福禪寺，在府治東，唐開元中建。宋天聖五年，賜額萬安。政和中，改神霄宫。建炎初仍舊。內有歐陽詹祠堂。元至正十四年火，僧霞谷重建。洪武三十一年修建。

唐摭言　宋　何晦

歐陽澥者，四門之孫也，薄善辭賦，出入場中近二十年，善和。韋中令在閣下，澥時行卷及門，凡十餘載，未嘗一面，而澥慶吊不虧，韋公雖不言，而意甚憐之。中和初，公隨駕至西川，命相。時澥寓居漢南，公訪知行止，以私書令襄帥劉巨容，俾澥計偕。巨容得書大喜，待以厚禮，首薦之外，資以千餘緡，復大宴於府幕。既而撰日遵路。無何，一夕心病而卒。巨容因籍澥答書呈於公，公覽之憮然，因曰：「十年不見，灼然不錯！」

唐詩紀事　宋　計敏夫

閩川歐陽澥者，四門詹之孫也。澥娶婦徑旬，而辭赴舉，久不還家。詩云：「黄菊離家十四年。」又云：「離家已是夢松年。」又云：「落日望鄉處，何人知客情。」自憐十八年之帝鄉，未遇知己也。亦爲燕詩，以獻主司鄭愚曰：「翩翩雙燕畫堂開，送古迎今幾萬回。長向春秋社前後，爲誰歸去爲誰來。」

閩名臣傳

宋　周必大

歐陽伸，字君秩，莆田人，四門詹裔。登熙寧六年諸科進士第。初任高安令，元祐中，選知開封府太康令，疏通康溝，溉田二千餘頃。歲饑，不俟奏請，發倉賑貸。是年春，大雪積旬，捐貲貿易薪炭，給諸民間，所全活者千萬數，民刻石立祠。旋丁内艱，廬墓馬腰山之原，芝開蓮花，鳩馴白質，乃挈家墓下。自謂先世以文學倡，乃改馬腰曰文峯。築海成田二百餘頃，左擁澄江，右提珠浪。伐石鋪路七十餘里，上達白湖，下通南哨。建文廟，開義學，設義倉，濟流殍。晚年，詔召巡視畿甸，以疾卒于官。公政事甚高。其去高安也，蘇轍以詩送曰：「清白久聞誇父老，塵埋誰謂愬諸公。」子昐，字明視，登政和二年進士，任國子監學正，遷敕令所删定官。蔡京再相，公上章劾之。當國者以其位卑言高，謫虔之瑞金尉。當秦檜與金人約和，朝議紛紛，檜以公同舍生，曩相好，厚冀其附和，私囑之。公曰：「議和非全計。固雖銷兵，如後患何？士大夫豈好生事哉。」檜不悦曰：「明視亦爾耶！」朝論羣推正直。昐子直卿，字溫叟，少嗜學，尤精壁經，以迪功郎調劍浦縣簿。張浚出鎮福州，檄直卿決長樂縣滯囚，材之，薦爲惠州軍事推官。白郡守以河源餘菽麥令輸送，而海豐瘠土聽輸直，歲率以爲常。自清漳以南，山谷多剽掠，守將厂居龍川，卒有警，而他郡分屯者不即下。

直卿數走龍川，歷阻隘，見將校，慰道勞苦。白是多感慨，爲之擊賊，民賴以安。改知漳浦縣。直卿素有能聲，所至號爲易治。有文集十卷行世。弟清卿，字弘文，紹興二年進士，任建寧教授，修整學宫，敦實行，正文體，建溪之士争自摩勵，儒風日以丕振。里人陳宓嘗過其署，曰：「此胡安定教澤也。」所著有尚書衍義四卷。

書後

嘉慶戊辰秋仲，福鼎王學貞敬承嚴諭，校刻南越諸先輩遺籍，明林膳部先生鳴盛集首焉。事竣，歸安張中丞師嘉而序之曰：「閩中風氣晚開，唐以詩取士，生其時，比於漢，人無不能文者。閩則自明月先生、歐陽四門外，鮮所表見。宋元而後，秀士傑人乃稱盛焉。顧今學者不善爲名，於表章先哲尤不力，福鼎王生刊行佚簡，校證詳核，良足尚已。」學貞不佞，退益羞愧。念此區區，豈云盛舉。乃復趨庭餘暇，訓體義方，博求秘典，追念前徽，於同郡之明月先生集、福唐之晝錦宏詞集、泉郡之穎川綺藏集等部，雅意搜羅，勤思讎勘，均不集事。歲庚午，以茂才應試，留滯冶城，與趙穀士太史、吴羼提進士、李秋潭孝廉、趙文叔茂才時相過從，論文談藝，意豁如也。暇時，復以中丞師之意與家大人之命，得歐陽四門先生集八卷，遂以刊焉。四門先生集，明黄仲昭八閩通志云「八卷」，學貞所據本爲明徐興公得自金陵者，屬最舊本，無所謂十卷，十卷之説，殆通志譌歟。文字間頗殘脱，今謹据文苑英華中所云集本及全蜀藝文志唐文粹等書互相參定。如出門賦，「辭家兮」，「兮」譌也；「庶亦呈功」亦譌；以「颸颸天寒」，「颸」譌

「飉」。迴鑾賦，「積沴氣」，「沴」譌「憒」；「櫛縝紛於冥宰」，「冥宰」譌；「瀴溟朦朧焉」，「朦朧」譌「濛籠」；「升紫宮」，「升」譌「出」；「發青葱」，「葱」譌「窗」。徵君洪厓子圖賦，「厓」譌「涯」；「知身已謝」，「謝」譌「識」；「此晨」，「晨」譌「辰」。上方石像記，「激劈輪囷」，「激」譌「項」；「梯落」，「梯」譌「秭」。其尤甚者，西尉廳壁記，「緊之最次於望之最非最之望無與焉望之最」，「望」字俱譌「畿」；「次於畿之最非最之畿無與焉」，又俱譌「赤」；又復脱去「畿之最次於赤之最非最之赤無與焉」一十五字，今書中尚未補入。附識大凡於此。敬惟先生德業文章，學貞直爲昌黎氏一流人，柳子厚、李習之豈得窺其項背乎？且先生訓詁之功，如二公亭記，謂勝屋曰亭；曲江池記，「水不注川者，在藪澤則曰陂、曰湖，在苑囿則爲池、爲沼」；北樓記引釋名曰：「樓，嘍也」；右街副使廳壁記云，「使有副，副之言繼也」，皆能根据爾雅，尋究説文，尤爲漢人解義之功匪小也。世乃以太原函謩譏之，其已過矣。書刻既成，謹述緣起，後有君子，幸其鑒諸。

庚午八月望後，王學貞拜識於治城之緑玉齋。

香奩集

[唐]韓偓　撰

自序

余溺於章句，信有年矣。誠知非士大夫所爲，不能忘情，天所賦也。自庚辰、辛巳之際，迄己亥、庚子之間，所著歌詩不啻千首。其間以綺麗得意者，亦數百篇，往往在士大夫口，或樂官一作工。配入聲律；粉墻椒壁，斜行小字，竊詠者不可勝紀。大盜入關，緗帙都墜。遷徙流轉，不常厥居。求生草莽之中，豈復以吟詠一作諷。爲意？或天涯逢舊識，或避地遇故人，醉詠之暇，時及拙唱。自爾鳩集，復得百篇。不忍棄捐，隨即編録。遐思宮體，未降一作解。稱庾信攻文；却誚玉臺，何必使徐陵作序。粗得捧心之態，幸無折齒之慚。柳巷青樓，未嘗糠秕；金閨繡户，始預風流。咀五色之靈芝，香生九竅；咽三危之瑞露，美動七情。若有責其不經，亦望以功掩過。玉山樵人韓致堯序。

香奩集卷第一

唐翰林學士承旨行尚書户部侍郎知制誥上柱國萬年韓偓著
大清貢生福鼎王遐春刊

幽窗

刺繡非無暇，幽窗日一作自。尠歡。手香江橘嫩，齒冷一作軟。越梅酸。密約臨行怯，私書欲報難。無憑諳鵲語，猶得暫心寬。

江樓

夢啼嗚咽覺無語，杳杳微微望烟浦。樓空客散燕交飛，江靜帆稀日亭午。鯷魚苦笋香味新，楊花酒旗三月春。風光百計牽人老，争奈無情是一作足。病身。

春盡日

樹頭初一作春。日照西簷，樹底蔫花夜雨霑。外院池亭聞動鏁，後堂闌檻見垂簾。柳腰入户風斜倚，榆莢堆牆水半淹。把酒送春惆悵在，年年三月病厭厭。

詠燈

高在酒樓明錦幕，遠隨漁艇泊烟江。古來幽怨皆銷骨，休向長門背雨窗。

別緒

別緒靜愔愔，牽愁暗入心。已迴花渚棹，悔聽酒壚琴。菊露淒羅幕，梨霜惻錦衾。此生終獨宿，到死誓相尋。月好知何計，歌闌欲一作歎。不禁。山巔更高一作何。處，憶上上頭吟。

見花

褰裳擁鼻正吟詩，日午牆頭獨見時。血染蜀羅山躑躅，肉紅宮錦海棠梨。因狂得病真閑事，欲詠無才是所悲。看却春一作東。風歸去也，争教判得最繁枝。

馬上見

驕馬錦連乾，乘騎是謫仙。和裙穿玉鐙，隔袖把金鞭。去帶懵騰醉，歸成一作應。困頓眠。自憐輸廄吏，餘暖在香韉。

遶廊

濃烟隔簾香漏泄，斜燈映竹光參差。遶廊倚柱堪一作更，一作正。惆悵，細一作微。雨輕寒花落時。

屐子

方一作六。寸膚圓光緻緻，白羅繡屧紅托一作花。裏。南朝天子欠風流，却重金蓮輕緑齒。

青春

眼意心期卒未休，暗中終擬約秦樓。光陰負我難相偶，一作遇。情緒牽人不自由。遥夜定嫌香蔽膝，悶時一作心。應弄玉搔頭。櫻桃花謝梨花發，腸斷青春兩處愁。

聞雨

香侵蔽膝夜寒輕，聞雨傷春夢不成。羅帳四垂紅一作花。燭背，玉釵敲著枕函聲。

懶起

百舌喚朝眠，春心動幾般。枕痕霞一作霞紅。暗淡，淚粉玉闌干。籠繡香烟歇，屏山燭焰殘。暖嫌一作憐。羅襪窄，瘦覺錦衣寬。昨夜三更雨，臨明一作今朝。一陣寒。海棠花在否，側卧卷簾看。

已涼

碧闌干外繡簾垂，猩血屏風畫折枝。八尺龍須方錦褥，已涼天氣未寒時。

欲去

粉紜隔窗語，重約蹋青期。總得相逢處，無非欲去時。恨深書不盡，寵極意多疑。惆悵桃源路，惟教夢寐知。

橫　塘

秋寒灑背入簾霜，鳳脛燈清照洞房。蜀紙麝煤沾筆興，越甌犀液發茶香。風飄亂點更籌轉，拍送繁弦曲破長。散客出門斜月在，兩眉愁思問橫塘。

五　更

往年曾約郁金牀，半夜潛身入洞房。懷裏不知金鈿落，暗中唯覺繡鞋香。此時欲別魂俱斷，自後相逢眼更狂。光景旋消惆悵在，一生贏得是淒涼。

聯綴體

院宇秋明日日長，社前一鴈到遼陽。隴頭針線年年事，不喜寒砧擣斷腸。

半　睡

擡鏡仍嫌重，更衣又怕寒。宵分未歸帳，半睡待郎看。

夜　深一作寒食夜。

清江碧草兩悠悠，各自風流一種愁。正是落花寒食雨，一作夜。夜深無伴倚空一作南。樓。

哭　花

曾愁香結破顔遲，今日妖紅委地時。若是有情争不哭，夜來風雨葬西施。

重遊曲江

鞭梢暗拂暗傷情，蹤跡難尋露草青。猶是玉輪曾輾處，一泓一作溪。秋水一作春雨。漲浮萍。

遥　見

悲歌淚濕淡胭脂，閑立風吹金縷衣。白玉堂東遥見後，令人斗薄一作評泊。畫楊妃。

新　秋

一夜清風動扇愁，背時容色入新秋。桃花臉一作眼。裹汪汪淚，忍到更深枕上流。

宫　詞

繡裙斜立正銷魂，侍女移燈掩殿門。燕子不歸一作來。花著雨，春風應自一作是。怨黄昏。

踏　青

踏青會散欲歸時，金車久立頻催上。收裙整髻故遲遲，兩點深心各惆悵。

寒食夜一作夜深。

惻惻輕寒翦翦風，小梅一作杏花。飄雪杏花一作小桃。紅。夜深斜搭鞦韆索，樓閣朦朧一作朧明。細一作烟。雨中。

夏日

庭前新陰葉未成，玉階人靜下簾一作一蟬。聲。相風不動烏龍睡，時有一作待得。幽禽一作嬌鶯。自喚名。

新上頭

學梳鬆鬢試新裙，消息佳期在此春。爲要一作愛。好多心一作心多。轉惑，遍將宜稱問傍人。

中庭

夜短睡遲慵早起，日高方始出紗窗。中庭自摘青梅子，先向釵頭戴一雙。

詠浴

再整魚犀攏翠簪，解衣先覺冷森森。教移蘭燭一作燼。頻羞影，自試香湯更怕深。初似洗花難抑按，終憂沃雪不勝任。豈知侍女簾帷外，賸取君王幾餅金。

席上有贈

矜嚴標格絕嫌猜，嗔怒雖一作難。逢笑靨開。小鴈斜侵眉柳去，媚霞橫接眼波來。鬢垂香頸雲遮藕，粉著闌胸雪壓梅。莫道風流無宋玉，好將心力事粧臺。

早　歸

去是黄昏後，歸當朧膍時。扠衣吟宿醉，風露動相思。

玉　合雜言。

羅囊繡兩鳳凰，玉合雕雙鸂鶒。中有蘭膏漬紅豆，每迴拈著長相憶。長相憶，經幾春。人悵望，香氤氳。開緘不見新書迹，帶粉猶殘舊指一作淚。痕。

金　陵雜言。

風雨蕭蕭，石頭城下木蘭橈。烟月迢迢，金陵渡口去來潮。自古風流皆暗銷，才鬼一作魄。妖魂誰與招。彩一作錦。牋麗句徒已矣，羅襪金蓮何寂寥。

懶卸頭

侍女動粧奩，故故驚人睡。那知本未眠，背面由垂淚。懶卸鳳凰釵，羞入鴛鴦被。時復見殘燈，和烟墜金穗。

倚醉

倚醉無端尋舊約，却憐一作那令。惆悵轉難勝。靜中樓閣深春一作春深。雨，遠處簾櫳半夜一作夜半。燈。抱柱立時風細細，遶廊行處思騰騰。分明窗下聞裁翦，敲遍闌干喚不膺。

詠手

腕一作暖。白膚紅玉笋芽，調琴抽線露尖斜。背人細撚垂胭鬢，一作眉髮。向鏡輕勻襯眼一作臉。霞。悵望昔逢褰繡幔，依稀曾見托金一作香。車。後園笑向同行道，摘得蘼蕪又折花。一作一扠。

荷花

鈿一作紈。扇相欹緑，香囊獨立紅。浸淫因重露，狂暴是秋風。逸調無人唱，秋塘每夜空。何由見周昉，移入畫屏中。

鬆髻

髻根鬆慢玉釵垂，指點庭花一作花枝。又過時。坐久暗一作暗坐久。生惆悵事，背一作映。人匀却淚胭脂。

寄遠在岐下日作。

眉如半月一作鏡。雲如鬟，梧桐葉落敲井欄。一作乾。孤燈亭亭公署寒，微霜淒淒客衣單。想佳一作美。人兮雲一端，夢魂悠悠關山難。空牀一作房。展轉懷悲酸，銅壺漏盡開一作聞。金鸞。

香奩集卷第二

唐翰林學士承旨行尚書户部侍郎知制誥上柱國萬年韓偓著
大清貢生福鼎王遐春刊

蹤跡

東烏西兔似車輪，劫火一作却笑。桑田不復論。唯有風光與蹤跡，思量長是一作是夢。暗消魂。

病憶

信知尤物必牽情，一顧難酬一作忘。覺命輕。曾把禪機消此病，破除纔盡又重生。

妒媒

洞房深閉不曾開，横卧烏龍作妒媒。好鳥豈勞兼比翼，異花何必更重臺。難留旋逐驚飇去，暫見如隨急電來。多爲過防成後悔，偶因翻一作飛。語得深猜。已嫌刻燭春宵短，最恨嗚珂曉鼓催。應笑楚襄仙分薄，日中長是獨徘徊。

不見

動靜防閑又怕疑，佯佯脈脈是深一作沉。機。此身願作君家燕，秋社歸時也不歸。

晝寢

碧梧陰靜隔簾櫳，扇拂金鵟玉簟烘。撲粉更添一作嫌。香體滑，解衣誰見下裳紅。煩襟乍觸冰壺冷，倦枕徐欹寶髻鬆。何必苦勞魂與夢，王昌只在此牆東。

意緒

絕代佳人何寂寞，梨花未發梅花落。東風吹雨入西園，銀線千條度虛閣。臉粉難匀蜀酒濃，口脂易印吴綾薄。嬌饒意緒不勝一作能。羞，願倚郎肩永相著。

惆悵

身情長在暗相隨，生魄隨君君豈知。被頭不暖空沾淚，釵股欲分猶半疑。朗月清風難愜意，詞人絕色多傷離。何如飲酒連千一作年。醉，席地幕天無所知。

忍笑

宮樣衣裳淺畫眉，曉一作晚。來梳洗更相宜。水精鸚鵡釵頭顫，斂一作舉。袂佯羞忍笑一作笑忍。時。

初赴期集

輕寒著背雨淒淒，九陌無塵未有泥。還是平時舊滋味，慢垂鞭袖過街西。

詠柳二首。

裊馬拖風不自持，全身無力向人垂。玉纖折得遥相贈，便是一作似。觀音手裏時。

一籠金線拂彎橋，幾被兒童損舊腰。無奈靈和標格在，春來依舊裊長條。

密意

呵花貼鬢粘寒髮，凝酥光透猩猩血。經過洛水幾多人，唯有陳王見羅襪。

偶見

鞦韆打困解羅裙，指點醍醐酒一樽。見客入來和笑走，手搓梅子映中門。

寒食夜有寄

風流大抵是倀倀，一作張張。此際相思必斷腸。雲薄月昏寒食夜，隔簾微雨杏花香。

效崔輔國一作國輔。體四首。

淡月照中庭，一作夜。海棠花自落。獨立俯閑階，風動鞦韆索。

雨後碧苔院，霜來紅葉樓。閑階上斜日，鸚鵡伴人愁。

酒力滋睡眸，鹵莽聞街鼓。欲明天一作花。更寒，東風打窗雨。

羅幕生春寒，繡窗愁未眠。南湖一夜一作夜半南湖。雨，應濕採蓮船。

後魏時相州人作李波小妹一作少妹。歌疑其未備因補之

李波小妹一作少妹。字雍容，窄衣短袖蠻錦紅。未解有情夢梁殿，一作苑。何曾自媚妬

吴宫。誰一作難。教牽引知酒味，因令悵望成春慵。海棠花下鞦韆畔，背人撩鬢道匆匆。

春晝四言。

春融艷艷，大醉陶陶。漏添遲日，箭減良宵。藤垂戟户，柳拂河橋。簾幙燕子，池塘伯勞。膚清臂瘦，衫薄香銷。楚殿衣窄，南朝髻高。河陽縣遠，清波地一作池。遥。絲纏露泣，各自無憀。

三憶

憶眠時，春夢困騰騰。展轉不一作未。能起，玉釵垂枕棱。憶行時，背手挼一作移。金雀。斂笑一作欲去。慢迴頭，步轉闌干角。憶去時，向月遲遲行。强語戲同伴，圖郎聞笑聲。

六言三首。

春樓處子傾城，金陵狎客多情。朝雲暮雨會合，羅襪繡被逢迎。華山梧桐相覆，蠻江豆蔻連生。幽歡不盡告别，秋河悵望平明。

一燈前雨落後，三月盡草青時。半寒半暖正好，花開花謝相思。惆悵空教夢見，懊惱多成酒悲。紅袖不乾誰會，揉損聯娟淡眉。此間青草更遠，不唯空遶汀洲。那裏朝日才出，還應先照西樓。憶淚因成恨淚，夢遊長續心遊。桃源洞口來否，絳節霓旌久留。

寒食重遊李氏林亭有懷

往年同在鸞一作彎。橋上，見倚朱闌詠柳綿。今日獨來香徑裏，更無人跡有苔錢。傷心闊別三千里，屈一作曲。指思量四五年。料得他鄉遇一作過。佳節，亦應懷抱暗淒然。

思録舊詩於卷上淒然有感因成一章

緝綴小詩鈔卷裏，尋思閑事到心頭。自吟自泣無人會，腸斷蓬山第一流。

春　閨二首。

願結交加夢，因傾瀲灩樽。醒來情緒惡，簾外正黃昏。

氳一作氤。氳帳裏香，薄薄睡時粧。長吁解羅帶，怯見上空牀。

代小玉家爲蕃騎所虜後寄故集賢裴公

動天金鼓逼一作發。神州，惜別無心學墜樓。不得迴眸辭傅粉，一作謝傅。便須含淚對殘一作麻。秋。折釵伴妾埋青冢，半鏡隨郎葬杜郵。唯有此宵魂夢一作他宵夢魂。裏，殷勤見覓鳳池一作城。頭。

薦福寺講筵偶見有別

見時濃日午，別處暮鐘殘。景色疑春盡，襟懷似酒闌。兩情含眷戀，一餉致辛酸。夜靜長廊下，難尋屐齒看。

復偶見三絶

霧爲襟袖玉爲冠，半似羞人半忍寒。別易會難長自嘆，轉身應把一作取。淚珠彈。

桃花臉薄難藏淚，柳葉眉長一作濃。易覺愁。密迹未成當面笑，幾迴擡眼又低頭。

半身映竹輕聞一作開。語，一手揭簾微轉頭。此意別人應未覺，不勝情緒兩風流。

厭花落

厭花落，人一作日。寂寞，果樹陰成一作成陰。燕翅齊，西園永日閑高閣。後堂夾簾愁不捲，低頭悶把衣襟撚。忽然事到心中來，四肢嬌入茸茸眼。也曾同在華堂宴，佯佯攏鬢偷迴面。半醉狂心忍不禁，分明一任傍人見。書中說却平生事，猶疑未滿情郎意。錦囊封了又重開，夜深窗下燒紅紙。紅紙千張言不盡，至誠無語傳心印。但得鴛衾枕臂眠，也任時光都一瞬。

按：春悶偶成至閨恨，原刻闕頁，據全唐詩補。

春悶偶成

阡陌懸雲壤，闌畦隔艾芝。路遥行雨懶，河闊過橋遲。鴈足應難達，狐蹤浪得疑。謝鯤吟未廢，張碩夢堪思。有意通情處，無言攏鬢時。格高歸斂笑，歌怨在嚬眉。醉後金蟬重，歡餘玉燕欹。素姿淩白柰，圓頰誚紅梨。粉字題花筆，香箋詠柳詩。繡窗擕手約，芳草蹋青期。別淚開泉脈，春愁罥藕絲。相思不相信，幽恨更誰知。

偶見背面是夕兼夢

酥凝背胛玉搓肩，輕薄紅綃覆白蓮。此夜分明來如夢，當時惆悵不成眠。眼波向我無端艷，心火因君特地然。莫道人生難際會，秦樓鸞鳳有神仙。

五　更

秋雨五更頭，桐竹鳴騷屑。却似殘春間，斷送花時節。空樓鴈一聲，遠屏燈半滅。繡被擁嬌寒，眉山正愁絕。

有　憶

晝漏迢迢夜漏遲，傾城消息杳無期。愁腸泥酒人千里，淚眼倚樓天四垂。自笑計狂多獨語，誰憐夢好轉相思。何時鬥帳濃香裏，分付東風與玉兒。

信　筆

睡髻休頻攏，春眉忍更長。整釵梔子重，泛酒菊花香。繡疊昏金色，羅揉損砑光。

有時閑弄筆，亦畫兩鴛鴦。

寄恨

秦釵枉斷長條玉，蜀紙虛留小字紅。死恨物情難會處，蓮花不肯嫁春風。

兩處

樓上澹山横，樓前溝水清。憐山又憐水，兩處總牽情。

擁鼻

擁鼻悲吟一向愁，寒更轉盡未回頭。緑屏無睡秋分簟，紅葉傷心月午樓。却要因循添逸興，若爲趨競愴離憂。殷勤憑仗官渠水，爲到西溪動釣舟。

閨恨

時光潛去暗淒涼，懶對菱花暈曉妝。初坼鞦韆人寂寞，後園青草任他長。

裊娜

裊娜腰肢淡薄妝，六朝宫樣窄衣裳。著詞暫見櫻桃破，飛盞遥聞荳蔻香。春惱情懷身覺瘦，酒添顔色粉生光。此時不敢分明道，風月應知暗斷腸。

多情庚午年在桃林塲作。

天遣多情不自持，多情兼與病相宜。蜂偷野蜜初嘗處，鶯啄含桃欲咽時。酒蕩襟懷微駊騀，春牽情緒更一作正。融怡。水香剩貯金盆一作杯。裏，瓊樹長須一作須長。浸一枝。

偶見

千金莫惜旱蓮生，一笑從教下蔡傾。仙樹有花難問種，御香聞氣不知名。愁來自覺歌喉咽，瘦去誰憐舞掌輕。小疊紅牋書恨字，與奴方便送卿卿。

箇儂

甚感殷勤意，其如阻礙何。隔簾窺緑齒，映柱送横波。老大逢知少，襟懷暗喜多。

因傾一樽酒，聊以慰蹉跎。

荔枝三首福州作。

遐方不許貢珍奇，密詔唯教進荔枝。漢武碧桃争比得，枉令方朔號偷兒。

封開玉籠雞冠澁，葉襯金盤鶴頂鮮。想得佳人微露一作啓。齒，翠釵先取一雙懸。

巧裁絳片裹神漿，崖蜜天然有異香。應是仙人金掌露，結成冰入茜羅囊。

無題第一

余辛酉年戲作無題十四韻，故奉常王公相國首於繼和，故内翰吴侍郎融、令狐舍人渙、閣下劉舍人崇譽、吏部王員外渙相次屬和。余因作第二首却寄諸公，二内翰及小天小再和。余復作第三首，二内翰亦三和，王公一首、劉紫微一首、王小天二首、二學士各二首。余又倒押前韻，成第四首。二學士謂余曰：「謹豎降旗何朱研。」若是也，遂絕筆。是歲十月末，余在内直，一旦兵起，隨駕西狩，文稾咸棄，更無孑遺。丙寅年九月，在福建寓止，有前東都度支院蘇暐端公挈余淪落詩稟見授，得無題詩一首，因追味舊時，缺忘甚多。唯第二、第四首髣髴可記，其第三首才得數句而已，今亦依次編之，以俟他時偶獲全本，餘五人所和不復憶省矣。

小檻移燈炧，空房鏁隙塵。額波一作披。風盡日，簾影一作押。月侵晨。香辣更衣後，釵梁攏鬢新。吉音聞詭計，醉語近天真。粧好方長嘆，歡餘却淺嚬。繡屏金作屋，絲幰玉爲輪。致意通綿竹，精誠托錦鱗。歌凝眉際恨，酒發臉邊春。溪紵殊輕一作傾。越，樓簫豈羨秦。柳虛禳沴氣，梅實引芳津。樂府降清唱，宮厨減食珍。防閑襟并歛，忍妬淚休勻。宿飲愁縈夢，春寒瘦著人。平持雙豆蔻，的的爲東隣。

第二

碧瓦偏光日，紅簾不受塵。柳昏連綠野，花爛爍清晨。書密偷看數，情通破體新。明言終未實，暗祝始應真。枉道兼偷藥，推誠鄙效嚬。合成雲五色，宜在一作作。口中輪。爐一作照。獸金塗爪，釵魚玉鏤鱗。渺瀰三島浪，平遠一樓春。墮髻還名壽，修蛾本姓秦。棹尋聞犬洞，槎入飲牛津。麟脯隨重釀，霜華間八珍。錦衾一作囊。霞彩爛，羅襪砑光勻。羞澁佯牽伴，嬌饒欲泥人。偷兒難捉搦，慎莫共一作近。比隣。

第　三

紫蠟融花蒂，紅綿拭一作試。鏡塵。夢狂翻惜夜，粧好厭淩晨。茜袖啼痕數，香牋墨色新。從此不記。

第四倒押前韻

白一作查。下同歸一作歸同。路，烏衣住一作枉。作隣。珮聲猶隔箔，香氣已迎人。酒勸杯須滿，書羞字不勻。歌憐黃竹怨，味實碧桃珍。翦燭非良策，當關是要津。東阿初度洛，楊惲舊家秦。粉化横波溢，衫輕曉霧春。鵶黃雙鳳翅，麝月半魚鱗。别袂翻如浪，迴腸轉似輪。後期纔注脚，前事又含嚬。縱有才難咏，寧無畫逼真。天香聞更有，瓊樹見長新。鬭草當一作常。更僕，迷鬮誤達晨。嗅花判不得，檀注一作泣。惹芳一作風。塵。

曲子浣溪沙二首。

攏鬢新收玉步摇，背燈初解繡裙腰。枕寒衾暖一作冷。異香焦，深院下關春寂寂。落花和雨夜迢迢，恨情殘醉却無聊。

宿醉離愁慢髻鬟，六銖衣薄惹輕寒。慵紅悶翠掩青鸞，羅襪況兼金菡萏。雪肌仍是玉欄杆，骨香腰細更沉檀。

香奩集卷第二

香奩集卷第三

唐翰林學士承旨尚書户部侍郎知制誥上柱國萬年韓偓著
大清貢生福鼎王遐春刊

黃蜀葵賦

色配中央，心傾太陽。布葉近臨一作隣。於玉砌，移根遠自於銅梁。萼緑華未遇楊羲，冠簪駊騀；杜蘭香喜逢張碩，巾帔飄揚。銀漢之星機欲曙，一作磯欲没。金臺之漏箭初長。動人妖艷，馥鼻生香。千里鵠雛，濫得名於太液；三秋菊蕊，虚長價於柴桑。向日微困，迎風欲翔。周昉神疲，吮筆而深慚思拙；江淹色沮，擘牋而所恨才荒。蝶翅堪憎，蜂鬚一作腰。可妬。幾多之金粉遭竊，一點之檀心被污。何須逼視，漢夫人一作人主。之鴛寢多羞；不待含情，晉天子之羊車自駐。激電寒暄，跳丸烏兔。得不淹留，深勞顧慕。懊恨一作惱。張京兆，唯將桂葉一作炷。添眉；悵望齊東昏，却把蓮花襯步。騷人易老，絕色多愁。曷忍在綺窗側畔，唯當居繡户前頭。目斷猶駐，魂銷未收。映葉而似擎歌扇，偎欄而若墮粧樓。感荀粲之殷勤，誓無緘著；怨謝鯤之强暴，未近風流。清旦鶯啼，黃昏客散。鶴頸兮長引，猿腸兮屢斷。攀條立處，林烏應笑於後棲；欹枕看時，梁燕或聞於長嘆。已而已而，唯有醉眠於叢畔。一作東籬畔。

紅芭蕉賦

瞥見紅蕉，魂隨魄消。陰火與朱華共一作并。映，神霞將日脚相燒。謝家之麗句難窮，多烘繭紙；洛浦之下裳頻換，剩染鮫綃。鶴頂儘侔，雞冠詎擬。蘭受一作浥。露以殊忝，楓經霜而莫比。趙合德一作飛燕。裙間一點，願同白玉唾壺；鄧夫人額上微殷，却賴水晶如意。森森巙巙，脈脈亭亭。蒨玉之瑳來若指，彤雲之翦出如屏。鶯舌無端，妬含桃而未咽；猩唇易染，鸊浮蟻以難醒。在物無雙，於情可溺。一作惜。横波映一作接。紅臉之艶，含貝發朱唇之色。僧虔蜜炬，爍桂一作畫。棟以難藏；潘岳金釭，蔽一作敞。繡幃而不隔。大凡人之麗者必動物，物之尤者必移人。不言而信，其速如神。所以月彩下蠙珠之水，梅酸生鶴嗉之津。寧關巧運，自合天真。有影先知，無聲已認。體疏而意密，跡遠而情近。天穿地朽，幾人語絕色難逢；萬古千秋，唯我睠紅英不盡。

南浦

月若半環雲若吐，一作土。高樓簾捲當南浦。應是石城一作磯。艇子來，兩槳咿啞過花塢。正值連宵酒未醒，不宜此際兼微雨。直教筆底有文星，亦應難狀分明苦。

深院

鵞兒唼啑梔黄觜，鳳子輕盈膩粉腰。深院下簾人晝寢，紅薔薇架一作映。碧芭蕉。

閨情

輕風滴礫動簾鈎，宿酒猶一作從。酣懶卸頭。但覺夜深花有露，不知人静月當樓。何郎燭暗誰能詠，韓掾一作壽。香焦亦任偷。敲折玉釵歌轉咽，一聲聲作一作入。兩眉愁。

想得

兩重門裏玉堂前，寒食花枝月午天。想得那人垂手立，嬌羞不肯上鞦韆。

自負

人許風流自負才，偷桃三度到瑶臺。至今衣領胭脂在，曾被謫仙痛咬來。

天涼

愁來却訝天涼早，思倦翻嫌夜漏遲。何處山川孤館裏，向燈彎盡一雙眉。

日高

朦朧猶記管絃聲，噤痄餘寒酒半醒。春暮日高簾半卷，落花和雨滿中庭。

夕陽

花前洒涕臨寒食，醉裏回頭問夕陽。不管相思人老盡，朝朝容易下西牆。

舊館

前歡往恨分明在，酒興詩情大半亡。還似牆西紫荊樹，殘花摘索映高塘。

中春憶贈

年來長是阻佳期，萬種恩情只自知。春色轉添惆悵事，似君花發兩三枝。

半睡

眉山暗淡向殘燈，一半雲鬟墜枕棱。四體著人嬌欲泣，自家揉損一作碎。研繚綾。

春恨

殘夢依依酒力餘，城頭畫角伴啼烏。平明未卷西樓幕，院靜時聞響轆轤。

香奩集卷第三

香奩集附録

石林集

世傳香奩集，江南韓熙載所爲，誤。沈存中筆談又謂晉相和凝所爲，後貴惡其側艷，嫁名於偓，亦非也。余家有唐吴融詩一集，其中有和韓致堯無題三首，與香奩集中無題韻正同，而偓序中亦具載其事。又予曾在溫陵，於偓裔孫駉處，見偓親書所作詩一卷。雖紙墨昏淡，而字畫宛然，其嫋娜多情春盡等詩多在卷中，此可驗矣。偓富於才情，詞致婉麗，能道人意外事，固非凝所及。據北（原稿作「炙」）夢瑣言云：「凝少年好爲小詞，令布於汴洛。洎作相，專爲人收拾焚毁。契丹入寇，號爲曲子相公。」然則凝雖有集名「香奩」，與偓同，乃浮艷小詞耳，安得便以今世所行香奩集爲凝作耶！

韵語陽秋

韓偓香奩集百篇皆艷體也。沈存中筆談云：「乃和凝所作。凝後貴，悔其少作，故嫁名韓偓耳。」今香奩集有無題詩序云：「予辛酉年戲作無題詩十四韻，故奉常王公、內翰吳公、舍人令狐渙相次屬和。是歲十月，一旦兵起，隨駕西狩，文稾咸棄。丙寅歲，在福建有蘇暐以稿見授，得無題詩，因追詠舊詩，缺亡甚多。」予按唐書韓偓傳，偓嘗與崔嗣定策誅劉季述，昭宗反正爲功臣，與令狐渙同爲中書舍人。其後韓全誨等刼帝西幸，偓夜追及鄠，見帝慟哭。至鳳翔，遷兵部侍郎。天祐二年，挈其族依王審知而卒。以紀運圖攷之，辛酉，乃昭宗天復元年；丙寅，乃哀帝天祐二年。其序所謂丙寅歲在福建有蘇暐授其稿，則正依王審知之時也。稽之於傳與序，無一不合者，則此集韓偓所作無疑。而筆談以爲和凝嫁名於偓，特未攷其詳耳。筆談云：「偓又有詩百篇，在其四世孫奕處見之。」豈非舊詩之缺亡者乎！

溫公詩話

北都使宅舊有過馬廳。按唐韓偓詩云：「外使進鷹初得按，中官過馬不教嘶。」注云：「乘馬必中官，馭以進，謂之過馬。既乘之，然後蹀躞嘶鳴也。」蓋唐時方鎮亦傚之，因而名廳事也。

彥周詩話

高秀實云：「元氏艷詩，麗而有骨；韓偓香奩集，麗而無骨。」時李端叔意喜韓偓詩，誦其序云：「咀五色之靈芝，香生九竅；咽三危之瑞露，美動七情。」秀實云：「勸不得也！勸不得也！」

金玉詩話

韓偓詩：「鵞兒唼啑梔黄觜，鳳子輕盈膩粉腰。」不識鳳子定是何物，有問予。姑以婕應之問者，依違而已。退念藏書萬數，不能貯心，亦病也。徐悟乃崔豹古今注耳，謂蛺蝶大者爲鳳子。

能改齋漫録

韓致光湖南食櫻桃詩云：「苦笋恐難同象匕，酪漿無復瑩蠙珠。」自注云：「秦中謂三月爲櫻笋時。」乃知李綽秦中歲時紀所謂四月十五日，自堂厨至百司，厨通謂之櫻笋厨，非妄也。陳無已春懷詩云：「老形已具臂膝痛，春事無多櫻笋來。」

捫蝨新語

杜子美云：「魚吹細浪摇歌扇。」李洞云：「魚摇清影上簾櫳。」韓偓云：「池面魚吹柳絮行。」此三句皆言魚戲，而韓爲優。

鶴林玉露

農圃家風，漁樵樂事，唐人絶句摹寫精矣。余摘十首題壁間，每菜羹豆飯後，啜苦茗一杯，偃卧松窗竹榻間，令兒童吟誦數過，自謂勝如吹竹彈絲。今記於此：韓偓云：「聞説經旬不啓關，藥窗誰伴醉開顔。夜來雪壓前村竹，剩看溪南幾尺山。」又云：「萬里清江萬里天，一村桑柘一村烟。漁翁醉著無人唤，過午醒來雪滿船。」長孫佐輔云：「獨訪山家歇還涉，茅屋斜連隔松葉。主人聞語未開門，繞籬野菜飛黄蝶。」薛能云：「邵平瓜地接吾廬，穀雨乾時偶自耡。昨夜春風欺不在，就床吹落讀殘書。」韋莊云：「南鄰酒熟愛相招，蘸甲傾來緑滿瓢。一醉不知三日事，任他童穉作漁樵。」杜荀鶴云：「山雨溪風捲釣絲，瓦甌蓬底獨斟時。醉來睡著無人唤，流下前灘也不知。」陸龜蒙云：「雨後沙虚古岸崩，漁梁携入亂雲層。歸時月落汀洲暗，認得山家結網燈。」

鄭谷云：「白頭波上白頭翁，家逐船移浦浦風。一尺鱸魚新釣得，兒孫吹火荻花中。」
李商隱云：「城郭休過識者稀，哀猿啼處有柴扉。滄江白石漁家路，薄暮歸來雨濕衣。」
王駕云：「鵞湖山下稻粱肥，豚栅雞棲對掩扉。桑柘影斜春社散，家家扶得醉人歸。」

誠齋詩話

五七言絕句最少，而最難工。雖作者亦難得四句全好者，晚唐人與王介甫最工於此。如韓偓云：「昨夜三更雨，臨明一陣寒。薔薇花在否，側卧卷簾看。」四句皆好。

詩話總龜

梅聖俞河豚詩云：「春岸飛楊花。」永叔謂河豚食楊花則肥。韓偓詩：「柳絮覆溪魚正肥。」大抵魚食楊花則肥，不必河豚也。

野客叢書

松江詩話曰：有松棚詩一聯曰：「採來猶帶烟霞氣，月明滿地金釵細。」以爲佳句，恨不見全篇。僕謂月照松影，但見參差黑影耳，安知其爲金釵。松葉比之金釵者，謂架上月照暎，則可不可謂地上之影也，不如曰「月明滿架金釵細」。此語爲得前輩謂韓退之聯句中「竹影金瑣碎」之語。所謂金瑣者，非直謂竹影也，謂竹間之日影耳，以此驗之益信。僕之説爲然。韓偓詩曰：「長松夜落釵千股。」此語無病。李涉詩曰：「疏林透明月，散亂金光滴。」此正退之「竹影金瑣碎」。

堅瓠集

詩有銷魂者三，香奩集其一也。夫銷魂者，即壞心田之謂也。其曰：「打叠紅箋書恨字，與奴方便寄卿卿。」詩媒詞逗也，其曰：「但得暫從人繾綣，何妨長任月朦朧。」踰墻鑽穴也，其曰：「最是斷腸禁不得，殘燈影裡夢初回。」旦氣梏亡也，其曰：「欲把禪心銷此病，破除纔盡又重生。」淫惡不悛也，聞之必增益淫邪之念，故當以綺語爲戒。

漁隱叢話

致光醉著絶句云：「萬里清江萬里天，一村花柳一村烟。漁翁醉著無人喚，過午醒來雪滿船。」葛亞卿集句云：「萬里清江萬里天，一村桑柘一村烟。漁翁醉睡眠未醒，高唱夕陽孤島邊。」前輩集句詩，每一句取一家詩。今亞卿全用致光前兩句，極爲無味，又後兩句不是好句，不稱前兩句，豈若致光之渾成也？杜荀鶴亦有溪興絶句曰：「山雨溪風卷釣絲，瓦甌蓬底獨斟時。醉來睡著無人喚，流下前溪也不知。」語句俱弱，亦不若致光之雅健也。

又

丙戌之冬，予初病起，深居簡出，終日曝背晴簷，萬事不到，自以荆公所選唐百家詩反復熟味之。雖無豪放之氣，而有修整之功，高爲不及，卑，復有餘適中而已。荆公謂欲觀唐人詩觀此足矣，詎不然乎！集中佳句向所稱道者不復録出，唯予别所喜者命兒輩筆之，以備遺忘。七言六聯，韓偓殘春云：「樹頭蜂抱花鬚落，池面魚吹柳絮行。」又云：「細水流花歸别澗，斷雲含雨入孤村。」又訪王同年村居云：「門庭野水褵褷鷺，鄰里斷墻咿喔雞。」吴融閒望云：「三點五點映山雨，一枝兩枝臨水花。」許渾山居云：「龍歸曉洞雲猶濕，麝過春山草自香。」崔櫓春日云：「杏酪漸香鄰舍粥，榆烟欲變舊爐灰。」

西溪叢語

香奩集云：「後魏時，相州人作李波小妹歌，疑其未備，因補之。李波小妹字雍容，窄衣短袖蠻錦紅。未解有情夢梁苑，何曾自媚妬吴宫。誰教牽引知酒味，因令悵望成春慵。海棠花前鞦韆畔，背人掩鬢道忽忽。」韓偓所補似言閨房之意，大非其實。北史：廣平人李波，宗族强盛，殘掠不已。百姓語云：「李波小妹字雍容，褰裾逐馬如卷蓬，左射右射必叠雙。婦女尚如此，男子安可逢！」李安世設方畧誘殺之，州内肅然。

瀛奎律髓

致光筆端甚高。唐之將亡，與吴融詩律皆全，不似晚唐。善用事，極忠憤，惟香奩之作，詞工格卑，豈非世事已不可救，姑流連荒亡以紓其憂乎？

又

香奩之作爲韓偓無疑也，或以爲和凝之作嫁名於韓，劉濳夫誤信之。攷諸同時，吴融集有依韻唱和者，何可掩哉？誨淫之言不以爲恥，非唐之衰而然乎？

又

詠浴詩：「初似洗花難抑按，終憂沃雪不勝任。豈知侍女簾帷外，賸取君王幾餅金。」按趙后外傳，昭儀浴，帝竊觀之，令侍女勿言，投贈以金。一浴賜百餅，此詩尚有所諷謂。世之爲君者，亦惑乎此也。

又

意有餘而不及於褻，則風懷之作猶之可也。書婦人之言於雅什，不已卑乎？故香奩之作唯取七言律六首，此詩「仙樹有花難問種，御香聞氣不知名」，句佳，尾句太猥。

輟耕録

張邦基墨莊漫録云：「婦人之纏足起於近世，前世書傳皆無所自。」南史齊東昏侯爲潘貴妃鑿金爲蓮花以帖地，令妃行其上，曰：「此步步生蓮花。」然亦不言其弓小也。如古樂府、玉臺新詠，皆六朝詞人纖艷之言，類多體狀美人容色之姝麗，及言妝飾之華、眉目唇口要支手指之類，無一言稱纏足者。如唐杜牧、李白、李商隱之輩，作詩多言閨幃之事，亦無及之者。韓偓香奩集有詠屧子詩云：「六寸膚圓光緻緻。」唐尺短，以今較之，亦自小也，而不言其弓。惟道山新聞云：「李後主宫嬪窅娘，纖麗善舞。後主作金蓮，高六尺，飾以寶物細帶纓絡，蓮中作品色瑞蓮。令窅娘以帛纏腳，令纖小，屈上作新月狀。素襪舞雲中，回旋有淩雲之態。」唐鎬詩曰：「蓮中花更好，雲裡月長新。」因窅娘作也。由是人皆效之，以纖弓爲妙。以此知札脚自五代以來方爲之。如熙寧、元豐以前人猶爲者少，近年則人相效，以不爲者爲恥也。

丹鉛總録

唐盧延遜詩：「樹上諮諏批頰鳥，牕間壁剝叩頭蟲。」王半山詩：「翳木窺摶黍，藉草聽批頰。」元人送春詩：「批頰穿林叫新緑。」韓致光春恨詩云：「殘夢依依酒力餘，城頭批頰伴啼烏。平明乍捲西樓幙，院靜初聞放轆轤。」批頰，蓋鳥名，但不詳爲何形狀耳。或曰即鵯鵊也，催明之鳥。

蓉槎蠡説

飛燕於太液池歌歸風送遠之曲。酒酣風起，揚袖曰：「仙乎！仙乎！」帝令馮無方持后裾，裙爲之縐。唐人豔句「餘暖戀香韉」，讀之心妒，况持湘江六幅耶！然宫奴赤鳳早并溫柔鄉竊之。

花草蒙拾

凡寫迷離之况者，止須述景，如「小窗斜日到芭蕉，半床斜月疏鐘後」，不言愁而愁自見。因思韓致光「空樓鴈一聲，遠屏燈半滅」，已足色悲凉，何必又贅「眉山正愁絶」耶！覺首篇時復見「殘燈和烟墜金穗」，如此結句，更自含情無限。

野獲編

婦人纏足，不知始自何時。或云始於齊東昏，則以「步步生蓮」一語也。然予向年觀唐文皇長孫后繡履圖，則與男子無異。又見則天后畫像，其芳趺亦不下長孫。可見唐初大抵俱然。唯大曆中，夏侯審詠被中睡鞋云：「雲裏蟾鈎落鳳窠，玉郎沉醉也摩挲。」蓋弓足始見此。至杜牧詩云：「細尺纔量减四分，纖纖玉筍裹輕雲。」又韓偓詩云：「六寸膚圓光緻緻。」唐尺只抵今製七寸，則六寸當爲今四寸二分，亦弓足之尋常者矣。因思此法當始於唐之中葉，今又傳南唐後主爲宫婢窅娘作新月樣，以爲始於此時，似亦不然也。

留青日札

子規，人但知其爲催春歸去之鳥，蓋因其聲曰「歸去了」，故又名思歸鳥，而不知亦爲先春而鳴之鳥。史記曆書：「百草奮興，姊規先嘷。」索隱曰：「子規，春氣發動，則先田野澤而鳴是也。」韓致光春恨詩：「殘夢依依酒力餘，城頭批頰伴啼烏。」批頰鳥，即鵯鵊也，催明之鳥。

又

李賀「桃花亂落如紅雨」，韓偓「杏花飄雪小桃紅」。桃花紅，而長吉以雨比之；杏花紅，而致光以雪比之，皆可爲善用，不拘拘於故常者，所以爲奇，不然，則柳雪李月、梨雪桃霞，誰不能道？

西河詩話

韓偓詩：「牕裏日光飛野馬，案頭筠管長蒲盧。」上句謂牕隙日影中，多見飛塵，人猶易解。至次句則案頭竹管，豈長蘆葦耶，便相顧錯愕。按中庸「夫政也者，蒲盧也」。舊注「蒲盧」，是蜾蠃名。爾雅云：「即細腰蜂也。」蜾蠃取螟蛉，納書案筆管，間以泥封之，閲數日而化爲蜾蠃。其以之證政舉者，正以言民化之易也。是以家語曰：「天道敏生，人道敏政，地道敏樹。夫政也者，蒲盧也，待化而成。」其著「待化而成」四字，明明解敏政之譬。此夫子自言之，且自注之者。自宋人作章句改盧爲蘆，以蒲葦當之，則不惟中庸、家語、爾雅、毛詩俱不能解。即韓冬郎一七字詩，亦無解處矣。嗟夫！讀經、讀詩皆不可無學如此。

池北偶談

韓致堯詩：「白玉堂東遥見後，令人評泊畫楊妃。」李子田云：「評泊者，論貶人是非人也。今作『評駁』者非，近諸本或作『斗薄』，或轉訛『陡薄』，殊無意義。萬首絶句本作『評泊』，當猶近古。

書後

士風之靡，莫今爲甚。今之甚者，甚於讀古人書，樂古人所云。寓意之言，稍形於花露風雲之際者，供其摹擬，恣其譏評，句敲字酌，以爲能事，過古人夫！古人其果句敲字酌，直等不學無術之今人哉！今人又有以句敲字酌，欲著作之延年，又百不一及古人哉！古人固實有所以自見而言矣。予故久抒是心，欲爲今人告，乃今得著之於唐韓内翰林所著香奩之簡終。時嘉慶庚午秋，福鼎王學貞誌。

翰林集

［唐］韓偓　撰

翰林集卷第一

唐翰林學士承旨行尚書户部侍郎知制誥上柱國萬年韓偓著

大清貢生福鼎王遐春刊

雨後月中玉堂閑坐

銀臺直北金鑾外，暑雨初晴皓月中。唯對松篁聽刻漏，更無塵土翳虛空。綠香熨齒冰盤果，清冷侵肌水殿風。夜久忽聞鈴索動，玉堂西畔響丁東。禁署嚴密，非本院人，雖有公事，不敢遽入，至於內夫人宣事，亦先引鈴。每有文書，即內臣立於門外，鈴聲動，本院小判官出受，受訖，授院使，院使授學士。

六月十七日召對自辰及申方歸本院

清暑簾開散異香，恩深咫尺對龍章。花應洞裏常時發，日向壺中特地長。坐久忽疑查犯斗，一作鶩。歸來兼恐海生桑。如今冷笑東方朔，唯用詼諧侍漢皇。

與吳子華侍郎同年玉堂同直懷恩敘懇因成長句四韻兼呈諸同年

往年鶯谷接清塵，今日鼇山作侍臣。二紀計偕勞筆硯，余與子華俱久困名場。一朝宣入掌絲綸。聲名烜赫文章士，金紫雍容富貴身。絳帳恩深無報路，語餘相顧却酸辛。

和吴子華侍郎令狐昭化舍人歎白菊衰謝之紀次用本韻

正憐香雪披千片，忽訝殘霞覆一叢。此花將謝，却有紅色。還似妖姬長年後，酒酣雙臉却微紅。

中秋禁直

星斗疏明禁漏殘，紫泥封内獨凭欄。露和玉屑金盤冷，月射珠光貝闕寒。天襯樓臺龍苑外，風吹歌管下雲端。長卿祇爲長門賦，未識君臣際會難。

錫宴日作是歲大稔，内出金幣，賜百官充觀稼宴。學士院别賜越綾百匹，委京兆府勾當。後宰相一日宴於興化亭。

玉銜花馬蹋香街，詔遣追歡綺席開。中使押從天上去，是日，在外四學士排門齊入，同進狀辭，赴宴所，奉宣差學士院使二人押去。外人知自日邊來。臣心净比漪漣水，聖澤深於瀲灩杯。纔有異恩頒稷契，已將優禮及鄒枚。清商適向梨園降，妙妓新行峽雨迴。不敢通宵離禁直，晚乘殘醉入銀臺。當直學士二人，至晚，學士院使二人却押入直，餘四人在外，可以卜夜，內臣去外，知熟間丞郎給舍多來突宴。余是日當直，故有是句。

侍宴

蜂黃蝶粉兩依依，狎宴臨春日正遲。密旨不教江令醉，麗華一作貴妃。微笑認皇慈。

宮柳

莫道春來芳意違，宮娃猶似妬蛾眉。幸當玉輦經過處，不怕金風浩蕩時。草色長承垂地葉，日華先動映樓枝。澗松亦有凌雲分，爭似移根太液池。

苑中

上苑離宮處處迷，相風高與露盤齊。金階鑄出狻猊立，玉柱雕成狒秝啼。外使調鷹初得按，五方外按使以鷹隼初調習，始能擒獲，謂之得按。中官過馬不教嘶。上每乘馬，必閹官馭以進，謂之過馬。既乘之而後，躞蹀嘶鳴。笙歌錦繡雲霄裏，獨許詞臣醉似泥。

辛酉歲冬十一月隨駕幸岐下作

曳裾談笑殿西頭，忽聽征鐃從冕旒。鳳蓋行時移紫氣，鸞旗駐處認皇州。曉題御服頒羣吏，夜發宫嬪詔列侯。雨露涵濡三百載，不知誰擬殺身酬。

從　獵三首。

獵犬諳斜路，宫嬪識認旗。馬前雙兔起，宣示羽林兒。

小鐙狹鞦鞘，鞍輕妓細腰。有時齊走馬，也學唱交交。

蹀躞巴馸駿，鞍毾碧野雞。忽聞仙樂動，賜酒玉偏提。

冬至夜作天復二年壬戌，隨駕在鳳翔府。

中宵忽見動葭灰，料得南枝有早梅。四野便應枯草緑，九重先覺凍雲開。陰冰莫向河源塞，陽氣今從地底迴。不道慘舒無定分，却憂蚊響又成雷。

秋霖夜憶家隨駕在鳳翔府。

垂老何時見弟兄，背燈愁泣到天明。不知短髮能多少，一滴秋霖白一莖。

恩賜櫻桃分寄朝士在岐下。

未許鶯偷出漢宫，上林初進半金籠。蔗漿自透銀杯冷，朱實相輝玉盌紅。俱有亂離終日恨，貴將滋味片時同。霜威食蘗應難近，宜在紗窗繡户中。

出官經硤石縣天復三年二月二十二日。

謫宦過東畿，所抵州名濮。故里欲清明，臨風堪慟哭。溪長柳似帷，山暖花如醭。逆旅訝簪裾，南路以久無儒服經過，皆相聚悲喜。野老悲陵谷。暝鳥影連翩，驚狐尾纛蔌。尚得佐方州，信是皇恩沐。

訪同年虞部李郎中天復四年二月在湖南。

策蹇相尋犯雪泥，厨烟未動日平西。門庭野水褵褷鷺，鄰里短牆咿喔雞。未入慶霄君擇肉，畏逢華轂我吹虀。地爐貰酒成狂醉，更覺襟懷得喪齊。

贈漁者在湖南。

箇儂居處近誅茅，枳棘籬兼用荻梢。盡日風扉從自掩，無人筒釣是誰拋。城方四面牆陰直，江闊中心水脈坳。我亦好閑求老伴，莫嫌遷客且論交。

春陰獨酌寄同年虞部李郎中在湖南。

春陰漠漠土脈潤，春寒微微風意和。閑嗤入甲奔競態，醉唱落調漁樵歌。詩道揣量疑可進，宦情刓缺轉無多。酒酣狂興依然在，其奈千莖鬢雪何。

奉和峽州孫舍人肇荊南重圍中寄諸朝士二篇時李常侍洵嚴諫議龜李起居殷衡李郎中冉皆有繼和余久有是債今至湖南方暇牽課

敏手何妨誤汰金，敢懷私忿斆羊斟。直應宣室還三接，未必豐城便陸沉。熾炭一爐真玉性，濃霜千澗老松心。私恩尚有捐軀誓，況是君恩萬倍深。

征途安敢更遷延，冒入重圍勢使然。衆果却因存苦李，五瓶唯恐竭甘泉。多端莫撼三珠樹，密策尋遺七寶鞭。黄蕘舫中梅雨裏，野人無事日高眠。

雪中過重湖信筆偶題

道方時險擬如何，謫去甘心隱薜蘿。青草湖將天暗合，白頭浪與雪相和。旗亭臘酎踰年熟，水國春寒向晚多。處困不忙仍不怨，醉來唯是欲傞傞。

寄湖南從事

索寞襟懷酒半醒，無人一爲解餘酲。岸頭柳色春將盡，船背雨聲天欲明。去國正悲同旅鴈，隔河何忍更啼鶯。蓮花幕下風流客，試與温存譴逐情。

玩水禽在湖南醴陵縣。

兩兩珍禽渺渺溪，翠衿紅掌净無泥。向陽眠處莎成毯，踏水飛時浪作梯。依倚雕梁輕社燕，抑揚金距笑晨雞。勸君細認漁翁意，莫遣組羅誤穩棲。

早玩雪梅有懷親屬

北陸侯纔變，南枝花已開。無人同悵望，把酒獨徘徊。凍白雪爲伴，寒香風是媒。何因逢越使，腸斷謫仙材。

欲明在醴陵。

欲明籬被風吹倒，過午門因客到開。忍苦可能遭鬼笑，息機應免致鷗猜。岳僧互乞新詩去，酒保頻徵舊債來。唯有狂吟與沉飲，時時猶自觸靈臺。

梅花

梅花不肯傍春光，自向深冬有艷陽。龍笛遠吹胡地月，燕釵初試漢宫粧。風雖强暴翻添思，雪欲侵淩更助香。應笑暫時桃李樹，盜天和氣作年芳。

小隱

借得茅齋岳麓西，擬將身世老鋤犂。清晨向市烟含郭，寒夜歸村月照溪。爐爲窗明僧偶坐，松因雪折鳥鷩啼。靈椿朝菌由來事，却笑莊生始欲齊。

曛黑

古木侵天日已沉，露華涼冷潤衣襟。江城曛黑人行絕，唯有啼烏伴夜砧。

曉日

天際霞光入水中，水中天際一時紅。直從日觀三更後，日觀峯半夜見日。首送金烏上碧空。

醉著

萬里清江萬里天，一村桑柘一村烟。漁翁醉著無人喚，過午醒來雪滿船。

柳

一籠金線拂彎橋，幾被兒童損細腰。無奈靈和標格在，春來依舊裹長條。

病中初聞復官二首。

抽毫連夜侍明光，執靮三年從省方。燒玉謾勞曾歷試，鑠金寧爲欠周防。也知恩澤招讒口，還痛神祇誤直腸。聞道復官翻涕泗，屬車何在水茫茫。

又掛朝衣一自驚，始知天意重推誠。青雲有路通還去，白髮無私健亦生。曾避暖池將浴鳳，却同寒谷乍遷鶯。宦途巇嶮終難測，穩泊漁舟隱姓名。

早起五言三韻

萬樹緑楊垂，千舦黄鳥語。庭花風雨餘，岑寂如村塢。依依官渡頭，晴陽照行旅。

家書後批二十八字在醴陵時聞家在登。

四序風光總是愁，鬢毛衰颯涕横流。此書未到心先到，想在孤城海岸頭。

湖南梅花一冬再發偶題於花援

湘浦梅花兩度開，直應天意别栽培。玉爲通體依稀見，香號返魂容易迴。寒氣與君霜裏退，陽和爲爾臘前來。夭桃莫倚東風勢，調鼎何曾用不材。

即　目

萬古離懷憎物色，幾生愁緒溺風光。廢城沃土肥春草，野渡空船蕩夕陽。倚道向人多脈脈，爲情因酒易倀倀。宦途棄擲須甘分，迴避紅塵是所長。

净興寺杜鵑一株繁艷無比

一園紅艷醉坡陀，自地連梢簇蒨羅。蜀魄未歸長滴血，祇應偏滴此叢多。

花時與錢尊師同醉因成二十字

橋下淺深水，竹間紅白花。酒仙同避世，何用厭長沙。

避　地

西山爽氣生襟袖，南浦離愁入夢魂。人泊孤舟青草岸，鳥鳴高樹夕陽村。偷生亦似符天意，未死深疑負國恩。白面兒郎猶巧宦，不知誰與正乾坤。

息兵

漸覺人心望息兵，老儒希覬見澄清。正當困辱殊輕死，已過艱危却戀生。多難始應彰勁節，至公安肯爲虚名。暫時胯下何須恥，自有蒼蒼鑒赤誠。

翠碧鳥以上并在醴陵作。

天長水遠網羅稀，保得重重翠碧衣。挾彈小兒多害物，勸君莫近市朝飛。

贈孫仁本尊師在袁州。

齒如冰雪髮如黳，幾百年來醉似泥。不共世人争得失，卧牀前有上天梯。

乙丑歲九月在蕭灘鎮駐泊兩月忽得商馬楊迢員外書賀余復除戎曹依舊承旨還緘後因批四十字

旅寓在江郊，秋風正寂寥。紫泥虚寵奬，白髮已漁樵。事往淒涼在，時危志氣銷。若爲將朽質，猶擬杖於朝。

丙寅二月二十二日撫州如歸館雨中有懷諸朝客

悽悽惻惻又微嚬，欲話羈愁憶故人。薄酒旋醒寒徹夜，好花虚謝雨藏春。萍蓬已恨爲逋客，江嶺那知見侍臣。未必交情繫貧富，柴門自古少車塵。

三月二十七日自撫州往南城縣舟行見拂水薔薇因有是作

江中春雨波浪肥，石上野花枝葉瘦。枝低波高如有情，浪去枝留如力鬬。緑刺紅房戰裹時，吴娃越艷醺酣後。且將濁酒伴清吟，酒逸吟狂輕宇宙。

荔枝三首丙寅年秋到福州。自此後并福州作。

遐方不許貢珍奇，密詔唯教進荔枝。漢武碧桃争比得，枉令方朔號偷兒。

封開玉籠雞冠澀，葉襯金盤鶴頂鮮。想得佳人微啓齒，翠釵先取一雙懸。

巧裁霞片裹神漿，崖蜜天然有異香。應是仙人金掌露，結成冰入蒨羅囊。

寄上兄長

兩地支離路八千，襟懷悽愴鬢蒼然。亂來未必長團會，其奈而今更長年。

寶劍

因極還應有甚通，難將糞壤掩神蹤。斗間紫氣分明後，不是延津亦化龍。一作「劈地成川看化龍」。

登南神光寺塔院

無奈離腸日九迴，强攄離抱立高臺。中華地向城邊盡，外國雲從島上來。四序有花長見雨，一冬無雪却聞雷。日宮紫氣生冠冕，試望扶桑病眼開。

兩賢

賣卜嚴將賣餅孫，兩賢高趣恐難倫。而今若有逃名者，應被品流呼俗人。

再思

暴殄猶來是片時，無人向此畧遲疑。流金鑠石玉長潤，敗柳凋花松不知。但保行藏天是證，莫矜纖巧鬼難欺。近來更得窮經力，好事臨行亦再思。

有矚

晚涼閑步向江亭，默默看書旋旋行。風轉滯帆狂得勢，潮來諸水寂無聲。誰將覆轍詢長策，願把棼絲屬老成。安石本懷經濟意，何妨一起爲蒼生。

秋深閑興

此心兼笑野雲忙，甘得貧閑味甚長。病起乍嘗新橘柚，秋深初换熟衣裳。晴來喜鵲無窮語，雨後寒花特地香。把釣覆棋兼舉白，不離名教可顛狂。

故都

故都遥想草萋萋，上帝深疑亦自迷。塞鴈已侵池籞宿，宫鴉猶戀女牆啼。天涯烈士空垂涕，地下强魂必噬臍。掩鼻計成終不覺，馮驩無路斆鳴雞。

夢　仙

紫霄宫闕五雲芝，九級壇前再拜時。鶴舞鹿眠春草遠，山高水闊夕陽遲。每嗟阮肇歸何速，深羨張騫去不疑。澡練純陽功力在，此心唯有玉皇知。

贈吴顛尊師丙寅年作。

飲酒經何代，休糧度此生。跡應常自浼，顛亦强爲名。道若千鈞重，身如一羽輕。毫釐分象緯，袒跣揖公卿。狗竇號光逸，漁陽裸禰衡。笑雷冬蟄震，巖電夜珠明。月滑侵簪冷，江光逼屐清。半酣思救世，一手擬扶傾。擊地嗟衰俗，看天貯不平。自緣懷氣義，可是計烹亨。議論通三教，年顔稱五更。老狂人不厭，密行鬼應驚。未識心相許，開襟語便誠。伊余常仗義，願拜十年兄。

送人棄官入道

仙李濃陰潤，皇枝密葉敷。俊才輕折桂，捷徑取紆朱。斷紲三清路，揚鞭五達衢。

側身期破的，縮手待呼盧。社稷俄如綴，雄豪詎守株。忸怩非壯志，擺脱是良圖。塵土留難住，纓緌棄若無。冥心歸大道，迴首笑吾徒。酒律應難忘，詩魔未肯徂。他年如拔宅，爲我指清都。

翰林集卷第一

翰林集卷第一

唐翰林學士承旨行尚書户部侍郎知制誥上柱國萬年韓偓著
大清貢生福鼎王遐春刊

感事三十四韻丁卯已後。

紫殿承恩歲，金鑾入直年。人歸三島路，日過八花磚。鴛鷺皆迴席，皋夔亦慕羶。慶霄舒羽翼，塵世有神仙。雖遇河清聖，慚非岳降賢。皇慈容散拙，公議逼陶甄。江總參文會，陳暄侍狎筵。腐儒親帝座，太史認星躔。側弁聆神算，濡毫俟密宣。宫司持玉硯，書省擘香牋。宫司、書省，皆宫人職名。唯理心無黨，憐才膝屢前。焦勞皆實録，宵旰豈虚傳。始議新堯歷，將期整舜絃。上自出東内幽辱，勵心庶政，延接丞相之暇。日在直學士詢以理道，將致昇平。去梯言必盡，仄席意彌堅。上相思懲惡，中人詎省愆。鹿窮唯觝觸，兔急且聯猭。本是謀賒死，因之致劫遷。氛霾言下合，日月暗中懸。恭顯誠甘罪，韋平亦恃權。畏聞巢幕險，寧悟積薪然。諒直尋鉗口，奸纖益比肩。晉讒終不解，魯瘠竟難痊。祇擬誅黄皓，何曾識霸先。嗾獒翻醜正，養虎欲求全。萬乘烟塵裏，千官劍戟邊。斗魁當北坼，地軸向西偏。袁董非徒爾，師昭豈偶然。中原成劫火，東海遂桑田。濺血慚嵇紹，遲行笑褚淵。四夷同效順，一命敢虛捐。山岳還青聳，穹蒼舊碧鮮。獨夫長啜泣，多士已忘筌。鬱鬱空狂叫，微微幾病癲。丹梯倚寥廓，終去問青天。

向隅

守道得途遲，中兼遇亂離。剛腸成遶指，玄髮轉垂絲。客路少安處，病牀無穩時。弟兄消息絕，獨歛問隅眉。

社後

社後重陽近，雲天淡薄間。目隨棋客靜，心共睡僧閑。歸鳥城銜日，殘虹雨在山。寂寥思晤語，何夕款柴關。

息慮

息慮狎羣鷗，行藏合自由。春寒宜酒病，夜雨入鄉愁。道向危時見，官因亂世休。外人相待淺，獨說濟川舟。

早起探春

勾芒一夜長精神，臘後風頭已見春。烟柳半眠藏利臉，雪梅含笑綻香脣。漸因閑暇思量酒，必怨顛狂泥摸人。若箇高情能似我，且應欹枕睡清晨。

味道

如含瓦礫竟何功，癡黠相兼似得中。心繫是非徒悵望，事須光景旋虛空。昇沉不定都如夢，毀譽無恒却要聾。弋者甚多應扼腕，任他閑處指冥鴻。

裊娜

裊娜腰肢淡薄粧，六朝宮樣窄衣裳。著詞暫見櫻桃破，飛醆微聞荳蔻香。春惱情懷身覺瘦，酒添顏色粉生光。此時不敢分明道，風月應知暗斷腸。

秋郊閑望有感

楓葉微紅近有霜，碧雲秋色滿吴鄉。魚銜駭浪雪鱗健，鴉閃夕陽金背光。心爲感知長慘慼，鬢緣經亂早蒼浪。可憐廣武山前語，楚漢虛教作戰場。

李太舍池上玩紅薇醉題

花低池小水泙泙，花落池心片片輕。酩酊不能羞白鬢，顛狂猶自睠紅英。乍爲旅客顏常厚，每見同人眼暫明。京洛林園歸未得，天涯相顧一含情。

余寓汀州沙縣病中聞前鄭左丞璘隨外鎮舉薦赴洛兼云繼有急徵旋見脂轄因作七言四韻戲以贈之或冀其感悟也己巳年。

莫恨當年入用遲，通材何處不逢知。桑田變後新舟楫，華表歸來舊路歧。公幹寂寥甘坐廢，子牟歡忭促行期。移都已改侯王第，惆悵沙堤别築基。

又一絕請爲申達京洛親交知余病廢

鬢惹新霜耳舊聾，眼昏腰曲四肢風。交親若要知形候，嵐嶂烟中折臂翁。

夢中作

紫宸初啓列鴛鸞，直向龍墀對揖班。九曜再新環北極，萬方依舊祝南山。禮容肅睦纓緌外，和氣薰蒸劍履間。扇合却循黄道退，廟堂談笑百司閑。

己巳年正月十二日自沙縣抵邵武軍將謀撫信之行到纔一夕爲閩相急脚相召却請赴沙縣郊外泊船偶成一篇

訪戴船迴郊外泊，故鄉何處望天涯。半明半暗山村日，自落自開江廟花。數醆緑醅桑落酒，一甌香沫火前茶。

建溪灘波心目驚眩余平生溺奇境今則畏怯不暇因書二十八字

長貪山水羨漁樵，自笑揚鞭趂早朝。今日建溪驚恐後，李將軍畫也須燒。

自沙縣抵尤溪縣值泉州軍過後村落皆空因有一絶此後庚午年。

水自潺湲日自斜，盡無雞犬有鳴鴉。千村萬落如寒食，不見人烟空見花。

此翁 此後在桃林塲。

高閣羣公莫忌儂，儂心不在宦名中。岩光一唾垂緌紫，何胤三遺大帶紅。金勁任從千口鑠，玉寒曾試幾爐烘。唯應鬼眼兼天眼，窺見行藏信此翁。

多情

天遣多情不自持，多情兼與病相宜。蜂偷野蜜初嘗處，鶯惜含桃欲咽時。酒蕩襟懷微叵我，春牽情緒更融怡。水香剩貯金杯裏，瓊樹長須浸一枝。

失鶴

正憐標格出華亭，況是昂藏入相經。碧落順風初得志，故巢因雨却聞腥。幾時翔集來華表，每日沉吟看畫屏。爲報雞羣虛嫉妬，紅塵向上有青冥。

卜隱

屏跡還應減是非，却憂藍玉又光輝。桑梢出舍蠶初老，柳絮蓋溪魚正肥。世亂豈容長愜意，景清還覺易忘機。世間華美無心問，藜藿充腸苧作衣。

晨　興

曉景山河爽，閑居巷陌清。已能消滯念，兼得散餘酲。汲水人初起，迴燈燕暫驚。放懷殊未足，圓隙已塵生。

暴　雨

電尾燒黑雲，雨脚飛銀線。急點濺池心，微烟昏水面。氣涼氛祲消，暑退松篁健。叢蓼亞赬茸，擎荷翻緑扇。風期誰與同，逸趣余探遍。欲去更遲留，胸中久交戰。

山院避暑

行樂江郊外，追涼山寺中。静陰生晚緑，寂慮延清風。運塞地維窄，氣蘇天宇空。何人識幽抱，目送冥冥鴻。

閑　興

景寂有玄味，韻高無俗情。他山冰雪解，此水波瀾生。影重驗花密，滴稀知酒清。忙人常擾擾，安得心和平。

漫　作二首。

暑雨灑和氣，香風吹日華。瞬龍驚汗漫，翥鳳綷雲霞。玄圃珠爲樹，天池玉作沙。丹霄能幾級，何必待乘槎。

黍谷純陽入，鸞霄瑞彩生。岳靈分正氣，仙衛借神兵。汙俗迎風變，虛懷遇物傾。千鈞將一羽，輕重在平衡。

騰　騰

八年流落醉騰騰，點檢行藏喜不勝。烏帽數餐兼施藥，前生多恐是醫僧。

寄隱者

烟郭雲扃路不遥，懷賢猶恨太迢迢。長松夜落釵千股，小港春添水半腰。已約病身抛印綬，不嫌門巷似漁樵。渭濱晦迹南陽卧，若比吾徒更寂寥。

閑居

厭聞趨競喜閑居，自種蕪菁亦自鋤。麇鹿跳梁憂觸撥，鷹鸇搏擊恐麤疏。拙謀却爲多循理，所短深慚盡信書。刀尺不虧繩墨在，莫疑張翰戀鱸魚。

僧影

山色依然僧已亡，竹間疏磬隔殘陽。智燈已滅餘空燼，猶自光明照十方。

洞庭玩月

洞庭湖上清秋月，月皎湖寬萬頃霜。玉椀深沉潭底白，金杯細碎浪頭光。寒鷩烏鵲離巢噪，冷射蛟螭换窟藏。更憶瑶臺逢此夜，水晶宫殿挹瓊漿。

贈隱逸

靜景須教靜者尋，清狂何必在山陰。蜂穿窗紙塵侵硯，鳥鬬庭花露滴琴。莫笑亂離纔解印，猶勝顛蹶未抽簪。築金總得非名士，況是無人解築金。

南浦

月若半環雲若吐，高樓簾捲當南浦。應是石城艇子來，兩槳咿啞過花塢。正值連宵酒未醒，不宜此際兼微雨。直教筆底有文星，亦應難狀分明苦。

桃林場客舍之前有池半畝木槿櫛比闕水遮山因命僕夫運斤梳沐豁然清朗復視太虛因作五言八韻

插槿作藩籬，叢生覆小池。爲能妨遠目，因遣去閑枝。隣叟偷來賞，棲禽欲下疑。虛空無障處，蒙閉有開時。葦鷺憐瀟灑，泥鰌畏日曦。稍寬春水面，盡見晚山眉。岸穩人偷釣，階明日上基。世間多弊事，事事要良醫。

中秋寄楊學士

鱗差甲子漸衰遲，依舊年年困亂離。八月夜來鄉思切，鬢邊添得幾莖絲。

寄禪師

他心明與此心同，妙用忘言理暗通。氣運陰陽成世界，水浮天地寄虛空。劫灰聚散銖錙黑，日御奔馳繭粟紅。萬物盡遭風鼓動，唯應禪室靜無風。

清　興

陰沉天氣連翩醉，摘索花枝料峭寒。擁鼻遶廊吟看雨，不知遺却竹皮冠。

深　院

鵞兒唼啑梔黄嘴，鳳子輕盈膩粉腰。深院下簾人晝寢，紅薔薇架碧芭蕉。

淒淒

深將寵辱齊，往往亦淒淒。白日知丹抱，青雲有舊谿。嗜醎淩魯濟，惡潔助涇泥。風雨今如晦，堪憐報曉雞。

火蛾

陽光不照臨，積陰生此類。非無惜死心，奈有滅明意。粧穿粉焰焦，翅撲蘭膏沸。爲爾一傷嗟，自棄非天棄。

信筆

春風狂似虎，春浪白於鵞。柳密藏烟易，松長見日多。石崖採芝叟，鄉俗摘茶歌。道在無依鬱，天將奈爾何。

雷公

閑人倚柱笑雷公，又向深山霹怪松。必若有蘇天下意，何如驚起武侯龍。

船　頭

兩岸緑蕪齊似翦，掩映雲山相向晚。船頭獨立望長空，日艷波光逼人眼。

喜　涼

爐炭燒人百疾生，鳳狂龍躁減心情。四山毒瘴乾坤濁，一簟涼風世界清。楚調忽驚淒玉柱，漢宫應已濕金莖。豪强頓息蛙唇吻，爽利重新鶻眼睛。穩想海槎朝犯斗，健思胡馬夜翻營。東南亦是中華分，蒸鬱相淩太不平。

天　鑒

何勞諂笑學趨時，務實清修勝用機。猛虎十年摇尾立，蒼鷹一旦醒心飛。神依正道終潛衛，天鑒衷腸競不違。事歷艱難人始重，九層成後喜從微。

江岸閑步此後壬申年作，在南安縣。

一手攜書一杖筇，出門何處覓情通。立談禪客傳心印，坐睡漁師著背篷。青布旗誇千日酒，白頭浪吼半江風。淮陰市裏人相見，盡道途窮未必窮。

野塘

侵曉乘涼偶獨來，不因魚躍見萍開。卷荷忽被微風觸，瀉下清香露一杯。

閨怨

時光潛去暗淒涼，懶對菱花暈晚粧。初拆鞦韆人寂寞，後園青草任他長。

余卧疾深村聞一二郎官今稱繼使閩越笑余迂古潛於異鄉聞之因成此篇

枕流方採北山薇，驛騎交迎市道兒。霧豹祇祇憂無石室，泥鰌唯要有洿池。不羞莽卓黄金印，却笑羲皇白接䍠。莫負美名書信史，清風掃地更無遺。

安貧

手風慵展一行書，眼暗休尋九局圖。窗裏日光飛野馬，案頭筠管長蒲盧。謀身拙爲安蚍足，報國危曾捋虎鬚。滿世可能無默識，未知誰擬試齊竽。

殘春旅舍

旅舍殘春宿雨晴，恍然心地憶咸京。樹頭蜂抱花鬚落，池面魚吹柳絮行。禪伏詩魔歸净域，酒衝愁陣出奇兵。兩梁免被塵埃汙，拂拭朝簪待眼明。

鵲

偏承雨露潤毛衣，黑白分明衆所知。高處營巢親鳳闕，静時閑語上龍墀。化爲金印新祥瑞，飛向銀河舊路歧。莫怪天涯棲不穩，托身須是萬年枝。

露

鶴非千歲飲猶難，鶯舌偷含豈自安。光濕最宜叢菊亞，蕩摇無奈緑荷乾。名因霈澤隨天睠，分與濃霜保歲寒。五色呈祥須得處，戛雲仙掌有金盤。

贈僧

盡説歸山避戰塵，幾人終肯别囂氛。瓶添澗水盛將月，衲掛松枝惹得雲。三接舊承前席遇，一靈今用戒香熏。相逢莫話金鑾事，觸撥傷心不願聞。

感舊

省趨弘閣侍貂璫，指座深恩刻寸腸。秦苑已荒空逝水，楚天無恨更斜陽。時昏却笑朱絃直，事過方聞鑠骨香。入室故寮流落盡，路人惆悵見靈光。

即目

動非求進靜非禪，咋舌吞聲過十年。溪漲浪花如積石，雨晴雲葉似連錢。干戈歲久諳戎事，枕簟秋涼減夜眠。攻苦慣來無不可，寸心如水但澄鮮。

八月六日作四首。

日離黃道十年昏，敏手重開造化門。火帝動爐銷劍戟，風師吹雨洗乾坤。左牽犬馬誠難測，右袒簪纓最負恩。丹筆不知誰定罪，莫留遺迹怨神孫。

金虎挻灾不復論，搆成狂猘犯車塵。御衣空惜侍中血，國璽幾危皇后身。圖霸未能知盜道，飾非唯欲害仁人。黃旗紫氣今仍舊，免使老臣攀畫輪。

簪裾皆是漢公卿，盡作鋒鋩劍血腥。顯負舊恩歸亂主，難教新國用輕刑。穴中狡兔終須盡，井上嬰兒豈自寧。底事亦疑懲未了，更應書罪在泉扃。

坐看苞藏負國恩，無才不得預經綸。袁安墜睫尋憂漢，賈誼濡毫但過秦。威鳳鬼應遮矢射，靈犀天與隔埃塵。隄防瓜李能終始，免愧于心負此身。

翰林集卷第二

翰林集卷第三

唐翰林學士承旨行尚書户部侍郎知制誥上柱國萬年韓偓著
大清貢生福鼎王遐春刊

驛步 癸酉年，在南安縣。

暫息征車病眼開，況穿松竹入樓臺。江流燈影向東去，樹遞雨聲從北來。物近劉瑱招垢膩，風經庾亮汙塵埃。高情自古多惆悵，賴有南華養不才。

訪隱者遇沉醉書其門而歸

曉入江村覓釣翁，釣翁沉醉酒缸空。夜來風起閑花落，狼藉柴門鳥逕中。

疏雨

疏雨從東送疾雷，小庭凉氣浄莓苔。卷簾燕子穿人去，洗硯魚兒觸手來。但欲進賢求上賞，唯將拯溺作良媒。戎衣一掛清天下，傅野非無濟世材。

南安寓止

此地三年偶寄家，枳籬茅廠共桑麻。蝶矜翅暖徐窺草，蜂倚身輕凝去聲看花。天近函關屯瑞氣，水侵吴甸浸晴霞。豈知卜肆嚴夫子，潛指星機認海槎。

夜　閨

輕風滴礫動簾鈎，猶自醺酣未卸頭。但覺夜深花有露，不知人静月當樓。何郎燈暗誰能詠，韓壽香焦亦任偷。敲折玉釵歌轉咽，一聲聲入兩眉愁。

十月七日早起作時氣疾初愈

疾愈身輕覺數通，山無嵐瘴海無風。陽精欲去陰精落，天地苞含紫氣中。

有　感

堅辭羽葆與吹鐃，翻向天涯困繫匏。故老未曾忘炙背，何人終擬問苞茅。融風漸暖將迴鴈，滫水猶腥近斬蛟。萬里關山如咫尺，女牀唯待鳳歸巢。

觀雞鬭偶作

何曾解報稻粱恩，金距花冠氣遏雲。白日梟鳴無意問，唯將芥羽害同羣。

蜻蜓

碧玉眼睛雲母翅，輕於粉蝶瘦於蜂。坐來迎拂波光久，豈是殷勤爲蓼叢。

即目

書牆暗記移花日，洗甕先知醞酒期。須信閑人有忙事，早來衝雨覓漁師。

寄鄰莊道侶

聞説經旬不啓關，藥窗誰伴醉開顔。夜來雪壓村前竹，剩見溪南幾尺山。

初赴期集

輕寒著背雨凄凄，九陌無塵未有泥。還是平時舊滋味，慢垂鞭袖過街西。

惜花

皺白離情高處切，膩紅愁態靜中深。眼隨片片沿流去，恨滿枝枝被雨淋。總得苔遮猶慰意，若交泥汙更傷心。臨軒一醆悲春酒，明日池塘是緑陰。

半醉

水向東流竟不迴，紅顔白髮遞相催。壯心暗逐高歌盡，往事空因半醉來。雲護鴈霜籠淡月，雨連鶯曉落殘梅。西樓悵望芳菲節，處處斜陽草似苔。

春盡

惜春連日醉昏昏，醒後衣裳見酒痕。細水浮花歸别澗，斷雲含雨入孤村。人閑易有芳時恨，地勝難招自古魂。慚愧流鶯相厚意，清晨猶爲到西園。

睡起

睡起牆陰下藥欄，瓦松花白閉柴關。斷年不出僧嫌癖，逐日無機鶴伴閑。塵土莫尋行止處，烟波長在夢魂間。終撐舴艋稱漁叟，賒買湖心一崦山。

寄友人

傷時惜別心交加，搘頤一向千咨嗟。曠野風吹寒食月，廣庭烟著黄昏花。長擬醺酣遺世事，若爲局促問生涯。夫君亦是多情者，幾處將愁殢酒家。

見別離者因贈之

征人草草盡戎裝，征馬蕭蕭立路傍。樽酒闌珊將遠別，秋山邐迤更斜陽。白髭兄弟中年後，瘴海程途萬里長。曾向天涯懷此恨，見君嗚咽更淒涼。

傷亂

岸上花根總倒垂，水中花影幾千枝。一枝一影寒山裏，野水野花清露時。故國幾年猶戰鬬，異鄉終日見旌旗。交親流落身羸病，誰在誰亡兩不知。

南亭

每日在南亭，南亭似僧院。人語靜先聞，鳥啼深不見。松瘦石稜稜，山光溪澱澱。暫蔓墜長茸，島花垂小蒨。行簪隱士冠，卧讀先賢傳。更有興來時，取琴彈一遍。

太平谷中玩水上花

山頭水從雲外落，水面花自山中來。一溪紅點我獨惜，幾樹蜜房誰見開。應有妖魂隨暮雨，豈無香跡在蒼苔。凝眸不覺斜陽盡，忘逐樵人躡石回。

雨

坐來蔌蔌山風急，山雨隨風暗原隰。樹帶繁聲出竹聞，溪將大點穿籬入。餉婦寥翹布領寒，牧童擁腫蓑衣濕。此時高味共誰論，擁鼻吟詩空佇立。

幽獨

幽獨起侵晨，山鶯啼更早。門巷掩蕭條，落花滿芳草。烟愁雲共遠，春與人同老。

默默又依依，凄然此懷抱。

江　行

浪蹙青山江北岸，雲含黑雨日西邊。舟人偶語憂風色，行客無聊罷晝眠。争似槐花九衢裏，馬蹄安穩慢垂鞭。

漢江行次

村寺雖深已暗知，幡竿殘日迥依依。沙頭有廟青林合，驛步無人白鳥飛。牧笛自由隨草遠，漁歌得意扣舷歸。竹園相接春波暖，痛憶家鄉舊釣磯。

偶　題

俟時輕進固相妨，實行丹心仗彼蒼。蕭艾轉肥蘭蕙瘦，可能天亦妬馨香。

湖南絕少含桃偶有人以新摘者見惠感事傷懷因成四韻

時節雖同氣候殊，不知堪薦寢園無。合充鳳食留三島，誰許鶯偷過五湖。苦筍恐難同象匕，秦中爲櫻笋之會，乃三月也。酪漿無復瑩蠙珠。湖南無牛酪之味。金鑾歲歲長宣賜，忍淚看天憶帝都。每歲初進之後，先宣賜學士。

隰州新驛

盛德已圖形，胡爲忽搆兵。燎原雖自及，誅亂不無名。擲鼠須防誤，連雞莫憚驚。本期將係虜，末策但嬰城。肘腋人情變，朝廷物論生。果聞荒谷縊，旋覩藁街亨。帝怒今方息，時危喜暫清。始終俱以此，天意甚分明。

亂後春日途經野塘

世亂他鄉見落梅，野塘晴暖獨徘徊。船衝水鳥飛還住，袖拂楊花去却來。季重舊遊多喪逝，子山新賦極悲哀。眼看朝市成陵谷，始信昆明是劫灰。

贈易卜崔江處士袁州。

白首窮經通秘義，青山養老度危時。門傳組綬身能退，家學漁樵跡更奇。四海盡聞龜策妙，九霄堪嘆鶴書遲。壺中日月將何用，借與閑人試一窺。

過臨淮故里

交遊昔歲已凋零，第宅今來亦變更。舊廟荒涼時饗絕，諸孫饑凍一官成。五湖竟負他年志，百戰空垂異代名。榮盛幾何流落久，遺人襟抱薄浮生。

贈湖南李思齊處士

兩板船頭濁酒壺，七絲琴畔白髭鬚。三春日日黃梅雨，孤客年年青草湖。燕俠冰霜難狎近，楚狂鋒刃觸凡愚。知余絕粒窺仙事，許到名山看藥爐。

亂後却至近甸有感乙卯年作。

狂童容易犯金門，比屋齊人作旅魂。夜户不扃生茂草，春渠自溢浸荒園。關中却見屯邊卒，塞外翻聞有漢村。堪恨無情清渭水，渺茫依舊遶秦原。

同年前虞部李郎中自長沙赴行在余以紫石硯贈之賦詩代書

斧柯新樣勝珠璣，堪贊星郎染翰時。不向東垣修直疏，即須西掖草妍詞。紫光稱近丹青筆，聲韻宜裁錦繡詩。蓬島侍臣今放逐，羡君迴去逼龍墀。

翰林集卷第三

翰林集卷第四

唐翰林學士承旨行尚書户部侍郎知制誥上柱國萬年韓偓著
大清貢生福鼎王遐春刊

甲子歲夏五月自長沙抵醴陵貴就深僻以便疏慵由道林之南步步勝絶去緑口分東入聊南小江山水益秀村籬之次忽見紫薇花因思玉堂及西掖廳前皆是花遂賦詩四韻柳寄知心

職在内庭宫闕下，廳前皆種紫薇花。眼明忽傍漁家見，魂斷方驚鳳闕賒。淺色暈成宫裏錦，濃香染著洞中霞。此行若遇支機石，又被君平驗海槎。

和王舍人撫州飲席贈韋司空

樓臺掩映入春寒，絲竹錚鏦向夜闌。席上弟兄皆杞梓，花前賓客盡鴛鸞。孫弘莫惜頻開閤，韓信終期别築壇。削玉風姿官水土，黑頭公自古來難。

避地寒食

避地淹留已自悲，況逢寒食欲沾衣。濃春孤館人愁坐，斜日空園花亂飛。路辱漸憂知己薄，時危又與賞心違。一名所繫無窮事，争敢當年便息機。

山　驛

參差西北數行鴈，寥落東方幾片雲。疊石小松張水部，暗山寒雨李將軍。秋花粉黛宜無味，獨鳥笙篁稱静聞。蕭灑衿靈遺世慮，驛樓紅葉自紛紛。

早發藍關

關一作閉。門愁立候雞鳴，搜景馳魂入杳冥。雲外日隨千里鴈，山根霜共一潭星。路盤暫見樵人火，棧轉時聞驛使鈴。自問辛勤緣底事，半年驅馬傍長亭。

深　村

甘向一作老。深村固不材，猶勝摧折傍塵埃。清宵玩月唯紅葉，永日關門但緑苔。幽院菊荒同寂寞，野橋僧去獨徘徊。隔籬農叟遥相賀，□□□□膏雨來。

重遊曲江

追尋前事立江汀，漁者應聞太息聲。避客野鷗如有感，損花微雪似無情。疏林自覺長堤在，春水空連古岸平。惆悵引人還到夜，鞭鞘風冷柳烟輕。

三月

辛夷纔謝小桃發，踏青過後寒食前。四時最好是三月，一去不迴唯少年。吴國地遥江接海，漢陵魂斷草連天。新愁舊恨真無奈，須就隣家甕底眠。

秋村

稻壟蓼紅溝水清，荻園葉白秋日明。空坡路細見騎過，遠田人靜聞水行。柴門狼藉牛羊氣，竹塢幽深雞犬聲。絕粒看經香一炷，心知無事即長生。

殘花

餘霞殘雪幾多在，蔫香冶態猶無窮。黃昏月下惆悵白，清明雨後寥狷紅。樹底草齊千片净，牆頭風急數枝空。西園此日傷心處，一曲高歌水向東。

夜船

野雲低迷烟蒼蒼，平波揮目如凝霜。月明船上簾幕卷，露重岸頭花木香。村遠夜深無火燭，江寒坐久换衣裳。誠知不覺天將曙，幾簇青山鴈一行。

傷春

三月光景不忍看，五陵春色何摧殘。窮途得志反惆悵，飲席話舊多闌珊。中酒向陽成美睡，惜花衝雨覺傷寒。野棠飛盡蒲根暖，寂寞南溪倚釣竿。

歸紫閣下

一笈攜歸紫閣峯，馬蹄閑慢水溶溶。黃昏後見山田火，朧聰時聞縣郭鐘，瘦竹迸生僧坐石，野藤纏殺鶴翹松。釣磯自別經秋雨，長得莓苔更幾重。

夜坐

天似空江星似波，時時珠露滴圓荷。平生蹤跡慕真隱，此夕襟懷深自多。格是厭厭饒酒病，終須的的學漁歌。無名無位堪休去，猶擬朝衣換釣蓑。

午寢夢江外兄弟

長夏居閑門不開，遶門青草絕塵埃。空庭日午獨眠覺，旅夢天涯相見迴。鬢向此時應有雪，心從別處即成灰。如何水陸三千里，幾月書郵始一來。

曲江夜思

鼓聲將絕月斜痕，園外閑坊半掩門。池裏紅蓮迎白露，苑中青草伴黄昏。林塘閴寂偏宜夜，烟火稀疏便似村。大抵世間幽獨景，最關詩思與離魂。

過漢口

濁世清名一槩休，古今翻覆剩堪愁。年年春浪來巫峽，日日殘陽過沔州。居雜商徒偏富庶，地多詞客自風流。聯翩半世騰騰過，不在漁船即酒樓。

惜春

願言未偶非高卧，多病無憀選勝遊。一夜雨聲三月盡，萬般人事五更頭。年踰弱冠即爲老，節過清明却似秋。應是西園花已落，滿溪紅片向東流。

及第過堂日作

早隨真侶集蓬瀛，閶闔門開尚見星。龍尾樓臺迎曉日，鼇頭宮殿入青冥。暗驚凡骨昇仙籍，忽訝麻衣謁相庭。百辟斂容開路看，片時輝赫勝圖形。

夏課成感懷

別離終日心忉忉，五湖烟波歸夢勞。淒涼身事夏課畢，濩落生涯秋風高。居世無媒多困躓，昔賢因此亦號咷。誰憐愁苦多衰改，未到潘年有二毛。

離家第二日却寄諸兄弟

睡起褰簾日出時，今辰初恨間容輝。千行淚激傍人感，一點心隨健步歸。却望山川空黯黯，迴看僮僕亦依依。定知兄弟高樓上，遥指征途羨鳥飛。

遊江南水陸院

早於喧雜是深讐，猶恐行藏墜俗流。高寺懶爲攜酒去，名山長恨送人遊。關河見月空垂淚，風雨看花欲白頭。除却祖師心法外，浮生何處不堪愁。

江南送别

江南行止忽相逢，江館棠梨葉正紅。一笑共嗟成往事，半酣相顧似衰翁。關山月皎清風起，送别人歸野渡空。大抵多情應易老，不堪歧路數西東。

格卑

格卑常恨足牽仍，欲學忘情似不能。入意雲山輸畫匠，動人風月羨琴僧。南朝峻潔推弘景，東晉清狂數季鷹。惆悵後塵流落盡，自拋懷抱醉懵騰。

冬日

蕭條古木銜斜日，戚瀝晴寒滯早梅。愁處雪烟連野起，靜時風竹過牆來。故人每憶心先見，新酒偷嘗手自開。景狀入詩兼入畫，言情不盡恨無才。

再止廟居

去值秋風來值春，前時今日共銷魂。頹垣古栢疑山觀，高柳鳴鴉似水村。菜甲未齊初出葉，樹陰方合掩重門。幽深凍餒皆推分，靜者還應爲討論。

老將

析槍黄馬倦塵埃，掩耳凶徒怕疾雷。雪密酒酣偷號去，月明衣冷斫營迴。行驅貔虎披金甲，立聽笙歌擲玉杯。坐久不須輕矍鑠，至今雙擘硬弓開。

邊上看獵贈元戎

繡簾臨曉覺新霜，便遣移厨較獵塲。燕卒鐵衣圍漢相，魯儒戎服從梁王。搜山閃閃旗頭遠，出樹斑斑豹尾長。贊獲一聲連朔漠，賀杯環騎舞優倡。軍迴野靜秋天白，角怨城遥晚照黄。紅袖擁門持燭炬，解勞今夜宴華堂。

余自刑部員外郎爲時權所擠值盤石出鎮藩屏朝選賓佐以余充職掌記鬱鬱不樂因成長句寄所知

正叨清級忽從戎，況與燕臺事不同。開口謾勞矜道在，撫膺唯合哭途窮。操心未省趨浮俗，點額尤慚自至公。他日陶甄成墜履，滄洲何處覓漁翁。

北　齊二首。

任道驕奢必敗亡，且將繁盛悦嬪嬙。幾千奩鏡成樓柱，六十間雲號殿廊。後主獵迴初按樂，胡姬酒醒更新粧。綺羅堆裏春風畔，年少多情一帝王。

神器傳時異至公，敗亡安可怨忽忽。犯寒獵士朝頻戮，告急軍書夜不通。并部義旗遮日暗，鄴城飛焰照天紅。周朝將相還無體，寧死何須入鐵籠。

寄京城親友二首。

苦吟堪墜葉，寥落共天涯。壯歲空爲客，初寒更憶家。雨牆經月蘚，山菊向陽花。因味碧雲句，傷哉後會賒。

相思凡幾日，日欲詠離衿。直得吟成病，終難狀此心。解衣悲緩帶，搔首悶遺簪。西嶺斜陽外，潛疑是故林。

野寺

野寺看紅葉，縣城聞擣衣。自憐癡病苦，猶共賞心違。高閣正臨夜，前山應落暉。離情在烟鳥，一作島。遥入故關飛。

吴郡懷古

主暗臣忠枉就刑，遂教强國醉中傾。人亡建業空城在，花落西江春水平。萬古壯夫應抱恨，至今詞客盡傷情。徒勞鐵鏁長千尺，不覺樓船下晉兵。

守　愚

深院寥寥竹蔭廊，披衣欹枕過年芳。守愚不覺世途險，無事始知春日長。一畝落花圍隙地，半竿濃日界空牆。今來自責趨時懶，翻恨松軒書滿林。

村　居

二月三月雨晴初，舍南舍北唯平蕪。前歡入望盈千恨，勝景牽心非一途。日照神堂聞啄木，風含社樹叫提壺。行看旦夕梨霜發，猶有山寒傷酒壚。

離　家

八月初長夜，千山第一程。款顔唯有夢，怨泣却無聲。祖席諸賓散，空郊匹馬行。自憐非達識，局促爲浮名。

秋雨内宴

一帶清風入畫堂，撼真珠箔碎玎璫。更看檻外霏霏雨，似勸須教醉玉觴。

寒食日沙縣雨中看薔薇

何處遇薔薇，殊鄉冷節時。雨聲籠錦帳，風勢偃羅帷。通體全無力，酡顔不自持。綠疏微露刺，紅密欲藏枝。愜意凭欄久，貪吟放醆遲。旁人應見訝，自醉自題詩。

地　爐

兩星殘火地爐畔，夢斷背燈重擁衾。側聽空堂聞靜響，似敲疏磬裊清音。風燈有影隨籠轉，臘雪無聲逐夜深。禪客釣翁徒自好，那知此際湛然心。

隰州新驛贈刺史

賢侯新換古長亭，先定心機指顧成。高義盡招秦逐客，曠懷偏接魯諸生。萍蓬到此銷離恨，燕雀飛來帶喜聲。却笑昔賢交易極，一開東閣便垂名。

草書屏風

何處一屏風，分明懷素蹤。雖多塵色染，猶見墨痕濃。怪石奔秋澗，寒藤掛古松。若教臨水畔，字字恐成龍。

永明禪師房

景色方妍媚，尋真出近郊。寶香爐上爇，金磬佛前敲。蔓草稜山徑，晴雲拂樹梢。支公禪寂處，時有鶴來巢。

登樓有題

暑氣簷前過，蟬聲樹杪交。待潮生浦口，看雨過山坳。才見蘭舟動，仍聞桂楫敲。窣雲朱檻好，終覩鳳來巢。

朝退書懷

鶴帔星冠羽客裝，寢樓西畔坐書堂。山禽養久知人唤，窗竹芟多漏月光。粉壁不題新拙惡，小屏唯録古篇章。孜孜莫患勞心力，富貴安民理道長。

元夜即席

元宵清景亞元正，絲雨霏霏向晩傾。桂兔韜光雲葉重，燭龍銜耀月輪明。烟空但仰如膏潤，綺席都忘滴砌聲。更待今宵開霽後，九衢車馬未妨行。

大慶堂賜宴元璫而有詩呈吴越王

非爲親賢展綺筵，恒常寧敢恣遊盤。緑搓楊柳綿初軟，紅暈櫻桃粉未乾。谷鳥乍啼聲似澁，甘霖方霽景初寒。笙歌風緊人酣醉，却遶珍叢爛熳看。

又　和

櫻桃花下會親賢，風遠銅烏轉露盤。蝶下粉牆梅乍折，蟻浮金斝酒難乾。雲和緩奏泉聲咽，珠箔低垂水影寒。狂簡斐然吟詠足，却邀羣彦重吟看。

再和

我有嘉賓宴乍歡，畫簾紋細鳳雙盤。影籠沼沚修篁密，聲透笙歌羯鼓乾。散後便依書篋寐，渴來潛想玉壺寒。櫻桃零落紅桃媚，更俟旬餘共醉看。

重和

冷宴殷勤展小園，舞韉柔軟綵虬盤。篸花盡日疑頭重，病酒經宵覺口乾。嘉樹倚樓青璅暗，晚雲藏雨碧山寒。文章天子文章別，八米盧郎未可看。

御製春遊長句

天意分明道已光，春游嘉景勝仙鄉。玉爐烟直風初靜，銀漢雲消日正長。柳帶似眉全展綠，杏苞如臉半開香。黄鶯歷歷啼紅樹，紫燕關關語畫梁。低檻晚晴籠翡翠，小池波暖浴鴛鴦。馬嘶廣陌貪新草，人醉花堤怕夕陽。比屋管絃呈妙曲，連營羅綺鬭時粧。全吴霸越千年後，獨此昇平顯萬方。

余作探使以繚綾手帛子寄賀因而有詩

解寄繚綾小字封，探花筵上映春叢。黛眉印在微微緑，檀口消來薄薄紅。纏處直應心共緊，砑時兼恐汗先融。帝臺春盡還春去，却繫裙腰伴雪胸。

別錦兒及第後出京，別錦兒與蜀妓。

一尺紅綃一首詩，贈君相別兩相思。畫眉今日空留語，解珮他年更可期。臨去莫論交頸意，清歌休著斷腸詞。出門何事空惆悵，曾夢良人折桂枝。

閑　步

莊南縱步遊荒野，獨鳥寒烟輕惹惹。傍山疏雨濕秋花，僻路淺泉浮敗果。樵人相聚指驚麏，牧童四散收嘶馬。一壺傾盡未能歸，黄昏更望諸峰火。

乾寧三年丙辰在奉天重圍作

仗劍夜巡城，衣襟滿霜霰。賊火遍郊坰，飛焰侵星漢。積雪似空江，長林如斷岸。

獨凭女牆頭，思家起長嘆。

雨　中

青桐承雨聲，聲聲何重疊。疏滴下高枝，次打欹低葉。鳥濕更梳翎，人愁方拄頰。獨自上西樓，風襟寒帖帖。

與　僧

江海扁舟客，雲山一衲僧。相逢兩無語，若箇是南能。

晚　岸

揭起青篷上岸頭，野花和雨冷修修。春江一夜無波浪，按得行人分外愁。

仙　山

一炷心香洞府開，偃松皺澁半莓苔。水清無底山如削，始有仙人騎鶴來。

過茂陵

不悲霜露但傷春，孝理何因感兆民。景帝龍髯消息斷，異香空見李夫人。

曲江秋日

斜烟縷縷鷺鷥棲，藕葉枯香折野泥。有箇高僧入一作似。圖畫，把經吟立水塘西。

流　年

三月傷心仍晦日，一春多病更陰天。雄豪亦有流年恨，況是離魂易黯然。

商山道中

雲横峭壁水平鋪，渡口人家日欲晡。却憶往年看粉本，始知名畫有工夫。

詠　燈

高在酒樓明錦幙，遠隨漁艇泊烟江。古來幽怨皆銷骨，休向長門背雨窗。

招隱

立意忘機機已生，可能朝市汙高情。時人未會嚴陵志，不釣鱸魚只釣名。

雨村

鴈行斜拂雨村樓，簾下三重幕一鈎。倚柱不知身半濕，黄昏獨自未迴頭。

使風

茶香睡覺心無事，一卷黄庭在手中。欹枕捲簾江萬里，舟人不語滿帆風。

阻風

平生情趣羨漁師，此日烟江愜所思。肥鱖香秔小艛艓，斷腸滋味阻風時。

并州

戍旗青草接榆關，雨裹并州四月寒。誰會凭欄潛忍淚，不勝天際似江干。

夏夜

猛風飄電黑雲生，霎霎高林簇雨聲。夜久雨休風又定，斷雲流月却斜明。

闌干

掃花雖恨夜來雨，把酒却憐晴後寒。吴質謾言愁得病，當時猶不凭闌干。

以庭前海棠梨花一枝寄李十九員外

二月春風澹蕩時，旅人虛對海棠梨。不如寄與星郎去，想得朝回正畫眉。

驛樓

流雲溶溶水悠悠，故鄉千里空迴頭。三更獨凭闌干月，淚滿關山孤驛樓。

頻訪盧秀才盧時在選末。

藥訣棋經思致論，柳腰蓮臉本忘情。頻頻强入風流坐，酒肆應疑阮步兵。

春恨

殘夢依依酒力餘，城頭鶤鵊一作晝角。伴啼烏。平明未卷西樓幕，院靜初聞放轆轤。

答友人見寄酒

雖可忘憂矣，其如作病何。淋漓滿襟袖，更發楚狂歌。

野釣

細雨桃花水，輕鷗逆浪飛。風頭阻歸棹，坐睡倚蓑衣。

贈友人

莫嫌談笑與經過，却恐閑多病亦多。若遣心中無一事，不知争奈日長何。

曲江晚思

雲物陰寂歷，竹木寒青蒼。水冷鷺鷥立，烟月愁昏黄。

半睡

眉山暗淡向殘燈，一半雲鬟墜枕稜。四體著人嬌欲泣，自家挼損砑繚綾。

已涼

愁多却訝天涼早，思倦翻嫌夜漏遲。何處山川孤館裏，向燈彎盡一雙眉。

翰林集卷第四

翰林集附録

摭言

韓偓，天復初入翰林。其年冬，車駕出幸鳳翔，偓有扈從之功。返正初，上面許偓爲相。奏云：「陛下運契中興，當復用重德，鎮風俗。臣座主右僕射趙崇，可以副陛下是選。乞迴臣之命授崇，天下幸甚。」上嘉嘆。翌日，制用崇暨兵部侍郎王贊爲相。時梁太祖在京，素聞崇之輕佻，贊復有嫌釁，馳入請見於上前，具言二公長短。上曰：「趙崇是偓薦。」時偓在側，梁王叱之。偓奏曰：「臣不敢與大臣争。」上曰：「韓偓出。」尋謫官入閩。故偓有詩曰：「手風慵展八行書，眼暗休看九局圖。窗裏日光飛野馬，案前筠管長蒲盧。謀身拙爲安蛇足，報國危曾捋虎鬚。滿世可能無默識，未知誰擬試齊竽。」

金鑾密記

偓于昭宗朝召入院，試學士，試文五篇：萬邦咸寧賦、禹拜昌言詩、武臣授東川節度使制、答佛誓國王進貢書、批三功臣讓圖形表。

夢溪筆談

韓偓詩極清麗，有手寫詩百餘篇，在其四世孫奕處。偓天復中避地泉州之南安，子孫遂家焉。慶曆中，予過南安，見奕，出其手集，字極淳古可愛。後詣闕獻之，以忠臣之裔得司士參軍，終於殿中丞。予在京師見偓送誓光上人詩，亦墨蹟也，與此無異。

宣和書譜

偓自號玉山樵人，所著歌詩頗多，其間綺麗得意者數百篇，膾炙人口，或樂工配入聲律，粉牆椒壁，竊詠者不可勝計。行書亦可喜，題懷素草書詩云：「怪石會秋澗，寒藤挂古松。若教臨水畔，字字恐成龍。」非潛心字學，作語不能逮此。

竹窗雜録

釣龍臺上有盤石，越王餘善釣白龍處也，又名越王臺。韓偓流寓閩中，題詩云：「無那離腸日九迴，强舒懷抱立高臺。九華地向城邊盡，外國雲從島上來。四序有花常見雨，一冬無雪却聞雷。離宫紫氣生冠冕，試望扶桑病眼開。」

李忠定梁溪集

韓偓，昭宗時爲翰林學士承旨，頗與國論，爲崔胤、朱全忠所不容，謫濮州司馬。其後復官，不敢入朝，挈其族依閩中王審知。嘗道沙陽，寓居天王院者歲餘，與老僧藴明相善，以詩贈之。至後唐，時邑令張僚爲之記，敘偓始末甚詳，且述唐末亂離之事，頗與唐史合。予來沙陽，聞之，竊欲一觀，而其碑因寺中廢，爲有力者取去，秘不示人。久之始得見其副本，感而賦之，且録偓詩卷中，傳諸好事者云。偶訪明公大德贈長句四韻，前翰林學士承旨户部侍郎知制誥韓偓上：「寸髮如霜袒右肩，倚肩筇竹貌怡然。懸燈深屋夜分坐，移榻向陽齋後眠。刮膜且揚三毒論，攝心徐指二宗禪。清涼藥分能知否，各自胸中有醒泉。詞臣謫去墮天南，詩墨從來殘寺簷。好事不須收拾去，世間遺集有香奩。」

後邨詩話

韓致光、吴子華皆唐末詞臣，位望通顯，雖國蹙主辱，而賦詠唱和不輟。存於集者，不過流連光景之語，如感時傷事之作絶未之見，當時公卿大臣往往皆如此。

又

偓與吴融同時爲詞臣。偓忠於唐，爲朱三面斥貶責，不悔，如捋虎鬚之句，人未嘗誦，似爲香奩所掩。及朱三篡弑，偓羈旅於閩，時王氏割據，偓詩文止稱唐朝官職，與淵明稱晉甲子，異世同符。予讀其集，壯其志，録其警，聯於編。内三數篇自述其玉堂。遭遇，唐季非復承平舊觀，而待詞臣之禮猶然，存之以備金鑾記之闕。

瀛奎律髓

韓偓當崔胤、朱全忠表裏亂國，獨守臣節不變。寧不爲相而在翰苑，竟忤全忠，貶濮州司馬，事見本傳。所謂「報國危曾捋虎鬚」，非虚語也。

又

韓致光天復二年隨駕鳳翔，冬至夜作「不道慘舒無定分，却憂蚊響又成雷」。是時，朱全忠圍岐甚急，李茂貞有連和之意，偓之孤忠處此，殆知其必一反一覆，終無定在歟。此關時事，不但詠至節也。

石林集

唐史偓傳，貶濮州後，卽不甚詳。吾家所得偓詩，皆以甲子歷歷自記，有天祐二年乙丑在袁州得人賀復除戎曹依舊承旨詩；又有丁卯年聞再除戎曹依前充職詩，蓋兩召皆辭不赴也。終身不食梁禄，大節與司空表聖畧相等。惜乎唐史止書乙丑一召，不爲少發明之。

潘子真詩話

山谷嘗爲予言杜子美，雖流離顛沛，心未嘗一日不在本朝，故善陳時事，句律精深，超古作者，蓋忠義之氣奮發而然。韓偓貶逐，後依王審知，其集中所載「手風慵展八行書，眼暗休看九局圖。窗裏日光飛野馬，案頭筠管長蒲盧。謀身拙爲安蛇足，報國危曾捋虎鬚。滿世可能無默識，未知誰擬試齊竽」，其詞淒楚，切而不迫，不忘其君也。

筆精

韓偓流寓閩中所作詩僅傳南臺懷古一首，云：「無那離腸日九迴，强舒懷抱立高臺。中華地向天邊盡，南國雲從島上來。四序有花長見雨，一冬無雪却聞雷。離宮紫氣生冠冕，却望扶桑病眼開。」偓卒於閩，其子寅亮與鄭文寶言偓捐舘日，溫陵帥聞其家藏箱笥頗多，而扃鐍甚固，發觀，得燒殘龍鳳燭、金縷紅巾百餘條，蠟泪尚新，巾香猶鬱，乃偓爲學士，日視草金鑾，夜還翰苑。當時皆宮人秉燭以送，悉藏之。又文寶少遊於延平，見一老尼，亦説斯事。尼乃偓之妾耳。第未考偓葬於何所也。

全唐詩録

偓十歲能詩，嘗即席爲詩送父友李商隱，一坐盡驚。富才情，詞靡麗，初喜爲閨閣詩。後遭故，遠遁出。語依於節義，得詩人之正焉。

十國春秋

朱全忠忌偓，貶濮州司馬。昭宗執偓手，流涕曰：「左右無人矣。」再貶榮經尉，徙鄧州司馬。哀帝復召爲學士，還故官，偓不敢入朝，挈族來依王審知，僑居南安。天祐三年復有前命，偓又辭，爲詩曰：「豈獨鴟夷解歸去，五湖漁艇且餔糟。」已而梁篡唐，復召，亦辭不往。龍德三年，卒於南安龍興寺。自貶後，以甲子歷歷自記所在。其詩皆手寫成帙，歿之日，家無餘財，惟燒殘龍鳳燭一器而已。

留青日札

閒之爲義，或曰月到門庭，方是閒也。古皆從日，與閒同，其音稍異耳。閒亦人之所難得者。杜牧之有云：「不是閒人閒不得，願爲閒客此閒行。」吴興因建得閒亭。余性極愛閒，而閒中不能靜處，尋詩問酒，灌卉調禽，實無閒時。因憶韓致光有詩云：「書牆暗記移花日，洗甕先知醖酒期。須信閒人有忙事，早來衝雨覓漁師。」玉山樵人可謂同調矣。

閩小紀

閩中壤狹田少，山麓皆治爲隴畝，昔人所謂磳田也。喪亂以來，逃亡畧盡，磳田蕪穢盡矣。予寒食登邵武詩話樓，詩有「遺令不須仍禁火，四郊茅舍久無烟」之句。及觀唐韓偓過閩中，有「千村冷落如寒食，不見人烟只見花」之句。明張式之撫閩，亦有「除夜不須燒爆竹，四山烽火照人紅」之句。千古有同悲也。

書後

唐韓冬郎以京兆名儒棲身南越，京兆人卒莫保其遺集，而重刊之假手于我南越人，南越人幸矣。京兆人仰瞻先哲，京兆人亦幸矣。豈反誚南越人之欲表揚鄉先達，囿於風氣晚開，而借京兆名儒以誇其盛乎？吾知京兆人不然，而吾南越人亦不愧矣。是用付刊。時庚午秋，福鼎後學王學貞拜題。

麟角集

〔唐〕王棨 撰

序

唐水部郎中福唐王棨，字輔文，一作輔之。咸通二年及第，復中宏詞科，事蹟詳黃璞閩川名士傳及何喬遠閩書。郎中初擢上第，其夏告歸省，泉州陳黯作序送之，見唐文粹。璞言郎中十九年三捷，其盛美蓋七閩未之有。黯言輔文早歲業儒而深於詞賦，其體物諷調，與相如、揚雄之流異代而同工；聲光振起，譬諸人之龍鳳，皆傾倒甚。至黃巢之亂，歸終鄉里，又無愧明哲已。近嘉善浦銑編歷代賦話，於唐盛推郎中。其復小齋賦話，數舉郎中賦十餘處，爲世軌則，以四十一首，析爲四卷，盡加箋注，斯亦郎中百世下之知音歟。

案唐書藝文志無麟角集；宋史藝文志王棨詩一卷，不言賦；本朝四庫全書總目稱原本凡賦四十二篇，其八代孫蘋補採省題詩二十一首附於後；浙江鮑氏復刻之知不足齋叢書，余鄉人福鼎王遐春頃重鐫冶南五先生集，郎中其一。所據舊本目錄，實賦四十五首。然郎中有沛父老留漢高祖賦載文苑英華五十九卷，流沫人口，而此集尚闕，蓋文苑英華題下撰人棨譌爲啓，猶唐志於本事詩書孟棨作啓，後人編輯此集，遂失收拾耳。

嘉慶十有七年春，適余同歲生德清許周生駕部以家藏麟角集、郎中遺像槧寄，因傳語王君，亟并前賦及陳黯序補鐫之。余嘗考余鄉唐人遺集，唐志有歐陽衮集二卷，陳陶文録十卷，鄭諴集，黄璞霧居子十卷，陳黯集三卷，陳詡集十卷，黄滔集十五卷，泉山秀句集三十卷，鄭良士白巖詩集十卷，王虯集十卷；宋志有黄滔編畧十卷，陳陶詩十卷，徐寅別集五卷，黄璞集五卷，林藻集一卷，林嵩賦一卷；直齋書録解題有林藻、林蘊集各一卷；李俊甫莆陽比事有陳嶠文集二十卷；徐𤊹興公藏書目有陳去疾集一卷，陳通方一卷，林滋一卷，歐陽玭一卷；劉后邨文集云，徐正字有溫陵集十卷、雅道機要一卷、律賦及採龍集各五卷、詩八卷；閩書云，薛令之有明月先生集，鄭良士有詩集中壘集，王肱有無題古詩百三十首，沈崧有集二十卷。今其書或亡或佚，存者百不二三。古人有言，文章經國之大業，不朽之盛事。乃易世以後，汗青渝敝，雲烟銷滅，零落若斯，吁可慨也。

洪惟我國家揆文稽古，網羅闕遺，故歐陽行周、王輔文、徐正字、黄御史諸集，賴以著録四庫，儲之天禄石渠，延閣廣内；其他散失，往往復存於欽定全唐詩歷朝賦彙。今上繩武紹聞，特命詞臣續編皇清文穎，因就館纂次全唐之文，以亮章鴻藻，囊括漏逸，海内之士，聞風興起，俾已墜之緒再紉，將熄之燎重炳，所以張先喆，燿令名，酌前修之筆海，賛文明之治樞，雖謭陋如壽祺，猶幸獲挂名於鄉賢文字之末也。茲事雖小，焉可以勿書。

舊史氏福州陳壽祺謹跋。

王郎中傳

唐鄉貢進士　黃璞撰

王棨，字輔之，福唐人也。咸通二年，鄭侍郎讜下進士及第，試倒載干戈賦、天驥呈材詩。公詞賦清婉，托意奇巧，有江南春賦，末云：「今日并爲天下春，無江南兮江北。」又有詔遺軒轅先生歸舊山賦及馬惜錦韉泥賦，尤美。

公風姿雅茂，舉措端詳，時賢仰風，盛稱人瑞。成名歸覲，廉使杜公宣猷請署團練巡官，景慕意深，將有瑶席之選。公辭以舊與同年陳郎中翬有要約，就陳氏婚好，時益以誠信奇之。初就府薦，馮涯爲試官，三箭定天山賦當意，爲涯所知。欲顯滯遺，明設科第，以宋言爲解頭，公爲第二。

旹毅夫中丞尹京兆，怒涯不取旨撝，命收榜，扱破名第甲省。其年等第雖破，公道益彰。凡曾受品題，數年之間，及第殆盡。前今輿論，莫不美馮公之善得其材，榮公之獲在其選。從事本府，乞假入關，尋又首捷玉不去身賦、春水緑波詩、古公去邠論。李公騭時擅重名，自内翰林出爲江西觀察使，辟爲團練判官。自使下監察赴調，復平判入等，授大理司直。未幾，除太常博士，入省爲水部郎中。

公初上第，鄉人李顔累舉進士，鬱有聲芳，贈公歌詩云：「蓬瀛上客顔如玉，手探月屈如夜獨。笑顧姮娥玉兔言，謂折一枝情未足。」時謂顏狀得其美，若有前知。

公十九年内三捷，其於盛美，蓋七閩未之有也。不幸黄巢竊據京闕，朝士或殍或戮者，不可勝計。公既遇離亂，不知所之。或云歸終於鄉里焉。

一云福清啓院界北止王郎中墓，后山有薛承裕者，生長此地。王郎中同年進士及第，先得德官入閩，承裕生長此地，遂寓桑梓焉。時以詞賦著稱，成名後又平判入等，尋授雲陽尉，后除國子四門博士，病終大略相同。蓋七閩之地，自歐陽詹、王棨爲之倡首，相繼登上第，遂盛於時云。

麟角集

唐水部郎中福唐王棨著
大清貢生福鼎王遐春刊

四皓從漢太子賦 俱出山中，共輔明德。

夏黃、綺季、角里、園公，抗跡君臣之外，潛身商洛之中。高帝搜揚，竟不歸于北闕；儲皇搖動，皆來衛于東宮。漢之初也，鳳輦情乖，龍樓恩失。將謀廢嫡以立庶，欲易黃裳而元吉。呂后憂深，留侯計密，且曰四人可致，一匡永逸。洎安車奉迎之後，當彤庭侍宴之日。森爾離立，皤然間出。似八公而少半，疑五老而無一。高皇問曰：「從者誰乎？安得鶴氅斯衆，霜髯與俱？」乃言曰：「臣等質同蒲柳，景迫桑榆。是商嶺卧雲之士，皆秦朝避難一作世。之徒。邦無道則隱，邦有道則愚。」上曰：「自朕之興，待賢而用。顧朝廷之未治，念先生之所共。昔何遠跡，不爲率土之臣；今乃辱身，盡作承華之從。」對曰：「陛下掃蕩寰宇，秦降楚平，未有稱臣之意，唯聞慢士之名。太子則卑謙守節，柔順利貞，理有承聖，斯宜繼明。臣等唯義所在，非道不行。雖蹈夷齊之潔，更無伊呂之情。故得隨鷄載之差肩，向龍墀而接武。星星于朝行之列，濟濟于王人之伍。」帝曰：

「空勞逋客，來撫藐爾之孤；可謝周人，已有良哉之輔。」既而問安之位克定，肥遁之心共還。其來也，鶴集丹陛；其去也，雲歸故山。懿夫出彼崑巒，成茲羽翼。一則免扶蘇之危，一則袪獻公之惑。誰知惠帝立而劉祚安，乃採芝公之德。

涼風至賦 律變新秋，蕭然遂起。

龍火西流，涼風報秋。屆肅殺而金方氣勁，奪赫曦而朱夏威收。五夜潛生，聞桂枝而騷屑；千門溥至，覺玉宇以颼飀。于時北斗杓移，西郊禮畢。蓐收行少昊之令，夷則代林鐘之律。颯爾斯風，生乎是日。俄而撤鬱蒸，揚憀慄。減庭草以芳靡，掠林梢而聲疾。繇是淅瀝晴景，浸淫暮天。起蘋葉而有準，應葭灰而罔愆。無近無遠，淒然凜然。倏搖曳於紅梁，潛催歸燕；乍離披於碧樹，漸息鳴蟬。然後掃蕩千山，蕭條萬里。飄爽氣以極目，厲秋聲而盈耳。恨添壯士，朝晴而易水寒生；愁殺騷人，落日而洞庭波起。但遠戍烟薄，遥村杵頻。磨玉蟾而月色初瑩，泛瑶瑟而商弦乍新。虛檻清泠，頗愜開襟之子；衡門淒緊，偏驚無褐之人。北牖閒眠，西園夜宴。紅蕖將碧蕙香減，珍簟與纖絺色變。張翰庭前暗度，正憶鱸魚；班姬帳下爰來，已悲紈扇。故得苦霧晨卷，蒸雲晝銷。望裏而林端嫋嫋，夢餘而窗外蕭蕭。悄絲管于上宮，陳娥翠斂；颭簷楹于華省，潘鬢霜凋。既而泠偏中原，陰生兑位。幾人離避暑之所，何處軫悲秋之思。雖令蛩響東壁，鴻辭邊地，又安得能吹賦客而促征車，自是功名之未遂。

詔遣軒轅先生歸羅浮舊山賦以題中八字爲韻。

帝以先生久駐長安，應思故山。新恩而綸綍云降，舊德而嵓巒許還。今朝北闕之前，已辭丹陛；幾日南溟之下，再啓元關。始者蒙穀一作谷。傳真，羅浮隱耀。造恬澹之深域，達希夷之衆妙。來親玉輦，膺再禮于鵠書；去憶石樓，契初心于鳳詔。詔曰：朕聞軒后求其大隗，唐堯師乎務成。雖則臨治，皆思養生。是以深殿延佇，安車遠迎。久處彤闈，恐鬱池魚之性；永懷碧洞，難忘雲鳥之情。

乃曰：陛下頃辱英明，旁求固陋。既容出入于仙禁，復許旋歸于一作乎。海岫。常慚羽服相逢，而道異君臣；益荷鴻私欲別，而情深故舊。于是馨風馭，奮電衣。千年之靈鶴將去，一片之閒雲欲飛。有異二疏，出都門而惜別；寧同四皓，指商嶺而言歸。持青囊兮藥使旁隨，執絳節兮橘僮先遣。道尊而不顧名位，德重而如加黻冕。當九重之宮裏，思山之意則深；及萬里之途中，戀闕之誠不淺。既臻蘿洞，乃闢松軒。別後而嵐光未老，來時之春色猶存。白鹿青牛，却放烟霞之境；玉芝瑶草，終承雨露之恩。懿夫，來協皇情，去全真趣。于秦無徐市之惑，在漢免文成之誤。臣知其史筆已書，故聊詳于斯賦。

武關賦 海內無事，重關不修。

路入商山，中横武關。呀重門之固護，屹峭壁以孱顔。昔在危時，屯千夫而莫守；今當聖日，致一作置。一卒以長閒。觀乎地勢争雄，山形互對。西連蜀漢之險，北接崤函之塞。鏁百二都，綿幾千代一作載。世亂則阨限區宇，時清乃通同一作流。外內。想一作當。其六國連謀，關防日修，則斯地也，雲屯貔虎，雪耀戈矛一作干戈。張儀出以行詐，懷王入而竟留。縱下客之鷄鳴，將開莫可；任公孫之馬白，欲度無由。洎夫一作及乎。塵起九州，波摇四海。秦鹿失而襟帶難保，漢龍興而山河詎一作遽。改。豈料禦衝之所，此日全平；未知擊柝之徒，當時安在。所謂以兵而備之一作者，莫之能守；以道而居者，無得而踰。千里之金城湯池，終爲漢有；二世之土崩魚爛，自是秦無。

今則要害何虞，隆平已久。雖設險而如在，一云雖設險以猶在。顧戒嚴而則不。蕭條故一作古。壘，豈臧文之廢來；歷漠一作空寞。空扉，似楊僕之移後。斯蓋一作蓋以。文脩武偃，國泰時雍。濬四溟而作塹，廓八極以爲墉。遂使鼙鼓無喧，一水之秋一作寒。聲決決；旌旗常卷，千巖之暮色重重。

嗟夫！一作乎。昔謂洪樞，今成隟地。信無外以斯見，實善閉之猶至。一作實善閒之攸致。儒有經其所，感其事，乃曰：今朝西去，苟一作豈。無隨老氏之人；他日東來，一作還。誰是識終童之吏。

闕里諸生望東封賦聖德光被，人思告誠。

魯國諸生，欣逢聖明，咸西嚮以迎睇，望東封而勒誠。習禮空勞，日日而徒瞻嶽色；凝旒何處，年年而尚鬱人情。豈不以兵偃三邊，塵清萬邑，欲行登禅之事，猶執勞謙之德。是使想黄屋以心傾，斂青襟而目極，乃相謂曰：自古帝王功成業昌，盡皆增博厚，報穹蒼，所以山呈瑞應，水出榮光，國泰財阜，時豐俗康。固合陳俎豆，捧珪璋，高踐天壇之上，遥昇日觀之傍。而乃闕其儀，寢其議，蓋九重之鳳詔缺敷，四海之鴻恩未被。空令漢史，願陪檢玉之行；更切孔徒，渴見泥金之事。莫不引領延佇，凝情盡思，未遂相如之請，空吟叔寳之詩。夫子壇邊，恐雲龍之會晚；顔生巷裏，憂日月以來遲。況可後示百王，前觀萬姓。三千徒兮，今日斯懇；七十君兮，當時稱盛。潛期山下，得聞萬歲之呼；每想封中，獲仰千年之聖。嗟夫，迹居洙泗，魂斷咸秦。俟南面之鑾駕，問西來之路人。

當河清海晏之時，宜遵古典；是率土普天之幸，豈但素臣。近雖下國梟鳴，邊夷鼠盜，既有征而無戰，盡摧兇而翦暴。宜允儒者之心，登泰山而昭告。

一賦 爲文首出，得數之先。

昔庖氏爲君，斯文始分。畫卦而初成陽位，造書而肇見人文。豈非本自道生，終云神得。俾大衍以虛數，從黃鐘而立則。君子守以制性，聖人抱而臨極。然後彤弓是錫，天王嘉重耳之勳；簞食見稱，夫子美顏回之德。萬物生焉，惟茲處先。況乃聞而知十，用以當千。名立兮卓爾，形標兮孑然。許子之瓢既棄，陳公之榻猶懸。或有錢囊譏世，芻束稱賢。改其月而爲正月，號其年而曰元年。若夫李陵呼時，荆軻去日。歌興三歎之唱，智慚百慮之失。爲山用簣，魯論之義足徵；載鬼以車，周易之文斯出。借如寒暑相推，薰猶可知。鶚百鳥而匪一作非。匹，龍三人而共爲。儉德彌彰，平仲之裘安在；仁心遠播，成湯之三網猶施。既聞興國之言，亦有傾城之顧。措詞雖屈於子夏，重諾常推於季路。天得地得，膺千年出聖之期；彼時此時，叶四海爲家之數。瑟琴專矣，車書混之。分杯羹而孰忍，縫尺布以堪悲。雖云管仲能匡，因成霸業；未若蕭何如畫，永作邦基。是知王居四大之初，日貫三光之首。目所加而可取，毛不拔而何有。愚則立節無二，干時不偶。幸麟角以成功，庶桂枝而在手。

義路賦言有君子，得行斯路。

義則本在，路猶强名。雖無有而爲有，亦時行而則行。人或未知，謂投足以山險；心如能制，信在躬而砥平。既絶回邪，無差正直。居則思之而可見，忽爾覓之而安得。默識終始，潛名南北。昧其所在，迷吾道之康莊；能此是敦，造先王之閫閾。然而視之者不爲好徑，赴之者豈曰多歧。邁德而謂其達矣，立身而何莫由斯。聖人每脩，孰慮乎崩榛所塞；君子常喻，寧求其老馬能知。稽夫近遠甚夷，往來無苟。周朝之柱史奚棄，鄘國之貞妻自守。傍生行葉，於列樹以寧殊；中引德車，在摧輪而何有。莫不亘深仁宅，遥通禮園。匪豺狼之所到，唯干櫓以斯存。若乃循其軌，游其藩。有如入顔巷之中，恬然自樂；復似經桃蹊之上，寂爾無言。可以導彼深誠，臻乎奥旨。相逢盡重氣之士，相護皆舍生之子。徘徊其側，多感分以遺身；馳騖於中，必先人而後己。厥大斯著，其高或聞。異邪途之徑捷，與左道以歧分。五霸三王，既適此以圖業；忠臣烈士，亦從兹而報君。夫如是，則蹍跂所爲，坦夷斯喻。於以闢百家之蔽塞，於以洞五帝之旨趣。悲夫，衝蒙行險之徒，曷不遵乎此路。

鳥求友聲賦

人自得求，友聲之道。

日暖風輕，有黃鳥兮，關關嚶嚶。始乘春而出自幽谷，俄擇木而求其友聲。尚沮羣猜，每念載鳴之侶；方期類聚，詎無相應之情。於時紅破園桃，青勻禁柳。韶光媚原野之始，宿雨霽池塘之後。由是睍睆遷喬，棲翔寡友。潛符切切之義，爰發嚶嚶之口。林間乍囀，誠謂乎知音可期；陌上頻啼，似恨其離羣已久。既而雅叶交應，如懷故人。得鶗鴂之流言不信，見靈烏而白首如新。灌木烟中，念友朋而有待；楊園景裏，豈鳩集之無因。鳴亳既殊，攀嵇靡異。猶徵角之先奏，俟宮商之有自。遂使夕陽橋畔，人人增感別之愁；曉色樓前，處處動傷春之思。族類安在，間關未休。想王雎兮，從吾所好；知斥鷃兮，爲我何求。豈比蜀魄銜冤，啼巴月於深夜；燕鴻失侶，叫邊雲於凜秋。懿夫隔霧彌幽，含風轉好。似宏三益之旨，足驚寡聞之抱。想伊鳥也，猶推故舊之心；矧乃人斯，忍棄朋友之道。取則寧遠，流音在茲。爾苟嚶鳴而占矣，吾將德義而一作以。求之。雖慕惠莊，願定交于他日；如令管鮑，得擅美于當時。夫如是，則結綬何慚，彈冠不惑。伐木將廢而莫可，谷風欲刺而安得。已乎，勿謂斯鳥之聲至微，而忘其是則。

夢爲魚賦故知人生，不似魚樂。

梁世子以體道安居，逍遥有餘，宴息而魂交成夢，分明而身化爲魚。恍若有忘，顧物我以何異；悠然而逝，失形骸之所如。其初也，漏滴寒城，月籠涼牖。悄爾人靜，溘焉夜久。于銀屏既設之所，是角枕已欹之後。遽因神遇，能游之質斯成；漸覺形遷，相望之心曷不。是則彷彿川闊，依稀浪輕。始訝沈浮而在此，俄驚鬐鬣以俱生。恍兮惚兮，豈悟益刀之兆；今夕何夕，空懷畏網之情。由是涵泳無疑，噞喁未已。值良夜之寂寂，泝清波之唯唯。腹上之松俯暎，在藻雖殊；懷中之日旁明，銜珠稍似。既掉赬尾，還張紫鱗。維熊維羆而自遠，有鱣有鮪以相親。沙際禽去，汀旁草春。遇周公而疑爲釣叟，逢傅説而謂是漁人。於時砌竹無風，庭梧有露。既異爲雲之事，空驚微雨之故。翻成浪迹，全忘枕上之身；却憶浮生，寧異遼東之趣。其夢也何樂如之，其覺也何愁若斯。復是魚由我變，抑當我本魚爲。莊生化蝶之言，昔時未信；公子爲烏之驗，今日方知。悲夫！何事蘧然，欲思咸若。良由塵世之多故，難及深淵之或躍。人兮不因一夢之中，豈信濠梁之樂。

綴珠爲燭賦有光照夕，深宮朗然。

碧雲初合兮，金烏已藏；深宮欲暝兮，歡娛未央。因綴明珠之彩，將爲列燭之光。山寶篋以規圓，呈姿璀璨；入雕籠而豔發，委照熒煌。當其竹箭迎昏，蘭林向夕。司烜氏却朱火之耀，守藏吏進驪龍之魄。然後縈縷花抱，籠紗霧隔。亦猶燎紅蠟而爇靈麻，可得燒椒房而煥瑶席。風來不動，凝四座之清輝；夜久逾明，貯一堂之虚白。由是貫掩聯璐，形疑列錢。誠非其人火曰火，可謂乎自然而然。本自一作出。蚌胎，翻爲龍銜于玉宇；從離蛇口，幾驚蛾拂于瓊筵。觀其布質闌干，含輝晃朗。分持而清夜星列，迴舉而寒軒月上。纍纍交暎，曾無見跋之嫌；爛爛相鮮，誰起偷光之想。莫不揚彩金屋，增華桂宫。逼蓮幕以烟緑，逗花布而燄紅。欄檻如曉，杯盤若融。孕美於瑠璃窗裏，淪精于雲母屏中。是以名擅夜光，功參庭燎。妍醜無隱，毫芒必照。故得結緑懸黎之寶，不敢稱珍；龍膏豹髓之燈，于焉寢耀。且飾履者于義尤侈，爲簾者其功未深。曷如傚一作倣。此圓潔，資乎照臨。遂使或怨長宵，得縱秉游之樂；有居幽室，不生欺暗之心。雖則魚日難儔，金釭非偶，終罹好寶之誚，不免窮奢之咎。一作詬。燭兮燭兮，儒執智而一作以。爲之，視隋侯而何有。

沈碑賦 陵谷久遷，名績終在。

元凱立功，銘其始終，欲播美於萬年之後，乃沈碑于一水之中。剖彼貞姿，餘烈必期于一作乎。不朽；藏斯濬壑，垂名庶及于無窮。豈不樹佐晉之洪勳，立吞吴之巨績，思後世以不顯，俾中心而是惕。將紀乎竹帛，時移則令聞應亡；若銘以盤盂，代異而嘉聲恐寂。然則千古無壞，雙碑可憑。博約之詞既著，雕篆之功亦興。有美皆述，無勞不稱。一則置彼高山，謂高陵爲谷；一則投兹深水，憚深谷爲陵。且言曰：「水以柔而虚受，石以堅而可久，雖此隱而彼見，彼若泉而此阜，不知我者笑淪棄于目前，庶知我焉諒昭彰於身後。」既而憑岸爰舉，臨川載傾，逆洪漣而星落，殷白浪以雷聲。始觀其文，徒謂憂于没齒；終窺其理，方知叶于流名。由是影動深泉，響連通谷。莫不讋波神，駭水族。靈龜將負以股戰，陽侯既覽而心服。盡驚是日，誤墮淚于斯源；却想他時，閲色絲于誰目。至今五百餘年，英聲自傳。沔水之恩波尚遠，峴山之嵐翠猶鮮。但覺潭邊春盡，而遺芳不歇；更憐川上時移，而茂躅難遷。然則伊尹之作阿衡，姬公之爲太宰，邁古之芳猷克著，迄今而英風未改。是知事若美于一時，語自流乎千載，亦何必矜盛烈，沈豐碑，欲功名之長在。

迴雁峯賦 色峙晴空，迴翔此際。

衡嶽雲開，見一峯兮，秀出崔嵬。彼羣雁以遥翥，抵重巒而盡迴。豈非漸木有程，宜從茲而北嚮；隨陽既遠，不過此以南來。觀夫蒼翠遐標，嶔崟孤峙。輕嵐侵碧落之色，斜影染晴江之水。彼則俟時而動，渺塞外以爰來；此惟無得而踰，望嵒前而載止。拂此穹崇，歸心忽同。遇瀑布而如驚飛繳，映垂藤而若避虚弓。絶頂千仞，懸崖半空。遥觀增逝之姿，以隨風退；潛究知還之意，不爲途窮。蓋以應候無差，來賓有則。歛飄飄之雲翰，阻嵓嵓之黛色。亦猶鴝鵒，踰清濟以無因；何異鷓鴣，渡澄江而不得。于時洞庭木落，雲夢霜晴。肅肅方臨于鳥道，嗈嗈俄背于猿聲。稍類乎王子乘舟，已盡山陰之興；曾參命駕，因聞勝母之名。若夫壁立天南，屏開空際，信紫閣以難匹，何香爐之可媲。徒見其似恨山塹，如悲迢遞。遽旋遵渚之心，倏别參雲之勢。殊不知識其分而不越，守其心而有常。若戢藻以咀菱，可居彭蠡；若浮深而越廣，自有瀟湘。志在養毛羽，違雪霜。何集九疑而棲息，歷五嶺以翱翔。大鵬聞而笑之，曰：予北海而來，南溟是徙。高飛而萬里倏忽，下視而千峯邐迤。嗟乎！銜蘆違溟之羣，年年至此。

延州獻白鵲賦（聖德遐及，靈禽表祥。）

我后君臨九有，仁被諸華。伊炳靈之白鵲，倏效祉于皇家。變爾羽毛，以表恩沾于飛走；生乎邊鄙，是彰澤及于幽遐。始其決起春巢，輕翻素翼。不類雕陵之異狀，自受金方之正色。封人既獲，羅氏潛藏。且曰昔聞興詠于召南，今見呈祥於塞北。斯乃發天慶，昭皇德。望雲將獻，鵲歸齊使之籠；拜表初行，雉別越裳之國。既而臻鳳闕，進彤庭。粉煥成橋之羽，霜凝化印之形。爰稽瑞牒，克叶祥經。異丹雀之呈質，同素烏之效靈。帝嘉其賁然來思，（一作斯來。）爵爾難及，俾遂性以飲啄，顧無羣而翕習。由是遶樹星飛，依枝玉立。乍捕蟬于上苑，不羡鶯遷；或報喜于丹墀，何慚鳳集。故能彩迴羣類，名超百祥。播休徵于有截，昭聖祚之無疆。月下南飛，過銀河而混色；風前東嚮，映瓊樹以增光。若乃潛下庭隅，遠分林表。迷彼烏之翯翯，奪爾駒之皎皎。狼生殷代，誠福應之未如；魚躍舟中，諒貞符之尚小。曾未若影度簾曙，聲來殿深。美掩條支之獻，珍逾隴坻之禽。昔在遐方，玉每抵于崑岫；今以至德，巢可窺于禁林。是知斯鵲來儀，惟天瑞聖。俾爾羽之潔朗，彰我時之清淨。臣聞雁有歌而雉有詩，又安得不形于贊詠。

魚龍石賦 一川中石，無不似之。

隴山下，汧水中。有石類魚龍之狀，成形匪追琢之功。半隱奫淪，若噞喁而斯在；餘依磧礫，將蟠蟄以攸同。嘉夫地出貞姿，天成詭質。雖騎鯨之勢可類，而跳獸之規莫匹。厥象有二，其堅惟一。水深見處，如欣得水之秋；雲起觸時，稍叶召雲之日。豈非自從凝結，有此規模。既異織女，還非望夫。或似罷江湖之游泳，又如收雲雨之虛無。徒使漁人川上，而幾迴顧盼；仍令豢氏路旁，而終日踟蹰。蓋以磊磊漸分，磷磷酷似。湽穿而煦沫無別，苔駁而成章可擬。曾經飲羽，若銜索以斯存；或用紀功，疑負圖而載止。由是密聚鱗次，孤標介然。設頳尾于五色，認胡髯於一拳。初驚獺祭于地，復謂劍化于川。覩岸草以旁生，不殊在藻；遇春流而乍没，又若潛淵。既將轉而一作以。揚鬐，亦因泐而無首。比岫居而苟可，於泥蟠兮曷不。中猶蘊玉，尚含呂望之璜；誰取支機，已在葉公之牖。造化難知，雕鐫者誰。何莓苔之古色，有鱗鬣之奇姿。謂湘水之鷰且殊，寧俟飛也；與金華之羊自別，何勞叱之。既表元功，永存靈蹟。映一水之晴緑，對羣峯之暮碧。彼結網垂綸之士，與攀髯採珠之客，或命駕而西遊，試迴眸于此石。

芙蓉峯賦峯勢孤異，前望似之。

疊翠重重，數千仞兮。峭若芙蓉，非華嶽之高掌，是衡山之一峯。朝日耀而增鮮，嵐光欲折；秋風擊而不落，秀色常濃。懿乎嶷若削成，端然傑起。雖千尋之直上，猶一朶之孤峙。聳碧空而出水無別，倚斜漢而凌波酷似。吐榮發秀，非因沼沚之中；固蔕深根，已在乾坤之裏。徒觀夫壁立莖直，霞臨彩鮮。上下邐迤而九疑失翠，傍側參差而五嶺迷烟。秋夜彌高，宛在金波之側；晴光半露，遥當玉葉之前。似吐江南，如開空際。高低鬬紫蓋之色，向背異香爐之勢。劍雖合質，匪三尺之微茫；石縱同規，殊一拳之瑰細。況乎高列五嶽，光留四時；名芳熊耳，影秀蛾眉。然而只可登也，誠難採之。幾處樓中送目，有池塘之景；誰家林表凝情，忘草樹之姿。帳號既同，冠形亦一作無。異。對夏雲而競峭，映花巖而增媚。遂使娥皇曉望，潛憐覆水之規；虞帝南巡，暗起涉江之思。由是楚澤陰遠，湘流影孤。挺烟蘿之葱翠，寫菡萏之形模。本不崩而不騫，誰人欲拔；若無冬而無夏，何代能枯。予嘗迥野遥分，晴天遠望。見國風隰有之體，嘉離騷木末之狀。乃曰：亦可以獻君王之壽，助山河之壯。夸娥二子，胡不移來，與蓮峯而相向。

白雪樓賦

樓起碧空，名標雅曲。

余嘗自雍南游，經過郢州。此地曾歌乎白雪，後人因刱其朱樓。觀夫迢迢山峙，奕奕雲浮。屹臨江岸之旁，將其麗曲；傑起郡城之上，得以銷憂。是何棟觸晴霞，簷侵虛碧。旁瞻目盡于千里，俯瞰心懸于百尺。何年結構，取宏制于庾公；此日登臨，仰嘉名丁郢客。其爲狀也，巉巗隆崇，攢烟遏空，勢聳晴蜃，梁横曉虹。偉殊規之罕及，猶清唱之難同。試問鄒生，豈似梁王之館；如延孟子，何慚齊國之宫。莫不高與調侔，妙將蘭比。籠輕霧以轉麗，帶微霜而增美。浮雲齊處，疊櫺檻之幾重；明月照時，引笙歌而四起。斯則虚涼無匹，顯敞難名。天未秋而氣爽，景當夏以寒生。風觸棼楣，髣髴雜幽蘭之響；烟分井邑，依微聞下里之聲。且樓之爲號也，有翠有紅，或瓊或玉。豈若表此名地，彰斯妙曲。況復楚山入座，黛千點而暮青；漢水横簾，帶一條而春緑。亦足以任一作認。彼清暢，憑茲麗譙。掩露臺之高峙，軼烟閣之孤標。似繼餘聲，謝朓閒吟于暇日；疑遺妙響，劉琨長嘯于清宵。有旨哉！每見岧嶤，如聞宛雅。覽宏模之特秀，知屬和之彌寡。人或誇黄鶴，奇落星，予云俱弗如也。

珠塵賦 輕細若塵，風來遂起。

丹海之濱，青珠似塵。蓋輕細以無滯，遂飛揚而有因。或呴或吹，自得霏微之象；乍明乍滅，誰分圓潔之真。稽夫始自水涯，俄從風起。縈空而耀耀奚匹，散彩而冥冥相似。又云來或鳥銜，積如丘峙。半穿圓隙，影寒于雲母屏中；或委空牀，光亂于水晶簾裏。徒觀夫的皪晶熒，星流雪輕。集素衣而不垢，侵曉鏡以逾明。落淵客之盤，驚炫耀以同色；撲江妃之珮，訝依微而有聲。至如琪樹春歸，玉樓景霽。揉瓊蘂以光碎，浮瑣窗而影細。闌干輕舉，同羅韈之生時；璀錯斜流，有歌梁之下勢。由是散亂清景，光芒碧空。昔隱耀於泥沙之地，今揚輝乎堀堁之風。不逐軒車之後，不在京洛之中。雨過而光騰鮫室，扇迴而影動龍宮。如是則可用增山，難將彈雀。惹晴葉以垂樹，閒游絲而綴箔。自南自北，低瑶席以紛然；匪疾匪徐，拂璇題而炯若。況海日方盡，陰飈乍迴。與白駒而競起，將野馬以俱來。魏國飛時，頓失照車之體；陳王望處，全無凝榭之猜。懿夫朗潔難逾，飛騰自遂。非罔象之見索，異無脛而斯至。或曰泰山猶不讓微塵，況是珠璣之類。

耕弄田賦 宮裏爲田，勸率耕事。

漢昭帝之御乾，時猶眇年，能首率于農務，遂躬耕乎弄田。理叶生知，蚤識邦家之本；事殊兒戲，斯爲教化之先。當其天駟既端，土膏初起。命開鉤盾之側，將幸上林之裏。有司于是整溝塍，修耒耜。別置膏腴之所，取法百廛；旁觀齷齪之閒，如方千里。帝乃駕雕輦，出深宮，展三推而不異，籍千畝以攸同。且曰：「朕位極元首，身慚幼沖。每訪皇王之業，無先播殖之功。未遂躬親于彼神皐之內，聊將樹藝於茲禁苑之中。」然後俯天顔，擁農器，向畎澮以懋力，對鋤耰而多思。豈無宴樂，不如敬順于天時；亦有游畋，莫若勤勞於農事。是則非同學稼，粗表親耕。既留心於東作，寧無望於西成。環衛近臣，盡起西疇之興；宮闈侍女，微生南畝之情。于時稼政既脩，稻人是率。千牛之列有序，九扈之官咸秩。神農舊務，嘗廢于他年；后稷餘風，復興于此日。嘉夫戲或是戲，爲勝不爲。審殷阜之由此，知艱難之在斯。自昔庸君，多昧三時之務；惟茲少主，能分五地之宜。故得教化下敷，皇猷上建。人忘荷鍤之苦，俗靡一作有。帶牛之願。因知翦桐枼以命封，未若畊斯田而天下勸。

燭籠子賦

器假人舉，名因燭彰。顧虛薄以中朗，亦輝華而外揚。銀燄始燃，俟提攜而就列；香塵久暗，希拂拭以增光。懿夫煥爛潛融，周旋宥密。含明而每讓清晝，處晦而寧欺暗室。由是常患影孤，終期勢出。倘明時而不用，在手何年；或薄質以見知，升堂有日。觀乎表裏無隱，方圓可分。亦猶春晝而花藏縠霧，秋宵而月在羅雲。照環堵之中，雖孤潔以由己；置瓊筵之上，實高低而在君。矧其稟量既宏，爲功亦倍。韜光之義可見，内熱之情斯在。今則抱影求真，虛心有待。若此許設于高明，亦願發其光彩。

三箭定天山賦遠仗皇威，大降番騎。

醜虜侵塞，將軍耀威。弓一彎而天山未定，箭三發而鐵勒知歸。驍騎來時，疊利鏃以連中；宮人祭處，收黄塵而不飛。始夫寇犯朔方，檄傳邊壤。高宗乃將鉞斯授，仁貴而君恩是仗。初持漢節，鷹揚貔虎之威；爰臂燕弧，肉視豺狼之黨。軍壓亭障，營臨塞垣。九姓猶憑其桀驁，六鈞亦昧于戎番。既而胡兵烏集，賊騎雲屯。將軍于是勇氣潛發，雄心自論。拈白羽以初抽，手中雪耀；攀雕鞍而乍逐，磧裏星奔。由是控彼烏號，伸茲猿臂。軍前而弦開邊月，空際而髇鳴朔吹。聲穿勁甲，俄驚一作駭。膽于千夫；血染平沙，已僵屍于一騎。斯一箭之中也，尚猖狂而背義。是用再調弓矢，重出麾幢。耀英武丁非類，昭雄棱于異邦。赤羽遠開，騁神機而未已；胡雛又斃，驚絶藝以無雙。斯二箭之中也，猶憑凌而未降。且曰志以安邊，誓將去害。苟犬羊之衆斯舍，則衛霍之功不大。又流鏑以虹飛，復應弦而狼狽。斯三箭之中也，遂定七戎之外。昔在秦漢，嘗開土疆。或勞師于征討，徒耀武以一作於。張皇。未若彎弧手妙于主皮，大降虜衆；騁伎心同於掩月，遂靜沙場。故得元化覃幽，皇風被遠。烏嶺之烽已息，靈臺之伯斯偃。然知魯連雖下于聊城，豈定窮荒之絶巘。

秋夜七里灘聞漁歌賦 明月白露，光陰往來。

七里灘急，三秋夜清。泊桂櫂于南一作遥。岸，聞漁歌之數聲。臨風斷續，隔水分明。初擊檝以興詞，人人駭耳；既艤舟而度曲，處處含情。衆籟微收，濃烟乍歇。屏開兩面之境，璧碎中流之月。逃名浪跡，始蕩槳以徐來；咀徵含商，俄扣舷而迴發。一水喧豗，旁連釣臺。羣鳥皆息，孤猿罷哀。激浪不停高唱，而時時過去；涼飈暗起清音，而一一吹來。潺潺兮跳波激射，歷歷兮新聲不隔。初聞而彌覺神清，再聽而惟一作微。憂鬢白。

遠而察也，調且異于吳歌；近以觀之，人又非其郢客。杳裊悠揚，深山夜長。殊採菱于鏡水，同鼓枻于滄浪。泛濫扁舟，逸興無慚于范蠡；沈浮芳餌，高情不減於嚴光。況其岸簇千艘，巖森萬樹。湍奔似雪之浪，衣裛如珠之露。寂凝思以側聆，悄無言而相顧。此時游子，只添歧路之愁；何處逸人，頓起江湖之趣。由是寥亮清潯，良宵漸深。引鄉淚于天末，動離魂于水陰。究彼囀喉，似感無爲之化；察其鼓腹，因知樂業之心。既而暗卷纖綸，潛收密綱。灘頭而猶唱殘曲，水際而尚聞餘響。漁人歌罷兮天已明，挂輕帆而俱往。

貧　賦 安貧樂道，情旨逸然。

有宏節先生，棲遲上京。每入樵蘇之給，長甘藜藿之羹。或載渴以載飢，未忘挫念；雖無衣而無褐，終自怡情。其居也滿榻凝塵，侵階碧草。衡門度日以常掩，環堵終年而不掃。荒涼三徑，重開蔣詡之蹤；寂寞一瓢，深味顏回之道。

則有温足公子，繁華少年，共造繩樞之所，相延甕牖之前。但見其縕袍露肘，曲突沈烟；僮不粒而一作以。愁坐，馬無芻而困眠。俱曰：先生跡似萍泛，家如罄懸。且何道而自若？復何心而宴然？

先生曰：「子不聞蜀郡長卿、漢朝東郭？器雖滌以無愧，履任穿而自樂。斯蓋以順理居常，冥心處約。當年而雖則羈旅，終歲而曾無隕穫。二『而』字，一本無。又不聞前唯曾子，後有袁安。或蒸藜而取飽，或臥雪以忘寒。斯亦性善居易，情無怨難。不汲汲以苟進，豈孜孜而妄干。盡能一榮枯，齊得失，顧終寠以非病，縱屢空而何恤。是以原憲匡坐而不憂，啓期行歌而自逸。況乎否窮則泰，屈久則伸。負薪者榮于漢，鬻畚者相于秦。更聞楊素之言，未能圖富；苟有陳平之美，安得長貧？」瞿然二子，相顧而起，乃曰：「幸承達者之論，深見賢哉之旨。而今而後，方知君子固窮，小人窮斯濫矣。」

離人怨長夜賦 別思方深，寒宵苦永。

離思難任，長一作良。宵且深。坐感夫君之別，誰憐此夜之心。念雲雨以初分，何時促膝；俯衾裯而起怨，幾度沾襟。始其歌罷東門，袂揮南浦。征車去兮塵漸遠，匹馬歸兮情自苦。閒庭已暝，對一點之凝釭；別酒初醒，聞滿簷之寒雨。且夕也，悄悄何長，悠悠未央。向銀屏而寡趣，撫角枕以增傷。蓋以緬行役兮路千里，邈音塵兮天一方。我展轉以空牀，固難成夢；君盤桓于旅館，豈易爲腸。由是觸目生悲，迴身弔影。雲積陰而月暗，鳥深棲而樹靜。凝情漸久，訝古寺之鐘遲；會面猶賒，奈嚴城之漏永。于時階滴飄冷，窗風送寒。徒抱分襟之恨，全忘秉燭之歡。遠林而未有烏啼，偏嫌耿耿；幽壁而徒聞蛩響，頓覺漫漫。

嗟夫！昔每同袍，今成兩地。既覩物以遐想，復支頤而不寐。鄰機尚織，重增蘓氏之懷；詞客猶吟，更動江生之思。況乎燕宋程遠，關山道遥。怨復怨兮斯別，長莫長乎此宵。使人元髮潛變，紅顔暗彫。杳嚮晨而若歲，嗟達旦以無聊。且夫名利猶存，津梁未絶。苟四方之志斯在，則五夜之情徒切。然哉！吾生既異于匏瓜，又安得不傷乎離別？

瑠璃窗賦 日爍烟融，如無礙隔。

彼窗牖之麗者，有瑠璃之製焉。洞徹而光凝秋水，虚明而色混晴烟。皓月斜臨，陸機之毛髮寒矣；鮮飇如透，滿奮之神容凛然。始夫剏奇寶之新規，易疏寮之舊作。龍鱗不足專其瑩，蟬翼安能擬其薄？若乃孕美澄凝，淪精灼爍。棟宇廓以冰耀，房櫳烱其電落。深窺公子，中眠雲母之屏；洞見佳人，外卷水精之箔。表裏玲瓏，霜殘露融。列遠岫以秋緑，入輕霞而晚紅。滿榻琴書，杳若冰壺之内；盈庭花木，依然瓊一作瑶。鏡之中。

故得繡户增光，綺堂生白。覩懸蝨之舊所，疑素蟾之新魄。碧鷄毛羽，微微而霧縠旁籠；玉女容華，隱隱而銀河中隔。幾誤梁燕，遥分隙駒。比曲檽而頓別，想圭竇以終殊。迥以視之，雖皎潔兮斯在；遠而望也，則依微而若無。由是蠅泊如懸，蟲飛無礙。光寒而珠燭相逼，影動而瓊英俯對。不羡石崇之館，樹列珊瑚；豈慚韓嫣之家，牀施玳瑁。如是價重璪闥，名珍綺疏。徹紗帷而晃朗，連角簟而清虚。倘徵其形，王母之宫可匹；若語其巧，大秦之璧焉如。然而國以奢亡，位由侈失。帝辛爲象箸于前代，令尹惜玉纓于往日。其人可數，其類非一。何用崇瑰寶兮極精奇，置斯窗于宫室。

曲江池賦城中人日，同集池上。

帝里佳境，咸京舊池。遠取曲江之號，近侔靈沼之規。東城之瑞日初昇，深涵氣象；南苑之光風纔起，先動淪漪。其地則複道東馳，高亭北立。旁呑杏圃以香滿，前噏雲樓而影入。嘉樹環繞，珍禽霧集。陽和稍近，年年而春色先來；追賞偏多，處處之物華難及。只如二月初晨，沿堤草新。鸎囀而殘風裊霧，魚躍而圓波蕩春。是何玉勒金策，雕軒繡輪。合合沓沓，殷殷轔轔。翠亘千家之幄，香凝數里之塵。公子王孫，不羨蘭亭之會；蛾眉蟬鬢，遥疑洛浦之人。

是日也，天子降鑾輿，停彩仗。呈丸劍之雜伎，聞咸韶之妙唱。帝澤旁流，皇風曲暢。固知軒后，徒游赤水之湄；何必穆王，遠宴瑶臺一作池。之上。復若九月新晴，西風滿城。于時嫩菊金色，深泉鏡清。浮北闕以光定，寫南山而翠横。有日影雲影，有臯聲雁聲。懷北一作碧。海以欲垂釣，望金門而思濯纓。或策蹇以長愁，臨川自歎；或揚鞭而半醉，繞岸閒行。

是日也，罇俎羅星，簪裾比櫛。云重陽之賜宴，顧多士以咸秩。上延良輔，如臨鳳沼之時；旁列羣公，異在龍山之日。若夫冬則祁寒裂地，夏則晨景燒空。恨良時之共隔，惜幽致以誰同。孰一作徒。見其冰連岸白，蓮照沙紅。蒹葭兮葉葉凝雪，楊柳兮枝枝帶風。豈無昆明而在乎畿內，豈無太液而在乎宫中。一則但畜龜龍之瑞，一則猶傳戰伐之功。曷若輪蹄輻輳，貴賤雷同。有以見西都之盛，又以見上國之雄。願千年兮萬歲，長若此以無窮。

水城賦有言河伯，因作水城。

呂公子兮誰與營，魚爲庶兮水爲城。雖處至柔之地，還深作固之情。不假人徒，構神功而日就；寧勞版築，壘素浪以雲平。帝始封之于河，爵之爲伯。既奄有其涯涘，遂恢張于基墌。因上善以中抱，若崇墉之外隔。赤魴掉尾，非經阿利之勞；紅鯉暴腮，似困蒙恬之役。豈不以還茲淼淼，象彼言言。高標貝闕，洞設龍門。於以示神祇之化，於以昭麟介之尊。霞影晴臨，四面之旌旗火烈；湍聲霧急，一樓之鼙鼓雷喧。彼則險阻可依，此則靈長是托。周圍而一帶斯繞，控引而百川皆作。曉遇撇波之子，稍類登埤；夜聞鼓枻之音，終疑擊柝。莫不外羅蜃蛤，中集黿鼉。蕩蕩而欲吞江漢，沈沈而自恃山河。似慮交侵，益廣容舠之所；如虞勍敵，長流急箭之波。乃與川后爲鄰，陽侯共守。奚鮫室之能匹，信龍宫而是偶。沙留聚沫，豈粉堞之云無；岸轉盤渦，實湯池而自有。況乎左負滄海，前臨孟津。樂毅將攻而莫可，魯連欲下以無因。測彼淺深，豈有不沈之板；司其啓閉，誰爲堅守之人。偉夫勢壓重泉，功齊百雉。咽喉苟有于九曲，襟帶詎雄乎千里。雖則都于坎，據于水，賴吾唐之聖君，四郊清矣。

聖人不貴難得之貨賦以題爲韻。

披老氏之遺文，見聖人之垂則。戒君上之所好，慮天下之爲惑。且物有藏之無用，求之難得。若其一作將。貴也，則廉貞之風不生；苟賤焉一作吾苟賤焉，庶嗜欲之原可塞。斯乃復道德之本，爲政化之端。雖聞乎無脛以至，曾忘其拭目而觀。於以息攘敚，激貪殘。皆重黃金，我則捐山而孔易；咸嘉白璧，我則抵谷以奚難。莫問瑕瑜，詎論妍不。節儉之德既著，饕餮之名何有。裘因禁後，應無爲狗之勞；珠自鍛來，已絶伺龍之醜。只如照車于魏，徒稱徑寸之貴；易地于秦，虚重連城之珍。一則受欺于强國，一則見屈于聖人。豈若端耳目，寂形神，視彼瓊瑰之類，齊乎瓴甋之倫。義動貪夫，皆少私而寡欲；化移流俗，盡背僞以歸真。可使路不拾遺，人忘好貨。顧予有擿玉之志，俾爾無攫金之過。則以此行道而大道復隆，以此移風而元風再播。且夫君教矣，人效之。若不去其奢而返其本，必將揭爾篋而控爾頤。亦何必樹美珊瑚，競列華筵之玩；布求火浣，長充內府之資。方今闡靈符，握金鏡。若能來淮夷之琛，不以爲貴；入王母之環，不以爲盛。上崇朴素之道，下率廉隅之性。豈惟咸五而登三，可與大庭而齊聖。元本于「充內府之資」下空一字。

吞刀吐火賦 方士有如此之術焉。

奇幻誰傳，伊人得焉。吞刀之術斯妙，吐火之能又元。咽却鋒鋩，不患乎洞胸達腋；噓成艴赫，俄驚其飛燄浮烟。原夫自天竺來時，當西京暇日。逞一作騁。不測之神變，有非常之妙術。初呈握內，豈吹毛之鋭難含一作親；復指胸中，雖爍石之威可出。於是叱咤神厲，唅呀一作谽谺。氣資似當作恣。旁駕肩而孰不觀也，忽攘臂而人皆異之。俄而精鋼裛一作充。腹，烈燄一作熾烈。交頤。罔有剖心之患，曾無爛額之期一作疑。凝一作寂。影滅以光沈，霜鋒盡處；炯一作烱。霞舒而血噴，朱燄生時。素刃兮倏去于手，紅光兮遽騰其口。始蔑爾以虹藏，竟爧然以一作而。雹走。隱乎一作于。語笑，迴看而鞾琫皆空；山若一作自。咽喉，旁取而榆檀何有。莫不刻意斯效，焦心已舒。想剛腸之礪乃，驚燥吻以焚如。胡爲引鏡之形，稍能一作稍于。咀嚼；安得燎原之色，發自吹嘘。亦足以道冠幻人，功一作名。傾術士。食鹹既可以增愧，噀酒亦宜乎讓美。且夫神仙兮不常，變化兮多方。或漱水而霧合，或吐飯而蜂翔。曾未若彼用解牛，我則虛喉而挫鋭；彼皆鑽燧，我則鼓舌以生光。然而一無而字。眩惑如斯，云爲徒爾。雖誇外國之獻，本匪王庭之伎。吾謂吞詞鋒者可尚，吐智燭者爲是。所以安處先生，終去彼而取此。

手署三劍賜名臣賦 特書嘉號，用奬賢能。

漢章帝以錫賚情重，君臣道全，示署劍推恩之禮，表經邦佐命之賢。雖彼百官，分恩光之渙汗；唯茲三者，覩御墨以昭宣。是知器挺臣功，名由天奬。非霜刃無以表汝之庸勲，非乾文無以重予之慶賞。所以昭沖和，勸忠讜。鮫函盡啓，決雲之狀盈眸；彩筆初題，垂露之文在掌。豈不以良佐斯得，深謀可嘉。或染翰而紀其敦朴，或揮毫而誌以文華。彼錫形旅，我乃頒其秋水；彼銘鐘鼎，我乃鏤以蓮花。

一則薛燭未逢，風胡不識。提攜可助於雄勇，佩服必資其挺特。能使巨闕慚價，豪曹失色。乃署龍泉之名，以表韓棱之德。一則龍藻星耀，霜鍔雪凝。麾之而氛祲以歇，帶之則威儀可聆。斯亦剸鍾難媲，斬馬奚稱。乃署漢文之號，以旌郅壽之能。一則利可衛身，威能禁暴。愜項伯以將舞，宜趙王之所好。豈羨乎五色奇形，千金美號。乃署推誠之字，以彰陳寵之操。

故得光生環珮，榮冠簪裾。見魚水相逢之際，是雲龍契會之初。數比夢刀，各獲君前之賜；功齊神筆，長吞天上之書。洎吾皇威被華夷，德安岐雍，鋒鋩不自其手署，頒賜盡歸其公共。蓋以韓魏爲鋏兮宋爲鐔，異漢朝之所用。

端午日獻尚書爲壽賦 誠以古書，資乎聖壽。

節乃端午，經惟尚書。當煬帝窮奢之際，見蘇公爲壽之初。五日嘉辰，欲有裨于聖德；百篇奧義，敢將獻于皇居。始夫蕤賓既調，星火初正。雖爲一作云。祭屈之日，合有祝堯之敬。咸求玩好，冀竭盡于一作其。忠勤；競薦珍奇，願延長于睿聖。唯公以邦紀將亲，皇圖漸傾，欲諷江都之幸，亦由一作思停。遼水之征。由是訪注于安國，求篇于伏生。既逢採艾之時，合稱一作祈。洪算；還托獻芹之禮，庶達微誠。蓋以文盡雅言，事傳上古。前王之善惡足徵一作皆載，歷代之安危可覩。然以禮無爽，一云自然於禮無爽。於君有補。豈效辟兵之法，專用靈符；寧依續命之儀，只陳綵縷。既而對面彤一作丹。墀，虔而進之。其爲贊也，非雁非羔，非玉非帛；其爲書也，非易非傳，非禮非詩。且曰：臣一有則字。有志匡主，無心徇一作順。時。竊以百王之典，可爲萬歲之資。願陛下察其旨，究所以。一誤察所以是，究所以非。豈不以一作知。枕推虎魄之珍，裘有雉頭之美。誠未若典謨訓誥，閱斯而北闕長存；虞夏商周，鑒此而南山相似。所以鼓篋斯至，稱觴自殊。藉手而則惟臣矣，服膺而其在君乎。願因犬馬之心，取爲龜鏡；能使絲綸之筆，用作規模。且浴蘭獻物兮古豈無，捧酒祝鼇兮今亦有。誰能將十三卷之雅誥，祝千萬年之洪壽。向使其乙夜能觀，豈死乎賊臣之手。

元宗幸西涼府觀燈賦春夕游幸，見天師術。

昔在明皇帝，召葉尊師。當新歲月圓之夜，是上元燈設之時。帝謂京洛他處，固難比也；師言良夜今宵，亦可觀之。于是請宸游，憑妙術。將越天宇，俄辭宣室。扶鳳輦以雲舉，揭翠華而飈疾。不假御風之道，倏忽乘虛；如因縮地之方，逡巡駐蹕。已覺夫關隴途盡，河湟景新。到合一作沓。雜繁華之地，見駢闐游看之人。千條銀燭，十里香塵。紅樓邐迤以如晝，清夜熒煌而似春。郡實武威，事同仙境。彩摇金像之色，光奪玉蟾之影。一游一豫，忽此地以微行；不識不知，竟何人而望幸。

于時有霜一作露。沾草，無雲在天。金鴨揚輝而光散，冰荷含耀以星連。樂異梨園，徒笙歌之滿聽；人非別館，空羅綺以盈前。既而斗轉玉繩，漏深銀箭。周迴未愜於睿旨，歷覽尚勞于宸眷。莫不混跡尊卑，和光貴賤。亦由鳳隱形于衆鳥，衆鳥莫知；龍匿影于羣魚，羣魚不見。俄而歸思潛軫，皇情不留。髣髴而方離邊郡，斯須而已在神州。稍異穆王，至自瑶池之會；非同漢武，來從百谷之游。一自風滅蘭釭，雲迎羽客。塵昏蕃塞之草，烟暝秦陵之栢。空令思唐德之遺民，最悲涼於此夕。

江南春賦

麗日遲遲，江南春兮春已歸。分中元之節候，爲下國之芳菲。烟冪歷以堪悲，六朝故地；景葱蘢而正媚，二月晴暉。誰謂建業氣偏，勾吴地僻。年來而和煦先徧，寒少而萌芽易坼。誠知青律，吹南北以無殊；争奈洪流，互東西而易一作是。隔。當使蘭澤先暖，蘋洲早晴。薄霧輕籠于鍾阜，和風微扇于臺城。有地皆秀，無枝不榮。遠客堪迷，朱雀之航頭柳色；離人莫聽，烏衣之巷裏鸎聲。于時衡岳雁過，吴宫燕至。高低兮梅嶺殘白，邐迤兮楓林列翠。幾多嫩緑，猶開玉樹之庭；無限飄紅，競落金蓮之地。別有鷗嶼殘照，漁家晚烟。潮浪渡口，蘆笋沙邊。野葳蕤而繡合，山明媚以屏連。蝶影争飛，昔日吴娃之徑；楊花亂撲，當年桃葉之船。物盛一隅，芳連千里。鬬暄妍于兩岸，恨風霜于積水。冪冪而雲低茂苑，謝客吟多；萋萋而草夾秦淮，王孫思起。或有惜嘉節，縱良游。蘭橈錦纜以盈水，舞褏歌聲而滿樓。誰見其曉色東皐，處處農人之苦；夕陽南陌，家家蠶婦之愁。悲夫！豔逸無窮，歡娱有極。齊東昬醉之而失位，陳後主迷之而喪國。今日并爲天下春，無江南兮江北。

神女不過灌壇賦飄風疾雨，慮傷仁政。

有女維神，徘徊恨新。既入文王之夢，方明尚父之仁。君莅灌壇，自其來而有感；妄歸一作臨。西海，將欲過以無因。豈非受命上天，稟靈下土。苟當鑒德之職，誠是福謙之主。然而出則駕疾風，鞭暴雨。雖娉婷淑態，所行皆正直之心；而倏閃陰徒，在處有晦冥之苦。今則望彼仁境，居惟太公。于國而棟梁斯喻，于民而父母攸同。謚爾封疆，無破塊之時雨，恬然草木，絶鳴條之曉風。安得暗恃威靈，長驅徒御。不惟流麥以斯恐，抑亦偃禾而是慮。舊祠已别，固難返駕于今辰；直道須遵，豈可取途于他處。是使淚臉紅失，愁蛾翠銷。駐霞車而色斂，停寶蓋以香飄。濳羨羿妻，明月先逾于清夜；却慚巫女，輕雲已度于晴朝。誰見其迴惑蕙心，踟躕蘭質。感教化之均適，患奔驅之迅疾。花顔慘澹，非嫌勝母之時；玉趾遲留，異惡朝歌之日。

王乃愍彼彷徨，詢其感傷。既非失珮于江上，亦非遺簪于路旁。入夢之姿，經三日以方過；非熊之道，歷千秋而更彰。則知執德感幽者繫乎真，操心讐物者由乎正。苟在神而猶懼，豈于人而不敬。若夫蝗越境而虎渡河，未可與斯而論政。

樵夫笑士不談王道賦 以題爲韻。

多辯名士，能文碩儒。或有不談于王道，終知取笑于樵夫。幸遭仄席之時，盡皆沈默；遂使執柯之子，因此胡盧。當其野絶遺賢，朝稱多士，九土咸歡乎富庶，四夷俱混于文軌。盡合讚洪猷，歌至理。而懸河健口，未聞衮衮之辭；擲地清才，不述便便之美。有夫則野，其業唯樵。或怡情于磵側，或放志于山椒。乃曰：凡在吾儕，猶欣渥澤之汪濊；豈伊作者，長使聲歌之寂寥。所以向彼息肩，因茲掩口。是山中拾箭之際，正洞裏觀棋之後。猶堪撫掌，念牧豎以知無；聊用解顏，問樵人之信不。況乎德邁三代，功超百王。上非君則，好爵奚取；君非士則，休聲不揚。豈言泉之杜竭，抑辯囿之荒涼。側耳聽時，嫌寂寂于都下；負薪歸處，輒怡怡于路傍。蓋以浴沐昌期，優游元造。俱爲卷舌之輩，不及擊轅之老。囅然未已，殊主人之答賓；莞爾難持，異下士之聞道。豈謂乎力伐摧柏，聲騰夕嵐，足令墨客增愧，詞人有慚。是知運屬無偏，合著奚斯之頌；時當有截，須陳吉甫之談。方今君則唐虞，臣惟周召。稱揚者皆黃馬之辯，贊詠者盡雕龍之妙。可以流播千古，鏘洋八徼。若然則樵採之徒歟，又何由而竊笑。

蟭螟巢蚊睫賦天壤之閒，大小殊稟。

萬物生兮，巨細相懸。蚊之睫兮，蟭螟在焉。雖受氣以具體，亦成形而自天。取以比方，事著茂先之賦；齊其大小，理符禦寇之篇。眇矣麽蟲，生乎積壤。名爲造化之內，貲類希夷之象。離婁俯視，莫得見其形容；師曠俛聽，曾未聞乎聲響。既而游元氣，入無閒。就彼蚊而棲宛，止其睫以迴環。日往月來，顧我而因依自得；晨趨暮見，覺伊而瞬息長閒。由是拂眥謀安，沿眶可賴。喜榮乎嚌膚之際，懼覆于成雷之會。仰觀厥首，謂如山嶽之崇；旁睨其肩，意似叢林之大。逼螢火兮，豈慮焚其；逢肸蠁兮，何憚居之。

每保勁同于枝幹，詎知細甚于毫釐。未能鵠起，安肯蟲疑。常笑鷦鷯，立彼葦苕之上；寧同元燕，集于危幕之時。豈比夫蠕動微生，蜎飛異稟。蠅附尾以非類，虱處頭而殊品。言乎蚊也，則是睫而可知；向彼巢焉，乃斯形而因審。想夫影與塵混，身將道俱。察其生而洪纖則別，論其分而物我何殊。似菌朝生，不羡千春之壽；如蜩秋起，無慚六月之圖。悲夫！謂無至道者多，信有茲蟲者少。蓋述齊物之域，未遂忘形之表。若能效三月以齊心，必見斯虫而不小。

耀德不觀兵賦 聖德照臨，寰區清泰。

聲教斯播，戎夷自平。只在推賢而耀德，豈由命將以觀兵。垂彼衣裳，示朝廷之有序；櫜其弓矢，俾海內以惟清。皇帝以眇屬前聞，遐觀列聖，謂修文而可致其肅穆，謂立武必傷乎性命。將欲來萬國之好，去百王之病。鴻私元澤，常昭天子之仁；豹略龍韜，不授將軍之柄。故得地恊三無，風清八區。混軌文以殊俗，銷劍戟于洪爐。況其德乃車也，兵由火乎。豈宜執以二三，臨于下土；安可封其十萬，擾彼邊隅。所以修之爲勤，戢之不惑。湯脩而葛伯斯服，舜舞而有苗自格。是知失德者由乎縱五兵，偃兵者在乎興七德。

今則朔野烽滅，遼陽戍閒。堯心非樂乎丹浦，周馬已歸乎華山。使跂行喙息之微，咸躋壽域；見執鋭被堅之役，盡復人寰。然後澤溢區中，塵消塞外。四方忘覆載之力，百姓免殺傷之害。雕題辮髮，傾心而俱喜子來；率土普天，鼓腹而悉歌時泰。蓋由煦嫗仁廣，含宏道深。慕羲農之化洽，鄙湯武之君臨。曉月彤庭，共覩乾坤之量；秋風榆塞，不聞金革之音。斯乃帝道潛融，宸襟洞照。得允文允武之體，臻一張一弛之要。可謂超五帝而越三皇，合二儀而齊兩曜。

倒載干戈賦聖功克彰，兵器斯戢。

欲廓文德，先韜武功。倒干戈而是載，鑄劍戟以攸同。千里還師，迴刃于戎車之上；一朝偃伯，垂仁于王道之中。皇上以心宅八紘，威加四極。有罪必伐，無征不克。旌旗西嚮，競納款于中原；鼙鼓東臨，咸獻俘於上國。然後軫宸慮，惻皇情。萬姓苟宜于子視，三邊可俟其塵清。由是罷師旅，休甲兵。干櫓勢傾，壓雙輪而委積；戈鋋色寢，滿十乘以縱横。蓋以戰乃危事，兵惟凶器。欲令永脱于禍機，必使先離乎死地。所以前鑮俄覩，迴轅繼至。虞舜舞而曾用，比此寧同；魯陽揮以負來，于斯則異。既不授其豹略，乃長苞于虎皮。

諒櫜弓而若此，詎返斾以如斯。徵彼禮經，拆軸苟聞于山立；考諸易象，盈車徒見其離爲。豈慮自焚，誠同載戢。五兵從此以皆弭，七德于焉而復立。遂使頑兇之子，無日可尋；更憐忠烈之臣，徒云能執。故得殺氣潛息，嘉猷孔彰。以此懷柔而何人不至，以此亭育而何俗不康。罷刃銷金，道無慚于齊帝；放牛歸馬，德寧愧于周王。大矣哉！因爾仁天，用藏兵柄。得東征西怨之體，見師出凱旋之盛。小臣伏覩乎櫜鞬，敢不歌揚于明聖。

握金鏡賦 聖人執持，照臨寰宇。

至明者，莫尚乎金鏡；可類者，莫先乎一作于。聖心。既施之于日用，如握此以君臨。有象必昭，含萬靈于睿聖；無幽不燭，若百鍊于宸襟。稽夫稟氣于無形，成功于至妙。苟取喻于在掌，誰有疲于屢照。外發皇明，中凝德耀。克符磨瑩之體，允叶提攜之要。故能洞達千里，高臨兆人。尋元而光彩盈手，考理而貞明在身。雖跂行喙息之微，形容無隱；信率土普天之士，肝膽俱陳。莫不深貯乾坤，大極區宇。誠非出匣以斯舉，詎誰臨臺而下取。潔澈在心，深沈似古。笑飛鵲以將繞，鄙芳菱而欲吐。懿夫皎皎斯在，兢兢自持。異樞衡之是秉，見藻鑑之無私。所以辨愚智，洞華夷，豈惟分大小，别妍媸。塵垢不染，英明在茲。魑魅于焉而遠矣，姦邪無所以藏之。是知懸魏宮者難侔，挂秦臺者莫及。詎端拱而見捨，諒臨朝而盡執。孕玉燭以光動，寫珠庭而影入。蓋以持察羣品，非窺聖顏。迴出聲身之表，如存指掌之間。事異軒皇，得元珠于物外；功逾羲叔，御白日于人寰。宜乎永保清平，長稱明聖。當宣室以潔朗，逗皇圖而輝暎。臣知六五帝而四三皇，實由握乎斯鏡。

黃鐘宮爲律本賦 究極中和，是爲天統。

玉律奚始，黃鐘實先。潛應仲冬之候，仍居大呂之前。聲既還宮，初協一有乎字。八音七政；一作始。數從推曆，終由一有其字。兩地參天。當其黃帝命官，太師授職。參六呂以迭用，本一陽而立則。八風自此以條暢，萬物于焉而動植。權衡有準，知累黍之無差；寒暑相生，諒循環而不極。是知召呂者律，爲君者宮。既從無而入有，可原始而要終。聲雖發外，氣本從中。或喣或吹，根初九爻而立紀；日來月往，首十二管以成功。懿夫肇啓乾坤，潛分節候。見曆數以無紊，顧萌芽而欲秀。革彼應鐘，先乎太簇。克諧韶濩，唯子野以能知；自得厚均，匪伶倫而莫究。故得洪纖溥暢，上下無頗。騰葭灰而漸散，映緹幕以方多。初感于人，復京房之氣性。一作姓氏。終昬于地，成燕谷之陽和。

俾玉燭以調勻，與璇璣而錯綜。于以宣于四序，于以貞乎三統。自然功歸不宰，理叶無爲。蓋陰陽之變化，信氣序之推移。雄鳳鳴而雌相一作鳳。應，盡皆類此；商爲君而徵爲事，未足方斯。爲律之本兮既如彼，爲天之統兮又如此。明庭樂協，寧俟于李延年；皇上聲搗，豈慚于夏后氏。既而榮發枯槁，春流遐邇。願一變于寒枝，獲生成兮若是。

松柏有心賦

彼木雖衆，何心可持。唯松柏其生矣，稟堅貞而有之。所以固節千歲，凝芳四時。積翠森疏，見冒雪停霜之性；攢空蕭瑟，無改柯易葉之期。懿夫外聳森棱，内扶剛直。或盤根于幽磵之畔，或挺資于高山之側。豈儕蘭桂，何慚荆棘。葉殊而可謂不同，節厚而盡云難測。相連夾路，在成城而稍侔；未可爲薪，比灰死而莫得。媿匪石而枝勁，叶懸旌而影摇。苟無懼于早落，亦何憂于後彫。聳幹山巔，且甚長于衆植；成行陵上，終不亂于驚飈。矧乎萬樹含秋，千林向晚。方見夫鶴棲之所彌茂，麝食之餘不損。天台溪畔，若有意于一作以。垂陰；太華峯前，豈無情于固本。既立端操，寧驚太寒。似蓋而秦封翠斂，如愁而殷社烟攢。勢迥蒿萊，競高標于塵外；時當摇落，争秀出于林端。豈無井上之桐，亦有園中之柳。于春色以自得，在歲寒而則否。曾未若方寸斯抱，層空可凌。

藋雖傾而莫比，蓬非直而何稱。至如嚴氣方勁，翠色猶增。亦何異君子仗誠，處難危而愈厲；志人高道，當顛沛以彌宏。是知斯木唯良，因心所貴。各固結其修幹，共青蒼于四氣。然則喻體于人，欲舍此而何謂。

跬步千里賦 審乎致遠，行之在人。

彼道雖遠，唯人可行。積一時之跬步，臻千里之遥程。亦如塵至微而結成山嶽，川不息而流作滄瀛。是則大自小成，遐因邇至。理苟均于積素一作習，義必資乎馴致。莫不究其攸往，明其所自。不因布武之閒，那及同舟之地。終尋高躅，必可繼于飛鴻；不躡前蹤，安得齊乎一作于。赤驥。是則欲追迢遞，無或踟躕，始謂與其進也，不亦遠乎。玉趾勤遷，諒金城之可越；方城漸近，寧漢水之難逾。矧夫高以下爲著，顯以微爲本。既曳踵以將至，蓋執心而忘返。行行莫止，豈辭明月之程；去去不停，寧憚黄雲之遠。但勉行之，終能及之。苟循途而坦坦，盍履道以孜孜。如肯裂裳，自等聚糧之義；豈勞由徑，當齊命駕之期。得非務進彌專，遄征有稟。念踽踽以無怠，故儦儦而滋甚。自勤跋涉，邯鄲之學全殊；不暇因循，燕宋之遥可審。然而志勿休者，雖難必易；行不止者，雖遠必臻。亦由積水爲瑩冰之始，層臺實累木一作土。之因。大道能遵，終及奔馳之子；中途儻廢，誠慚跛躄之人。別有跼蹐負耒，一作來。躊躇斯在；將欲拔跡霄漢，超蹤寰海。或能開道路，解縶維，則千里之途可待。

牛羊勿踐行葦賦 皇化所加，德同周道。

育物恩廣，垂衣道豐。流德澤于行葦，示仁心于牧僮。且曰驅爾牛羊，勿近萋萋之道；恐其蹄角，踐傷泥泥之叢。斯乃家國攸用，華夷所同。俾遂生榮之性，仍登忠厚之風。是以發自睿情，指乎幽渚。伊方苞方體之地，匪或寢或訛之所。未逢至化，其生有類于蒿萊；今被仁風，所貴不殊於稷黍。懿夫拂水沙際，摇烟路旁。安可縱三犧而蹂躪，放千足以跳踉。莫不欽聖教，感吾皇，戒彼畜之奔逸，免斯條之折傷。由是緑野分驅，蒼葭共保。但跼桃林之坂，自齕金華之草。春風澤畔，如生遂字之心；落日山邊，盡認下來之道。況乎挺本方茂，爲航可嘉。霏靡而争芳荇葉，參差而競秀蘭芽。若使大武斯履，柔毛所加。則八月洲前，無復凝霜之葉；三秋江上，難逢似雪之花。是以咸仰嘉猷，式遵元德。牧者既以承其教，虞人得以脩其職。故能隔瑩蹄于平野，莫往莫來；限墳首于荒郊，自南自北。然後澤靡不洽，恩無不周。國有殷充之實，家無罄匱之憂。網不入于污池，斯言莫偶；斧以時于林藪，厥義難侔。偉夫至理彌彰，前經可駕。遠符大雅之什，允協文王之化。因知皇王之教，所憂不唯禾稼。

多稼如雲賦 徧野連山，如雲委積。

暇日閒望，秋田遠分。彼盈疇之多稼，乃極目以如雲。壟隴畝以青連，乍疑散漫；疊菑畬而緑合，長帶氤氳。豈不以膏澤調匀，薰風順適，致南畝以豐稔，若西郊之重積。芒既抽而散紫，花已飛而帶白。幾多嘉穗，高低稍類于垂天；無限芳田，遠近有同于抱石。旁觀夫曼衍平川，綿延大田。接層阜而如從岫出，極低空而若與天連。農夫既愜于望歲，野老咸欣其有年。滿原隰以蒼蒼，遥迷曉霧；被溝塍而彧彧，常混晴烟。有地皆匀，無川不徧。何秋成之色可羨，疑暮斂之容斯見。似能扶日，帝堯之日上臨；如欲隨風，后稷之風傍扇。故得村落心泰，田家景閒。競秀發于郊坰之外，同垂陰于疆理之間。生因桀溺之耕，寧由觸石；起自樊遲之學，豈肯思山。匝高下以鮮若，羃東西而波委。苟含穎以斯在，諒無心而若此。不稂不莠，同玉葉以紛敷；彌阜彌岡，異奇峯之邐迤。是知黍翼翼以相雜，麥芃芃而不如。誠匪揠苗之後，猶疑荷鍤之初。若昧躬親，奚百畝以斯盛；將其刈穫，獲千箱而有餘。且君之寶以穀而爲，人之寶唯食是假。觀稼盛于五地，若雲凝乎四野。若不屬此以歌謠，終慮取嗤于樵者。

馬惜錦韉泥賦因立路旁，愁濡美飾。

王武子所馭之駒，韉泥特殊。念美錦以斯製，對深泉而不逾。拂玉鐙以雙垂，常憐煥爛；突金羈而屢顧，豈忍沾濡。始夫駿骨是求，奇蹤斯得。將以韡革之盛，遂備連乾之飾。莫不價重千金，絲分五色。初傾豪貴，矜誇之意則多；誰謂驊騮，顧惜之心亦極。觀其萋菲熒煌，霞舒翼張。隱映桃花之色，鮮明紫貝之章。況乎還鄉曾衣，照地出光。得不春苑閒游，愁露濕于花下；長衢載驟，恐塵侵于道旁。若夫噴玉柳堤，揚鑣蘭路。通步障以齊美，映流蘓而掩嫮。瞻前顧後，雖無還淖之虞；時止時行，似有漸車之懼。一旦滉漾將涉，權奇少留。誠淺深之未測，眄侍從以如愁。頻頓紅纓，雖造父而寧知所以；潛憂緑地，縱孫陽而莫究其由。武子于是探彼柔心，察其深旨。善知驟裹之欲，必爲蒲桃之美。令左右以解之，果騰驤而濟矣。然復被其身，傍迷繡輪。夾汗溝而綺麗，排罍尾以花新。向若輕華煥，渡淼淪，則王氏櫪中，空有代勞之用；晉朝書上，全無稱德之因。懿夫特稟超奇，非由服習。苟嘶風之信斯惠，豈戀主之名空立。若論彼滋侈，則錦韉非所急。

盛德日新賦 脩乃無已，堯舜何遠。

皇德彌盛，宸心未休。雖昭昭而光啓，猶日日以勤脩。常懷姑務之情，漸宏帝道；轉見增光之美，益闡王猷。豈非潛契無爲，思齊不宰。誠蕩蕩之可及，故汲汲而罔怠。所以宅八極，家四海，實憲文之道長，信鑒武之功倍。惕如御朽，化行克協于明哉。憂若納隍，令出必資乎慎乃。是故將致丕洽，克勤誕敷。亭育旁覃于九有，英明上合于三無。每儼形容，建前王之標表；未嘗晷刻，廢哲后之規模。懷德兮如斯，好生兮何已。承昌運兮，咸稱鼎盛；在聖躬兮，寧唯玉比。旋立後圖，亟更前軌。蓋垂法于列辟，非取規於君子。由是祚既超漢，仁惟纂堯。式孚已及于千品，克懋匪由乎一朝。振三代之風，咸知允叶；紹百王之業，是謂光昭。自可國肥，詎徒身潤。焦思無懈于夏禹，羶行遠符乎一作于。虞舜。遂使卿雲瑞露，皆感之以呈祥；鑿齒雕題，具懷之而納賮。況乎混文軌，倒干戈，惟馨之義斯在，既飽之人若何。播以樂章，八音而盡善盡美；導乎邦政，萬物而無偏無頗。大矣哉！垂拱端居，風行草偃。全臻教化之要，漸積邦家之本。臣知合天地而日新又新，豈致君之云遠。

補遺

沛父老留漢高祖賦以「願止前驅，得申深意」爲韻。見文苑英華五十八卷。

漢祖還鄉兮，鑾駕將還。沛中父老兮，留戀潛然。憶故舊於干戈之後，敘綢繆於旌旂之前。白髮多傷，鳳輦願停於此日；翠華一去，皇恩再返於何年。昔以羣盗并興，我皇斯起。英明天授其昌運，神武日聞於舊里。今則秦楚勢傾，鼓鼙聲止。聖代而陽和煦物，元首明哉；暮年而蒲柳傷秋，老夫耄矣。然而黄屋才降，丹誠未申，豈可風馳天仗，雷動車輪。一則以情深閭里，一則以義重君臣。隆準龍顔，昔是故鄉之子；捧觴獻壽，今爲率土之人。乃曰：陛下創業定傾，順天立極。臣等犬馬難効，星霜屢逼。窺泗水則淒若舊風，指芒碭則依然故色。眷戀難盡，沉瀾易得。昔日望雲之瑞，豈有明言；當時貰酒之家，堪驚默識。帝乃駐天步，遂人心。戈矛山立，貔虎烟深。草澤初興，雲路而蛟龍奮翼；鄉園重到，烟空而鸞鶴歸林。時也親友咸臻，少年并至。縱兆民如子，恩更洽於故人；雖四海爲家，情頗深於舊意。官韻。一本作地，非。往事如覩，流光若驅。望幸誠異，攀轅則殊。交遊既阻於秦時，堪悲今昔；黎庶正忻于堯日，自恨桑榆。已而雙淚盡垂，一言斯獻。請沛爲湯沐之邑，實臣愜生死之願。是使萬歲千秋，杳冥無恨。

附　録

送王棨序

陳黯

黯去歲自褒中還輦下，輔文出新試相示。其間有江南春賦，篇末云：「今日并爲天下春，無江南兮江北。」某即賀其登選於時矣。何者？以輔文家於江南，其詞意有是，句。非前眹耶？今春果擢上第。夏六月，告歸省于閩，命序送行。某辭以未第，言不爲時重。輔文曰：「吾所知者，惟道與義。豈以已第未第爲重輕哉！」愚繇是不得讓。

鱗羣之衆也，必聖其龍；羽族之多也，必瑞其鳳。鳳非四翼，龍非二首，所以異鱗羽者，惟其稀出耳。嚮使日百時千，盈川溢陸，則虵虺鳩雀，無非龍鳳矣，其誰曰聖且瑞哉！進士科由漢迄唐，爲擢賢之首也。寰瀛之大，億兆之衆，歲貢其籍者，數纔千千，有司升其名者，復止于三十，其不爲貴而且稀乎！輔文早歲業儒，而深於詞賦，其體物諷調，與相如、揚雄之流，異代而同工也。故角於文陣，而聲光振起。今之中選，是榮其歸。想寧慶之晨，爲鄉里改觀，孰不謂人之龍鳳乎？懿哉輔文！是行也，足以自重。

麟角集附録

宋八代孫著作郎王蘋集
大清貢生福鼎王遐春刊

省題詩

天驥呈才

馬知因聖出，才本自天生。駔駿何煩隱，權奇願盡呈。電從雙眼落，雲向四蹄輕。過去王良喜，嘶來伯樂驚。絶塵慚逸步，曳練議能名。唯待金鞭下，春風紫陌情。

上德不德

何從稱上德，捨德德方全。聖者如非聖，賢人不自賢。海寧言我廣，神豈謂予元。伐善功難立，無爲化易宣。道惟聞邃古，理亦愧先天。欲述猶龍旨，應忘得意筌。

農祥晨正

玉律方移候，農祥已向晨。昭回當午地，皎潔向天津。北陸收殘凍，東皐見早春。影浮佳氣動，光射曙雲新。千畝功將起，三推禮欲申。若非齊七政，何以示農人。

詠白

非青元赤黄，正色配金方。魚表周王德，麟呈漢帝祥。寒來邊草遠，春至嶺梅芳。曳練聞良馬，銜鉤見瑞狼。張蒼肥似瓠，潘岳鬢如霜。虚室能生後，方知守黑長。

詠菊

秋來多野菊，節應有黄花。間葉玉如粟，滿蘗金出沙。池邊迷瑞鵠，洞裏悟仙牙。蘂散非紅豔，香飄異綺葩。贈詩宜魏帝，泛酒稱陶家。明日登高處，期君手不賒。

詠清

潔澈浮天色，鏘洋入樂聲。露零金掌滿，冰結玉壺盈。屏障排雲母，簾櫳動水精。

南山秋雨霽，北牖晚風生。裴楷當年意，胡威近日名。未知堯舜化，寰宇一時清。

月前菊

秋菊近重陽，原頭復道旁。蘩滋寒露緑，花綻晚風黄。蘗染枝枝豔，星分處處芳。乍疑金散野，遥誤葉經霜。籬下何人採，罇中滿座香。唯應未歸客，對此欲沾裳。

上巳日曲江錫宴羣臣

池散暮春景，君垂晞露恩。妙音迴舜樂，濃味降堯罇。詔出傾蘭省，筵開對杏園。輕漣摇彩艦，芳草映華軒。禊事輝朝曲，歡聲徹帝門。常陪觀者列，低首望餘暄。

甸服耆舊望藉千畝

不展三推禮，如今已幾年。郊畿春又至，父老頸空延。扶杖溝塍側，傾心日月邊。望恩情倍百，流目地方千。未覩公卿從，長愁犬馬先。幸同黄耇意，因此願聞天。

曉日禁林聞清漏

曉過宫垣側，猶聞漏水頻。清音傳五夜，山影值三春。露碎金壺滴，風和玉佩振。依稀連鳳沼，髣髴辨雞人。温樹初凝霧，彤闈漸向晨。若非鴛鷺伴，誰此繼香塵。

未明求衣

夙夜寧無凖，憂勤事萬機。良宵猶未曙，深殿早求衣。長樂鐘纔動，華胥夢已歸。絲綸傳紫禁，黼黻進彤闈。被處燭仍在，垂時星始稀。恭惟漢文帝，因此致巍巍。

寒雨滴空階

霏霏飄永夜，滴滴落空階。自有路歧恨，那堪離别懷。簷前聲乍碎，枕畔夢全乖。遠與巖泉雜，微將漏水諧。天涯思舊友，江上憶閒齋。坐到空庭曉，殘雲帶石崖。

山明松雪

高樹當軒曉，長松帶雪明。景疑殘月在，林似野雲横。密葉緣多亞，脩條被壓傾。

曙空連嶂白，寒氣到簷清。影雜青牛重，光迷皓鶴驚。披衣凝望久，無限剡溪情。

元日端門肆赦

史官開聖曆，天子御層樓。壽域南山色，恩波東海流。繞欄生杞梓，當檻簇貔貅。日月祥光近，山河喜氣浮。兆人瞻鳳扆，萬里御皇猷。欲識春生處，雞竿最上頭。

原隰荑綠柳

晴郊浮淑氣，疏柳發柔荑。嫩翠原頭徧，輕絲隰畔低。和烟方鬱鬱，伴草欲萋萋。葉少眉難短，條新帶未齊。離人心已醉，游客步初迷。無限離喬意，芳菲正好棲。

風中琴

虛簷來曉吹，橫榻有瑤琴。暗報青蘋葉，潛生綠綺音。數聲隨籟去，餘響入堂深。儻假大王按，弦因少女吟。如箏飄閣上，似瑟鼓江潯。若與鍾期會，還知天地心。

文不加點

娱賓初命賦，摛翰已堪誇。思發才無滯，文成點不加。筆端舒錦繡，手下走龍蛇。罷益銀鉤勢，休添麗澤華。誤蠅寧復見，倚馬未爲嘉。自愧當明試，含毫到日斜。

曲江春望

暇日來南陌，春晴望曲江。地方駢綺席，城過拂霓幢。寶塔摇鈴鐸，雲樓闢璅窗。落風花片片，掠水燕雙雙。游女紅銀輓，王孫白玉缸。莫論仙禁裏，祇此見雄邦。

邊城曉角

十年抛故國，五夜在邉城。月照沙千里，風吹角一聲。清音飄遠戍，殘韻落荒營。背雪征鴻報，眠霜老鶴驚。李陵應下淚，蔡琰豈勝情。直是吴兒聽，鄉關夢不成。

三峽聞猿

扁舟登楚峽，孤櫂下巫雲。正值三聲斷，仍教五夜聞。凄凄流洞壑，杳杳透烟氛。

灃滈秋歸盡，陽臺曙欲分。何人悲失計，幾度恨離羣。聽後盈巾淚，家山接海濆。

寒梧棲鳳

本向高岡植，寧將衆木齊。雖隨楊柳落，長待鳳凰棲。井上枝微亞，窗前影乍低。九苞和月立，六律帶霜飛。秦女含吹管，周王罷翦珪。既同丹穴樹，那肯宿羣雞。

書後

士君子讀書談道，無不思立言以垂不朽，而卒數傳後長存不泯者，千止百焉；再數傳後，長存不泯者，百又止十焉。何哉？學有所專精，才有所專注也。故漢以對策取士，士生其時，家操觚，户挾簡，上售天子，下示楷模，而長存不泯者，惟賈、董二大儒。唐以詞章取士，士生其時，駢四驪六，争抽秘思，各騁妍詞，而長存不泯者，又惟我水部王先生。

先生名棨，字輔之，福清人，唐咸通二年進士。唐書無傳，得霧居子閩川名士傳以傳。但傳云，先生不幸當黄巢竊據，不知所之，或云歸終於鄉里。學貞憶曾過先生啓福院界北址，有墓存焉，則爲歸終鄉里無疑也。

集舊題曰麟角，計賦四十五篇。後八代孫著作郎蘋，又於宋紹興乙卯在館閣校勘，得省題詩二十一首附焉，相傳既久，字畫多訛。國朝鮑氏知不足齋所刻，尚多脱佚。學貞乃借最舊本於友人處，詳爲覆視，中如綴珠爲燭賦「幕以烟緑」上補「逼蓮」二字；瑠璃窗賦「語其巧」上補「若」字；手署三劍賜名臣賦「龍藻」下補「星」

字，「霜凝」上補「鍔」字；松柏有心賦「外聳」下補「森棱內扶剛」五字，「高山之側」下補「豈儕蘭」三字；跬步千里賦「方城漸」下補「近寧漢」三字；上德不德詩「唯聞邃古」上補「道」字；詠菊詩「節應」下補「有」字，「香飄異」下補「綺」字；甸服者舊望藉千畒詩「情倍百」上補「望恩」二字；邊城曉角詩「眠霜」下補「老鶴驚」三字，「直是吳兒聽」下缺一句，今補「鄉關夢不成」五字，實多校正。謹當刻竣，附識簡餘。時庚午仲秋望日，福鼎王學貞拜跋。

唐黄御史集

[唐] 黄滔 撰

序

友人王學貞求翁承贊書錦集付刻，次四門未得，索黃御史遺文以繼。善余才可雄辨，持簡命之書，且言曰：「士君子當有道時，慮才之不卓也，思業之不昌也。及居朱道，則不慮其才而莊其德，不思其業而實其名。」學貞昔求其似，今于黃御史見之。御史先治人，徙莆邑，唐昭宗乾寧進士，光化中守四門助教。黃巢亂，盜劇越南，乃身隱依檢校太保、威武軍節度使王審知。王英睿，初平逆暴，連郡跨州，羅城外搆，巨港中深，贏糧而響應，衣甲而雲從。復有陳師先、章仔鈞、鄒磬、虞雄、陳霸先、王定簡、伍昌時輩，摧堅陷陣，遠慮深謀，設驅而北，更卷而南。南州之士，赤縣之塵，一舉足非唐屬也，而乃幡然改順，懇爾歸誠。二十九年，橘包而貢，魚暨乎珠，四州士庶帖然不譁，誰之德歟？夫撥亂者才也，興文者治也。才可盡也，治難期也。無諸啓宇，鄒枚不作，褒鄂相承，椎髻而安，汙壞⿰舟占鄽，而祠倭傀，益以習坎兼山。仙霞犄之，建溪止之，太姥闢之，飛鸞裹之，瘴雨晨飛，蠻烟暮動。有朋自遠，誰令莘莘。而乃常侍王洵、承旨韓偓、中舍王滌、補闕崔道融、學士楊贊圖、館閣校勘王倜、集賢校理傅懿俱浮荆襄，辭吴楚，掉鞅翰林，結軔文囿，正聲雲湧，曲調風和，誰之望乎？嗚呼！惟御史。御史有集，今既竣，序之，子何辭！

趙子曰：「噫！吾少時讀其與南海韋尚書啓，恢張帝道，陶冶生靈，更得無疆之祚，仍歸有截之風，見御史之德焉。又讀其子孫世業志，與從兄璞居涵江黄巷，黄巢以爲儒者之家，滅炬過之，見御史之名焉。知御史者，謂御史名與德，文猶後也。非御史者，將謂御史好老氏浮屠之説，不諒其周旋于危亂之邦也；又謂御史有祭南海南平王之作，不明其供役于時，相之勞也，無乃重誣御史。且不思昔有御史同時才名禄位，右御史若晝錦集翁承贊者，其人終失節爲梁諫議大夫。嘉慶十五年五月望日，治後學趙在翰書于虎節門之小積石山房。

重刻序

既竣歐陽四門集，復取黄文江御史合刻之。按通志，歐陽詹與黄璞齊名。御史諱滔，璞之從弟也，故御史有寄從兄璞詩。璞仕而隱者也，著有霧居子。初候官人，後與御史俱還莆，以所居爲黄巷，示不忘舊。御史之詩曰：「縱徵終不起，相與避烟塵。」又曰：「新詩説人盡，舊宅落花頻。」情可見矣。御史讀書在福平山之靈巖寺，其碑有云：「貞元中，侍御史林公藻、水部員外郎藴谷茲業文，歐陽四門捨泉山而詣焉。」仍注與王式書云：「莆陽讀書，即茲寺也。」愚考歐陽之蜀門與林藴分路後詩曰：「村步如延壽，川原似福平。」汴：福平，即予之別墅在焉。如是，則歐陽之于莆非一日矣。御史自序：葺齋東峰者十年，後二十四年于舉場，始忝甲第。計貞元距乾寧，凡百年有奇。御史晚成，而四門早逝，杳不相及。而璞之所爲齋名，亦後先踵起云爾。察其意，似欲以名士厚于詹也。陳振孫惡其污蔑賢者，曰：「黃璞何人，斯豈未之考耶？」御史文贍蔚有典，則詩清淳丰潤，若其人對語，和氣郁郁，在洪景盧已爲確論。而楊廷秀摘其「寺寒三伏雨，松偃數朝枝」等句，尤足以膾炙人口者。然其集罕傳，問之名不甚識也。諸家選詩概所未見，獨丹鉛録載其長門一賦，誠不能傲之以所不知爾。今與歐陽集并刻之，不思傳之不廣矣。萬曆丙午季夏之吉，賜進士出身、奉政大夫、南京户部四川清吏司郎中、候官後學曹學佺譔。

舊序

壁中之書，孔聖所定，漢有安國從而傳之，得以明於萬古。君子之於學，是以重其世也。河汾王氏有時變論、五經録、政大論、政小論、皇極議、興衰論，非文中之賢嗣著於首篇，則四方恐未必知其名，况書乎？余嘗得眉山旌善院東坡大全兩集，乃其孫蜀守仲虎與弟季所較而刊者，比之他處，最爲無誤。今之所傳，皆以此本爲準的。然則世有其人，固不同矣。黄御史以文名於唐，而累葉蕃衍盛大于閩中，至本朝紹興戊午，有考功公大魁天下，考功之子永豐縣公又能裒集御史詩文，力加是正，廣而傳之。於是，永豐二士曾時傑漢臣、晞説少張，因爲鏤版。繇此，御史之書光芒于時，可以無窮。二曾與余厚，見委題序，余感孔聖與河汾、眉山之事而并書之，庶幾儒家者流之子若孫，留意先集，乃有補風教之一端云。淳熙四年九月朔，渝川謝諤謹書。

舊序

余在中都，於官書及士大夫家見唐人詩集，略及二百餘家，自謂不貧矣。逮歸耕南溪之上，永豐明府莆陽黄君沃又遺余以其祖御史公文集。其詩尤奇，蓋余在中都時所未見也。詩至唐而盛，至晚唐而工，蓋當時以此設科取士，士皆争竭其心思而爲之，故其工，後無及焉。時之所尚，而患無其才者，非也。詩非文比也，必詩人爲之，如攻玉者必得玉工焉，使攻金之工代之琢，則窳矣。而或者挾其深博之學，雄儁之文，於是隳栝其偉辭以爲詩，五七其句讀，而平上其音節，夫豈非詩哉？至於晚唐之詩，則竊而誹之，曰：「鍛鍊之工，不如流出之自然也，誰敢違之乎？」余每見繪畫，唐人李杜輩衣冠之奇古也，偉之。未既，而笑之者至矣，不笑不足以爲古也。古之可笑者獨衣冠哉！御史公之詩，如聞新雁：「一聲初觸夢，半白已侵頭。餘燈依古壁，片月下滄洲。」如游東林：「寺寒三伏雨，松偃數朝枝。」如上李補闕：「諫草封山藥，朝衣施衲僧。」如退居：「青山寒帶雨，古木夜啼猿。」此與韓致光、吳融輩并遊，未知其何人徐行後長者也。永豐君自言此集久逸，其父考功公始得之，僅數卷而已。其後永豐君又得詩文五卷於呂夏卿之家，又得逸詩於翁承贊之家，又得銘碣於浮屠老子之宮，當御史公之旹，豈自知其詩文之傳不傳哉！然二百年間幾乎泯矣，而復傳於二百年之後。然則士之所立，顧其可傳與否耳？其不傳也，奚以感其復傳也，奚以欣余於是獨有得焉。余見士大夫子孫，承家百年而不毀者，或寡矣。而永豐君能力求其祖之詩文於二百年之前，其可尚也夫。而永豐之士，有曾時傑與其猶子晞說者，得此書又欣然刻印，以供士君子之好古書者，其又可尚也夫。按唐藝文志，御史諱滔，字文江，光化中爲四門博士，其集舊曰黃滔集云。淳熙三年四月廿六日，誠齋野客廬陵楊萬里序。

舊序

詞章關乎氣運，唐尤驗云。唐興三百年，氣運升降其間，而詩文因之。自晉陽舉義，開館宮西以延文學，竟用詞賦取士。士以操觚顯者，無慮數百家，大都始沿江左頹習，競於絺繪，躭披靡而乏氣骨。伯玉奮然洗刷，沈宋燕許輩出振響，以至貞元、長慶，經術大明，修古彌衆。于時，墨儒詞匠所爲詩若文，咸矩矱自然，不以彫飾爲工，相與贊翊，道真賡颺，鴻化斯爲，鏘鏘爾雅。故文盛於韓、柳、皇甫，上係舊刻補闕。而其衰也，爲孫樵，爲劉蜕，爲沈顏。詩盛於李、杜、劉、白，而其衰也，爲鄭谷，爲羅隱，爲杜荀鶴。御史生最晚，而獨不然。其文贍蔚有典，則策扶教化；其詩清淳丰潤，若與人對語，和氣郁郁，有貞元、長慶風概。祭陳、林先輩諸文，悲愴激越，交情之深，不以晝夜死生亂離，契闊爲間斷；馬嵬、館娃、景陽、水殿諸賦，雄新雋永，使人讀之廢卷太息，如身生是時，目攝其故。爲文若是，其亦可貴已。方登科時，適昭宗之季年，猶覆試殿廷，再中選，然後得官。未幾而朱梁移國，因歸閩不復西故，不克大章顯於世。夫詎知八九葉之後，得賢耳孫，而平生作爲文章遂獲表見者。邵州將鋟板于郡齋，遺信謁序。御史之從兄曰校書君璞者，名見集中，有閩川名士傳及霧居子，予曩時嘗敘之矣，故不辭而書。御史諱滔，字文江，繇四門博士至裏行監察御史。考功諱公度，邵州名沃。慶元二年十月十四日，煥章閣學士、宣奉大夫、提舉隆興府玉隆萬壽宮、魏郡公、鄱陽洪邁序。

唐黃御史集卷第一

唐監察御史莆田黃滔著
大清貢生福鼎王遐春刊

賦

周以龍興賦 以「旋服國中，位光鱗族」爲韻。

周以創三十代，啓八百年。既鳴鳳以授德，復興龍而御乾。奔天下之二分，豈惟雨驟；擎雒中之九鼎，寧止波旋。當其韜仁聖以表威靈，湧禎祥而呈氣色。岐梁爟衒耀之所，汧隴湛蟠泥之域。幾年貪餌，吞將呂望之鈎；一旦飛天，霹破殷辛之國。觀夫或屈或伸，非假非真。澤霈六合，恩濡兆民。以息虞芮，作在田之跡；以却夷齊，爲逆物之鱗。掀陸海之波濤，固殊鯨浪；擴九重之宮室，肯類鮫人。則知指縱而或仗爪牙，善戰而靡資血肉。火兵戈而雖假燒尾，鏡今古而未嘗寐目。遂使盟津契會，此時莫愧於雲從；羑里棲遲，昔日何傷於魚服。下蟄如此，高翔曷量。子蠻貊而蟲沙附，甲忠信而鬐鬣張。足以雄飛革命，首冠興王。駕木德於震宮，蒼然被彩；應陽精於乾象，赫矣飛光。所謂建皇基，立寶位，模日楷月，規天矩地。非三聖之尤異，焉可以神物而取類；邈罔象，乘鴻濛，奔霆迸電，驅雷走風。非四靈之感通，焉可以與周而同功。豈徒角樹臣佐，穴居域中。拏開粟而攫散財，滂沲有截；壽九齡而拳十亂，振奮無窮。懿乎後煥放牛，前光播穀。愈彰聖德於王者，益驗神蹤於介族。則老聃之道，漢祖之顔，永宜雌伏。

明皇迴駕經馬嵬賦以「程及曉留，芳魂顧跡」爲韻。

長鯨入鼎兮中原，六龍迴轡兮蜀門。杳龘闕而難尋艷質，經馬嵬而空念香魂。日慘風悲，到玉顔之死處；花愁露泣，認朱臉之啼痕。莫不積恨綿綿，傷心悄悄。逝川東咽以無駐，夜户下扃而莫曉。褒雲萬疊，斷腸新出於啼猿；秦樹千層，比翼不如於飛鳥。初其漢殿，如子燕城。若雛驅鐵，馬以飛至。觸金輿而出遊謀，於劍外駐此原頭。羽衛參差，擁翠華而不發；天顔愴恨，覺紅袖以難留。鴛鷺相驚，熊羆漸急。千行之珠淚流下，四面之霜蹄踐入。神僊表態，忽零落以無歸；雨露成波，已沾濡而不及。棧閣重處，珠旒去程。玉壘之雲山暫幸，金城之烟景旋清。六馬歸秦，却經過於此地；九泉隔越，幾淒惻於平生。釵飄彩鳳之蹤，鬢蜕玄蟬之跡。茫茫而今日黄壤，歷歷而當時綺陌。雨鈴製曲，徒有感於宮商；龍腦呈香，不可返其魂魄。空極宵夢，寧逢曉粧。輦路見梧桐半死，烟空失鸞鳳雙翔。鏡殿三春，莫問菱花之照耀。驪山七夕，休瞻榆葉之芬芳。大凡有國之尊，罕或傾城之遇。孰言天寶之南面，奚指坤維而西顧。然則起兵雖自於青娥，斯亦聖唐之數。

以不貪爲寶賦 以「不驚他貨，士之意哉」爲韻。

以玉爲寶兮，寶之常名；以不貪爲寶兮，寶其可驚。彼空矜其純粹，此特禀其清貞。潔已虛中，既處一言而落落；飛聲擅價，終傾衆寶以鏗鏗。宋人獲希代之珍，子罕當連城之贄。且曰伊我之寶，非君莫遺。提攜而日月耀手，跪拜而丘山屬意。殊不知飲冰勵節，如冰之色何煩；匪石推心，剖石之姿足棄。如此則別號瓊瑰，得之非荆山者哉。獨爲奇美，種之乃情田而已。莫不掃埃垢於嗜慾，擴規模於廉恥。器之於國，雕鎪皆讓劍之流；利之於人，貿鬻悉投錢之士。繇是煥爛羣目，鏘洋一時。自叶至珍之比，永辭凡口之嗤。豈可輕重貴賤，諏議磷緇。衒實矜華，爾則以琬琰當也；輝今暎古，我則以惇素稱之。卒使民知反樸之風，俗靡攫金之過。豈唯清白以足謂，固亦溫良而大播。所以不潤屋而潤身，蓋非貨而曰貨。則知以非貨而爲寶者少，以所貨而爲寶者多。少則與珪璋而合美，多則與瓦礫而同科。故其滌以蕪穢，加諸琢磨。採於已而不採於彼，貴於我而不貴於他。縱饒秦氏，當時曾欺趙地；爭奈楚君，昔日薦刖荆和。宋人於是辭默而慚，顏頳而走。斯言既得以佩服，吾寶乃分其姸醜。誰能持確論，秉貞姿，問貪夫之信不。

景陽井賦以「擴然舊事，國艱人悲」爲韻。

臺城破兮烟艸春，舊井湛兮苔蘚新。自亡跡於天子，幾興懷於路人。蓋悲萬乘之尊，投身到此；豈爲一泓之故，舉世驚神。叔寶以立作荒君，在爲亡國。玉樓之絲管宵咽，桂岸之兵戈晝逼。御天失措，且四方之大何從；没地無慚，顧九仞之深可匿。便委鴻業，旁攜綠鬟。奔入泓澄之内，冀逃吞噬之艱。殊不知理昧納隍，處窮泉而詎得；誠非馭朽，攀素綆而胡顏。既而出作窮鱗，奪歸偏爵。一時之覆轍如此，千載之遺波儼若。陌上澄澈，丘中寂寞。暗淘人事以冰釋，旁寫江天而鏡擴。青銅有恨，也從零落於秋風；碧浪無情，寧解流傳於夜壑。徒觀其蕪没沙逕，葳蕤澤葵。漁樵汲引，荆棘榮衰。雖虚中而可鑒，終徹底以堪悲。寶鏡休分，豈有得銅之日；雕筵罷設，永無投轄之期。固以滌盡繁華，銷平曩舊。猶驚鼎沸於餘湧，更弔山崩於疊甃。荒凉四面，花朝而不見而翠蓋寧旋。莫可追尋，玉樹之歌聲邈矣；最堪惆悵，金餅之咽處依然。嗟夫，穿鑿豈殊，淺深非異。蓋悲鮒蟄之穴，不是龍潛之地。所以避匿其中，莫比漢高之事。

朱欄；滴瀝千尋，雨夜而空啼碧溜。斯則堙塞終古，蕭條永年。半竭而珠瑠或出，陸沈

課虛責有賦 以「理派空至，方明得門」爲韻。

虛者無形以設，有者觸類而呈。奚課彼以責此，使從幽而入明。寂慮澄神，世外之筌蹄既歷；垂華布藻，人間之景象旋盈。昔者陸機，賦乎文旨，推含毫佇思之道，得散樸成形之理。雖羣言互發，則歸於造化之中；而一物未萌，乃鑠在渺茫之始。是宜囊括玄牝，箕張混元。暗造無爲之域，潛臻不死之根。致彼音塵，莫隱於秋毫纖芥；令其影響，俄通於萬户千門。然後扇作波瀾，騰爲氣色。無論於遠近高下，罔計於飛沉動植。如鏗至樂，非所聞而遽聞；若摘玄珠，非所得而遽得。則知文本於道，道不可量。杳韜存而韞亡，道散於文，文不可當。乃飛鋒而耀鋩，取之者取之逾遠，偶之者偶之不常。故其越兔影，邁烏光。向無聲無臭之間，陶開品彙；於出鬼入神之際，定作圓方。乃使巧拙應機，虧全任器。考其始而始則無覩，驗其終而終則有自。物居恍惚，牢籠而俟以真歸；精匿杳冥，搜索而期乎實至。所謂擺揚恬澹，剖判虛空。冀其神貺，逮彼幽通。豈惟率

爾貌然，散着於山川草木；風飛泉湧，爭飄於鳥獸昆蟲。夫如是，則洞啓幽玄，曾無險隘。流音既自於扣寂，成象還同於畫卦。然後知文苑之菁華，亦沖和之一派。

送君南浦賦 以「越空綿目，傷妾是君」爲韻。

南浦風烟，傷心渺然。春山歷歷，春草綿綿。那堪送行客，啓離筵。一時之萍梗波濤，今朝惜別；千里之秦吴燕宋，何日言旋。當其繫馬出船，候潮待月，低徊而少婦對景，惆恨而王孫望闕。莫不撚嶰竹以淒楚，撥湘絃而激越。且當蘋澗，把芳酒以留歡；莫被薰風，吹片帆而便發。君不見陌上塵中，奔西走東，車輪似水，馬足如蓬。夜泊而猿啼霜樹，晨征而月在烟空。爭得枝間，比翼更同於越鳥；只應波上，離羣便逐於燕鴻。莫不太苦行人，偏傷別妾。龍媒而嘶出金埒，鸞扇而持歸玉篋。于時莫展歌顰，全沈笑靨。郊天路口，愁攀夾渡之柳條；採蕨山前，忍看解維之桂檝。是知無人免別，有別皆傷。使人落顔，貌枯肺腸。淚成雨，鬢侵霜。朝悲五嶺，暮怨三湘。夢去不到，書來豈常。況一川之烟景茫茫，横衝楚徼；兩岸之風濤渺渺，直截炎荒。無不銷魂，如何舉目。齎行而寶劍三尺，留下而明珠十斛。林駢樛木，摧誠而敢望合歡；洲躍嘉魚，取信而當期剖腹。及夫樂闋人散，軀飛日曛。遺鞭却取，解佩還分。玉窗之歸步愁舉，蘭棹之移聲忍聞。須知赤帝之江頭，兩心似火；莫自蒼梧之岸曲，一去如雲。雖佇錦衾而贈我，終摛錦字以疇君。已而誰不別離，別離如此；誰不相送，相送于是。則東門與北梁，不足云爾。

水殿賦以「翻量去日，有水空流」爲韻。

昔隋煬帝幸江都宮，制龍舟而礙日，揭水殿以凌空。詭狀奇形，雖壓洪流之上；崇軒峻宇，如張丹禁之中。當其城苑興闌，烟波思起。截通魏國之路，鑿改禹門之水。於是怪設堂殿，妙盤基址。屏開於萬象之外，嶽立於千艘之裏。還如玉闕，控鼇海以崢嶸；稍類雲樓，拔蜃江而聳峙。皆以綵飾無比，雕鐫罕量。裝羽毛而搖裔，疊瓊璧而熒煌。鏡豁四隅，遠近之風光寫入；花明八表，古今之壯麗攢將。天子乃縱巡遊，極駕馭，登巨艦以龍躍，擴深扃而虎踞。旌旗劍戟以絡野，珠翠歌鐘而觸處。二十六宮之雲雨，澒洞隨來；一千餘里之烟塵，冥蒙撲去。百幅帆立，千夫脚奔。上搖烏兔，下竄蛟鼉。天吳邂逅以驚殺，地軸參差而軋翻。蘭棹桂檝之駢闐，行辭洛口；鴛瓦虹梁之岌嶪，坐徹夷門。啓閉詎常，登臨罔畢。雷訇之竹箭衝過，輻湊之木蘭貯出。柳絲兩岸，裹爲朱檻之春；水調千聲，送下清淮之日。既而崗驚鬼瞰，遽及神謀。鑾輅而飄成覆轍，樓船而墮作沉舟。寶祚皇風，一傾亡於下國；霞窗繡柱，大零落於東流。嗟夫，駕作禍殃，樹爲罪咎。穿河彰没地之象，泛水示沉泉之醜。血化兆庶，財殫萬有。所以湯武推仁，不得不加兵於癸受。

狎鷗賦以「釋意與遊，遷之汀曲」爲韻。

海童以泛泛浮浮，愛于白鷗。遂將窮於賞玩，乃相狎以遨遊。彼鳥何知，苟同心而同德；斯人足驗，諒不忮而不求。當其訪物外之高蹤，得沙間之逸致。雲心瀟灑以薦往，鶴貌飄颻而疊至。列爲儔侶，肯無求友之聲；却盡猜嫌，皆得忘形之意。至若海鏡秋碧，天藍霽青。磨開桂月於浩渺，畫出蓬山於杳冥。爾乃瞻雪影，緬風翎，曲得其情，此曠蕩而來依別派；不言而信，彼聯翩而飛下迴汀。四目夷猶，兩情容與。曾無隼擊之患，忘到鳩居之所。羅列靡慚於交契，固類朋遊；參差罔愧於弟兄，還同雁序。斯則別號羽客，參爲水僊。楊柳之江頭雨夜，蒹葭之渡口霜天。莫不探此景象，窮乎歲年。異雞羣之迴處，殊鶯谷之高遷。掃塵緒以皆空，那虞觸網；負身弓而不綰，詎肯驚弦。則知蟬蜕是非，羽翔凡俗。豈鷹揚於霄漢之外，乃鶚立於烟濤之曲。因嗤鴻渚，蓋春去以秋來；翻笑鵲河，竟離長而會促。其父既駭於斯，爰令執之。纔及入籠之念，已興登俎之疑。潮滿滄洲，游泳空期於水際；日生丹壑，翱翔遽在於雲湄。所謂禍機中藏，物情外釋。且斯鳥之猶爾，豈於人而能隔。則包含詭紿之流，宜覽之而改易。

知白守黑賦以「爲後之則，跡無顛墜」爲韻。

白之能知，須守黑於所爲；黑之能守，則知白而無咎。聖人所以立言於彼，垂訓於後。將令學者，得韜光用晦之機；不使來人，有衒實矜華之醜。是宜採厥理，扣其辭。豈非白也吐耀含輝，稟西金而成姿，或玄黃而可得，或蒼赤而可期。知之者必能洞徹萬物，昭彰一時，故爲禍患之所之。黑也光沈影匿，漫北水而成色，既視之而不見，亦曉之而莫得。守之者必能混合羣象，冥蒙衆惑，故爲安寧之所則。繇是任懷霜而懷雪，不在明言；縱如璧以如珪，終須默識。如此則準繩萬國，龜鏡八區。俾其擅清名者若昧，抱明智者如愚。有於不有，無於不無。亦猶玉之貫虹，以韞石而爲妙；珠之象月，以蚌胎而爲殊。論於物而物且能爾，驗於人而人焉忽乎。是以釣璜于西渭之濱，扣角向南山之夕。須知刖足以招禍，莫若漆身而遁跡。君不見斗牛烏兔，垂大明而或隔陰霾；麟鳳龜龍，作嘉瑞而常居藪澤。則知以白藏黑兮，道無不全；以白離黑兮，理其不然。若內包乎皎皎，當外處乎綿綿。故懷希代之珍者被褐，負不羈之才者艸玄。然後弘彰典式，克免危顛。夫如是，則垂戒無垠，推誠觸類。靡令受彩之質，或爽處蒙之意。吾徒也勉之哉，佩帶斯言而勿墜。

漢宫人誦洞簫賦賦 以「清韻獨新，宫娥諷誦」爲韻。

王子淵兮誰與倫，洞簫賦兮清且新。麗藻上聞於天子，妍詞遍誦於宫人。名價有茲，寫札於御牋彤管；風流無比，吟哦於貝齒朱脣。斯賦也，述江南之翠竹，生彼雲谷。甘露朝灑，瑞烟晴撲。般斤遽取於貞勁，夔律乃知其韞蓄。既而植物惟一，樂工惟獨。九重聖主，俄聆於玉韻金聲；兩掖佳人，争致於瑶編繡軸。受授相從，彤闈絳宫。始喧喧而歷覽，旋一一以精通。十二瓊樓，不唱鸞歌於夜月；三千玉貌，皆吟鳳藻於春風。莫不魯殿慚魂，巫山破夢。應教墨客以心死，解得紅妝之口諷。時時桂席，驚飄舞雪於羅衣；往往蘭臺，誤下歌塵於綺棟。于時閑趙瑟，寢秦箏，駐雲雨，咽咸英。非春而御苑花折，當夏而幽閨景清。如蘄人人，却以詞鋒而勵吻；雕龍字字，爰於禁署而飛聲。泉噴香喉，雲靡緑鬢。豈貫珠之歌同調，固如簧之言別韻。遂使霞窗觸處，不吟紈扇之詩；樂府無人，更重箜篌之引。斯則琴賦與笛賦奚過，才子獲才人詠歌。體物之能有是，屬詞之道如何。一千餘字之珠璣，不逢漢帝；三十六宫之牙齒，詎啓秦娥。方今天鑒求文，詞人畢用。有才可應於妃后，工賦足流於嬪從。洞簫之作兮何代無，誰繼當時之吟誦。

省試人文化天下賦以「觀彼人文，以化天下」爲韻。乾寧二年及第。

明彼今古，聞諸聖賢。易垂言而著在八卦，人有文而形于普天。用以成章，既驗斯風之肅穆；矚之於物，乃知厥德之昭宣。吾君秉此格言，恢乎至理，以爲文在天而苟可鑒，文在人而誠足視。在天則時變從之，在人則化成有以。故體此以御宇，取茲而教人。既且文也，肇自河龜見，洛書陳，道德故，仁義新。出無爲而入有象，齊父子而一君臣。既而上古遐，中古邇。苟流播之如此，乃弛張而若彼。始則六十四位，演自周王；旋則三百五篇，删於孔氏。故得有國之君，凖繩斯文。詩書禮樂以表裏，干戚俎豆以區分。莫不經天緯地，髣髴氤氲。布彼寰瀛，風行而草偃；被於億兆，玉潔而蘭薰。然後鏗作咸韶，散爲風雅。調暢動植，周通夷夏。車書得以合矣，貴賤與而同也。遂使九州四海，皆瞻黼黻於朝端；墨客詞人，交露鋒鋩於筆下。大哉人文之義也，焕矣赫矣，可名可觀。唯聖朝之所擅，豈悖德之能干。推其時而時或異，論其道而道斯完。故將垂百王而作範，豈惟充萬國以咸歡者也。夫如是，則肩比三王，威銷五霸。弘彰馭馬之成政，克俾雕龍之擅價。彬彬乎哉，郁郁乎哉，有以見我唐之至化。

館娃宮賦以「上驚空壕，色施碧草」爲韻。

吳王殁地兮，吳國蕪城；故宮莫問兮，故事難名。門外已飛其玉弩，座中纔委其金觥。舞榭歌臺，朝爲宮而暮爲沼；英風霸業，古人失而今人驚。想夫桂殿中横，蘭房内創。丹楹刻桷之殊制，釦砌文軒之詭狀。如從渤澥，徙蓬闕於人間；若自瑤池，落蘂宮於地上。繡柱雲楣，飛蛟伏螭。基扃鬱律，鉤楯參差。碧樹之珍禽夏語，緑窗之瑞景冬曦。吳王乃波伍相，輦西施。珠翠族來，居玉堂而澒洞；笙簧擁出，登綺席以逶迤。觸物窮奢，含情愈惑。欲移楚峽於雲際，擬鑿殷池於檻側。花顔縹緲，欺樹裏之春光；銀焰熒煌，却城頭之曙色。殊不知敵國來攻，攢戈耀空。虎怒而拏平雉堞，雷訇而擊碎簾櫳。甲馬萬蹄，卷飛塵而滅没；瓊樓百尺，爆紅燼之冥濛。悉繇修袖舞殃，朱唇唱隟。瑶階而便作泉壤，玉礎而旋成蘚石。恨留山鳥，啼百卉之春紅；愁寄壠雲，鎖四天之暮碧。悲夫！往日層構，茲辰古壕。香逕而同歸寂寂，稽山而杳自高高。遺堵塵空，幾踐羣遊之鹿；滄洲月在，寧銷怒濁之濤。已而西日悤悤，東波浩浩。松楸而駢作荒隧，車馬而輾通長道。彼雕牆峻宇之君，宜鑒丘墟於茂草。

陳皇后因賦復寵賦 以「言情暮作，國黛朝天」爲韻。

陳皇后一鏁長門，蕭條渥恩，欲寫退宮之永恨，因求體物之嘉言。蜀郡才高，述遺芳於桃李；漢皇心感，歸舊職於蘋蘩。想夫跡墜城南，寵移天顧。難期獻璽於春晝，不忍解簪於日暮。瓊樓寂寂，夵高於明月秋風；瑶草萋萋，莫輾於金輿玉輅。于此蓄憤，夫何釋情。犀浦有多才之著，上林推獨步之名。沽酒而居，每樂當壚之事；量金以至，爰流擲地之聲。於是摛妍詞，貌濃黛。侔錦字，陳綺態。鬱芬馥於茵席，稍丁當於珠珮。鵲巢入搆，翻成别鶴之悲；馬首虚瞻，不識牽牛之會。振動文苑，旋彰國朝。既切採靡於藻麗，遂牽連理於桃夭。一旦惻聖鑒，錫嘉昭。已無爲雨之期，空懸夢寐；終自淩雲之製，能致烟霄。莫不傾北園，駭南國。絲蘿而昨日靡托，珠翠而今朝改色。玉臺有恨，舞鸞之影孤來；金闕無恩，吐鳳之才續得。設使幸望顒若，含情默然，擢髮同論於漢殿，揮毫莫購於巴川。則此日前魚，定作小鱗而赴海；寧令破鏡，却成圓月以昇天。懿夫掞天之手雖奇，麗水之珍可博。苟非茲賦之贊詠，奚救當時之黜削。方今妃后悉承歡，不是後賢無此作。

秋色賦以「雨作愁成，然知興起」爲韻。

白帝承乾，乾坤悄然。潘岳乃驚素髮，感流年，抽綵筆，疊花牋。驅走羣言，寫壹鬱之懷矣；搜羅萬象，賦蕭條之景焉。于時凄凄漠漠，零露蒙作；杳杳冥冥，勁風吹成。或青山兮薄暮，或緑野分新晴。昨日金輿，天子自西郊而迎入；此時火旆，祝融指南極以遄征。於是踆烏減赫，顧兔添明。地上落紅蕖之態，烟中吟玉笛之聲。華嶽峯高，染蓮華而翠活；湘川樹老，換楓葉以霞生。愈碧吴山，偏清漢水。松柏風高兮歲寒出，梧桐蟬急兮烟翠死。衡陽落日，穌旅雁以飛來；劍閣中宵，逐哀猿而嘯起。遂使隋堤青恨，吴嶺緑愁。廬阜之蟾開石面，錢塘之雪入濤頭。空三楚之暮天，樓中歷歷；滿六朝之故地，草際悠悠。魚美東鱸，獸獰西虎。送鸞扇之藏篋，迎蛛絲之織户。海上而輕籠皓月，皎潔成冰；隴頭而惹著陰雲，蒼茫欲雨。斯則寒暑推移，衰榮可知。金生火死，菊換蘭萎。豈惟自遐及邇，窮高極卑。上澄鵲漢以清淺，東瑩鼇洲而渺瀰。數聲之玄鶴驚時，九皋摇落；一夜之新霜撲處，百卉離披。是時坐客聞之，倅色揣稱，咸言此日之摛藻，更苦曩篇之秋興。

戴安道碎琴賦 以「徒候徽響，致聚深情」爲韻。

拔塵俗之能琴，其誰不欽。戴安道之擅名斯異，武陵王之慕義彌深。降使殷勤，將召來以聆雅越；持誠慷慨，爰擊碎以示胷襟。想夫名利莫羈，烟霞爲賞。澗松雖聳於梁棟，野鶴不侵乎羅網。吴山越水，韜物外之清光；蜀軫虞絲，播人間之妙響。杳杳區區，何人戒途。白屋忽驚於嘶馬，朱門欲俟於啼烏。焉有平生，探樂府錚鏦之妙；爰教一旦，厠侯門戛擊之徒。於是賁出月窗，毀於蓬户。擲數尺之鸞鳳，颯一聲之風雨。朱絃并斷，類冰泉裂石以丁零；玉柱交飄，誤隴雁驚弓而飛聚。使者焉知，宣言大非。且異鍛珠之義，寧同碎斗之譏。陌上迴塵，走清風於玉殿；堂間釋手，章素節於金徽。于時野客相高，時人或陋。梧雕桐斷以寧顧，漆解膠離而莫救。至若池亭夜月之景，巖谷春風之候。遥當野岸，肯思流水之曾彈；静對庭蕪，待從幽蘭之不奏。向若投緑綺以無意，緬維城而有情。亡一時之高躅，矜六律於新聲。則此日知音，但仰躍魚之弄；碧山烟霧，寧留藏豹之名。則知藝至者不可以簪笏拘，情高者不可以王侯致。終挺特以驚俗，不斯須而辱志。于今人語其風，孰不揖當時之事。

融結爲河嶽賦 以「形質中成，人事路復」爲韻。

象帝以伐出物我，陶開杳冥。至精風散，元氣雨零。一濁一清，既定乾坤之體；或融或結，遂爲河嶽之形。豈非斷乎鼇足之時，剖彼雞黄之日。二儀各立以交泰，一氣旁流而洋溢。於是蒼茫不定，奔爲歸谷之墟；積聚無從，叠作干霄之質。則令川陸天下，江山域中，淺深莫極，夷險難窮。剛柔隨之而洶湧，嗜欲繼之而隆崇。翻雪浪與霜濤，下吞方厚；拔重峯兼疊嶂，上列圓空。爾乃產鱗介蟲沙，植毛羽草木。星辰晝夜以明滅，烏兔東西而往復。則有黿負龍擎，文籍其陽九陰六；共觸愚移，傾缺其天樞地軸。如疏朴畧，波萬壑以派分；似截渟和，仞千巖而雲矗。旋聞大禹鞭神，巨靈湧身。鑿通浩渺，擘斷嶙峋。然後揔注滄海，爭磨碧旻。舟檝風生，航利名於世世；輪轅雷起，駕禍福於人人。至今若帶興言，如拳設喻。牢籠下土以箭急，控壓中洲而石固。三門九曲，競呈昇没之源；太華維嵩，交鬪奔衝之路。誰能究厥理，考其情，溝瀆曷爲而散作，邱陵奚補而攢成。致彼至柔，灑回邪而互急；俾其峻極，干道德以全平。吾欲炭鞴陰陽，鑪燃天地。鼓將邐迤之濬谷，瀉破連延之積翠。令今日之形象，復當時之寤寐。默默綿綿然，却歸於無事。

魏侍中諫獵賦賦

我太宗之啓聖崇基，魏侍中之推誠輔時。恐羽獵以失德，採風騷而屬詞。瞻仰皇情，欲止畋遊之事；激揚丹懇，爰陳諫諍之詩。當其內則雍熙，外無攻討。閒憶擒飛而逐走，靜乃搜林而索草。殺傷有度，誰知不損於仁心；獮狩非時，或慮微妨於帝道。於是傾素節，攄深衷，何以闡禹湯之誡，莫如删周召之風。願開三面之仁，上行君聖；遂取二南之義，下効臣忠。爾乃揮以綵毫，流于妙墨。文高而簡牘增煥，思苦而烟霞動色。莫不大罄箴規，堅持讜直。輝珠耀玉，面陳丹陛之前；諷古論今，袖獻紫宸之側。錯落清唱，錚鏦雅言。敘獲獸争禽之理，述好生惡殺之源。少補玄化，輕裨至尊。字字而請休馳騁，篇篇而乞罷驅奔。非不能繼子雲操賦而進，非不能續司馬裁書以論。蓋以詩也，中律鏘金，成章璨綺。掬山川氣象於彼，載帝王興衰於此。以之刺上，則上或風從；以之化下，則下皆草靡。所以摛此章句，依於典墳。希一覽而恩覃羽族，冀再覩而惠及毛羣。庶幾六藝之妍，終資睿鑒；當使三驅之禮，不越明文。然後甲馬休飛，騂弓莫控。俾百獸以率舞，致四夷之入貢。故其旌逸調，賞清詞，錫綵繒而甚衆。

誤筆牛賦以「從其誤著，異質真成」爲韻。

王獻之繢畫彌精，變通可驚。失手而筆唯誤點，應機而牛則真成。用是飾非，既擅一時之妙；持功補過，爰垂千載之名。當其團扇羽輕，素繒雲薄。搦金管以如剪，露秋毫而似削。莫不佇思翔鸞，澄神丹鵲。臨風緬想，滿輪之桂月鋪開；對景嘆嗟，一點之松烟飄著。隱暎瑕匿，依稀漆濃。既黑白之斯異，顧東西而曷從。南容之玷難磨，空傷往事；曹氏之蠅可學，遂展奇蹤。於是逐手摛成，隨宜演出。斯須亡墮落之所，頃刻見下來之質。筆爲鋒也，無慚賣劍之年；墨作池焉，豈愧蹊田之日。則知負藝通神，呈功駭人。遽從無而入有，俄背僞以歸真。況乎烏文黛暗，駮彩花新。兔翰初停，旁起落毛之想；鼠鬚尚對，遥懷食角之因。足令飲潁牽懷，飯秦動思。坐驚踐葦之處，立驗放桃之地。手捫而執綌罔殊，衣惹而飾繒奚異。經年不去，寧生舐犢之心；終日長閑，豈有駕車之意。所謂取象於斯，稱工在茲。雖恨纖芒而到此，終持妙跡以加其。矧復首尾曲盡，毫氂莫遺。示不用於秋深之日，自無全於縷斷之時。桓溫乃拂拭增驚，周旋載顧。徒見奇於手巧，了莫知其筆誤。大凡遊藝之人，無不却塵而掃污。

省試王者之道如龍首賦以「龍之視聽，有符君德」爲韻。乾符二年下第。

王者以御彼萬國，居于九重。既體天而立制，遂如首以猶龍。視聽無偏，四海自看其波湊；聰明罔失，兆民咸覩其雲從。豈非祖述聖明，披陳道德。以王者爲天下之大，域中之式。非澄耳目，不可以燭暗通幽；非審細微，不可以開基建極。於是設諭斯異，微文特殊。以端拱之尊比義，取產澤之靈合符。則而象之，既不雷同於形質；區以別矣，爰將首冠於寰區。然後則嶽嶽高居，顒顒克定。翼左右而何慚角聳，鏡遠近而宛同神瑩。雖云黈纊，洪纖之狀咸觀；縱使垂旒，巨細之音畢聽。則知播雍熙之化，爲昭聖之君。遽配騰驤於水物，益彰超邁於人羣。濬恩波而固類興雨，呈瑞氣而非同召雲。侔其矯舉之形，無幽不鑒；媲彼孤標之貌，有象皆分。故得迥拔可觀，感通自有。散皇明而珠耀於頷，揚德澤而浪生于口。寧同荀爽，只擅美於弟兄；更異華歆，但垂名於朋友。所謂表有截，播無私。乃藹然而同德，非蠢爾以呈姿。言乎漢祖之顔，方能比也；念彼伯陽之道，未可方之。今我后變見乘時，飛翔叶理。四方盡入於傾聽，陸海無遺於俯視。夫如是，則龍之首兮，未可論功而較美。

白日上昇賦以「人習道優，玄空舉步」爲韻。

天上神仙，人間得焉。青囊有術，白日昇玄。能拔跡之如是，非稟生之偶然。明明而飛出寰區，其誰不駭；去去而立臻霄漢，成道奚先。斯人也，學至感通，質離寒暑。揮毫而金簡初載，端冕而玉皇有佇。綿邈而龜臺鶴浦，幾劫勤求；參差而羽駕霓裳，一朝輕舉。當其瑞景融融，圓虛碧穹。有烟霞兮蓊鬱數處，有鸞鳳兮盤旋半空。競矚塵眼，詎原道風。俄然乘軒后之龍，朝辭水上；忽爾控王喬之鶴，晝入雲中。滅没孤飛，飄飖臭駐。數聲如觸於瓊珮，一片漸高於綵霧。何門積學，換俗骨以輕輕；此日登真，躡瑶池而步步。莫不極雲路，逗天津，崐邱入境，閬苑尋春。瓊樹之烟花有主，蘂珠之宫闕無塵。翹首仰攀，便接蓬壺之士；低眸俯視，大驚朝市之人。得非龍虎專修，陰陽久習。早成金鼎之九轉，迎咽玉鑪之一粒。則必夙居丹壑，冥契浮邱。却歸鼇背之三島，遽別羊腸之九州。不然者，安得從地面，昇雲頭，當紅塵之午景，爲碧落之良遊。較美古今，列子之乘風固劣；論功晝夜，姮娥之奔月非優。懿夫曦轡亭亭，烏光杲杲。爰脱屣於方垺，驟致身於蒼昊。蓋以研鍊斯至，囂煩克掃。愚將蹈妙域以扣玄關，學取上昇之道。

御試曲直不相入賦

題中「曲直」兩字爲韻。釋云：「邪正殊途，各有好惡。」乾寧二年覆試。

曲也者，厥理惟何；直也者，其詞可屬。一則見回邪之所自，一則非平正而不欲。故聖人立此格言，爲乎懿躅。俾有家而有國，不與混同；令自高而自卑，靡相參觸。至如木也，或表從繩之直，或疊來巢之曲。雖則含烟帶雨，共呈蒼翠於巖間；而聳本盤根，各稟規模於山足。勿言同地而錯雜，固乃殊途而瞻矚。所以方能中矩，俟良匠之所知；勁不爲輪，信奇材而可録。莫不分彼邪正，鎮於時俗。且木之理兮，猶不差忒；人之道兮，切在忠直。直也不可以曲從，曲也不可以直飾。行於己而己有異，施於人而人是測。繇是屈原在楚，餔其糟而不爲；比干相殷，剖其心而可得。顧惟忠讜之受性，豈與邪諛而同域。共不相入也，理苟如是，俗奚以惑？小人曲媚，或乘造次以得時；君子直誠，可仗英明而輔國。今我后恢睿哲以御乾，澄聖心而立極。惡以鉤而在物，樂如絃而比德。惟曲是斥，彰萬乘之準繩；惟直是求，示百王之楷式。微臣之獲詠歌，敢不佩之於取則。

御試良弓獻問賦

釋云：「太宗問工人木心不正，則脈理皆邪，於理取道。取五聲字次第，用各雙聲爲賦格。」乾寧二年覆試。

文皇帝以精求要義，下訪良弓。以木心之邪正既别，將理道之比方乃同。木若有邪，奚副準繩之一一；理如無苟，必資國祚之崇崇。斯蓋體元立制，啓聖乘乾。與禹湯而接軫，將堯舜以差肩。覩於物也，必有誠焉。言念爲弓，尚窮玄於脈理；豈於有國，不注意於英賢。否則何以宏丕圖於赫赫，垂寶祚於綿綿者哉！則知黄帝造舟車之旨，其難爲比；周武倒干戈之文，殊不稱美。觀草木而尚此燭幽，統寰區而足彰致理。遂使度木掄材之子，每自依依；獻可替否之臣，曾非唯唯。今吾皇播聲教以鏘洋，濬恩波而浩汗。乾坤與之而合德，夷夏有之而一貫。斯弓不制，洞其理以明明；斯問克興，露其言而粲粲。儒有生在江嶺，來趨輦轂，波濤久慕於化鯤兮。查洪邁容齋四筆謂此賦有五聲，後闕一入聲。

唐黄御史集卷第一

唐黄御史集卷第二

唐監察御史莆田黄滔著
大清貢生福鼎王遐春刊

五言古詩

送僧歸北巖寺

北巖泉石清，本自高僧住。新松五十年，藤蘿成古樹。題詩昔佳士，公表丈從叔有名於當時，兼四門薛博士，俱曾題詩。清風二林喻。上智失扣關，多被浮名誤。蓮扃壓月澗，空美黄金布。江翻島嶼沉，木落樓臺露。伊余東還際，每起烟霞慕。旋爲儉府招，未得窮野步。西軒白雲閣，師辭洞庭寓。越城今送歸，心到焚香處。

寓言

流年五十前，朝朝倚少年。流年五十後，日日侵皓首。非通非介人，誰論四十九。

賢哉蘧伯玉，清風獨不朽。

長安書事

終不離青山，誰道雲無心。却是白雲士，有時出中林。昨日擘紫泥，明日要黃金。火夏羣木死，北海驚波深。伏蒲無一言，草疏賀德音。

賈客

大舟有深利，滄海無淺波。利深波也深，君意竟如何。鯨鯢齒上路，何如少經過。

寄友人

君愛桃李花，桃李花易飄。妾憐松柏色，松柏色難凋。當年識君初，指期非一朝。今辰見君意，日暮何蕭條。入門有勢利，孰能無囂囂。

落花

落花辭高樹，最是愁人處。一一旋成泥，日暮有風雨。不如沙上蓬，根斷隨長風。

飄然與道俱，無情任西東。

書懷寄友人

此生如孤燈，素心挑易盡。不及如頑石，非與磨礱近。常思揚子雲，五藏曾離身。寂寞一生中，千載空清芬。

閨　怨

妾家五嶺南，君戍三城北。雁來雖有書，衡陽越不得。别久情易料，豈在窺翰墨。塞上無烟花，寧思妾顔色。

喜翁文堯員外病起

衛玠羊車態，長卿駟馬姿。天嫌太端正，神乃減風儀。飲冰俾消渴，斷穀皆清羸。越僧誇艾炷，秦女隔花枝。自能論苦器，語見泗州和尚碑。不假求良醫。驚殺漳濱鬼，錯與劉生隨。昨日已如虎，今朝謁荀池。揚鞭入王門，四面人熙熙。青桂任霜霰，尺璧無瑕疵。迴塵却惆悵，歸闕難遲遲。

寄徐正字寅

八月月如冰，登樓見姑射。美人隔千里，相思無羽駕。紅蘭裛露衰，誰以流光訝。何當詩一句，同吟祝玄化。

秋夕貧居

聽歌桂席闌，下馬槐烟豪。豪門腐粱肉，窮巷思糠秕。孤燈照獨吟，半壁秋花死。遲明亦如晦，雞唱徒爲爾。

五言律詩

送李山人往湘中

漢渚往湘川，乘流入遠天。新秋無岸水，明月有琴船。露坐應通曉，萍居恐隔年。岳峰千萬仞，知上嘯猿巔。

書崔少府居文苑作「贈李補闕」。

魯史蜀琴旁，陶然舉一觴。夕陽明島嶼，秋水淺池塘。世亂憐官替，家貧值歲荒。前峰上背宿，知有辟寒方。

敷水盧校書

九霄無詔下，何事近清塵。宅帶松蘿僻，日唯猿鳥親。吟高仙掌月，期有洞庭人。莫問烟霞句，懸知見嶽神。

寄漢上友人

襄漢多清景，東遊已不能。蒹葭照流水，風雨撲孤燈。獻賦聞新雁，思山見去僧。知君北來日，惆悵亦難勝。

貽林鐸

終被春闈屈，低回至白頭。寄家僧許嶽，釣浦雨移洲。戰士曾憐善，豪門不信愁。

王孫草還緑，何處擬羈遊。

書懷

退耕逢歉歲，逐貢愧行朝。道在愁雖淺，吟勞鬢欲凋。破村虹入井，孤館客投魈。誰怕秋風起，聽蟬度渭橋。

送陳明府歸衡陽

雛鶴兼留下，單車出柳烟。三年兩殊考，一日數離筵。久別湖波緑，相思嶽月圓。翠蘿曾隱處，定恐却求仙。

秋辭江南

灞陵橋上路，難負一年期。積雨鴻來夜，重江客去時。勞生多故疾，漸老少新知。惆悵都堂內，無門雪滯遺。

入關旅次言懷

寸心惟自切，上國與誰期。月晦時風雨，秋深日別離。便休終未肯，已苦不能疑。獨愧商山路，千年四皓祠。

寄鄭縣李侍御

古縣新烟火，東西入客詩。靜長如假日，貧更甚閒時。僧借松蘿住，人將雨雪期。三年一官罷，嶽石看成碑。

上李補闕

十洲非暫別，龍尾肯慵登。諫草封山藥，朝衣施衲僧。月留江客待，句歷釣船徵。終恐林棲去，餐霞葉士昇。

傷翁外甥

江頭去時路，歸客幾紛紛。獨在異鄉殁，若爲慈母聞。青春成大夜，新雨壞孤墳。

應作芝蘭出，泉臺月桂分。

貽李山人

野步愛江濱，江僧得見頻。新文無古集，往事有清塵。松竹寒時雨，池塘勝處春。定應雲雨內，陶謝是前身。兩「雨」字疑錯。

逢友人

彼此若飄蓬，二年何所從。帝都秋未入，江館夜相逢。瘴嶺行衝夏，邊沙住隔冬。旅愁論未盡，古寺扣晨鐘。

寄湘中鄭明府

縣與白雲連，滄洲況縣前。嶽僧同夜坐，江月看秋圓。琴拂莎庭石，茶擔乳洞泉。莫躭雲水興，疲俗待君痊。

寄從兄璞

縱徵終不起，相與避烟塵。待到中興日，同看上國春。新詩說人盡，舊宅落花頻。移覓深山住，啼猿作四鄰。

寄李校書遊簡寂觀

古觀雲溪上，孤懷永夜中。梧桐四更雨，山水一庭風。詩得如何句，仙遊最勝宮。却愁逢羽客，相與入烟空。

寄友人山居

斷嶠滄江上，相思恨阻尋。高齋秋不掩，幾夜月當吟。落石有泉滴，盈庭無樹陰。茫茫名利內，何以拂塵襟。

上刑部盧員外

誰識在官意，開門樹色間。尋幽頻宿寺，乞假擬歸山。半白侵吟鬢，微紅見藥顏。

不知琴月夜，文苑作「今夜月」。幾客得同聞。

送友人遊邊

虜酒不能濃，縱傾愁亦重。關河初落日，霜雪下窮冬。野燒枯蓬旋，沙風匹馬衝。
薊門無易過，千里斷人蹤。文苑作「薊門雖漢土，遊子莫從容」。

和友人酬寄

新發烟霞詠，高人得以傳。吟銷松際雨，冷咽石間泉。大國兵戈日，故鄉饑饉年。
相逢江海上，寧免一潸然。

下第

昨夜孤燈下，闌干泣數行。辭家從早歲，落第在初場。青草湖田改，單車客路忙。
何人立功業，新命到封王。

過商山

燕雁一來後，人人盡到關。如何衝臘雪，獨自過商山。羸馬高坡下，哀猿絕壁間。此心無處説，鬢向少年斑。

旅　懷

蕭颯聞風葉，驚時不自堪。宧名中夜切，人事長年諳。古畫僧留與，新知客遇談。鄉心隨去雁，一一到江南。

冬暮山舍喜標上人見訪

寂寞三冬杪，深居業盡抛。逕松開雪後，砌竹忽僧敲。茗汲冰銷溜，鑪燒鵲去巢。共談慵僻意，微日下林梢。

關中言懷

三秦五嶺意，不得不依然。跡寓枯槐曲，業蕪芳草川。花當落第眼，雨暗出城天。

層閣浮雲外，何人動管絃。

題友人山居

到君棲跡所，竹逕與衡門。亦在乾坤内，獨無塵俗喧。新泉浮石蘚，崩壁露松根。
更説尋僧處，孤峰上嘯猿。

題友人山齋

疏竹漏斜暉，庭間陰復遺。句成苔石茗，吟弄雪牕棋。沙草泉經澀，林齋客集遲。
西風虛見逼，未擬問京師。

書事

望歲心空切，耕夫盡把弓。千家數人在，一稅十年空。没陣風沙黑，燒城水陸紅。
飛章奏西蜀，明詔與殊功。

題山居逸人

十畝餘蘆葦，新秋看雪霜。世人誰到此，塵念自應忘。斜日風收釣，深秋雨信梁。不知雙闕下，何以謂軒裳。兩「秋」字疑錯。

題鄭山人居

履迹遍莓苔，幽枝間藥栽。枯杉擎雪朵，破牖觸風開。泉自孤峰落，人從諸洞來。終期宿清夜，斟茗説天台。

秋晚山居

爽氣遍搜空，難堪倚望中。孤烟愁落日，高木病西風。山寂樵聲出，露凉蟬思窮。此時塵外事，幽默幾人同。

遊　山

洞門穿瀑布，塵世豈能通。曾有遊山客，來逢採藥翁。異花尋復失，幽逕躡還窮。

擬作經宵計，風雷立滿空。

題王侍御宅内亭子

俗間塵外境，郭内宅中亭。或有人家創，還無蓮幕馨。石曾湖岸見，琴誤嶽樓聽。
來客頻頻説，終須作畫屏。

題道成上人院

花宫城郭内，師住亦清凉。何必天台寺，幽禪瀑布房。簟舒湘竹滑，茗煑蜀芽香。
更看道高處，君侯題翠梁。

貧居冬杪

數塞未求通，吾非學養蒙。窮居歲杪雨，孤坐夜深風。年長慚昭代，才微辱至公。
還愁把春酒，雙淚污杯中。

東山之遊未遂漸逼行期作四十字奉寄翁文堯員外

軺車難久駐，須到别離時。北闕定歸去，東山空作期。緑苔勞掃逕，丹鳳欲銜詞。楊柳開帆岸，今朝淚已垂。

貽張蠙同年

夢思非一日，攜手却淒涼。詩見江南雹，遊經塞北霜。驅車先五漏，把菊後重陽。惆悵天邊桂，誰教歲歲香。

寄邊上從事

斜日下孤城，長吟出點兵。羽書和客卷，邊思雜詩情。朔雪定鴻翼，西風嚴角聲。公餘多獨坐，沙月對樓生。

題東林寺元祐上人院

廬阜東林寺，良遊耻未曾。半生隨計吏，一日對禪僧。泉遠攜茶看，峰高結伴登。

迷津出門是，子細問三乘。

送陳樵下第東歸

青山烹茗石，滄海寄家船。雖得重吟歷，終難任意眠。磧疏連寺柳，風爽徹城泉。〔類苑作「蓮」〕。送目紅蕉外，來期已杳然。

寄陳磻隱

道經前輩許，名拔後時喧。虛左中興牓，無先北海罇。新文漢氏史，別墅謝公村。須到三徵處，堂堂謁帝閽。

寄林寬

相知四十年，故國與長安。俱喜今辰在，休論往歲難。海鳴秋口黑，山直夏風寒。終始前儒道，昇沉盡一般。

退居

老歸江上村，孤寂欲何言。世亂時人物，家貧後子孫。青山寒帶雨，古木夜啼猿。惆悵西川舉，戎裝度劍門。

送友人邊遊

銜杯國門外，分手見殘陽。何日還南越，今朝往北荒。砂城經雨壞，虜騎入秋狂。親（文苑作「新」）。詠關山月，歸吟鬢的（文苑作「新」）。霜。

下第出京

還失禮官求，花時出雍州。一生爲遠客，幾處未曾遊。故疾江南雨，單衣薊北秋。茫茫數年事，今日淚俱流。

游東林寺

平生愛山水，下馬虎溪時。已到終嫌晚，重遊預作期。寺寒三伏雨，松偃數朝枝。

翻譯如曾見，白蓮開舊池。

晚春關中

忍歷通莊出，東風舞酒旗。百花無看處，三月到殘時。遊塞聞兵起，還吴值歲饑。定唯荒寺裏，坐與噪蟬期。

河　梁

五原人走馬，昨夜到京師。繡户新夫婦，河梁生別離。隴花開不豔，羌笛静猶悲。惆悵良哉輔，鏘鏘立鳳池。

送翁拾遺

還家俄赴闕，別思肯凄凄。山坐軺車看，詩將諫筆題。天開中國大，地設四維低。拜舞吾君後，青雲更有梯。

贈懷光上人

謝城還擁入，師以接人勞。過午休齋慣，離經吐論高。頂寒拳素髮，珠鋭走紅條。終憶泉山寺，聽猨看海濤。

憶廬山舊遊

前年入廬嶽，數宿在靈溪。殘燭松堂掩，孤峰月狖啼。平生爲客老，勝境失雲棲。縱有重遊日，烟霞會恐迷。

别友人

莫恨東牆下，頻傷命不通。苦心如有感，它日自推公。雨夜扁舟發，花時别酒空。越山烟翠在，終愧卧雲翁。

陳侍御新居

幕客開新第，詞人遍有詩。山憐九仙近，石買太湖奇。樹勢想高日，地形誇得時。

白然成避俗，休與白雲期。

寄少常盧同年

官拜少常休，青緺換鹿裘。狂歌離樂府，醉夢到瀛洲。古器巖耕得，神方客謎留。清溪莫沉釣，王者或畋遊。

寄敷水盧校書

諫省垂清論，仙曹豈久臨。雖專良史業，未展直臣心。路入丹霄近，家藏華岳深。還如韓吏部，誰不望知音。

贈明州霍員外

惠化如施雨，隣州亦可依。正衙無吏近，高會覺人稀。海日旗邊出，河禽角外歸。四明多隱客，閑約到巖扉。

遊囊山

山有重囊勢，門開兩徑斜。溪聲寒走澗，海色月流沙。庵外曾遊虎，堂中舊雨花。不知遺讖地，一一落誰家。

唐黄御史集卷第二

唐黄御史集卷第三

唐監察御史莆田黄滔著
大清貢生福鼎王遐春刊

七言律詩

送林寬下第東歸

爲君惆悵惜離京，年少無人有屈名。積雪未開移發日，鳴蟬初急説來程。楚天去路過飛雁，灞岸歸塵觸鏁城。又得新詩幾章别，烟村竹逕海濤聲。

商山贈隱者

誰不相逢話息機，九重城裏自依依。蓬萊水淺有人説，商洛山高無客歸。數隻珍禽寒月在，千株古木熱時稀。西牕昨夜鳴蛩盡，知夢芝翁起扣扉。

送二友遊湘中

千里楚江新雨晴，同征肯恨迹如萍。孤舟泊處聯詩句，八月中旬宿洞庭。爲客早悲烟草緑，移家晚失岳峰青。今來無計相從去，歸日汀洲乞畫屏。

塞　下

疋馬蕭蕭去不前，平蕪千里見窮邊。關山色死秋深日，鼓角聲沉霜重天。荒骨或啣殘鐵露，驚風時掠暮沙旋。隴頭冤氣無歸處，化作陰雲飛杳然。

下第東歸留辭刑部鄭郎中誠

去違知己住違親，欲發羸蹄進退頻。萬里家山歸養志，數年門館受恩身。鸎聲歷歷秦城曉，柳色依依灞水春。明日藍田關外路，連天風雨一行人。

寄懷南北故人

秋風昨夜落芙蕖，一片離心到外區。南海浪高書墮水，北州城破客降胡。玉牕挑鳳住人老，綺陌啼鶯碧樹枯。嶺上青嵐隴頭月，時通魂夢出來無。

關中言懷

事事朝朝委一罇，自知無復解趨奔。試期交後猶爲客，公道開時敢説冤。窮巷住來經積雨，故山歸去見荒村。舉頭盡到斷腸處，何必秋風江上猿。

閨　怨

寸心杳與馬蹄隨，如蜕形容在錦帷。江上月明船發後，花間日暮信迴時。五陵夜作酬恩計，四塞秋爲破虜期。待到乘軺入門處，淚珠流盡玉顔衰。

旅　懷

未喫金丹看十洲，乃將身世作仇讐。覊遊數地值兵亂，宿在孤城聞雨秋。東越雲山却思隱，西秦霜霰苦頻留。它人折盡月中桂，惆悵當年江上鷗。

别友人

已喜相逢又怨嗟，十年飄泊在京華。大朝多事還停舉，故國經荒未有家。鳥帶夕陽投遠樹，人銜臘雪往邊沙。夢魂空繫瀟湘岸，烟水茫茫蘆葦花。

寄羅浮山道者二首

天際雙山壓海濆，天漫絕頂海漫根。時聞雷雨驚樵客，長有龍蛇護洞門。泉石暮含朱槿晝，烟霞冬閉木綿溫。林間學道如容我，今便辭它寵辱喧。

有人曾見洞中仙，纔見人間便越年。金鼎藥成龍入海，玉函書發鶴歸天。樓開石脉千尋直，山折鼇鱗一半膻。誰到月明朝禮處，翠巖深鏁荔枝烟。

喜侯舍人蜀中新命三首

八都詞客漫喧然，誰解飛揚誥誓間。五色綵毫裁鳳詔，九重天子豁龍顏。巴山月在趨朝去，錦水烟生入閤還。謀及中興多少事，莫愁明月不收關。

却搜文學起吾唐，暫失都城亦未妨。錦里幸爲丹鳳闕，幕賓徵出紫微郎。來時走馬隨中使，到日援毫定外方。若以掌言看諫獵，相如從此病輝光。

賈誼纔承宣室召，左思唯預秘書流。賦家達者無過此，翰苑今朝是獨遊。立被御鑪烟氣逼，吟經棧閣雨聲秋。内人未識江淹筆，竟問當時不早求。

經安州感故鄭郎中二首

雲夢江頭見故城，人間四十載垂名。馬蹄踐處東風急，雞舌銷時北闕驚。岳客出來尋古劍，野猿相聚叫孤塋。騰身飛上鳳凰閣，惆悵終乖吾黨情。

錦帳先生作牧州，干戈缺後見荒邱。兼無姓賈兒童在，空有還珠烟水流。江句行人吟刻石，月腸是處象登樓。旅魂頻此歸來否，千載雲山屬一遊。

出京别崔學士

一從門館遍投文，旋忝恩知驟出羣。不道鶴雞殊羽翼，許依龍虎借風雲。命奇未便乘東律，言重終期雪北軍。欲逐飄蓬向歧路，數宵垂淚戀清芬。

旅懷

雪貌潛凋雪髮生，故園魂斷弟兼兄。十年除夜在孤館，萬里一身求大名。空有新詩高華岳，已無丹懇出秦城。侯門莫問曾遊處，槐柳影中肝膽傾。

雁

楚岸花晴塞柳衰，年年南北去來期。江城日暮見飛處，旅館月明聞過時。萬里風霜休更恨，滿川烟草且須疑。洞庭雲水瀟湘雨，好把寒更一一知。

新野道中

野棠如雪草如茵，光武城邊一水濱。越客歸遥春有雨，杜鵑啼苦夜無人。東堂歲去銜杯懶，南浦期來落淚頻。莫道還家不惆悵，蘇秦羈旅長卿貧。

寄越從事林嵩侍御

子虚詞賦動君王，誰不期君入對敭。莫戀兔園留看雪，已乘驄馬合凌霜。路歸天上行方別，道在人間久更香。應念都城舊吟客，十年蹤跡委滄浪。

長安書事

一年年課數千言，口祝心祠挈出門。孤進難時誰肯薦，主司通處不須論。頻秋人自邊城雪，昨日聽來嶺樹猿。若有水田過十畝，早應歸去荻江村。

旅懷寄友人

重疊愁腸只自知，苦於吞蘗亂於絲。一船風雨分襟處，千里烟波迴首時。故國田園經戰後，窮荒日月逼秋期。鳴蟬似會悠揚意，陌上聲聲怨柳衰。

放牓日從此成名後作。

吾唐取士最堪誇，仙牓標名出曙霞。白馬嘶風三十轡，朱門秉燭一千家。郄詵聯臂昇天路，宣聖飛章奏日華。其年當日奏試。歲歲人人來不得，曲江烟水杏園花。

御試二首

已表隋珠各自攜，更從瓊殿立丹梯。九華燈作三條燭，萬乘君懸四首題。靈鳳敢期翻雪羽，洞簫應或諷金閨。明朝莫惜場場醉，青桂新香有紫泥。

六曹三省列簪裾，丹詔宣來試士初。不是玉皇疑羽客，要教金牓帶天書。詞臣假寐題黄絹，宫女敲銅奏子虚。御目四篇酬九百，敢從燈下略躊躇。

二月二日宴中貽同年封先輩渭

帝堯城裏日銜杯，每倚嵇康到玉頽。桂苑五更聽牓後，蓬山二月看花開。垂名入甲乘龍去，列姓如丁作鶴來。同戴大恩何處報，永言交道契陳雷。

酬俞鈎

鄉書一忝薦延恩，二紀三朝泣省門。雖忝立名經聖鑒，敢期興詠疊嘉言。莫論蟾月無梯接，大底龍津有浪翻。今日朝廷推草澤，佇君承詔出雲根。

寄同年崔學士仁寶

半因同醉杏花園，塵忝鴻鑪與鑄顏。已脱素衣酬素髮，敢持青桂愛青山。雖知珠樹懸天上，終賴銀河接世間。畢使海涯能拔宅，三秦二十四畿寰。

寄陳侍御

千年二相未全誇，故劉相、趙相曾從事閩中。猶闕閩城賀降麻。何必錦衣須太守，別無蓮幕勝王家。醴泉湧處休論水，黃菊開時獨是花。九級燕金滿鐏酒，却愁隨詔謁承華。

酬徐正字寅

已免蹉跎負歲華，敢辭霜鬢雪呈花。名從兩牓考昇第，官自三台追起家。疋馬有期歸輦轂，故山無計戀桑麻。莫言蓬閣從容久，披處終知金在沙。

辭府相 時蒙堂帖追赴闕。

從漢至唐分五州，誰爲將相作諸侯。閩江似鏡正堪戀，秦客如蓬難久留。疋馬忍辭藩屏去，小才寧副廟堂求。今朝拜别幡幢下，雙淚如珠滴不休。

寄羅郎中隱

休向中興雪至冤，錢塘江上看濤翻。三徵不起時賢議，九轉終成道者言。緑酒千杯腸已爛，新詩數首骨猶存。瑶蟾若使知人事，仙桂應遭蠹却根。

江行遇王侍御

數年分散秦吴隔，暫泊官船浦柳中。新草軍書名更重，久辭山逕業應空。渡頭潮落將行客，天際風高未宿鴻。此日相逢魂合斷，賴君身事漸飛沖。

客舍秋晚夜懷故山

寥寥深巷客中居，况值窮秋百事疏。孤枕憶山千里外，破牕聞雨五更初。經年荒草侵幽逕，幾樹西風鏁舊廬。長繫寸心歸未得，起挑殘燭獨躊躇。

絳州鄭尚書

旌旗日日展東風，雲稼連山雪刃空。剖竹已知垂鳳食，摘珠何必到龍宮。諫垣虚位期飛步，翰苑含毫待紀公。誰謂唐城諸父老，今時得見蜀文翁。

喜陳先輩及第嶠。

今年春已到京華，天與吾曹雪怨嗟。甲乙中時公道復，朝廷看處主司誇。飛離海浪從燒尾，咽却金丹定易牙。不是駕前偏落羽，錦城争得杏園花。

延福里居和林寬何紹餘醻寄

長説愁吟逆旅中，一庭深雪一牕風。眼前道路無心覓，象外烟霞有句通。幾度相留侵鼓散，頻聞會宿着僧同。高情未以干時廢，屬和因知興不窮。

贈宿松楊明府

溪上家家禮樂新，始知爲政異常倫。若非是水清無底，争得如冰凛拂人。月狖聲和琴調咽，烟村景接柳條春。宦遊兼得逍遥趣，休憶三吴舊釣津。

送僧

纔年七歲便從師，猶説辭家學佛遲。新斸松蘿還不住，愛尋雲水擬何之。孤溪雪滿維舟夜，疊嶂猿啼過寺時。鳥道龍湫悉行後，豈將翻譯負心期。

贈鄭明府

庭羅衙吏眼看山，真恐風流是謫仙。垂柳五株春婭姹，鳴琴一弄水潺湲。援毫斷獄登殊考，駐樂題詩得出聯。臭起陶潛折腰歎，才高位下始稱賢。

江州夜宴獻陳員外

多少歡娱簇眼前，潯陽江上夜開筵。數枝紅蠟啼香淚，兩面青娥折瑞蓮。清管徹時斟玉醑，碧籌回處擲金船。因知往歲樓中月，占得風流是偶然。

湘中贈張逸人

羽衣零落帽攲斜，不自孤峰即海沙。曾爲蜀山成寓跡，又因湘水擬營家。鳴琴座見燕鴻没，曳履吟忘野逕賒。更愛扁舟宿寒夜，獨聽風雨過蘆花。

寓　題

紛紛墨敕除官日，處處紅旗打賊時。竿底得璜猶未用，夢中吞鳥擬何爲。損生莫若攀丹桂，免俗無過詠紫芝。兩岸蘆花一江水，依前且把釣魚絲。

題陳山人居

猶自莓苔馬跡重，石嵌泉冷懶移峰。空垂鳳食簷前竹，漫拔龍形澗底松。隔岸青山秋見寺，半牀明月夜聞鐘。誰能惆悵磻溪事，今古悠悠不再逢。

宿李少府園林

一壺濁酒百家詩，住此園林守選期。深院月凉留夜客，古杉風細似泉時。嘗頻異茗塵心浄，議罷名山竹影移。明日緑苔渾掃後，石庭吟坐復容誰。

送人明經及第東歸

十問久通離義牀，今時登第信非常。亦從南院看新牓，旋束春關歸故鄉。水到吴門方見海，樹侵閩嶺漸無霜。知君已塞平生願，日與交親醉幾場。

斷　酒

未老先爲百病仍，醉杯無計接賓朋。免遭拽盞郎君謔，類苑作謔。還被簪花録事憎。絲管合時思索馬，池塘晴後獨留僧。何因澆得離腸爛，南浦東門恨不勝。

寄蔣先輩在蘇州。

夫差宫苑悉蒼苔，攜客朝遊夜未回。塚上題詩蘇小見，許殿切。江頭酹酒伍員來。秋風急處烟花落，明月中時水寺開。千載三吴有高跡，虎丘山翠益崔嵬。

南海幕和段先輩送韋侍御赴闕

樹色川光入暮秋，使車西發不勝愁。璧連標格驚分散，雪課篇章互唱疇。魏闕別當飛羽翼，燕臺獨且占風流。滿園歌管涼宵月，此後相思幾上樓。

寄南海黄尚書

五羊城下駐行車，此事如今八載餘。燕頷已知飛食肉，龍門猶自退爲魚。紅樓入夜笙歌合，白社驚秋草木疏。西望清光寄消息，萬重烟水一封書。

送人往蘇州覲其兄

闔閭城外越江頭，兩地烟濤一葉舟。到日荆枝應便茂，别時珠淚不須流。迎歡酒醒山當枕，詠古詩成月在樓。明日樽前若相問，爲言今訪赤松遊。

遊東林寺

長生猶自重無生，言讓仙祠佛寺成。碑折誰忘康樂制，山靈表得遠公名。松形入漢藤蘿短，僧語離經耳目清。莫怪遲遲不歸去，童年已夢逶林行。

贈旌德呂明府

渥洼步數太阿姿，争遣王侯不奉知。花作城池入官處，錦隨刀尺少年時。兩衙斷獄兼留客，三考論功合樹碑。須信隔簾看刺史，錦章朱紱已葳蕤。

賀清源僕射新命

雖言嵩嶽秀崔嵬，少降連枝命世才。南史兩榮唯百揆，東閩雙拜有三台。（南京袁憲兄弟同爲僕射，當時榮之。殊未若今清源與府城，并拜僕射，兼帶台席之尊。）一天在頂家家詠，丹鳳銜書歲歲來。虛説古賢龍虎盛，誰攀荆樹上金臺。

浙幕李端公泛建溪

越城吴國結良姻，交發芙蓉幕內賓。自顧幽沉槐省跡，得陪清顯諫垣臣。分題曉并蘭舟遠，對坐宵聽月狖頻。更愛延平津上過，一雙神劍是龍鱗。

貽宋評事

河陽城裏謝城中，入曳長裾出佩銅。燕國金臺無別客，陶家柳下有清風。數蹤篆隸書新得，一竈屯蒙火細紅。時説三吴欲歸處，緑波洲渚紫蒲蘘。

催粧

北府迎塵南郡來，莫將芳意更遲回。雖言天上光陰別，且被人間更漏催。烟樹迥垂連蒂杏，綵童交捧合歡杯。吹簫不是神仙曲，争引秦娥下鳳臺。

寓題

每憶家山即涕零，定須歸老舊雲扃。銀河水到人間濁，丹桂枝垂月裏馨。霜雪不飛無翠竹，鯨鯢猶在有青萍。三千九萬平生事，却恨南華説北溟。

傷蔣校書德山

誰到雙溪溪岸傍，與招魂魄上蒼蒼。世間無樹勝青桂，隴上有花唯白楊。秦苑火燃新賦在，越城山秀故居荒。如何萬古雕龍手，獨是相如識漢皇。

寄楊贊圖學士學士與元昆俱以龍腦登選。

東堂第一領春風，時怪關西小驥慵。華表柱頭還有鶴，華歆名下別無龍。君恩鳳閣含毫數，詩景珠宮列肆供。今日江南駐舟處，莫言歸計爲雲峰。

醻楊學士

神仙簿上愧非夫，詔作疑丹兩入爐。詩裏幾曾吟芍藥，花中方得見菖蒲。陽春唱後應無曲，明月圓來别是珠。莫下蓬山不迴首，東風猶待重搏扶。

寄同年李侍郎龜正

石門南面淚浪浪，自此東西失帝鄉。崐璞要疑方卓絕，大鵬須息始開張。已歸天上趨雙闕，忽喜人間捧八行。莫道秋霜不滋物，菊花還借後時黄。

鍾陵故人

滕王閣下昔相逢，此地今難訪所從。唯愛金籠貯鸚鵡，誰論鐵柱鏁蛟龍。荆榛翠是錢神染，河嶽期須國士鍾。一筯鱸魚千古美，後人終少繼前蹤。

故山

支頤默省舊林泉，石徑茅堂到日前。衰碧鳴蛩莎有露，濃陰歇鹿竹無烟。水從井底通滄海，山在窗中倚遠天。何事蒼髯不歸去，燕昭臺上一年年。

塞上

塞門關外日光微，角怨單于雁駐飛。衝水路從冰解斷，踰城人到月明歸。燕山臘雪銷金甲，秦苑秋風脆錦衣。欲弔昭君倍惆悵，漢家甥舅竟相違。

烏石村即林希劉故居。

往日江村今物華，一迴登覽一悲嗟。故人歿後城頭月，新鳥啼來壠上花。賣劍錢銷知絶俗，聞蟬詩苦即思家。謝公古郡青山在，三尺孤墳撲海沙。

寄同年盧員外

聽盡鶯聲出雍州，秦吴烟月十經秋。龍門在地從人上，郎省連天須鶴遊。休戀一臺惟妙絶，已經三字入精求。當年甲乙皆華顯，應念槐宫今雪頭。

寄同年封舍人渭時得來書。

唐城接軫赴秦川，憂合歡離騾十年。龍頷摘珠同泳海，鳳銜輝翰别昇天。八行真跡雖收拾，四户高扃奈隔懸。能使邱門終始雪，莫教華髮獨潸然。

遇羅員外袞

灞陵橋外駐征轅，此一分飛十六年。豸角戴時垂素髮，鷄香含處隔青天。綺園難貯林棲意，班馬須持筆削權。可忘自初相識地，秋風明月客酈延。

送翁員外承贊

誰言吾黨命多奇，榮美如君歷數稀。衣錦還鄉翻是客，迴車謁帝却爲歸。鳳旋北闕虛丹穴，星復南宫逼紫微。已分十旬無急詔，天涯相送只沾衣。

翁文堯員外捧金紫還鄉之命雅發篇章將原交情遠爲嘉貺洎燕鴻陸犬楚水荆山又吐瓊瑶逮之幽鄙雖湧泉思觸逸興皆虛而强韻押難非才愧輒頗兹酬和以質獎私

搏將盛事更無餘，還向橋邊看舊書。東越獨推生竹箭，北溟喜足貯鯤魚。兩迴誰解歸華表，午夜兼能薦子虛。滔前年蒙文堯員外以長牋薦於時相。須把頭冠彈盡日，憐君不與故人疏。

奉和翁文堯員外經過七林書堂見寄之什

朱旗引入昔茆堂，半日從容盡日忙。駟馬寶車行賜禮，金章紫綬帶天香。山從南國添烟翠，龍起東溟認夜光。定恐故園留不住，竹風松韻漫凄鏘。

奉酬翁文堯員外駐南臺見寄之什

人指南臺山與川，大驚喜氣異當年。花迎金冊非時折，月對瓊杯此夜圓。我愛藏冰從夏結，君憐修竹到冬鮮。殷勤更抱鳴琴撫，爲憶秦兒識斷絃。

翁文堯員外擁冊禮之歸一路有詩名畫錦集先將寄示因書五十六字

六窠只佩諸侯印，争比從天擁冊歸。一軸郢人歌處雪，兩重朱氏着來衣。閩山秀已鍾君盡，洛水波應濺我稀。明日陪塵迎駟馬，定須齋沐看光輝。

奉和翁文堯十九員外中謝日蒙恩賜金紫之什

面蒙君賜自龍墀，誰是還鄉一襲衣。三品易懸鱗鬣赫，八絲展起綵章飛。夐爲勝事垂千古，題作新詩啓七微。嚴助買臣精魄在，定應羞着昔年歸。

奉和翁文堯員外文秀光賢書錦三首

鄉名里號一朝新，乃衅台恩重萬鈞。建水閩山無故事，長卿嚴助是前身。清泉引入旁添潤，嘉樹移來別帶春。莫凭欄干剩留駐，内庭虛位待才臣。右文秀亭。

雖言閩越繫生賢，誰是還家寵自天。山簡愧兼諸郡命，鄭玄慚秉六經權。鳥行去没孤烟樹，漁唱還從碧島川。休説遲迴未能去，夜來新夢禁中泉。右光賢閣。

君王面賜紫還鄉，金紫中推是甲裳。華構便將垂美號，故山重更發清光。水澄此日蘭宫鏡，樹憶當年柏署霜。珍重朱欄兼翠栱，來來皆自讀書堂。右晝錦堂。

奉酬翁文堯員外神泉之遊見寄嘉什

含雞假豸喜同遊，野外嘶風并紫騮。松竹迴尋青嶂寺，姓名題向白雲樓。泉源出石清消暑，僧語離經妙破愁。争奈愛山尤戀闕，古來能有幾人休。

寄翁文堯拾遺

唐設高科表用文，吾曹誰作諫垣臣。甌山秀氣曠千古，鳳闕華恩鍾二人。起草便論天上事，如君不是世間身。龍頭龍尾前年夢，今日須憐應若神。滔卯年冬在宛陵，夢文堯作狀頭及第；又申四月十二日夜在清源，夢到殿前東道自西，厲聲唱翁某拜右省拾遺。

唐黄御史集卷第三

唐黄御史集卷第四

唐監察御史莆田黄滔著
大清貢生福鼎王遐春刊

五言排律

省試一一吹竽乾符二年。

齊竽今歷試，真僞不難知。欲使聲聲别，須令箇箇吹。後先無錯雜，能否立參差。次第教單進，宫商乃異宜。凡音皆竄跡，至藝始呈奇。以此論文學，終憑一一窺。

明月照高樓

月滿長空朗，樓侵碧落横。波文流藻井，桂魄拂雕楹。深鑒羅紈薄，寒搜户牖清。冰鋪梁燕噤，霜覆瓦松傾。卓午收全影，斜懸轉半明。佳人當此夕，多少别離情。

廣州試越臺懷古

南越千年事，興懷一旦來。歌鐘非舊俗，烟月有層臺。北望人何在，東流水不回。吹蔥風雜瘴，沾檻雨經梅。壯氣曾難揖，空名信可哀。不堪登覽處，花落與花開。

襄州試白雲歸帝鄉

杳杳復霏霏，應緣有所依。不言天路遠，終望帝鄉歸。高嶽和霜過，遥關帶月飛。漸憐雙闕近，寧恨衆山違。陣觸銀河亂，光連粉署微。旅人隨計日，自笑比麻衣。

省試奉詔漲曲江池以「春」字爲韻。乾符二年。

池脉寒來淺，恩波注後新。引將諸派水，別貯大都春。幽咽疏通處，清泠迸入辰。漸平連杏岸，旋闊映梅津。沙没迷行徑，洲寬恣躍鱗。願當舟檝便，一附濟川人。

題宣一僧正院

五級凌虚塔，三生落髪師。都僧須有托，孤嶠遂無期。井邑焚香待，君侯減俸資。

山衣隨疊破，菜骨逐年羸。茶取寒泉試，松於遠澗移。吾曹來頂手，不合不題詩。

和王舍人崔補闕題福州天王寺

郭內青山寺，難論此崛奇。白雲生院落，流水下城池。石像雷霆啓，江沙鼎鼐期。嶽僧來坐夏，秦客會題詩。罔轉泉根滑，門昇蘚級危。紫微今日句，黄絹昔年碑。歇鶴松低閣，鳴蛩徑出籬。粉垣千堵束，金塔九層支。啼鳥笙簧韻，開花錦繡姿。清齋奔井邑，玄髪剃熊羆。極浦征帆小，平蕪落日遲。風篁清却暑，烟草緑無時。信士三公作，靈蹤四絕推。良遊如不宿，明月擬何之。

寄獻梓橦山侯侍郎時常拾遺諫諍。

漢宮行廟略，簪笏落民文苑作人。間。直道三湘水，高情四皓山。賜衣僧脱去，奏表主批還。地得松蘿塢，泉通雨雪灣。東門添故事，南省缺新班。有新命不起。片石秋從露，幽牕夜不關。夢餘蟾隱映，吟次鳥綿蠻。可惜相如作，當時事悉閒。

壬癸歲書情

故園招隱客，應復笑無成。謁帝逢移國，投文值用兵。孤松憐鶴在，疏柳惡蟬鳴。匹馬迷歸處，青雲失曩情。江頭寒夜宿，壠上歉年耕。冠蓋新人物，漁樵舊弟兄。易生唯白髮，難立是浮名。惆悵灞橋路，秋風誰人行。

河南府試秋夕聞新雁

湘南飛去日，薊北乍類苑作「又」。驚秋。叫出隴雲夜，聞爲客子愁。一聲初觸夢，半白已侵頭。旅館移欹枕，江城起倚樓。餘燈依古壁，片月下滄洲。寂聽良宵徹，躊躇感歲流。

和吴學士對春雪獻韋令公次韻

春雪下盈空，翻疑臘未窮。連天寧認月，墮地屢兼風。忽誤邊沙上，應平火嶺中。林間妨走獸，雲際落飛鴻。梁苑還吟客，齊都省創宫。掩扉皆墐北，移律愧居東。書幌飄全濕，茶鐺入旋融。奔川半留滯，疊樹互玲瓏。出户行瑶砌，開園見粉藂。高才興詠處，真宰答殊功。

省試内出白鹿宣示白官乾寧二年。

上瑞何曾乏，毛羣表色難。推於五靈少，宣示百寮觀。形奪場駒潔，光交月兔寒。已馴瑶草别，孤立雪花團。戴豸慚端士，抽毫躍史官。貴臣歌詠日，皆作白麟看。

出關言懷

又乞書題出，關西謁列侯。寄家僧許嶽，釣浦雨移洲。賣馬登長陸，沾衣逐勝遊。菜腸終日餒，霜鬢度年秋。詩苦無人愛，言公是世仇。却憐庭際草，中有號忘憂。

塞上

掘地破重城，燒山搜伏兵。金徽互嗚咽，玉笛自凄清。使發西都聳，塵空北嶽横。長河涉有路，曠野宿無程。沙雨黄鶯囀，轅門青草生。馬歸秦苑牧，人在虜雲耕。落日牛羊聚，秋風鼓角鳴。如何漢天子，青塚沓含情。

壺公山古老相傳古仙姓陳，名壺公，於此山成道，因而名焉。

八面峰巒秀，孤高可偶然。數人遊頂上，滄海見東邊。不信無靈洞，相傳有古仙。橘如珠夏在，池象月垂穿。山頭有池而圓，兼橘樹朱實夏在。髣髴嘗聞樂，岧嶤半揷天。山寒徹一伏，松偃出千年。樵牧時迷所，倉箱歲疊川。嚴祠風雨管，怪木薜蘿纏。青草方中藥，蒼苔石裡錢。瓊津流乳竇，春色駐芝田。烏兔中時近，龍蛇蟄處膻。嘉名光列土，秀氣產羣賢。瀑鏁瑶臺路，溪昇釣浦船。鼇頭擎恐没，地軸壓應旋。蠲疾寒甘露，藏珍起瑞烟。畫工飛夢寐，詩客寄林泉。掘地多雲母，緣霜欠木棉。井通鰌吐脈，僧隔虎棲禪。山間有井通海，盈縮之候。貞元中，有僧號法通。咸通中，有僧號弘播，於其絶頂獨禪，昏行至降虎。而法通曾下山，遇兩虎争一牛，乃叱而隔之，分令各啖之。危磴千尋拔，奇花四季鮮。鶴歸玄圃少，鳳下碧梧偏。桃易炎凉熟，茶推醉醒煎。村家蒙棗栗，俗骨爽猿蟬。谷語昇喬鳥，陂開共蔕蓮。落楓丹葉舞，新蕨紫芽拳。翠竹雕羌笛，懸藤煮蜀牋。白雲長掩映，流水别潺湲。作賦前儒鬭，冲虚南國先。省郎求牧看，野老葺齋眠。潘郎中存實詩云：雙旌牧清源，吟看壺公翠。又歐陽秬先輩自刺史蘇君書求泉山之爲畫屏云：壺公之高，洛陽之深，夢魂所思。寺歷興衰創，碑須一二鐫。清吟思却隱，簪紱奈縈牽。

七言排律

投翰長趙侍郎

禹門西面逐飄蓬，忽喜仙都得入蹤。賈氏許頻趨季虎，荀家因敢謁頭龍。手扶日月重輪起，數是乾坤正氣鍾。五色筆驅神出没，八花磚接帝從容。詩酬御製風騷古，論自人情鼎鼐濃。豈有地能先鳳掖，别無山更勝鼇峰。攀鴻日淺魂飛越，爲鯉年深勢噞喁。澤國雨荒三逕草，秦關雪折一枝筇。吹成暖景猶葭律，引上纖蘿在嶽松。願向明朝薦幽滯，免教號泣觸登庸。

鄜畤李相公

秦城擇日發征轅，齋戒來投節制尊。分虎名高初命相，攀龍迹下愧登門。夜聽謳詠銷塵夢，曉拜征幢戰旅魂。華舍天開寧有礙，綵毫雖疑作錐。乏敢無言。生兼文武爲人傑，出應乾坤靜帝閽。計吐六奇誰敢敵，學窮三略不須論。功高馬卸黄金甲，臺迥賓歡白玉罇。九穗嘉禾垂綺陌，四時甘雨帶雕軒。推恩每覺東溟淺，吹律能令北陸暄。青草連沙無血濺，黄榆鏁塞有鷽翻。笙歌合沓春風郭，雞犬連延碧岫村。遊子不緣貪獻賦，永依棠樹托蓬根。

投刑部裴郎中

兩牓驅牽别海涔，它門不合覓知音。瞻恩雖隔雲雷賜，向主終知犬馬心。詩禮後人窺作鏡，廟堂前席待爲霖。已齊日月懸千古，肯誤風塵使陸沉。拜首敢將誠吐血，蜕形唯待諾如金。愁聞南院看期到，恐被東牆舊恨侵。緇化衣空難抵雪，黑銷頭盡不勝簪。數行淚裏依投志，直比滄溟未是深。

成名後呈同年

業詩攻賦薦鄉書，二紀如鴻歷九衢。待得至公搜草澤，如從平陸到蓬壺。雖慚錦鯉成穿額，忝獲驪龍不寐珠。蒙楚數疑休下泣，師劉大喝已爲盧。人間灰管供紅杏，天上烟花應白榆。一字連鑣巡甲族，千般唱罰賞皇都。名推顔柳題金塔，飲自燕秦索玉姝。退愧單寒終預此，敢將恩嶽怠斯須。

五言絶句

輦下寓題

對酒何曾醉，尋僧未覺閒。無人不惆悵，終日見南山。

寄題崔校書郊舍

一片寒塘水，尋常立鷺鷥。主人貧愛客，沽酒往吟詩。

秋　思

碧嶂猿啼夜，新秋雨霽天。誰人愛明月，露坐洞庭船。

芳　草

澤國多芳草，年年長自春。應從屈平後，更苦不歸人。

輦下書事

北闕新王業，東城入羽書。秋風滿林外，誰道有鱸魚。

七言絶句

入關言懷

背將蹤跡向京師，出在先春入後時。落日灞橋飛雪裏，已聞南院有看期。

過長江

曾搜景象恐通神，地下還應有主人。若把長江比湘浦，離騷不合自靈均。

題靈峰僧院

繫馬松間不忍歸，數巡香茗一枰棋。擬登絶頂留人宿，猶待滄溟月滿時。

司馬長卿

一自梁園失意回，無人知有掞天才。漢宮不鑠陳皇后，誰肯量金買賦來。

和同年趙先輩觀文

玉兔輪中方是樹，金鼇頂上别無山。雖然迴首見烟水，事主酬恩難便閒。

出京别同年

一枝仙桂已攀援，歸去烟濤浦口村。雖恨别離還有意，槐花黄日出青門。

歸　思

薊北風烟空漢月，湘南雲水半蠻邊。寒爲旅雁暖還去，秦越離家可十年。

東林寺貫休上人篆隸題詩

師名自越徹秦中，秦越難尋師所從。墨跡兩般詩一首，香爐峰下似相逢。

寓江州李使君

使君曾被蟬聲苦，每見詞文即爲愁。況是楚江鴻到後，可堪西望發孤舟。

遊南寓題

江山節被雪霜遺，毒草過秋未擬衰。天不當時命鄒衍，亦將寒律入南吹。

九日

陽數重時陰數殘，露濃風硬欲成寒。莫言黄菊花開晚，獨占樽前一日歡。

夏州道中

隴雁南飛河水流，秦城千里忍回頭。征行渾與求名背，九月中旬往夏州。

經慈州感謝郎中

金聲乃是古詩流，況有池塘春草儔。莫遺宣城獨垂號，雲山彼此謝公遊。

寓　題

吴中烟水越中山，莫把漁樵漫自寬。歸泛扁舟可容易，五湖高士是抛官。

寄宋明府

北闕秋期南國身，重闢烟月五溪雲。風蟬已有數聲急，賴在陶家柳下聞。

花

莫道顔色如渥丹，莫道馨香過茝蘭。東風吹綻還吹落，明日誰爲今日看。

閏八月

無人不愛今年閏，月看中秋兩度圓。唯恐雨師風伯意，至時還奪上樓天。

别　後

夢裏相逢無後期，烟中解珮杳何之。虧蟾便是陳宫鏡，莫吐清光照别離。

嚴陵釣臺

終向烟霞作野夫，一竿竹不换簪裾。直鈎猶逐熊羆起，獨是先生真釣魚。

馬嵬三首

鐵馬嘶風一渡河，淚珠零便作驚波。嗚泉亦感上皇意，流下隴頭嗚咽多。
龍腦移香鳳輦留，可能千古永悠悠。夜臺若使香魂在，應作烟花出隴頭。
錦江晴碧劍鋒奇，合有千年降聖時。天意從來知幸蜀，不關胎禍自蛾眉。

奉和文堯對庭前千葉石榴

一朵千英綻曉枝，綵霞堪與别爲期。移根若住芙蓉苑，豈向當年有醒時。

翁文堯以美疹暫滯令公大王益得異禮觀今日寵待之盛輒成一章

滋賦誠文侯李盛，終求一襲錦衣難。如何兩度還州里，兼借鄉人更剩觀。林鄭在舉場口，時曰：滋賦誠文，中外相奬。

木芙蓉三首

黄鳥啼烟二月朝，若教開即牡丹饒。天嫌青帝恩光盛，留與秋風雪寂寥。

却假青腰女翦成，緑羅囊綻綵霞呈。誰憐不及黄花菊，只遇陶潛便得名。

須到露寒方有態，爲經霜裛稍無香。移根若在秦宫裏，多少佳人泣曉妝。

奉和翁文堯戲寄

握蘭宫裏數名郎，好是乘軺出帝鄉。兩度還家還未有，别論光彩向冠裳。

和陳先輩陪陸舍人春日遊曲江

劉超遊召郄詵陪，爲憶池亭舊賞來。紅杏花旁見山色，詩成因觸鼓聲回。

靈　均

莫問靈均昔日遊，江籬春盡岸楓秋。至今此事何人雪，月照楚山湘水流。

卷　簾

緑鬟侍女手纖纖，新捧嫦娥出素蟾。衛玠官高難久立，莫辭雙卷水精簾。

啓　帳

得人憎是繡芙蓉，愛鎖嫦娥出月蹤。侍女莫嫌擡素手，撥開珠翠待相逢。

去　扇

城上風生蠟炬寒，錦帷開處露翔鸞。已知秦女昇仙態，休把圓輕隔牡丹。

附來贈詩

賀黄文江覆試及第　　褚載

一枝芳桂兩迴春，始驗文章可致身。已把色絲邀上第，又將鴻筆冠羣倫。龍泉再淬方知利，火浣重燒轉覺新。今日街一作仰。頭看御牓，大能榮耀苦心人。

和從兄御史延福里居　從弟蟾

天賜平安水北中，滿庭荆樹醉春風。縱教塵世三公貴，何似吾家一脈通。花底輕風香撲散，門前細柳緑皆同。回頭文館長安上，謂德溫兄。此際思予寧有窮。

唐黄御史集卷第四

唐黃御史集卷第五

唐監察御史莆田黃滔著
大清貢生福鼎王遐春刊

碑記銘

泉州開元寺佛殿碑記

混沌死而天地生，道德銷而仁義作。情車業網，始脈旋波。天謂洛龜河龍，文有生而不文無生，乃産金聖人於西國。鑽智慧火，乾煩惱海，理不吾吾而一貫生生。其姿電燿於周室，其波派漾於漢代。繇是館移鴻臚，城崇白馬。斯有寺之始也。寺制殿，象王者之居，尊其法也。其後金地蓮扃，周旋四海，烏飛兔走，或故或新。至如神運之靈莫靈矣，亦靡得而疇然。則我州開元寺佛殿之與經樓、鐘樓，一夕飛燼，斯革故鼎新之數也。初僕射太原公，以子房之帷幄布泉城，以叔度之袴襦纊泉民，而謂竺乾之道與尼聃鼎，宜根乎信而友乎理。矧開元御宇，五十載之聖容，實寺之冠。洎帥閩也，愈進其誠。繕經三千卷，皆極越藤之精，書工之妙。駕以白馬十乘，送以府僧，迎以郡僧，置茲之樓。既而蜀雨不飛，識者以爲物之尤，罕留於世。敬之至，必動乎神。是必爲地祇所搜，龍宫之索。不然者，曷與斯故新之數期。厥理則明，我宜悄然不已。仲弟檢校工部尚書爲茲郡之秋也，武則拍孫吴之背，文則席夏商於前，而復龍虎之内，以塤以篪。大聳孟龍之旨，乃割俸三千緡，鳩工度木，烟巖雲谷之杞梓楩柟。投刃以時，趨功以隟。食以月粟，付以心倕，不期年而寶殿湧出。棟隆舊綺，梁修新虹。八表四隅，悉半乎丈。柱盛鏡礎，方珪叢斗。楣承蟠螭，飛雲翼栱。文榱刻桷，轇轕杈枒。或經緯以开織，或丹雘而纈耀。鼎若蟾窟，鞏如鼇背。風夏飀而秋生，僧朝梵而谷應。昇者骨冰，觀者目波。而五間兩厦，昔之制也。自東迦葉佛、釋迦牟尼佛，左右真容。次彌勒佛、彌陀佛、阿難、迦葉，菩薩、衛神，雖法程之有常，而相貌之欲動。東北隅則揭鐘樓，其鐘也新鑄，仍偉舊規。西北隅則揭經樓，雙立嶽峯，兩危壓雲，東瞰全城，西吞半郭。霜韻扣而江山四爽，金字駢而講誦千來。是知天地日月，鬼神不欲一存其物，將有待於後人也。設使斯殿也斯樓也，不有之故，其何以新。我公之作之爲，其何以布之哉？三署六韶，流通貝多。戈霜劍雪，爲甘露潔，信英智之所措也。既畢，召化内之緇錫，數邁于千齋而落之。累中慈雲五色，慧日重輪。譚者以爲梵天之字，化於是矣。靈山之會，儼於是矣。我公之倅試大理評事宋君曰騈，才推博古，識洞真如。請立貞珉，垂於不朽。公以小儒不佞，俾刻斯文。僧正臨壇大德僧宣一，桑門之關楗者，曰：「寺有記，亡之矣。垂拱二年，郡儒黄守恭宅桑樹吐白蓮花，捨爲蓮花道塲。後三年，昇爲興教寺，復爲龍興寺。逮元宗之流聖儀也，卜勝無以甲茲，遂爲開元寺焉。嘗有紫雲覆寺至地，至今凡草不生其庭。大矣哉！自垂拱之迄開元，四朝而四易號。及句。諒兆水於木，垂雲薙草，謂桑蓮之與雲草。天啓地靈之如是。則開元實寺之冠，斯又冠開元焉。金聖人無爲也，堯舜亦無爲也。誠參錯其道，巍巍聖儀，水與諸佛如來俱，豈不其然？」愚是以奮筆於一公之説。乾寧四年丁巳冬十一月日記。

大唐福州報恩定光多寶塔碑記

金聖人之教功與德，魯聖人之教忠與孝。以忠孝之祈功德，莫之大也。天復元年辛酉，大子西巡，岐汴交兵，京洛顒顒。我威武軍節度使相府瑯琊王王公，祝天地鬼神，以至忠之誠，發大誓願。于開元之寺造塔，建號壽山，仍輔以經藏，乞車駕之還宫也。其三年甲子，以大孝之誠，發大誓願，于茲九仙山造塔，建號定光，仍輔以經藏，爲先君司空，先秦國太夫人，元昆故司空薦祉于幽陰也。大矣哉！赫赫忠誠，懇懇孝思。以國以家，家，以明以幽。胡天地之不動歟？胡鬼神之不感歟？釋之西天謂之窣堵波，中華謂之塔。塔制以層，增其敬也，造之獲無量無邊功德。初我公以宏才妙略之有藩維，以仁智神鑒之謀遠大。謂閩越之江山奇秀，土風深厚。而府城坐龍之腹，烏石、九仙二山聳龍之角，屹屹巖巖，孱孱顔顔，兩排地面，雙立空際。怪石如墉，迴崗若揖。東御滄海以鏡豁，西走建溪而帶縈。氣色蒙茸，風雲蓬勃。非仙宮佛寺，不可以乘龍之角，大龍之腹，何烏石二而九仙曠？烏石山有神光、天王二寺。豈非代虛其作，地祕其期，以待我公？況古仙鍊骨之所，昇真之跡耶？一旦之新城月圓，壬戌歲，我公卜築其外城，號「月城」。二山之嘉氣雲連，森上介，掀大旆，或旬或朔，眷于粉堞之上。時行時止，卜於烟巒之堀。得峻中之平，平中之峻。凸而不隆，凹而不卑。樹翳薈以奇姿，草芊萌而別翠。遂從弘願，啓茲塔之基焉。塔之科也，恐山之偏，憂地之入，將塹平壤，五十尺之深，百有餘尺之闊，杵土積石而上。上聲。逮二十尺，瞥然虹見，瑩然穴貯。俄以珠寶之獲，坐以金錢。大不及拳，光能奪目。于時清風四來，海天擴開。烟霞蓊蔚於城隅，鸞鶴盤旋於林表。舉閩之軍，傾閩之俗，以趨以走，以歌以詠。既而畚鍤投，般倕奮，內甃以塼，凡四十萬口。外搆以木，蓋百其巧。七層八面，玲瓏窈窱。榱桷欄楯，轇轕杈枒。雲楣翼環，珪斗鱗蹙。彫鎪丹雘，曲盡其妙。方七十有七尺，高二百尺，相輪之四十尺參之也。懸輪之鐸一百九十，懸層之鐸五十有六，角瓦之神五十有六。其内也，則門門面面，繢以金像，不可勝紀。登之者若身在梵天，瞻之者覺神離瞻部。業業然觸圓青而直上，野鶴經之而高翔，疑掠其腹；鱗鱗然壓峭碧而崛起，地祇感之而下捧，疑殫其力。其相輪也，我公誓願之日，仲氏司徒自清源聞而感，鑄而資。雖從人力，悉類神功。謹按妙法蓮花品，自地湧塔于佛之前，其幢幡瓔珞，瑪瑙車渠，七盤四懸，乘虚耀日，乃多寶之佛發大誓願之感現也。繇是以斯塔取如來之嘉號，號之曰「定光」。以其感珠之現，侔於自地之湧，故聯之於多寶。本於孝思薦飭，故冠之以報恩，此其義也。夫如是大雄之力，出死入生，至誠之神，感天動地。若乃沉沉夜壑，浩浩世塵，莫不以茲玄符，承彼慧日。超於三千大千之世，遊乎二十八天者哉。苟不之然，則凡彼經文，悉爲之虚語耳，又焉能垂信於百千年之後哉？既而巍巍峩峩，金輝鐵牢。其東則翼以經藏焉。其藏也，外搆以扃，八角兩層。刻栴檀，鏤金銅，飾朱漆之炳焕。仍衛以華堂七間，名之轉經焉。致其沙門比邱，比比厥跡，以爲拜唱趺讀叢談聚聽之湊。日繫乎月，月繫乎時。軒軒閴閴，奚景福之不幽資乎？又感應天王殿一間兩厦。其天王也，變毗沙之身於感通之年，現神質爲龜城之助。今倏腰衣褐，屣足乘雲。雙吐目光，兩飛霞彩。乃千百億化身之一，爲壽山草木之應。今塑于此，厥感寧亡。其西則翼之别殿曰「塔殿」。其塔也，我公萌誓願之先，因心以制十有三層之妙形。匪偉而誠，有爲去聲。殿斯奇而塔斯處。其北則報恩變相堂九間，潔瑠璃之地，等娑婆之世。七寶叢樹，五色騰光。明明見閻提之心，一一標如來之説。又僧堂五間，上五間。下之，與茶堂五間，直聯曲交，冬溫夏涼。又華鐘之樓，迥起清音，下折刀山。長明燈之臺，圓籠孤光，杳輝漆壤。其東南之一臂，復建地藏殿一間兩廈，功德堂五間，僧堂五間。張如別搆，而制匪異。其殿也，坐以菩薩之麗，若欲飛動。其堂也，駢錯儀像，或金範，或幅繢，千形百質，恐悉諸天之聖侶粵問去聲。焉。公廳四門一廈，或備旌鉞之覯止。我公或四季之旦，三旬之八，聚僧設會，拜首追祝。勤勤恪恪，罔所不至。舉閫之高卑，舉閫之少耋，攀之望之，無不動心涕臆。君子謂豈唯冥薦于先，蓋以孝教民也。又庫厨五間，浴室三間，接之井，井重以樓焉。環周輻輳之行廊，凡三百有三間。揔費財六萬餘貫，如山之疊，如洞之濬。巑巑隆隆，叢爲一宫。其大也，琢文石以爲軒，彫修虹以爲梁。其小也，取良木於靈山，篩嘉壤於飛塵。雖掩映乎人間，實參差乎象外。其經也，帙十卷於一函，凡五百四十有一函。揔五千四十有八卷，皆極剡藤之精，書工之妙。金軸錦帶，以爲之飾。天祐二年乙丑夏四月朔，我公宿誠于州，束烹于肆。及脇降之辰，大陳法會，以藏平聲。其經。緇徒累千，士庶越萬。若緇若士，一而行之。正身翔手，右捧左授，自州之圯，起於我公，傳至于藏。觀者如堵牆，佛聲入霄漢。幡花照乎全郭，香烟連乎半空。雪頂之僧，指西土之未有；駘背之叟，慶東閩之天降。可謂之鴻因妙果者也。始者我公之登壇也，其一之年，偃干戈，興禮樂；二之年，陳耒耜，均賦輿；三之年，疊貢輸，祗寵澤。萬乘臣其職，四隣視其睦，百姓天其政。故一川之鏡如，靈臺之月如。融融怡怡，愉愉熙熙。乃大讀儒釋之書，研古今之理。常曰：「文武之與釋氏，蓋同波而異流。若儒之五常，仁、義、禮、智、信。仁者含弘也，比釋之慈悲爲之近；禮者謙讓也，比釋之恭敬爲之近；智者通識也，比釋之聖覺爲之近；信者直誠也，比釋之正直爲之近；而義者殺也，其爲異諸武之七德。至如戢兵、保土、安民、和衆之類，亦猶川陸之徂秦適洛焉。然則皆謂之煩惱，吾父國也，子民也，朝爲社稷之計，暮作稼穡之念。若俾求智慧火，乾煩惱海，則非吾之所能。若建金地，繕金文，陳法會，一衆僧，冀乎不可思議，乃吾之所志也。」於是月陳三齋，時或雪峯之僧，圍繞千徒；卧龍之僧，圍繞五百。以至萬錢之膳，或問嘉蔬；五袴之歌，或參雲梵。慈航駕岸，法雨垂空。必致菩薩化身，羅漢混俗以降也。時人謂靈山之會日儼矣。又以府之寺至于清源，或存或燼，或抽金積俸，增而新之。而府之開元、大中、神光，曩塔之數，與寺俱焉。新于大中、神光，乃規舊制，而精燿宏壯，則邁前時。開元則輔之經藏，加之轉輪之盛，尊大君也。定光多寶，報恩於劬勞，故以塼。塼者，專也，謂山度之材，有蠹朽之日；火化之壤，無銷鑠之期。其本乎土也，資乎火也。及投諸水火，則不歸乎土，不壞於水。歷千秋而其質堅然，乃以專至賢貞之誠寓于是。則斯誠也如是，得無感乎？則彼珠之爲符驗矣。且夫珠也，或頷乎龍，或御乎蛇，或胎乎蚌，故水懷而川媚。今茲珠也，不自乎龍，不自乎蛇，不自乎蚌，匪懷水而媚川，而孕厚地之二十尺。豈非斯之感歟？不然，則始從融結而孕之也。若以始從融結而孕之，則厥初已兆我唐之有我公也。厥初已兆我唐之有我公，則我公之言烏石之有神光、天干，九仙代虛其作，地秘其期，以待我信矣。塔之訖功，顧小從事某，有禮官甲科之忝，明主研許之幸。庶幾於聖人立身揚名之道，命爲之記，用旌厥德於無窮。某不敢牢讓，作禮而推之言。夫陶天地爲後時，鎖生死於無朕。其道不可以真虛求聲影賾，應誓願於有爲。現感通於至誠，其道乃可以精諦至嚴敬致。今我公以精諦嚴敬，積功累德，以泝流于世。斯塔也，嶽嶽崇崇，兼乎仁孝之鴻名，偕天地日月江山之永，遂刻于貞石焉。其詞曰：

金聖人教德與功兮，魯聖人教孝與忠兮。巍巍賢傑，二美鍾兮。建茲寶塔，惟追崇兮。祝天瀝懇，先延鴻兮。報劬薦祉，祈幽通兮。仙山之秀，夷且隆兮。曠古爲期，俟仁風兮。月圓珠現，契遭逢兮。融結之初，兆英雄兮。豈徒嶫嶫，懿斑工兮。火壤之貞，積磨礱兮。斧材之取，厥匪同兮。七層八面，相玲瓏兮。金鈴寶鐸，交丁冬兮。影落澄清，馴魚龍兮。頂觸圓碧，分鴻濛兮。績儀範像，疊其中兮。齊天極地，爲初終兮。金文貝宇，搆重重兮。講讀千來，罄西東兮。靈山盛會，日雍雍兮。甘露法雨，常蒙籠兮。鴻名冥祉，偕無窮兮。

靈山塑北方毗沙門天王碑

列藩之業有地，有地之職有民。有民之道，興禮樂惇忠孝以行事。興禮樂惇忠孝以行事，然後謀謀者也。築城池居其一。城既築，進道德以居之，樹神祇以尸之。爲一方之巨防，雖永古而無疑。我相府瑯琊王王公之有閩越也，具列藩之業，修有地之職，行有民之道。自乾寧四年丁巳至天祐二年壬戌，凡六年，禮樂興，忠孝敦，乃謀及城池。城池及謀，乃尸及神祇。於是於開元寺之靈山，塑北方毗沙門天王一鋪，全部落已，鎮于城焉。大矣哉！所謂闡六韜，濬七德，建陽功，配陰隲。夫毗沙門，梵音，唐言「多聞」也。始自于闐刹利之英奇，膺世尊帝釋之錫號。居須彌山北，住水晶宮殿，領藥义衆爲帝釋外臣，以護南贍部洲。其道入大乘，得無生法，忍住聲聞，證不還果。謹稽我公之築城也，恢守地養民之本，隆暫勞永逸之策。其名舉一而生三，法陽數也。曰大城焉，南月城焉，北月城焉。周圓二十六里四千八百丈，基鑿于地，十有五尺。杵土胎石而上，上聲。

上高二十尺，厚十有七尺。外甃以磚，凡一千五百萬片。上架以屋，其屋曰廊，其大城之廊也，一千八百有十間。自廊凸而出之爲敵樓，樓之層者二十有三。又角立之樓六，其二者層復層焉，皆欄干鈎聯，參差煥赫。而廊之若干步一鋪，又各以鼓，而司更焉，凡三十有六，謂之更鋪。其四面之門八，其南曰福安門，福安之東曰清平門，西曰清遠門；其北曰安善門，安善之東曰通遠門；其東曰通津門，通津之北曰濟川門；其西曰善化門，皆鐵扇銅扃，開陽闔陰。門之上仍揭以樓，三間兩挾兩噲，修廊雙面遠碧。門之左右，又引而出之，爲之亭，兩間一廈。又匪樓之門九，曰暗門焉。又水門三，其二樹欞篩波，卸帆入舟，鳴舷柳浦，迴環一郭，堤諸萬户。注之以堰二，渡之以橋九。鏡瑩虹横，交舫走蹄。斯大城之制也，粤南月城也。東貯九仙，西盛烏石之二山。嘉樹蓄雲，茂草藏獸。城上之廊一千十有三間，其中七間謂之徘徊。敵樓四十有九，樓之層者三，其門二，曰登庸門、郭璞記：「南臺江沙合即有宰相。」而我公膺期。今登庸門外橋，名沙合橋。道清門。其上之樓，其下之扉。左右之引亭，建暗門八，水門二，其堰一，其橋五。及廊之更鋪二十，悉與大城類。其外之東西，復距而出之，謂之横城。其東也，城上之廊四十二間五廈，其中二間是兩面之敵樓。其門一。斯南月城之制也。伊北月城也，城上之廊六百四十二間，敵樓二十有六，樓之層者十。其門二，曰道泰門、嚴勝門。其上之樓，其下之扉。左右之引亭，建暗門四，水門二。其橋一，及廊之更鋪十有四，復與南月城類。又觜而出之，謂之横城。城上之廊五間一厦，其門一。斯北月城之制也。其東晝長川以爲洫，西連乎南。句。盤別浦以爲溝，悉通海鰌朝夕盈縮之波。底澤鱗介，岸泊艓艘。北截越王之故山，派西湖以爲隍。苕鰲之負，如甌之置。軒軒然，翼翼然。真謂天設之府，神開之地也。

既而我公一旦膝分席校，鱗軍堵羣，陳大會以落之。而言曰：「惟閩越之爲藩屏也，建汀二疆束其右，巖千而壑萬。溟海巨流瀕其左，濤雷而浪霆。信乎江山奇險，無以加之。矧今新之以城壁，城壁之以鐵石。古人言得地，又言守地，又言堅壁。豈不以得地而居，守地以城，城以堅壁，信不疑矣。然則吾之戴恩忝土，勤勤懇懇，不以江山奇險之爲奇險，不以城壁鐵石之爲鐵石也，修道德樹神祇以居之。」毗沙門之天王，自天竇中，使于闐者得其真還，愈增宇內之敬。旋大夫芮國公荆渚之塑也，凡百城池，莫不一之。斯舊城之北，往規也。舊天王在子城北也。斯新城之制，今城也。且勝莫勝於開元寺，尚莫尚於寺之靈山。阜寺之艮，控城之乙。祖僧六葉鴈其下，珉石一拳星其上。廬山灣落星石上有佛舍。劍池徹寫，飛山奔揖。足以象水精而瑩宮殿，掀廟貌以衛城池。爰將擇工之精，搜塑之妙，製乎聖質，俄然化出。身被金甲，手擎鴈塔，地祇下捧，天將前擁。光灼灼而如將動搖，神雄雄而若欲叱咤。觀之者皆謂須彌拔宅於是矣，于闐分身於是矣。而復翼僧堂而右邃，膊鐘樓而左突。毳錫百萃其夏午，蒲鯨六吼其宵加。信爲塵間之北方，連營之靈域也。訖命小從事某，刊貞石而碑之。某不敢牢讓，齋戒三日，抽毫而書。猗歟天王，因果則釋氏，猛勇則兵權。啓願而願從，云戰而戰勝。至如揮額汗以爲童子，却修羅之師。擎手塔以貯彌陀，解天鼓之赴。爰皆肹蠁，克致感通。洎唐有土蕃之黷也，豆面以行疹，儀金以現人，嚙戈以生鼠。與彼時之元應，蓋大同而小異。況邇則咸通季蠻之侵蜀，蜀人亟祈。褐衣倏以乘空，目光燿以照地。蛇將奔冗，龜竟全城。如是，則護南贍部洲，豈虛言哉？今我公之至誠通日月，弘願質鬼神，以曠世之功業，托無生之法力，豈昔時之有是，而今日之不然哉？雖體蒼蒼而無言，固乃昭昭而有鑒，輒爲之銘。其詞曰：

受命帝釋，封邑須彌。金甲儼被，藥义雄隨。越七金山，突修羅師。入大乘妙，與聲聞差。于闐分身，皇唐衛國。若加善禱，咸蒙聖力。塞鴈烟塵，龜城戈戟。虜騎猶東，蠻車未北。現以真儀，亡乎悖德。懿彼閩越，大哉侯王。仗鉞務本，築城爲防。石取宅山，壤塹聯崗。疊百厥雉，累千乎廊。却鐵之觸，疲羽之祥。奔馬轡竝，馳車軌方。巢鳳於樓，蟄龍於隍。如嶽斯立，如翼斯張。不有依憑，曷旌扃鐍。台畧俄啓，神驅遽設。鐵鬚卓堅，漆瞳曝昳。捧足神俯，持劍將列。月殿巍峩，靈山巀嶭。法逮無生，權唯有兵。昔之若是，今肯忘情。閩山永高，閩江永清。厥宜識之，盤石斯城。

丈六金身碑

釋氏之稱釋迦牟尼佛，千百億化身。而古今之世以諸佛菩薩，其或鑄成、塑成、刻成，其或壁繪、幅繪乎像，不可勝紀。況多應現感通之，自其非之乎？我公粤天祐三年丙寅秋七月乙丑，鑄金銅像一，句。丈有六尺之高。後二十有三日丁亥，繼之鑄菩薩二，句。丈有三尺高。銅爲内肌，金爲外膚。取法西天，鑄成東越，巍巍落落，毫光法相。初我公登壇之三年己未秋，一夕雨歇天清，風微月明，瑶兔無烟，銅龍有聲。俄夢天之西際，燿以照物。綵雲鏬裂，大佛中座。嶽嶽以覯止，熙熙而啓言曰：「斷予一臂，衛之一方。」既覺而思，現乎形，昭像也。斷一臂，誓誡也。衛一方，保衆也。始嘉其異，姑默其事。後創其意，乃命自賓席之逮將校，將校之逮步乘，步乘之逮衆庶，其有植信根之深者，暎惠燭之明者，許一以金投吾俸中，將櫝于肆，俟以銅易。而後鳩工鴻鑪，卜境擇日，鑄斯佛于九仙山定光多寶塔之右，古仙徐登上昇之地。其日圓空鏡然，江山四爽。槖籥之上上聲，騰爲烟雲。盤旋氤氳，五色成文。又有羣鳥，或若鴻鵠，或如鸒鵲，交翔而間鳴，自寅而及午。斯佛也，一瀉而成。翼日，我公禮閱之，乃與夢中一類。其形儀長短大小無少差。其一臂，工以之别鑄而會。其像大，工慮其不就，計以一臂别鑄而會之，乃暗符夢中。我公神之而露其夢。於是迎入府之别亭，磨瑩雕飾，克盡其妙。朝夕瞻拜，時不之怠。冬十有二月丙申，會僧千千，以蟠以幢，以鐘以磬，引歸于開元寺壽山之塔院。獨殿以居之，翼二菩薩于左右。三十二相足，八十種好具。螺纍纍以成髻，珠隱隱以炫額。檀信及門而膝地，童耋遍城而掌膠。夫如是，豈非千百億化身之一乎？不然者，焉得入乎夢而如乎神，成乎形而如乎夢，夢不之告，工以之缺者哉？其應現感通，復爲之殊矣。大矣哉！且先天地生之謂道，後天地設之謂象。道者也，以無爲爲志之者，授心印於虛空；象者也，以有爲爲志之者，疊慧力於報應。論者惑，句。以之爲風馬。曾不謂象猶道之轂也。無象，道不行矣。始者摩騰、竺法蘭二梵僧，不慎其象東其道且西耳，惜乎不與三皇五帝同世而出。設與三皇五帝同世而出，必能從容朴素，遲回仁義，詐僞未之亟蠹也。奈何天將後之，豈徒然哉？豈不以仁義之生也，曰堯與舜。仁義之亡也，曰癸與受。至于列國之際，强秦之立，癸受之悖，亹亹其躅。天謂仲尼之祖述堯舜，憲章文武，終不能獨制之。故東釋迦牟尼於中土，大陳出生入死之理，天堂地法之事，以警戒之。雖人世之風波，萬態逆翻，而幽府之鐵縲，一無苟免。上智聞之，若鏡之磨；中智聞之，若泉之澄；下智聞之，若火之燒。謂之爲有，則河沙芥子之説，虛誕難測；謂之爲無，則應現感通之事，尋常立驗。故能銷嗜慾，更禍福，一貴賤。則爲禪教化之一源，湛然不動，感而遂通者也。而以金厥地，蓮厥宫，張法橋以度人，無刑網以束俗。世之敬之可也，怠之可也，黷之可也。繇是有委之國君，委之大臣之旨。既而委之，則人非常人，道非常道。我公曠代之生也，有神僧識，伏鉞之雄也。應江沙期，合仙人讖。築城之盛也，契菩薩説。初丙午歲，我公至清源。未在時，有僧號涅槃，於衆中駭而指之曰：「金輪王之弟三子降人間，幸勉之，專生殺柄。」又閩之侯未嘗至宰輔，晉時郭璞記曰：「南臺江沙合，即有宰輔相。」我公之登台席也，江沙契焉。又梁時王霸怡山上昇，山在府城之西五里。光啓丁未歲，衢之爛柯山道士徐景立，因於其仙壇東北隅取土，掘得瓷缾七口，各可容一升水。其中恐有炭，上總蓋一青磚，刻文字云：「樹枯不用伐，壇壞不須結。未滿一千歲，自有系孫列。後來是三皇，潮水蕩禍殃。巖逢一乍間，未免有銷亡。子孫依吾道，代代封閩疆。」其壇東南有皂筴樹，古云真君於此樹上上昇，其後枯矣。至咸通庚寅歲復榮茂也。又嫣山僧號大安，頃坐西禪者，乾符中，曰：「府城之到九仙三橋，其中乃菩薩行化。」今之新城及焉。夫神通爲佛，魂交曰夢。神非夢而罕通，夢非神而不感。我公之慶鍾也，其如是矣。其明年正月十有八日乙未，設二十萬人齋，號無遮以落之。是日也，綵雲纈天，甘露粒松。香花之氣撲地，經梵之聲入空。座客有右省常侍隴西李公洵、翰林承旨制誥兵部侍郎昌黎韓公偓、中書舍人瑯琊王公滌、右補闕博陵崔徵君道融、大司農瑯琊王公標、吏部郎中譙國夏侯公淑、司勳員外郎王公拯、刑部員外郎弘農楊公承休、弘文館直學士弘農楊公贊圖、弘文館直學士瑯琊王公倜、集賢殿校理吳郡歸公傅懿，皆以文學之奥比偃商，侍從之聲齊褒向，甲乙昇第，巖廊韞望。東浮荆襄，南遊吴楚，謂安莫安於閩越，誠莫誠於我公。依劉表，起褒（原稿作「商」）漢，其地也，交轍及館。值斯佛之成，斯會之設，俱得放心猿於菩提樹上，歇意馬於清涼山中。我公乃顧幕下者滔，俾刻貞石以碑之。某以甲科忝第，盛府蒙招。刊勒之職，不敢牢讓，謹推於厥旨。經云：作佛像之功德，斗量海以有盡，塵碎劫以無窮。至若青黛之畫辟支，一金之補毗婆，戲爲之而以草木，思見之而刻栴檀，其猶蜕現其生，羽金其報，而況今乃儼至誠，從靈感，銅乎萬萬，金乎千千，虔鼓鑄於神仙之山，卜貞吉於火土之數，其積功累德，豈可以邊以涯而言之哉？

或曰：「梁武帝之隆釋氏，今古靡倫，奚報應之昧乎？」對曰：「梁武帝隆釋氏之教，不隆釋氏之旨，所以然也。夫帝王之道，理世也。釋氏之教，化人也。理世之與化人，蓋殊路而同歸。彼宵旰于萬有，故一夫不獲，若已隕諸隍中。此濟度于觸類，故欲凡一有情，悉皆成佛。梁武帝則不然。以民之財之力，刹將三百，祈功覬德則歸諸己。啼億兆而不乳，削頂領以言覺。所以私所以然也。」今我公爲邦，則忠孝於君親，自興兵以來，天下以三司之泉皆名直進，獨我公以俸錢爲直進，三司之運悉如舊焉，闕庭大稱其美。牧人則父母于生民。造塔四，其一曰壽山，以昭皇帝辛酉歲西巡，發誓願以祝熊罴，乞車駕之復宫闕。其二曰報恩多寶定光，追薦于先世。其三、其四，大中、神光，爲軍旅也，爲人民也。繕經五藏，其二進于上，其三附于壽山定光大王，意同乎塔。月三其齋，或千僧，或千佛。疏乎誠，首則君親，次則軍旅、人民，而已後焉。況斯佛已之而不已，與賓席、將校、步乘、衆庶共誠之。故其地出明珠，海出珊瑚，幾於蓮花妙品之繁。車渠瑪瑙，幡幢瓔珞，周乎多寶之湧也。開元定塔基，掘地丈有五尺之深，得寶珠坐以金錢。又於海中得珊瑚樹，凡二百餘株矣。夫其玄貺之如彼，靈感之若此，則斷一臂，衛一方，斯昭昭矣，豈與彼而論哉？某是輒奮筆而無愧焉。

其詞曰：

托入佳夢，鑄成鴻鑪。毫光法相，銅肌金膚。恍惚現形，昭彰合符。不有爲也，其如是乎。唐一其宇，越百其區。伊閩之設，于地之殊。西城甌仞，東塹鰲隅。匪德莫處，惟仁靡逾。懿其槖籥，飛作醍醐。焦山草木，不得不蘇。苦海波瀾，不得不枯。仙花罔謝，慧日寧徂。永茲一方，盤石其都。

莆山靈巖寺碑銘

釋波東流，湧爲花宮。花宮之構，咸宅靈秀。靈秀之啓，其或神授。則知融結之始，已有待於金聖人也。粵靈巖寺，乃莆山之靈秀焉，神授焉。懿夫嶽立大山，堆下數峯。面乙臂坤，石嵌神瘦。昔梁陳間，邑儒榮陽鄭生家之，生嚴乎一堂，架以詩書。既而秋，一夕風月清朗，俄有神人，鶴髮麻衣，丈餘其狀。見于堂曰：「誠易茲爲佛宇，善莫之大。」生拜而諾，瞬而失。旋以堂居僧像佛，獻其居爲金仙院，即陳永定二年庚申也。鶴髮麻衣，西天之謂，故號金仙。山水推其奇，鶴髮增其異。緇錫日萃，院落日峻。隋開皇九年，昇爲寺焉。左漱寒泉，右擁疊巘。危樓豁壺公之翠，上方視鰌海之波。唐景雲二年辛亥，寺僧志彥入内，背文講四分律。睿宗嘉之，錫號聰明。彥因獲言所居寺之自。復有僧無際持妙法蓮華經，感石上湧白泉，僧歿而泉變清焉，遂膺敕額爲靈巖寺。太和二年，殿中彭城劉公軻幕提泉印，聆寺之勝，不卸而宿。候吏不蔬而午，掬泉而漱，隨手以涸，其石今坎于上方之上。其僧復有元悟、元準、慧全、省文、靈敞、無了，悉間生祇園，堅持密行。或臨壇表德，或降虎示真。厥衆如雲，厥施若市。洎武宗皇帝乙丑之否，邑之東有敬善寺，民井而居之。乾有玉澗寺，民畝而田之。獨茲之奇，豪人互以金輸，爲幽宅之卜。若有之衛，竟不克遂。敞公、了公及句。帽首絛腰，沉蹤處晦。逮宣宗皇帝之復，索之於石罅雲根，歸之於蕪基燒址。山靈之感，行羶之慕，投金執斲，匪招匪勸。不越閏而其宇鱗鱗，其徒翼翼。敞公咸通六年秋八月云滅，靡風而大樹折庭，靡觸而大殿傾瓦。了公八年冬十月坐亡，色身不壞，今龜陽之號真身大師者也。則知僧以行而神，其亦地以靈而感。若乃軒軒月殿，藹藹松門，醍醐雨天，瑠璃鏡地。慧燭九枝而吐燄，慈雲五色以垂陰。推於甌越，居之甲乙。今僕射瑯琊王公，牧民之外，雅隆浄土。論及靈勝，以爲東山神泉之比。神泉寺在府城之東山，其泉亦自僧感而湧也。繕經五千卷，於茲華創藏而藏平聲。焉，即天祐二年春二月也。初侍御史濟南林公藻與其季水部員外郎藴，貞元中谷茲而業文，歐陽四門捨泉山而詣焉。四門家晉江泉山，在郡城之北。其集有與王式書云「莆陽讀書」，即茲寺也。其後皆中殊科，御史省試珠還合浦賦，有神授之名。水部應賢良方正科，擅比干之譽。策云：臣遠祖比干，因諫而死，天不厭直，更生微臣也。歐陽垂四門之號，與韓文公齊名，得非山水之靈秀乎？元和才子章孝標、邵楚萇、朱可名寄詩以題。大中中，宣宗元年丁卯號大中，凡十三年。潁川陳蔚、江夏黄楷、長沙歐陽碣兼愚，慕三賢之懿躅，葺齋于東峯十年。咸通乾符之際，懿宗元年庚辰改咸通，凡十四年；僖宗元年甲午改乾符。豪貴塞龍門之路，平人藝士，十攻九敗。故潁川之以家冤也與，二三子率不西邁。而愚奮然凡二十四年，于舉場幸忝甲第。東歸之尋舊址，蒼苔四疊，嘉樹雙亞。今東峯雙龍眼樹，即往歲書齋之庭陰也。訪舊僧，雲扃十扣，雪頂一存。於是謹祝金儀，益誓丘禱，以謝茲山之靈秀。刻銘貞石，兼補前賢之未述。其詞曰：

山奇孕神，地勝惟靈。螢窗既夜，鶴髮斯形。一畝請宫，雙蓮建扃。洞深夏寒，林茂冬青。松竹鏗樂，峯巒豁屏。晶迷蟾窟，茫眺鮨溟。持經僧志，湧石泉泠。四分律講，萬乘君聽。敕飛額降，寺以靈名。不有地祥，焉動天庭。大士鴻生，珠明桂馨。良牧聳聞，華構藏經。浩劫不泯，匪茲曷丁。敬祝巉巖，勒石以銘。

龜洋靈感禪院東塔和尚碑

三教之垂萬古也，咸以師弟子授，獨釋氏之師弟子，削姓以名，別爲父子之流葉。東塔和尚業真身大師，其道偕極，不可思議。以父子言，克盡弓裘之善。和尚法號志忠，俗姓陳，世居仙遊。祖諱璠，父諱笻繼，以好尚山水，崇佛友僧。生和尚，自于乳抱，鼻逆羶辛。九歲詣真身大師爲童子，一見之，兩如宿契。年十五落髮。初，大師之卜龜洋也，雲木之深，藤蘿如織。狼虎有穴，樵採無迳。俄值六眸之巨龜，足躡四龜，俯仰其首，如作禮者三，逡巡而失。遂駐錫卓庵，名其地曰龜洋焉。龜洋之泊也，盂不及村，畬不及菑。山産菜號苦蓋，以之充卯而齋。惟大師與和尚，俱歲移月更，名馳迹漏。檀信尋而施，漁獵投而事，時謂之二菩薩僧。其地或來人之稍乖嚴潔，則立有蛇虎驚吼之怪。及武宗皇帝乙丑之否，棄之而絛帽潛匿。大師允檀信之迎，隱於數家。和尚棲於巖穴之内，不離茲山。相伍者麋鹿，馴伏者虎狼。既而靡耕菑，杜施丐，還取苦蓋之卯。至今茲院之逢歉歲，一卯之風不泯。宣宗皇帝復寺之始，議者以靈巖之奇勝，非我菩薩僧不可以宏就。

由是都人環乞大師以居，故和尚獨薦龜洋之址焉。松堂揭而覺路喧天，金磬敲而道花滿地。誠以上昇道士不受籙，成佛沙彌不具戒。和尚且不之然。旋將西遊，受具足戒於襄州龍興寺。大中十二年東還，由廬陵與草庵和尚值。草庵曰：「來自何山？」曰：「六眸山。」曰：「六通乎？」曰：「慧非重瞳。」和尚蓋行高而言寡，是日對答如流。既及本山，人地愈盛。院落則不營而峻，供捨則不化而來。咸通三年，靈巖力圓乃迎大師返于茲。八年，大師坐亡，法身不壞。南北歸敬，闐然無時，和尚以之煩。十三年，遂南五步里之山，得峯之秀，室而禪焉，即今南畬也。廣明元年，弟子智朗、惠朗、玄鑒、藏輝、景閑、弘幹、鴻超，悉以植性祇園，分光慧炬，以謂我大師承法馬祖，親得心印，則和尚焉，今以宿曉而晦，辭煩即靜，不可使六眸靈感之地，留形示滅之異。葉其葉而不之大乎？於是迓乞歸于院，將以弘張法輪，式救迷津，其如感通。雖然，現没有數。中和二年，是時公尚未登甲科。龍集壬寅，三月十日示滅，壽年六十有六，僧夏二十有五。後二旬之一日，建窣堵波于東岡焉。嗚乎！和尚之道，不粒而午，不宇而禪。與虎狼雜居，所謂菩薩僧，信矣。其三月之朔，語其衆曰：「至道之有顯晦，師弟之不欲雙立。昔大師之去也，留形爲之顯。今吾之行矣，速藏爲之晦。」故將儀貌若生而蓋棺，晦朔不逾而啓土，從付囑也。其上足景閑、宏幹，以凡紀道名，須資詞筆，懇賚行實，扣愚求文。某早訪蓮扃，今非松塔。敢辭抽思，用刻貞銘。爲之銘曰：

六眸獻山，二葉開蓮。號及菩薩，正真自然。雲林匿迹，狼虎參禪。仙花撲地，智月懸天。示滅之滅，顯晦歧焉。布金左岡，建塔開阡。實歸上界，寧曰下泉。松風栢雨，空悲歲年。

華巖寺開山始祖碑銘

師法號行標，俗姓方。祖榮，父安，莆之盛族也。師生于建中二年辛酉，齠齔即穎悟，異於諸童。九歲，投玉澗寺監寺神皎出家。將二年，皎嘉其拔萃，命之落髮。師以梵行未至，不敢預大僧數。至貞元十七年，師時年二十。方薙鬢髭。翼日，遽講所習涅槃經，一寺歎服。既而辭其師北遊，抵京薦福寺受戒品。詣章教大師法會，章教奇之，令首其衆。凡十年，士君子之造者，無不聳慕。尋爲功德使推入道場，憲宗善之。元和十一年，丙申，師年三十六。東歸，復于玉澗焉。法雨隨車，慈雲被物。洎武皇帝會昌元年辛酉。除佛舍，籍釋子於户部，師則巾華陽，衣縫掖，晦迹樵客，廬于西巖石室。律身守道，如居千衆。及宣皇帝復寺，大中元年丁卯，師年六十七。刺史瑯琊王公迎以幡花，舍於郡開元寺，俾爲監領。大中六年，師年七十二。師以環足之煩，擁旅之數，乞歸故山。先時玉澗之北巖，泉石之奇也。卜而居之，縣令中山甄（原稿作「甗」）宿與莆之士庶，爭沐醍醐，共隆蘭若。烟巒蔽虧，朱碧掩暎。前俯平川，後峙奔嶠。地自人勝，名由道高。刺史河東薛公仰其孤風，復馳開元之僧，衛以入郡。日扣華嚴大義，幾忘食寢。洎解印，與之偕至北巖，題之爲華巖院，以徹祠部焉。師咸通六年七月五日示滅，壽八十有五，僧夏六十有四。後四十有五日，建窣堵波于西岡。十一年，其徒從紹疏師行實于闕，昇其院爲華巖寺。有徒三十人，皆肅肅可觀，不忝師門。於戲！師儀梵肮髒，言詞雅直。沖默而明敏，慈恕而剛毅。儒書皆通，三皇五帝之道，言未嘗及，而人知其博古也；經論綜貫，天堂地法之說，舌未嘗舉，而人皆務崇善也。所至清風凜凜，政所謂釋子之高傑者也。弟子道光、道圓、令詢，悉器傳師道。愚冠扣師關，壯以隨計。乾寧二年，忝登甲科，東還薦造金地。歲周三紀，膠掌而拜影堂，腹藁而銘遺美，不可使桑門大士泯而無述焉。故銘曰：

智月不缺，乘虛照物。道花不衰，吐艷無時。洞徹照灼，傑然吾師。稟薦福戒，分章教枝。厥宗得雋，內庭擢之。銜香徹印，雲間資期。數有汙隆，道無磷緇。德風徒襲，法舸寧維。山幽跡高，身沒名垂。松塔雖故，竹毫可追。稽首影堂，敬刻斯碑。

福州雪峯故真覺大師碑銘

大師法號義存，長慶二年壬寅生於泉州南安縣曾氏。自王父而下，皆友僧親佛，清净謹志。大師生而鼻逆葷血，乳抱中或聞鐘磬，或見僧佛，其容必動，以是別鍾愛於膝下。九歲請出家，叶而未即。十二從家君遊莆田玉澗寺，寺有律僧慶玄，持行高潔，遽拜之曰：「我師也。」遂留爲童子焉。十七落髮，淳樸貞古，了與流輩異。暨武宗皇帝乙丑之否，乃束髮於儒冠，菜中而蓬跡。來府之芙蓉山，弘照大師見奇之，故止其所。至宣宗皇帝之復其道也，涅而不緇其身也，裦然而出。北遊吴、楚、梁、宋、燕、秦，受具足戒於幽州寶刹寺，訖巡名山，扣諸禪宗。突兀飄飖，雲翔鳥逝。爰及武陵，一面德山，止於珍重而出，其徒數百，咸莫之測。德山曰：「斯無偕也，吾得之矣。」咸通六年，師歸于芙蓉之故山，其年圓寂。大師亦自潙山擁徒至，坐于怡山王真君上昇之地。其徒熟（熟師已嗣德山。）纍纍而款關，師拒而久之。則有行實者，始以師同而議曰：「師之道巍巍乎，法門閫遶之所，不可造次。」其地宜若鷲嶺猴江之爲，卜府之西二百里有山焉，環控四邑，峭拔萬仞。嶒崪以支圓碧，培塿以覜羣青。怪石古松，棲蟄龜鶴。靈湫邃壑，隱見龍雷。山之半頂之上，則先冬而雪，盛夏而寒。其樹皆別垂藤蘿，芊茸而以爲之衣，交錯而不呈其形。奇姿異景，不可殫狀。雖霍童武夷，無以加之。實閩越之神秀，而古仙之未攸居。誠有待於我師也，祈以偕行。去声。秋七月，穿雲躡蘚，陟險昇幽，將及之。師曰：「真吾居也。」其夕，山之神果效靈。翼日，巖谷爽朗，烟霞飛動。雲庵既立，月構旋隆。繇是柅法輪於無爲，樹空門於有地。行實乃請名其山曰雪峯，以其冬雪夏寒，取鷲嶺猴江之義。斯則庚寅，逮于乙未，師以山而道侔，山以師而名出。天下之釋子，不計華夏，趨之如赴召。乾符中，觀察使京兆韋公，中和中，司空潁川陳公，每渴醍醐而不克就飲，交使馳懇，師爲之入府，從人願也。其時内官有復命于京，語其道，其儕之拔俗悟空者，請蜕浮華而來剃。僖宗皇帝聞之翰林學士，訪於閩人陳延郊，得其實奏。於是聖錫真覺大師之號，仍以紫袈裟，俾延郊授焉。大師授之如不授，衣之如不衣。居累夏，辛亥歲朔，遽然杖屨。其徒啓而不答，雲以隨之，東浮于丹邱四明。明年，故府侍中之有無諸□尅，句。洗兵於法雨，致敬於禪林。馥師之道，常東望頂手。後二年，自吳還閩，大加禮義。今閩王誓衆養民之外，雅隆其道。凡齋僧構刹，以之龜焉。爲之增宇設像，鑄鐘以嚴其山，優施以充其衆。時則迎而館之于府之東西甲第，每將儼油幢，聆法輪，未嘗不移時。餘乎一紀，勤勤懇懇，熊羆之士，因之投跡檀那。漁獵之逸，其或弭心鱗羽。戊辰年春三月示疾。吾王走醫，醫至，粒藥以授。師曰：「吾非疾也，不可罔子之工。」卒不之餌。

其後札偈以遺法子，函翰以別王庭。夏五月二日，鳥獸悲鳴，雲木慘悴。其夜十有八刻時滅度，俗壽八十有七，僧臘五十有九。以其月十五日塔其藏焉。其塔也，其徒僉云：「以山之奇堂之峻，法堂也。大師之生也王，去聲。是其歿也，不宜捨諸。」故坎其中焉。若干尺之高，若干尺之周，皆雕珉石，錯火壤，磷磷然，業業然。四隅則環宇以庥，玲瓏窈窱，雲霞時入，風雨罔侵。其日奔閩之僧尼士庶，僅五千人。閩王娣之子降左金吾衛將軍檢校刑部尚書延禀，始陳祭是設齋焉。

大矣哉！大師之見世，于是罔量其僧耶。自始及茲，凡四十年，東西南北之夏往秋適者，不可勝紀，而常不減一千五百徒之環足其趨也。馳而愈離，辯而愈惑。常曰：「三世諸佛十二分教，到此乃徒勞耳。」其庶幾者若干人，其一號師備，擁徒於玄沙。今安國也。其二號可休，擁徒于越州洞巖。其三號智孚，擁徒于信州鵞湖。其四號彗棱，擁徒于泉州招慶。其五號神晏，今府之鼓山也。分燈之道，皆膺聖奬。錫紫袈裟，而玄沙綴宗一大師、招慶玄晤大師、鼓山定彗大師之命焉。其曹早曰：「法雖無説，名以文垂。自少林之逮曹溪，無不刻碑而紀頌。我師其默乎？」一旦揔其曹，句。首曰從智如堵，而扣愚求文。某老且病，刊勒之加，多已辭避。欽師之道，不覺聳然。偉夫！恭聞釋波之東注也，流其象則不流其旨，流其旨則不象其形。厥初大迦葉之垂二十八葉，至于達磨。

達磨六葉，止于曹溪。分宗南北，德山則南宗五葉，大師嗣，句。其今六葉焉。雪峯之分玄沙、洞巖、鵞湖、招慶、鼓山，其道皆離貝葉以祇其七。非某之能言也，但美數公葳蕤，其葉衆多，殷勤之請，遂爲之銘而應其求。其詞曰：

曹溪分派，誰繼南宗。一言冠絕，六葉推雄。無物之物，非空之空。不瑩而明，不增而隆。縮靡秋毫，舒靡鴻濛。不有靈鏡，曷揚真風。懿彼閩越，巍乎一峯。洞壑斯異，雪霜罕同。天之有待，師也云鍾。名將道協，跡與仙崇。奔走厥徒，百千其叢。庶幾幾人，莫不玄通。分燈照耀，樹本玲瓏。聖君寵疊，賢王敬重。不生不滅，曷始曷終。刻貞石於斯文，旌厥德于梵宮。

唐黄御史集卷第五

唐黃御史集卷第六

唐監察御史莆田黄滔 著
大清貢生福鼎王遐春刊

墓誌銘

司直陳公墓誌銘

姬孔之教，與日月以縣天。顔閔之馨，作芝蘭而出地。可不誄清塵於桂苑，揭貞石於松阡，敘白楊之别生悲風，示黄壤之下藏嘉氣者哉。漢太丘長二十三世孫南安縣尉諱真，生處士蕘，蕘生大理評事齊，忠信篤敬，不類今世。嘗有白雀巢其庭宇，佳蓮産其池塘，識者謂其後必大。有子九人，皆力儒學。公其長也，諱嶠，字延封，齠齔好學，弱冠能文。與高陽許龜圖、江夏黄彦修居莆之北巖精舍，五年而二子西去，復居北平山。兩地穴管寧之榻，十霜索隨氏之珠。然後應詔諸侯，求試宗伯。而以咸通乾符之際，龍門有萬仞之險，鶯谷無孤飛之羽。才名則溫岐、韓銖、羅隱，皆退黜不已。故公自丁丑之及丙中，高價馳而逸步躓。既而大盜移國，德公文行之深者，安州鄭郎中諴、孫拾遺泰嘆而勉之。久乃持輦下之屈名，適蜀中之貢府。致鄉士倒屣場席，開路清風。既爾竊爲權官沾諸，將求識而薦之。公時已出經試，比言之者缺一字。策紙而亡是舉。光啓二年收開，三年榮登故相滎陽鄭公禮部上第。大哉！公爲人謹信，居家純孝。事繼親彌善，廬先君墓，泣血有聞。其所爲文，扣孟軻、揚雄户牖。凡三百篇，有表、奏、牘，頗爲前輩推工。滎陽且大唐之設網，士得之於是者，歲幾人焉。矧復有避宦者之節，若走衝虚之車焉。滎陽公自以得人，其春首門人脱麻攝京兆府參軍。司空太原公帥閩，解榻以缺一字。辟之爲大從事，受大理評事兼監察御史。今府相繼擁于節旄，益賢其參畫，奏大理司直兼殿中。方期輟從藩屏，入踐諫垣，不幸寢疾。浹辰不起矣，享齡七十有五，光化二年十月三日。嗚呼！將來失其龜鏡，斲者喪其般倕。雖登大年，終恨朝露。三年庚申正月十七日丙午，葬于泉州莆田縣崇教里北平故山，禮也。公兩娶，魯國林夫人、滎陽潘夫人。其子三人。仲曰説，買石太湖刊文。愚與公同邑，閩越江山，莆陽爲靈秀之最。貞元中，林端公藻冠東南之科第，十年而許員外稷繼翔其後。詞人亹亹，若陳厚慶、陳泛、陳黯、林顥、許溫、林速、許龜圖、黄彦修、許超、林郁，俱以夢筆之詞，籯金之學，半生隨計，没齒銜冤，曠乎百年。而公追二賢之後，七年而徐正字寅捷，八年而愚，缺一字。莫不江山之數耶。猗歟！昔之負高才不以位而碑者，襄陽惟孟先生焉。今也累懿德不隆位而碑者，以陳夫子始。愚沾巾宿草，無愧抽毫。其辭曰：

江山之秀鍾乎人，純孝高節并其身。掬茲二美，摛爲雄文。以之登桂科，以之列蓮賓。斯爲君子，誰曰未仁。烏乎九原，宜樹貞珉。

祭文

祭陈侍御嶠。

維光化三年歲次庚申正月庚寅朔十五日甲辰，將仕郎守國子四門博士黄某，謹以清酌之奠，敬祭于侍御陳君延封之靈。伏以靈閩之江山，莆稱秀絕。首武德之科級，自貞元之英哲，其後繼生碩儒，亹亹鴻都，交懷荆璞，互握隋珠。皆指期於拾芥，終慟哭於彎弧。洎宣皇之後年，則夫子之斯出。持曾參之孝行，袖孟軻之文帙。薦賦諸侯，上書聖日。射宮而勁挺弦矢，藝圃而葳蕤華實。難亨者吾道，難偶者至公。管仲三奔，非戰之過；孫弘十上，蓋時未通。七千里而辛勤上國，二十年而惆悵東風。人皆一一以興憤，我獨孜孜而養蒙。既而鳳闕飛塵，龜城挂牓。儀曹方急於中興，權臣輒窺其上賞。殊不知楊吟誦於犬子，景薦延乎商鞅。古爲不然，吾肯斯傚。誰不奇夫子之節，誰不高夫子之名。冰霜却污，松栢居貞。渭水之釣有守，武城之逕寧行。逮夫岷峨歲改，岐雍烟清。天子復含元謁見，有司新都省權衡。巍巍令問，赫赫嘉聲。遂從寰海，迥翥蓬瀛。振輝光於甲乙，問道路於孤平。望高而先脱麻衣，家遠而須榮鄉士。十二人林君茂躅，一百年莆邑大數。君侯設醴以前席，里巷拜塵而如堵。雷車轞轞，鶴駕翩翩。初命就門，見東周之三語；前程不日，俟西漢之七遷。旋以孔鐏引滿，徐榻解懸。白璧黄金而疊矣，玳簪珠履以加焉。列藩所得者賢才，古人所重者知己。既將推珍於席上，豈獨矜詞於雪裏。莊周説劍，則韓魏呈鐔；郭隗昇臺，則樂鄒覯止。繡衣曜日，驄馬嘶烟。飛詔而賓階次第，假途而棘寺盤旋。莫不漢帷駐策，薛石留牋。從容渥澤，寵異淹延。胡言薤露，忽敗椿年。嗚呼！石火風燭，驚波逝川。聖賢之不免矣，古今之共痛焉。某江鄉則中外親姻，帝里則參差硯席。干名而後乎一紀，論友而仰乎三益。蟬槐結念，幾同京洛之愁；鷽柳看時，各署神仙之籍。别來輦下，歸自甌中。塵忝而郄詵桂緑，因依而王儉蓮紅。斷金益固，投漆攸同。見行藏於柱史，論倚伏於塞翁。實期以始者文場之懿德，邇來使府之清風。伏蒲北省，起草南宮。更雪當時之冤滯，少爲吾黨之隆崇。是何天之喪，道之窮，恩恩大夜，默默玄穹。某復曉夕以思，江山之事，林君則以合浦垂名，夫子以申秦得意。高步斯振，宏規靡異。前輩曠世，後來遂志。俱蟠使下之柏，俱擅乙中之二。林端公貞元七年首闔越之科第，以珠還合浦賦擅名。後十年莆邑許員外榮登。自此文學之士繼踵，而悉不偶。時曠八十七年始鍾於延封，其文以申秦續篇擅名。後六七年徐正字及第，兼某塵忝。林端公同延封，牓皆第十二人，皆開路於後人，皆終使府大判官，判官皆柏臺。林荊南、延封，閩中也。推是言之，豈偶然耳。賢哲相望，今昔一致。嗚呼延封，昨日而冰壺仙霧，今辰而丹旐芻靈。雖死生之理能一，終痛傷之懇罔寧。況以平生樹德，幽宅刊銘。無慚郭泰之賢，牋毫曷措；爰枉趙岐之寄，涕淚交零。水咽雲愁，風悲日暮。精靈一閉於泉壤，歲月空蒼於壠樹。椒壺畧備，蘭俎聊具。申永訣於斯言，庶冥感其誠素。嗚呼哀哉！

祭先外舅

伏以彼蒼者穹，禍淫福善。噫！何斯言之或謬歟。籛鏗壽而顏淵夭，盜跖牖而嵇康刑。屈原冤而文考溺，冉惡疾而左喪明。胡其然哉？胡其然哉！伏惟明靈柳蒽松峭，山嶷鶴孤，落落君子，行行魯儒。始者辭鷗西邁，希鵬北徂。高高蟾桂，赫赫鴻都。和贊之寧三泣，宋盧之俟一呼。而以氣直志大，數奇道汗。大中季之，計車奔走。咸通際之，名路崎嶇。於是涕唾聲華，毫釐簪笏。枕中罷競於名位，壺裏別窺於日月。東尋玉籙，則龍虎崟峩；南訪金沙，則羅浮突屼。北固風清，西陵月明。蘭舟泊岸，金磬飛聲。塵埃謝傅之叔姪，夢寐茅家之弟兄。古觀秋住，靈蹤日行。松下之齋宮肅肅，雲山之醮火熒熒。鑪燃北癸，鼎化西庚。羽人傾蓋，府帥投誠。說浙西周。體范居陶，象端適衛。蓋婚嫁之須了，匪貨財之所繫。愈高雲鶴之逍遥，益笑匏瓜之繫滯。何武江都，蕭牆禍儲。羊腸莫保，蝸角旋孤。說淮南高。蕭條陳蔡之圍，聖賢大困；惆悵崑崙之火，玉石俄俱。綿邈吴山，蒼茫閩海。遽聲沈而響絶，荐時移而歲改。絡秀愁積，孟光位倍。山頭之鶴駕無覿，水底之鯉書空待。宅相征輪，梁園洛濱。見徐甲之移主，知伯陽之蜕身。海山失翠，烟樹亡春。某竊惟早歲，忝拜清塵。蒙以拾青相器，投漆相親。鑒羲之必晉朝名士，識陳平爲漢代英臣。爰將淑女，俾結嘉姻。十載不攀於桃李，兩誠空貫於松筠。愚以感明靈之殊義，戴明靈之至仁。金重季布，枝輕郄詵。逡巡東越，拖擲西秦。實期歸釣嚴灘，終棲鄭谷。户外山碧，樽中酒緑。將仰止於樂冰，冀參差於衛玉。豈意寂寥音信，髣髴幽明。聖人之齊始卒，君子之一枯榮。天上之鵲橋宜度，人間之鴛被須成。開簾鳥囀，迴轡蜩鳴。東牀則黯黯愁色，南渭則哀哀哭聲。嗚呼哀哉！平生氣槩，昔日忠貞，龜齡曷昧，駒隟斯驚。在物之理，豈人之情。愚輒疑道家有形全氣全，兵解木解。考斯事矣，或其義也。不然者，胡埋南祖之蛇，罔念北翁之馬。嗚呼哀哉！列塚開阡，重泉九原。古之所制，今也斯存。伏惟明靈魏夫人遺蓮鋒而所喻，葛仙翁塟竹枝以爲論。固以神遊蓬島，洞入桃源。然則不樹松柏，罔貽子孫。是用葬喬山之冠劍，招湘浦之精魂。滕公啓室，宋玉申言。曰：「楚山青兮淮波緑，劉雞飛兮隨鵲覆。遺蹤脱屣辭彼俗，楊柳霜多不堪矚。螺江淺兮甌山陰，繼昇天兮徐董任。風爲輪兮雨爲轡，東歸來兮北追尋。陳桂席兮奠椒漿，樹馬鬣兮開壽堂。千秋萬歲兮舊江鄉，魂歸來兮山之陽。」詞咽淚迸，猿悲鳥傷。東波送恨，西日沉光。雪耀霜明而莫覩，芝焚蘭爇以空芳。孀妻捧奠，出女尸喪。嗣男而杳杳江嶺，鄙子而明明肺腸。劍以求心而克許，樂以悲告而寧忘。願明靈之冥感，鑒蘋藻於壺觴。嗚呼哀哉！

祭崔補闕 道融。

故右補闕博陵崔府君之靈。惟靈。大唐有進士科，無巖穴詔。故鵠版之降，不易其人。元和之起也，則有陽諫議城，凜凜清風；其不起也，則盧諫議仝，昭昭高道。一以權豪之忌，空福道民；一以堯舜之世，但樂箕潁。其後陸君洿以忠勳應召，惠君實以忠諫赴徵。未委起草伏蒲，何如人也。洎博陵崔君之生也，迥禀高奇，兼之文學。近則繼李飛之蜕隨貢，遠則同毛義之志奉親。東浮謝公舊州，式避戈戟；遁於仙巖濬谷，克業經綸。而以酒美肉羶，澤馨川媚。五辟三顧，懸榻開樽。不辭小國之權，蓋切高堂之養。既而大君之思夢説，四輔之急薦雄。繫三詔而就門，參七人而列職。仲舒謁帝，必演春秋；吕望投竿，定爲師傅。奈何龍蛇起陸，烏兔無光。莫扶劉氏之宗祧，空泣袁安之涕泗。甌中越絕，養素守蒙。賢王之結嘉姻，時議之期良輔。豈意皇天不祐，白日無憑。消渴之亟茂陵，少微之入瑶桂。芝焚蘭爇，梁壞山頽。雖人生之有定期，實士德之爲不幸。嗚呼！閩中二月，烟光秀絕。脂轄赴闕，鯤鳳嘈囋。其猶南浦魂斷，北梁涕咽。而況昨日軒車，今朝塗芻。唱薤露以出門，飛粉旌而戒途。五離擇日，九泉卜居。其在樵蘇，其在博沽。至於路行，尚皆悲吁。矧其嶽嶽之曰男子，鏘鏘之號魯儒。識通龜策，握耀蛇珠。數百篇有唐之詩，數千字中興之書。國風騷雅，王佐謀訏。沉光之猶衝斗，垂翼之未搏扶。賫志殁地，其痛何如。雲物爲之無色，剛忍爲之不愉。某飲風永嘉，傾蓋無諸。多君於士元廊廟，待我以叔度陂湖。交言既異，投分斯殊。方俟彈冠，仰修程於霄漢；誰云執绋，悲落景於桑榆。豈鬼神之害良善，而吉凶之昧賢愚。顔回先死，盗跖後殂。世之灾眚，生之毒痡。愴恨風燭，凄涼隙駒。肴匪豐俎，酒匪馨壺。歎松蒿而永往，托蘋藻以聊舒。明靈有感，鑒而歆歟。已乎已乎，嚱嚱！

祭陈先辈鼎。

維光化四年歲次辛酉正月二十七日，祭于陳君之靈。閩山秀氣，魯國清塵。天之授受，鍾我仁人。卓矣生世，學而立身。衛玠則旁輝其舅，曾參則大孝於親。始者隨計歸越，上書入秦。擅價而侯門傾動，呈功而鳳藻精新。咸通之年，九霄也鷁路；乾符之際，萬仞也龍津。既而甌嶺經兵，蜀川迎帝。匪無隨駕之懇，實切問安之計。肩負樵飯，志銷丹桂。雖深藏豹之誠，難遏化鯤之勢。都堂昔日，困一千輩之交鋒；大國中興，作第二人之登第。杏園醉後，華表歸時。往歲井邑，茲辰羽儀。旋屬姑蘇積釁，勾踐興師。於是板輿避地，草檄從知。百越之江光洶湧，四明之山翠參差。長鯨既剔，逸足難羈。東別朱門，南還故里。一朝而奄至泣血，三載而蕘聞見齒。仲由此後，千鍾之禄悠哉；毛義終身，一檄之榮已矣。修程不顧，盛德逾馨。田園草緑，户牖山青。與夔龍而抗跡，追園綺而忘形。且期齊鶴壽，思陟龜齡。是何修短之期莫測，吉凶之閾難扃。明神罔祐，大禍斯丁。士林慘怛，詞苑伶俜。某始自童年，至于壯歲，江鄉爲竹馬之友，京輦作谷鸎之會。三朝被刖，棲遲泣荊璞之艱；十上遭時，次第到瑶蟾之内。誰言倏忽，遽嘆存亡。痛人琴之俱絕，緬膠漆以空傷。嗚呼用新，平生德行，曩昔文章。近則孟浩然，雖人間不仕；遠則卜子夏，乃地下爲郎。誠以高科而貞退，固從陰隲以舒張。遊水東流，踆烏西匿。昨辰而椒桂獻酬，今日而藻蘋滴瀝。且彭祖之延永壽，亦至銷磨；而巨卿之哭故人，得無悽惻。況乎東西多故，南北遥程。不得親隨薤露，送别松塋。既闕殷勤而執紼，空將嗚呼以沾纓。謹以依稀蔬果，一二精誠，願冥符於肸蠁，申永訣於幽明。

祭林先輩用謙。

維光化三年歲次庚申十一月日，敬祭于林君執光之靈。惟靈。夫渥洼之足，以千里之爲程，已馳之而俄沮；嶰谷之音，以六律之爲府，既參之而忽泯。夫不永其終始，何痛如之。嗚呼林君，得以言矣。君負相如之詞賦，慕郤氏之科名。一紀秦城，千門禰刺。雖衆口大馨其鳳藻，人罕如焉；而三春累困於鷽喬，數何奇也。然則女貞而十年必字，藥靈而九轉須成。果契至公，克昇上第。既已東堂得意，南國言旋。龍珠則動彩於握中，鴈序則增輝於天際。將冀盛，清風於吾道，豈期歎逝水於人生。屈原之難問者天，蔡澤之不知者命。螺江烟景，方翻丁令之羽毛；駒隙光陰，俄啓曾參之手足。誠壽夭靡移於夙契，且鬼神何害於善人。禍福吉凶，悠揚曖昧，凄凉物理，慘怛人情。今則壽域斯開，貞魂永蟄。壠頭水咽，山上雲愁。鄧攸之繼世無兒，語留身後；崔曙之遺孤有女，詩在生前。雖衰盛之同休，亦存亡之至痛。某京闕進退，硯席參差。幸忝先鳴，彌欣繼捷。未賀桂枝之入手，忽從薤露以傷心。修短有茲，吁嗟何極。靈輀戒路，丹旐翻風。遠寓丹誠，聊陳薄奠。願垂冥感，鑒歆於斯。嗚呼哀哉！

祭右省李常侍洵。

惟靈。金石呈姿，陂湖稟量。伊彼昭代，生乎德門。膺河清嶽峻之期，擅賈虎荀龍之號。時稱最怒，賈家三虎，偉節最怒。家謂無雙。月中則桂樹連枝，日下則鴛行接翼。故得隣家醜婦，競顰西子之眉；洛下諸生，皆掩謝公之鼻。爲大廷之領袖，定千古之風流。既而魏闕飛塵，蜀都迎駕。雖則急賢於行在，而志作賦於閒居。留連霅水之烟波，容與松江之歲月。其奈珠以川媚，蘭於澤馨。從吴苑之琴樽，疊堯天之雨露。金臺蒲省，驄馬螭頭。誠幾三顧以就門，猶作八元而在野。其後七昇赴命，二妙對敭。天駟呈材，蛟龍得水。入鼇山而侍從，登鳳閣以優游。名由實生，位以德舉。天子乃擢王褒爲諫議，昇孝若於貂璫。前彰潤色之功，後養燮調之業。旋以欃槍未落，岐雍多端。忘越嶺之崎嶇，慕荆州而倚托。東閣之留連斯重，北轅之行邁方營。誰料彼穹者天，俄奪之魄。漳濱一鬼，驟苦劉楨；殷氏兩楹，遽鍾夫子。山頹梁壞，璧碎芝焚。雖人世之死生，實士林之摧沮。今以湖湘梗澀，伊洛迢遥。北邙之路連天，松楸莫附；南巷之號至血，邱壠權宜。烟雲慘澹於原頭，猿鳥悲涼於林際。某曩從上國，獲戴殊私。近慶外藩，薦承厚顧。每佇十旬之入拜，寧期二豎以來攻。彭殤雖謂其同休，幽顯其如乎永隔。靈輀戒路，丹旐翻風。昨辰而椒桂獻酬，今日而蘋蘩滴瀝。人生到此，天道何言。雙淚空流，九泉無曙。東波嗚咽，西日蒼茫。輒寓茲誠，謹陳薄奠。敢祈冥感，髣髴歆斯。

祭司勳孫郎中

惟靈。趙璧呈姿，隋珠稟價。爲乎國器，生之德門。劉家則三嘏揚芳，馬氏則五常擅美。故得數枝郄桂，交茂鴒原。一本田荊，分輝雞樹。理窟則曲臺得隽，寶人則華省垂名。繇是迴拔蘭宫，騰光水鏡。臺推二妙，日俟七昇。不幸岐雍多艱，干戈未偃。補傾之石，救濁非膠。爰攀鴈序於五湖，因轉驥程於百越。誰料皇天不祐，彌蘙斯縈。遽折椿齡，俄隨薤露。山頹梁壞，芝爇蘭焚，雖修短之有定期，實簪紱之爲至痛。今則江湖梗澀，京洛迢遥。權卜靈崗，寓安壽域。川上之東波嗚咽，雲間之西日慘悽。大夢莫迴，下泉長暮。某早干輦轂，歷踐軒牆。旋振羽於邱門，獲倍塵於阮巷。顔回短命，既恨當年。溫氏冥裝，復從今日。人生若此，天道何言。涕淚空流，幽明驟隔。嗚呼哀哉！輌車明發，丹旐晨飛。輒憑蘋藻以寓誠，用薦塗芻於永訣。願垂冥感，髣髴鑒歆。嗚呼哀哉！

祭宋員外

故軍倅觀察推官檢校主客員外郎廣平宋君希邈之靈。惟靈。物有盛則有衰，人有生則有死。古今不易之數，毫髮無差之理。然則厥壽苟百，壽終則滅。厥身苟修，身歿名留。是以顏子夭而不言其朽，原壤老而於道何求。吁嗟希邈，藹然清休。蘭杜敗而終馨，松柏折而終秋。德木千尋，人材八尺。夐雲鶴於風裁，瀸陂湖於胸臆。既而臺築黃金，禮先白璧。爲席上之至珍，運幕中之婉畫。洛水波清，泉山翠横。優游五府，輝映雙旌。兩地之隆崇物望，一方之煦姁人情。繇是入曳珠履，出居武城。尊俎克彰於令譽，絃歌迴振於嘉聲。才業大聞，君恩薦至。爰從棘寺以寵陟，旋慶蘭宫之澤被。丹鳳飛詔，銀魚受賜。雖棠陰蓋地，能資樹德以行春；而醴酒疊觴，終以持盈而戒意。九仙樹碧，八座塘深。駐清源則一府延頸，赴無諸則一郡沾襟。嗚呼希邈，持何道致人如斯之欽。豈非秉仁義忠孝以行己，無是非毀譽以萌心者哉？奈何晉公二竪，漳濱一鬼，惡去藥石之内，樂入膏肓之裏。冉耕惡疾以相攻，長卿消渴而不止。艾烟百冗，藜杖二年。

禍被三彭之所迫，靈非九轉以寧痊。嗚呼哀哉！石火風燭，驚波逝川。誠修短之無改矣，奈痛傷之有等焉。芝焚桂爇，璧碎珠捐。至於行路，孰不涕漣。愚一揖清塵，偏容瑣質。初憐淡以如水，後乃投而若漆。十年之寒暑無變，三益之金蘭愈密。洎夫秦城駐跡，儉府叨招。竊惟上榻，幸忝同寮。南貳隼旟，雖寄懷而稠疊；北依龍節，終積戀以迢遥。沙岸迎歡，津樓送別。且言不日之後會，誰料終天之永訣。人生夢幻，夫復何言。世路存亡，難勝痛咽。嗚呼哀哉！昨日而牋函寓意，今朝而蘋藻興詞。駒隙之光陰如此，龜臺之學習何斯。幽明驟隔，音信無期。加以道路修阻，弓旌縶維。慟哭寢門而莫逮，叫呼穹碧以奚爲。聊馳一奠之椒桂，用敘千秋之別離。噫嚱噫嚱！已而已而！

祭錢塘秦國太夫人

維天復二年歲次壬戌，敬祭于故秦國太夫人之靈。夫生帝王則若文母，方鍾至聖；生人臣則若陶母，方降大賢。信夫韜昴宿之耀於胸襟，掬嵩山之氣爲懷抱，豈容易哉！伏惟明靈天資婦道，神授母儀。金石不足喻其貞明，芝蘭不足表其芬馥。訓逾孟織，智邁謝圍。顏氏子則提育聖人，曹大家則師資諸女。既作閨門之上瑞，乃生英傑於皇家。立曠代之鴻勳，擁兩藩之龍節。食則萬錢調膳，禄則三世及親。見綵衣則衣錦之姿，見冰鯉則和羹之味。騰輝女史，興詠國風。推於古今，實無倫比。乃由懿德，致此大榮。嗚呼！靈藥難求，流光易謝。本冀霜松而永壽，忽驚風燭以斯零。竟成舉世之悲傷，空切至誠之號慕。某幸攀令嗣，獲忝親隣。論交既契於金蘭，抹泣乃同於親屬。輒陳薄奠，用表悲誠。敢冀明靈，依稀歆鑒。

祭南海南平王代閩王。

故南平王之靈。惟靈。五羊奧區，番禺巨壤。漢爲列郡，唐作雄藩。總百蠻五嶺之殷，有出將入相之盛。是故地啓嘉數，天生大賢。濬六韜三畧之才謀，韞五袴二天之政術。俾其於家受詔，衣錦禡牙，控二十四州之繁難，當二十八齒之美茂。光揚千古，冠絕一時。鍾其明靈，其昭昭矣。至若恢張霸業，揚簸清波，臺陟九層，靡慚郭隗；劍提三尺，授自呂虔。爰持副貳之雄姿，遂領節旄之重寄。繇是澤施甘露，令肅秋霜。披文房武庫以連雲，騰逸氣英風而偃草。上榻則阮瑀，下賢則左車。從善則軾閭，宣威則斷案。故得越伏波之銅柱，獻款而來；感鄂公之鐵鞭，呈祥以見。火山改色，珠浦生光。無煩處默之酌泉，大鄙趙佗之累土。然後鳴鐘出入，調鼎昇聞。致交趾之封疆，歸石門之教化。九還渥澤，克居浴鳳之池；雙立節旄，遠過跕鳶之水。雖士鮪列弟兄三地，山簡兼荆湘四州。語未同年，事推曠世。嗚呼！是何才德之若彼，功業之如此。而彼穹者天，不壽其齒。畢雲龍之契會，與龜鶴而等倫。矧天子方欲使降皇華，恩宣金冊，表裏東周之盛，旌崇南越之隆。胡二竪之亟攻，竟三醫之莫救。泰山頹壞，俄興孔氏之歌；漢水凄涼，遽罷羊公之市。實國家之不幸，實藩鎮之不幸。某早塵與國，旋忝睦隣。雖瓊樹之未親，若銅盤之已接。方定金蘭之至分，豈期幽顯之驟殊。況以幸結良姻，累交專介。幕下崔員外，昨馳禮幣，嘗詣門牆。爰蒙執手之歡，弘敘親仁之旨。今則遽悲存殁，益歎彭殤；故將薦舉征塵，躬申薄奠。九泉注望，於歎逝以難勝；五月指期，表同盟之必至。嗚呼哀哉！曩馳羔鴈，今遺蘋蘩。伊人事之有茲，顧痛傷而何極。然則荀龍賈虎，大馮小馮，雖嗟松壠之長歸，終慶荆枝而繼茂。永言歡好，寧怠初終。幸明靈之一臨，鑒此丹赤。嗚呼哀哉！

唐黄御史集卷第六

唐黄御史集卷第七

唐監察御史莆田黄滔著
大清貢生福鼎王遐春刊

書

與王雄書

蒙示盛文，拜納之日，焉可無言。某不業文，誠可儷偶其辭，以贊方寸。既再而思，夫儷偶之辭，文家之戲也，焉可賚其戲於作者乎？是若揚優喙，干諫舌，啼妾態，參婦德，得不爲罪人乎？是乃掃除聲律，直寫一二，强名曰書，幸垂聽覽。頃越之苧工，遊蜀之錦肆，錦工以之示肆人，皆哂。越工曰：「誠紆雪之與梭霞異諸，然其經緯之如此。」文章之若彼，咸言其極。某今獲閣下之文，雖莫我知，亦庶幾於越工之言蜀錦。至如典謨之比，寧敢輒言。若復韓校書、兩寓沈先輩、永崇高中丞、安邑劉補闕，已上十篇書，指陳時病俗弊，叙述飭躬處己，講論文學興廢，指切知己可否，雖常人俗士聞見之，亦宜感動，況吾曹乎？則知綿十舉而未第者，抑有由也。夫以唐德之盛，而文道之衰。嘗聆作者論近日場中，或尚辭而鮮質，多閣下能揭元次山、韓退之之風。故天所以否其道，窒其數。使若作騷演易，皆出於窮愁也，復何疑焉。今之人皆謂番禺騈寶貨，遊者或務所獲。某之來也，得閣下之文，爲至寶奇貨。克所獲，豈不厚於它人哉？願閣下脂轄躍轡，薦計貢闈，高取甲乙，然後使人人知斯之寶貨。異於是也，元次山、韓退之之風復行於今日也。無令鄭濬、孫泰、李瑞、閔廷言、陳嶠數公寂寞而已。幸惟志之，不宣。某再拜。

答陳磻隱論詩書

隔違之久，每思陸凱之風雅，馨香故人，秦樹吴江，梅花一枝爲之寓。某無陸君之風雅，有故人之馨香。越山台嶽，去年輒以詩八首爲之贄。昔陸氏蔑范君之報，今某切希畋之瓊瑶，不知何以勝據焉。況四始六義之莫備，匪萌是望。伏蒙希畋錫以長牋，飾之過詞，不勝其驚悸而後踴躍也。敢一二陳之。某始者匠故交之爲詩，希劉。咸通季初貢於小宗伯，試禹拜昌言賦。翼日罷，特持斯賦於先達之門，忽叨見錢之目。俗云以詩爲末錢而市物，以賦爲持錢而市物。是時張喬、許彬、林希劉皆咸有詩名，而退飛不已。某既竊其目，尢瘆二三子落空拳之所。不敢俟終日，遂更以賦。數年以賓榻之無才畫，勝景之多餘暇，不能忘情於舊。輒薦披榛焉，于以寓誡。敢期希畋之是知乎？錫以長牋，飾之過辭。初捧之而驚悸，旋諷之而踴躍。踴躍之謂，如見古賢焉。何也？希畋示以「先立行，次立言，言行相扶，言爲心師，志之所之以爲詩」。斯乃典謨訓誥也。且詩本於國風王澤，將以刺上化下。苟不如是，曷詩人乎？今以世言之者，謂誰是如見古賢焉？況其籠絡乎天地日月，出没其希夷恍惚，着物象謂之文，動物情謂之聲。文不正則聲不應。何以謂之不正不應？天地籠萬物，物物各有其狀，各有其態。指言之不當則不應。繇是聖人刪詩，取之合於韶武。故能動天地，感鬼神。其次亦猶琴之舞鶴躍魚，歌之遏雲落塵。蓋聲之志也。琴之與歌尚爾，況惟詩乎？且降自晉宋梁陳之來，詩人不可勝紀，莫不盛多猗頓之富，貴疊隋侯之珍。不知百卷之中，數篇之內，聲文之應者幾人乎？大唐前有李杜，後有元白，信若滄溟無際，華嶽干天。然自李飛數賢，多以粉黛爲樂天之罪，殊不謂三百五篇，多乎女子。蓋在所指説如何耳。至如長恨歌云：「遂令天下父母心，不重生男重生女。」此刺以男女不常，陰陽失倫。其意險而奇，其文平而易。所謂言之者無罪，聞之者足以自戒哉。逮賈浪仙之起，諸賢搜九仞之泉，唯掬片冰；傾五音之府，只求孤竹。雖爲患多之，所少奈何。孤峰絶島，前古之未有。咸通、乾符之際，斯道隟明。鄭衛之聲鼎沸，號之曰今體才調歌詩。援雅音而聽者懵，語正道而對者睡。噫！王道興衰，幸蜀移洛，兆於斯矣。詩之義大矣哉！若某也，誠未足與言而已矣。自向叨希畋珠邱金穴，口諷心降之言，其復家傳奥言，身周雄文者乎？乃惶惕銘戴之無窮，伏惟察而憐之。不宣。某再拜。

與羅隱郎中書

故表丈遺文，盛序古人之重存殁，爰捧諸金，感涕之誠，實刻肌骨。然以郎中十五兄相逢京輦，得志金蘭，雖備熟於行文，恐未周於平昔。而某以内外之戚，始終所詳，敢以少才爲之前序。誠以麟經下筆，諸生而不合措辭。而馬史抽毫，漢代而還陳别録。伏惟慈造，必踐前言。西望禱祈，可以鑒料。

啓

南海韋尚書

某伏念高爲碧落，詎側管以能窺；深作滄溟，固持蠡而莫測。焉可爰賁瑣智，直杖小才。敘昴宿之鍾蕭，述尼山之降孔。既將越禮，誠可加刑。然則有曠代之遭逢，獲千年之際會。設若旁扃辯囿，內遏言泉，不惟上負於良時，抑亦下辜於卑志。是致齋身搦管，沐髮裁辭。伏惟尚書象外三山，人間七寶。體天地方圓之製，法陰陽昇伏之機，自從見作人龍，翔爲鳥鳳。騰輝瑞牒，流慶皇家。文章則游夏固還，事業則伊皐周召。飛揚天上，踐履朝端。且自古六官所重，莫先於吏部；逮今貳職所難，無出於侍郎。而尚書五陟東西，兩司銓管。矧復品量庶彙，選度羣材。載萬乘之安危，繫四方之休戚。晉魏則大難斯地，國朝尤不易其人。歷數除書，少聞再命。朝廷不欲止於鴛省，便入鳳池。須加分閫之尊，用飾作霖之盛。特以番禺巨壤，南越名區，外控蠻陬，旁通番貨。昔者石門酌泉之事，合浦還珠之風。日月遷綿，規程革易。以尚書勵辭玉留錢之節，執投香載土之心。用將揭一賢廉潔之波，新五嶺崎嶇之俗。俾以佩豹韜而直下，建龍節以遐征。非止鎮臨，且申龜鏡。昭然足驗，儼若可觀。然後飛驛騎以徵黃，降鵠書而命說。恢張帝道，陶冶生靈。所以知高祖創基，太宗纂業，更得無疆之祚，仍歸有截之風。何以言之？伏以尚書萬頃包含，千尋峭拔。膺嶽峻河清之數，切飲冰食蘖之誠。識洞古今，居無喜慍。將以鏘履聲而朝紫殿，擴心秤而啓洪鈞。自然道臻於堯舜羲軒，時復於禹湯文武。百蠻向化，萬國歸心。雖在愚蒙，亦能辯識。而某器同魏瓠，凡若莊樗。握無蛇口之珍，額有魚身之點。今者遽持幽賤，獲覩旌幢。競營方忝於拂塵，獎遇旋叨於薦賦。且凡開場試士，就鋪屬詞。從物外之課虛，向燈前以應限。縱若仲宣閣羣公之筆，長卿量陳后之金，空有所長，或聞未至。况某雖勤篆刻，且昧精奇。張平子固合陋都，陸士衡所宜撫掌。寧期尚書親迴嚴重，庭賜褒稱。變泥沙爲丹雘之姿，植菅蒯作芝蘭之秀。魯史驟榮於一字，晉庭俄採於片言。超越尋常，震驚流輩。况方今武功草偃，文教風行。計奔歲貢於九州，牓擢詞人於都省。至如生於草澤，來自溝塍，或能中甲乙求，登殊尤選。蓋止於同人延舉，先達吹噓。未嘗有聖日名侯，大朝重德。面開金口，首借丹梯。以此推言，便宜自賀。瑶枝玉幹，虛扃皓月之中；羽駕雲裝，寧遡碧霄之外。已知蹇步，可造遥程。藉以宇內跡單，天涯親老。一旦有茲殊遇，得此吉祥，買臣何愧於負薪，毛義實榮於捧檄。感深唯泣，喜極翻驚。瀝膽隳肝，空寓鄭莊之驛；糜軀碎首，何禆元禮之門。攀謝兢惶，罔知所措。下情無任戰越，悚惕屏營之至。

薛推先輩

某體物非工，屬詞無取，每欲效顰於越女，常思裂撰於靈光。今者先輩提江筆以雲飛，擲孫金而羽化。賢愚塞望，遠近騰聲。凡是懷刺來人，操觚學者，莫不競爲市詣，争作鏡窺。所以耻不遊門，勇於執鞚。遂投鄙拙，上瀆精奇。佇聆架屋之譏，莫俟披沙之諭。豈料蔑聞撫掌，翻獲知音。林先輩至，伏話仁恩，超越涯分，對彼鸎遷之侶，當于鳳集之時。遽起蘭言，爰開金口，大垂激發，曲賜吹噓。榮邁序都，事逾折簡。傾身聳聽，跼影瞻風。如飛冰雪以清心，若韻笙簧而到耳。感深旋泣，喜極增憂。未知腹蟹行蹤，巢蚊寓跡。獲采片言於叔向，何酬一字於仲尼。雖切朝暾，尤加夕惕。然而伏念近世以科網英髦，牓張取捨，雖例從都試，實採自衆聞。故其負藝而來，懷才以至。是皆闇投哲匠，神拜先鳴。苟有所稱，便馳殊譽。然後方冲桂月，遞躡蓬山。如某今則有此遭逢，受斯獎録，來從特異，出自非常。便可釋疑，永將去惑。雖慚陋質，粗抱丹心。既得地以戴邱，倍推誠而倚玉。在面陳而莫盡，於筆寫以寧周。攀感依投，不任榮懼。謹詣宅祇候起居陳謝。

刑部鄭郎中二首。

某學異生知，才非夙搆。雖叨進取，莫俟遭逢。郎中模楷詞林，梯航名路。每慮或遺於片善，常憂不採於一言。比者伏蒙曲念虛蕪，榮流咳唾，誨以磨鉛未至，刻楮非工。冥心於雪夜花朝，空徵六義；屬意於國風王澤，罔造二南。將令罷課緣情，迴從體物；

伏自穰城去騎，灞岸歸蹄。時邁青陽，景融朱火。於是凝神扣寂，閑跡探幽。蓋希副非次之恩知，非敢切平生之志業。昨者伏遇南宮拜命，北闕朝天。豈惟上賀於高翔，仍喜旁陳其末藝。永期指教，畢願攀依。而以淺近懷慚，雕鐫積愧。前而復却，决以還疑。空眷戀於門牆，竟遲迴於書幕。今則難逃皎鏡，須詣平衡。冀分妍醜之姿，式定重輕之品。伏惟特固朝暾之旨，俯憐夕死之心。薦賜發言，重將辯惑。臨風股慄，伏紙心冲。傾寫依投，不任激切。試賦一軸，謹詣宅祇候陳獻。

又

伏惟郎中樂府至音，儒家上瑞。既負雄文於卓絕，仍搜律韻於精微。始者袖入名場，騰於人口以謂。若生逢孔氏，偃商則失於四科；出值毛萇，周召乃慚於二雅。實已當千莫讓，而又恥一不能。復以餘波，濡於體物。字字并凌雲之勢，篇篇皆擲地之聲。大使前哲懷慚，專工積愧。某業非精至，藝本雕鐫。猥蒙仁恩，曲賜借示。自旬日已來，齋心繕寫，沐髮吟哦。愈盡頭風，沉成心醉。且杞國迴船之妙，千古所稀；而泥金禹缺一字。之奇，三篇不偶。是何摛華若是，翻驚失手於斯。則知用兵而管仲三奔，射策而孫弘十退。豈戰之過，蓋時所違。此乃今古玄機，聖賢定數。契日月虧盈之理，等陰陽昇伏之期。用以否其道而泰其身，窒於前而通於後。逮今一人側席，四輔求才。則煥爛除書，飛入雲山之裏；昭彰懿德，馳歸省闥之中。徒恨傷麟，終幾失馬。若無往歲，焉有茲長。遂使一換暄寒，三更揚歷。頭居東署，首列西曹。皆是重難，無非清顯。既明前事，因卜將來。佇當潤色絲綸，翱翔近密。輝飾於典謨訓誥，啓陳於堯舜禹湯。鎮壓澆風，恢張吾道。凡居進取，皆切攀祈。况處恩知，豈任禱祝。所歸公望，非自私誠。賦集謹詣宅起居陳納。

謝試官代。

伏念鸒雞爲鳳，有識咸驚。投礫參瓊，良知足鄙。豈可高懸皎鏡，迥揭平衡。而乃呈六極之陋容，掛一絲之蔑質。得不臨風扇面，對景忡心。然巧冶開鑪，莫遺鉛鐵；精工執斵，不問圓方。又安可內鑰言樞，上辜德宇。是敢因依借喻，一二披誠。某蜩甲薄姿，蟻封微狀。學雖勤於刻汁，藝則愧於鏤冰。徒以獻豕辭遼，賫花躬魏。稅駕而旋同飲鼈，操弧而果異麗龜。遂至千仞禹門，額蒙點鋭；兩朝楚國，足被刖空。竟於豐獄以沉埋，誰以蜀桐而激發。伏惟博士鳴岐瑞質，歌郢至音。蔥籠而張柳風垂，迥拔而嵇松雪峭。自提攜江筆，鏗擲孫金。投身而傾動龍宮，揮手而震驚蟾窟。時争埶角，俗競鞶眉。今則珠履賓階，玉京羽駕。欲高飛於魏闕，先下歷於虞庠。故得槐市三千，杏壇七十。依於考擊，竊彼飾褫。而某邱錦小才，路蒲末學。既非禰鶚，大懼溫犀。固當絕望趨隅，甘心滅刺。然則嘗彈流水，罔協鍾聰。曾躡浮雲，莫迴樂顧。是亦難參雅調，不號逸群。矧其器乏正聲，價懸駿骨。苟叨明試，不偶至公。則異時何路以致身，他日無門而振跡。坐爲棄物，立謝明時。是乃洞寫血誠，仰祈風鑒。伏惟博士曲垂厚顧，猥降隆私。將憐其蠑蛤剖胎，只自迴旋於皎月；螗蜋奮臂，無辭殞碎於高車。非敢染黿，所希留馬。干瀆清嚴，下情不任惶惕屏營之至。

盧員外溽。

昨輒以近試賦，輕黷門牆，韻匪擲金，理宜誚石，豈期轉禍爲福，以寸獲長。户部鄭郎中伏話，員外仁恩，大賜獎録。拜聆嘉耗，跪對吉辭，感惕兢惶，進退失措。實以從古干時之道，至今取第之由，莫不路邈鰲頭，程懸驥尾。苟非先鳴汲引，哲匠發揮，縱或自强，行將安適。伏以員外斷齏積學，計斗負才。龜鏡詞林，梯航陸海。是故門駢鄭市，俗埶郭巾。爭俟栽培，互希丹飾。而某牛涔淺狹，燕戲微茫。豈合攀投，徒爲激切。員外燕中市駿，稷下館人，皆使有歸，不言無取。猥流厚旨，曲降隆私。某是敢引事推言，徵文借喻。且傑如韓信，未歸漢祖以誰知；美若西施，不入吴宫而孰驗。所以蟄劍而凌虚吐耀，焦桐而駭耳飛聲，然後感動良知，遭逢至鑒。事雖小異，理或大同。伏惟稍降尊嚴，俯垂惻隱。如某昧爲貢士，淺作丈夫。方今不右武功，大先文教。矯辭人於鸎谷，鑰宗伯於龍門。其有負馬之文華，韞顔之德行，或栖栖以至，或嶽嶽而來。未嘗不坐馳日下之名，立貯轂中之望。是何謝茲振發，而處彼幽沉。頻年厠角逐之場，衆口蔑殊尤之譽。齊國箏秃，荆山眼枯。漸覺途窮，虚云舌在。豈可堅期御李，確慕依劉。志空切於投林，醜難逃於測管。伏惟員外魏車委照，軒匣揚光。儻憐其刻意探幽，焦心體物。雖則異於披沙之説，然畧幾於架屋之譚。許列書筠，令參撰杖。今者或因薦士，敢乞編名。所希從數仞牆，伴二三子，增輝瑣質，擅價主人，皆由一顧之仁，翹竚百金之諾。含毫汗下，伏紙魂驚。非切覬覦，所憂誅戮。叨越干犯，下情無任戰懼屏營之至。

侯博士圭。

某口諷雄詞，心祈藻鑒。在他處則早逾一紀，來上國則已逮二年。常測管以推誠，每持蠡而注念。蓋期御李，非敢希顔。所以竊贄荒蕪，薦塵牆仞。聳蟻封於丘岳，疏蛙渚於陂湖。敢望吹噓，佇聆誚責。昨日進士林郁，忽傳尊旨，遽話殊私。伏惟博士曲降恩知，俯迴奬録。不置蓋甌之地，爰興讀蜺之言。事邁常倫，榮過始望。傾身拜命，跼影瞻風。若聽咸韶，如吞甘醴。敢便認爲知己，蓋將決定胸襟。實以當今文教風行，詞人輻輳。莫不俱陳素業，各務所歸。而博士負擲地鴻名，摽掞天逸，勢吐揚雄之五藏，陋班固之兩京。故其接踵望塵，駢肩執刺，争爲秤挂，互作鏡窺。或聞由也升堂，賜之入室。是則千門改觀，萬户飛聲。若瑶璧之飾來，類金絲而振出。所謂功侔造化，言繫慘舒。作詞林培植之家，爲陸海梯航之主。必當不私其一顧，誤彼衆聞。以某數載辛勤，一生疑惑。唯傾丹懇，翹矚重言。冀將卜以妍嗤，斷其可否。今則出於門館，發自齒牙。事既殊常，道方自信。析音倏。同寐覺，夐若神通。呈材之獲般窺，駑馬之蒙樂顧。已逢喆匠，肯愧他人。蜀璧端居，管牀兀坐。既佩茲謦欬，益勵彼顓愚。苟無疑於鏤冰，則求工於刻楮。忭躍兢悚，罔知所裁。下情無任感恩激切之至。

蔣先輩二首。

某自違門仞，尋達家山。拜慈親而聚族生光，述弘造而一時泣下。蓋以生平事業，出自宗師。豈惟特異之恩知，仍契非常之事分。昨者賫持惡賦，刺謁清塵。本期劉子俊家，待以蓋甌之地；陸士衡處，置於撫掌之間。豈期以寸獲長，駑駑竊價。伏蒙校書先輩驚人賞録，越等褒稱。篇篇而喻作金聲，一一而讀爲蜺字。迴施異禮，疊錫嘉言。及門則倒屣於仲宣，侍座則授經於左氏。周旋許與，覼縷指揮。畢令如蘿附松，更使以膠投漆。俾從秋賦，首出門牆。顯示輩流，別加援引。且古人之慕元禮，纔獲御車；學者之師仲舒，未曾識面。以斯修省，莫有比倫。永言遭逢，得謂卓絶。矧國朝之設科待士，較文取人。往歲主司，則斷於獨鑒；近時公道，則採自衆稱。繇是重望朝賢，有名先達，得以主張斯道，梯級將來。至若有負兼才，且非所業，或文章而稱詞賦，或律韻而譚古風。猶自彼唱此傳，影隨響答。其况專功與善，本面説人。又若校書先輩鳳藻凛天，鴻名傑俗。今時賈馬，昔日班張。猶在場中，多士便瞻於咳唾；既行天上，一言何啻於興衰。當以調啞使鳴，吹寒令暖。伏自歸寧膝下，駐跡江干。白日思惟，中宵起坐。既名爲得路，當別議感恩。况緣家邈東閩，路遥北闕。一迴逐計，數載違親。頃者累繕蕪詞，歷投碩匠。或蒙開口，少侑動心。以此鼓勇無門，自疑不暇。今則從大藩之賓榻，得當代之主人。豁如釋氏之破迷，醒若神醫之愈疾。一家相賀，擧目增輝。進取有兹，肺肝可察。伏以上京迢遞，難於獻歲支離。須俟新春，方議假道進發。芸馨酷烈，蓮幄清虚。昨陪侍於遊從，今綿隔於烟水。別無言語，并陳於殷浩函中；空有夢魂，常遶於燕昭臺下。

又

某伏念希逸知名於靈運，不作門人；左思擅價於士安，非爲弟子。雖則清風凛若，懿範昭然，得將爲千古高譚，未免是一時闕事。翻思到此，因敢形言。某賚持淺蕪，塵觸門仞。遽竊披沙之諭，爰蒙折簡之知。事實驚時，榮將越望，而又謂前賢之未至，垂厚意以特殊。將令別議依投，用堅恩德。資今日顧憐之旨，作它時汲引之由。苟開如此之懷，豈是偶然之事。赫赫昭代，鏘鏘衆人。榮持哲匠之發揮，薦向良時而角逐。則何患龍宫之杳杳，何憂蟾月之高高。足以雪曩歲之湮沉，恢張禰刺；壯平生之意氣，棄擲終繻。如此若不激切擎丘，淒涼誓劍，豈謂修文學古，何名勵節砥躬。伏自虔侍清塵，仰叨殊遇。未嘗一夕，不將心禱於神明；縱極千言，難以筆書於丹赤。攀謝感激，罔知所容。

楊狀頭贊圖。

某驟持末學，遽竊殊知。伏自豫章數句，湓浦一路，扃旅舍而夜唯假寐，逐征帆而日但沽衣。蓋以虔戴遭逢，仰思情旨。先輩主中興之文學，作來者之蓍龜。伏蒙採某所業，異於等倫；憫某所舉，困於曩昔。大張金口，精發瑶函。且午火燒空，一陰司月。面泉石或病乎炎毒，處城池而奈彼鬱蒸。况土風則竹屋玲瓏，烟水則葉舟蕩漾。纔曉而烏光赫透，欲風而魚沫膻飄。雖付於醴酒酕醄，或亡杯混；又屬其羽書重疊，時觸高明。誠知不乏餘波，爭奈罕聞暇日。豈可更抽秘思，別運真蹤。每摛一幅之霞牋，咸滴千痕之雨汗。雖才高倚馬，曾無起草之詞；而字悉如蠅，幾苦生胝之筆。未知單賤，何補生成。賚行而便是金丹，舉步而即昇雲漢。矧復公言私論，要訣神方，一一指蹤，頭頭傳授。將克周於頂踵，俾無失於毫釐。以此推恩而前古所稀，以此行道而方今誰比。士林名路，一朝有知己如斯；白日青天，萬世唯子孫爲誓。下情無任感恩泣淚悚謝之至。

代鄭郎中上興道鄭相

伏念石甫受知於途中，翾蔑申言於堂下。既情非曩舊，復地隔尊卑。尚能感動至公，遭逢殊禮。而某神資所向，天授其時。獲曠代之因依，得千年之幸會。豈可永緘丹赤，上負陶鈞。伏惟相公特降恩慈，俯垂惻隱。昔年羽化，曾陪鶯谷之春；今日雲飛，俄隔鳳池之路。信鶴雞之采異，諒牛驥之終懸。徒增倚玉之榮，幾積續貂之愧。况相公負英才而作礪，持碩望以登庸。始者四海傾心，一人側席。朝聞坐幄，暮見飛霖。扇澆薄爲淳風，激讒邪歸直道。均施鑪冶，高揭權衡。使鈆汞之不參，令錙銖之各等。故得方圓任器，高下隨宜；黜陟無偏，賢愚有序。某早甘退跡，忽喜逢時。遽從學省之前銜，爰踐蘭宮之峻級。己爲塵忝，誠合揣循。竊思頃年九陌秋天，都堂雪夜。常容披霧，每許參瓊。逮夫片玉昇科，兼金到牓。雖登龍羣彥，同戴邱山；而附鳳一心，偏投膠漆。既以宗盟屬意，仍從知舊留情。重疊依投，綢繆獎録。遂使慶鍾末路，福逮今辰。既預門牆，仍從埏埴。宛得御車之便，無煩擁篲之勞。但以某弱羽難高，幺絃易斷。始自筮仕，及于登朝。未嘗暫識清途，略遊華貫。亦人地之所拘限，何窮通之切咨嗟。洎夫郢俗褰帷，穰城建隼。連叨竹使，尣愧棠陰。雖皂蓋紅旍，別過素望；而霜臺粉署，終繫丹心。今則榮竊握蘭，幸當襆被。馮唐歷踐，誠知戴白之年；貢禹棲遲，且有彈冠之地。

代鄭郎中上靜恭盧相

伏以天覆地載，縱鬼神之奥皆臻；陰伏陽升，雖鱗介之微必動。道既如此，人焉忽諸。伏惟相公持重器以爲霖，負英才而坐幄。傳丹青於直道，扇鑪冶於至公。致一物之無遺，使萬方之有賴。某顧惟瑣陋，獲忝鈞鎔。既契之於無私，固施之於不報。豈宜遽貴感激，竊拜門牆。但以事出非常，恩從特異。若不披於丹赤，終有負於神明。伏惟俯降尊嚴，暫垂聽察。某才非敏幹，性本顓愚。自從振跡春闈，投身宦路，徒綿歲月，莫致飛馳。却則窮途，前皆散地。是亦用之則未爲國士，捨之則蓋類腐儒。因自揣循，每加退縮。然而竊念古人不遠，賢路非遥。皇朝自科擢英髦，爵昇品秩。其或來從草澤，生匪簪裾。亦常列入清途，參爲盛觀。所以益持孤孑，尤切兢修。節勵松筠，心傾葵藿。常注目於烟霄之上，每馳魂於省闥之中。逮夫玄鬢凋空，壯心折盡，曾無影響，空極瞻攀。豈期相公纔揭權衡，便垂採掇。俾遭逢於聖日，令允愜於平生。所謂材并得宜，物無遺性。信造化之功不及，豈推遷之令能侔。義貫古今，恩逾卵翼。況相公峻于埏埴，切彼弼諧。當今士兮如林，朝稱不乏，足得廓其公選，擇以良才。而某已懷耕釣之心，近閉雲林之跡。設令漏網，未曰遺賢。是何特達開懷，周旋軫念。青山在目，方將魚鳥以同歸；鴻渥連天，忽歷烟霞而曲被。從杏壇之舊籍，踐蘭署之清資。豈是常情，諒非小事。伏自榮叨幞被，幸竊含香。未嘗一夕暫安，片時不感。常若千鈞之在頂，每將孤劍以誓誠。但以有地受恩，無門瀝懇。只眄高車而激切，空持敝帚以屏營。淚則汍瀾，心唯恐悚。瞻風拜賜，對景懷仁。涸彼言泉，固申陳而未盡；托於筆札，豈寫載以能周。攀謝兢惶，罔知所措。

代鄭郎中上令狐相

某今月四日轉授刑部郎中。伏蒙相公仁恩，特賜寵誨。事從非次，言異常倫。感激兢惶，進退失措。伏以某材非可採，藝不足稱。出自門牆，樹爲梯級。纔榮地部，復陟秋曹。持鷃鶉決起之姿，到鸑鷟曾棲之地。相公憐其拙滯，忽此騫翔。疊降恩輝，荐留手筆。指令忝幸，叙昔經過。始者九遷，曾假虞邦之道；向來一字，爰垂魯史之褒。義極生成，彩逾丹雘。拜窺垂露，跪捧隆私。汗浹背流，淚盈眥下。未知順風弱力，撮土微形。獲參一日之高蹤，何報千鈞之重意。唯謹緘於篋笥，常誇向於搢紳。爲宦路之遭逢，作仕流之卓異。攀謝懇切，不任下情。

代陳躅謝崔侍郎

某啓。户部鄭郎中伏話鄭隱先輩專傳侍郎尊旨，伏蒙於新除永樂侍郎處特賜薦論。跪對吉辭，拜聆嘉耗。感激兢悚，罔知所容。某詞學疏蕪，進取乖拙。一叨貢士，累黜名場。足間之刖處縱横，額上之點痕重疊。今春伏遇侍郎精求俊彦，歷選滯遺。某又名礙龍頭，跡乖豹變；都由薄命，翻負至公。以此怔忪莫寧，惶惑無已。在良時而自失，於異日以何歸。謂一主而便可甘心，歎二紀而徒勞苦節。豈料侍郎堅垂記録，確賜憫傷。令後人而副取前心，指陋質而説爲遺恨。將使察經之骨，終繫仙家；士燮之魂，却還人世。蓋施陰德，豈止陽功。喜極翻驚，感深唯泣。明年春色，致身雖出於他門；今日恩光，碎首須歸於舊地。

西川高相

相公嶽降宏才，神資偉望。象外而藹然妙旨，人間而凛若清風。當以四三傑於漢庭，九八元於堯日。聖上以南澄鳶水，克仗英威；西鎮龜城，須資妙畧。所以未歸台輔，且據重難。巍峩兩地之勳，冠絕一時之盛。凡在中外，孰不具瞻。

蔣先輩

三吴烟水，百越山川。兵戈杳隔於音塵，門館久違於趨覲。空自明祈日月，暗祝神祇。相如徵出於上林，賈誼召來於宣室。不然者，隱於商嶺，棲向傅巖。克俟搜羅，直膺夢寐。焚香稽首，以日繫時。某一滯江鄉，六更寒燠。都由惡命，早失良時。迢遞一名，進取則大朝有難；零丁數口，退休則故國無家。歸蜀還吴，言發涕下。

沈侍御

侍御麟鳳瑞姿，蓬瀛絶境。叔度與陂湖比量，仲尼將日月齊明。自飛翥九霄，梯航陸海。鄭門若市，季諾如金。爲學囿之芝蘭，作詞林之杞梓。今則提攜陳檄，登陟燕臺。冠張豸角以巍峩，幄折蓮花而照耀。假途如此，殊拜寧遥。凡在人情，孰不傾矚。

段先輩

判官先輩萬頃襟神，四科文行。比鸞鶴而既冲霄漢，喻龜龍而須瑞皇王。今者賓幕清風，士林重價。雖欲留歡於五辟，其如積望於九遷。伏計即有新榮，别膺殊命。某蒙知既異，感德常深。辭違遽變於暄寒，禱祝敢忘於朝夕。

又

昨於道路累附狀，伏計迤邐上達。某行役近已到潮州，伏以一路經過，二年飄泊，言則涕下，静而魂銷。固非繫情於杯酒笙歌，留戀於雲山烟水。抛擲進趨之道，遲迴溫清之期。伏計夙鑒如愚，必當知不得已。又安可遠含丹赤，莫寓聽聞。且聖代近來，時風愈正。取舍先資於德行，較量次及於文章。無論於草澤山林，不計於簪裾紱冕。少有三舉五舉，多聞十年廿年。而某自厠跡其中，且迷津不暇。况乎來則無終軍意氣，勤則有楊朱路歧。將卜一歸，僅闕兩試。人事如此，光陰幾何。先輩特賜恩知，殊爲誘誨。時或軫念，固應動心。然亦否極則通，彩來自聖。他日而若無好命，今辰而焉有良知。唯當依倚栽培，諮詢可否。陳琳牋檄，寧容久借於外藩；夫子門牆，虔俟再趨於上國。

賀正

伏以司雞殷朔，建虎堯辰。仙人則飲柏延齡，詞客則浮椒獻頌。伏惟相公膺茲令節，納彼嘉祥。邵伯甘棠，蓋地之芳陰更闊；亞夫細柳，連天之瑞色長新。與青陽而同發生，揭鴻鈞而普播物。永貞國柄，堅律師壇。

又

伏以青陽變律，乃二儀革故之辰；獻歲開正，是四氣維新之日。伏惟僕射與春符契，觸物貞亨。迎瑞節於鳳銜，榮兼四輔；建碧幢於甌越，永保千年。凡於動植之間，長受暄和之賜。

趙起居

某今月二十日，輒以所業賦一軸陳獻清邱。持腐草之造扶桑，鞭款段之觸騏驥。所宜唾面，敢俟回眸。伏以起居爲八韻之咸韶，作九流之溟渤。凡言進取，須自品題。而某二紀飄零，三朝困辱。若不仰投門館，虔佇發揚，則永擕疑玉以汍瀾，長伴啞鐘而泯默。攀托祈禱，倍萬等倫。

崔右丞二首。

某獻賦命奇，食貧計盡，難安桂玉，須逐萍蓬。伏念灞滻行塵，周秦去路。平言南北，猶悄神魂。况今攀托門牆，依憑獎顧。以坑谷蒼黄之態，戴邱山岌嶪之恩。得不欲別還留，將行復却。丹誠聚血，雙淚流珠。矧當杏苑烟晴，柳溝風暖。陌上而羣英得意，塵中而衰髮傷離。設令勇若荆軻，固亦慟如阮籍。伏以右丞弘施陰德，濬喆仁心。儻或萎枯肉骨之未忘，則膠柱刻舟而敢怠。寧言今日，唯惕將來。遲回數仞之牆邊，移時忍去；愴恨九重之城外，舉策何之。感戀屏營，罔知攸處。

又

某依棲門館，感激生成。頻年忝極薦之書，詞逾一鶚；累牓以未亨之數，愧積遷鶯。莫不惕息肺肝，兢惶顔面。既玆負累，合在棄嫌。而又薦以羈遊，仰干牋翰。雖弘容之不改，且循省以何安。冰炭交懷，芒刺在背。今則已莊行計，即擬出京。不唯推戴岳之誠，指於皎日；抑且切戀軒之志，泣向清風。攀感屏營，罔知指喻。

韋舍人

某近者輒持齋戒，虔寓牋毫。瀝南山待旦之誠，告北陸移暄之律。理雖可憫，罪或難逃。伏惟舍人義路無疆，詞源絕岸。設鑄顔之鑪冶，恢薦禰之牋函。今則主文侵入院之期，哲匠走致書之日。儻蒙枉於公道，申以私恩。念某夙陷義圍，薦臨文陣。化鯤海闊，乘風水以未知；爲鯉年深，逼雲雷而愈懼。特因薦士，敢乞編名。則獲從金籙以上聞，焉有玉皇之不齒。立辭坑谷，繫在生成。攀托禱祠，涕淚沾迸。

工部陸侍郎

某伏念聚蚊響於出震之音，其雖懸越；奔羽族於鳴岐之德，乃不參差。事既同途，理宜瀝懇。伏惟侍郎韞縑緗之奧學，負詞賦之重名，相如則逸格掞天，孫綽則英聲擲地。播於金石，流入典謨。竊以某架屋懷慚，披沙莫喻。固自循揣，豈宜贄投。但以水合朝宗，雲須觸石。繇是年賫鄙拙，首扣門牆。實爲舉場之中，貢士所業。律詩古調，詞賦歌篇。前則貞元、元和之風，耳聞其事。近則咸通、乾符之事，目覩其風。求知己則咸禱於兼功，斷否臧則須歸於本面。然後人方必信，道逺無疑。則某一生辛勤，數載攀祝。必若題品不出於侍郎金口，薦揚不出於侍郎瑶函。縱能别契亨通，固宜終慚暗昧。矧以迷津未已，泣刖方深。比者先輩陳樵，早同硯席。曾將姓字，虔爲啓聞。伏知侍郎猥賜奬容，異於倫等。其後薦自同志，嘗聆玉音。而侍郎文學蓍龜，朝廷領袖。某不敢以後來舉態，近日時情，僭瀆尊嚴，躬陳一二。今則久摧鬐鬛，又近風波。溝隍無必出之門，肝鬲在須傾之地。免叔向則他日莫議，活士燮則神術所能。願推恩於留馬埋蛇，庶受賜於荑枯翼卵。下情無任攀托依投激切惕懼之至。

翰林薛舍人

某伏以十一日纔除主文，旋瀝情懇。罪責則可言於躁切，憫傷則宜恕於單危。非不三省九思，沉吟牋管，而以途窮日暮，恐懼風波。亦猶抱沉痾者悉將虔告於神毉，懷至痛者無不上呼於穹碧。伏以學士舍人軒銅照膽，蜀秤懸心，仰惟燭臨，當極幽奥。且夫禮司取士，寒進昇名，若無喆匠以斵成，未有良時而自致。不然者，則安得權懸至鑒，代有遺人。伏惟學士舍人標表士林，梯航陸海。凡言進取，須自門牆。今以文柄有歸，至公弘播。則精力固同於造化，嘉言乃作於蓍龜。而某折角有年，交鋒無托。羽毛零落，鬐鬣摧殘。若不自學士舍人推恩極山岳之隆，攘臂到溝隍之底，則還慚抱甕，難出戴盆。兼近者面獲起居，親承念録。哀某昔年五隨計吏，刖雙足以全空；今復三歷貢闈，救陸沉而未暇。許垂敏手，拯上重霄。謹以誓向鬼神，刻於肌骨。中興教化，一身免没於風塵；下國兒孫，百世敢忘於廝隸。下情無任攀投懇悃之至。

裴侍郎

某伏念薦孟明則子桑所能，免叔向匪祈奚莫議。推言及是，瀝懇爲宜。上瀆清隆，敢希容聽。伏惟侍郎中丞頃持文柄，大闡至公。垂爲聖代之準繩，懸作貢闈之日月。某爲後無私之兩榜，遂乖必字於十年。伏蒙侍郎中丞曲賜憫傷，直加賞録。連歲薦論瑣質，傾極重言。而以弱植難培，么絃易斷。且驚負累，空費生成。既而不罪龍鍾，愈隆恩遇。昨者面容跪履，親俾窺天。仍加琢玉之品題，更啓如金之然諾。便於此日，上翥重霄。今則已除主文，只祈陰德。延頸於溝隍之底，瞻恩於邱岳之隆。雖龜龍不瑞於匹夫，而犬馬合由於本主。沾巾墮睫，瀝膽披肝。不在他門，誓於死節。下情無任攀托依投懇悃之至。

楊侍郎

伏以羲爻不兆之文，何人復演；魯史不褒之事，曠古誰稱。厥理非遥，斯言可喻。伏以侍郎榮司文柄，弘闡至公。歷選滯遺，精求文行。泉下則大臣有感，揭起銷沉；場中則寒族無差，酌平先後。所以如某者，曾干衡鏡，經定否臧。若不蒙指向後人，説爲遺恨，則宰輔之爲薦舉，帝王之作知音，而主且不言，人誰肯信。繇是須出侍郎金口，須自侍郎瑶函。今則論啓無私，恩加瑣質。錫生成於此日，迴分付於將來。早從握內以擠排，便是眼前之科第。然後念以漸臨風水，莫如蓬島之音塵。俾拜雲天，親吐蘭言而誨諭。留心及是，自古所希。莫不拳跼循涯，闌干抹泣。質向神鬼，誓於子孫。鷽谷乘春，雖托他門而振羽；糜軀異日，須歸舊地以論恩。瀝肝膽以無窮，寓牋毫而莫戴。下情無任感恩懇悃之至。

薛舍人

今月二十八日，張道古參軍仰傳仁恩，伏承舍人學士不以某幽沉，榮賜論薦。初疑夢寐，旋認生成。不知所容，兢惶戰悸。伏以舍人學士半千膺數，全碩負才。嘉名冠絕於九流，逸步翱翔於四户。頃者重於知己，避以文闈。隆行望於聖賢，蓄基負於台鼎。竊惟薦士，豈易其人。而某蹤跡蹉跎，藝能淺薄。敢期弘造，遽及兹辰。金口開時，講貫則處其異等；瑶函發處，推揚則寘彼極言。事出殊常，榮非所望。感深唯泣，喜過翻驚。不知微生，何酬厚遇。中興教化，餘年獲出於溝隍；下國兒孫，累世敢忘於厮隸。

趙員外

伏以曦轡流輝，已侵窮臘。禹門飛浪，即到登時。莫不顒多士之精誠，佇有司之新命。竊惟萌朕，已見昇沉。若某也，折角有年，争鋒無主。空秉龍鍾之態，仰希傷憫之求。此亦有類守株，其疏若網。伏惟員外學士猥隆恩遇，克異等倫。近者面獲起居，親叨然諾。自歸旅舍，徹坐寒宵，歷將往事以思惟，洞見今辰之通塞。且夫春官取士，寒進昇名，若無喆匠之斲成，未有良時而自致。不然者，則安得權懸至鑒，代有遺人。伏以某別無知音，只投門館。儻或員外學士止推言於公薦，不攘臂於私恩，則某也望絕飛馳，甘爲簸棄。至若白雲巖谷，青草汀洲，敢辭依舊耒耕，踵前沉釣。然以來時耆舊，別後交親。皆謂中興，雪先朝之困辱；寧期上國，看後輩之飛鳴。必疑有過於措持，無聞於卿上。既顏面而斯乏，須蠻貊而云行。是以瀝膽披肝，碎身殞首，永將死節，不誓他門。伏惟員外學士義路連天，仁心匪石。敢希援拯，畢賜生成。珠岸盤根，始作不枯之草；金丹入口，能還已逝之魂。祈禱依投，啓喻罔盡。下情無任攀托懇悃之至。

唐黄御史集卷第七

唐黃御史集卷第八

唐監察御史莆田黃滔著
大清貢生福鼎王遐春刊

序

潁川陳先生集序

唐設進士科垂三百年，有司之取士也，喻之明鏡，喻之平衡，未嘗不以至公爲之主。而得喪之際，或失於明鏡，或差於平衡。何哉？俾其負不羈之才，藴出人之行，殁身名路，抱恨泉臺者多矣。嗚呼！豈天之竟否其至公也，抑人之自坎其命邪？潁川陳先生，實斯人之謂歟。先生諱黯，字希孺。父諱贄，通經及第，娶江夏黃夫人。賢而生先生，無昆仲姊妹。十歲能詩，十三袖詩一通謁清源牧，其首篇詠歌河陽花。時面豆新愈，瘡之如豆。牧戲之曰：「藻才而花貌，胡不詠歌？」先生應聲曰：「玳瑁應難比，斑犀定不加。天嫌未端正，滿面與裝花。」繇是聲名大振於州里。十七爲詞賦，作蘇武謁漢武帝陵廟賦，便爲作者推伏。二十爲文。先生松姿柳態，山屹陂注，語默有程，進退可法。早孤，事太夫人彌孝，熙熙愉愉，承顔侍膳。雖隆雲路之望，終確綵衣之戀。既而及其子蔚冠，太夫人勉之曰：「付蔚於潘岳之筵，俟爾於郄詵之桂。」方起於鄉薦，求試貢闈，已過不惑之年矣。乃會昌乙丑逮咸通乙酉，其間以寧家兼在疚之，斷絕往來。吴楚之江山辛勤，秦雍之槐蟬嘆嗟。知己之許與，與同郡指泉州。王肱、蕭樞，同邑林顥，漳浦赫連韜，福州陳蔇、陳發、詹雄，同時而名，價相上下。嗚呼！斯八賢皆以不羈之才，出人之行，懇懇乎進趨，恂恂乎鄉黨，而無所成，豈天之竟否其至公耶，抑人之自坎其命耶？俾有司失其明鏡，差其平衡之如是，結寃氣於名路之中，銜永恨於泉臺之下，豈不甚歟？先生之文，詞不尚奇，切理也。意不偶立，重師古也。其詩篇詞賦牋檄，皆精而切，於官試尤工。某即先生之内姪也。丱而趨隅，頃隨計之歲。先生下世後二十五年，而忝登甲第。東歸之，求遺稿，其季子蘧泣曰：「兵火也。」少得其文三十一首，賦若干首，他處得詩若干首，敬俟增而後述。天復元年，辛酉。某叨閩相之辟，旋使錢塘，與羅郎中隱遇。隱曰：「咸通初，與先生定交於蒲津秋賦之場，賦則五老化爲流星，詩則漢武横汾。先生之作也，爲試官嚴郎中都之吟諷。秋場五十人之降仰，今遺稿可叢，願序之。」既還，不及求增，謹以所得之文賦詩牋檄，分爲五卷，抹淚搦管，爲之前序。將寓正郎爲之後序。正郎負宇内之雄名，用釋泉臺之永恨。時天復二年秋七月也。

贊

龍伯國人贊

國人之釣也，一釣聯六鼇，而存者一鼇而已。其猶背蓬萊方丈，嬉遊神仙。偉夫！設六者不餌，其何如哉？洪濤七其洲渚，塵世幾其躁妄，則以古以今之君，皆秦漢也。推是言之，斯人也，不謂無功於有國。故追以贊之曰：

磻溪之釣兮，釣更殷周。龍伯之釣兮，釣減嬴劉。腹濬背虚兮，一聯月鈎。巨骨駢器兮，鴻膻疊差。豈惟一時兮，表奇東海。抑乃萬祀兮，垂祉中洲。

一品寫真贊

夫山嶽之隆，莫隆於嵩華。江海之大，莫大於溟渤。故天之生聖賢於百千年也，乃禀其奇秀以爲之氣色，包其浩蕩以爲之胸襟。落落汪汪，如龍如鳳。然後總兵符於握內，懸相印於腰間。煦育生靈，扶持邦國。大矣哉！將如是，則命良工，持筆之精，賁墨之妙，寫于儀貌，移於繒素，不可以不敘不述。小從事滔，職忝文詞，齋戒而獻贊曰：

嵩華于天，氣貌斯然。溟渤紀地，胸襟靡異。謂如龍也至靈，謂如鳳也嘉瑞。列素在壁，良工善移。一時丹艧，兩面風姿。秋月寫彥回之質岸，寶山分叔則之表儀。松森峭壁，日映咸池。聖君急麟閣之繒，明朝當詔旨之飛。索而觀之。

雜文

夷齊輔周

列位於朝，無言於君，曰輔歟？抗跡於野，有言於君，非輔歟？麟鳳龜龍，王者之嘉瑞，朝其庭乎，暮其沼乎？武王聖人也，周公聖人也，召公賢人也。天下三分，以其二分。以火殷辛，且致夷齊之扣馬。設使盡天下之三分，姑至殷辛之自火。然若太伯之君吳，則百穀合穎於舜耕，九鼎同波乎禹珪。仲尼之又盡善也，寧獨韶乎？既而異諸，則周之道，首陽之餓乃諫死。作夷齊輔周。

吴楚二醫

吴人之疾不救，其屬善醫，憫其家，竭其術以治之；楚人之疾救，其屬善醫，欲其家，逆其術以治之。君子痛二醫之行若乎治亂。比干知殷之不救而救之，仍藥之以九竅；李斯目秦之救而不救之，卒鴆之以二世。嗚呼！殷之亡也，疾之甚矣。秦之亡也，醫之罪也。後之有國有家者，得不慎乎醫？

禱说

天有日月，民無一旦之薦；地有江山，歲有四時之禱。得非彼之至明，烏兔無得而私焉？此之至大，神龍其或權焉。是則尊有天下，無不日月其德。而億兆之心，咸急江山之禱。

綿上碑

至忠之爲人臣，君不之德，怨其爲忠乎？至孝之爲人子，親不之德，怨其爲孝乎？苟非忠與孝，則介推爇若枯株，名參悖德，又焉可祠儀忌赫于千春哉？且重耳得國之初，賞功之際，鍾鼎鱗次，獨推漏澤。覺（夢覺之覺。）然而索，懇至焚林。而推以一時之失，爲歿身之怨，可乎？設終身之失，特何加之？別使至忠而疑，至孝而惡，去聲。又何如哉？則周公宜怨於成王，大舜宜怨於瞽叟。以功急賞，則漁父宜腰於伍劍，魯連宜罄於齊粟。矧推之且養不志禄，其甘乎？始事君，後急賞，豈賣忠而賈爵乎？愚謂介推之意不然。以重耳之不德，愈知其母之賢。既得其與爾俱隱之言，從其德則其言晦，逃其跡則其言彰。其言彰，則其母名斯大，孝之志也。仲尼云：「立身揚名，以顯父母。」立己之身，揚己之名，猶冀泝流父母，豈母賢之未名，而已不名之乎？禄親者衆，名親者鮮。使獲其言，若禄其甘，是瀆其賢。推是以死其君怨，取賢其母名，斯介推之意也。

噫二篇

或謂聾者，曰師曠也；瞽者，曰離婁也；無不悖其辭之戲！或謂魯儒，曰顔、閔也；蜀儒，曰楊、馬也；無不喜其辭之美。是何彼以視聽之亡，而苟能自鑒，此以耳目之貌，而反不自知？噫！

芝蘭草也，松桂木也，喻於君子而榮之。桀紂君也，李斯大臣也，盜跖華胄也，喻於小人而耻之。則知蛇克銜珠而奚蛇，龍苟醢身而匪龍。噫！

文柏

仲尼之道，顏、閔得之爲四科，後人得之爲顏、閔，鳥獸得之爲麟鳳，草木得之爲文彩，故廟之堂有文柏焉。頃爲官於國子者，刃一枝器，有司得而竄諸。噫！聖人之道，未嘗不缺也。若天之西北，地之東南，日之昃，月之虧也。故聖人窮於陳、蔡、宋、衛，顏夭麟傷，皆有以也。設使不有陳、蔡、宋、衛之事，則何以象天地日月之盈虛乎？顏不夭，則何以感子之慟？麟不傷，則何以明子之道？時君缺之也，斯柏也。不爲其官者刃而竄諸，則何以繩後之權者。謂必權者是取之器也。故天以傾西北而拱列宿，地以缺東南而朝百谷。日以昃而成早暮，月以虧而見盈縮。子以陳、蔡、宋、衛而示損，顏以慟而益彰，麟以憂而示時君。斯柏也，以刃而後永，則知聖人之道不缺，則不全于不朽也。

公孫甲松

公孫甲善畫松，漢武帝時，公卿互求之。或旬或月或季，得之如至寶。武帝暇顧東方朔曰：「卿得甲之松乎？」對曰：「臣未嘗得之。」色沮，帝怪。朔徐而進曰：「臣見公孫甲之善畫松，舉國舉朝之人奇之。狂然其所，棲鶴其形，吟風清韻。或森疏間底，或蓊鬱庭際，而過者罕不或之目。臣痛其假能奪真，故不求之。且丹青其筆，物至於是；枝葉其口，人胡以勝。臣敢以陳之。昔妲己之假，奪比干之真；靳尚之假，奪屈原之真；宰嚭之假，奪伍員之真。是三者，皆以至真至誠，卒不能制其假。矧不逮者乎？」武帝悄然改容。翼日，雪司馬史於既刑，臺戾太子於不反。

唐城客夢

客有宿唐城之鄙，夢一神曰：「吾幸以神神之道，獲司茲土之休戚，饗其二仲之馨。今值子之有道，得以休焉。」旦北而徂山之曲，乃見蒼翠一林。其中則楮烟墨宇，椒瀝坎地。羣焉胙充，飛而不舉。入謁廟貌，乃梦中之見者也。或曰：「不羞不醪，不緍胡跡。句。斯廟也，能倒錯倚伏，肹蠁生死。雖有道，與不善一焉。」客曰：「果如是乎？思其夢，頗憒其神神之言。」乃爇詞以讓。其略曰：「風雲其力，溪壑其心。福善禍淫，賈茲反覆，其神神之道耶？」前夕荐夢，其神蹙容投拜曰：「微子，吾乃不日爲上帝譴矣。向者悉吾左右，蔽爲不之察也。幸子之教，咸得族而并之矣。」客逢其里人，以廟詢。曰：「近者淫祀而罔應，故不祀。邱禱而無咎，且二仲之馨存焉。」

巫　比

巫言妖孽之至於人，無不誡而懼。士言妖孽之至於國，無不逆而怒。何哉？曰：

「巫能前知妖孽之至，乃能却明妖孽之由。士能前知妖孽之至，乃能却明妖孽之由。故異也。」巫言可禳，則設淫祀指虚應，故誠於可爲，懼於所聞。士言可禳，則殺妲己活比干，故逆於聞，怒於不可爲。嗚呼！設直士世用之如邪巫，鯁辭國納之如簧言，則有國有家者，何逮乎患？

唐黄御史集卷第八

唐黄御史集附録

唐昭宗實録

乾寧二年二月乙未，敕：「高宗夢傅説，周文遇子牙，列位則三公，弼諧則四輔。朕纂承鴻緒，克紹寶圖，思致治平，未臻至化。今大朝方興文物，須擇賢良，冀於僉選之間，以觀廊廟之器。今年新及第進士張貽憲等二十五人，并指揮取，今月九日於武德殿祇候，委中書門下，准此處分，仍付所司。」丙申，試新及第進士張貽憲等於武德殿東廊。内一人盧賡稱疾不至，宣令舁入。又云華陰省親，其父渥進狀乞落下。分二十五鋪分，不許往來。内出四題：曲直不相入賦，取「曲直」二字爲韻；良弓獻問賦，以「太宗所問工人木心不正，脈理皆邪爲理道」，取五聲字輪次，各雙用爲韻；詢于蒭蕘詩，回紋，正以「蒭」字，倒以「蕘」字爲韻；品物咸熙詩，七言八韻成，令至九日午後一刻進納。丁酉，宣翰林學士承旨、户部侍郎、知制誥陸扆，祕書監馮渥，於雲韶殿考所試詩賦，各賜衣一襲、氈被等。己亥，敕：「朕自君臨寰海，八載于兹。夢寐英賢，物色巖野。思名實相符之士，藝文具美之人。用立于朝，庶裨於理。且令每歲鄉里貢士，考覈求才，必在學貫典墳，詞窮教化，然後升於賢良之籍，登諸俊造之科。如聞近年已來，玆道寖壞，鶚多披於隼翼，羊或服於虎皮。未聞一卷之師，已在遷喬之列。永言其弊，得不以懲。昨者崔凝所考定進士張貽憲等二十五人，觀其所進文書，雖合程度，必慮或容請托，莫致精研。朕是以召至前軒，觀其實藝，爰於經史自擇篇題。今則比南郭之竽音，果分一一；慕西漢之辭彩，無愧彬彬。既鑒妍媸，須有升黜。其趙觀文、程晏、崔賞、崔仁寶等四人，才藻優贍，義理昭宣，深窮體物之能，曲盡緣情之妙。所試詩賦，辭藝精通，皆合本意。其盧贍、韋説、封渭、韋希震、張蠙、黄滔、盧鼎、王貞白、沈崧、陳曉、李龜禎等十一人所試詩賦，義理精通，用振儒風，且躡異級。其趙觀文等四人，并盧贍等十一人，并與及第。其張貽憲、孫溥、李光序、李樞、李途等五人所試詩賦，不副題目，兼句稍次，且令落下，許後再舉。其崔礪、蘇楷、杜承昭、鄭稼等四人，詩賦最下，不及格式，蕪纇頗甚。曾無學業，敢竊科名？浼我至公，難從濫進。宜令所司落下，不令再舉。其崔凝爵秩已崇，委寄殊重，司吾取士之柄，且乖慎選之圖，辜朕明恩，自貽伊咎。委中書門下行敕處分奏來。其進士張貽憲等二十四人名，准此處分。賜陸扆、馮渥銀器分物，其落下舉人并賜絹三匹。」中書門下覆奏：「伏以文學設科，風化是繫，得其人則儒雅道長，非其才則趨競者多。實在研精，仍資澄汰。昨者宣召貢士，明試殿庭。題目盡取於典墳，賦詠用觀其工拙。果周睿鑒，盡叶至公。升黜而懲勸并行，取捨而憲章斯在。其趙觀文等二十四人，望准宣處分。崔凝商量，别狀奏聞。」丁未，敕：「國家文學之科，以革隋弊。歲登俊造，委之春官。蓋欲華實相符，爲第一用。近寖訛謬，虚聲相高。朕所以思得貞正之儒，以掌其事。而聞刑部尚書、知貢舉崔凝，百行有常，中年無黨，學窺典奥，文贍菁英。洎遍踐清華，多歷年數，累更顯重，積爲休聲。遂輟其憲綱，任之文柄，宜求精當，稍異平常。朕昨者以聽政之餘，偶思觀閱，臨軒比試，冀盡其才。及覽成文，頗多蕪纇。豈宜假我公器，成彼私榮？既觀一一之吹，盡乏彬彬之美。且乖朕志，宜示朝章。尚遵含垢之恩，俾就專城之任。勉加自省，勿謂無恩。可貶合州刺史。」廣摭言所載一同。

莆陽志

黄滔，字文江，乾寧二年乙卯趙觀文牓進士。光化中，除四門博士，尋遷監察御史裏行，充威武軍節度推官。王審知據有全閩而終其身爲節將者，滔規正有力焉。中州若李絢、韓偓、王滌、崔道融、王標、夏侯淑、王拯、楊承休、楊贊圖、王倜、歸傳懿避地于閩，悉主於滔。時閩中所爲碑碣，皆其文也。今浮圖荒隴，舊刻猶存。

唐詩紀事

宋計敏夫字有功，臨邛人。

昭宗皇帝頗爲寒進開路，崔合州凝典貢舉，但是子弟，無問文章，其間屈人不少。孤寒中惟程晏、黄滔擅場之外，如王貞白、張蠙詩，趙觀文古風，皆臻前輩之閫閾者也。

乾寧復詩進士

洪邁　容齋四筆

唐昭宗乾寧二年試進士，刑部尚書崔凝下二十五人。放牓後，宣詔翰林學士陸扆、秘書監馮渥入内，各贈衣一副及氊被，於武德殿前復試，但放十五人。自狀頭張貽憲以下重落，其六人許再入舉場，四人所試最下，不許再入，蘇楷其一也。故挾此憾，至於駮昭宗「聖文」之謚。崔凝坐貶合州刺史。是時，國祚如贅疣，悍鎮强藩，請隧問鼎之不暇，顧惓惓若此。其再試也，詩賦各兩篇，内良弓獻問賦，以「太宗問工人木心不正，脉理皆邪，若何道理」十七字皆取五聲字，依輪次以雙周隔句爲韻，限三百二十字。張貽憲等六人，訖唐末不復綴牓。蓋是時不糊名，一黜之後，主司不敢再收拾也。有黄滔者，是年及第，閩人也，九世孫沃爲吉州永豐宰，刊其遺文，初試、覆試凡三賦皆在焉。曲直不相入賦，以題中「曲直」兩字爲韻。釋云：「邪正殊途，各有好惡。」終篇只押兩韻。良弓獻問賦，取五聲字次第用各隨聲爲賦格。於是第一韻尾句云「資國祚之崇崇」，上平聲也；第二韻「垂寶祚於綿綿」，下平聲也；第三韻「曾非唯唯」，上聲也；第四韻「露其言而粲粲」，去聲也。而闕入聲一韻。賦韻如是，前所未有。國將亡，必多制，亦云可笑矣。信州永豐人王貞白，時再試中選，郡守爲改所居坊名曰「進賢」，且減户税，亦後來所無。

評黄文江賦

洪邁　容齋四筆

晚唐士人作律賦，多以古事爲題，寓悲傷之旨，如吴融、徐寅諸人是也。黄滔，字文江，亦以此擅名，有文皇回駕經馬嵬坡隔句云：「日慘風悲，到玉顔之死處；花愁露泣，認朱臉之啼痕。」「褒雲萬疊，斷腸新出於啼猿；秦樹千層，比翼不如於飛鳥。」「羽衛參差，擁翠華而不發；天顔愴恨，覺紅袖以難留。」「神仙表態，忽零落以無歸；雨露成波，已沾濡而不及。」「六馬歸秦，却經過於此地；九泉隔越，幾悽惻於平生。」景陽井云：「理昧納隍，處窮泉而詎得；誠乖馭朽，攀素綆以胡顔。」「青銅有恨，也從零落於秋風；碧浪無情，寧解流傳於夜壑。」「荒凉四面，花朝而不見朱顔；闃瀝千尋，雨夜而空啼碧溜。」「莫可追尋，玉樹之歌聲邈矣；最堪惆悵，金鉼之咽處依然。」館娃宫云：

「花顔縹緲，欺樹裏之春風；銀焰熒煌，却城頭之曉色。」「恨留山鳥，啼百草之春紅；愁寄壠雲，鏁四天之暮碧。」「遺堵塵空，幾踐羣遊之鹿；滄洲月在，寧銷怒觸之濤。」陳皇后因賦復寵云：「已爲無雨之期，空懸夢寐；終自凌雲之製，能致烟霄。」秋色云：「空三楚之暮天，樓中歷歷；滿六朝之故地，草際悠悠。」白日上昇云：「較美古今，列子之乘風固劣；論功晝夜，姮娥之奔月非優。」凡此數十聯，皆研確有情致，若夫格律之變，則自當時體如此耳。

丹鉛總録

楊慎

黄滔律賦如明皇回駕經馬嵬云：「日慘風悲，到玉顔之死處；花愁露泣，認朱臉之啼痕。」「褒雲萬疊，斷腸新出于啼猿；秦樹千層，比翼不如於飛鳥。」景陽井云：「理昧納隍，處窮泉而詎得；誠乖馭朽，攀素綆以胡顔。」殊可喜也。

書後

學貞校刻黄御史集，既竣事，病原書凡例疏畧，簡後跋言，俱御史嗣而詞率意淺，無所表發，存之嫌乎不典，削之類乎不仁，於是謹節大畧如右。其一敘付梓，起自宋紹興丙子，御史八世孫考功公度以舊藏稿釐爲十卷，名曰東家編畧。后淳熙丙申，九世孫邵州守沃重刊。十世孫通判汝嘉又于東平呂姓得賦二十、詩一百五十九、文九，及主簿處權于翁諫議後得詩十五，處材得碑銘若干首，隨時續梓。至元板毁，明正德癸酉，二十世孫運使希英又成之。嘉靖倭警，復佚。十九世孫廷良又梓于萬曆甲申，最後崇禎十一年二十二世孫鳴喬、俊，二十三世孫起梠合出其資，再圖其事，此爲世守者也。至于假諸外力，則侍御裔孫崇翰云：「萬曆己亥，宣城梅季豹先生遊莆，攜示曹文節，文節遂與歐陽四門合梓。」其一敘校書。以文苑英華所載二百六十五卷存詩，五言律五首、古詩一首；二百八十二卷存五言律四首；七百七卷存序一篇；又周伯弼三體詩存東林寺一首而已。惟鳴喬所梓，以對英華中有詩同題異者、有字句俱異者，謹于各題下、字句下注文苑作某題某句某字，而其間又有校仇，末叶亦書疑字，誌慎焉。此本即據鳴喬本。學貞不才，彙刻遺書，仰懷前喆，再三審視，譌脱亦希。惟据唐人試帖所載，引第四卷省試内出白鹿宣示百官、省試奉詔漲曲汀池云。曲江池，一本無省試字，且云「詔」字當是「試」字之誤。試帖据唐制登進士後，又有試用題韻，似特試者。況「省試」二字，亦決有誤。以此題注乾符二年，在僖宗朝；而前内出白鹿，題注乾寧二年，在昭宗朝。則自乾符至乾寧約二十餘年，未有乾符既中省試，而復赴乾寧省試者也。此必有一試，係制試或奉試，而題誤作「省」字耳。此説甚核，原書中未之正耳，附志于斯。

時嘉慶十五年六月初吉，王學貞拜書于秦川之麟後山房。

唐徐正字集

［唐］徐寅　撰

徐正字集卷第一

唐正字莆田徐寅著
大清貢生福鼎王遐春刊

賦

斬蛇劍賦以「仗劍斬蛇，金鋩水鍔」爲韻。

磨霜礪雲疑作雪。兮，熒煌錯落。伊逐鹿之英聖，有斬蛇之鋒鍔。蓋以麾正乾坤，劃兮疑作分。善惡。楚國之姦雄，徒爾烹若窮鱗；常山之首尾，胡爲斷如朽索。斯劍也，上應君臨，舒陽慘陰。有其道，則威若身兮靈若心；無其道，則沿其刃兮木其鐔。唯上德之在火，協紅爐之躍金。莫不龍活三尺，霆飛半尋。是何靈貺之異，天啓之始。而乃振戎衣，授秋水。匣辭乎豐沛之邑，腰入乎崤函之里。日月方瞑，雲雷未起。有大蟒以橫路，礙潛龍之舉趾。於是上較天意，下量地紀，視銛鋒而何斯違，則擊怪物而宛其死矣。然後挫七雄，削多壘。豈惟仗之剪路虵而戮封豕，蓋將提之令諸侯而禪天子。得非秦毒之奢，變作長蛇；漢德之儉，化爲神劍。奢以儉陷，蛇以劍斬。道在晦而須顯，事有增而必滅。果聞哭白帝之亡，符赤帝之昌。雖行大義，亦假雄鋩。莫不龜文龍藻，玉縷金裝。世亂將用，時清則藏。十二年兮如我淬，七十陣兮摧而剛。空山吞象之鱗，豈鈋王代切，削也。蓮鍔；大澤銜珠之血，不汙星光。然後歷興亡，繼得喪。漢之滅兮魏之受，魏之衰兮晉之仗。晉火起兮高飛，豈混烟煤之狀。

京兆府試入國知教賦以「觀光上國，化洽文明」爲韻。

天闢區宇，人尊帝王。國將入於封部，教先知於典章。不宰成功，乃合乾坤之德；無私鑒物，能齊日月之光。多士之操脩，六經之楷式，將欲明其教，必在遊於國。温柔敦厚，出風雅之咏歌；比事屬詞，本春秋之黜陟。協彼典教，諧斯禮文。廣博而樂章具有，精微而易象爰分。先王所以揔斯御物，體彼爲君。遂使足歷四門，親愛之儀已覩；身由萬户，民從之義皆聞。莫不周覽金湯，潛量王霸。審樂知政以攸類，陳詩觀風而相亞。是以逢耕讓畔，得先人後己之規；察鳥安巢，驗惡殺好生之化。今吾君興帝業，赫皇明，以謙柔而教蠻貊，以朴素而教公卿，以節儉而教百姓，以農耕而教五兵。自然八方走響，六合飛聲。豈俟入乎闉闕，方能知彼規程。其或跋扈未殲，陸梁未向，可使拜天闕而俯聽，趍帝閽而引望。俾其退而補過，謇干羽之舞階；進以盡忠，報聖明之在上。士有負書劍，出林巒，謁九門而教化斯仰，瞻百辟而威儀可觀，則知不上太山，豈覺寰區之大；不浮東海，寧知溟渤之寬。敢不廣義路，懷忠甲，開閶闔以聽聲詩，賀仁霑而恩洽。

籍田賦

帝王之德，無以加於孝乎。惟孝之理，惟農是先。我上皇傳璽之二載，聖主飛龍之四年，日在陬訾，祗事於九宮之位；時惟戊巳，躬耕於千畝之田。祥風發於耒耜，瑞雪掩於郊鄽。萬姓顒顒，若百川之朝海；九宮濟濟，如眾星之麗天。帝乃儼然蔭華蓋，被袞服，戴冕旒，佩瓊玉，朱紘炯以照燭，藻綷紛其繁縟。敬齊之色，既肅肅以雍雍；禮樂之容，亦皇皇而穆穆。於是出甲乙之帳，命先農之官，設庭燎而晰晰，陳量幣而戔戔。旌旄夾於翠幕，簨簴列於青壇。然後華鐘撞，焚燎舉，馨香發乎聖躬，烟熅感乎寰宇。常伯撰播殖之器，宗人掌牲帛之數。既金石而間陳，亦籩豆而靜旅。晨光漸朗，湛露初晞，告九天之事畢，將三辰之禮依。帝猶懷神農之務穡，想伯禹之疆理。一之日於是躬耕，二之日於是舉趾。秉金耦而顒若，駕鐵驪而禮矣。將致美於粢盛，遂盡力於耘耔。望農祥之晨，正知土膏之脉起。所寶惟穀，故大飲以勞農；所貴惟人，故躬耕以悅使。俾夫三時不奪，六府咸脩。遂放牛於藪澤，還却馬於田疇；道方齊於雨粟，化實遠于焚裘。務穡勸分，顧勤於稷卨；授時度地，彌甚於殷周。職乃分於九扈，政不逮於諸侯。豈非人和而俗阜，亦將力穡而有秋。是日，命丞相巡行山林，道達溝瀆。因物土以分宜，隨川原而刊木。晝爲九野，教種百穀。實萬代之儲址，况九年之所蓄。猶以爲不躬不親，庶人不信，降翅車以徵求，發紅粟以恤賑。紼戈不加於嬪御，茅茨永慕於堯舜。祭惟司嗇，蜡必田畯。即異畝同潁，豈獨瑞於往年；象畊鳥耘，是錫羡於今運。適有田父起而歌曰：畇畇千畝，分理有疆。濟濟千耦兮稷既良，躬三推兮供神蒼，分九扈兮應農祥。粢盛普淖兮潔敬斯皇，神之聽之兮將登穰穰。

衡賦以「同律量衡」爲韻。

先王之欲齊政立信，平施執中，天下之利害攸同，則非衡無以達其志，非衡無以成其功，故後代聖人奉之而不墜，懸之而無窮。遠必照乎庶物，近罔欺于厥躬。少多之分，著彼我之情通。廉者不約，貪者不豐。昭昭有禮殊之義，洋洋有和樂之風。以乃見權衡之德、器用之雄也。觀夫製形有象，稱物以律。萬萬靡差，銖銖罔失。雖遇寡而必舉，亦裒多而不溢。儻有賈豎懷虛背實，雖手巧而用售，終身平而貞吉。節在不欺，德咸有一。

用之則竭力於百戰，捨之則甘心於三黜。其昭明也，有景緯之文；其重墜也，有沉潛之質。是以春秋仲而均之以法，日夜分而俾之無妄。體正居中，懷柔抱壯。揣千鈞之重，不羸其材；稱萬物之多，莫窮其量。夫然則人亦有是，豈惟斯乎。士爲之物，官爲之衡。材之云多，雖默必重。文之不腆，雖語必輕。非榮辱莫敢怨闕。恐莫敢驚。挺然誠懸，不可欺以輕重；確乎不拔，孰敢議其屯亨。吾當顒顒視聽，直心舉措，豈能朶頤騰口如羹也。

第二 以「儀止泰一，無淺觀業」爲韻。

搜聖人知疑。垂象，伊茲衡之可觀。材徑挺以繩直，星連綿而珠攢。惟用也旴庶，不能以多少隱；惟平也輕重，不能以詐僞干。故得萬人，所以廛里。物或紛競，可以定黍累之圭撮；利其分毫，可以觀低昂之容止。執中以告，無或不喜。則夫衡之爲物，其用甚大。四方正而域中平，七政齊而天下泰。動而無欲，任之故絕私；益而無妨，疑作方。行之固不害。然能思無不踐，應倉舒刻舟之深淺；問無不知，表張重度骨之威儀。若乃均其神道，形其事業，聖人因之以平施，邊鄙賴之而不怯。豈欲決其差謬，明其有無，小人取之以作則，君子見之而父乎。則有王臣謇謇，宰我疑。秩秩。洞鑒人才，神無隱質。

諒茲衡之攸媲，故守之而勿失。倘陳平之見知，宰州縣之如一。

勾踐進西施賦以「紅顔艷色，返以昏哉」爲韻。

惑人之心兮，惟巧惟僭。破人之國兮，以妖以艷。當勾踐之密謀，進西施而果驗。昔者二國相呑，陵卑恃尊。殊不知卑則自亡而固存，尊則爲明而返昏。烏喙年年，誓啄夫差之肉；稽山日日，拜聽范蠡之言。言曰：「伍員之賢，東吳之德；伯嚭之佞，東吳之賊。德之盛兮越可憂，賊之興兮吳可殛。臣以夙夜而計，機謀偶得。欲狂敵國之君，須中傾城之色。待其聲色內伐，君臣外惑。自然紂妲己以亡宗，晉驪姬而亂國。今苧羅之山，越水之灣，恐是神仙之化，忽生桃李之顔。波淺丹臉，鴉深緑鬟。鬒翠黛兮慘難效，浣輕紗兮妖且閑。楊柳羞弱，芙蓉死毀。可以變柳惠於貞莊之際，悦荊王於魂夢之間。臣請進焉，王今何以。」

王乃豁若而喜，矍然而起曰：「此蓋神假卿之奇畫，天雪越之前耻。」乃命寶馬騰龍，香車輾風。迎織女於銀漢，聘姮娥於月宮。炫燿雲外，喧闐洞中。粧成而瑞玉凝彩，服麗而朝霞剪紅。昨宵猶賤，今晨不同。寧期大國之君，流恩下及；堪恨鄰家之婦，謂妾常窮。曉別越溪，暮歸吳苑。越慮計失，吳嫌進晚。歌一聲兮君魄醉，笑百媚兮君心卷。坐令佞口，因珠翠以興言；立遣謀臣，棄洪濤而不返。勾踐乃走電驅雷，星馳箭催。投醪而士卒皆醉，嘗膽而胷襟洞開。虎噬骨碎，山崩卵摧。楚腰衛鬢化爲鬼，鳳閣龍樓燒作灰。於是命屠蘇之酒，上姑蘇之臺。伊霸業以俄去，我英風而聿來。於戲！殺忠賢而受佳麗，欲不敗而難哉！

過驪山賦 以「陵摧國歿，未紀窮塵」爲韻。

六國血于秦，秦皇還化塵。塵謷而爲楚爲漢，路在而今人古人。但見愁雲黯慘，疊嶂嶙峋。時遷而金石非固，地改而荆榛旋新。愚聞周衰則避債登臺，秦暴則焚書建國。貴螻蟻於人命，法豺狼於帝德。兩曜昏翳，九圍傾側。扶桑幾里，我鞭石以期通；溟海幾重，我驅山而要塞。慘慘玄穹，嗷嗷七雄。三農百穀以休務，淬鐵磨金而獻功。九州病，萬室空。韓趙魏以交滅，楚燕齊而坐窮。家有子兮誰得孝，國有臣兮爭敢忠。九野分將，焉作兆民之主；諸侯吞盡，方行天子之風。星隕九霄，城長萬里。血染草木，肉肥蛇豕。將欲手挂天刃，足挑地紀。拙虞帝而短唐堯，汙殷辛而長夏癸。禍從疑。殃催，川搖嶽摧。金陵之王氣類起，蓬島之宫娥不來。黔首求主，蒼旻降災。王疑。漢之龍髯倐斷，沙丘之鮑臭誰猜。魑魅諸夏，腥羶九垓。於是宅彼岡巒，兆斯陵闕。猶驅六宮以殉葬，豈言蔓草之縈骨。嫌示儉於當時，更窮奢於既歿。融銀液雪，疏下地之江河；帖玉懸珠，皎窮泉之日月。嶫嶫層層，不騫不崩。斯高之喉舌（原稿作「一」）方滑，劉項之風雷忽一作化。興。軹道一朝，璽獻漢家之主；驪山三月，火燒秦帝之陵。今則草接平原，烟蒙翠嶺。想秦史以神竦，弔秦陵而恨永。華清宮觀鏁雲霓，作皇唐之勝景。

徐正字集卷第一

徐正字集卷第二

唐正字莆田徐寅著
大清貢生福鼎王遐春刊

五言律詩

釣臺

金門誰奉詔，碧岸獨垂鉤。舊友祇樵叟，新交惟野鷗。嘉名懸日月，深谷化陵丘。便可招巢父，長川好飲牛。

旅次寓題

胡爲名利役，來往老關河。白髮隨梳少，青山入夢多。途窮憐抱疾，世亂恥登科。却起漁舟念，春風釣緑波。

贈嚴司直

承家居闕下，避世出關東。有酒劉伶醉，無兒伯道窮。新詩吟閣賞，舊業釣臺空。雨雪還相訪，心懷與我同。

贈東方道士

葫蘆窗畔挂，是物在其間。雪色老人鬢，桃花童子顏。祭星秋卜日，採藥曉登山。舊放長生鹿，時銜瑞草還。

題僧壁

香厨流瀑布，獨院鎖孤峯。紺髮青螺長，文茵紫豹重。卵枯皆化燕，蜜老却成蜂。明日留人宿，秋聲夜著松。

和人經隋唐閒戰處

孤軍前度戰，一敗一成功。卷旆早歸國，卧屍猶臂弓。草閒腥半在，沙上血殘紅。

傷魄何爲者，五湖垂釣翁。

追和常建歎王昭君

紅顔如朔雪，日爍忽成空。淚盡黄沙雨，塵消白草風。君心争不悔，妾恨竟何窮。願化南飛燕，年年入漢宫。

贈董先生

壽歲過於百，時閒到上京。餐松雙鬢嫩，絶粒四支輕。雨雪思中嶽，雲霞夢赤城。來年期受籙，何處待先生。

河　流

洪流盤砥柱，淮濟不同波。莫訝清時少，都縁曲處多。遠能通玉塞，高復接銀河。大禹成門嶮，爲龍始得過。

題南寺

久别猿啼寺，流年刼逝波。舊僧歸塔盡，古瓦長松多。壁蘚昏題記，窗螢散薜蘿。平生英壯節，何故旋消磨。

北山秋晚

十載衣裘盡，臨寒隱薜蘿。心閑緣事少，身老愛山多。玉露催收菊，金風促翦禾。燕秦正戎馬，林下好婆娑。

昔遊

昔遊紅杏苑，今隱刺桐村。歲計懸僧債，科名負國恩。不書胝漸稳，頻鑷鬢無根。惟有經邦事，年年志尚存。

酒胡子

紅筵絲竹合，用爾作歡娱。直指寧偏黨，無私絶覬覦。當歌誰擐袖，應節漸輕軀。

恰與真相似，氊裘滿頷鬚。

弔崔補闕

近來吾道少，慟哭博陵君。直節巖前竹，孤魂嶺上雲。縉紳傳確論，丞相取遺文。廢却中興策，何由免用軍。

弔赤水李先生

三年悲過隙，一室類銷冰。妻病入仙觀，子窮隨嶽僧。荒圻寒有雨，古屋夜無燈。往日清猷著，金門幾欲徵。

香　鴨

不假陶鎔妙，誰教羽翼全。五金池畔質，百和口中烟。觜鈍魚難啄，心空火自然。御爐如有闕，須進聖君前。

雞

名參十二屬，花入羽毛深。守信催朝日，能鳴送曉陰。峩冠裝瑞璧，利爪削黄金。徒有稻粱感，何由報德音。

白鴿

舉翼凌空碧，依人到大邦。粉翎棲畫閣，雪影拂瓊窗。振鷺堪爲侶，鳴鳩好作雙。狎鷗歸未得，覩爾憶晴江。

龜

行止竟何從，深溪與古峯。青荷巢瑞質，緑水返靈蹤。鑽骨神明應，酬恩感激重。仙翁求一卦，何日脱龍鍾。

銀結條冠子

日下徵良匠，宫中贈阿嬌。瑞蓮開二朶，瓊縷織千條。蟬翼輕輕結，花紋細細挑。

舞時紅袖舉，纖影透龍綃。

蜀葵

劍門南面樹，移向會仙亭。錦水饒花艷，岷山帶葉青。文君慚婉娩，神女讓娉婷。爛熳紅兼紫，飄香入繡扃。

七言律詩

華清宫

十二瓊樓鎖翠微，莫霞遺却六銖衣。桐枯丹穴鳳何去，天在鼎湖龍不歸。簾影罷添新翡翠，露華猶濕舊珠璣。君王魂斷驪山路，且向蓬瀛伴貴妃。

再幸華清宫

腸斷將軍改葬歸，錦囊香在憶當時。年來却恨相思樹，春至不生連理枝。雪女塚頭瑶草合，貴妃池裏玉蓮衰。霓裳舊曲新霜殿，夢破魂驚絶後期。

喜雨上主人尚書

天皇攘袂敕神龍，雨我公田兆歲豐。幾日淋漓侵暮角，數宵滂沛徹晨鐘。細如春霧籠平野，猛似秋風擊古松。門下十年耕稼者，坐來偏憶翠微峯。

迴文詩二首

飛書一幅錦文迴，恨寫深情寄鴈來。機上月殘香閣掩，樹梢烟淡緑窗開。霏霏雨罷歌終曲，漠漠雲深酒滿林。歸日幾人行問卜，徽音想望倚高臺。

輕航數點千峯碧，水接雲山四望遥。晴日海霞紅靄靄，曉天江樹緑迢迢。清波石眼泉當檻，小逕松門寺對橋。明月釣舟漁浦遠，傾山雪浪暗隨潮。

不把漁竿

不把漁竿不灌園，策筇吟遶緑蕪村。得争野老眠雲樂，倍感閩王與善恩。鳥趂竹風穿静户，魚吹烟浪噴晴軒。何人買我安貧趣，百萬黄金未可論。

古往今來

古往今來恨莫窮，不如沉醉卧春風。雀兒無角長穿屋，鸚鵡能言却入籠。柳惠豈嫌居下位，朱雲直去指三公。閑思郭令長安宅，草没匡牆舊事空。

十里烟籠

十里烟籠一徑分，故人迢遞久離羣。白雲明月皆由我，碧水青山可贈君。浮世宦名渾似夢，半生勤苦謾爲文。北邙坡上青松下，盡是鏘金佩玉墳。

偶書

巧者多爲拙者資，良籌第一在乘時。市門逐利終身飽，谷口窮經盡日飢。瓊玖鬻來燕石貴，蓬蒿芳處楚蘭衰。高皇冷笑重瞳客，蓋世拔山何所爲。

潤屋

潤屋豐家莫妄求，眼看多是與身讎。百禽羅得皆黄口，四皓山居始白頭。玉爍火光爭肯變，草芳崎岸不曾秋。朱門粉署何由到，空寄新詩謝列侯。

退　居

鶴性松心合在山，五侯門館怯趨攀。三年卧病不能免，一日受恩方得還。明月送人沿驛路，白雲隨馬入柴關。笑他范蠡貪婪甚，相罷金多始退閑。

閉　門

閉却閑門卧竹房，更何人與療膏肓。一生有酒唯和醉，四大無根可預量。骨冷欲針先覺痛，肉頑頻灸不成瘡。漳濱伏枕文園渴，盜跖縱横似虎狼。

開　窗

閉户開窗寢又興，三更時節也如冰。長閑便是忘機者，不出真如過夏僧。環堵豈慚蝸作舍，布衣寧假鶴爲翎。薔薇花盡薰風起，緑葉空隨滿架藤。

燈花

點蠟燒銀却勝栽，九華紅艷吐玫瑰。獨含冬夜寒光折，不傍春風煖處開。難見只因能送喜，莫挑唯恐墮成灰。貪膏附熱多相誤，爲報飛蛾罷拂来。

東歸出城留别知己

韋蒙屈指許非才，三載長安共酒杯。欲别未攀楊柳贈，相留擬待牡丹開。寒隨御水波光散，暖逐衡陽鴈影來。他日因書問衰颯，東溪須訪子陵臺。

詠懷

愁花變出白髭鬚，半世辛勤一事無。道在或期君夢想，貧來争奈鬼揶揄。馬卿自愧長嬰疾，顔子誰憐不是愚。借取秦宫臺上鏡，爲時開照漢妖狐。

郊村獨遊

歲閏堪憐歷候遲，出門惟與野雲期。鷺魚擲上緑荷芰，棲鳥啄餘紅荔枝。末路可能長薄命，修途應合有良時。市頭相者休相戲，蹙膝先生半自知。

經故翰林楊左丞池亭

八角紅亭蔭緑池，一朝青草蓋遺基。薔薇藤老開花淺，翡翠巢空落羽奇。春榜幾深門下客，樂章多取集中詩。平生德義人間誦，身後何勞更立碑。

經故廣平員外舊宅

門巷蕭條引涕洟，遺孤三歲著麻衣。緑楊樹老垂絲短，翠竹林荒著筍稀。結社僧因秋朔弔，買書船近葬時歸。平生欲獻匡君策，抱病猶言未息機。

潘丞相舊宅

緑樹垂枝蔭四鄰，春風還似舊時春。年年燕是雕梁主，處處花隨落月塵。七貴竟爲長逝客，五侯尋作不歸人。秋槐影薄蟬聲盡，休謂龍門待化鱗。

門外閑田數畝長有泉源因築直堤分爲兩沼

左右澄漪小檻前，直堤高築古平川。十分春水雙簷影，一片秋空兩月懸。前岸好山搖細浪，夾門嘉樹合晴烟。坐來暗起江湖思，速問漁翁買釣船。

北園

北園乾葉旋空枝，蘭蕙還將衆草衰。籠鳥上天猶有待，病龍興雨豈無期。身閑不厭頻來客，年老偏憐最小兒。生事罷求名與利，一窗書策是年支。

溪上要一隻白簟扇蓋頭垂釣去年就節推侍御請之蒙惠一柄紫花紋者雖則鱗華具甚紕薄不及清源所出因就南郡陳常侍請之遂成拙句

難求珍篁過炎天，遠就金貂乞月圓。直在引風欹角枕，且圖遮日上漁船。但令織取無花簟，不用挑爲飲露蟬。莫道如今時較晚，也應留得到明年。

招隱

齒髮那能敵歲華，早知休去避塵沙。鬼神只闞高明里，倚伏不干棲隱家。陶景豈全輕組綬，留侯非獨愛烟霞。贈君吉語堪銘座，看取朝開暮落花。

憶山中友

憶得當年接善鄰，苦將閑事强夫君。鬬開碧沼分明月，各領青山占白雲。近日藥方多繕寫，舊來詩草半燒焚。金門幾欲言西上，惆悵關河正用軍。

溪隱

將名將利已無緣，深隱清溪擬學仙。絶却腥羶勝服藥，斷除杯酒合延年。蝸牛殻漏寧同舍，榆莢花開不是錢。鸞鶴久從籠檻閉，春風却放紙爲鳶。

酒醒

酒醒欲得適閑情，騎馬那勝策杖行。天暖天寒三月暮，溪南溪北兩村名。沙澄淺水魚知釣，花落平田鶴見耕。望斷長安故交遠，来書未説九河清。

夢斷

夢斷紗窗半夜雷，别君花落又花開。漁陽路遠書難寄，衡嶽山高月不來。玄燕有情穿繡户，靈龜無應祝金杯。人生若得長相對，螢火生烟草化灰。

人事

人事飄如一炷烟，且須求佛與求仙。豐年甲子春無雨，良夜庚申夏足眠。顔氏豈嫌瓢裏飲，孟光非取鏡中妍。平生生計何爲者，三逕蒼苔十畝田。

休説

休説人間有陸沈，一樽閑待月明斟。時來不怕滄溟闊，道大却憂潢潦深。白首釣魚應是分，青雲干禄已無心。梓桐賦罷相如隱，誰爲君前永夜吟。

嘉運

嘉運良時兩阻修，釣竿簑笠樂林丘。家無寸白渾閑事，身似浮雲且自繇。庭際鳥啼花旋落，潭心月在水空流。晨炊一箸紅銀粒，憶著長安索米秋。

緑鬢

緑鬢先生自出林，孟光同樂野雲深。躬耕爲食古人操，非織不衣賢者心。眼衆豈能分瑞璧，舌多須信爍良金。君看黄閣南遷客，一過瀧州絶好音。

驕侈

驕侈阽危儉素牢，鏡中形影豈能逃。石家恃富身還滅，顔子非貧道不遭。蝙蝠亦能知日月，鸞凰那肯啄腥臊。古今人事惟堪醉，好脱霜裘换緑醪。

龍蟄二首

龍蟄蛇蟠却待伸，和光何惜且同塵。伍員豈是吹簫者，冀缺非同執耒人。神劍觸星當變化，良金成器在陶鈞。穰侯休忌關東客，張禄先生竟相秦。

休説雄才問代生，到頭難與運相爭。時通有詔徵枚乘，世亂無人薦禰衡。逐日莫矜駑馬步，司晨誰要牝雞鳴。林中且作烟霞侶，塵滿關河未可行。

逐臭蒼蠅

逐臭蒼蠅豈有爲，清蟬吟露最高奇。多藏苟得何名富，飽食嗟來未勝飢。窮寂不妨延壽考，貪狂總待算毫氂。首陽山翠千年在，好奠冰壺弔伯夷。

牡丹花二首

看偏花無勝此花，翦雲披雪蘸丹砂。開當清律二三月，破却長安千萬家。天縱穠華刳鄙吝，春教妖艶毒豪奢。不隨寒令同時放，倍種雙松與辟邪。

萬萬花中第一流，淺霞輕染嫩銀甌。能狂綺陌千金子，也惑朱門萬户侯。朝日照開攜酒看，暮風吹落遶欄收。詩書滿架塵埃撲，盡日無人畧舉頭。

尚書座上賦牡丹花得輕字韻其花自越中移植

流蘇凝作瑞華精，仙閣開時麗日晴。霜月冷銷銀燭焰，寶甌圓印綵雲英。嬌含嫩臉春裝薄，紅蘸香消艷色輕。早晚有人天上去，寄他將贈董雙成。

依韻和尚書再贈牡丹花

爛銀基地薄紅裝，羞殺千花百卉芳。紫陌昔曾遊寺看，朱門今再遶欄望。龍分夜雨資嬌態，天與春風發好香。多著黄金何處買，輕橈挑過鏡湖光。

郡庭惜牡丹

腸斷東風落牡丹，爲祥爲瑞久留難。青春不駐堪垂淚，紅艷已空猶倚欄。積蘚下銷香蘂盡，晴陽高照露華乾。明年萬葉千枝長，倍發芳菲借客看。

追和白舍人詠白牡丹

蓓蕾抽開素練囊，瓊葩薰出白龍香。裁分楚女朝雲片，翦破姮娥夜月光。雪句豈須徵柳絮，粉腮應恨貼梅裝。檻邊幾笑東籬菊，冷折金風待降霜。

憶牡丹

綠樹多和雪霰栽，長安一別十年來。王侯買得價偏重，桃李落殘花始開。宋玉鄰邊腮正嫩，文君機上錦初裁。滄洲春暮空腸斷，畫看猶將勸酒杯。

惜牡丹

今日狂風揭錦筵，預愁吹落夕陽天。閑看紅艷只宜醉，謾惜黃金豈是賢。南國好偷誇粉黛，漢宮宜摘贈神仙。良時雖作鶯花主，白馬王孫恰少年。

覽柳渾汀州採白蘋之什因成一章

採盡汀蘋恨別離，鴛鴦鸂鶒總雙飛。月明南浦夢初斷，花落洞庭人未歸。天遠有書隨驛使，夜長無燭照寒機。年來泣淚知多少，重疊成痕在繡衣。

司直巡官無諸移到玫瑰花

芳菲移自越王臺，最似薔薇好并栽。穠艷盡憐勝綵繪，嘉名誰贈作玫瑰。春藏錦繡風吹折，天染瓊瑶日照開。爲報朱衣早邀客，莫教零落委蒼苔。

梅　花

瓊瑶初綻嶺頭葩，蘂粉新裝姹女家。舉世更誰憐潔白，癡心皆盡愛繁華。玄冥借與三冬景，謝氏輸他六出花。結實和羹知有日，肯隨羌笛落天涯。

荔枝二首

朱彈星丸粲日光，緑瓊枝散小香囊。龍綃殼綻紅紋粟，魚目珠涵白膜漿。梅熟已過南嶺雨，橘酸空待洞庭霜。蠻山蹋曉和烟摘，拜捧金盤獻越王。

日日薰風卷瘴烟，南園珍果荔枝先。靈鵶啄破瓊津滴，寶器盛來蚌腹圓。錦里只聞銷醉渴，蘂宫惟合贈神仙。何人刺出腥腥血，深染羅紋徧殼鮮。

菊花

桓景登高事可尋，黄花開處緑畦深。消災避惡君須採，冷露寒霜我自禁。籬槿早榮還早謝，澗松同德復同心。陶公豈是居貧者，剩有東籬萬朵金。

畫松

澗底陰森驗筆精，筆閑開展覺神清。曾當月照還無影，若許風吹合有聲。枝偃只應玄鶴識，根深宜與茯苓生。天台道士頻来見，説似株株倚赤城。

草木

草木無情亦可嗟，重開明鏡照無涯。菊英空折羅含宅，榆莢不生原憲家。天命豈憑醫藥石，世途還要辟蟲沙。仙翁乞取金盤露，洗却蒼蒼兩鬢華。

松

澗底青松不染塵，未逢良匠競誰分。龍盤勁節巖前見，鶴唳翠梢天上聞。大厦可營誰擇木，女蘿相附欲凌雲。皇王自有增封日，修竹徒勞號此君。

竹

翠染琅玕粉漸開，東南移得會稽栽。游絲挂處漁竿去，綠水夾時龍影來。風觸有聲含六律，露沾如洗絕浮埃。王猷舊宅無人到，抱却清陰蓋綠苔。

尚書打毬小驄步驟最奇因有所贈

善價千金未可論，燕王新寄小龍孫。逐將白日馳青漢，銜得流星入畫門。步驟最能隨手轉，性靈多恐會人言。桃花雪點多雖貴，全假當場一顧恩。

尚書惠蠟面茶

武夷春暖月初圓，採摘新芽獻地仙。飛鵲印成香蠟片，啼猿溪走木蘭船。金槽和碾沈香末，冰椀輕涵翠縷烟。分贈恩深知最異，晚鐺宜煮北山泉。

勸酒

休向樽前愬羽觥，百壺清酌與君傾。身同緑樹年年老，事比紅塵日日生。六國英雄徒反覆，九原松柏甚分明。醉鄉路與乾坤隔，豈信人間有利名。

斷酒

因論沈湎覺前非，便碎金罍與羽巵。採茗早馳三蜀使，看花甘負五侯期。窗間近火劉伶傳，坐右新銘管仲辭。此事十年前已説，匡廬山下老僧知。

憶舊山

澗竹巖雲有舊期，二年頻長鬢邊絲。遊魚不愛金杯水，棲鳥敢求瓊樹枝。陶景戀深松檜隱，留侯抛却帝王師。龍争虎攫皆閑事，數疊山光在夢思。

西華

五千仞有餘神秀，一一排雲上泬漻。疊障出關分二陜，殘岡過水作中條。巨靈廟破生春草，毛女峯高入絳霄。拜祝金天乞陰德，爲民求主降神堯。

嵐似屏風

嵐似屏風草似茵，草邊時𦢊錦花鱗。山中宰相陶宏景，谷口耕夫鄭子真。宦達到頭思野逸，才多未必笑清貧。君看東洛平泉宅，只有年年百卉春。

憶潼關

洞壑雙扉入到初，似從深穽覩高墟。天開白日臨軍國，山夾黄河護帝居。隋煬遠遊宜不返，秦春長策竟何如。須知皇漢能扃鐍，延得年過四百餘。

憶潼關早行

行客起看仙掌月，落星斜照濁河泥。故山遠處高飛鴈，去馬鳴時先早雞。關柳不知誰氏種，岳碑猶見聖君前。蒭蕘十軸憧三尺，豈謂青雲便有梯。

鴻　門

耨月耕烟水國春，薄徒應笑作農人。皇王尚法三推禮，白社寧忘四體勤。雨灑簑衣芳草暗，鳥啼雲樹小村貧。猶勝墮力求飧者，五斗低腰走世塵。

憶長安行

舊歷關中憶廢興，僭奢須戒儉須憑。火光只是燒秦冢，賊眼何曾視灞陵。鐘鼓煎催人自急，侯王更換恨難勝。不如坐釣清溪月，心共寒潭一片澄。

憶長安上省年

忽憶關中逐計車，歷坊騎馬信空虚。三秋病起見新鴈，八月夜長思舊居。宗伯帳前曾獻賦，相君門下再投書。如今説著猶堪泣，兩宿都堂過歲除。

徐正字集卷第二

徐正字集卷第三

唐正字莆田徐寅著
大清貢生福鼎王遐春刊

七言律詩

長安述懷

黄河冰合尚來遊，知命知時肯躁求。詞賦有名堪自負，春風落第不曾羞。風塵色裏彫雙鬢，鼙鼓聲中歷幾州。十載公卿早言屈，何須課夏更冥搜。

長安即事三首

抛擲清溪舊釣鉤，長安寒暑再環周。便隨鶯羽三春化，只説蟬聲一度愁。埽雪自憐窗紙照，上天寧愧海槎流。明時側待金門詔，肯羡班超萬户侯。

無酒窮愁結自舒，飲河求滿不求餘。身登霄漢平時第，家得干戈定後書。富貴敢期蘇季子，清貧方見馬相如。明時用即匡君去，不用何妨却釣魚。

拖紫腰金不要論，便堪歸隱白雲村。更無名籍强金榜，豈有花枝勝杏園。綺席促時皆國器，羽觴飛處盡王孫。高眠亦是前賢事，争報春闈莫大恩。

東京次新安道中

賊去兵來歲月長，野蒿空滿壞牆匡。旋從古轍成深谷，幾見金輿過上陽。洛水送年催代謝，嵩山擎日拂穹蒼。殊時異世爲儒者，不見文皇與武皇。

山陰故事

坦腹夫君不可逢，千年猶在播英風。紅鵝化鶴青天遠，綵筆成龍緑水空。愛竹只應憐直節，書裙多是爲奇童。吹笙緱嶺登仙後，東注清流豈有窮。

温陵即事

早年師友教爲文，賣却漁舟網典墳。國有安危期日諫，家無擔石暫從軍。非才豈合攀丹桂，多病猶堪伴白雲。争得千鍾季孫粟，滄洲歸與故人分。

温陵殘臘書懷寄崔尚書

濟川無楫擬何爲，三傑還從漢祖推。心學庭槐空發火，鬢同門柳即垂絲。中興未遇先懷策，除夜相催也課書。江上年年接君子，一杯春酒一枰棋。

義通里寓居即事

家住寒梅翠嶺東，長安時節詠途窮。牡丹窠小春餘雨，楊柳絲疏夏足風。愁鬢已還年紀白，衰容寧藉酒杯紅。長卿甚有凌雲作，誰與清吟遶帝宮。

上陽宮詞

點點苔錢上玉墀，日斜空望御樓西。裝臺塵暗青鸞掩，宮樹月明黄鳥啼。庭草可憐分雨露，君恩深恨隔雲泥。銀蟾借與金波路，得入重輪伴羿妻。

西寨寓居

閑讀南華對酒杯，醉攜筇竹畫蒼苔。豪門有利人争去，陋巷無權客不來。解報可能醫病雀，重燃誰肯煦寒灰。嚴陵萬古清風在，好棹清溪詠釣臺。

功智争馳淡薄空，猶懷忠信擬何從。鴟鳶啄腐疑雛鳳，神鬼欺貧笑伯龍。烈日不融雙鬢雪，病身全仰一枝笻。崇侯入輔嚴陵退，堪憶啼猿萬仞峯。

題福州天王閣

絶境宜棲獨角仙，金張到此亦忘還。三門裏面千層閣，萬井中心一朶山。江拗碧灣盤洞府，石排青壁護禪關。有時海上看明月，輾出冰輪疊浪間。

憶薦福寺南院

憶昔長安落第春，佛宫南院獨遊頻。燈前不動惟金像，壁上曾題盡古人。鵾鳩聲中雙闕雨，牡丹花際六街塵。啼猿溪上將歸去，合問昇平詣秉鈞。

塔院小屋四壁皆是卿相題名因成四韻

鴈塔攙空映九衢，每看華宇每踟躕。題名盡是台衡迹，滿壁堪爲宰輔圖。鸞鳳豈巢荆棘樹，虬龍多蟄帝王都。誰知遠客思歸夢，夜夜無船自過湖。

題名琉璃院今改名景祥院。

一條溪遶翠巖隈，行脚僧言勝五臺。一本作「一條溪碧遶崔嵬，卸□偏宜向北隈」。農罷樹陰黄犢卧，齋時山下白衣來。松因往日門人種，路是前生長老開。三卷貝多金粟語，可能長誦免輪迴。

寺中偶題

聽話金仙眉相毫，每來皆得解塵勞。鶴棲雲路看方貴，僧倚松門見始高。名利罷燒心内火，雪霜偏垢鬢邊毛。銀蟾未出金烏在，更上層樓眺海濤。

山寺寓居

高卧東林最上方，水聲山翠剔愁腸。白雲送雨籠僧閣，黄葉隨風入客堂。終去四明成大道，暫從雙鬢許秋霜。披緇學佛應無分，鶴氅談空亦不妨。

寄僧寓題

佛頂抄經憶惠休，衆人皆謂我悠悠。浮生真箇醉中夢，閑事莫添身外愁。百歲付于花暗落，四時隨却水奔流。安眠静笑思何報，日夜焚修祝郡侯。

遊靈隠天竺三寺

丹井冷泉虚易到，兩山真界實難名。石和雲霧蓮華氣，月過樓臺桂子清。騰踏回橋巡像設，羅穿曲洞出龍城。更憐童子呼猿去，颯颯蕭蕭下樹行。

醉題邑宰南塘屋壁

萬古清淮碧繞環，黄河濁浪不相關。縣留東道三千客，宅鎖南塘一片山。草色净經秋雨緑，燒痕寒入曉窗斑。閩王美景求賢製，未許陶公解印還。

題泗洲塔

十年前事已悠哉，旋被鐘聲早暮催。明月似師生又没，白雲如客去還來。烟籠瑞閣僧經静，風打虛窗夜月開。惟有南邊山色在，重重依舊上高臺。

東歸題屋壁

塵埃歸去五湖東，還是衡門一畝宫。舊業旋從征賦失，故人多逐亂離空。因悲靜室如懸磬，却擬攜家學轉蓬。見説武丁天上夢，無情曾與傅巖通。

寓　題

酒壺棋局似閑人，竹笏藍衫老此身。托客買書重得卷，愛山移宅近爲鄰。鳴蛩閣上風吹病，落葉庭中月照貧。見説天池波浪闊，也應涓滴濺窮鱗。

偶　題

閑補亡書見廢興，偶然前古也填膺。秦宫猶自拜張禄，楚幕不知留范增。大道豈全關歷數，雄圖强半屬賢能。燕臺財力知多少，誰築黄金到九層。

寓題述懷

大道真風早晚存，妖訛成俗汙乾坤。宣尼既没蘇張起，鳳鳥不來雞雀喧。蒭少可能供驥子，草多誰復訪蘭蓀。堯廷忘却徵元凱，天闕重關十二門。

將入城靈口道中作

路上長安咫尺間，灞陵西望接秦原。依稀日下分天闕，隱映雲邊是國門。錦袖臂鷹河北客，青桑鳴雉渭南村。高風九萬程途近，與報滄洲欲化鵾。

新　屋

耳順何爲土木勤，叔孫牆屋有前聞。縱然一世如紅葉，猶得十年吟白雲。性逸且圖稱野客，才難非敢傲明君。清甜數尺沙泉井，平與鄰家晝夜分。

新葺茅堂二首

翦竹誅茆就水濱，静中還得保天真。只聞神鬼害盈滿，不見古今争賤貧。樹影便爲廊廡屋，草香權當綺羅茵。階前一片泓澄水，借與汀禽活紫鱗。

耨水耕山息故林，壯圖嘉話負前心。素絲鬢上分愁色，絡緯牀頭和苦吟。筆硯不才當付火，方書多誑罷燒金。同年二十八君子，遊楚遊秦斷好音。

茆亭

鴛瓦虹梁計已疏，織茅編竹稱貧居。翦平恰似山僧笠，埽静真同道者廬。秋晚捲簾看過鴈，月明憑檻數跳魚。重門公子應相笑，四壁風霜老讀書。

客廳

移却松筠致客堂，浄泥環堵貯荷香。衡茆只要免風雨，藻棁不須高棟梁。豐蔀仲尼明演易，作歌五子恨雕牆。燕臺漢閣王侯事，青史千年播耿光。

詠寫真

寫得衰容似十全，閑開僧舍静時懸。瘦於南國從軍日，老却東堂射策年。潭底看身寧有異，鏡中引影更無偏。借將前輩真儀比，未愧金鑾李謫仙。

放榜日

喧喧車馬欲朝天，人探東堂榜已懸。萬里便隨金鸑鷟，三台仍借玉連錢。南海相公此時在京，蒙借鞍馬人僕。花浮酒影彤霞爛，日照衫光瑞色鮮。十二街前樓閣上，捲簾誰不看神仙。

曲江宴上呈諸同年

鷦鷯鸑與鳳凰同，忽向中興遇至公。金榜連名昇碧落，紫花封敕出瓊宮。天知惜日遲遲暮，春爲催花旋旋紅。好是慈恩題了望，白雲飛盡塔連空。

渤海賓貢高元固先輩閩中相訪云本國人寫得寅斬蛇劍御溝水人生幾何賦皆以金書列爲屏障因而有贈

折桂何年下月中，閩山來問我雕蟲。肯銷金翠書屏上，誰把蒭蕘過日東。郯子昔時遭孔聖，繇余往代諷秦宮。嗟嗟大國金門士，幾箇人能振素風。

偶　吟

千卷長書萬首詩，朝蒸藜藿暮烹葵。清時名立難皆我，晚歲途窮亦問誰。碧岸釣歸惟獨笑，青山耕徧亦何爲。尋常抖擻懷中策，可便降他兩鬢絲。

贈表弟黃校書輅昔居臨溪，今居近市，入市五里。

産破身窮爲學儒，我家諸表愛詩書。嚴陵雖説臨溪隱，晏子還聞近市居。佳句麗偷紅菡萏，吟窗冷落白蟾蜍。閑来共話無生理，今古悠悠事總虛。

輦下贈屯田何員外

封章頻得帝咨嗟，報國唯將直破邪。身到西山書幾達，官登南省鬢初華。厨非寒食還無火，菊待重陽擬泛茶。內翰好才兼好古，秋來應數訪君家。員外與楊老丞翰林同年，恩義最□。

贈月君山妻字月君。伏見文選中顧彦先亦有贈婦詞，因抒此詠。

出水蓮花比性靈，三生塵夢一時醒。神傳尊勝陀羅咒，佛授金剛般若經。懿德好書添女誡，素容堪畫上銀屏。鳴梭軋軋纖纖手，窗户光流織女星。

贈垂光同年

丹桂攀來十七春，如今始見茜袍新。須知紅杏園中客，終作金鑾殿裏臣。逸少家風惟筆札，玄成世業是陶鈞。他時黄閣朝元處，莫忘同年射策人。

贈楊著

藻麗熒煌冠士林，白華榮養有曾參。十年去里金門改，八歲能詩相座吟。李廣不侯身漸老，子山操賦恨何深。釣魚臺上頻相訪，共説長安淚滿襟。

贈黄校書先輩璞閑居

取得驪龍第四珠，退依僧寺卜貧居。青山入眼不干禄，白髮滿頭猶著書。東澗野香添碧沼，南園夜雨長秋蔬。月明埽石吟詩坐，諱却全無擔石儲。

尚書榮拜恩命寅疾中輒課小詩二首以伸攀讚

明公家鑿鳳凰池，弱冠封侯四海推。富貴有期天授早，關河多難赦來遲。昴星人傑當王佐，黄石仙翁識帝師。昨日詔書猶漏缺，未言商也最能詩。

東郊迎入紫泥封，此日天仙下九重。三五月明臨闕澤，百千人衆看王恭。旗傍緑樹遥分影，馬蹋浮雲不見蹤。借問乘軺何處客，相庭雄幕卷芙蓉。

府主僕射王摶生日光化三年己未八月獻。

熊羆先兆慶垂休，天地氤氳瑞氣浮。李樹影籠周柱史，昴星光照漢酇侯。數鍾龜鶴千年算，律正乾坤八月秋。勳業定應歸鼎鼐，生靈豈獨化東甌。

獻内翰楊侍御

窗開青瑣見瑤臺，冷拂星辰逼上台。丹鳳詔成中使取，白龍香近聖君來。欲言温署三緘口，閑賦宫詞八斗才。莫擬吟雲避榮貴，廟堂玉鉉待鹽梅。

送劉常侍

懷君何計更留連，忍送文星上碧天。杜預注通三十卷，漢皇枝紹幾千年。言端信義如明月，筆下篇章似湧泉。他日有書隨鴈足，東溪無令訪漁船。

送盧拾遺歸華山

紫殿諫多防佞口，清秋假滿别明君。惟憂急詔歸青瑣，不得經時卧白雲。千載茯苓携鶴斸，一峯仙掌爲僧分。門前舊客期相薦，猶望飛書及主文。

春末送陳先輩之清源

貧中惟是長年華，每羡君行自嘆嗟。歸日捧持明月寶，去時期刻刺桐花。春風避雨多游寺，曉騎輕雞早入衙。千乘侯王若相問，飛書與報白雲家。

上盧三拾遺以言見黜

骨鯁如君道尚存，近來人事不須論。疾危必厭神明藥，心惑多嫌正直言。冷眼静看真好笑，傾懷與説却爲寃。因思周廟當時誡，金口三緘示後昆。

送王校書往清源

南國賢侯待德風，長途仍借九花驄。清歌早貫驪龍頷，丹桂曾攀玉兔宫。楊柳堤邊梅雨熟，鷓鴣聲裏麥田空。吟詩臺上如相問，與説磻溪直釣翁。

岳州端午日送人游郴連

五月巴陵值積陰，送君千里客于郴。北風吹雨黄梅落，西日過湖青草深。競渡岸傍人挂錦，採芳城上女遺簪。九嶷雲闊蒼梧暗，與説重華舊德音。

賀清源太保王延郴二首

蘂珠宫裏神仙謫，八載温陵萬户閑。心地闊于雲夢澤，官資高却太行山。姜牙兆寄熊羆內，陶侃文成掌握間。應笑清溪舊門吏，年年扶病掩柴關。

武榮江畔祥雲蔭，寵拜天人慶郡人。五色鶴綾花上敕，九霄龍尾道邊臣。英雄達處誰言命，富貴來時自逼身。更待春風飛吉語，紫泥分付與陶鈞。

病中春日即事寄主人尚書二首

身比秋荷覺漸枯，致君經國墮前圖。層冰照日猶能暖，病骨逢春却未蘇。鏡裏白鬚撏又長，枝頭黄鳥靜還呼。庾樓恩化通神聖，何計能教擲得盧。

風拍衰肌久未蠲，破窗頻見月團圓。更無舊日陳人問，只有多情太守憐。臘內送將三折股，歲陰分與五銖錢。玄穹若假年齡在，願捧銅盤爲國賢。

寄華山司空侍郎二首

金闕争權競獻功，獨逃徵詔卧三峯。雞羣未必容於鶴，蛛網何繇捕得龍。清論盡應書國史，靜籌皆可息邊烽。風霜落滿千林木，不近青青澗底松。

非雲非鶴不從容，誰敢輕量傲世蹤。紫殿幾徵王佐業，青山未折詔書封。閑吟每待秋空月，早起長先野寺鐘。前古負材多爲國，滿懷經濟欲何從。

寄盧端公同年仁炯時遷都洛陽新立幼主

上陽宮闕翠華歸，百辟傷心序漢儀。崑崙有炎瓊玉碎，洛川無竹鳳凰飢。須簪白筆匡明主，莫許黄瓜博少師。惆悵宸居遠于日，長吁空摘鬢邊絲。

寄天台陳希畋

陰山冰凍嘗迎夏，蟄户雲雷只待春。呂望豈嫌垂釣老，西施不恨浣紗貧。坐爲羽獵車中相，飛作君王掌上身。拍手相思惟大笑，我曹寧比等閑人。

寄兩浙羅書記

進却堙沉退却升，錢塘風月過金陵。鴻才入貢無人换，白首從軍有詔徵。博簿集成時輩駡，讒書編就薄徒增。憐君道在名長在，不到慈恩最上層。

邑宰相訪翼日有寄

淵明深念郄詵貧，踏破莓苔看甑塵。碧沼共攀紅菡萏，金鞍不卸紫麒麟。殘陽妬害催歸客，薄酒甘嘗罰主人。夜半夢醒追復想，欲長攀接有何因。

白酒兩瓶送崔侍御

雪化霜融好潑醅，滿壺冰凍向春開。求從白石洞中得，攜向百花巖畔來。幾夕露珠寒貝齒，一泓銀水冷瓊杯。湖邊送與崔夫子，誰見嵇山盡日頹。

依韻酬常循州

早年花縣拜潘郎，尋忝飛鳴出桂堂。日走登天長似箭，人同紅樹幾經霜。帆分南浦知離别，駕在東州更可傷。公論一麾將塞詔，且隨徵令過瀟湘。

謝主人惠緑酒白魚

早起鵲聲送喜頻，白魚芳酒寄來珍。馨香乍揭春風甕，撥刺初辭夜雨津。樽闊最宜澄桂液，網疏殊未損霜鱗。不曾垂釣兼親醞，堪愧金臺醉飽身。

蜀

雖倚關張敵萬夫，豈勝恩信作良圖。能均漢祚三分業，不負荆州六尺孤。緑水有魚賢已得，青桑如蓋瑞先符。君王幸是中山後，建國如何號蜀都。

魏

伐罪書勲令不常，争教爲帝與爲王。十年小怨誅桓邵，一檄深讎怨孔璋。在井蟄龍如屈伏，食槽驕馬忽騰驤。姦雄事過分明見，英識空懷許子將。

吴

一主參差六十年，父兄猶慶授孫權。不迎曹操真長策，終謝張昭見碩賢。建業龍盤雖可貴，武昌魚味亦何偏。秦嬴謾作東遊計，紫氣黄旗豈偶然。

兩晉

三世深謀啓帝基，可憐孀婦與孤兒。罪歸成濟皇天恨，戈犯明君萬古悲。巴蜀削平輕似紙，句吴吞却美如飴。誰知高鼻能知數，競向中原簸戰旗。

宋二首

天爵休將儋石論，一身恭儉萬邦尊。賭將金帶驚寰海，留得耕衣誡子孫。締搆不應饒漢祖，姦雄何足數王敦。草中求活非吾事，豈啻横身向廟門。

百萬人甘一擲輸，玄穹惟與道相符。豈知紫殿新天子，只是丹徒舊嗇夫。五色龍章身早見，六終鴻業數難逾。三年未得分明夢，却爲蘭陵起霸圖。

陳

三惑昏昏中紫宸，萬機抛却醉臨春。書中不禮隋文帝，井底尚攜張貴嬪。玉樹歌聲移入哭，金陵天子化爲臣。兵戈半渡前江水，狎客猶聞争酒巡。

讀史

亞父凄凉别楚營，天留三傑翼龍争。高才無主不能用，直道有時方始平。喜愠子文何穎悟，卷藏蘧瑗甚分明。須知飲啄繇天命，休問黄河早晚清。

漢宫新寵

位在嬪妃最上頭，笑他長信女悲秋。日中月滿可能久，花落色衰殊未憂。宫主鏡中争翠羽，君王袖裹奪金鉤。妾家兄弟知多少，恰要同時拜列侯。

開元即事

曲江真宰國中訛，尋奏漁陽忽荷戈。堂上有兵天不用，幄中無策印空多。楊國忠時兼諸使，館三十二印。塵驚騎透潼關鎖，雲護龍遊渭水波。未必蛾眉能破國，千秋休恨馬嵬坡。

李翰林

謫下三清第幾班，獲調羹鼎侍龍顔。吟開鎖闥窺天近，醉卧金鑾待詔閒。舊隱不歸劉備國，旅魂長寄謝公山。遺編往簡應飛去，散入祥雲瑞日間。

聞長安庚子歲事

羽檄交馳觸冕旒，函關飛入鐵兜鍪。皇王去國未爲恨，寰海失君方是憂。五色大雲凝蜀郡，幾般妖氣撲神州。唐堯縱禪乾坤位，不是重華莫謾求。

公子行

十五轅門學控弦，六街騎馬去如烟。金多倍著牡丹價，髮白未知章甫賢。有耳不聞經國事，拜官方買謝恩牋。相如謾説凌雲賦，四壁何曾有一錢。

依韻贈嚴司直

曾轉雙蓬到玉京，宣尼恩奏樂卿名。歌殘白石扣牛角，賦換黄金愛馬卿。滄海二隅身漸老，太行千疊路難行。夫君才大官何小，堪恨人間事不平。

傷前翰林楊左丞

飛上鰲頭侍玉皇，三台遺耀换餘光。人間搦管窮蒼頡，地下修文待卜商。貞魄肯隨金石化，真風留伴蕙蘭香。皇天未啓昇平運，不使伊臯相禹湯。

日月無情

日月無情也有情，朝昇夕没照均平。雖催前代英雄死，還促後来賢聖生。三尺靈烏金借耀，一輪飛鏡水饒清。憑誰築斷東溟路，龍影蟾光免運行。

新　月

雲際嬋娟出入藏，美人腸斷拜金方。姮娥一隻眉先埽，織女三分鏡未光。珠箔寄鉤懸杳靄，白龍遺爪印穹蒼。更期十五圓明夜，與破陰霾照八荒。

和尚書詠烟

無根無蒂結還融，曾觸嵐光徹底空。不散幾知離畢雨，欲飛須待落花風。玲瓏薄展蛟綃片，冪歷輕舍鳳竹叢。瓊什捧来思舊隱，撲窗穿户曉溟濛。

宫　鶯

領得春光在帝家，早從深谷出烟霞。閑棲仙禁日邊柳，飢啄御園天上花。睍睆只宜陪閣鳳，閒關多是問宮娃。可憐鸚鵡矜言語，長閉雕籠歲月賒。

鬒髮

鬒添華髮數莖新，羅雀門前絶故人。減食爲緣疏五味，不眠非是守庚申。深園竹緑齊抽筍，古木蛇青自脱鱗。天地有鑪長鑄物，濁泥遺塊待陶鈞。

春入鯉湖

到來峭壁白雲齊，載酒春遊渡九溪。鐵障有樓霾欲墮，石門無鎖路還迷。湖頭鯉去轟雷在，樹杪猨啼落日低。回首浮生真幻夢，何如斯地傍幽棲。

徐正字集卷第三

徐正字集卷第四

唐正字莆田徐寅著
大清貢生福鼎王遐春刊

七言律詩

雙鷺

雙鷺雕籠昨夜開，月明飛出立庭隈。但教緑水池塘在，自有碧天鴻鴈來。清韻叫霜歸島樹，素翎遺雪落漁臺。何人爲我追尋得，重勸溪翁酒一杯。

鷓鴣

繡僕梅兼羽翼全，楚雞非瑞莫争先。啼歸明月落邊樹，飛入百花深處烟。避燒幾曾遺遠岫，引雛時見飲晴川。荔枝初熟無人際，啄破紅苞墜野田。

鷹

害物傷生性豈馴，且宜籠罩待知人。惟擒燕雀啗腥血，却笑鸞凰啄翠筠。狡兔穴多非爾識，鳴鳩脰短罰君身。豪門不讀詩書者，走馬平原放玩頻。

蝴蝶二首

縹緲青蟲脱殼微，不堪烟重雨霏霏。一枝穠艷留教住，幾處春風借與飛。防患每憂雞雀舌，憐香偏遶綺羅衣。無情豈解關魂夢，莫信莊周説是非。

拂緑穿紅麗日長，一生心事住春光。最嫌神女來行雨，愛伴西施去採香。風定只應攢蘂粉，夜寒長是宿花房。鳴蟬宿分殊迂闊，空解三秋噪夕陽。

郡侯坐上觀琉璃瓶中遊魚

寶器一泓銀漢水，錦鱗纔動即先知。似涵明月波寧隔，欲上輕冰律未移。薄霧罩来分咫尺，碧綃籠處較毫釐。文翁未得沈香餌，擬置金盤召左慈。

剪刀

寶持多用繡爲囊，雙日交加兩鬢霜。金匣掠平花翡翠，緑窗裁破錦鴛鴦。初裁連理枝猶短，誤綃同心帶不長。欲製緼袍先把看，質非紈綺愧銛鋩。

紙被

文采鴛鴦罷合歡，細柔輕綴好魚牋。一牀明月蓋歸夢，數尺白雲籠冷眠。披對勁風温勝酒，擁聽寒雨暖于綿。赤眉豪客見皆笑，却問儒生直幾錢。

紙帳

幾笑文園四壁空，避寒深入剡藤中。誤懸謝守澄江練，自宿嫦娥白兔宫。幾疊玉山開洞壑，半巖春霧結房櫳。針羅截錦饒君侈，争及蒙茸煖避風。

貢餘秘色茶盞

捩碧融青瑞色新，陶成先得貢吾君。巧剜明月染春水，輕旋薄冰盛緑雲。古鏡破苔當席上，嫩荷涵露别江濆。中山竹葉香初發，多病那堪中十分。

筍　鞭

筇竹巖邊剔翠苔，錦江波冷洗瓊瑰。纍纍節轉蒼龍骨，寸寸珠簾巨蚌胎。須向廣場驅騮駿，莫從閑處撻駑駘。寧同晉帝環營日，拋賺中途後騎來。

詠　簾

素節輕盈珠影匀，何人巧思間成文。閑垂别殿風應度，半掩行宫麝欲熏。繡户遠籠寒焰重，玉樓高挂曙光分。無情幾恨黄昏月，纔到如鉤便墮雲。

詠　燈

分影谿來恨不同，緑窗孤館兩何窮。熒煌短焰長疑暗，零落殘花旋委空。幾處隔簾愁夜雨，誰家當户怯秋風。莫言明滅無多事，曾比人生一世中。

詠扇

爲發涼飈滿玉堂，每親襟袖便難忘。霜凝雪暗知何在，道契時來忽自揚。曾伴一樽臨小檻，幾遮殘日過迴廊。漢宮如有秋風起，誰信班姬淚數行。

詠筆二首

秦代將軍欲建功，截龍搜兔助英雄。用多誰念毛皆拔，抛却更嫌心不中。史氏只應歸道直，江淹何獨偶靈通。班超握管不成事，投擲翻從萬里戎。

君子三歸擅一名，秋毫雖細握非輕。軍書羽檄教誰録，帝命王言待我成。勢健豈饒淝水陣，鋒銛還學歷山耕。毛乾時有何人潤，盡把燒焚恨始平。

詠錢

多蓄多藏豈足論，有誰還議濟王孫。能於禍處翻爲福，解向讎家買得恩。幾怪鄧通難免餓，須知夷甫不曾言。朝争暮競歸何處，盡入權門與倖門。

尚書筵中詠紅手帕

鶴綾三尺曉霞濃，送與東家二八容。羅帶繡裙輕好繫，藕絲紅縷細初縫。别来拭淚遮桃臉，行去包香墜粉胸。無事把將纒皓腕，爲君池上折芙蓉。

尚書新造花箋

濃染紅桃二月花，只宜神筆縱龍蛇。淺澄秋水看雲母，碎擘輕苔間粉霞。寫賦好追陳后寵，題詩堪送竇滔家。使君即入金鑾殿，夜直無非草白麻。

釣　車

荻灣漁客巧裝成，硾鑄銀星一點輕。拋過碧江鸂鶒岸，軋殘金井轆轤聲。軸磨騂角冰光滑，輪卷春絲水面平。把向嚴灘尋轍迹，漁臺基在輾難傾。

柳

漠漠金條引線微，年年先翠報春歸。解籠飛靄延芳景，不逐亂花飄夕暉。啼鳥噪蟬堪悵望，舞烟摇水自因依。五株名顯陶家後，見説辭榮種者稀。

愁

夜長偏覺漏聲遲，往往隨歌慘翠眉。黄葉落催砧杵日，子規啼破夢魂時。明妃去泣千行淚，蔡琰歸梳兩鬢絲。四皓入山招不得，無家歸客最堪欺。

草

廢苑荒階伴緑苔，恩疏長信恨難開。姑蘇麋鹿應思食，楚澤王孫已不來。色嫩似將藍汁染，葉齊如把翦刀裁。燕昭没後多卿士，千載流芳郭隗臺。

螢

月墜西樓夜影空，透簾穿幕達房櫳。流光堪在珠璣列，爲火不生榆柳中。一一照通黄卷字，輕輕化出緑蕪叢。欲知應候何時節，六月初迎大暑風。

水

火性何如水性柔，西來東出幾時休。莫言通海能通漢，雖解浮舟也覆舟。湘浦暮沈堯女怨，汾河秋泛漢皇愁。洪波激湍歸何處，二月桃花滿眼流。

苔

印留麋鹿野禽蹤，巖壁漁磯幾處逢。金谷曉凝花影重，章華春映柳陰濃。石橋羽客遺前迹，陳閣才人没舊容。歸去埽除階砌下，蘚痕殘緑一重重。

曉

水盡銅龍滴漸微，景陽鐘動夢魂飛。潼關雞唱促歸騎，金殿燭殘求御衣。窗下寒機猶自織，梁間棲燕欲雙飛。羲和晴聳扶桑轡，借與寰瀛看早暉。

别

酒盡歌終問後期，泛萍浮梗不勝悲。東門疋馬夜歸處，南浦片帆飛去時。賦罷江淹吟更苦，詩成蘇武思何遲。可憐范陸分襟後，空折梅花寄所思。

夜

日墜虞淵燭影開，沈沈烟霧壓浮埃。剡川雪後子猷去，漢殿月生王母來。簷挂蛛絲應漸織，風吹螢火不成灰。愁人莫道何時旦，自有鐘聲漏滴催。

雨

引電隨龍密又輕，酒杯閑噀得嘉名。千山草木如雲暗，陸地波瀾接海平。灑竹幾添春睡重，滴簷偏遣夜愁生。陰妖冷孽成何怪，敢蔽高天日月明。

萍

爲實隨流瑞色新，泛風縈草護遊鱗。密行碧水澄涵月，澀滯輕橈去採蘋。比物何名腰下劍，無根堪并鏡中身。平湖春渚知何限，撥破閑投獨繭綸。

恨

事與時違不自繇，如燒如刺寸心頭。烏江項籍忍歸去，鴈塞李陵長繫留。燕國飛霜將破夏，漢宮紈扇豈禁秋。須知入骨難消處，莫比人間取次愁。

鴻

行如兄弟影連空，春去秋來燕不同。紫塞別當寒露白，碧山飛入暮霞紅。宣王德美周詩內，蘇武書傳漢苑中。況解銜蘆避弓箭，一聲歸唳楚天風。

鶴

閬苑瑶臺歲月長，一歸華表好增傷。新聲乍警初零露，折羽閑飛幾片霜。要伴神仙歸碧落，豈隨鸘鴈往西塘。三山頂上無人處，瓊樹堪巢不死鄉。

鵲

神化難源瑞即開，雕陵毛羽出塵埃。香閨報喜行人至，碧漢填河織女回。明月解隨烏繞樹，青銅寧愧雀爲臺。瓊枝翠葉庭前植，從待翩翩去又來。

霜

應節誰窮造化端，菊黄豺祭問應難。紅窗透出鴛衾冷，白草飛時鴈塞寒。露結芝蘭瓊屑厚，日乾葵藿粉痕殘。世間無比催摇落，松竹何人肯更看。

風

城上寒來思莫窮，土囊萍末兩難同。飄成遠浪江湖際，吹起暮塵京洛中。飛雪蕭條殘臘節，落花狼藉古行宫。春能和煦秋摇落，生殺還同造化功。

帆

豈勞孤棹送行舟，輕過天涯勢未休。斷岸曉看殘月挂，遠灣寒背夕陽收。川平直可追飛箭，風健還能泝急流。幸遇濟川恩不淺，北溟東海更何愁。

夢

月落燈前閉北堂，神魂交入杳冥鄉。文通毫管醒来異，武帝蘅蕪覺後香。傅説已徵賢可輔，周公不見恨何長。生松十八年方應，通塞人間豈合忙。

東

紫氣夫元出故關，大明先照九垓間。鰲山海上秦娥去，鱸鱠江邊齊椽還。青帝郊坰平似砥，主人階級峻如山。蟠桃樹在烟濤水，解凍風高未得攀。

西

密雲郊外已回秋，日下崦嵫景懶收。秦帝城高堅似鐵，李斯書上曲如鉤。寧惟東岳凌天秀，更有長庚瞰曙流。見説山傍偏出將，犬戎降盡復何愁。

南

罩罩嘉魚憶此方，送君前浦恨難量。火山遠見蒼梧郡，銅柱高標碧海鄉。陸賈幾時來越島，三閭何日濯滄浪。鍾儀冠帶歸心阻，蝴蝶飛園萬草芳。

北

雪滿胡天日影微，李君降虜失良時。窮溟駕浪鵾鵬化，極海寄書鴻鴈遲。□□□來猶未啓，殘兵奔去杳難追。可憐燕谷花間晚，鄒律如何爲一吹。

雲

漠漠沈沈向夕暉，蒼梧巫峽兩相依。天心白日休空蔽，海上故山應自歸。似蓋好臨千乘載，如羅堪翦六銖衣。爲霖須救蒼生旱，莫向西郊作雨稀。

燕

從待銜泥濺客衣，百禽靈性比他稀。何嫌何恨秋須去，無約無期春自歸。鶗鴂不容應自怪，棟梁堪庇願相依。吴王宫女嬌相襲，合整雙毛預奮飛。

蟬

寒鳴寧與衆蟲同，翼鬢緌冠豈道窮。殼脱已從今日化，聲愁何似去年中。朝催籬菊花開露，暮促庭槐葉墜風。從此最能驚賦客，計居何處轉飛蓬。

露

鶴鳴先警鴈來天，洗竹沾花處處鮮。散彩幾當蟬飲際，凝光宜對蚌胎前。朝垂苑草烟猶重，夜滴宫槐月正圓。怵惕與霜同降日，蘋蘩思薦獨淒然。

霞

天際何人濯錦歸，偏宜殘照與晨暉。流爲洞府千年酒，化作靈山幾襲衣。野燒餤連殊赫奕，愁雲陰隔乍依稀。勞生願學長生術，飡盡紅桃上漢飛。

蒲

濯秀盤根在碧流，紫茵含露向晴抽。編爲細履隨君步，織作輕帆送客愁。疏葉稍爲投餌釣，密叢還碍採連舟。鴛鴦瀉鶒多情甚，日日雙雙遶傍遊。

泉

非鑿非疏出洞門，源深流嶮合還分。高成瀑布漱逋客，深入御溝朝聖君。迸滴幾山穿破石，迅飛層嶠噴開雲。舊齋一帶連松竹，明月窗前枕上聞。

烟

燎野焚林見所從，惹空横水展形容。能滋甘雨隨車潤，不并行雲逐夢蹤。晴鳥迴籠嘉樹薄，春亭嬌幕好花濃。有時片片風吹去，海碧山青過幾重。

閑

不管人間是與非，白雲流水自相依。一瓢挂樹傲時代，五柳種門吟落暉。江上翠娥遺佩去，岸邊紅袖采蓮歸。客星辭得漢光武，却坐東江舊蘚磯。

忙

雙競龍舟疾似風，一星毬子兩明同。平吳破蜀三除裏，滅楚圖秦百戰中。春近杜鵑啼不斷，寒催歸鴈去何窮。兵還失路旌旗亂，驚起紅塵似轉蓬。

淚

發事牽情不自由，偶然惆悵即難收。已聞抱玉沾衣濕，見説迷途滿目流。滴盡綺筵紅燭暗，墜殘妝閣曉花羞。世間何處偏留得，萬點分明湘水頭。

月

碧落誰分造化權，結霜凝雪作嬋娟。寒蟬若不開三穴，狡兔何從上九天。莫見團圓明處遠，須看彎曲鑒時偏。却詵樹老堯蓂換，惆悵今年似去年。

五言長律

依御史溫飛卿華清宫二十二韻

地靈蒸水暖，天氣待宸遊。嶽拱蓮花秀，峯高玉蘂秋。朝元雕翠閣，乞巧繡瓊樓。碧海供驪嶺，黄金絡馬頭。五王更入帳，七貴迭封侯。夕雨鳴鴛瓦，朝陽曄柘裘。伊皐争負鼎，舜禹讓垂旒。墮珥閑應拾，遺釵醉不收。飛烟籠劍戟，殘月照旌斿。履朔求衣早，臨陽解佩羞。宫詞裁錦段，御筆落銀鉤。帝里新豐縣，長安舊雍州。雪衣傳貝葉，蟬鬢插山榴。對景瞻瑶兔，昇天駕綵虬。此言遊月宫。羽書陳北虜，玄甲擐犀牛。聖誥多屯否，生靈少怨尤。穹旻當有輔，帷幄豈無籌。鳳態傷紅艷，鸞輿緩紫騮。樹名端正在，人欲夢魂休。讖語山旁鬼，塵銷隴畔丘。重來芳草恨，往事落花愁。五十年鴻業，東憑渭水流。

尚書命題瓦硯

遠向端溪得，皆因郢匠成。鑿山青靄斷，琢石紫花輕。散墨松香起，濡毫藻句清。入臺知價重，著匣恐塵生。守墨還全器，臨池早著名。春闈擕就處，軍幙載將行。不獨雄文陣，兼能助筆耕。莫嫌涓滴潤，深染古今情。洗處無瑕玷，添時識滿盈。蘭亭如見用，敲戛有金聲。

東風解凍省試

暖氣飄蘋末，凍痕銷水中。扇冰初覺泮，吹海旋成空。入律三春照，朝宗萬里通。岸分天影闊，色照日光融。波起輕摇緑，鱗遊乍躍紅。殷勤排弱羽，飛翥趂和風。

和僕射二十四丈牡丹八韻

帝王城裏看，無故亦無新。忍摘都緣借，移栽未有因。光陰嫌太促，開落一何頻。羞殺登牆女，饒將解佩人。蘂堪靈鳳啄，香許白龍親。素練籠霞曉，紅裝帶臉春。莫辭終日醉，易老少年身。買取歸天上，寧教逐世塵。

釣絲竹

藋藋拂清流，堪維舴艋舟。野蟲懸作餌，溪月曲爲鉤。雨潤摇階長，風吹繞指柔。若將諸事比，還使緑楊羞。蠶婦非堯女，漁人是子猷。湖邊舊栽處，長映讀書樓。

七言長律

尚書會仙亭詠薔薇寅坐中聯四韻晚歸補緝所聯因成一篇

結緑根株翡翠莖，句芒中夜刺猩猩。景陽裝赴嚴鐘出，楚峽神教暮雨晴。躑躅豈能同日語，玫瑰方可一時呈。風吹嫩帶香苞展，露灑啼腮淚點輕。阿母蘂宫期索去，昭君榆塞闕齎行。叢高恐礙含泥燕，架隱宜棲報曙鶯。鬬日只憂燒密葉，映階疑欲讓雙旌。含烟散纈佳人惜，落地遺鈿少妓争。丹渥不因輸繡段，錢圓誰把買花聲。海棠若要分流品，秋菊春蘭兩恰平。

和尚書詠泉山瀑布十二韻

名齊火浣溢山椒，誰把驚虹挂一條。天外倚來春水刃，海心飛上白龍綃。民田鑿斷雲根引，僧圃穿通竹影澆。噴石似烟輕漠漠，濺崖如雨冷瀟瀟。水中蠶緒纏蒼壁，日裏虹精挂絳霄。寒漱绿陰仙桂老，碎流紅艷野桃夭。千尋練寫長年在，六出花開夏日消。急恐劃分青嶂骨，久應绷裂翠微腰。濯纓便可譏漁父，洗耳還宜傲帝堯。林際猿猱偏得飯，岸邊烏鵲擬爲橋。赤城未到詩先寄，廬阜曾聞夢已遥。數夜積霖聲更遠，郡樓欹枕聽良宵。

自詠十韻

只合滄洲釣與耕，忽依螢燭愧功成。未遊宦路叨卑宦，纔到名場得大名。梁苑二年陪衆客，温陵十載佐雙旌。錢財盡是侯王惠，骨肉偕承里巷榮。拙賦偏聞鐫印賣，惡詩親見畫圖呈。使宅行，寅回文八體，詩圖兩面。庚午秋使樓赴宴，每一倒翻讀，八韻也。多栽桃李期春色，闊鑿池塘許月閑。寒益輕裯饒美寢，出乘車馬免徒行。粗支菽粟防飢歉，薄有杯盤備送迎。僧俗共鄰棲隱樂，妻孥同愛水雲清。如今便死還甘分，莫更嫌他白髮生。

七言絕句

鏡中覽懷

晨起梳頭忽自悲，鏡中親見數莖絲。從今休説龍泉劍，世上恩讎報已遲。

楚國史

六國商於恨最多，良弓休縮劍休磨。君王不翦如簧舌，再得張儀欲奈何。

張儀

荆楚南來又北歸，分明舌在不應違。懷王本是無心者，籠得蒼鷹却放飛。

薔薇

朝露灑時如濯錦，晚風飄處似遺鈿。重門剩著黄金鎖，莫被飛瓊摘上天。

大夫松

五樹旌封許歲寒，挽柯攀葉也無端。争如澗底淩霜節，不受秦皇號此官。

杏　園

杏苑簫聲好醉鄉，春風嘉宴更無雙。憑誰爲謔穆天子，莫把瑶池并曲江。

蕉　葉

緑綺新裁織女機，擺風摇日影離披。只應青帝行春罷，閒倚東牆卓翠旗。

路傍草

楚甸秦原萬里平，誰教根向路旁生。輕蹄繡轂長相蹋，合是榮時不得榮。

讀漢紀

布衣空手取中原，勁卒雄師不足論。楚國八千秦百萬，豁開胷臆一時吞。

李夫人二首

不望金輿到錦帷，人間樂極即須悲。若言要識愁中貌，也似君恩日日衰。
招得香魂爵少翁，九華燈燭曉還空。漢王不及吴王樂，且與西施死處同。

明　妃

不用牽心恨畫工，帝家無策及邊戎。香魂若得昇明月，夜夜還應照漢宫。

馬　嵬

二百年來事遠聞，從龍誰解盡如雲。張均兄弟皆何在，却是楊妃死報君。

依韻贈南安方處士五首

七貴五侯生肯退，利塵名網死當抛。黔婁寂寞嚴陵卧，借問何人與結交。
休把羸蹄踏雪霜，書成何處獻君王。嵩山好與浮丘約，三十六峯雲外鄉。
百萬僧中不爲僧，比君知道僅誰能。無家寄泊南安縣，六月門前也似冰。

兩鬢當春却似秋，僻居誇近野僧樓。落花明月皆臨水，明月不流花自流。

秦楚忙忙起戰塵，龔黄門下有高人。一畦雲薤三株竹，席上先生未是貧。

依韻答黄校書

慈恩鴈塔參差榜，杏苑鶯花次第遊。白日有愁猶可散，青山高卧況無愁。

傷進士謝庭皓

獻書猶未達明君，何事先遊岱岳雲。惟有春風護寃魄，與生青草蓋孤墳。

聞司空侍郎訃音

園綺生雖逢漢室，巢繇死不謁堯階。八徵不起。夫君殁後何人葬，合取夷齊隱處埋。

偶題二首

買骨須求騏驥骨，愛毛宜採鳳凰毛。駑駘燕雀堪何用，仍向人前價例高。

賦就長安振大名，斬蛇功與樂天争。歸來延壽溪頭坐，終日無人問一聲。

猿

宿有喬林飲有溪，生來蹤跡遠塵泥。不知心更愁何事，每向深山夜夜啼。

追和賈浪仙古鏡

誰云黄帝喬山塚，明月飛光出九泉。狼藉蘚痕磨不盡，黑雲殘點汙秋天。

蝴蝶三首

不并難飛繭裹蛾，有花芳處定經過。天風相送輕飄去，却笑蜘蛛謾織羅。

苒苒雙雙拂畫欄，佳人偷眼再三看。莫欺翼短飛長近，試就花間撲已難。

栩栩無因索得他，野園荒徑一何多。不聞絲竹誰教舞，應仗流鶯爲唱歌。

新刺襪

素手春溪罷浣紗，巧裁明月半彎斜。齊宫合贈東昏寵，好步黄金菡萏花。

寄華山司空侍郎

仙掌林中第一人，鶴書時或問眠雲。莫言疏野全無事，明月清風肯放君。

初夏戲題

長養薰風拂曉吹，漸開荷芰落薔薇。青蟲也學莊周夢，化作南園蛺蝶飛。

徐正字集卷第四

唐徐正字集附録

劉后村集

徐寅先輩詩如「豐年甲子春無雨，良夜庚申夏足眠」「身閒不厭常來客，年老偏憐最小兒」，又五言「歲計懸僧債」，以此知閩人苦貧，貸僧而取其息，自唐末已然矣。

閩書

徐寅，字昭夢，博學經史，尤長於賦。乾寧初舉進士，試止戈爲武賦有「破山加點，擬戍無人」之句。侍郎李憕奇之，擢秘書省正字。寅嘗作人生幾何賦，四方傳寫，長安紙價爲高者三日。時朱全忠以梁國兼制四鎮，寅投所業，引見間，無雲而雨，索詩立成一絕，全忠大喜。一日醉，誤觸諱，全忠色變，殺其主客，寅大懼。時全忠竊窺唐祚，屢與李克用相攻。時夢淮陰侯授以兵法，寅遂作大梁遊以獻，有「千年漢將，感精魄以神交；一眼胡奴，望英風而膽落」之語，漢將指韓淮陰，一眼胡奴指李克用也。全忠讀之大喜，令軍士誦之，手酬一縑，不責前慢。及梁祖受禪，再試進士第一。梁祖曰：「是賦人生幾何者耶？三皇五帝，不死何歸！此語盍改之？」寅曰：「臣寧可無官，不可改賦。」遂拂衣歸，梁祖怒削其名。

又

黄巷山，唐校書黄璞所居山也。璞家在福州，人名其居巷曰「黄巷」。後避黄巢寇，徙是山下，尚以黄巷名之。徐寅黄校書閒居詩：「取得驪龍第四珠，退依僧寺卜貧居。青山入眼不干禄，白髮盈頭猶著書。」

又

延壽溪，唐徐正字寅隱此。溪有延壽橋，橋北有石微露者，寅釣磯也。有潭名徐潭，亦以寅故。嘗作斬蛇及人生幾何二賦，渤海高元固入閩求識之，言其國得其二賦，家家以泥金書幛。及隱此，自賦詩云：「賦就神都振大名，斬蛇工與樂天争。歸來延壽溪頭住，終日無人問一聲。」劉克莊溪潭詩有云「門外青山皆我有，從今不必唤徐潭」之句。夜夢寅拊背云：「我昔勝君昔，君今勝我今。有隆還有替，何必苦相侵。」良一異也。

十國春秋

九國志載大梁賦云：客有得意還鄉，遊於大梁，遇郊坰之耆舊，問今古之侯王。父老曰：「且說當今，休論往古，昔時之功業誰見，今日之聲名有覩。」中一聯云：「遂使千年漢將，憑吉夢以神符；一眼胡奴，望英風而膽喪。」

又

寅才思敏捷，黄滔爲威武軍節度推官。太祖饋以魚，會滔與寅方接談，即請寅爲謝牋。寅殊不經意，援筆疾書曰：「銜諸斷索，纔從羊續懸來；列在琱盤，便到馮讙食處。」時人大稱之。有探龍集一卷，雅道機要并詩八卷，亦曰釣磯集。又有賦五卷。其最著者過驪山賦，畧曰：「宅彼岡巒，光斯陵闕。猶驅六宫以殉葬，豈言蔓草之縈結。媿示儉於當時，更窮奢於既歿。融銀液雪，疏下地之江河；帖玉懸珠，皎窮桑之日月。巢巢層層，不騫不崩，斯高之喉舌方滑，劉項之雲雷忽興。軹道一朝，璽獻漢家之主；驪山三月，火燒秦帝之陵。」斬蛇劒賦畧曰：「磨霜礪雲兮，熒煌錯落。伊逐鹿之英聖，有斬蛇之鋒鍔。蓋以麾正乾坤，劃分善惡，楚國之奸雄，徒爾烹若窮鱗；常山之首尾，胡爲斷如朽索。斯劍也，哭白帝之亡，符赤帝之昌。雖行大義，亦假雄鋩。龜文龍藻，玉縷金裝。世亂將用，時清則藏。十二年兮如我淬，七十陣兮摧而剛。空山吞象之蛇，豈銚蓮鍔；大澤銜珠之血，不污星光。」勾踐進西施賦畧曰：「寶馬騰龍，香車輾風，迎織女於銀漢，聘姮娥於月宮。炫耀雲外，喧騰洞中。粧成而瑞玉凝彩，服麗而朝霞剪紅。曉別越溪，暮歸吴苑；越慮計失，吴嫌進晚。歌一聲兮君魄醉，笑百媚兮君心卷。坐令佞口，因珠翠以興言；立遣謀臣，弃洪濤而不返。勾踐乃走電驅雷，星馳箭摧，投醪而士卒皆醉，嘗膽而胸襟洞開。虎噬骨碎，山崩卵摧。楚腰衛鬢化爲鬼，鳳閣龍樓燒作灰。於是命屠蘇之酒，上姑蘇之臺，伊霸業以何去，俄英風而聿來。」御溝水賦畧曰：「重輪而瑞照紅日，五色而光摇彩霞。時時而翡翠垂波，飛穿禁柳；往往而鴛鴦逐浪，啣出宫花。」他賦多類此。

又

初，太祖從子延彬刺泉州，徐寅每同遊賞，及陳郯、倪曙等賦詩酣酒爲樂，凡十餘年。常被病，求藥物於延彬，延彬答書：「善自調護，亦可自開豁；三皇五帝，不死何歸。」

蓋舉寅人生幾何賦語以戲之也。賦云：「七十戰爭如虎豹，竟到烏江；三千賓客若鴛鴻，難尋珠履。」又云：「南陵公子，緑鬢改而華髮生；北里豪家，昨日歌而今朝哭。」又，「聞蕭史王喬，長生孰見；任是三皇五帝，不死何歸。」寅賦膾炙人口，渤海高元固來，言：「本國得斬蛇劍賦、御水溝及人生幾何賦，家家皆以金書列爲屏幢。」其珍重如此。

湧幢小品

徐寅，莆田人，乾寧中進士，海内多故，依王審知，嘆曰：「丈尺之水，安能容萬斛之舟。」隱居終身。其妻字月君，有贈内詩，中一聯云：「神傳尊聖陀羅呪，佛授金剛般若經。」即此堪偕隱者矣。寅有探龍、釣磯二集，作詩甚多，中以「東西南北」爲題。

書後

學貞校刻唐越南先輩遺集，至徐正字先生而止。憮然嘆曰：衰哉治乎，文物聲名之邦，昔極盛於有唐，一至今遺文佚冊，何僅於四門、御史、水部三先生，外得正字先生而止也。豈其文之可見者，惟此數先生，其餘均不能自壽。抑或數先生文章道德爲世所共推，其行乃獨遠耶。數先生中處窮亂，當瑣尾，極難於正字先生；持骨鯁，發文辭，亦極盛於正字先生。今讀集中大梁賦云：「千年漢將，感精魄以神交。一眼李奴，望英風而膽落。」刺亂臣也。驪山賦云：「猶驅六宮以殉葬，豈言蔓草之縈結。嫌示儉於當時，更窮奢於既歿。」儆奢風也。人生幾何賦云：「常聞蕭史王喬，長生孰見；任是三皇五帝，不死何歸。」忘珪組也。文情棱峭，托興湛深，非月露風雲、空談雅麗者所得比。卒之，一削官於梁祖，再辭禄於閩王，與其妻偕隱以終迹。其所著當不下數百篇，而漸歸泯滅，傳至今者僅有此。此復不謀其壽，吾不知百餘年外，後之學者尚可想見其儀型否耶。今刻既成，拜書其末，不禁爲越南諸先輩遺文沈寂不彰者，感慨欷歔係之矣。

時嘉慶庚午秋仲望，福鼎後學王學貞盥手拜題。

[唐] 林蘊 撰

唐林邵州遺集

序

唐邵州刺史林藴集，陳振孫直齋書録解題、鄭樵通志氏族略均云一卷。康熙癸巳，裔孫錫周鐫本，稱原集有書十、序十二、記九、表六、銘五、文十四、賦十一、風十、律三十六、説三、考五、碑二，今皆不存。邵州之後人宋梅卿大鼐、艾軒光朝、謙甫益之。明成化初，敬齋宗先後三鐫是集。梅卿鐫者曰紹仁集，取宋高宗「忠紹三仁」之褒以命名，亦曰邵州遺文，分上下二卷，即陳氏、鄭氏所見一卷之本是也。久益散失，則僅掇緝遺文爲上卷，附史傳、雜記爲下卷，即明代及康熙重鐫之本是也。今福鼎王君父子東嵐、吉泉，從候官趙文叔乞是本於莆田，屬壽祺考定，乃採邵州父兄之作附之，而稍爲芟益，其餘付築氏。閩越自漢建元、元封兩徙其民江淮間，虚其地，故人文久湮。晉永嘉之亂，衣冠南渡，陳、鄭、林、黄、詹、邱、何、胡八姓先入閩。屬中原多事，畏難懷居，故仕宦名跡鮮有聞。其以忠義、文學奮乎百世之上，則自唐林邵州始。邵州，貞元四年明經及第。兄藻，貞元七年進士，閩越人無先之者。昌黎韓公以爲始於歐陽詹，失之矣，抑科名固不足言也。邵州文最可傳者，上宰相李吉甫、李絳、武元衡、張宏靖三書，其一見唐書儒學傳，其二見唐文粹。當貞元初，吐蕃寇掠西陲，震蕩畿輔，淮西違命數十年，疲於征討。邵州言：「命將安邊，以收三鎮之效。」又言：「議者謂淮蔡兵强，皆腐儒豎子之談。以天下無限之勇士，破淮西有數之兇賊，孰爲不可？」於時李絳請以神策軍割隸涇原節度；李吉甫請歸普潤軍於涇陽，又請因時經度淮西；張宏靖請并攻元濟，而後悉師河朔。毋亦皆邵州甚之也。其論事慷慨似杜牧，其料敵識畧在杜黄裳、裴度之先。至於規韋皋，折劉闢，諭滄海首將，雖顔真卿之於陳希烈，譚忠、栢耆之於劉總、王承宗，何以尚焉？顧唐書記邵州坐贓，杖流儋州。余謂忠鯁如邵州，安得以墨敗？昔于頔鎮襄陽，恣威虐，誣奏鄧州刺史元洪贓罪，朝旨不得已，爲流端州。邵州之獄殆類是，而史從而枉之，過矣。雖然，歐陽四門之傳也，由昌黎；邵州之傳也，由廬陵、安陸。若劉司空，舊書咸闕焉，後世其孰能徵之？然則士君子闡揚前喆之功，曷可少乎哉！王君名遐春，游文好古。吉泉名學貞，郡學生，治經有聞。嘗録歐陽詹、徐寅、黄滔、王棨諸集，又將重録長樂陳氏禮、樂二書。其於鄉先正拾遺修墜，可謂篤志者也。

嘉慶十有七年壬申二月，福州陳壽祺謹序。

舊序

嘉定己巳歲望後之三日，沈承先生文公命作書集傳。甫竣事，適莆田林益之遊武夷，過沈廬，出紹仁集命序，曰：「此益之始祖有唐忠烈邵州公遺文存稿也。紹興十六年，我曾伯祖梅卿大鼐公作重廣邵州續慶圖成，高宗皇帝御筆賜我邵州公以『忠紹三仁』四大字，天章璀璨，邵州之勳節益彰於時。梅卿檢公遺文，僅得若干，首謀付梓，顔曰紹仁集誌。崇德象賢，昭殊榮異典也。而編定以序之者，則又我曾叔祖艾軒光朝公也。然以孫子而闡揚宗祖，無過一家之言，子其爲我序之。」沈受而讀，喟然歎曰：「用公之道，自宜震當時而昭後代，豈待文而顯哉？頌公之文，自可論其世而知其人，豈待序而傳哉？」然沈不敢辭者。詩曰：「高山仰止。」公之勳業在當時，流風直百世。矧元和迄今，地之相去，若此其未遠；世之相後，若此其近也。念公之孫子若梅卿者，好學不倦，正色立朝，爲奸相忌嫉，則其人可知矣。艾軒與陸子正遊，專心聖賢踐履之學，我文公亟稱之，曰：「某少年過莆，見林謙之，説得道理極精細，爲踴躍鼓動。退而思之，至忘寢食。」益之逮事文公，學深而行古。沈喜承三君子後，得掛名公之集中，亦有餘榮。昔文公先生序王梅溪集云：「得陽德剛明之氣。」沈於是集亦云。

武夷後學蔡沈撰。

林邵州論

伐木者視其根，根之紆縈絞蔓者，其所禀受，必天胎地孕，内堅其質，石凝泉盪，外勁其身。縱萬夫舉力，肩蔽三光，斧填百谷，聲徹九衢，許許丁丁，勇莫能入，技莫能出。唐史之論邵州類是。夫唐史之論邵州，非短邵州也。然而殺客投尸，籍其妻爲娼，復坐贓，流儋州而卒，則短邵州。嗚乎！邵州可短乎？當劉闢之叛，天闕將傾，地維幾陷，熊羆虎豹之屬，依山被野，拒白帝，奪夔門，煽巫峽，動西川，車堅馬健，矢短刃長。奸民恃焉，以擾官府；官府懾焉，以動闕庭。邵州獨當其地，掉三寸之舌，敵百萬之師。端貞鯁亮，如登千仞而旋危石，如持堅木以叩洪鐘。卒之烟雲變色，天日回光，砥劍一呼，亂軍披靡。西土之不亡，其誰之力也。易曰：「王臣蹇蹇，匪躬之故。」曾子曰：「可以托六尺之孤，可以寄百里之命，臨大節而不可奪也。君子人與？君子人也。」邵州之謂矣。顧短之乎？且世之短邵州，以其過也；其重邵州，不以其忠乎？夫以其忠，則謂忠爲難。古未有忠於國而短于行者，陶玄之之見殺，或者玄之之過也。邵州蓋忠憤之士，抗闢諭權，履刀鋸若康莊，負名節如華嶽。骯髒倚門，無不狎侮。時有所卑詘，則不免爲人所挫辱。辱將必報，漢淮陰之於袴下，李廣之於灞陵尉，是也。籍妻之説，又或文致已甚歟？甚矣世之好議論人也！不成人之美，而被人以惡，非有賢人君子爲之剖析，則道塗竊聽之徒抗顔摇舌，疑以成信，又烏從而辨之？昔崔博陵刺連、永，未至永，而連之人以贓愬御史，按章治其罪，坐流驩州。裴墐刺金州，猾吏揚言以必得三十萬緡爲解。墐召罵之，恣所爲。吏巧以奏，再謫道州、循州，爲左掾。邵州之卒儋州，殆例此矣。悲夫！邵州陷穽衝羅，顛踣萬苦，爲謗藪澤，無可告語。前有功而不報，後有枉而不伸。斷肩絶臂，無以自扶；蒙荊衣棘，無以自解。而擁大纛，居大職，碌碌無能者，反得魁壘揚英，垂名欺世。彼蒼者天，其可問乎！吾故亟論邵州之事而表之，然而信史愈難矣。

嘉慶癸酉小暑節，侯官後學趙在翰撰。

唐林邵州遺集

唐邵州刺史莆田林藴著
大清貢生福鼎王遐春刊

上宰相李絳李吉甫書載唐書儒學傳。

國家有西土，猶右臂也。臂之不存，體將安舒？今北抵豳郊，西極汧隴，不百里爲外域，誠可痛也。涇原、鳳翔、邠寧三鎮，皆右臂大藩，擁旄鉞者殆百人。惟李抱玉請復河湟，事亦旋寢。邇來因循，誰復尸之。伏惟相公特立獎拔，置之秦隴，使禦犬戎，則一介之士，斷然披血誠，露肝膽，功可垂成矣！王者功成作樂，治定制禮，今權臣制作禮樂，自立喪紀。舜命契，百姓不親，五品不遜，敬敷五教。今以皋、佑、鍔、季安爲司徒，官不擇人。盧從史、于皋謨，罪大而刑輕，法令顛倒。農桑無百分之一，農夫一人給百口，蠶婦一人給百身，竭力於下者，飢不得食，寒不得衣。邊兵菜色，而將帥縱侈。中人十户，不足以供一無功之卒，百卒不足奉一驕將，願相公思而行之。

上宰相元衡宏靖書 載唐文粹卷八十。

陸賈有言：「天下有事，屬在將；天下無事，屬在相。」伏惟相公兼將相之任，執生殺之大柄。藴亦竊被教化，忝在陶鈞之内，四海安平，某則與歌虞贊魯之人爲儔。苟有妖孽，某安敢不隳裂肝膽，爲相公之腹心乎？愚者千慮，或有一得，願相公少賜採擇焉。道路云云，以淮西兇黨，侵犯疆鄙，伏料相公制置如在諸掌矣。然則舜有天下，闢四門，明四目，達四聰，欲天下之誠僞畢見矣。平津侯開東閣以延天下士，欲天下之美惡畢知矣。伏惟相公抱赫赫濟時之畧，佐明明聖上之朝，某切願相公以平津之德，致聖上廣帝舜之道，使天下事可重而實諸掌，莆田本作「不勞而指諸掌」。則淮西之寇，不足以爲患矣。某幼讀書，不求甚解，但見古人之有建功立事者，心則慕之。以是十試藝於春闈，竟不成名，今爲河朔一從事耳，苟不自言，其誰爲言於相公乎？且人生天地之間，必合達天地之性。苟違天地之性者，是天地之棄物也。今淮西兇黨，是天地已棄之物。相公誠順天而誅，可不偉歟！某竊聆議者謂淮西兵强，不與恒、鄆兩軍犄角相應，此皆腐儒豎子之言，不足與相公計大事。何者？自兵興已來，僅六十年，人皆尚武，各思功業。彼或有逆，此則有順。以順討逆，往無不克。爰自國初垂二百年，時有悖逆，孰爲存者？今天下藩鎮六十，甲士百萬，雖有依違，未盡化者，不四三所耳。議者若以爲申説，言淮、蔡必强，則陳、許安得而弱乎？況以人敵人，彼亦人也；以兵刃敵兵刃，彼亦兵刃也。或示其弱，則過不在士卒。伏計此事，以經相公心矣。某請徵四年冬出師討恒陽之事明之。初，王承宗阻兵，盧從史潛應，天兵欲進，賊必知之。況内邱與臨城秖二十里，北爲賊境，南是天兵，兩處傍山，俱置死地。堯山與高邑共據一川，若盧從史必議引兵直進，則趙州、高邑立可屠之。此既不備，彼又得計，豈得賊勢强而天兵弱耶？德宗朝，韓全義統師自取退恧，蓋緣淄青諸道悉會用兵，謂所闇齎盜糧，不得不敗。且兵以售死爲效，國以厚錫爲誠。某竊知此者，行營師徒苦役，錫賚納於將帥，飢寒加於士卒，欲其破虜，其可得乎？又朝廷獎用多藉舊人，蓋取官崇，或言望重。殊不料彼已崇重，更復何求？以此取人，往往皆失。某輒賀相公昨者制置已得其人，則陳許李光顔、安州李聽、唐州田秀誠，功忠的立，某亦素諳。伏願相公任之不疑，各委兵柄，但絶常、鄆兩處，莫許知聞，其餘連城，惟在感激，人一其性，豈不易圖？如此則相公之功不後郭尚父、李令公之功也，豈佐商輔周之德獨專美於前歟？議者若以爲恒冀强梁，相公則有魏博、澤潞制之矣；淄青暴慢，相公則有梁、宋、徐、泗制之矣。以天下無限之勇士，破淮西有數之兇賊，孰謂不可？然則某又切願相公用其勇敢之士，分巡諸道，將帥有不用命者，許以軍法按之；士卒有被飢寒者，以其赤子保之。如此則忠勇奮起，姦謀自殄，倒戈脱劍，不日可期。某久歷險難，多見成敗，比被劉闢欲殺，無人薦論。本使程僕射入朝之時，再三邀請，某以謂已出萬死，固求一伸，窮困蹉跎，竟無知者。程僕射禮惠逾厚，某又愛彼功名，至元和十六年方受奏請。既奉恩詔，兼愛憲官，心期佐戎，必擬立事。自到河北，首末四年，羣情所難，某意獨易。蓋以朝廷典法，率而行之，道路皆知，無不驚駭，況留家口，并不將去。今年八月內，蒙程僕射薦歸闕庭，幾欲莆田本作「越」。半年，未蒙公論。伏以西南、東北兩處從軍，自執庸愚，不失誠節，今當相公舉直之日，是某幸得盡言之秋。仰望陶鈞，置諸倫品，柔遠之道，此爲事先。不宣。某再拜。

上安邑李相公安邊書載唐文粹卷八十。

愚嘗十分天下之事，知其弊者大半。二年冬，輒獻書，思相公正而行之。嗟乎！無位而言輕，相公猶未爲行其切者。國家有西土，猶右臂也。臂之附體，豈不固歟？臂之不存，體將安舒？愚以此輒敢重陳利病，思相公念而行之。當昔漢室，彼爲內府，囊駝走馬，曾不虚日，咫尺萬里，烟塵不動。是以司馬遷、班固得弄刀筆，夸大漢功德，炳然與三代同風。洎房、杜佐太宗文皇帝，剗革凶孽，天下廓清；姚、宋佐玄宗明皇帝，聲明文物，照耀殊俗。後之輔弼，不能嗣守遺訓，故我疆我里，腹於太羊。嗚呼！今所殘者，惟北抵豳郊，西極汧隴，不數百里，則爲外域，可不痛哉，可不惜哉！且馭馬者，必右執策，左執綏，恐其有非常之患也。儻若臂不勝力，體不安坐，則踶齧立至，豈惟覂駕乎？此事雖小，可以喻大，相公得不念之乎。愚嘗出國，西抵于涇原，歷鳳翔，過邠寧，此三鎮不爲右臂之大藩乎？自畫藩維，擁旄鉞者，殆數十百人，惟故李司空抱玉，曾封章上聞，請復河湟，事亦旋寢，功竟不立。爾來因循，誰復尸之？故朝受命而夕寢行，日貴富而月驕慢，跨廣衢而羅甲第，指長河而固胤嗣。士卒窮年不離飢寒，以月繫時，力供主將，死則已矣，賞終不及，如棄鳥獸，附於藪壤。故死者飲恨於地下，生者吞聲於邊上，五十餘年無收尺土之功者，豈朝廷不以爲慮乎，命將不得其人乎？愚以此竊知不惟土地未可復，且慮犬戎馳突，不一日二日，則彼三鎮，强者閉壘自守，弱者棄壁而逸，豈暇爲國家以却戎虜乎？愚所謂臂之不存，體將安舒？今刁斗不聞，烟塵不飛，蓋宗社之靈也，豈守禦者之有功乎？且食租則可以備飢，衣税則可以禦寒，衣食足然後可以教攻戰。朝廷既切念邊軍不遑終夕（莆田本作「食」）。飛芻輓粟，常恐後期，然而荷戈負戟者終歲而餓，其來已久，時莫能更。雖度支有兼知之名，節度有營田之目，皆以貨利相誘。彼貿公之賓僚，悉皆和糴斗粟，必欺於文素，一言可致其籯金，如此則士卒不得不飢寒，將帥不得不奢侈，欲其攻戰，其可得乎？此所謂借寇兵而齎盜糧也，其可謂之禦戎乎？伏料相公亦已垂意矣。愚竊謂弊既久矣，可革而化之，化之之術，在相公暫回頃刻之慮思之。思之得人，則如班超之儔不難得也。相公必命將取其封錫已榮者，則封錫已榮矣，彼復何求？以此戰不克，攻不得，何莫不由斯人之徒歟？因此言之，則又不惟安邊之未得人也。相公必以爲人不易知，儻斷然有一介之士，敢露肺肝，相公復能特達獎拔，俾爲千夫之長，得以自置於秦隴之外，接彼犬戎之域，三歲考績，能則優獎，否則孥僇。已乎，此賈生、終童感激於前跡，其慷慨不爲不至，蓋時之不見信也。不知相公以愚此言爲率爾乎？以其斷然一介之士，亦能成功立事乎？且天下巖居谷隱之人悉皆有心，但用與不用也。假如登奉常之第者，未必盡能文章；爲牙門之將者，未必盡能威敵。是漢之爲漢，多有異材；而唐之爲唐，獨無奇士也？伏惟圖之。

陳壽祺案：唐書所載文字，半與此篇近。疑篇首所言二年冬獻書者是也。

諭橫海將士

易演天澤，書譬股肱，春秋示無將，舉以明乎君臣之義，名分之嚴，不容少假。故君者天也，臣者承也。詩曰：「普天率土。」夫誰者可以不凜斯義耶？自古亂臣賊子狂悖一時，究必身亡家破，遺臭萬年，古今同嘆矣。今者程僕射天姿忠孝，不安藩鎮舊習，慨然上四州之輿圖請吏，舉族歸朝，斯正諸君騰驤皇路之日也。夫何天書下逮，而諸君洶洶不靖，不思一級一官，何非朝廷之恩；一絲一粟，何非聖主之賜，而乃謀爲拒命。諸君既不自愛身家，且禍僕射身家，弗思甚耳。某請爲諸君籌之。國家自武德以來，强臣叛將，指不勝屈，而亦誰不夷滅。此殆所謂天授，而非人力歟？矧今天子嗣位，神文聖武，勞心焦思以勤政，縮衣節食以養兵，其志豈須臾忘天下哉！某無暇遠引，請爲諸君陳其近者。劉闢、李錡、田季安、盧從史、吳元濟諸大藩，强悍不臣，阻兵憑險，自爲根深蔕固，天下莫危，不轉睫而身死宗覆，爲天下僇，此皆諸君所親見者也。今國兵北討，竊惟諸君皆不世之才，不於此請纓效命，建郭尚父、李令公之勳，欲以四州之衆，效劉、李、田、盧之尤，不亦見之左乎？語曰：「君子愛人以德。」孔子有言曰：「君子成人之美。」諸君今日之舉，其愛僕射以德乎？其成僕射之美乎？竊願諸君詳之。

泉山銘

泉山，古泉州名也。今福州據其地焉。驗前載董奉昇註云：泉州，候官界也。無何，析候官爲閩州，改溫陵爲泉州。迹其源本，一土地也。山瞰巨浸，見於扶桑。人生其間，或明或哲。馳騁畋獵，習學爲常。自大曆紀年，猶未以文進，縱學者滿門，終安於豪富，寂寞我里，曾無聞人。是以獨孤及常州製李成公新學碑云：「纓胡之纓，化爲青衿。」得非以我爲異俗而刊於貞珉，不已甚歟！予仲兄藻懷此耿耿，不怡十年，謂：「張令公出自韶陽，陳拾遺生於蜀郡，我以彼況，彼亦何人！」遂首倡與友歐陽詹結志攻文，同指此山，誓必報山靈。不四五年，繼踵登第，天下改觀，大光州閭，美名馨香，鼓動羣彥。三十年內，文星在閩，東堂桂枝，折無虛歲。子曰：「魯無君子，斯焉取斯？」嗚呼！詩所謂「維岳降神，生申及甫」，瞻彼泉山，實墟我土，封植未達，豈由乎人？苟知本知源，則張令公之位不難致；倘不懈不怠，則陳拾遺之文亦可爲也。敢告羣彥，具銘此山。銘曰：

山之秀兮，壓彼滄溟。人亶生兮，蘊此至靈。展以羣草，誰德不馨。

陳壽祺案：宋林駉源流至論閩中人材篇引泉山銘作「林藻」，誤。

睦州刺史二府君神道碑

殷之三仁，忝係少師，支別派分，徧於寰宇。暨永嘉初，清河祿公牧於溫陵。至府君十六代，五百餘年，綿綿蟬聯，不歸不遷，氣吞豪家，族茂閩川。乃降英靈，生曾大父瀛州刺史玄泰。瀛州生大父饒州郡太守萬寵。饒州生府君贈睦州刺史披。朝廷以河南莫侯陳氏有采蘩之德，歸於睦州爲續室，生邵州刺史，封南安縣太君。此府君所以德刑於家也。府君諱披，字茂則，聰明特達，不受師教，目所一覽，必記於心。年十有五，自寫六經、百家、子史千餘卷。工鍾隸草，迥得其迹。年二十，以經業擢第，授臨汀郡曹掾。郡多山鬼，嘗著無鬼論。廉使李承昭器之，奏授臨汀郡別駕、知州事，俗習人化，不肅而成，聲聞闕下。御史大夫李公栖筠奏授檢校太子詹事兼蘇州別駕，賜紫金魚袋、上柱國。府君心感知，已而不能下人，解印歸休。宗韶州六祖之教，友西巖、黃蘗、苦竹三禪師。四十年間，不驚榮辱，有白雀青蛇之慶，默而不言。後嶺南廣帥薛公景仰德輝，奏授都督，送誥拜而不受。故相國常公袞廉問福建，知府君辭蘇臺知己，謝南海獎薦，語於賓倅曰：「觀林公出處，其猶龍乎。體安舒暢，志尚清潔，莊周所畏，得無是乎。」此府君所以道光於邦也。嗚呼！夢奠兩楹，齡符致仕，啓手啓足，薨於邱園。長子端州刺史葦、次子殿中侍御史藻、次子橫州刺史著、次子饒州司馬薦、次子通州刺史曄、次子邵州刺史蘊、季子金吾衛長史蒙、季子同州刺史邁、季子福唐刺史蒐。案：福唐當作福州。色養之下，皆承義方。一門廉潔，家無長物，保守素業，常恐失墜。寶曆元年，敬宗皇帝以孝治爲大，詔內外長吏追顯前門。蘊忝剖苻竹，被沾雨露，哀榮所感，逮於幽明。嗚呼！泉山之南，抵於溟渤，千里之外，不啻萬旅，積德累慶，孰爲我先。自端州至福唐，案：唐當作州。皆有令子，世習文學，以衍箕裘。詩所謂「貽厥孫謀」，皆由府君訓誨之所致也。陵谷倘變，世多閲人，不顯不銘，何以昭德？銘曰：

顯殷之德，有我仁祖。匪忠不生，生必主土。粵自溫陵，世逾十五。或工以文，或專以武。綿綿不絶，自耀門户。天縱有德，挺生府君。特達聰明，氣在青雲。幼習文學，和光不羣。進退規矩，邦家必聞。有子有孫，以保吾門。岧岧莆陽，枕彼波垠。山媚川輝，繫我幽魂。日月雖逝，道德可尊。仰號松栢，淚灑血痕。

陳壽祺案：此篇直齋書録解題引之，小有不同，詳見後跋。

宗譜序

昔商王子比干遭紂不道，累諫直言，剖心而死。夫人陳氏娠方三月，逃于長林石室之中，生男泉。周武王滅紂，封比干墓，召其夫人，賜所生子姓林名堅，以其林中石上所産也。食采清河，命爲三監。移封博陵公，食邑二千户。其後林放問禮之本，在七十二子之列。左傳有林雍、林不狃。莊子有林回，棄千金之璧。趙有宰相林臯，生九子，國人稱之曰「九德之父、十德之門」。漢有太子太傅林尊。吴有將軍林恂。晉有林伯昇，與釋道安爲友。齊有皇后林氏。繼而二十六代至禮公，居於徐州下邳縣，生二子：懋、禄。禄公仕晉。永嘉喪亂，元帝南巡，禄公扈從。公初爲征北將軍，次牧合浦郡太守，考滿任晉安、溫陵二郡，又敕守溫陵而終。壽祺案：晉分建安立晉安，泉州之地屬焉，安有溫陵郡名？此數語大謬，必非邵州集之舊。即閩泉州也。後追封晉安郡王。子孫相續，遂居於閩。按史記：漢武帝時，越王餘善叛，詔樓船將軍楊僕、韓安國兵圍閩。案：兵上有脫字。閩人恐懼，殺餘善，送首降。帝以閩越數反，命遷其民於江淮，久空其地。今諸姓入閩，自永嘉始也。

續慶圖

吾林出自黃帝之後，所謂「天命玄鳥，降而生商」是也。歷唐虞夏殷四十六代，而生王子比干，太丁子，帝乙弟，位爲少師，憫宗室之將覆，極諫於紂，剖心而死。夫人陳氏娠方三月，奔逃於長林石室，生男泉。周武王克商，封比干墓，召泉，賜之姓林名堅，以其林中石上産也。命爲三監，食采清河，移封博陵公。堅生載，字元超，襲封爵，領二百四十國，爲冀州牧。載生磋，字孟居，失封邑，官司馬大夫。磋生虎，字雄德，爲成王卿士。虎生光，字景輝，爲康王大夫。光生相，字世標，昭王時爲大夫，仍命監於方伯之國。相生玄，字文通，穆王時元士。玄生鳳，字智羽。鳳生翊，字義則。翊生茛，字茂端，世掌夏官。此世系之可考於西周也。迄今清河、博陵二郡，吾林推爲望族焉。
材，字顯仕，總六師，從平王東遷。
貞，字稚安，爲釐王卿士。
英，字懷遠，爲惠王卿，加太保。
乾，字天德，爲襄王卿。
保，字貴材，爲頃王左將軍。
雋，字商英，爲匡王畿內正。
宏，字賓遠，爲定王內史。
回，字彥若，棄千金之璧，保其赤子，時人賢之。
類，字缺。年百歲，披裘拾穗并歌，孔子稱其可與言者。
標，字公譽，爲簡王前將軍。
繇，字紹宗，爲靈王司寇。
雍，字秀和，爲景王問止，出爲魯大夫。炊鼻之戰，奮不顧身。
敏，字明徵，景王時爲畿內族正。
放，字子邱，爲敬王大夫。問禮見大於孔子，望重魯國。後魏郡林氏，則公後也。

楚，字文仲，爲敬王太僕正，出爲魯卿士。蒲圃之役，義不辭艱。

輔，字安國，爲敬王太僕正。

立，字子敬，爲敬王太傅。

通，字遐邦，爲敬王縣正。

不狃，字文習，爲魯卿士。死國難，謚曰忠。

撫，字安育，爲元王青州牧。

欣，字子悅，爲威烈王縣正。

儀，字文軌，爲威烈王縣正。

鸞，字士翔，爲安王左將軍。

臯，字缺。爲趙相。生九子皆賢，國人號爲「九德之父、十德之門」。秦時，子孫居鄒縣、齊郡。

士元，字宏達，爲顯王司空。

伯，字萬里，爲顯王司馬。

宣，字子亮，爲慎靚王冀州牧。

徵，字世隱，爲赧王大夫。

芳，字初茂，爲秦昭襄王軍屯僕射。
玄軌，字元範，爲昭襄王衛尉。
伯葛，字子華，爲孝文王博士。
尹，字子牧，爲莊襄王太傅。
喆，字元叡，爲始皇河東郡守。
瑋，字子玉，始皇時左將軍、給事黄門、散騎常侍。
文度，字世則，始皇時朝歌令。
剛，字世强，始皇時郎中。
稚，字起先，始皇時會稽太守。
韶，字景通，始皇時右將軍、鬱林郡守。
治，字元立，始皇時治粟内史。
亮，字元英，始皇時侍中。
上自東周，下迄於秦，遭焚書，譜第散落，世系莫考。
憲，字世武，爲漢高祖司隸校尉。
摯，字伯勇，高祖時爲燕相，封平棘侯，謚曰懿。公以客從起元父，斬章邯所置屬守，功封平棘。文帝五年，子辟疆嗣，後免。宣帝元康四年，曾孫常驩爲頃圉大夫，詔復其家。

纂，字雉龍，惠帝時爲中山郡守。

別，字元甄，文帝時爲御史大夫。

告，字安仁，文帝時爲廣陵郡守，封亭侯，邑三百户。

述，字得遂，景帝時爲少府。

良，字紹先，武帝時爲中郎將。

公，字元昌，武帝時爲御史中丞。

車，字重任，昭帝時爲司隸校尉，後加鎮國將軍。治尚書，隱於會稽，遂爲會稽望族。

憑，字純義，宣帝時爲征西將軍、并州刺史。

尊，字長賓，宣帝時爲博士，以尚書論石渠。官少府、太子太傅。漢分齊郡，置濟南郡。林氏望重濟南者，始此也。平涼、廣陵，皆公後也。

高，字尚勤，元帝時爲征遠將軍、江州刺史。

閭，字缺。抱道隱于成都，爲揚雄師。

苗，字玄蒐，成帝時爲平原太守。

鑒，字察之，哀帝時爲北平太守，封永安伯。
寧，字安國，平帝時爲征南將軍。
金，字文英，新室建威將軍。
重，字世基，河東京兆尹。
秉，字任職，司隸校尉，遷司徒。
襲，字長義，更始攘羌校尉。
時，字敬節，光武時徐州刺史。
丞，字延覽，光武時散騎常侍、冀州刺史。
吉，字世寧，明帝時少府卿。
謨，字文興，章帝時玄菟太守，轉并州刺史。
恂，字元信，和帝時鎮南將軍、大中大夫，遷大將軍、萬年侯。少府吉，其祖也。廣陵，則公後也。
就，字元希，殤帝諫議大夫，遷司馬。
横，字令游，安帝左諫議大夫。
邈，字世穆，安帝徐州刺史，封清泉侯，尊之六世孫，居平陽、清縣是也。

道，字文修，順帝秦州刺史、司隸校尉。
永，字仕遥，順帝秦州刺史、關内侯。
肇，字元始，質帝潁川、西河二郡太守。
封，字烈士，桓帝諫議大夫、秦州刺史。
農，字野賢，獻帝司隸校尉，録尚書事。
祇，字靈智，獻帝持節大將軍、中書令、左僕射。
東西漢代之譜牒、世系不明者，由董卓遷都長安，惡林氏之宗强於河北，漢主受譖，收宗家千七百四十四人，流竄之故也。
胡，字文淵，魏文帝東萊、陳留二郡太守。
譚，字文惠，明帝時東宮舍人，遷尚書郎。
池，字澄清，明帝時使持節爲秦州刺史。
泰，字永安，明帝時使持節爲徐州刺史。
豫，字敬悦，明帝時河東、河南二郡太守。
車，字道運，正始時司隸校尉、金城太守。陳壽祺案：此與昭帝時一人同名。
玄峻，字玄樂，正始東宫舍人、尚書令。

道固，字仲達，正始諫議大夫兼吏部尚書。

冠，字仕文，陳留王持節秦州刺史。

玉，字真寶，晉武帝侍中兼司隸校尉。

逢勳，字公勳，武帝博陵太守。

惠勳，字公養，武帝太尉兼太傅。

奇勳，字公異，武帝河南尹。

殊勳，字公特，惠帝太子洗馬。

忠勳，字公藎，惠帝南陽太守。

顯，字仲宗，武帝安定、博陵、山陽三郡守。

喬，字伯昇，與釋道安爲友，東漢清泉侯邈之五世孫也。喬曾孫道明，爲後魏清河太守。子勝爲北齊散騎常侍，庭珉爲隋太子率更令，子實爲湖城令。世居臨清，析之居任縣，又析之魏郡。今諫議大夫希旦、太常博士寶、京兆兵曹藩，皆其後也。

業，字公冑，惠帝時司馬。

禮，字元副，懷帝時中郎主簿、太子太傅丞。子穎，居下邳。

穎，字元從，愍帝時徐州別駕、黄門侍郎。隨元帝渡江，寓江左。子懋、禄。

懋，字世興，元帝通直散騎常侍、殿中侍御史、侍衛將軍、下邳太守，因家焉。子鑒之、宣之、慶之、侃之、旭之、敬之，同時俱貴，時號「六龍」，爲下邳祖。

禄，字世蔭，扈從元帝渡江，由散騎常侍遷晉安太守，封晉安郡王，遂家焉。子景。

景，字明徹，晉咸和五年授通直郎，以征南功加鎮威將軍、散騎常侍，封桂陽郡南平侯。子緩。

緩，字義和，晉咸康八年補車騎參軍，以伐蜀功，除遠畧將軍。又以破姚襄功，遷散騎常侍，封桂陽郡南平縣開國侯。子恪。

恪，字世標，晉寧康元年授郎中令。子靖之。

靖之，字居廣，宋景平元年授雄戰將軍，終建陽令。子遂之。

遂之，字孟成，晉太元十二年，由郡三禮任主簿，遷東莞郡南海令。子遯民。陳壽祺案：「三禮」字疑誤。

遯民，字廷隱，宋元嘉三年任郡功曹，轉給事中。子玉珍。

玉珍，字世寶，宋功曹。子元次。

元次，字有仲，隋建安令。子既、茂。

既，字汝賢，生律，律生文慎，文慎生鐃，鐃生仕融，仕融生仁侍，仁侍生大諶，大諶生户部尚書法慢，法慢生省、元沙，析居長城。

茂，字汝盛，隋開皇三年右丞。子孝寶。

孝寶，字宗珍，隋開皇河南令，遷泉州刺史。由晉安遷莆之北螺村。子文廣、文濟。

文廣，隋洪州別駕，遂家焉。生子愛，厥後士宏建國豫章是也。

文濟，字季悅，隋洛州刺史，遷侍御史，安撫廣州、洛州等處。子國都。

國都，字帝舉，隋建安郡常侍、參軍。子玄泰。

玄泰，字履貞，唐永昌元年舉茂才，對策第三人，拜内校文章博士，遷瀛洲刺史。子萬寵。

萬寵，字聖公，開元八年明經及第，授新安郡文學，遷長史、饒州太守，改高平郡諸軍事，行高平太守。子韜、披、昌。

韜，字子尊，尊生子福唐尉攢，孝感白烏甘露，貞元詔旌雙闕。析居義門。

披，字茂彥，陳壽祺案：神道碑作茂則。天寶十一年擢第，遷潭州刺史、澧州司馬、康州刺史，貶臨汀曹掾，改臨汀令，奏授臨汀別駕、知州事，加太子詹事、蘇州別駕，賜紫金魚袋、上柱國。奏拜都督，不受。恩贈睦州刺史，析居澄渚。長子葦，端州刺史；次子藻，殿中侍御史；次子著，横州刺史；次子薦，饒州司馬；次子曄，通州刺史；次子蘊，邵州刺史；季子蒙，金吾衛長史；季子邁，同州刺史；季子蔇，福唐州刺史。昌，禮部侍郎。生子萍，澧州司馬。析居漳浦。

嗚呼！當少師公剺心焚面之時，次妃剖胎，正妃逃難，後嗣之危，不絕如縷。迨長林肇胤，石室誕奇，迄今千九百餘歲，而振振繩繩，遍於海宇。賢哲勳庸，蟬聯不替，簪纓節義，史不絕書。此其積德衍慶也，孰爲先我者乎？然是圖之作，非曰張皇前代，實亦示勸後人。惟願不億之麗，膚敏之孫，以共續少師餘慶於不窮耳。

右邵州續慶圖也。文字訛舛，世次不完。諭參互各房所藏圖本，加校定焉。永明令裔孫諭謹識。

陳壽祺案：邵州續慶圖一篇，康熙間林錫周鐫本凡例載，原集目録不及此，惟宋李俊甫莆陽比事、明林俊見素文集嘗稱之，然其中謬訛殊多。據宋永明令林諭識語，已稱「文字訛舛，世次不完」，蓋不免爲後人所竄亂矣。今以林寶元和姓纂附録於後，俾林氏之裔有所考，以祛鄙陋焉。

唐林寶元和姓纂

林○殷太丁之子，比干之後，爲紂所滅。其子堅，逃難長林之山，遂姓林氏。魯有林放，仲尼弟子。左傳林雍、林不狃、林楚，代仕季氏。左傳云：「林楚之先，皆林氏之良也。」齊有林阮，見説苑；林類，見列子；林回，見莊子。

濟南鄒縣○風俗通云：林放之後，至林玉爲相，有九子，號「十德之門」。又居九門，據謝枋得祕笈新書增。見戚苑。案：「戚」字疑誤。子孫秦末居齊郡鄒縣。漢分齊郡置濟南，遂爲郡人。玉元孫摯仕漢，封平棘侯，傳封四代，見功臣表。曾孫林遵，案：漢書作尊。字長賓，受尚書於同郡歐陽高，官至少府、太子太傅，見漢書儒林傳。遵六代孫邈，後漢徐州刺史、清泉侯。五代孫喬，字伯昇，與釋道安爲友，見高僧傳。伯昇元孫道明，後魏清河太守，生勝，北齊散騎侍郎。魏分清泉爲臨清，今沇州臨清人也。勝生曇，曇生通，通生登，唐清苑、博野二令。以二子官居高陸，入關居三源縣，生游楚、游藝、游道、游真。游楚自萬泉令應變理陰陽科第二等，擢夏官郎中，出鳳、陳、鄜三州刺史，生希邱、希望、希禮。希邱，定平丞，生肅、琨。肅，延安主簿，生少良、伯成，季隨賈。伯成，偃師尉。琨，司駕員外、知制誥，生禮，膳部左司郎中、諫議大夫、中都男，贈兵部侍郎、工部尚書，生賁、贇、貴、寶。賁，左神武胄曹；贇，崇文校書，并舉進士。貴，定平丞，三代進士。寶，太常博士。希禮生璠、圵。璠，京兆法曹，生伸、偃。伸，白水令。偃，司議郎。游道，高平令，生希、業、濤、洋。業，河南法曹，生弼、賞。弼，王屋令。賞，監察御史。濤，渭南尉，孫清，趙鄴令。洋，密、衢、常、潤、蘇九州刺史，生曄、益、實、畢。曄，萬年尉。益，河陽丞。游真孫明，大理司直、榆次縣令。

平涼○後魏平涼太守林遯，稱遵後。晉永嘉後，平涼女爲魏孝文帝后，生廢太子恂。廣陵○監察御史林衮，狀稱遵後。後漢末，恂仕吴，因居焉。恂，蓋衮之先也。魏郡○林放之後，狀稱本居廣平任縣。隋末徙魏州。唐率更令林庭珉女爲元宗昭儀，生萬春、宜春二公主。其子實，爲湖城令。晉安○林放之後。晉永嘉渡江，居泉州。東晉通直郎林景十代孫寶昱，泉州刺史。今領判官監察林藻、江州判官兼監察林蘊，皆其後也。成都○漢有林閭，善古學，揚雄師之。見雄集。河南○官氏志：邱林氏改爲林氏。

答顏太守見鄭王臣莆風清籟集。

物力孤窮甚，無由蔽草廬。抱疴明盛世，丐食兵荒餘。馬革藏身拙，鴟夷報主疏。勉哉吾二子，太歲易消除。

過秦松嶺見莆風清籟集。

散髮長林下，松風入太清。空山容暮色，落葉起秋聲。世險江天窄，雲深草木平。

從斯歸故土，勿作失羣鳴。

遺句

應賢良方正策見黄滔御史集莆山靈巖寺碑銘注。

臣遠祖比干，因諫而死。天不厭直，復生微臣。

附睦州詩一首見欽定全唐詩補遺、國朝鄭王臣莆風清籟集。

睦州名披，字茂則，天寶十一年以明經擢第。歷官檢校太子詹事兼蘇州别駕，贈睦州刺史。邵州之父也。全唐詩注：字茂則，號師道，官刺史。

秋氣尚高涼

秋氣尚高涼，寒笛吹萬木。故人入我庭，相炤不出屋。山川雖遠觀，高懷不能掬。

附江陵啓一首賦二首詩六首

江陵名藻，字緯乾，貞元七年擢進士。歷官容州支使、殿中侍御史、内供奉、嶺南節度副使，終江陵府使。睦州次子，邵州之兄也。

與郭少公啓見文徵明停雲館帖卷第三林緯乾書。

辱問，知所苦已減退，深慰也。承廿七日發時熱如此，疾未全瘳，冒犯而行，得否？善自度之。如料氣力未禁，何如改告別作逗留？願審已而動，勿使道路重復，轉更栖遑。藻鄉日送歐陽四至横灞歸來，便屬馬脊破，爛潰特甚，不堪乘騎。數日來都不出入，雖不得數至問疾，常令問中和，知減損，將謂程寬且將息，不知發日頓近。明後間，假得鞍乘，當奉詣，未際案：二字疑有脱誤。預懸離別之恨恨也。拙序不足奉揚盛美，過定見謝，無乃外歟？崔、鄭、歐陽詩付往，章八元、陳羽各有一篇，未能取得續附也。諸公處申意，尋當與達，即冀展奉，無復寒暄。不宣。藻拜手。郭郎少公執事二十三日先所仗寫各卷，閑垂檢出，續令往取徐。闕一字。

陳壽祺案：章八元，睦州人，登大曆進士第。陳羽，與韓退之同年登第。并見唐詩紀事卷二十五、卷三十五。

冰池照寒月賦 載文苑英華卷三十八。

瑶池洞徹兮堅冰始攢，元天皎晶兮皓月初團。冰含虚以淒冷，月委照而光寒。既合體以凝質，故清輝而可觀。爾其氣肅而勁，色虚而净。俯視則湛若玉壺，仰觀則爛如金鏡。履之者可以慎其矩步，玩之者可以滌其情性。嘉乎清熒旁達，曈曨交映。閒樓臺則素色彌分，出河漢則清光寥夐。良吏觀我以思飲，墨客覽我以興詠。懿夫鑒照無隱，盈積有方。纖埃翳而必見，衆象照而難藏。晃兮奕奕，耀兮彰彰。奪銀河之曉色，掩水鏡之秋光。於時羣動已息，寒夜未央。微雲度月以澹蕩，細影拂池而悠揚。晶耀兮環林之際，朗練兮孤亭之旁。月周天兮有虧，池擁冰兮難决。月在則光瑩，月沈則光滅。彼冰也，非無自然之色，我取映月而增潔；此月也，非無自然之光，我取籠冰而加澈。斯乃以净臨净，不瑩自瑩。精氣交而上浮，光彩融而入暝。夫如是，至人遇之而暢襟，貪夫對之以勵心。豈徒皎皎然罔象，烱烱爾照臨而已哉。向若月隱西峯，冰藏深谷，焉得解吾人之昏滯，悦志士之心目。

珠還合浦賦見唐摭言。

珠之去兮，山無色兮，氛霧冥冥；海無光兮，空水浩浩。珠之來兮，川有媚兮，祥風習習；地有潤兮，生物振振。

青雲干呂文苑英華卷一百八十二。又見明費道用閩南唐雅。全唐詩注：一作吴泌詩。

應節偏干呂，亭亭在紫氛。綴雲初度影，奉日已成文。結蓋祥光迴，爲峯翠色分。還同起封上，更似出横汾。作瑞來藩國，呈形表聖君。徘徊如有托，誰道比閒雲。

吴宫教戰載文苑英華卷一百八十九。又見明費道用閩南唐雅。全唐詩注：一作葉季良詩。

强吴矜霸略，講武在深宫。盡出嬌娥輩，先觀上將風。揮戈羅袖卷，擐甲汗裝紅。掩笑分旗下，含羞入隊中。鼓停行未整，刑舉令方崇。自可威鄰國，何勞騁戰功。

夜見莆風清籟集。

久絶白雲侣，愁心如水長。蛩鳴萬户月，鴉步一溪霜。不識紅塵險，安知皓首狂。

擣衣中夜望，今古事尋常。

晚泊鄱陽見莆風清籟集。

孤帆高接鄱陽城，萬頃清流一應聲。青鬢初隨衰草謝，白雲還傍故山行。夢中美酒酬枚乘，江上秋風屬屈平。愧我一生潦倒甚，全無佳句答長庚。

爲樵見莆風清籟集卷六十補詩。

致政慚輕舉，爲樵亦易窮。文章還古道，禮數逐秋風。獨鶴千松下，萬航一水中。最憐當路草，衰敗與人同。

黎嶺有序。見邵州集舊本附録、閩南唐雅、福建通志藝文。

唐貞元攝提歲，清源郡登賢能之書，余伯仲四人與焉。時躋北嶺，列名巨石，誓曰：「彼鵠彼鵠，睨在目堅。取乃速失，鵠祇奪福，二三子無替。」一之年，季弟蘊以明經中。二之年，伯兄葦以明經選，次弟薦以明經中。三之年，余以詞賦擢進士後，昆弟旋軫歸慶，心悦忘險，雖有策馬肩輿之艱，拖舟懸度之阻，易如也。乃税駕危嶠，開懷放情。曩日之出也，相戒而堅志，固取達；今之入也，相勸以適願，固愜抱。伊昔題橋，我今誓嶺，獲乃同揆，夫何慚哉。聊以書形于短章：

兄弟九人來應舉，閩南唐雅、福建通志作「曾向嶺頭題姓字」。不穿杨葉不言歸。如今各折一枝桂，還向關頭聯影飛。

邑謹案：侍御公藻登第後，歸度梨嶺，賦詩有序云云。謹案：吾家九牧公爲八閩破天荒進士，昔謂閩舉進士自歐陽詹，于今證之，吾九牧公始。今郡庠鄉賢繪蘊公忠、攢公孝、藻公文，宋時三尚書，我朝崇璧爲狀元，恒簡爲探花。其月吉日裔孫程鄉教諭邑謹記。

陳壽祺謹案：誓詞，林見素九牧贊、何喬遠閩書并引之。

唐林邵州遺集附録

大清誥授奉直大夫文淵閣校理翰林院編脩國史館
總纂加六級紀録七次福州陳壽祺編
大清貢生福鼎王遐春刊

唐書·儒學傳

宋　歐陽修　宋祁　撰

林藴，字復夢，泉州莆田人。父披，字茂彦，以臨汀多山鬼淫祠，民厭苦之，撰無鬼論。刺史樊晃奏署臨汀令，以治行遷別駕。藴世通經，西川節度使韋臯辟推官。劉闢反，藴曉以逆順，不聽。復遺書切諫，闢怒，械於獄，且殺之。將就刑，大呼曰：「危邦不入，亂邦不居，得死爲幸矣！」闢惜其直，陰戒刑人，抽劒磨其頸，以脅服之。藴叱曰：「死即死，我項豈頑奴砥石邪？」闢知不可服，捨之，斥爲唐昌尉。及闢敗，藴名重京師。李吉甫、李絳、武元衡爲相，藴貽書諷以：「國家有西土，猶右臂也。今臂不附體，北彌豳郊，西极汧隴，不數百里爲外域。涇原、鳳翔、邠寧三鎮皆右臂，大籓擁旄鉞數十百人，唯李抱玉請復河湟。命將不得其人，宜拔行伍之長，使守秦隴。王者功成作樂，治定制禮。今權臣制樂曲，自立喪紀。舜命契：『百姓弗親，五品不遜，汝作司徒。』唐以臯、佑、鍔、季安爲司徒，官不擇人。盧從史、于臯謨罪大而刑輕。農桑無百分之一，農夫一人給白口，蠶婦一人供百身，竭力於下者，飢不得食，寒不得衣。邊兵菜色，而將帥縱侈自養。中人十户，不足以給一無功之卒，百卒不足奉一驕將。」六事皆當時極弊。蘊亦韋皐所引重，嫉其專制，感憤闕説。然嗜酒多忤物，宰相置不用也，滄景程權辟掌書記。既而權上四州版籍請吏，而軍中習熟擅地，畏内屬，挾權拒命，不得出。蘊陳君臣大誼，諭首將，人人釋然，於是權得去。蘊遷禮部員外郎，刑部侍郎劉伯芻薦之於朝，出爲邵州刺史。嘗杖殺客陶玄之，投尸江中，籍其妻爲倡。復坐贓，杖流儋州而卒。蘊辨給，嘗有姓崔者矜氏族，蘊折之曰：「崔杼弑齊君，林放問禮之本，優劣何如邪？」其人俯首不能對。

資治通鑑

宋　司馬光

元和元年春，劉闢既得旌節，志益驕，求兼領三川，上不許。闢遂發兵圍東川節度使李康於梓州，欲以同幕盧文若爲東川節度使。推官莆田林蘊力諫闢舉兵，胡三省注：武德五年，分南安，置莆田縣，時屬泉州。風俗通曰：林姓，林放之後。孫愐曰：周平王次子林開之後。魯有林放、林雍，齊有林元。闢怒，械繫於獄，引出，將斬之，陰戒行刑者，使不殺，恒數礪刃於其頸，欲使屈服而赦之。蘊叱之曰：「豎子！當斬即斬，我頸豈汝砥石耶！」闢顧左右曰：「真忠烈之士也！」乃黜爲唐昌尉。

元和十三年春二月，横海節度使程權自以世襲滄景，與河朔三鎮無殊，内不自安。己酉，遣使奉表，請舉族入朝，許之。横海將士樂自擅，不聽權去，掌書記林蘊諭以禍福，權乃得出。詔以蘊爲禮部員外郎。

歐陽四門集

唐　歐陽詹

玩月詩并序。

月可玩。玩月，古也。謝賦、鮑詩，朓之庭前，亮之樓中，皆玩也。貞元十二年，甌閩君子陳可封在秦，寓於永崇里華陽觀，予與鄉故人安陽邵楚萇、濟南林藴、潁川陳詡亦旅長安。秋八月十五日夜，詣陳之居，脩厥玩事。月之爲玩，冬則繁霜，太寒；夏則蒸氣，太熱。雲蔽月，霜侵人，蔽與侵，孰害乎玩。秋之於時，後夏先冬。八月之於秋，季始孟終；十五於夜，又月之中。稽於天道，則寒暑均；取於月數，則蟾兔圓。況埃壒不流，太空悠悠，嬋娟徘徊，桂華上浮。升東林，入西樓，肌骨與之疏涼，神魂與之清泠。四君子悅而相謂曰：「斯古人所以爲玩也。既得古人所玩之意，宜襲古人所玩之事。」乃作玩月詩。八月三五夜，舊嘉蟾兔光。斯從古人好，共下今宵堂。素魄皎孤凝，芳輝紛四揚。徘徊林上頭，泛灔天中央。皓露助流華，輕飇佐浮涼。清泠到肌骨，潔白盈衣裳。惜此苦宜玩，攬之非可將。含情顧廣庭，願勿沈西方。

蜀門與林蘊分路後屢有山川似閩中因寄林蘊蘊亦閩人也

郵步如延壽，川源似福平。延壽、福平，皆閩中川源之名。延壽，即蘊之別墅在焉；福平，即予之別墅在焉。無人相與識，獨自故鄉情。

與林蘊同之蜀途次嘉陵江認得越鳥聲呈林林亦閩中人也

正是閩中越鳥聲，幾回留聽暗霑纓。傷心激念君深淺，共有離鄉萬里情。

陳壽祺案：歐陽四門集有九日廣陵同陳十五先輩、登高懷林十二先輩詩，送巴東林明府之任序、送鹽山林少府之任序，諸林當亦邵州之族。林十二，疑即九牧之一也。

黃御史集

唐　黃滔

莆山靈巖寺碑銘序

初，侍御史濟南林公藻與其季水部員外郎藴，貞元中，谷兹而業文，歐陽四門捨泉山而詣焉。原註：「四門家晉江泉山，在郡城之北。其集有與王式書云『莆陽讀書』，即兹寺也。」其後皆中殊科。御史省試珠還合浦賦，有神授之名。水部應賢良方正科，擅比干之譽。策云：「臣遠祖比干，因諫而死，天不厭直，更生微臣也。」歐陽垂四門之號，與韓文公齊名，得非山水之靈秀乎？

祭陳侍御嶠文

天子復含元謁見，有司新都省權衡。遂從寰海，迴翥蓬瀛。振輝光於甲乙，開道路於孤平。望高而先脱麻衣，家遠而須榮鄉士。十二人林君茂躅，一百年莆邑大數。君俟設醴以前席，里巷拜塵而如堵。又曰，某復曉夕以思江山之事，林君則以合浦垂名，夫子以中秦得意。高步斯振，宏規靡異。前輩曠世，後來遂志。俱蟠使下之柏，俱擅乙中之二。原註：「林端公貞元七年首闔越之科第，以珠還合浦賦擅名。後十年，莆邑許員外榮登。自此文學之士繼踵，而乖不偶時。曠八十七年，始鍾於延封，其文以申秦續篇擅名。後六七年，徐正字及第，兼某塵忝。林端公同延封榜皆第十二人，皆開路於後人，皆終使府大判官。判官皆柏臺。林莆南、延封，閩中也。

摭言

唐　王定保

林藻省試珠還合浦賦，賦成假寐，若有告者曰：「何不敘珠去來？」寤而增之曰：「珠之去兮，山無色兮，氛霧冥冥。海無光兮，空水浩浩。珠之來兮，川有媚兮，祥風習習。地有潤兮，生物振振。」果中第。及謝主司，杜黃裳曰：「敘珠去來，若有神助。」

玉泉子

唐　無名氏

杜黃裳知貢舉，聞尹樞時名籍籍，乃微服訪之。問場中名士，樞唯唯。黃裳乃具告曰：「某即今年主司也，受命久矣。唯得一人，其他相煩指列。」樞聳然謝曰：「既辱下問，敢有所隱。」即言子弟崔元畧，孤寒有林藻、令狐楚數人。黃裳大喜。其年，樞狀頭及第。試珠還合浦賦成，或假寐，夢人告曰：「何不序珠來去之意？」既寤，乃改數句。及謝恩，黃裳謂之曰：「序珠來去之意，如有神助。」

陳壽祺案：敘珠入夢事，玉泉子以爲尹樞，黃滔集乃屬林藻，唐摭言亦然。滔與藻同里，時代甚近，其言當不繆。玉泉子誤耳。

源流至論

宋 林駉

閩中人材篇：自唐以來，駸駸與上國齒，曼胡之纓，化爲青衿。原註：閩中記：林藻泉山銘云：「曼胡之纓，化爲青衿。」自闕下高風，鄉人敬慕者；原註：林藴。有龍虎同榜，天下稱重者。

陳壽祺謹案：源流至論引泉山銘以屬林藻，恐誤。又「曼胡之纓」二語，本獨孤及福州新學碑文，泉山銘引之，而此竟以爲藻語，尤非。

閩小紀

國朝 周亮工

唐林藻就試，試合浦還珠賦，思之未得。忽假寐，有人告之曰：「何不云珠去勿珠還也。」覺而異之，即用其語，遂登第。後見素林公俊有族父京爲廉州二守，見素以詩寄之，曰：「破荒詞賦落人間，水異川精兩愧顔。今日雲礽居此地，祇令珠去勿珠還。」蓋用前事云。

陳壽祺案：閩小紀記林江陵事，微誤。

全閩詩話

國朝　鄭方坤

登科記：德宗貞元七年，是歲辛未，刑部侍郎杜黄裳知貢舉，所取二十人，尹樞爲首，林藻第十八。是榜其後爲宰相者四人：令狐楚、竇楚、皇甫鏄、蕭俛。賦題合浦還珠，詩題青雲干呂。

陳壽祺案：登科記一條祇據全閩詩話，未審採自何書。黄滔集祭陳侍御嶠文言：「林端公同延封榜者，皆第十二人。」此以爲第十八，誤。

直齋書録解題

宋　陳振孫

林藻集一卷，唐嶺南節度副使莆田林藻緯乾撰。藻，貞元七年進士，試珠還合浦賦，敘珠去來之意，人謂有神助焉。

林蘊集一卷，唐邵州刺史林蘊復夢撰。藻之弟也，見儒學傳。蘊父披，蘇州别駕，有子九人，世號「九牧林氏」，其族至今衣冠詩禮。以蘊所爲父墓碑攷之，其八子爲刺史、司馬，其一號處士。而披之父爲饒陽郡守，祖爲瀛洲刺史。蓋亦盛矣。

通志·藝文畧

宋 鄭樵

林藻集一卷。

林藴集一卷。

陳壽祺案：福建通志：林藻集一卷、林藴集二卷，蓋即一卷析爲上下耳。

鈐山堂書畫記

明 文嘉

林藻深慰帖，吴文定公家本，乃宣和内府所藏。別本云：匏菴先生家物。宋宣和御府録藏。林公書，僅此帖耳。

興公藏書目

明 徐𤊹

林藻集一卷。

廣邵州續慶圖序

紹聖四年，邵州七世孫從政郎永明令。

宋 林諭

林氏得姓，其來尚矣。比干爲紂少師，傷宗室之危，累貢直言，剖心而死。時夫人陳氏有遺腹，逃于長林石室中，生男泉。周武王克商，封比干墓，賜姓林名堅，以林中石室産也。食采於清河，移封博陵郡公，至今二郡爲林氏之望。厥後有雍、楚、不狃，見於春秋；放、回、既、類，見於傳。放，魯人也，從孔子問禮，望稱於魯國者始此。尊，濟南人，以尚書仕漢爲大傅，望稱於濟南者始此。趙有宰相臯，子九人皆賢，時號「九德之父、十德之門」。歷國仕宦，曾無曠世，間有賢人，班班可紀。二十五代祖穎公，居下邳。子曰懋，爲下邳太守；禄，隨元帝東渡，後除晉安太守，因家焉。自漢武滅越之後，以閩越數叛，徙其民於江淮，遂空其地。至是，諸姓始入閩。禄公十三世生瀛州刺史玄泰，瀛州生饒陽太守萬寵，饒陽生睦州刺史披。饒陽以上，并居北螺村，至睦州始卜於澄渚居焉。睦州九子，聯影穿楊，各剖苻竹，衣冠之盛，光映閭里。初，閩人未知學，江陵藻、邵州藴兄弟與歐陽四門詹繼登科第，聲振閩中，號爲「歐陽獨步，藻藴横行」。今澄渚一宗，皆出端州、江陵、邵州三公之胤，猶宦學不替。其他分布别析，亦爲茂族。今紀其在吾邑者，涵江有天章侍講瑀、都官郎中孜，長城有學士英、太常少卿茂先，馬洋有國子博士仲舒，上溪有太常博士讀。他若閩縣有辨，五子皆列仕路；福唐最、高，父子科甲；長樂有休復，兄弟三人擢第，皆系出澄渚。自饒陽三世而生攢，以孝感，甘露三降，白烏再翔，詔旌門閭，子孫綿盛，謂之「闕下林家」，又自北螺而遷焉。自晉而後，居莆北螺者尤盛，泉福諸林，皆分莆北螺之裔。十宏建國豫章，稱大楚皇帝，唐史記謂本莆田北螺人，則其宗種散落遠矣。今其地遂墟，猶號林埔。林氏之在泉最爲著姓，莆田於唐晉安爲支邑。唐定天下氏族百九十有八家，許通婚姻。而林氏爲晉安郡之首，所謂林、黄、陳、鄭是也。自比干之下，名字爵世，乃貞觀六年中書溫彦博所定，藏在秘閣。邵州在史館得其副本，更自爲續慶圖，文字訛舛，世次不完。但自禄公以下，而子孫所藏刊本最詳。遂加考訂，演爲全書，號廣邵州續慶圖。予念家世自得姓以來，一百有餘代矣，忠孝儒學，光荣一時，遺芳後嗣，丕纘前烈，可不勉哉！

重廣邵州續慶圖序 紹興十六年，邵州十世孫吏部尚書。

宋　林大鼐

大鼐尝疑吾祖少師遺腹而胙之氏，别无經見。覽本朝追封七十二子放，封長山侯及賜贊。乃知放，少師十二代孫，因堅初生長林山而錫爵也，蓋非一家無據之文。林寶为太常博士，作元和姓纂，叙林氏得姓自比干，正合。且云九牧實長山之後，晉安禄之裔是也。邵州藴作續慶圖，元和十四年書到家，云：「大曆中，惟諫議一房爲近。今國博及京兆兵曹兄弟，即吾伯仲也。亦足以榮宗族鄉閭，可叙列姓字繼之於後。」姓纂所載：「希旦，諫議大夫。寶，爲太常博士。姪藩，爲京兆兵曹。」此一門衣冠赫奕，居濟南，亦長山之後，當時必世系蟬聯，可以按昭穆而知諫議遠近。今續慶圖文字訛舛，尚失本冑，況其支葉乎！邵州作睦州府君墓銘曰：「瀛州生饒州，饒州生睦州，塋隴祭掃，灼然猶在。」而閩中名士傳以林放爲少師之後，是也。言其祖有爲溫陵牧，至十六代孫披，生葦等九人。藻、蘊戒其弟曰：「吾忠烈之後，降爲農人，誠可恥也。」遂負笈西上，聯登科第。按南平侯而下，瀛州而上，無世不簪纓。永明重廣邵州之作，比舊本最詳備，他日得異書秘記及遇吾族之顯於他邦者，有能見當時譜牒全書，庶增輯其後矣。

編年紀畧

宋　林大鼐

公諱蘊，字夢復，小字巳奴，行十九，睦州第六子。貞元四年明經及第，授集賢殿書院校理。六年，遷侍讀學士。七年，兼史館修撰。十一年，爲裴延齡譖，罷。十六年，韋臯辟爲西川節度推官，守梓州。元和元年，劉闢反，不屈，斥爲唐昌尉，棄官遊京師。五年，淄景節度程執恭聘，奉詔爲記室，兼授節推。九年，執恭薦歸闕廷。十年，三上宰相書，極陳時弊，竟不用。十一年，仍歸河北，佐執恭，敗王承宗兵。十三年，執恭改名權，公說上四州版籍，請置吏。時三軍挾權拒命，公陳君臣大義，諭首將，軍中釋然，權始得歸闕。公同權朝於京師，授禮部員外郎。十五年，刑部侍郎劉伯芻表薦，以集賢殿書院學士，出爲持節邵州刺史。寶曆二年，改儋州，道卒。咸通十年，贈洪州刺史，賜冕旒繪衣，謚忠烈公。

陳壽祺案：咸通贈謚之事，他籍無徵，辨見后跋。此篇舊本所附，姑存之。

見素文集

明　林俊

睦州公贊

公諱披，字茂彥，陳壽祺案：他書或作茂則。挺特充實。年十五，手抄六經、子史千餘卷。天寶十一年，年二十擢第，爲將樂令。遷潭州刺史、澧州司馬、康州刺史。貶臨汀郡曹掾，改臨汀令。地多山鬼，作無鬼論，鬼竟不妖。奏授臨汀別駕、知州事，風流人化，治聲聞闕下。御史李栖筠奏授太子詹事、蘇州別駕，賜紫金魚袋、上柱國。解綬四十年，志尚高潔，寵辱不驚。廣帥薛景公奏授都督，不受。故相國常袞曰：「林公出處猶龍，所居有青蛇白雀之異。」子九人，爲刺史。寶慶元年，以蘊恩贈睦州刺史，事見唐書。贊曰：「天壽忠烈，因生錫氏。玉釭金繩，鸞停鵠峙。溫陵十六，我公愈偉。氣直道完，論著無鬼。出處猶龍，德星萃止。休苻顯祚，嗣九刺史。」

陳壽祺案：寶慶，宋理宗年號。據邵州作父睦州墓碑，贈官乃唐敬宗寶曆元年事。慶字誤。

端州公贊

公諱葦，小名曾奴，睦州長子。初朝散大夫，奏授西平太守，終端州刺史。贊曰：「林顯肇周，百葉彌盛。自固徙閩，實首鉅姓。瀛高睦祖，三葉從政。篤生太宗，元默允敬。作刺上州，弗憲有令。九侯并列，錫類衍慶。」

江陵公贊

公諱藻，字緯乾，睦州次子。兄弟業文，度梨嶺，誓曰：「彼鵠彼鵠，睨在目堅。取乃速，二三子無替！」省試合浦還珠成，假寐，夢神人語曰：「何不敘珠去來？」比悟，修曰：「珠之去也，山無色兮，氛霧冥冥。海無光兮，空水浩浩。珠之來也，川有媚兮，祥風習習。地有潤兮，生物振振。」果中第。主司杜黄裳曰：「敘珠去來，有神助。」貞元七年擢進士，爲閩破荒。弟蘊亦明經及第。歸復題曰：「昔向嶺頭題姓字，不穿楊葉不言歸。而今各折一枝桂，同向嶺頭聯影飛。」初容州支使、殿中侍御史、内供奉、嶺南節度副使，終江陵府使，郡守陳偉祠於學，事見唐書。贊曰：「華夷軫懷，遐農負恥。相先業儒，彼鶚自矢。賦成神助，破荒伊始。并影于飛，穿楊苻喜。容州江陵，四仕首尾。廟食垂慶，叶平。光有前史。」

陳壽祺案：林見素謂林披、林藻事見唐書，皆未詳。

横州公贊

公諱著，小名友直，睦州第三子，貞元六年明經及第。初歸州巴東令，次邕州經略推官，終横州刺史。贊曰：「薛鳳騫騰，荀龍夭矯。三仁系殷，十德聞趙。烏齋宣靈，白雀明兆。及第聯芳，前良聿紹。苻竹横州，俗是馴擾。遠操孤風，寓懷物表。」

韶州公贊

公諱薦，睦州第四子。貞元十二年，侍郎陸贄下明經及第。初衢州文學，守郊社令。歷北陽，終韶州刺史。贊曰：「鬱鬱北螺，窿窿澄渚。人物一時，芝蘭玉樹。懿懿韶陽，春容矩矱。芥拾大魁，文學掌故。載令載刺，亨衢傑步。沿秩賜緋，位隆道素。」

通州公贊

公諱曄，舊名思，睦州第五子。奏授滄景司馬，賜緋魚袋，除通州刺史。贊曰：「烈烈通州，松柏受命。緋衣銀魚，穆莊有敬。爲民作常，執維申令。由晉入閩，纓簪輝映。五百逾期，于斯焉盛。胥成而堅，旋軫歸慶。」

邵州公贊

公諱藴，字夢復，睦州第六子。與兄藻、歐陽詹讀書泉山。貞元四年明經及第，復舉賢良，有「天不厭直，復生微臣」之對。辟蜀推官，劉闢反，公切諫，闢怒，欲殺之。公曰：「危邦不入，亂邦不居。得死爲幸！」闢陰戒儈人以刀磨其頸，脅使屈，公叱曰：「死即死，我頸豈爾礪石耶！」貶攝唐昌尉。闢敗，還京。説滄帥程權歸闕，除水部員外郎，拜邵州刺史，知洪州。唐書有傳。贊曰：「明明我祖，精忠卓識。結志藏修，奎纏有奕。賢良落對，式是亭直。抗義陳詞，秋霜杲日。載罹虎口，刺史攸職。幾若成仁，智不可及。傳紀儒林，百祀廟食。」

循州公贊

公諱蒙，舊名芃，睦州第七子。奏授孟陵主簿，累遷金吾衛長史、桐州刺史，終循州刺史。贊曰：「肅肅諸祖，不競不絿。勾稽匪懈，樂是輯柔。乃執金吾，乃殿循州。襲芳序迹，良治作求。横行獨步，并有九侯。東堂陵谷，世遠名流。」

雷州公贊

公諱邁，舊名蕚，睦州第八子，明經及第。初調循州興寧縣主簿，累遷商州、雷州刺史。贊曰：「洵美我公，執德弗回。席庥承祚，出穎掄魁。興寧伊始，嗣有商雷。靖恭元默，以封以培。政是靡忒，萃涣激隤。波餘後萌，遺像興哀。」

福唐公贊

公諱蕆，睦州第九子。睦州夫人鄭氏生端州、江陵、横州、韶州、通州。朝廷以侯莫陳氏有采蘩之德，主繼睦州，封南安縣太君，生邵州、循州、同州。最後朱氏生公，自號四明處士。初調京兆参軍、春秋博士，累遷福唐刺史。贊曰：「衍衍四明，纘授潛業。囿其醇源，雲居有煜。奬恬起落，參軍以徵。博士嗣遷，刺史是承。謂難其八，又終其九。父子弟兄，十烈并韙。虎皮羊質，畫脂鏤冰。允揚其休，式告來仍。」

福唐尉公贊

公諱攢，字會通，尊之子，睦州之諸孫。爲福唐縣尉，聞母病，奔還。母没，埏磚甓，開坎室，有白烏甘露之祥。德宗詔褒嘉，立雙闕，祀鄉賢祠。唐書有傳。贊曰：「謝故蘭玉，玄復其尤。許國諸子，夷簡維優。憲憲九牧，忠則邵州。公之從子，純孝作求。荒廬口血，木斷山秋。白烏啞啞，甘露油油。事聞旌命，有煜斯邱。滄桑物改，雙闕時留。」

陳壽祺案：林攢，見唐書孝友列傳。

祭邵州文

維正德八年，歲在癸酉，九月丙寅，越十有七日壬午，二十二世孫都察院右都御史俊，承祖父先都御史宗、先都御史朝之志，構我始祖唐忠臣邵州刺史十九府君之祠。中祀公，配我始祖妣何氏，祔以二評事、六宣義、十四奉議、二十七評事、四府君。昭穆之位，系我五六居士而下，四房宗先官序名，配以萃渙棲靈。是日，謹具牲帛酒饌，奉安神主。曰：「公起人文，連爽破荒。棱棱義聲，運斡綱常。羣翳衆啾，星鳳快覩。世始君臣，閩始鄒魯。儒林事述，首録特書。鳳岡千仞，生氣凜如。讓舍軍庠，祠亦并去。墨食孔艱，俎豆何處。逝波歲月，心久力難。景光流射，星斗夜寒。奕奕新廟，神用吉告。應會舉曠，畢情祖考。新廟既落，奉安公神。式時瞻對，于祀于禋。既多受祉，祗續維似。維德維文，維公孫子。尚饗。」

祭始祖唐忠臣邵州刺史祝文

惟公文炳日星，忠貫金石。鄒魯東南，開先永式。祀有鄉賢，傳有國史。重此雲仍，敢稽報事。兹惟冬至，謹以牲爵庶羞，庸申祇薦。以二評事、六宣義、十四奉議、二十七評事暨林氏宗先祔食。尚饗。

十德堂記

合十一公爲一圖：紫執笏中立者，睦州刺史諱披；緋執笏降左立顧若語者，端州刺史諱葦；紫執笏又左立若聽者，江陵府使諱藻；緋執笏降右若前行者，横州刺史諱著；紫仄笏又左若平立者，韶州刺史諱薦；紫執笏又右者若偕前者，通州刺史諱曄；紫臥笏又左獨下立者，邵州刺史諱藴；緋臥笏又右步橋左者，循州刺史諱蒙；緋臥笏又左隱松間者，同州刺史諱邁；緋臥笏又右緑執笏又右行橋間者，福唐刺史諱蔇、福唐尉諱攢，皆烏紗帽、烏布韡、大帶，尉而上，鉈尾皆鏤金雙鐶。服飾樸古，博袖寬袪，腰倍齊横緝，無辟績，無殺縫。領即以束頸，無中單方領，韡布文若韤復而異。唐制：刺史、上州從三品，中州、下州正四品，尉從九品。三品，毳冕、七旒、五章、紫綬。四品，絺冕、六旒、三章、青綬、朱韤、赤舄。公事則朱衣、素裳、革帶、雙佩、白韤、烏皮履。九品，青衣、纁裳、革帶。公事青衣。以後三品，服紫金玉帶、銙十三。四品，服緋金帶、銙十一。九品，服淺青鍮石帶、銙八。要與圖不類，意復有常服與圖，故江陵裔孫訓導喦公所藏，筆力神健，絹寸剝無完。要之數百年物，他無深論也。舊位爲圖，俊序而合之。圖九牧，紀盛也。圖睦州，所自出也。圖尉，賢也。賢父子則圖，賢兄弟則圖，賢叔姪則又圖。江陵，闢破荒進士，林世科之始也。邵州及尉，忠孝擅聞，林世業之始也。則十一公也，以十德名，仍吾林之舊也。趙丞相諱臯，九子皆賢也，時稱「九德之父、十德之門」，林之盛之始也，仍舊名互見也，且曰「十德」。九牧之父子、九牧之叔姪，踰其數無害其名，猶望後之賢子孫踰其數，無害名「九牧」也，蓋亦多矣。有并賢以顯如是者耶？真影千百年皆存如是者耶？因舊名，附新意，可合以圖，無忝如是者耶？林之堂皆所宜有也，抑深勸矣。

父者曰其毋負是父，子者曰其毋負是子，兄弟叔姪者曰其毋負是兄弟叔姪。嗣德象賢，濟美圖一大機也。嗚呼！林自少師得姓，至林丞相大盛，睦州再盛，裔是而盛，亦屢矣。一門之內容或未然者，其又可無責乎。嗚呼！式克至今日休，亦惟吾林之慶。

弘治己未七月望日，邵州二十二世孫俊拜記。

九牧鋪記

國子監丞林大猷子道，過九牧鋪而感焉。求鎮遠知府同邑周瑛梁石書之，建寧知府上海劉嶼廷貴、通判餘姚龔球天球碑之。命族人子雲南按察副使俊記曰：「鄭有卿，荀有里。九牧名鋪，自林氏。誰之云者，見素子。」弘治戊申九月望日。

林氏重修先墓記

吾林按江陵墓田跋、邵州續慶圖，自隋開皇居尊賢里之北螺村，先墓二十四邱在焉。尚書大鼐續跋謂：「村北一里七邱，并丁向，爲江陵上世七祖。」居人至今能道者，然未别何祖也。公路之上，今積翠菴之陰，九邱一行，并丙向，九牧墓也。澄渚，睦州墓也。雞啼坪烏齊院之上，厲仙人授穴，瀛州、高平墓也。瀛州，睦州祖也；高平，其父也。九牧子也，端州、江陵、横州、韶州、通州、邵州、循州、雷州、福唐九牧也。有田，澄渚林主之；栖隱僧主之，以共修林之祠，若墓祀焉。世遠族分，北螺徙澄渚之居，又徙。端州則前埭，江陵則下井，邵州則材行、竹澗、井頭。其他蟻移蜂析閩粤之間，滄桑變滅，田侵蝕，祠墓駸以廢祭。至正壬寅亂，墓不可守以仁者，以九牧墓前地，施永福寺僧霞谷建菴，良以田百畝。其後霞谷之塔與其徒絶基之墓參焉，則九牧南也。侍郎公文議遷之，不欲獨任法，屬之郡優寺之役，以佐遷費。公卒，竟未遷。最後從子軻廣公意，偕衆立祭田，樹所立神位碑，故九牧之墓前埭有祭。弘治己未，季瓊第進士；明年，俊起僉都御史，材行房也。又明年，元甫爲副都御史，井頭房也。又明年，茂達、塾、富第進士，而中書舍人載、錦衣經歷釗、太僕寺丞堪，并時以顯，前埭房也。其他領民寄，膺士範，捷鄉書，聯竹澗、下井以盛，人曰「十帖九通」。然哉！左布政使華公仲賢，俊祖教授公高弟子，都憲同進士，俊刑部時同官也，聞之異曰：「九牧名臣，名聞天下。閩人第進士，江陵實始之。倡忠義者，邵州也。墓廢不脩，有司無責乎？」援詔例下之郡，知府陳公效、同知談公經率義唯謹。饒郡通判漢，不欲重煩於官也，率其房佐三之一，而擇其才者茂春、嘉猷、近豸董其役。九龜平峙，廣一十六丈而奇，莆僅有也。竹澗、下井復立華表，而追正僧之遷事。俊曰：「吾林衣冠不中輟，于是可已也。」僧感加愧，卑其塔若墓之垣，於是藏骨猶故，而外勢改觀。材行、井頭復新瀛州、高平之墓，家君主事翁與都憲復割祭田。於是瀛州、高平、睦州、九牧、材行、井頭又有祭矣。嗚呼！詎知八百年而載舉之今哉。修墓祭墓，非古也。小宗行之尤無據，然揆情起義，亦無害爲禮。肆在詔恩，屢申修飾而祭墓，自天子達無間者。準今推昔，林之祖亦有今日之心哉，則亦無能已今日之報也。夫嗚吠之靈，青蛇白雀之異，容知有不萃祉有今如前哉。神助之文，容知有不開發有今如前哉。罵賊之忠憤，容知有不作委贄之氣有今如前哉。祖孫父子兄弟緋紫無虚位，容知有不啓佑蟬續昌大有今如前哉。神之道不可知，然亦胥自盡者。縣丞軫具梓漢命記其詳，遂聯書之，若總祠之建，田之復，睦州墓之修，則又俟子孫之賢有力者。弘治甲子六月之吉，邵州二十二代孫尚書俊謹誌。

積翠菴，林元末與山七十又六畝，田一百二十八石；洪武初，造冊始報。永福寺，見霞谷行狀。查梁志東林塘，西陳則，北大山，南公路，則山皆林山也。睦州墓在澄渚。

莆陽比事

宋　李俊甫

莆爲文物之地，舊矣。梁陳間，已有南湖先生鄭露書堂。唐林藻弟蘊肄業其地，歐陽詹自泉山詣焉。原其所倡，非在常袞入閩之後也。國家涵養日久，迄今有「三家兩書堂」之諺云。原註：以郡志、鄭家譜參出。

澄坑，林九牧藻之後。湯峬，林九牧著之後。前街，林九牧曄之後。牛皮巷，林九牧蘊之後。澄渚，林九牧蘊、藻之後。僊遊石碑，林九牧藻之後，自澄渚移居。興化馬洋，林九牧葦之後。百丈，林九牧曄之後。

閩士鄉時雖能通文書，習吏業，不肯仕宦。唐常袞爲觀察使，乃擇鄉秀民，勸以仕進。林端公藻，始擢貞元七年第，八年有歐陽詹。韓文公云：「閩人舉進士，自歐陽詹始。」史因之。及觀閩川名士傳，前有薛令之、林藻。以登科記驗之，信然，豈韓文公偶未之詳歟！

林藻省試珠還合浦賦事。原註：出唐摭言、閩川名士傳。

林藻弟蘊，唐大曆中，李成公椅爲福建泉漳汀觀察使，始至，興學校。獨孤及作新學碑有曰：「比屋爲儒，俊逸如林。」而藻、蘊兄弟猶以「縵胡之纓，化爲青衿」之語爲憾，因銘硯泉石，刻志業文。未幾，藻舉進士，蘊擢明經，歐陽詹繼之，故當時有「藻蘊横行，歐陽獨步」之語。原註：閩川名士傳、泉南録。

許稷，字君苗，莆田人，挾策入京，時舍人陳翊、四門助教歐陽詹、校書郎邵楚萇、侍御林藻在焉。閩中舉子，以故事宴鄉先達。詹以稷鄉人，邀與之俱。酒行，藻戲曰：

「今日之會，子何人斯？」稷投杯憤悱，噦酒而去。入終南山肄業三年，出就府薦，以貞元十八年擢第。歷尚書郎，終衡州刺史。原註：閩川名士傳。

唐林披，一作丕，字茂則，一字茂彥，莆田人。年十五，自寫六經、百家、子史千餘卷。年二十，以明經擢第，爲汀州曹掾。郡多山鬼，披著無鬼論。廉使李承昭器之，奏授本州別駕、知州，累官太子詹事、睦州刺史。子九人，曰葦、曰藻、曰著、曰薦、曰曄、曰蘊、曰蒙、曰邁、或名蕒。曰蒇，俱爲刺史，號「九牧林家」。或云蒇爲處士，并其父號「九牧」云。今楓林有林氏伯仲九侯墓。原註：閩川名士傳、林氏續慶圖、唐史參出。

林藻與弟蘊，俱擢唐第，名動京師。歸經棃嶺，題詩云：「昨向嶺頭題姓氏，不穿楊葉不言歸。弟兄各折一枝桂，還向嶺頭聯影飛。」原註：閩川名士傳。

歐陽詹書堂，在福平山下。始詹家晉江，遷於莆，與林蘊兄弟肄業靈岩，後改築於此。詹遊蜀間，以詩寄蘊云：「村塢如延壽，川原似福平。無人共相識，獨自故鄉情。」元和才子章孝標、邵楚萇，并有詩寄題。

林蘊，字夢復。劉闢帥蜀，辟推官。闢謀逆，蘊責以順逆之理，闢怒，械於獄。將就戮，呼曰：「危邦不入，亂邦不居，得死爲幸！」闢陰戒人勿殺，以刃磨其頸。蘊叱曰：「死則死爾，我項豈頑奴砥石耶？」闢曰：「此忠烈之士！」釋之。後因説滄帥程權歸闕，除禮部郎官。劉侍郎伯芻表薦云：「抗忠辭於蜀郡，劉闢改容；陳大義於滄州，程權歸闕。」尋除邵州刺史，終於官。原註：唐史本傳、閩川名士傳。

唐貞元間，林藻、歐陽詹以詞賦與中朝名士相軒輊。

容春堂前集

明　邵寶

書林氏世德圖後

右林氏世德圖。自柱國公披而下，凡二十人，寶嘗因是考之：載國史者一，載郡志者十有七，餘則家乘備之。顯隱殊途，皆有可述。烏乎盛哉！夫世之貴於天下也久矣。元愷之後，陟趾伊衡，伋踵呂父，皆以世稱，貴其德也。至於後代以世稱者尤多，而德乃弗類。故或傳於家而弗傳於郡，或傳於郡而弗傳於國，或傳於國而君子又有餘論焉。以荀之望，而或不免仕曹之累；以陳之望，而羣不免忘漢之譏。況其他乎？信矣。夫世德之難，而貴不可徒得也。林之世，如柱國以言、以德，九牧以惠，邵州以忠，福唐以孝，宗正、知縣父子暨知州皆以理學，而教諭尤著，同知以廉、以識，教諭之孫教授以文、以節，菊莊公以隱、以善教。故乘爲家録之，志爲郡録之，史爲國録之。君子曰：「允今中丞見素先生，忠貞端亮，尚友千古，而道是任。言在朝廷，文在學者，功在天下，澤在生民，而慶在後昆。」他日觀史於國，觀志於郡，退而觀乘於家，則其所貴，豈獨在林氏哉？寶也不敏，獲從先生而覩斯圖，知林氏世之方盛也。於是乎書。

容春堂後集

莆田林氏忠烈祠碑銘

正德壬申，今致政右都御史莆田林公俊，新作始祖邵州公祠于郡城玄妙道院之左，榜曰「忠烈別家祠」也。於是公起征蜀功成，上有白金文綺之賜。公謹以從事，公弟通判侃、義民傅、知州僖及從子御史季瓊皆有助焉。子主事達時爲諸生，奉命以供。越五年丁丑告成，侃等使來屬寶書曰：「惟我林之先，得姓最遠。唐睦州刺史披，九子皆刺史，是稱九牧。邵州公蘊，其第六也。初，邵州爲西川節度推官，劉闢叛逆，力抗不屈。繼掌滄景書記，程權上籍，陳義贊決。國史郡志，皆以忠烈稱。於我林所謂始祖百世不遷者，舊有祠在聯桂坊。宋時入郡學，今禮殿其地。時邵州十三世孫宗正寺簿應成始爲小宗祠于家，而邵州之祠以力未逮。國朝，吾祖教授敬齋公，暨吾考菊莊公繼圖之，未就，惟以田易今基。至吾伯兄見素公始克爲之。祠中像邵州，歲冬至祭，小宗之子孫，攝行獻禮，具有儀式。邵州以下稱賢者，則分繪於東西序之别室，以示瞻仰，而不敢爲位，懼僭也。祭畢，而餕邵州支庶之賢者與賓焉。此皆議自吾兄，衆以爲允。維麗牲有碑，將歲月是紀。敢以爲請。」寶嘗從公觀林氏世譜，而徵之史志，允矣邵州之爲賢也。惟家之有不遷之祖，尚矣。然親盡之後，世祠而不世祔，祭以大宗，小宗助焉，禮也。有賢如邵州者，鄉人祠焉，而宗祠乃缺，族且蕃矣，顧獨以非分而弗敢繼，曾謂宗人之不如鄉乎？且祖祠于上，而族合于下，有萃涣之道焉。傳所謂禮雖先王未之有，可以義起也者，斯其近之矣。公賢者也，禮義所由出焉。敦邇而風遠，固當自其家始。推邵州之心，而視諸其族，凡所當卹，力不顧私，且圖繼之以義田。公又將自兹祠始。寶辱公知，然不敏，不敢與知祠，敢刻兹銘。銘曰：

林稱九牧，邵州其六。世德惟休，爲莆望族。廪廪邵州，始起文科。抗闕諭權，忠義則多。兹惟盛德，世百宜祀。鄉人則然，矧其孫子。子孫孔衍，孰肇而祠。有族弗合，以歲以時。都憲貞臣，曰是在我。是咨是圖，祠歟其可。上有功賜，乃材乃傭。宗人聞命，亦罔弗從。吉日考成，肅儀備物。堂堂邵州，南面紳笏。於宗曰祖，於郡曰賢。君子曰允，我詩其傳之。

八閩通志

明　黄仲昭

地理志

莆田縣福平山，在興教里，亦名北平山。唐歐陽詹讀書於此，侍御史陳嶠之墓在焉。山之陽爲北螺村，有林氏伯仲九侯墓，今謂之林墓埔。

澄渚山，在仁得里，舊有陳暄者居之，初名陳渚。唐睦州刺史林披徙居於此，因改陳爲澄。今有林九牧祠堂。

選舉志

貞元七年辛未尹樞榜，林藻。莆田人。

儒林志

唐林蘊，字復夢，披之子。貞元中明經及第，復應賢良方正科，爲西川節度推官。劉闢叛，蘊切諫，闢令以刃磨其頸，脅之使服。蘊叱曰：「死即死，我項豈頑奴砥石邪？」

闒知不可屈，釋之，斥爲唐昌尉。李吉甫、李絳、武元衡爲相，貽書諷以六事，皆當時極弊。滄景程權辟掌書記。權上版籍，而軍中挾權拒命，藴爲陳大義，權乃得去。遷禮部員外郎，終邵州刺史。

良吏志

唐林披，字茂則，莆田人。目所一覽，必記於心。年二十，以明經擢第。天寶中，授臨汀郡曹掾。郡多山鬼淫祠，民厭苦之，著無鬼論。刺史樊晃奏署臨汀令，以治行遷别駕。復以御史大夫李栖筠奏，授檢校太子詹事兼蘇州别駕。子葦等八人又皆仕爲刺史、司馬、長史，號「九牧林氏」。

文苑志

唐林藻，字緯乾，披之子。少有志尚，恥爲遐荒農人，慨然欲自奮發在於里閭間。其言曰：「張九齡生於韶陽，陳子昂出於蜀郡，彼何人？」乃與歐陽詹刻意攻文。貞元七年，用詞賦擢進士第。郡人擢第自藻始。官至侍御史。有集一卷。

祠廟志

興化府鄉賢祠，在府學大成殿之東北。宋紹熙間，嘗繪鄉之名賢攢等十有六人，從祀於大成殿之兩廡。教授黄灝爲記。按：記十有六人者，孝子林攢、殿院林藴、侍郎林藻、著作方儀、忠惠蔡襄、主客林冲之、提幹林郁、丞相葉顒、湘鄉鄭厚、夾漈鄭樵、丞相陳俊卿、參政龔茂良、艾軒林光朝、著作劉夙、正字劉公朔、觀文鄭僑。

邱墓志

莆田縣林九牧墓。在府城東北興教里楓林積翠菴。唐林披九子俱仕爲刺史，列葬於此。

拾遺三則

晉永嘉二年，中州板蕩，衣冠始入閩者八族，所謂林、黄、陳、鄭、詹、丘、何、胡是也。既以中原多事，畏難懷居，無復北嚮者，故六朝間仕宦名跡鮮有聞也。唐大曆中，李椅觀察福、建、泉、漳、汀五州軍事，始至，興學校。於是獨孤及所爲新學碑乃有「比屋爲儒，俊選如林」之辭。而莆人林藻猶以其「縵胡之纓，化爲青衿」之語爲可憤。自是歐陽詹、林藴、陳嶠、許稷、徐寅、黄滔相繼成名。原註：出閩中記。

林藴仕不稱意，縱酒自適，多忤時政。刑部尚書白居易贈詩戒之曰：「世上如今重檢身，吾儕恃酒似狂人。西曹舊日多持論，慎莫吐他丞相茵。」原註：出閩中名士傳。

許稷挾策入關，遇舍人陳詡、四門助教歐陽詹、校書郎邵楚萇、侍御林藻在京師。閩川舉子醵酒食，會諸先達，詹以稷爲鄉人親故，特與之。藻酣，乃戲曰：「今日之會，子何人斯，輒冒其間？」稷投杯憤悱，曰：「男子患不能立志霄漢，豈有扃鐍？王侯出處，豈必常邪？叨此一飱，稷之過矣。」遂噦酒而去。深入終南山，隱學三年，出就府薦，遂擢第。原註：出閩中名士傳。

閩書

明　何喬遠

英舊志

林披，字彦則。祖元泰，瀛州刺史；父萬寵，饒陽太守。披年十五，手抄經史約千餘卷。二十，以明經擢第，授臨汀郡曹掾。郡多山鬼淫祠，披著無鬼論曉民。御史樊晃奏署臨汀令。以治行遷汀州别駕、知州事。復以御史大夫李栖筠奏，授簡校太子詹事兼蘇州别駕，贈睦州刺史。子九人，葦、藻、著、薦、曄、藴、蒙、邁、蔇，官皆刺史、司馬、長史，莆人稱爲「九牧」。

藻，字緯乾。二十有志尚，慨然奮勵，不以荒遐自局，與歐陽詹刻意攻文。貞元七年，省試合浦還珠賦。稟成，假寐，恍惚見人語曰：「何不叙珠去來？」寤，援筆脩之，曰：「珠之去也，山無色兮，氛霧冥冥。海無光兮，空水浩浩。珠之來也，川有媚兮，祥風習習。地有潤兮，生物振振。」及擢第，往謝主司，杜黄裳曰：「叙珠去來，有神助邪。」莆人擢第自藻始。官至殿中侍御史。

藴，字夢復。亦嘗應賢良方正科，其對策之詞曰：「臣遠祖比干，因諫而死。天不厭直，復生微臣也。」語大而肆，坐不見收。貞元四年，迺以明經及第，西川節度使韋皋辟爲推官。皐卒，劉闢代之，有反謀。藴曉以逆順，不聽。復遺書切諫，闢怒，械藴，將殺之。顧惜藴才，陰誡刑人抽劍磨頸，以脅服之。藴叱曰：「死即死爾，我頸頑奴砥石邪？」闢亦尋來釋藴矣。闢敗，藴方爲唐昌尉，名重京師。李吉甫、李絳、武元衡爲相，藴貽書與談安邊事甚悉。大意以將帥驕慢，士卒飢寒，而朝廷所用多取舊將，不知彼位已極，寧思奮効；宜得建功立事之士，特達不次，以備秦隴之虞，以除西河之患。宰相亦不能用。滄景帥程權辟掌書記。權上四州版籍請吏，而權軍畏内屬，挾權拒命。藴陳大誼，諭首將，人人釋然，於是權得去。遷禮部員外郎。刑部侍郎劉伯芻薦之於朝，出爲邵州刺史。第其人耆酒忤物，又嘗杖殺客陶玄之，投尸江中，籍其妻爲倡。復坐贓，杖流儋州，卒。

方域志

福平山，一名北平。起尖山，止北螺村。村地延袤爽塏，如飛鳳之形，唐林蘊先世居此。歐陽詹自泉詣莆，與藻、蘊兄弟讀書，築靈巖精廬，亦於此作別墅焉。詹客蜀門，寄蘊詩云：「村步如延壽，川原似福平。」自註：「延壽，蘊別墅；福平，余別墅也。」其後詹卒，葬靈巖浮屠之陰，其裔錯居莆中，曰仲、曰昐、曰直卿、清卿，俱登科。而蘊兄弟九人，并仕州牧。其卒也，并葬是山之下。予嘗至其處，見九墳齊列作龜體，莆人謂之九龜墓。皇明蘊孫鄴守鳴盛造鳳林寺焉，而亦預藏其下。寺前有大木輪囷蔽虧，參漢連牛，東西望不相見，迺甘棠、赤榕、棫樸三木合爲一幹者。蓋其初鳥食二樹之實，遺矢一樹中，若寄生然，久之合爲一樹矣。鄴守標名曰「三壽作朋」。予指而語座客曰：「此同氣連枝之應也。世人葬其父母，常有公位房屬之爭，尺寸至不相假。或有添墳傍葬，至狺狺交訟。孰有兄弟之子合葬其親，不計中邊，并列一丘？此古人孝友之意，千百年後徵祥此樹矣。」客以爲然。

興化府澄渚山，本陳渚也。唐林蘊市地於陳暄，以作書堂，因改陳爲澄。按左傳：「王在渚宫。」杜預曰：「小洲曰渚。」莆未塍海，時海潮至此，故曰渚也。初獨孤及作觀察使李椅碑，敘椅興學之美，有「曼胡之纓，化爲青衿」之語。蘊與兄藻讀之，慨然曰：「粤不張九齡，蜀不陳子昂哉？」遂自北螺邨來市此，以作書堂，誓志業文。凡十年，藻舉進士，蘊擢明經。鄉人以與歐陽詹并稱曰：「歐陽獨步，藻蘊横行。」

建寧府浦城縣泗洲嶺，舊名折桂。唐林藻與弟蘊登第，過此題詩，有「而今折得兩枝桂，又向山頭聯影歸」之語。

建置志

莆田縣忠孝祠。忠祠祀唐林刺史蘊、宋方通判喜、阮少尹駿、林主客冲之、宋知縣旅、陳招撫淬、陳給事繼之、陳徽州太守彦回。福建通志同。

福建通志

國朝　謝道承等修

選舉類

天寶十一年壬辰，明經，林披。
貞元四年庚午，明經，林藴。
貞元六年，明經，林著。
貞元七年辛未尹樞榜，莆田縣林藻。
貞元十二年丙子，明經，林薦。

古蹟類

莆田縣澄渚書堂，在府城東北十五里。唐林藴與兄藻讀書處。九世孫安中因故址作梯雲齋。
太子詹事林披墓，在澄渚。
九牧林氏墓，在府城東北楓林積翠菴後。披九子俱仕爲刺史，列葬於此。

福建續志

國朝　沈廷芳等重修

山川類

莆田縣澄渚山，在仁德里。名勝志一名陳渚。唐林蘊讀書於此。

祠祀類

興化府鄉賢祠，在府學右，祀鄭露、林藻、林蘊、林攢等。

古蹟類

莆田縣林蘊宅，在澄渚邨。

跋

林邵州蘊遺文，康熙間鐫本，上宰相書三、諭横海將士一、泉山銘一、睦州刺史府君神道碑文一、宗譜序一、續慶圖一、答顔太守詩一、過秦松嶺詩一，凡文詩十篇而已。可考者惟三書，見唐書、唐文粹，而互有不同。唐文粹上書宰相有張宏靖名，唐書無之。以校此本，譌脱又百數十字，急爲補正，其餘則無可稽矣。直齋書録解題言：「蘊父披，爲蘇州別駕，有子九人，世號九牧林氏。」以蘊所爲父墓碑攷之，其八子爲刺史、司馬，其一號處士，是九牧者，合父子名之也。今此本睦州府君碑，無一語及處士，而爲刺史、司馬者乃九子。其季曰福唐刺史蒧，豈直齋誤與？案明林俊見素文集九牧公贊云：「福唐公蒧，睦州第九子，自號四明處士。初調京兆參軍、春秋博士，累遷福唐刺史。」則號處士者，即刺史蒧，九牧之一也。碑文蓋失其舊矣。抑猶有疑者。舊唐書地理志：「天寶元年，改萬安縣爲福唐，即今福清也。開元間，置福州都督府，領福、泉、建、漳、潮五州。後以漳、潮歸嶺南，爲福、泉、建、汀四州。上元初，爲建、汀、劍、漳、泉、福六州。」元和郡縣志：「福建觀察使，管州五，福、建、泉、漳、汀。」無所謂福唐州也，安得有福唐刺史？

宋人文字，恒謂福州爲福唐，其徇俗失考實甚。得非邵州集殘闕之餘，頗經後人竄亂邪？而前代志乘沿襲其繆，無一糾正之者，何也？其宗譜序謂：「諸姓入閩，自永嘉始。」與林諝閩中記合。而此序謂：「林禄扈晉元帝南渡，爲征北將軍，晉安、溫陵二郡守，追封晉安郡王。」續慶圖亦云。然案溫陵非郡名，此必文誤。萬斯同歷代史表：「表，晉方鎮征北將軍：泰始七年有衛瓘，太康十年楊濟，永嘉元年和郁；東晉永昌元年王邃，咸康五年蔡謨，永和二年褚裒。」而獨無林禄。梁克家淳熙三山志：「晉咸和中，有孔坦封晉安男。」萬氏晉功臣世表惟孫處以追盧循功，封侯官縣侯，諸葛恢封建安伯而已。典午之世，未有晉安王也。續慶圖又言：「周武王賜比干子姓名林堅，以爲三監，食采清河，移封博陵公。堅生載，襲爵，領二百四十國，爲冀州牧。」案禮記王制：「天子使其大夫爲三監，監於方伯之國，國三人。」禮記正義引崔靈恩云，此謂殷制。周則於牧下置二伯，亦或因殷使大夫爲三監，故燕禮設諸公之坐。鄭康成云，大國公孤一人，而云諸公者，容牧有三監。今圖爲此言，徒襲王制之文，豈審殷周之别乎？夫周封微子於宋，既立上公之位，以尊賢矣。博陵何國？博陵公又何爵邪？圖又言：「林雋爲周匡王畿內正。雍爲景王閭正。敏爲景王畿內族正。撫爲青州牧。宣爲慎靚王冀州牧。韶爲秦始皇鬱林郡守。憲爲漢高祖司隸校尉。告爲文帝廣陵郡守。高爲元帝江州刺史。道、永、封三人并爲順帝秦州刺史。祇爲獻帝中書令、左僕射。池爲魏明帝秦州刺史。冠爲陳留王持節秦州刺史。」不知州牧之名始兩漢末，司隸校尉始漢武帝，鬱林、廣陵爲郡名均始武帝，秦州始魏，江州始晉元康。其舛陋若是，寧邵州之舊邪？圖又言：「自比干以下，名字爵世，乃貞觀六年中書溫彥博所定，藏在秘閣，邵州在史館，得其副本。」然如林回、林類、林雍、林放、林楚、林不狃等之字，覼縷歷歷，豈盡有徵邪？雖然，氏族之學，自司馬遷以來難言之。以揚雄之通人，自序其祖系，而揚之从木、从手，後人未由定。應劭風俗通、王符潛夫論所述世繫，皆不能無傅會之失。沈約宋書自敘先代，以左氏傳沈諸梁與沈子并爲一族，踳駁尤巨，況其他乎？鄭樵通志譏林寶不知其祖所自出，乃謂林氏出自姬姓，周平王庶子林開之後，開生英，英生茂與慶，然鄭氏所據亦未必果足信也。案：資治通鑑唐憲宗紀胡三省注引孫愐曰：「林姓，周平王次子林開之後。」鄭樵所據同，蓋出孫愐唐韻。林寶元和姓纂云：「殷比干子堅，逃難長林之山，遂姓林氏。」且引風俗通云：「林放之後，至林玉爲相，有九子，號十德之門。」其言與此圖合。特此圖以林玉爲林皐異耳。姓纂：「摯爲玉元孫，尊爲摯曾孫。」此圖所未言也。邈也、喬也、道明也、勝也、庭珉也、實也，皆與此圖合。自勝以下，則實之祖，故圖不及詳也。姓纂謂廣陵之先出後漢末恂，仕吳，因居焉。而圖以恂爲和帝大將軍，廣陵其後，此其小異也。姓纂又謂晉安林放之後，晉永嘉渡江，居泉州。東晉通直郎林景十代孫寶昱，泉州刺史；今領判官監察林藻、江州判官兼監察林蘊，皆其後也，亦與此圖合。惟寶昱，此圖作孝寶耳。此圖亦云，清泉侯邈、今諫議大夫希旦、太常博士寶、京兆兵曹藩，皆其後。是邵州與寶故同族。故王涯序姓纂稱濟南林寶，歐陽行周集亦稱濟南林蘊。此圖後有宋紹聖四年七世孫永明令諭識語，謂邵州續慶圖文字譌舛，世次不完，諭參互他房所藏圖本加校定。紹興十六年，十代孫大鼐亦謂續慶圖尚失本冑，况其支葉。然則邵州之文爲後人竄亂，信矣。今姑仍舊，所謂與過而廢，寧過而存。姓纂條理較明，附録續慶圖後，俾林氏之裔有所考焉。邵州之字，唐書作復夢，陳振孫直齋書録解題、黄仲昭八閩通志均同。解題云：「見儒學傳。」則直齋據唐書書之。諸傳記及此本作夢復者，非也。元和姓纂云：「蘊爲江州判官兼監察。」黄滔集云：「蘊爲水部員外郎，應賢良方正科。」林大鼐編年紀畧云：「蘊小字已奴，行十九。貞元四年明經及第，授集賢書院校理。六年，遷侍讀學士。七年，兼史館脩撰。十一年，爲裴延齡譖罷。」八閩通志云：「蘊號赤松。」此皆唐書所未及者也。舊本下卷又載，唐咸通十年建忠烈祠，敕一篇、遺祭文一篇、懿宗詔一篇，追贈蘊集賢殿學士、刺史洪州，賜袞冕服，謚忠烈，春秋祠祭。顧其詞絕不類唐人制誥。徧考唐書、閩書、八閩通志、福建通志、續志，其事皆絕無左驗。八閩通志言，宋紹熙問，嘗繪鄉之名賢林蘊等十有六人，從祀府學兩廡，教授黃灝爲記。林俊見素集九牧公贊敘名字官爵甚悉，亦不言咸通賜謚建祠事。其祭邵州文曰：「正德八年，二十二世孫俊，構我始祖唐忠臣邵州刺史十九府君之祠。」其祝文曰：「祀有鄉賢，傳有國史。」邵寶容春堂集林氏忠烈祠碑銘序曰：「正德壬申，今致政右都御史莆田林公俊，新作始祖邵州公祠于郡城玄妙道院之左，榜曰忠烈，別家祠也。」然則邵州入宋紹熙始祀鄉賢，入明正德裔孫見素始建特祠，始榜忠烈，又惡得屬之咸通建祠賜謚耶？舊本又有光化二年莆田縣衣冠户免役帖，詳列九牧祖父伯叔兄弟名爵，然亦誤稱福唐刺史。帖首又書莆田縣知縣蔡承准軍牒，而不悟唐無知縣之名，則其真贋不待辨而知。故均無取爾。邵州兄藻有集，亦見通志藝文畧及直齋書録解題，今并摭遺佚，附邵州以傳。下卷舊有墓圖，今附存之，則福鼎王君父子意，以爲古人篤厚同宗於此乎見，亦所以俾覽者油然生孝弟之心也。余既序邵州集，歎息先賢之緒言百不一二，而又恐世遠年湮，簡牘之寖失而寖甚也，因訂其疑滯數事識諸後，俟博聞有道者考焉。

嘉慶十有七年壬申二月，福州陳壽祺謹跋。

書後

學貞既刊校唐歐陽四門、黃御史、徐正字、王水部四先生集，竣後三年，復得林邵州先生集，急召築人削之以示世，而自解疑于簡終曰：學貞少閱杭世駿榕城詩話所說：閩地山童赭阜，無佛圖仙觀可以恣遊。士之眺陟其水，沸淚減汨，與石咉咽，進尺退尋，篙師鼓力，一舟惶駭。許慎云：「人本蛇種。」魏收云：「鳥聲禽呼。」自唐成公李椅立教而常建案：繼興閩學，常衮也。杭誤爲建，不稽甚矣。因之。經始文囿，連步遐荒，起淳化於微萌，扇文星以璀璨，閩士乃文。閩士亦有疾之曰：何物小子，敢侮台閩？閩爲古揚州地，跨有吴越，豈台私？余疑之。既得邵州先生集，乃恍然悟曰：嗚乎！天下辭惡奪美之論，往往持議不平，反受人以罅。治戈者利其胡而輕其援，援折而胡銷；設簴者崇其羽而弱其業，業斷而簴敝。金錞和鼓，金鐲節鼓，金鐃止鼓，金鐸通鼓，聲淳而錞渺，濁而鐲輕，高而鐃弱，明而鐸小。不明其本而逐其末，欲辨之，烏乎從？吾閩吻海被邱，英淑雄麗，太姥靈巖，鯉湖仙石，與廬山曲江諸勝侔。周秦以上，劈楛萬業，元化未駉。漢之隆也，無諸啓宇，始胙雄疆。至于武帝，紛争屢起，兩徙其民江淮間。晉永嘉南渡，八姓入閩。八姓非閩產也，後最蕃於閩。邵州先生亦以其祖林禄扈從元帝渡江，封晉安郡王，遂家焉。先生英才傑出，髫齔揚芳，甄極詩書之壺，黼藻禮義之門。愧凡民之待興，倡羣雅以方滋。其銘泉山也，曰：人生其間，或明或哲。馳騁田臘，習學爲常。又曰：獨孤及製李成公新學碑云：「縵胡之纓，化爲青衿。」得非以我爲異俗，而刊于貞珉，不已甚乎！予仲兄藻懷此耿耿，不怡十年，遂首倡與友歐陽詹結志攻文，同指此山，誓必報山靈。不四五年，繼踵登第，天下改觀。是由先生言之，習學爲常，閩之學不自獨孤、李、常起矣；結志攻文，先生兄弟與友又非獨孤、李、常勸矣。指爲異俗，刊於貞珉，自獨孤、李、常言之且不可，才學下獨孤、李、常，萬萬而敢言乎！夫儒者，明道而已。明道非多讀書不見，多讀書非善攷究不精。彼蛇種之説，準以經緯之言，如赤龍產伊，縱華感樞，貫昴興姒，意而孕商，巨迹胎周，夢鳥啓漢。天以變化，地以紀州，人以受圖，三節共本，同出元苞。鳥獸草木之精，皆最靈奇異瑞者也。顧訾之乎！且閩產自漢盡徙江淮矣，今何涉焉？先生居閩，閩文祖之。閩之言文者，今又罕數。先生殆以先生之文隱也，余故亟梓以傳。至校此集者，爲福州陳公恭甫。得此集者，爲候官趙公文叔，趙公又得之於福清郭公韶溪。

嘉慶癸酉日長至，後學福鼎王學貞謹識。

圖書在版編目（CIP）數據

王氏彙刻唐人集 /（清）王遐春輯；魏定榔等點校 .—福州：福建人民出版社，2022.12

（八閩文庫 . 要籍選刊）

ISBN 978-7-211-08957-4

Ⅰ . ①王…　Ⅱ . ①王…　②魏…　Ⅲ . ①古典文學—作品綜合集—中國—唐代　Ⅳ . ① I214.21

中國版本圖書館 CIP 數據核字（2022）第 223696 號

王氏彙刻唐人集

作　　者：［清］王遐春 輯

魏定榔　劉曉平　許瑩瑩　點校

責任編輯：林頂

責任校對：李雪瑩

裝幀設計：張志偉

美術編輯：陳培亮

出版發行：福建人民出版社

電　　話：0591-87533169（發行部）

網　　址：http://www.fjpph.com

電子郵箱：fjpph7221@126.com

地　　址：福建省福州市東水路 76 號

經　　銷：福建新華發行（集團）有限責任公司

印刷裝訂：雅昌文化（集團）有限公司

地　　址：深圳市南山區深雲路 19 號

電　　話：0755-86083235

開　　本：890 毫米 ×1240 毫米　1/32

印　　張：23.875

字　　數：432 千字

版　　次：2022 年 12 月第 1 版第 1 次印刷

書　　號：ISBN 978-7-211-08957-4

定　　價：108.00 元